中国古代文学作品精选读本

唐宋文学作品选读

主　编　卢劲波
副主编　武国强　耀晓娟　陈思祺

河南大学出版社
HENAN UNIVERSITY PRESS
·郑州·

图书在版编目(CIP)数据

唐宋文学作品选读/卢劲波主编. ——郑州:河南大学出版社,2023.6

ISBN 978-7-5649-5498-7

Ⅰ.①唐… Ⅱ.①卢… Ⅲ.①中国文学—古典文学—作品综合集—唐宋时期 Ⅳ.①I214.01

中国国家版本馆 CIP 数据核字(2023)第 103838 号

责任编辑 孙增科
责任校对 陈 巧
封面设计 郭 灿

出版发行 河南大学出版社
地址:郑州市郑东新区商务外环中华大厦 2401 号 邮编:450046
电话:0371-86059750(高等教育与职业教育出版分社)
0371-86059701(营销部)
网址:hupress.henu.edu.cn
排 版 郑州市今日文教印制有限公司
印 刷 广东虎彩云印刷有限公司
版 次 2023 年 6 月第 1 版 印 次 2023 年 6 月第 1 次印刷
开 本 787 mm × 1092 mm 1/16 印 张 22.5
字 数 548 千字 定 价 56.00 元

《唐宋文学作品选读》编委会

主　编　卢劲波

副主编　武国强　耀晓娟　陈思祺

编　委　信福艳　郑斯礼　陈思祺　卢劲波
武国强　耀晓娟　傅剑平　熊　斌
戴厚世

前 言

中国古代文学作品是中国传统文化的重要载体，也是至今仍活跃在中国人的政治、经济、文化、教育乃至日常生活中的活化石。唐宋文学为我国传统文学的高峰，诗文成就空前，作家灿若群星。诗界泰斗——李白与杜甫诗传千年，成为中国诗歌的名片，唐宋散文四子——韩、柳、欧、苏集先代文体之大成，开后世文体之堂奥。文学体裁的创新也成为唐宋文学的一道奇观，传奇、词、近体诗都是这一时期新出现的文体，并且这些文体也发展到极致，后人望尘莫及。唐宋同为诗的时代，文学精神却又不同，唐代文学敏锐、浪漫、乐观自信，宋代文学呈现出内敛、理性与忧患意识。唐宋文学又有内在的逻辑关系：隋唐文学（含五代）又是宋代文学发展的基础。唐诗是宋代诗人创作的范式，唐宋散文一脉相承。

走进唐宋文学宝库，读者自然应接不暇，也必然会眼花缭乱。其中的诗歌风格多样，尤其耀眼。柔情如“得成比目何辞死，愿作鸳鸯不羡仙”，“身无彩凤双飞翼，心有灵犀一点通”，“今宵酒醒何处？杨柳岸，晓风残月”；豁达如“海内存知己，天涯若比邻”，“青山一道同云雨，明月何曾是两乡”，“天生我材必有用，千金散尽还复来”；豪情如“宁为百夫长，胜作一书生”，“黄沙百战穿金甲，不破楼兰终不还”，“大江东去，浪淘尽，千古风流人物”，“楼船夜雪瓜洲渡，铁马秋风大散关”；激愤如“战士军前半死生，美人帐下犹歌舞”，“朱门酒肉臭，路有冻死骨”，“安能摧眉折腰事权贵，使我不得开心颜”；高格悲壮如“安得广厦千万间，大庇天下寒士俱欢颜”，“醉卧沙场君莫笑，古来征战几人回”，“人生自古谁无死？留取丹心照汗青”，“王师北定中原日，家祭无忘告乃翁”；诙谐幽默如“知章骑马似乘船，眼花落井水底眠”，“只惭无补丝毫事，尚费官家压酒囊”，“杯汝来前！老子今朝，点检形骸”；严肃如“人生到处知何似，应是飞鸿踏雪泥”……唐宋文学总能将现实生活写得栩栩如生，且能道尽古今之人情，这种共情感召着被物化的芸芸众生。全球化的今天，凭借融媒体信息传播手段，唐宋文学乃至于整个中国文学正越来越多地为地球人所钟爱。

本书为系统阅读唐宋诗文的读者提供一个简本。它以时代为经、文体为纬，将唐宋时期的诗、词与散文等较具代表性的作品精选、作注。作品不求全而求精。特别是选入中小学课本的篇目，由于读者都较为熟悉，故极少收录。选文参考了多种古今选本，在编写中，我们精选版本，认真校对，注释力求少而精。重要作品精选了一些前人评论，帮助读者提高鉴赏力;部分重要篇目有拓展与思考,或扩展阅读,或纵横联系。

由于时间仓促,加之编者水平及精力有限,其中若有不足之处,敬请读者不吝赐教,以便我们今后改进。

目　　录

唐　　诗

唐代散文

唐传奇

唐五代词

宋　词

宋　诗

宋代散文

宋话本

唐　诗

王　绩

王绩(约590—644),字无功,绛州龙门(今山西河津)人,王通之弟。王绩十五岁游长安,拜谒权臣杨素,一坐服其英敏,他被视为神童。隋大业末,举孝廉,除秘书正字。其后,王绩任扬州六合县丞,目睹隋朝政治黑暗,嗜酒不任事,后罢官还乡。唐武德中,诏征以前朝官待诏门下省。贞观初,以疾罢归。以《周易》《老子》《庄子》置床头,自号“东皋子”。他生性简傲,好饮酒,自著《五斗先生传》。又喜弹琴、为诗、著文,高情胜气,独步当时。撰《酒经》一卷、《酒谱》一卷。其诗近而不浅,质而不俗,真率疏放,有旷怀高致,直追魏晋高风。王绩对五律的形成有独特贡献,他也是陶渊明以后盛唐以前,山水田园文学的重要作家。

野　望

东皋薄暮望[1],徙倚欲何依[2]? 树树皆秋色[3],山山唯落晖[4]。
牧人驱犊返[5],猎马带禽归[6]。相顾无相识,长歌怀采薇[7]。

韩理洲校点:《王无功文集(五卷本会校)》卷二,上海古籍出版社,1987年版

【解题】

王绩在入唐之后,曾两次出仕,但均没多久便主动辞官。本诗当作于诗人辞官归家、隐居于东皋之时。诗作描写了东皋的风光美景,一派祥和安宁的田园牧歌之中,夹杂着朝代更迭的落寞之感。本诗是一首律诗。一般认为,律诗在沈佺期、宋之问时期成熟定型。王绩早于沈宋半个多世纪,却能在六朝宫体诗影响之下写出质朴高古、格律成熟的律诗,虽然存诗少,在文学史上也当有一席之地。

【注释】

[1]东皋:作者的隐居之地,位于今山西省河津市。作者自号"东皋子"即由此而来。薄:迫近。薄暮:指傍晚时分。 [2]徙倚(xǐ yǐ):徘徊、彷徨。《楚辞·远游》:"步徙倚而遥思兮,怊惝怳而乖怀。"王逸注:"彷徨东西,意愁愤也。" [3]秋:一作"春"。 [4]落晖:落日的余晖。 [5]犊(dú):小牛,泛指牛群。 [6]禽:泛指猎物鸟和兽。 [7]采薇:薇,草本植物,俗称野豌豆,嫩苗可食。《史记·伯夷列传》:"武王已平殷乱,天下宗周,而伯夷、叔齐耻之,义不食周粟,隐于首阳山,采薇而食之。及饿且死,作歌,其辞曰:'登彼西山兮,采其薇矣。以暴易暴兮,不知其非矣。神农、虞、夏忽焉没兮,我安适归矣?于嗟徂兮,命之衰矣。'遂饿死于首阳山。"后用"采薇"表示隐居生活,避世不仕之志。

【选评】

五言律诗前此失严者多,应以此章为首。(沈德潜《唐诗别裁集》卷九)

其诗惟《野望》一首为世传诵。然如《石竹咏》,意境高古。《薛记室收过庄见寻诗》二十四韵,气格遒健。皆能涤初唐俳偶板滞之习,置之开元、天宝间,弗能别也。(《四库全书总目提要》卷一四九《东皋子集提要》)

沈佺期

沈佺期(约656—约714),字云卿,相州内黄(今河南内黄县)人。唐高宗上元二年(675年)进士。沈由协律郎累迁考功员外郎。曾因受贿入狱,后复职,迁给事中。唐中宗即位,因谄附张易之,被流放。神龙三年(707)召拜起居郎兼修文馆直学士,常侍宫中。后历中书舍人、太子少詹事。他与宋之问齐名,并称"沈宋"。他们于律诗具有奠基之功,沈佺期在七律形成方面作用更大。今人陶敏、易淑琼有《沈佺期宋之问集校注》。

古意呈乔补阙知之

卢家少妇郁金堂[1],海燕双栖玳瑁梁[2]。九月寒砧催木叶[3],十年征戍忆辽阳[4]。
白狼河北音书断[5],丹凤城南秋夜长[6]。谁为含愁独不见[7],更教明月照流黄[8]。

陶敏、易淑琼:《沈佺期宋之问集校注》卷一,中华书局,2001年版

【解题】

此诗又题名《古意》《独不见》。《独不见》属于乐府中的《杂曲歌辞》,意为"独不见,伤思而不见也"。内容多写少妇思念在外不归的丈夫。补阙,官名,掌供奉讽谏,大事廷议,小则上封事,从七品上。乔知之,唐高祖李渊外孙,同州刺史乔师望之子,后被魏王武承嗣

陷害致死。他于武后时累除右补阙。本诗是沈佺期写给时任补阙之职的乔知之的。

【注释】

[1]卢家少妇:梁武帝萧衍《河中之水歌》:"河中之水向东流,洛阳女儿名莫愁。莫愁十三能织绮,十四采桑南陌头。十五嫁于卢家妇,十六生儿字阿侯。卢家兰室桂为梁,中有郁金苏合香。头上金钗十二行,足下丝履五文章。珊瑚挂镜烂生光,平头奴子擎履箱。人生富贵何所望,恨不嫁与东家王。"后世以"卢家妇"代指少妇。郁金堂:堂,一作"香";郁金,一种香料,古代贵族以香料和泥涂抹墙壁。 [2]海燕:来自南越之地的燕子,又名越燕。玳瑁:又作"蝳蝐",一种海洋龟科动物,其背甲光润美丽,可作装饰品。汉乐府《有所思》:"何用问遗君,双珠玳瑁簪。" [3]砧:捣衣石。古代制衣前,会进行"捣衣"的步骤,即将布帛铺在平滑的砧板上,用棒槌敲平,使之熨帖,易于缝制。捣衣多在秋季进行,此时妇女们会集体为戍守边地或宦游在外的丈夫赶制冬衣。寒砧:捣衣声。李白《子夜吴歌·秋歌》:"长安一片月,万户捣衣声。秋风吹不尽,总是玉关情。何日平胡虏,良人罢远征。"木叶:落叶。《楚辞·九歌·湘夫人》:"袅袅兮秋风,洞庭波兮木叶下。" [4]辽阳:当时的边防地区,今辽宁辽河北面,泛指辽东一带。 [5]白狼河:今辽宁大凌河,古又称白狼水。 [6]丹凤城:传说中秦穆公的女儿弄玉公主吹箫吸引来凤凰,故以"丹凤"名咸阳。后世以"凤城"代指都城。此处指长安,长安大明宫正南门为丹凤门。 [7]谁为:"为谁"的倒文。为,一作"谓"。 [8]流黄:淡黄色的丝织品。汉乐府《相逢行》:"大妇织绮罗,中妇织流黄。"此处指少妇房间内的帷帐。

【选评】

沈宋之新声,苏张之大手笔,此初唐之渐盛也。(高棅《唐诗品汇·总叙》)

从起入颔,羚羊挂角;从颔入腹,独茧抽丝。第七句狮吼雪山,龙含秋水,合成旖旎,韶采惊人。古今推为绝唱当不诬。其所以如大辨才人说古今事理,未有豫立之机,而鸿纤一致,人但歆歆于其珠玉。(王夫之《唐诗评选》卷四)

【拓展与思考】

杨慎《升庵诗话》:"宋严沧浪取崔颢《黄鹤楼》诗为唐人七律第一。近日何仲默、薛君采取沈佺期《卢家少妇郁金堂》一首为第一,二诗未易优劣。或以问予,予曰:'崔诗赋体多,沈诗比兴多。'"你怎么看?

宋之问

宋之问(约656—712),字延清,一名少连,虢州弘农(今河南灵宝)人,一说汾州(今山西汾阳)人。甫冠,武后召与杨炯分直习艺馆。武后时备受恩宠,倾心媚附张易之,后中宗将其贬泷州(今广东罗定),并参军事。后告密有功,擢鸿胪主簿。景龙中,迁考功员外郎,谄事太平公主,故见用。及安乐公主权盛,复往谐结,太平深嫉之,举报其受贿,遂贬越州长史。睿宗时,流放钦州(今广东钦县)。玄宗先天年间(712)赐死于贬地。宋之问擅长五言律诗,为律诗定型的代表诗人。作品集有《宋之问集》,今人陶敏、易淑琼有《沈佺期宋之问集校注》。

度大庾岭

度岭方辞国,停轺一望家[1]。魂随南翥鸟,泪尽北枝花[2]。

山雨初含霁[3],江云欲变霞。但令归有日,不敢恨长沙[4]。

陶敏、易淑琼:《沈佺期宋之问集校注》卷二,中华书局,2001 年版

【解题】

神龙元年(705),张柬之率大臣发动政变,逼武后退位,拥立唐中宗李显。武则天的嬖臣张易之被杀。谄事张易之的宋之问因受牵连而获罪,于神龙元年(705)春被贬为泷州(今广东罗定市)参军。这首《度大庾岭》诗是他前往贬所途经大庾岭时所作。诗作表现迁谪失意的痛苦与怀土思乡的心情。

【注释】

[1]岭:指大庾岭,五岭之一,在今江西大余县和广东南雄市交界处,因岭上多梅花,也称梅岭。国:国都,指长安。轺(yáo):只用一马驾辕的轻便马车。 [2]翥(zhù):鸟向上飞举。北枝花:大庾岭北的梅花。 [3]霁(jì):雨转晴天。 [4]长沙:用西汉贾谊故事。《史记·屈原贾生列传》:贾谊"闻长沙卑湿,自以寿不得长,又以谪去。意不自得。"

【选评】

风雅颂既亡,一变而为离骚,再变而为西汉五言,三变而为歌行杂体,四变而为沈宋律诗。(严羽《沧浪诗话·诗体》)

五言至王、杨、卢、骆,又进而为沈、宋二公。沈、宋才力既大,造诣始纯,故其体尽整栗,语多雄丽,而气象风格大备,为律正宗,此五言之七变也。王元美以华藻整栗归沈、宋,又云"五言至沈、宋,始可称律。"是矣。(许学夷《诗源辨体》卷十三)

卢照邻

卢照邻(约 634—约 686),字升之,自号幽忧子。范阳(今河北涿州市)人。《新唐书》

记载：十岁从曹宪、王义方授《苍》《雅》。调邓王府典签，王爱重，谓人曰："此吾之相如。"调新都尉，病去官，居太白山，以服饵为事。会父丧，疾益甚。客东龙门山，布衣藜羹。疾甚，足挛，一手又废，乃去具茨山下，买园数十亩，疏颍水周舍，复豫为墓，偃卧其中。照邻自以当高宗时尚吏，己独儒；武后尚法，己独黄老；后封嵩山，屡聘贤士，己已废(669)。著《五悲文》以自明。病既久，与亲属诀，自沉颍水。卢照邻现存诗近一百首，多为五言律诗，其中约有三分之二的篇幅都是前期创作的。现存诗作分为两个时期，以染疾为界，前期踌躇满志，后期悲凉凄苦。今有祝尚书《卢照邻集笺注》。

长安古意

长安大道连狭斜[1]，青牛白马七香车[2]。玉辇纵横过主第[3]，金鞭络绎向侯家[4]。龙衔宝盖承朝日[5]，凤吐流苏带晚霞[6]。百丈游丝争绕树[7]，一群娇鸟共啼花。游蜂戏蝶千门侧[8]，碧树银台万种色[9]。复道交窗作合欢[10]，双阙连甍垂凤翼[11]。梁家画阁中天起[12]，汉帝金茎云外直[13]。楼前相望不相知，陌上相逢讵相识[14]？借问吹箫向紫烟[15]，曾经学舞度芳年。得成比目何辞死[16]，愿作鸳鸯不羡仙。比目鸳鸯真可羡，双去双来君不见。生憎帐额绣孤鸾[17]，好取门帘帖双燕[18]。双燕双飞绕画梁[19]，罗帷翠被郁金香[20]。片片行云着蝉鬓[21]，纤纤初月上鸦黄[22]。鸦黄粉白车中出，含娇含态情非一。妖童宝马铁连钱[23]，娼妇盘龙金屈膝[24]。

御史府中乌夜啼[25]，廷尉门前雀欲栖[26]。隐隐朱城临玉道[27]，遥遥翠幰没金堤[28]。挟弹飞鹰杜陵北[29]，探丸借客渭桥西[30]。俱邀侠客芙蓉剑[31]，共宿娼家桃李蹊[32]。娼家日暮紫罗裙[33]，清歌一啭口氛氲[34]。北堂夜夜人如月[35]，南陌朝朝骑似云[36]。南陌北堂连北里[37]，五剧三条控三市[38]。弱柳青槐拂地垂，佳气红尘暗天起[39]。汉代金吾千骑来[40]，翡翠屠苏鹦鹉杯[41]。罗襦宝带为君解[42]，燕歌赵舞[43]为君开。

别有豪华称将相，转日回天不相让[44]。意气繇来排灌夫[45]，专权判不容萧相[46]。专权意气本豪雄，青虬紫燕坐春风[47]。自言歌舞长千载，自谓骄奢凌五公[48]。节物风光不相待[49]，桑田碧海须臾改[50]。昔时金阶白玉堂[51]，即今惟见青松在[52]。

寂寂寥寥扬子居[53]，年年岁岁一床书[54]。独有南山桂花发[55]，飞来飞去袭人裾[56]。

祝尚书：《卢照邻集笺注》卷二，上海古籍出版社，1994年版

【解题】

古意，即"拟古"，内容上多托古讽今，借古代的人或事，抒发对当今的看法，是六朝以来常见的诗歌标题。本诗用大量铺排的手法，辞采华瞻，竭力渲染了长安作为帝都的繁华奢靡。最后用"劝百讽一"的方式，简短地点出了自己对于这种富丽景象的感受。闻一多先生称此诗为"宫体诗的自赎"。

【注释】

[1]狭斜：狭长不规整的小巷子。　[2]青牛：六朝至唐时贵族出行所乘之车为牛车。

七香车：用多种香木或多种香料涂抹的车，泛指装饰华丽的车。萧纲《乌栖曲》："青牛丹毂(gǔ)七香车，可怜今夜宿倡家。" [3]玉辇(niǎn)：泛指贵族之车。纵横：形容玉辇来往繁多的盛况。主：公主。第：皇帝赐予的房宅分为甲乙次第等级，后用宅第泛指房宅。[4]金鞭：代指马。侯家：王侯家。 [5]龙衔宝盖：玉辇上华盖的支柱雕刻成龙形，犹如龙口衔着车盖。 [6]凤吐流苏：华盖上用凤凰图案作装饰，凤嘴处挂着流苏，犹如从凤嘴中吐出。此二句用互文的手法，表明贵族家从早到晚都门庭若市。 [7]百丈：一作"百尺"。游丝争绕树：春天一些虫子吐丝，这些游丝会飘扬缠绕在路边的大树上。 [8]千门：宫门，因皇宫内宫殿和宫门众多，故名。杜甫《哀江头》："江头宫殿锁千门，细柳新蒲为谁绿。" [9]银台：本指宫门，李白《相逢行》："朝骑五花马，谒帝出银台。"泛指华丽的宫殿楼台。 [10]复道：在空中架设，连接两个宫殿的阁道。交窗：花纹交错的木窗。合欢：合欢花。此句意为宫殿的复道和交窗以合欢花作为装饰。 [11]双阙：阙(què)，宫门前的瞭望楼，左右各一个，故名双阙。甍(méng)：屋脊。垂凤翼：宫阙上雕刻着凤凰垂翼的图案。

[12]梁家：东汉顺帝梁皇后家，为当时著名外戚，在洛阳穷侈极奢营造宅第。此处代指权贵家族。画阁：有壁画彩绘装饰的楼阁。 [13]汉帝金茎：汉武帝为求长生，曾在建章宫立铜柱，高二十丈，上置铜盘，承接天露。 [14]陌上：田间，泛指路边。讵(jù)：岂，怎能。 [15]吹箫：《列仙传·萧史》"萧史者，秦穆公时人也。善吹箫，能致孔雀、白鹤于庭。穆公有女，字弄玉，好之，公遂以女妻焉。日教弄玉作凤鸣。居数年，吹似凤声，凤凰来止其屋。公为作凤台。夫妇止其上，不下数年。一旦，皆随凤凰飞去。故秦人为作凤女祠于雍宫中，时有箫声而已"。紫烟：九天的紫色云烟，祥瑞征兆。 [16]比目：比目鱼，《尔雅》"东方有比目鱼焉，不比不行，其名谓之鲽"。比目鱼的两只眼睛长在一侧，古人认为需两条鱼相伴才能遨游，后用来比喻形影不离。 [17]生憎：当时口语，意为偏憎、最恨。帐额：又名帐檐，床帐上方的横幅。孤鸾：鸾，凤凰一类的神鸟，善鸣善舞，但孤鸾不鸣不舞，后用孤鸾比喻孤独之人或失偶之人。 [18]好取：愿将。 [19]画梁：有壁画彩绘装饰的屋梁。 [20]罗帷：绫罗帷帐。翠被：有翠鸟羽毛装饰的被子，一说，翡翠颜色的被子。郁金香：一种产自西域的名贵香料。本句意为贵妇人家的罗帷和翠被都用郁金香熏染过。

[21]行云：鬓发如行云般蓬松秀美。蝉鬓：崔豹《古今注·杂注》"魏文帝宫人有绝所宠者，有莫琼树、薛夜来、田尚衣、段巧笑四人，日夕在侧。琼树乃制蝉鬓，缥缈如蝉翼，故曰蝉鬓"。 [22]鸦：鸦髻，形容女子头发黑；黄：额黄。初月上鸦黄：六朝以来女性间流行的一种妆容，用嫩黄色颜料在额头涂成月牙形。 [23]妖童：轻薄浪荡少年。铁连钱：马青色，毛间有形如圆形钱币的花纹。 [24]屈膝：又名"屈戌"，屏风、门窗等开关处的铰链或环纽。周祈《名义考·物部》："门环双曰金铺，单曰屈膝。"本句意为歌舞伎女处使用着装饰着盘龙的金制屈膝。 [25]御史：职官名，掌管纠察弹劾。《汉书·朱博传》："是时御史府吏舍百余区，井水皆竭。又其府中列柏树，常有野乌数千栖宿其上，晨去暮来，号曰'朝夕乌'。"后世御史府、御史台又称"乌府""乌台"。 [26]廷尉：职官名，掌管司法刑狱。秦置，唐朝称"大理寺卿"。雀欲栖：与前句"乌夜啼"均暗示执法机关实权旁落，不敌豪强，门庭冷落。 [27]朱城：朱红色的城楼，指宫城。玉道：护城河。 [28]幰(xiǎn)：车上的幔帐，此处代指车。金堤：坚固的堤坝。 [29]挟弹(dàn)飞鹰：泛指打猎。杜陵：地名，原

为杜县，后为汉宣帝陵墓所在，改称杜陵。在长安东南，为长安少年的游乐之地。[30]探丸：摸取弹丸，类似于抽签。借客：替人报仇的人。《汉书·尹赏传》："长安中奸猾浸多，闾里少年群辈杀吏，受赇报仇，相与探丸为弹，得赤丸者斫武吏，得黑丸者斫文吏，白者主治丧。"渭桥：长安西北渭水上的桥梁。　[31]芙蓉剑：《越绝书·外传记·宝剑》"王取纯钩，薛烛闻之，忽如败。有顷，惧如悟。下阶而深惟，简衣而坐望之。手振拂，扬其华，捽如芙蓉始出"。后以"芙蓉剑"指代宝剑。　[32]桃李蹊(xī)：《史记·李将军列传》"桃李不言，下自成蹊"。指娼家人来人往非常热闹，也暗喻娼妓美色艳若桃李。　[33]紫罗裙：唐制，三品以上服紫，或有军功将领皇帝赏赐紫服以示嘉奖。娼家服紫，暗讽礼制崩坏。　[34]清歌：歌声清丽嘹亮，或不用乐器伴奏的清唱。啭(zhuàn)：歌声婉转。口氛氲(fēn yūn)：嘴中散发出浓烈的香气。　[35]北堂：古代主妇居住的地方，《仪礼·士昏礼》"妇洗在北堂"，韩愈《示儿》"主妇治北堂"。此处指娼妓所在之处。人如月：古代文士常以月亮比喻女子的美好。如韦庄《菩萨蛮》："垆边人似月，皓腕凝双雪。"　[36]南陌：南边的路，此处指娼家门前的路。骑似云：形容车马来往之盛。　[37]北里：指平康里，唐时长安妓女的聚居地。位于长安城北，又称"北里"，后成为妓院的代称。罗烨《醉翁谈录·序平康巷陌诸曲》："平康里者，乃东京诸妓所居之地也。自城北门而入，东回三曲，妓中最胜者，多在南曲。"　[38]五剧：多条道路纵横交错。三条：多条道路互相通达。控三市：连接多个市坊。此句描述长安城交通发达，街道众多。　[39]佳气红尘：车马喧嚣、尘土飞扬之貌。　[40]汉代金吾：指执金吾，汉朝禁军军官名称。《汉书·百官公卿表》："中尉，秦官，掌徼循京师，有两丞、侯、司马、千人。武帝太初元年，更名执金吾。"颜师古注"应劭曰：'吾者，御也。掌执金革以御非常。'师古曰：金吾，鸟名也，主辟不祥。天子出行，职主先导，以御非常，故执此鸟之象，因以名官"。唐时有金吾卫，此处泛指禁军军官。[41]翡翠屠苏：颜色如翡翠的酒。屠苏：酒名。鹦鹉杯：用南洋鹦鹉螺制成的杯子。[42]罗襦(rú)：绫罗短衣。　[43]燕歌赵舞：战国时期燕赵二地以歌舞著称，后用"燕赵"代指舞女歌姬。《古诗十九首·其十二》："燕赵多佳人，美者颜如玉。"　[44]转日回天：天，天子，指豪强权势滔天。　[45]繇来：由来，从来。排灌夫：灌夫，西汉武帝时期的将军，为人刚直，不好面谀，不好文学，喜任侠，已然诺。家累数千万，食客日数十百人。陂池田园，宗族宾客为权利，横颍川。颍川儿歌之曰："颍水清，灌氏宁；颍水浊，灌氏族。"后因使酒骂座，被丞相田蚡陷害诛族。此句指权贵间的互相排挤、斗争。　[46]判：同"拚(pàn)"，不顾惜。萧相：萧望之，西汉宣帝、元帝两朝"备位将相，年逾六十矣，老入牢狱，苟求生活"，终因被陷害而自杀。一说指萧何，西汉开国宰相，即使位高权重仍然小心谨慎。　[47]青虬(qiú)紫燕：泛指骏马。坐春风：在春风中策马，指春风得意之貌。[48]凌：超越。五公：西汉时期五位权贵人物，指张汤、杜周、萧望之、冯奉世、史丹。班固《西都赋》："冠盖如云，七相五公。"李善注："公，御史大夫、将军通称也。"　[49]节物风光：时节风物。此句犹如"岁月不待人"。　[50]桑田碧海：同"沧海桑田"或"桑田沧海"。葛洪《神仙传·麻姑》"麻姑自说云：'接侍以来，已见东海三为桑田。'"形容世事多变。须臾：瞬息，顷刻。　[51]金阶白玉堂：形容豪宅府邸。　[52]惟：一作"唯"。　[53]寂寂寥寥：一作"寂寂寥寥"。扬子：汉代著名文学家、经学家、哲学家扬雄，仕途不得志，闭门著述。

此处作者以扬子自喻。 [54]年年岁岁一床书：指过着避世隐居，每天以诗书自娱自乐的生活。 [55]南山：指长安之南的终南山，中国著名的隐居之地。高鹤年《名山游访记》："名山修道，终南为冠。" [56]袭：触及。《楚辞·九歌·少司命》："绿叶兮素华，芳菲菲兮袭予。"裾(jū)：衣袍。

【选评】

盖文士之极坎坷者。故平生所作，大抵欢寡愁殷，有骚人之遗响，亦遭遇使之然也。(《四库全书总目》卷一四九《卢昇之集提要》)

长安大道，豪贵骄奢，狭邪艳冶，无所不有。自嬖宠而侠客，而金吾，而权臣，皆向娼家游宿，自谓可永保富贵矣！然转瞬沧桑，徒存墟暮，不如读书自守者之为得也。借言子云，聊以自况云尔。(沈德潜《唐诗别裁集》卷五)

此篇铺叙长安帝都繁华，宫室之美，人物之盛，极于将相而止，然而盛衰相代，唯子云安贫乐道，乃久垂令名耳。但词语浮艳，骨力较轻，所以为初唐之音也。(顾璘《批点唐音》卷一)

【拓展与思考】

阅读闻一多先生《宫体诗的自赎》中对于《长安古意》的评价，谈谈你对本诗的看法。

说唐初宫体诗的内容和简文帝时完全一样，也不对。因为除了搬出那僵尸"横陈"二字外，他们在诗里也并没有讲出什么。这又教人疑心这辈子人已失去了积极犯罪的心情。恐怕只是辞藻和声调的试验给他们羁系着一点做这种诗的兴趣(辞藻声调与宫体有着先天与历史的联系)。宫体诗在当时可说是一种不自主的、虚伪的存在。原来从虞世南到上官仪是连堕落的诚意都没有了。此真所谓"萎靡不振"！但是堕落毕竟到了尽头，转机也来了。在窒息的阴霾中，四面是细弱的虫吟，虚空而疲倦，忽然一声霹雳，接着的是狂风暴雨！虫吟听不见了，这样便是卢照邻《长安古意》的出现。这首诗在当时的成功不是偶然的。放开了粗豪而圆润的嗓子，他这样开始：

长安大道连狭斜，青牛白马七香车。玉辇纵横过主第，金鞭络绎向侯家！龙衔宝盖承朝日，凤吐流苏带晚霞。百丈游丝争绕树，一群娇鸟共啼花。……

这生龙活虎般腾踔的节奏，首先已够教人如大梦初醒而心花怒放了。然后如云的车骑，载着长安中各色人物全景式的一幕幕出现，通过"五剧三条"的"弱柳青槐"来"共宿娼家桃李蹊"。诚然这不是一场美丽的热闹。但这颠狂中有战栗，堕落中有灵性：

得成比目何辞死，愿作鸳鸯不羡仙。

比起以前那光是病态的无耻：

相看气息望君怜，谁能含羞不肯前！(简文帝《乌楼曲》)

如今这是什么气魄！对于时人那虚弱的感情，这真有起死回生的力量。最后：

节物风光不相待，桑田碧海须臾改。昔时金阶白玉堂，即今惟见青松在！

似有"劝百讽一"之嫌。对了，讽刺，宫体诗中讲讽刺，多么生疏的一个消息！我几乎要问《长安古意》究竟能否算宫体诗？从前我们所知道的宫体诗，自萧氏君臣以下都是作者自身下流意识的口供，那些作者只在诗里，这回卢照邻却是在诗里，又在诗外，因此他能让人人以一个清醒的旁观的自我，来给另一自我一声警告。这两种态度相差多远！

寂寂寥寥杨子居，年年岁岁一床书。独有南山桂花发，飞来飞去袭人裾。

这篇末四句有点突兀，在诗的结构上既嫌蛇足，而且这样说话，也不免暴露了自己态度的褊狭，因而在本篇里似乎有些反作用之嫌。可是对于人性的清醒方面，这四句究不失为一个保障与安慰。一点点艺术的失败，并不妨碍《长安古意》在思想上的成功。他是宫体诗中一个破天荒的大转变。一手挽住衰老了的颓废，教给他如何回到健全的欲望；一手又指给他欲望的幻灭。这诗中善与恶都是积极的，所以二者似相反而相成。

我敢说《长安古意》的恶的方面比善的方面还有用。不要问卢照邻如何成功，只看庾信是如何失败的。欲望本身不是什么坏东西。如果它走入了歧途，只有疏导一法可以挽救，壅塞是无效的。庾信对于宫体诗的态度，是一味地矫正，他仿佛是要以非宫体代宫体。反之，卢照邻只要以更有力的宫体诗救宫体诗，他所争的是有力没有力，不是宫体不宫体。甚至你说他的方法是以毒攻毒也行，反正他是胜利了。有效的方法不就是对的方法吗？

骆宾王

骆宾王，生卒年不详，婺州义乌人，主要活动于唐高宗、武则天时期。骆宾王七岁能文，尤妙于五言诗。尝作《帝京篇》，当时以为绝唱。初为道王府属，历武功主簿，又调长安主簿。武后时，左迁临海丞。徐敬业起义，署为府属，为敬业草檄，斥武后罪状。后读之，矍然叹曰："宰相安得失此人？"敬业事败，宾王亡命，不知所终。中宗时，诏求其文，得数百篇，集成十卷。诗一百二十九首。诗文集《骆宾王文集》传世。清代陈熙晋有《骆临海集笺注》。

从军行

平生一顾重[1]，意气溢三军[2]。野日分戈影[3]，天星合剑文[4]。
弓弦抱汉月，马足践胡尘[5]。不求生入塞，唯当死报君。

陈熙晋《骆临海集笺注》卷四，上海古籍出版社，1985 年版

【解题】

《从军行》，原属乐府《相和歌辞・平调曲》，主要叙述将士征战戍边的军旅生活。初唐年间，吐蕃屡屡进犯唐朝，唐高宗永徽年间(650—655)，骆宾王被贬，从军至西域，此诗当写于守边之时。本诗使用乐府旧题，但形式上为近体诗，中间两联对仗工整，整体气势豪迈，展现了诗人忠君爱国的壮烈情怀。

【注释】

[1]重:一作"念"。顾重:顾念重视。谢朓《和王主簿怨情》:"生平一顾重,宿昔千金贱。" [2]三军:古时军队一般编排为左军、中军和右军,后指代全军。 [3]野日:太阳照临四野。此句以俯瞰的视角描写士兵们手持武器在战场上排列整齐。 [4]剑文:剑上的花纹。《越绝书·外传记·宝剑》:"王取纯钧……手振拂,扬其华,捽如芙蓉始出;观其釽,灿如列星之行;观其光,浑浑如水之溢于塘。"《吴越春秋·王僚使公子光传》记载"(伍子)胥乃解百金之剑以与渔者:'此吾前君之剑,中有七星,价直百金,以此相答。'"本句表明军队的武器装备强大。 [5]弓弦抱汉月,马足践胡尘:庾信《怨歌行》"家住金陵县前,嫁得长安少年。回头望乡泪落,不知何处天边?胡尘几日应尽?汉月何时更圆?为君能歌此曲,不觉心随断弦!"本句化用此诗,表明驱除扰边的胡人、保家卫国的决心。

【选评】

义乌富有才情,兼深组织,正以太整且丰之故,得擅长什之誉,将无风骨有可窥乎!(胡震亨《唐音癸签》卷五)

其源亦出阴、何,特能清远取神,苍然有骨。(宋育仁《三唐诗品》卷一)

王　勃

王勃(650—676),字子安,绛州龙门(今山西河津)人,王通之孙。六岁善文辞,未满二十岁应举及第,授朝散郎。沛王李贤召为署府修撰,因作《檄英王鸡》,唐高宗怒而将之逐出王府。后来王勃任虢州参军。官奴曹达犯罪,王勃藏匿之,因畏罪杀达灭口,事情败露,王勃当斩,会赦除名,其父王福畤也受牵连贬官交趾。王勃往交趾省父。渡海溺水而卒。王勃与杨炯、卢照邻、骆宾王皆以文章齐名,天下称王杨卢骆,号"四杰"。王勃在"四杰"之中才气最高,其才思敏捷,《唐才子传》云:"勃属文绮丽,请者甚多,金帛盈积,心织而衣,笔耕而食。然不甚精思,先磨墨数升,则酣饮,引被覆面卧,及寤,援笔成篇,不易一字,人谓之腹稿。"文学创作上主张"壮而不虚,刚而能润,雕而不碎,按而弥坚",意图转变当时以上官仪为代表的文风。今存诗八十余首,存文九十余篇。主要注本有蒋清翊《王子安集注》。

送杜少府之任蜀州

城阙辅三秦[1],风烟望五津[2]。与君离别意,同是宦游人[3]。
海内存知己,天涯若比邻[4]。无为在歧路[5],儿女共沾巾[6]。

蒋清翊:《王子安集注》卷三,上海古籍出版社,1995 年版

【解题】

"蜀州"，一作"蜀川"，今属四川，唐属剑南道。蒋清翊认为，置州是在王勃死后，原题应当为"蜀川"。本书沿用通行本写法作"蜀州"。此诗是王勃在长安时所作，是朋友杜少府将要去蜀州当官时王勃写的送别诗。少府，县尉的别称，主管治安。杜少府究竟是谁，政绩如何，我们现在已经不得而知了，但此首送别诗流传千古。

【注释】

[1]城阙：城门的瞭望台，此处代指长安。三秦：秦亡后，项羽将秦地三分，封秦降将章邯为雍王，司马欣为塞王，董翳为翟王，称为"三秦"，后泛指关中地区、长安周边一带。辅：畿辅，本句意为长安在三秦的中心；一说"辅"意为辅佐，本句理解为长安被三秦守护。辅三秦，一作"俯西秦"。　[2]五津：四川岷江上五个渡口的合称。《华阳国志·蜀志》"其大江自湔堰下至犍为有五津：始曰白华津；二曰皂里津；三曰江首津；四曰沙头津；刘璋时召东州民居此，改曰东州津；五曰江南津"。　[3]宦(huàn)游：为做官，背井离乡在外奔波。　[4]比邻：近邻。古代五家称"比"。杜甫《兵车行》："生女犹得嫁比邻，生男埋没随百草。"这两句典出曹植《赠白马王彪》："丈夫志四海，万里犹比邻。"　[5]无为(wéi)：不用。　[6]沾巾：用手巾抹眼泪。一说眼泪打湿了衣服手帕。儿女：女子。《史记·魏其武安侯列传》："今日长者为寿，乃效女儿呫嗫耳语！"司马贞索隐："女儿犹云儿女也。"又《后汉书·来歙传》："欲相属以军事，而反效儿女涕泣乎！"

【选评】

此等作，取其气完而不碎，有律成之始也。其工拙自不必论，然诗文有创有修，不可靠定此一派，不复求变也。(钟惺、谭元春《唐诗归》卷一)

杨　炯

杨炯(650—约693)，华阴(今陕西境内)人。显庆四年(659)，年仅十岁，举神童，待制弘文馆。上元三年(676)应制及第，补校书郎，天授元年(690)与宋之问同直习艺馆。武则天垂拱元年(685)，因堂弟参与徐敬业讨武则天，被贬梓州司法参军。如意元年(692)，迁盈川(今四川筠连)令，世称杨盈川。王勃与杨炯、卢照邻、骆宾王皆以文章齐名，天下称"王、杨、卢、骆"，号"四杰"。

从军行

烽火照西京[1],心中自不平。牙璋辞凤阙[2],铁骑绕龙城[3]。
雪暗凋旗画[4],风多杂鼓声。宁为百夫长[5],胜作一书生。

徐明霞:《卢照邻集杨炯集》卷二,中华书局,1980年版

【解题】

《从军行》为乐府旧题,属《相和歌辞・平调曲》,主要描写军旅生活,表达征夫思乡与思妇的相思之情。初唐时期,唐王朝边疆战争不断,唐高宗调露、永隆年间(679—681),西北边陲的吐蕃、突厥多次侵犯边疆,本诗当写于此时期。诗歌表达了诗人愿投笔从戎,保卫边疆的爱国情怀,尤其最后一句激励了无数后世文人。

【注释】

[1]烽火:古代边疆点烟火传递军情。《史记・周本纪》:"有寇至,则举烽火。"西京:长安。唐高宗显庆二年(657),以洛阳为东都,称长安为西都或西京。 [2]牙璋(zhāng):兵符。分为两半,相合之处呈犬牙交错状,平时朝廷和将帅各执一半,需要合成完整的一个才能调动军队。沈括《梦溪笔谈・辩证一》:"牙璋,判合之器也,当于合处为牙,如今之'合契'。牙璋,牡契也。以起军旅,则其牝宜在军中,即虎符之法也。"凤阙:汉武帝时在长安建造的宫阙,后用来代指皇宫或朝廷。 [3]铁骑(旧读 jì):铁甲骑兵,泛指精锐。龙城:汉时匈奴要地,在今蒙古国鄂尔浑河的东岸。一说,匈奴祭天的地方,在今辽宁辽阳。《史记・匈奴列传》:"岁正月,诸长小会单于庭,祠。五月,大会茏城,祭其先、天地、鬼神。"又称龙庭。此处指代敌军的驻所。 [4]雪暗凋旗画:意为大雪纷飞,模糊了军旗上的图案。 [5]百夫长(zhǎng):军中的小官,管理一百个士兵。此处泛指低级军官。

【选评】

盈川近体,虽神俊输王,而整肃浑雄。究其体裁,实为正始。(胡应麟《诗薮》内编卷四)

此泛言用武效力,胜于一经自守。唐汝询谓朝廷尊宠武臣,而盈川抱才不遇,故尔心中不平,亦近于凿。(沈德潜《唐诗别裁集》卷九)

陈子昂

陈子昂(659—700),字伯玉,梓州射洪(今四川)人。唐睿宗文明(684)初举进士。貌

柔野少威仪，而占对慷慨，为武则天赏识，擢麟台正字，后迁右拾遗。敢于上疏直谏，直切时弊。圣历元年(698)因父老解官回乡。丁忧期间遭县令迫害，冤死狱中。其诗歌质朴刚健，以复古反正，倡导诗文革新，"追建安之风骨，变齐梁之绮靡"(沈德潜语)，"继往开来，中流砥柱，上遏贞观之微波，下决开元之正派"(高棅语)，开拓了诗歌的新境界。今存诗一百余首，主要注本有徐鹏校点《陈子昂集》、彭庆生《陈子昂集校注》、曾军《〈陈子昂诗全集〉汇校汇注汇评》。

登幽州台歌

前不见古人[1]，后不见来者[2]。
念天地之悠悠，独怆然而涕下[3]。

曾军：《陈子昂诗全集汇校汇注汇评》，崇文书局，2017 年版

【解题】

武则天万岁通天元年(696)，契丹的李尽忠、孙万荣等攻陷营州，武则天派遣侄子武攸宜帅军征讨，陈子昂随军出征，担任参谋。武攸宜缺乏将才，致使先锋大败，部队逡巡不前，陈子昂多次进言，结果惹怒了武攸宜，受到降职处分。诗人悲愤交加，登临幽州台，写下此诗。幽州台，又名燕台、蓟北楼、黄金台、招贤台，为战国时期燕国首都蓟城北部的门楼，故址在今北京大兴。燕昭王听从郭槐的建议，修筑黄金台，招贤纳士，吸引了乐毅、邹衍、剧辛等人才前来投奔，燕国迅速强大起来。

【注释】

[1]前：之前，过去。古人：指燕昭王那样礼贤下士的明君。　[2]后：之后，未来。来者：后世的明君。　[3]怆(chuàng)然：悲痛的样子。涕：眼泪。

【选评】

胸中自有万古，眼底更无一人。古今诗人多矣，从未有道及此者。此二十二字，真可以泣鬼。(黄周星《唐诗快》卷二)

余于登高时，每有今古茫茫之感，古人已先言之。(沈德潜《唐诗别裁集》卷五)

感遇(其二)

兰若生春夏，芊蔚何青青[1]。幽独空林色，朱蕤冒紫茎[2]。
迟迟白日晚，袅袅秋风生[3]。岁华尽摇落，芳意竟何成[4]。

曾军：《〈陈子昂诗全集〉汇校汇注汇评》，崇文书局，2017 年版

【解题】

《感遇》组诗一共三十八首，非一时一事之作，主要抒发了作者对国政时事的看法、对劳动人民的深刻同情及自己壮志难酬的忧伤愤懑。组诗体裁上属于古体诗，语言上摒弃了六朝辞藻华丽的风气，是其诗歌改革的代表作。此处选取第二首，可以明显地看出，其诗继承了《诗经》比兴手法、《楚辞》"香草美人"传统与汉魏古诗的风格特点。

【注释】

[1]若：杜若，香草名。芊(qiān)蔚：花草茂密繁盛。青青："菁(jīng)菁"假借字，草木茂盛的样子。 [2]蕤(ruí)：花下垂的样子。 [3]迟迟：此处语意双关，既指时间流逝，也指人漫步徘徊的状态。 [4]岁华：指一年开一次的花。华，古"花"字。摇落：凋零。宋玉《九辩》："悲哉，秋之为气也！萧瑟兮草木摇落而变衰。"

张若虚

张若虚，生平不详。主要活动于高宗至玄宗初年，曾任兖州兵曹。扬州人，神龙年间(705—707)与贺知章、贺朝、万齐融、邢巨、包融等吴越之士，因文词俊秀名扬于上京。又与贺知章、张旭、包融号"吴中四士"。今存诗仅两首：《春江花月夜》与《代答闺梦还》。仅《春江花月夜》一首便一举奠定了张若虚在诗歌史上的地位。

春江花月夜

春江潮水连海平[1]，海上明月共潮生。滟滟随波千万里[2]，何处春江无月明！江流宛转绕芳甸[3]，月照花林皆似霰[4]；空里流霜不觉飞[5]，汀上白沙看不见[6]。

江天一色无纤尘，皎皎空中孤月轮。江畔何人初见月？江月何年初照人？人生代代无穷已，江月年年只相似[7]。不知江月待何人，但见长江送流水。

白云一片去悠悠，青枫浦上不胜愁[8]。谁家今夜扁舟子[9]？何处相思明月楼？可怜楼上月徘徊[10]，应照离人妆镜台[11]。玉户帘中卷不去[12]，捣衣砧上拂还来[13]。此时相望不相闻，愿逐月华流照君。鸿雁长飞光不度[14]，鱼龙潜跃水成文[15]。昨夜闲潭梦落花[16]，可怜春半不还家[17]。江水流春去欲尽，江潭落月复西斜[18]。斜月沉沉藏海雾，碣石潇湘无限路[19]。不知乘月几人归，落月摇情满江树[20]。

《全唐诗》卷一一七，中华书局，1960年版

【解题】

《旧唐书·音乐志》："《春江花月夜》《玉树后庭花》《堂堂》，并陈后主作。叔宝常与宫

中女学士及朝臣相和为诗，太乐令何胥又善于文咏，采其尤艳者以为此曲。"《乐府诗集》将其归为《清商曲辞·吴声歌曲》，收七篇。陈叔宝之后，隋炀帝杨广、诸葛颖有同题作品流传于世，均为五绝形式，体制短小，格局不大，仍带有南朝宫体诗的余风。直至初唐年间，张若虚的七言《春江花月夜》横空出世，"孤篇横绝全唐"。

【注释】

[1]春江潮水连海平：本句意为潮水高涨，导致江海不分。　[2]滟(yàn)滟：微波荡漾，水光浮动的样子。何逊《望新月示同羁》："的的与沙静，滟滟逐波轻。"　[3]宛转：曲折。芳甸：花草丰茂的原野。谢朓《晚登三山还望京邑》："喧鸟覆春洲，杂英满芳甸。"　[4]霰(xiàn)：小冰粒。　[5]流霜：比喻月光。　[6]汀(tīng)：水边的平地。　[7]只：一作"望"。　[8]青枫浦：在今湖南浏阳境内，又名双枫浦。此处泛指送别的码头。不胜(旧读 shēng)：受不住。　[9]扁(piān)舟子：泛指在江湖飘荡的游子。　[10]月徘徊：指光影移动。　[11]离人：思妇。　[12]玉户：用玉装饰的门，或门的美称。崔颢《相逢行》："玉户临驰道，朱门近御沟。"　[13]拂还来：本句意为，想要将捣衣砧上的月光拂拭掉，但拂后又照过来。因为看见月光使离人忧愁加剧。上句的"卷不去"同此意。　[14]鸿雁长飞光不度：意为鸿雁不管飞多久，也无法飞出月光之外。　[15]鱼龙潜跃水成文：鱼龙，泛指水中动物。文，同"纹"。此句的"鱼"与上句的"鸿雁"可合指"鱼雁传书"。　[16]闲潭梦落花："梦花落闲潭"的倒装。　[17]可怜：可惜，表示哀婉。春半：春季过半，言离别之久。　[18]斜：旧读 xiá。　[19]碣(jié)石：碣石山。在今河北秦皇岛。曹操《观沧海》："东临碣石，以观沧海。"潇湘：潇水与湘江，在湖南合流。本句意为离人思妇相距犹如天南海北，无限遥远。　[20]落月：一作"落花"。

【选评】

张若虚《春江花月夜》用《西洲》格调，孤篇横绝，竟为大家；李贺、商隐，挹其鲜润；宋词、元诗，尽其支流，宫体之巨澜也。(王闿运《湘绮楼诗文集》王志卷二)

这是诗中的诗，顶峰上的顶峰。(闻一多《宫体诗的自赎》)

这诗是有憧憬和悲伤的。但它是一种少年时代的憧憬和悲伤，一种"独上高楼，望断天涯路"的憧憬和悲伤。所以，尽管悲伤，仍然轻快，虽然叹息，总是轻盈。它上与魏晋时代人命如草的沉重哀歌，下与杜甫式的饱经苦难的现实悲痛都决然不同。(李泽厚《美的历程》)

孟浩然

孟浩然(689—740)，襄州襄阳(今湖北)人。少好节义，喜振人患难，隐鹿门山。年四十,乃游京师。尝于太学赋诗,一座嗟伏,无敢抗。张九龄、王维雅称道之。维私邀入内署,俄而玄宗至,浩然匿床下,维以实对,帝喜曰:“朕闻其人而未见也,何惧而匿?”诏浩然出。帝问其诗,浩然再拜,自诵所为,至“不才明主弃”之句,帝曰:“卿不求仕,而朕未尝弃卿,奈何诬我?”因放还。一生欲仕而隐,与王维、李白、王昌龄等名士唱和往来,为盛唐山水田园诗的代表。诗风幽清淡远、雄浑壮逸、平易自然,与王维合称“王孟”。其作品主要注本有佟培基《孟浩然诗集笺注》、李景白《孟浩然集校注》。

建德江宿

移舟泊烟渚[1],日暮客愁新。

野旷天低树[2],江清月近人[3]。

佟培基:《孟浩然诗集笺注》卷下,上海古籍出版社,2000 年版

【解题】

宿,留宿,过夜。建德江:在今浙江杭州建德市。又题为《宿建德江》。玄宗开元十七年(729),孟浩然长安落第,失意而归,十八年,孟浩然离开家乡赴东都洛阳,后漫游吴越一带,诗当写于此时。

【注释】

[1]移舟:划船。泊:停泊。烟渚(zhǔ):烟雾弥漫的小沙洲。烟:一作“幽”,一作“沧”。渚:水中小块陆地。 [2]野旷:原野开阔。天低树:天空低得好像要碰到树木。谢灵运《初去郡》:“野旷沙岸净,天高秋月明。” [3]月近人:指水面的月影与人相伴。

【选评】

孟浩然诗云“江清月近人”,杜陵云“江月去人只数尺”,子美视浩然为前辈,岂祖述而敷衍之耶?浩然之句浑涵,子美之句精工。(罗大经《鹤林玉露》卷三)

“低”字、“近”字,宋人所谓诗眼,却无造作痕,此唐诗之妙也。(张谦宜《茧斋诗谈》卷五)

浩然“沿月棹歌还”“招月伴人还”“沿月下湘流”“江清月近人”,并妙于言月。(施闰章《蠖斋诗话·月诗》)

岳阳楼

八月湖水平[1],含虚混太清[2]。气蒸云梦泽[3],波动岳阳城[4]。

欲济无舟楫[5],端居耻圣明[6]。坐观垂钓者[7],空有羡鱼情[8]。

佟培基:《孟浩然诗集笺注》卷上,上海古籍出版社,2000 年版

【解题】

题又作《望洞庭湖赠张丞相》《临洞庭湖》。洞庭湖：在今湖南省北部，因湖中洞庭山（今为君山）得名。是中国第二大淡水湖，古称“八百里洞庭”。张丞相：指张九龄，唐玄宗开元年间著名宰相，直言善谏，任用贤能。孟浩然的存诗中，有多首是写给张九龄的，之所以赠此诗给张九龄，是希望能得到他的引荐。

【注释】

[1]湖水平：指丰水期湖水与堤岸齐平。　[2]含：一作“涵”。虚：虚空，空中，《晋书·天文志》：“日月众星，自然浮生虚空之中，其行其止皆须气焉。”太清：天。《楚辞·远游》：“譬若王侨之乘云兮，载赤霄而凌太清。”本句形容水气与天空浑然一体，水天一色的样子。[3]云梦泽：湿地名，每个时期所述范围不同，大致在今湖北南至湖南北一带，包含洞庭湖。　[4]动：一作“撼”。　[5]济：渡河。楫(jí)：船桨。　[6]端居：平常居处，即闲居在家。本句意为，耻于在太平盛世做一个无所事事的闲人。　[7]坐观：一作“徒怜”。[8]空：一作“徒”。此两句引用“姜太公钓鱼”的典故。

【选评】

浑浑不落边际。三、四惬当，浑若天成。（陆时雍《唐诗镜》卷五）

冯舒：通篇出“临”字，无起炉造灶之烦，但见雄浑而兼潇洒，后四句似但言情，却是实做“临”字。此诗家之浅深虚实法。冯班：次联毕竟妙，与寻常作壮语者不同。

纪昀：前半望洞庭湖，后半赠张相公，只以望洞庭托意，不露干乞之痕。无名氏：三、四雄奇，五、六道浑又过之。起结都含象外之意景，当与杜诗俱为有唐五律之冠。（方回选评，李庆甲辑《瀛奎律髓汇评》卷一）

【拓展与思考】

本诗也有很多批评意见。王夫之《唐诗评选》：“襄阳律其可取者在一致，而气局拘迫，十九沦于酸馅，又往往于情景分界处为格法所束，安排无生趣，于盛唐诸子，品居中下，犹齐梁之有沈约，取合于浅人，非风雅之遗音也。此作力自振拔，乃貌为高，而格亦未免卑下。”毛先舒《诗辩坻》：“襄阳《洞庭》之篇，皆称绝唱，至欲取压唐律卷。余谓起句平平，三四雄，而‘蒸’‘撼’语势太矜，句无余力；‘欲济无舟楫’二语感怀已尽，更增结语，居然蛇足，无复深味。又上截过壮，下截不称。世目同赏，予不敢谓之然也。襄阳五言律体无他长，只清苍酝藉，遂自名家，佳什亦多。《洞庭》一章，反见索露，古人以此作孟公声价，良不解也。”综合孟浩然生平与上述评价，你怎样看待这首诗？

夏日南亭怀辛大

山光忽西落[1]，池月渐东上[2]。散发乘夕凉[3]，开轩卧闲敞[4]。荷风送香气，竹露滴清响[5]。欲取鸣琴弹[6]，恨无知音赏。感此怀故人[7]，中宵劳梦想[8]。

佟培基:《孟浩然诗集笺注》卷下,上海古籍出版社,2000年版

【解题】

南亭,当在孟浩然隐居的地方,可能在涧南园或鹿门。辛大,姓辛,家中排行老大,孟浩然的同乡友人。现存孟浩然诗中有四次提到了辛大,还有《西山寻辛谔》一诗,疑辛大为辛谔。夏日,一作“夏夕”。

【注释】

[1]山光:傍晚山边的阳光。落,一作“发”。 [2]池月:月亮在池塘边。 [3]散发:披散头发。指解冠隐居,闲散惬意之貌。《后汉书·袁闳传》:“延熹末,党事将作,闳遂散发绝世,欲投迹深林。”承夕:一作“承夜”。 [4]轩:窗。闲敞:开阔空旷。郦道元《水经注·肥水》:“寺侧因溪建刹五层,屋宇闲敞。” [5]清响:响声清脆,衬托环境之幽静。[6]鸣琴:弹琴。阮籍《咏怀·其一》:“夜中不能寐,起坐弹鸣琴。”又喻礼乐教化。《吕氏春秋·察贤》:“宓子贱治单父,弹鸣琴,身不下堂而单父治。” [7]感此:感怀至此。故人:一作“古人”。 [8]中宵:中夜,即半夜。劳:因……而辛劳。梦想:在梦中想念。

王湾

王湾,生卒年不详,号为德,河南洛阳人。玄宗先天年间(712—713)进士,历任荥阳(今荥阳市)主簿、洛阳尉。现存诗不多,《全唐诗》收诗十首。

次北固山下

客路青山外[1],行舟绿水前。潮平两岸阔,风正一帆悬[2]。
海日生残夜[3],江春入旧年。乡书何处达[4]?归雁洛阳边[5]。

《全唐诗》卷一一五,中华书局,1960年版

【解题】

《次北固山下》为历代传诵名篇。次,居次,停泊。北固山,在今江苏镇江,因北临长江,山势险固而得名,地理位置险要,三国时为重要据点。南梁武帝称其为“天下第一江山”。除了本诗,写于此地的名篇还有辛弃疾的《南乡子·登京口北固亭有怀》《永遇乐》。诗人是北方人,却在南方漂泊,往来吴楚之间,冬去春来,一年又尽,看着跳出水面的第一缕阳光,诗人内心突然触动,作出这首千古佳作。名句“海日生残夜,江春入旧年”被认为可以代表盛唐诗。

【注释】

[1]客路：旅途。青山外：一作“青山下”，此指北固山。 [2]风正：顺风。 [3]残夜：夜晚将尽的时候。此两句使用拟人手法。 [4]乡书：写给家乡的书信。 [5]归雁：此处使用“鸿雁传书”的典故。

【选评】

湾词翰早著，为天下所称最者不过一二。游吴中，作《江南意》，诗云：“海日生残夜，江春入旧年”，诗人已来，少有此句。张燕公手题政事堂，每示能文，令为楷式。（殷璠《河岳英灵集》）

江中日早，客冬立春，本寻常意，一经锤炼，便成奇绝。与少陵“无风云出塞，不夜月临关”一种笔墨。（沈德潜《唐诗别裁集》卷十）

贺知章

贺知章（约659—约744），字季真，越州永兴（今浙江杭州萧山）人。武则天证圣元年（695）进士，初授四门博士，又迁太常博士。唐玄宗开元十三年（725），迁礼部侍郎，兼集贤院学士。后为太子宾客、秘书监。性格放旷，喜饮酒，与李白友善。自号“四明狂客”。年八十六卒，肃宗赠礼部尚书。贺知章与张若虚、张旭、包融合称为“吴中四士”，与诗仙李白、左丞相李适之、汝阳王李琎、侍御史崔宗之、中书舍人苏晋、草圣张旭、布衣焦遂合称为“饮中八仙”。后人辑有其作品《贺秘监集》。

回乡偶书

其一

少小离家老大回[1]，乡音无改鬓毛衰[2]。儿童相见不相识[3]，笑问客从何处来[4]。

其二

离别家乡岁月多，近来人事半销磨[5]。惟有门前镜湖水[6]，春风不改旧时波。

《全唐诗》卷一一二，中华书局，1960年版

【解题】

贺知章约37岁中进士，此后便是近半个世纪的仕宦生涯，直到86岁时告老还乡。本组诗便是他回到阔别近半个世纪的家乡时所见所感，有意外，有遗憾，有伤感，有感慨。偶，偶然，表明诗歌是即时写就。第一首当写于刚进村时，第二首当写于归家之后。

【注释】

[1]老大：老年，高龄。 [2]乡音：家乡的口音。无改：又作“难改”“未改”。鬓毛：两鬓的毛发。一作“面毛”。衰(cuī)：一作“摧”，减少。 [3]相：表示动作的一方。相见：“见相”，见到我。不相识：不认识我。 [4]笑问，又作“却问”或“借问”。 [5]人事：陶渊明《归去来兮辞》序：“尝从人事，皆口腹自役。”销磨：又作“消磨”，减少。 [6]镜湖：在今浙江绍兴，古称“鉴湖八百里”。

李 白

李白(701—762)，字太白，号青莲居士。贺知章称其为“谪仙人”，玄宗赏其才，诏供奉翰林。其诗集最早版本为李阳冰编纂的《草堂集》，主要注本有王琦《李太白全集》，瞿蜕园、朱金城《李白集校注》，詹锳《李白全集校注汇释集评》，安旗、薛天纬、阎琦、房日晰《李白全集编年笺注》，郁贤皓《李太白全集校注》等。

关山月

明月出天山[1]，苍茫云海间。长风几万里，吹度玉门关[2]。
汉下白登道[3]，胡窥青海湾[4]。由来征战地[5]，不见有人还。
戍客望边色[6]，思归多苦颜。高楼当此夜[7]，叹息未应闲[8]。

王琦注：《李太白全集》卷四，中华书局，1977年版

【解题】

《关山月》，乐府旧题，属《鼓角横吹曲》，主要写戍边将士思乡报国之情。虽然唐朝国力强大，但边疆经常被少数民族所侵扰，本诗便是描写西北守边战士心理的杰出诗作。

【注释】

[1]天山：此处指祁连山，在今青海、甘肃境内，是中国主要山脉之一。匈奴、鲜卑等少数民族语称“天”为“祁连”，因此把祁连山称天山。 [2]玉门关：在今甘肃敦煌西北部，位

于中原与西域交流的门户关口，汉武帝时置。因西域输入玉石取道于此，故名。　[3]下：出兵。白登道：白登山与采凉山之间有直通内蒙古的古道，称为白登道，简称白道。白登山，在今山西大同市东。汉高祖六年(前201)，刘邦亲征匈奴，前200年，中计被困白登山七天，后用陈平计得以脱险。　[4]胡：此处指代吐蕃。窥：窥伺。青海湾：今青海湖。[5]由来：历来。　[6]戍客：背井离乡的守边之人。色，一作“邑”。　[7]高楼：指闺阁中人。　[8]闲，一作“还”。

【选评】

青莲“明月出天山，苍茫云海间。长风几万里，吹度玉门关”，浑雄之中，多少闲雅！(胡应麟《诗薮》卷六)

朗如行玉山，可作白自道语。格高气浑、双关作收，弥有逸致。(清高宗敕编《唐宋诗醇》)

峨眉山月歌

峨眉山月半轮秋[1]，影入平羌江水流[2]。
夜发清溪向三峡[3]，思君不见下渝州[4]。

王琦注：《李太白全集》卷八，中华书局，1977年版

【解题】

峨眉山是蜀地的标志性山峰，也可作为蜀地的代称。本诗约作于开元十二年(724)，李白初次离蜀，“仗剑去国，辞亲远游”，在行舟途中写下了这首思乡怀人的佳作。

【注释】

[1]半轮：李白看到的是上弦月还是下弦月，历来有不同意见，认为上弦月的居多。[2]影：月影。平羌：今青衣江，以青衣羌国得名。是岷江的支流大渡河的支流，在峨眉山东北部。　[3]清溪：一般认为指四川省犍为县的清溪驿，《新唐书·地理志》：“剑南道资州有清溪县，本名牛鞞(bēi)，天宝元年始更名清溪。”此诗写于开元年间，此地还未更名。清溪为何地待考。　[4]君：友人，一说指月。渝州：今重庆。

【选评】

此是太白佳境。然二十八字中，有峨眉山、平羌江、清溪、三峡、渝州，使后人为之，不胜痕迹矣。益见此老炉锤之妙。(王世贞《艺苑卮言》卷四)

周敬曰：思入清空，响流虚远，灵机逸韵，相凑而来。每一歌之，令人忘睡。金献之云：王右丞《早朝》诗五用衣服字，李供奉《峨眉山月歌》五用地名字，古今脍炙。然右丞用之八句中，终觉重复；供奉只用四句，而天巧浑成，毫无痕迹，故是千秋绝调。(周珽《唐诗选脉会通》)

客中作

兰陵美酒郁金香[1]，玉椀盛来琥珀光[2]。
但使主人能醉客[3]，不知何处是他乡？

王琦注：《李太白全集》卷二十二，中华书局，1977 年版

【解题】

客中，在他乡做客，即旅居外地。本诗作于东鲁之地，当作于入长安前，可能作于开元二十七年(739)，李白漫游兰陵之时。又题《客中行》。

【注释】

[1]兰陵：今属山东临沂，战国时期楚国置兰陵县。 [2]玉椀：泛指精美的食具。椀：同“碗”。琥珀(hǔ pò)光：形容美酒的颜色。 [3]但使：但凡，只要。

赠孟浩然

吾爱孟夫子[1]，风流天下闻[2]。红颜弃轩冕[3]，白首卧松云[4]。
醉月频中圣[5]，迷花不事君[6]。高山安可仰[7]，徒此揖清芬[8]。

(王琦注：《李太白全集》卷九，中华书局，1977 年版)

【解题】

唐玄宗开元十五年(727)，二十七岁的李白东游至湖北安陆，娶前左丞相孙女许氏为妻，在安陆定居十年。安陆距离孟浩然所在的襄阳不远，两人当是这段时间产生交集，结下深厚情谊，成为诗歌史上的佳话。孟浩然年长李白十二岁，当时孟浩然已名扬天下，而李白则初出茅庐，因此李白拜访孟浩然时，怀着极度崇敬仰慕心理。也有观点认为，此诗作于开元二十七年(739)，为两人重会之作，此时孟浩然已至暮年。

【注释】

[1]孟夫子：指孟浩然。夫子，古代对男子的尊称。 [2]风流：指潇洒不羁。 [3]红颜：指年轻时。轩冕：帝王高官出行的仪仗，代指官位爵禄。《新唐书·孟浩然传》，“年四十，乃游京师。尝于太学赋诗，一座嗟伏，无敢抗。张九龄、王维雅称道之。维私邀入内署，俄而玄宗至，浩然匿床下，维以实对，帝喜曰：‘朕闻其人而未见也，何惧而匿？’诏浩然出。帝问其诗，浩然再拜，自诵所为，至‘不才明主弃’之句，帝曰：‘卿不求仕，而朕未尝弃卿，奈何诬我？’因放还。采访使韩朝宗约浩然偕至京师，欲荐诸朝。会故人至，剧饮欢甚。或曰：‘君与韩公有期。’浩然叱曰：‘业已饮，遑恤他！’卒不赴。朝宗怒，辞行，浩然不悔也。张九龄为荆州，辟置于府，府罢”。 [4]卧松云：指隐居生活。 [5]醉月：醉酒月下。中

圣:中(zhòng)酒,酒醉。中本读去声,此处协诗律读平声。《三国志·魏书·徐邈传》,"时科禁酒,而邈私饮至于沈醉。校事赵达问以曹事,邈曰:'中圣人。'达白之太祖,太祖甚怒。度辽将军鲜于辅进曰:'平日醉客谓酒清者为圣人,浊者为贤人,邈性修慎,偶醉言耳。'竟坐得免刑"。 [6]迷花:迷恋于山野自然。君:指帝王。 [7]高山安可仰:此句为李白表示对孟浩然的仰慕之情。典出《诗经·小雅·车辖》:"高山仰止,景行行止。" [8]徒:只。一作"从"。揖清芬:指向孟浩然的高尚品行致敬。

山中问答

问余何意栖碧山[1],笑而不答心自闲[2]。
桃花流水窅然去[3],别有天地非人间[4]。

王琦注:《李太白全集》卷十九,中华书局,1977 年版

【解题】

李白在湖北安陆生活的十年间,曾隐居白兆山桃花岩,此诗当作于此时,约在开元十七年(729)或十八年(730)。本诗体现了诗人在仕与隐之间的矛盾心情。本诗又题作《答问》《答俗人问》《山中答俗人》。

【注释】

[1]何意:一作"何事"。碧山:李白所隐居的白兆山。一说指青山。 [2]不答:一作"不语"。闲:闲适。 [3]窅(yǎo)然:深远的样子。一作"宛然"。 [4]桃花流水窅然去,别有天地非人间:此两句用陶渊明《桃花源记》事。

【选评】

诗贵意,意贵远不贵近,贵淡不贵浓;浓而近者易识,淡时远者难知。如杜子美"钩帘宿鹭起,丸药流莺啭""不通姓字粗豪甚,指点银瓶索酒尝""衔泥点涴琴书内,更接飞虫打着人",李太白"桃花流水窅然去,别有天地非人间",王摩诘"返景入深林,复照青苔上",皆淡而愈浓,近而愈远,可与知者道,难与俗人言。(李东阳《怀麓堂诗话》)

此诗纯是化机。白作此诗,如世尊拈花;人读此诗,当如迦叶微笑。不可说,亦不必说。(徐增《而庵说唐诗》卷十)

长干行(其一)

妾发初覆额[1],折花门前剧[2]。郎骑竹马来,绕床弄青梅[3]。同居长干里[4],两小无嫌猜[5],十四为君妇,羞颜未尝开。低头向暗壁,千唤不一回。十五始展眉[6],愿同尘与灰[7]。常存抱柱信[8],岂上望夫台[9]。十六君远行,瞿塘滟滪堆[10]。五月不可触,猿声天

上哀[11]。门前迟行迹[12]，一一生绿苔[13]。苔深不能扫，落叶秋风早。八月胡蝶来[14]，双飞西园草。感此伤妾心，坐愁红颜老[15]。早晚下三巴[16]，预将书报家[17]。相迎不道远，直至长风沙[18]。

王琦注：《李太白全集》卷四，中华书局，1977年版

【解题】

长干(gàn)，地名，在今江苏南京秦淮河畔。刘逵《吴都赋》注："江东谓山冈间为'干'。建业之南有山，其间平地，吏民居之，故号为'干'。中有大长干、小长干，皆相属。"乐府《杂曲歌辞》中有《长干曲》，为长江中下游地区的民歌。

【注释】

[1]妾：女子自称。本诗以女子口吻写就。 [2]剧：戏。 [3]床：水井的围栏。 [4]里：里弄，街坊。古代五家为邻，五邻为里。 [5]嫌猜：猜忌。 [6]展眉：舒展眉头，意为高兴的样子。元稹《遣悲怀·其三》："唯将终夜长开眼，报答平生未展眉。" [7]愿同尘与灰：灰、尘无别，本句意为愿与君无别。 [8]抱柱信：守信，意为不变心。典出《庄子·盗跖》："尾生与女子期于梁下，女子不来，水至不去，抱梁柱而死。" [9]岂：一作"耻"。望夫台：鲁迅《古小说钩沉》辑刘义庆《幽明录》，"武昌阳新县北山上有望夫石，状若人立。相传昔有贞妇，其夫从役，远赴国难，其妇携弱子饯送此山，立望而化为石，因以为名焉"。 [10]滟滪(yàn yù)堆：位于重庆奉节，三峡中瞿塘峡口的险滩，又名"犹豫石"，古代航船经常在此遇险。已于1959年炸除。 [11]哀：一作"鸣"。郦道元《水经注·江水》"每至晴初霜旦，林寒涧肃，常有高猿长啸，属引凄异，空谷传响，哀转久绝。故渔者歌曰：'巴东三峡巫峡长，猿鸣三声泪沾裳。'" [12]迟：一作"旧"。一说意为等待。 [13]绿：一作"苍"。本句意为离别时间之长，门前冷清。 [14]胡蝶：同"蝴蝶"。来：一作"黄"。王琦注："杨升庵谓蝴蝶或白或黑，或五彩皆具，唯黄色一种至秋乃多，盖感金气也，引太白'八月蝴蝶黄'一句，以为深中物理，而评今本'来'字为浅。"琦谓以文义论字，终以"来"字为长。作"黄"字亦有道理。 [15]坐愁：语出鲍照《拟行路难·其四》，"人生亦有命，安能行叹复坐愁!"后用"坐愁行叹"表示终日忧愁。 [16]早晚：何时，询问语气。三巴：在今四川东部。《华阳国志·巴志》："献帝初平元年，征东中郎将安汉赵颖建议分巴为三郡。颖欲得巴旧名，故白益州牧刘璋以垫江以上为巴郡，江南庞羲为太守，治安汉；以江州至临江为永宁郡；朐忍至鱼复为固陵郡，巴遂分矣。建安六年，鱼复蹇胤白璋争巴名。璋乃改永宁为巴郡，以固陵为巴东，庞羲为巴西太守，是为'三巴'。" [17]书：信。 [18]长风沙：在今安徽安庆。离南京约七百里。

【选评】

山谷云：《太白集》中《长干行》二篇，"妾发初覆额"，真太白作也。"忆妾深闺里"，李益尚书作，所谓"痴妒尚书李十郎"者也。词意亦清丽可喜，乱之太白诗中，亦不甚远。大儒曾子固刊定，亦不能别也。太白豪放，人中凤凰麒麟，譬如生富贵人，虽醉饱瞑暗，喑呓中

作无义语，终不能作寒乞声耳。今太白诗中，谬入他人作者略有十之二三。欲删正者，当以吾言考之。（胡仔《苕溪渔隐丛话前集》卷五）

虽是儿女子喁喁，却原带英雄之气，自与他人闺怨不同。（黄周星《唐诗快》）

送友人

青山横北郭[1]，白水绕东城[2]。此地一为别，孤蓬万里征[3]。
浮云游子意[4]，落日故人情。挥手自兹去[5]，萧萧班马鸣[6]。

王琦注：《李太白全集》卷十八，中华书局，1977 年版

【解题】

本诗所作的时间、地点及所送之人均不详，说法纷纭，未能有定。但并不影响我们通过诗中的文字，去感受诗人内心的深情与彷徨。本诗既是写友人，也是对自己漂泊不定生涯的感叹。

【注释】

[1]郭：外城。内城墙为城，外城墙为郭。　[2]白水：清水。　[3]孤蓬：没有根而随风飘转的蓬草，比喻漂泊无依的游子，指李白所送别的友人。征：远行。　[4]浮云：云随风而动，比喻游子漂泊不定。曹丕《杂诗·其二》："西北有浮云，亭亭如车盖。惜哉时不遇，适与飘风会。吹我东南行，行行至吴会。吴会非吾乡，安能久留滞。弃置勿复陈，客子常畏人。"　[5]自兹：自此。　[6]萧萧：马嘶鸣之声。《诗经·小雅·车攻》："萧萧马鸣。"班马：离群之马。《左传·襄公十八年》"邢伯告中行伯曰：'有班马之声，齐师其遁。'"杜预注："夜遁，马不相见，故鸣。班，别也。"王琦："主客之马将分道而萧萧长鸣，亦若有离群之感。畜犹如此，人何以堪！"庾信《哀江南赋》："失群班马，迷轮乱辙。"

【选评】

"青山""白水"，先写送别之地，如此佳景为"孤篷万里"对照。"此地"紧接上二句，"一别"，送者、去者合写。五、六又分写。"自兹"二字，人、地总结。八句写"马鸣"，黯然销魂，见于言外。（屈复《唐诗成法》卷三）

句法清新，出于天授。唐人之为短律，率多雕琢，白自脑中流出，不求巧而自巧，非唐人所能及也。（朱谏《李诗选注》）

蜀道难

噫吁嚱[1]，危乎高哉[2]！蜀道之难，难于上青天！

蚕丛及鱼凫[3]，开国何茫然[4]。尔来四万八千岁[5]，不与秦塞通人烟[6]。西当太白有鸟道[7]，可以横绝峨眉巅[8]。地崩山摧壮士死[9]，然后天梯石栈相钩连[10]。上有六龙回

日之高标[11]，下有冲波逆折之回川[12]。黄鹤之飞尚不得过[13]，猿猱欲度愁攀援[14]。青泥何盘盘[15]，百步九折萦岩峦[16]。扪参历井仰胁息[17]，以手抚膺坐长叹[18]。

问君西游何时还？畏途巉岩不可攀[19]。但见悲鸟号古木[20]，雄飞雌从绕林间[21]。又闻子规啼夜月[22]，愁空山[23]。蜀道之难，难于上青天，使人听此凋朱颜[24]！连峰去天不盈尺[25]，枯松倒挂倚绝壁。飞湍瀑流争喧豗[26]，砯崖转石万壑雷[27]。其险也若此，嗟尔远道之人胡为乎来哉[28]！

剑阁峥嵘而崔嵬[29]，一夫当关[30]，万夫莫开。所守或匪亲[31]，化为狼与豺。朝避猛虎，夕避长蛇，磨牙吮血[32]，杀人如麻。锦城虽云乐[33]，不如早还家。蜀道之难，难于上青天，侧身西望长咨嗟[34]！

王琦注：《李太白全集》卷三，中华书局，1977年版

【解题】

《蜀道难》，乐府旧题，属《相和歌·瑟调曲》。《乐府古题要解》："《蜀道难》，备言铜梁、玉垒之险。又有《蜀国篇》，与此颇同。"即此题自古便写蜀地道路之艰险。本诗一般认为作于天宝初年，李白由蜀地初入长安，拿出这首《蜀道难》给贺知章看，贺知章"读未竟，称叹者数四，号为'谪仙'"。李白"诗仙"的名号由此而来。

【注释】

[1]噫(yī)吁(xū)嚱(xī，一音 hū)：蜀地方言，表示惊叹。　[2]危：高。　[3]蚕丛及鱼凫：古蜀国君王名字。刘逵注左思《蜀都赋》，"扬雄《蜀王本纪》曰：'蜀王之先，名蚕丛、柏濩、鱼凫、蒲泽、开明。是时人民(萌)，椎髻左衽，其目纵，不晓文字，未有礼乐。'从开明上至蚕丛，积三万四千岁"。　[4]茫然：遥远。　[5]尔来：指开国以来。　[6]不：一作"乃"。秦塞(sài)：秦地关塞，泛指秦地，关中地区。　[7]太白：太白山，在今陕西宝鸡。慎蒙《名山记》："太白山，在凤翔府眉县东南四十里，钟西方金宿之秀，关中诸山莫高于此。其山巅高寒，不生草木，常有积雪不消，盛夏视之犹灿然，故以太白名。"鸟道：山势险峻，只有鸟才能通过。　[8]横绝：横越。峨眉：峨眉山，在今四川峨眉山市西南。其得名有多种说法，一般认为因有两峰对立如蛾眉，故名。　[9]地崩山摧壮士死：常璩《华阳国志·蜀志》，"惠王知蜀王好色，许嫁五女于蜀，蜀遣五丁迎之。还到梓潼，见一大蛇入穴中。一人揽其尾，掣之不禁，至五人相助，大呼拽蛇，山崩。时压杀五人及秦五女，并将从。而山分为五岭，直顶上有平台"。　[10]天梯：陡峭狭长的山路。石栈(zhàn)：在山崖间修筑的栈道。相：一作"方"。　[11]六龙回日：徐坚《初学记·天象部》引《淮南子·天文训》，"爰止羲和，爰息六螭，是谓悬车"。高诱注："日乘车驾以六龙，羲和御之，日至此而薄于虞泉，羲和至此而回六螭。"高标：高峰，可以作为地界标志。六龙回日之高标：一作"横河断海之浮云"。　[12]逆折：回旋。回川：形容水势激荡，河流中有旋涡。　[13]黄鹤：黄鹄，黄色的大鸟，善高翔。　[14]猱(náo)：一种猴子，善于攀援。援：一作"缘""牵"。　[15]青泥：青泥岭：在今甘肃徽县之南，甘陕边界上，为古时入蜀道路。李吉甫《元和郡县图志》："悬崖万仞，上多云雨，行者屡逢泥淖，故号为青泥岭。"盘盘：道路盘旋曲折的样子。

[16]百步九折：百步内九道弯。萦(yíng)岩峦：盘绕着高俊的山峦。 [17]扪(mén)：摸。历：经过。参、井：星宿名。古代将天上星宿与地理相对应。参(shēn)星对应蜀地，井星对应秦地。本句用夸张的手法形容青泥岭之高，可以摸到天上的星星。胁息：屏息。[18]膺(yīng)：胸。坐：徒然。 [19]畏途：令人畏惧的路途。巉(chán)岩：险峻的山石。 [20]但见：只听见。号：音 háo。古：一作"枯"。 [21]雌从：一作"从雌"。 [22]子规：杜鹃鸟，又名杜宇。《文选·蜀都赋》注引《蜀记》："昔有人姓杜，名宇，王蜀，号曰望帝。宇死，俗说云宇化为子规。子规，鸟名也。蜀人闻子规鸟，皆曰望帝也。"张华注："望帝称王于蜀，得荆州人鳖灵，便立以为相。后数岁，望帝以其功高，禅位于鳖灵，号曰开明氏。望帝修道，处西山而隐，化为杜鹃鸟，或云化为杜宇鸟，亦曰子规鸟，至春则啼，闻者凄恻。按，子规即杜鹃也，蜀中最多，南方亦有之。状如鹊鹞，而色惨黑，赤口，有小冠。春暮即鸣，夜啼达旦，至夏尤甚，昼夜不止，鸣必向北，若云'不如归去'，声甚哀切。"后世有"杜鹃啼血"之说，形容杜鹃叫声之哀。 [23]这两句又可断句为"又闻子规啼，夜月愁空山"。 [24]凋朱颜：变了脸色。王康琚《反招隐诗》："凝霜凋朱颜，寒泉伤玉趾。" [25]去：距离。盈：满。去天不盈尺：一作"入烟几千尺"。 [26]喧豗(huī)：喧闹声。 [27]砯(pīng)：水击打岩石的声音，此处作动词，击打。转石：使山石滚动。 [28]若：一作"如"。嗟(jiē)：叹词。胡为：为了什么。 [29]剑阁：在今四川剑阁县，又名剑门关。《水经注·漾水》："又东南径小剑戍北，西去大剑三十里，连山绝险，飞阁通衢，故谓之剑阁也。"峥嵘、崔嵬(cuī wéi)：形容山势高俊。 [30]当关：把守关口。万夫：一作"万人"。左思《蜀都赋》："一人守隘，万夫莫向。" [31]或：若。匪亲：不是亲信。亲，一作"人"。张载《剑阁铭》："一人荷戟，万夫趑趄。形胜之地，匪亲勿居。" [32]吮血(shǔn xuè)：吸血。[33]锦城：锦官城，成都。古代为产棉织锦之地，朝廷曾在此设立锦官，后世以锦官为城市代称。 [34]咨(zī)嗟：叹息。长咨嗟：一作"令人嗟"。

【选评】

篇中三言蜀道之难，所谓一唱三叹也。突然以嗟叹起，嗟叹结，创格也。（钱良择《唐音审体》卷一）

《蜀道难》自是古曲，梁陈作者，止言其险，时不及其他。白则兼采张载《剑阁铭》"一人荷戟，万夫趑趄，形胜之地，匪亲勿居"等语用之，为恃险割据与羁留佐逆者著戒。惟其海说事理，故苞括大，而有合乐府讽世立教本旨。若第取一时一人事实之，反失之细而不足味矣。（胡震亨《唐音癸签》卷二十一）

"尔来四万八千岁"，此云总非实据也。人言文人无实语，而不知文章家妙在跌宕。每说到已甚，太白用此，正跌宕法也。"蜀道之难，难于上青天"再一提，此句妙有关锁，上来笔气纵横，逸宕不如此，则散无统束矣。"锦城虽云乐"，上面说到蜀如此可惊、可畏，而忽下一"乐"字，妙极。"不如早还家"，此虽是乐，不可久居，"不如早还家"之句尤乐也。文势至此甚紧，必须一放，方得宽转，所谓"一张一弛，文武之道"也。"蜀道之难，难于上青天"，复提此句为结束，妙。篇中凡三见，与《庄子·逍遥游》叙鲲鹏同。吾尝谓作长篇古诗，须读《庄子》《史记》。子美歌行纯学《史记》，太白歌行纯学《庄子》。故两先生为歌行之双绝，

不诬也。(徐增《而庵说唐诗》)

将进酒

君不见黄河之水天上来，奔流到海不复回。君不见高堂明镜悲白发[1]，朝如青丝暮成雪[2]。人生得意须尽欢，莫使金樽空对月[3]。天生我材必有用[4]，千金散尽还复来。烹羊宰牛且为乐，会须一饮三百杯[5]。岑夫子[6]，丹丘生[7]，将进酒，杯莫停[8]。与君歌一曲，请君为我倾耳听[9]。钟鼓馔玉不足贵[10]，但愿长醉不用醒[11]。古来圣贤皆寂寞[12]，惟有饮者留其名。陈王昔时宴平乐[13]，斗酒十千恣欢谑[14]。主人何为言少钱[15]，径须沽取对君酌[16]。五花马[17]，千金裘，呼儿将出换美酒[18]，与尔同销万古愁！

王琦注：《李太白全集》卷三，中华书局，1977 年版

【解题】

将(qiāng)：请，劝酒语。《将进酒》，乐府旧题，属《鼓吹铙歌》，主要写饮酒放歌的场景。本诗又题作《惜空酒樽》《惜空罇酒》《惜罇空》。本诗的写作时间，有多种说法。一般认为写于天宝三载(744)赐金放还之后，可能作于天宝十一年(752)，这一年，他曾多次应邀到元丹丘家中做客。也有观点认为作于开元年间。

【注释】

[1]高堂：厅堂，一作“床头”。一说指父母。 [2]青丝：黑发。一作“青云”。成：一作“如”。 [3]樽：酒杯，一作“罇”。 [4]天生我材必有用：又作“天生我身必有财”“天生吾徒有俊才”。 [5]会须：应该。三百杯：典出《世说新语·文学》刘孝标注引《郑玄别传》“袁绍辟玄，及去，饯之城东。(马融)欲玄必醉，会者三百余人，皆离席奉觞，自旦及莫，度玄饮三百余杯，而温克之容，终日无怠”。 [6]岑夫子：岑勋，李白朋友。 [7]丹丘生：元丹丘，李白朋友，隐士，现存李白诗中有多首是题给他的。 [8]杯：一作“君”。 [9]倾：一作“侧”。 [10]钟鼓馔玉：泛指贵族生活的奢侈豪华。古代贵族食则鸣钟。王勃《滕王阁序》：“闾阎扑地，钟鸣鼎食之家。”馔(zhuàn)玉：形容美味佳肴极其丰盛。钟鼓馔玉不足贵，又作“钟鼓玉帛岂足贵”“钟精玉席岂足贵”。 [11]不用，又作“不愿”“不复”。 [12]寂寞：被冷落，不得志。一作“死尽”。 [13]陈王：指曹植，曾受封为陈王。平乐(lè)：汉代宫观名，后泛指馆阁园林。曹植《名都篇》：“归来宴平乐，美酒斗十千。” [14]斗(dǒu)酒十千：一斗酒十千钱，表示酒的名贵。恣(zì)：放纵。欢谑(xuè)：开玩笑。 [15]少钱，一作“钱少”。 [16]径须：就应当，只管。沽取：买酒。径须沽取对君酌，一作“且须沽酒共君酌”。 [17]五花马：谓马之毛色作五色花纹者，泛指名贵的马。一说指将马鬣剪成五瓣的马。 [18]将出：拿出。《西京杂记》“司马相如初与卓文君还成都，居贫忧懑，以所著鹔鹴裘就市人阳昌贳酒，与文君为欢。既而文君抱颈而泣曰：‘我生平富足，今乃以衣裘贳酒！’”

行路难（其一）

金樽清酒斗十千，玉盘珍羞直万钱[1]。停杯投箸不能食[2]，拔剑四顾心茫然[3]。欲渡黄河冰塞川，将登太行雪满山[4]。闲来垂钓碧溪上[5]，忽复乘舟梦日边[6]。行路难，行路难，多歧路[7]，今安在？长风破浪会有时[8]，直挂云帆济沧海[9]。

王琦注：《李太白全集》卷三，中华书局，1977 年版

【解题】

《行路难》，乐府旧题，属《杂曲歌辞》，多以“君不见”开头，描写世道艰辛，抒发失意悲伤的情怀，李白则不同，“纵作失意之声，亦必气概轩昂”。

【注释】

[1]羞：同“馐”，佳肴。直：同“值”，价值。　[2]投箸(zhù)：丢掉筷子。　[3]此两句语出鲍照《拟行路难·其六》：“对案不能食，拔剑击柱长叹息。”　[4]太行：太行山，中国东部的重要山脉，华北平原与黄土高原的分界。　[5]本句用“姜太公钓鱼”的典故。碧，一作“坐”。　[6]忽复：忽然又。典出《宋书·符瑞志上》：“伊挚将应汤命，梦乘船过日月之旁。”商朝名相伊尹在受到商汤聘请的前一晚，梦见自己乘船经过日月。　[7]歧路：岔道。《列子·说符》，“杨子之邻人亡羊，既率其党，又请杨子之竖追之。杨子曰：‘嘻！亡一羊，何追者之众？’邻人曰：‘多歧路。’既反，问：‘获羊乎？’曰：‘亡之矣。’曰：‘奚亡之？’曰：‘歧路之中又有歧焉，吾不知所之，所以反也。’”　[8]长风破浪：典出《宋书·宗悫传》：宗悫字元干，南阳涅阳人也。叔父少文，高尚不仕。悫年少，问其所志，悫答曰：“愿乘长风破万里浪。”少文曰：“汝若不富贵，必破我门户。”会：应当。　[9]云帆：白色的帆。一说，高耸入云的帆。济(jì)：渡。

【选评】

太白以气为主，以自然为宗，以俊逸高畅为贵。（王世贞《艺苑卮言》卷四）

“停杯”“长风”二联，振动易学；“欲渡”四句，排宕则不易。后人但学“停杯”以为豪。渡河、登太行、济世也。冰雪譬小人，犹《四愁诗》之水深雪雾也。溪上、梦日边，身在江湖，心存魏阙也。（刘咸忻《风骨集评》）

宣州谢朓楼饯别校书叔云

弃我去者，昨日之日不可留；乱我心者，今日之日多烦忧。长风万里送秋雁，对此可以酣高楼[1]。蓬莱文章建安骨[2]，中间小谢又清发[3]。俱怀逸兴壮思飞[4]，欲上青天览明月[5]。抽刀断水水更流，举杯销愁愁更愁[6]。人生在世不称意[7]，明朝散发弄扁舟[8]。

王琦注：《李太白全集》卷十八，中华书局，1977 年版

【解题】

本诗又题作《陪侍御叔华登楼歌》。谢朓楼，南朝谢朓任宣城太守时所建，在宣城东南，又名谢公楼、北楼。校(jiào)书，教书郎，官名，属秘书省。叔云，叔父李云。其实李白与他并非同族。本诗当作于天宝末年，安史之乱前，李白漫游宣州时所作。

【注释】

[1]酣(hān)高楼：指在谢朓楼上畅饮。 [2]蓬莱：东汉藏书之地，此处指代校书郎李云。《后汉书·窦章传》："是时学者称东观为老氏藏室，道家蓬莱山"。李贤注："言东观经籍多也。蓬莱，海中神山，为仙府，幽经秘籍并皆在也。"建安骨：建安风骨，东献帝建安(196—220)时期以"三曹""七子"为代表的作家，所作诗文慷慨悲凉，风骨遒上，成为后世的一种审美理想。此句意在称赞李云的文章写得有建安风骨。 [3]小谢：南朝诗人谢朓。后世称谢灵运为"大谢"，谢朓为"小谢"。清发(fā)：清秀俊逸。此句诗人以小谢自比。 [4]怀：怀有。逸兴(xìng)：超逸不俗的兴致。王勃《滕王阁序》："遥襟甫畅，逸兴遄飞。"壮思：壮大豪迈的情思。卢思道《卢记室诔》："丽词泉涌，壮思云飞。" [5]青天：一作"青云"。览：一作"揽"。明月：一作"日月"。 [6]更：一作"复"。 [7]人生：一作"男儿"。称(chèn)意：称心如意。 [8]散发：见孟浩然《夏日南亭怀辛大》注[3]。弄扁舟：归隐江湖。《史记·货殖列传》，"范蠡既雪会稽之耻，乃喟然而叹曰：'计然之策七，越用其五而得意。既已施于国，吾欲用之家。'乃乘扁舟浮于江湖，变名易姓，适齐号鸱夷子皮，之陶为朱公"。本句一作"举棹还沧州"。

【选评】

遥情飙竖，逸兴云飞，杜甫所谓"飘然思不群"此矣。千载而下，犹见酒间岸异之状，真仙才也。(清高宗敕编《唐宋诗醇》卷七)

太白《登谢朓楼》诗末云："人生在世不称意，明朝散发弄扁舟。"杜《暮归》诗末云："年过半百不称意，明日看云还杖藜。"语气极似，而气象迥然不同：李则豪放，杜则悲壮也。(姚莹《识小录》卷五)

月下独酌(其一)

花间一壶酒[1]，独酌无相亲。举杯邀明月，对影成三人[2]。月既不解饮，影徒随我身。暂伴月将影[3]，行乐须及春[4]。我歌月徘徊，我舞影零乱。醒时同交欢[5]，醉后各分散。永结无情游[6]，相期邈云汉[7]。

王琦注：《李太白全集》卷二十三，中华书局，1977 年版

【解题】

题目下两宋注本皆注"长安"二字，则本诗当作于天宝三载(744)，李白在长安失意之后。本诗一共四首(第二首查慎行《初白庵诗评》认为："此种语太庸近，疑非太白作。")，此

是第一首，也是流传最广、称誉最多的一首。本诗通篇用拟人的手法，写出了李白的孤独，极富浪漫主义色彩。

【注释】

[1]花间：又作“花前”“花下”。　[2]本句意为明月、我、我的影子凑成三人，一说，我、月下影、酒中影凑成三人。　[3]将：和、共。　[4]及春：趁着春天时。　[5]同：一作“相”。　[6]无情游：明月和影子没有意识，不懂感情，因此与之游称为“无情游”。[7]相期：相约。邈(miǎo)云汉：邈，遥远。云汉：天河，泛指天上。一作“碧岩畔”。

【选评】

题本独酌，诗偏幻出三人，月影伴说，反复推勘，愈形其独。（蘅塘退士《唐诗三百首》卷一）

李诗“举杯邀明月，对影成三人”，东坡喜其造句之工，屡用之。予读《南史·沈庆之传》，庆之谓人曰：“我每履田园，有人时与马成三，无人则与马成二。”李诗殆本此。然庆之语不及李诗之妙耳。（李家瑞《停云阁诗话》）

千古奇趣、从眼前得之。尔时情景，虽复潦倒，终不胜其旷达。陶潜云“挥杯劝孤影”，白意本此。（清高宗敕编《唐宋诗醇》卷八）

【拓展与思考】

阅读《月下独酌》组诗，将本书所选的《将进酒》《行路难》《宣州谢朓楼饯别校书叔云》《客中作》诸篇进行比较，都是喝酒，李白的心情有什么相同，又有什么不同？为什么？

其二

天若不爱酒，酒星不在天。地若不爱酒，地应无酒泉。天地既爱酒，爱酒不愧天。已闻清比圣，复道浊如贤。贤圣既已饮，何必求神仙？三杯通大道，一斗合自然。但得酒中趣，勿为醒者传。

其三

三月咸阳城，千花昼如锦。谁能春独愁？对此径须饮。穷通与修短，造化夙所禀。一樽齐死生，万事固难审。醉后失天地，兀然就孤枕。不知有吾身，此乐最为甚。

其四

穷愁千万端，美酒三百杯。愁多酒虽少，酒倾愁不来。所以知酒圣，酒酣心自开。辞粟卧首阳，屡空饥颜回。当代不乐饮，虚名安用哉？蟹螯即金液，糟丘是蓬莱。且须饮美酒，乘月醉高台。

王昌龄

王昌龄(约698—约756),字少伯,京兆(今西安)人。开元十五年(727)登进士科,补秘书省校书郎;开元二十二年(734)登博学宏词科,迁汜水县尉。一生仕途不顺,“不护细行,屡见贬斥”。开元二十七年贬谪岭南。后出任江宁丞,时称“诗家夫子王江宁”。天宝时又贬为龙标县尉,号“王龙标”。安史之乱中被亳州刺史闾丘晓杀害。王昌龄尤擅七绝,号“七绝圣手”。现存诗一百八十首左右,题材以边塞诗和宫怨诗为代表。其作品主要注本有李云逸《王昌龄诗注》,胡问涛、罗琴校注《王昌龄集编年校注》。

出　塞

秦时明月汉时关[1],万里长征人未还。
但使龙城飞将在[2],不教胡马度阴山[3]。

李云逸:《王昌龄诗注》,上海古籍出版社,1984年版

【解题】

出塞,远出边塞。《出塞》为乐府古题,属《横吹曲辞·汉横吹曲》,主要描写边关场景。一共两首,此诗为第一首,当为诗人早年赴西域时写的作品。明代李攀龙将其推为唐代七绝压卷之作。

【注释】

[1]此句互文,指秦汉时期的明月和秦汉时期的边关。　[2]但:但凡,只要。飞将:西汉名将李广,号称“飞将军”。见《史记·李将军列传》:“广居右北平,匈奴闻之,号曰‘汉之飞将军’,避之数岁,不敢入右北平。”　[3]教:使,让。胡马:胡人的骑兵,泛指边疆少数民族的军队。阴山:在今内蒙古,北方边境隔离少数民族与中原地区的天然屏障。

从军行(其四)

青海长云暗雪山[1],孤城遥望玉门关[2]。
黄沙百战穿金甲,不破楼兰终不还[3]。

李云逸:《王昌龄诗注》,上海古籍出版社,1984年版

【解题】

盛唐时期，整个时代的文人都充满了积极进取、建功立业的豪情壮志。以王昌龄为代表的边塞诗人就是这个时代风气的典型体现。本组诗共七首，此为第四首。

【注释】

[1]青海：青海湖，唐朝与吐蕃常在此地对峙交战。哥舒翰在此筑城，置军驻守。长云：连绵不断的云。雪山：指祁连山。　[2]孤城：边地孤立的城镇。一作“雁门关”。[3]破：一作“斩”。楼兰：古代西域国名，处于汉通西域的道路上。在今新疆鄯善。西汉时楼兰常与匈奴勾结杀害汉朝派往西域的使臣，阻挠交通。此处泛指扰边的西北少数民族。终不还：一作“竟不还”。

【选评】

自元嘉以还，四百年之内，曹、刘、陆、谢，风骨顿尽。逮储光羲、王昌龄，颇从厥迹，两贤气同而体别也。（辛文房《唐才子传》）

清而庄，婉而健，盛唐人不作一凄楚音。（张文荪《唐贤清雅集》）

“不破楼兰终不还”句，作豪语看亦可，然作归期无日看，倍有意味。（沈德潜《唐诗别裁集》卷十九）

闺　怨

闺中少妇不知愁[1]，春日凝妆上翠楼[2]。
忽见陌头杨柳色[3]，悔教夫婿觅封侯[4]。

李云逸：《王昌龄诗注》，上海古籍出版社，1984 年版

【解题】

“闺怨”是文学史的传统题材，又称闺怨诗、宫怨诗，文人以女子口吻，写少女的青春寂寞，或写少妇的相思哀怨之情。在王昌龄之前，宫怨诗大多风格靡丽，他的诗歌一洗前代铅华，被誉为是成功地用七言绝句写宫词的第一人。除了此诗，《长信秋词》五首、《长信宫词》也是王昌龄的闺怨题材名作。

【注释】

[1]不知：一作“不曾”。　[2]凝装：盛装打扮。翠楼：青楼，青色涂料装饰的楼房，为高门大宅。　[3]陌头：路边。　[4]教：使，让。觅封侯：指去边疆从军，建立军功获得封爵的赏赐。

【选评】

凡闺侣伤春，诗家所习咏。此诗不作直写，而于第三句以“忽见”二字陡转一笔，全首

皆生动有致。绝句中每有此格。(俞陛云《诗境浅说》续编二)

《风》与《骚》,则全唐之所自出,不可胜举。“忽见陌头杨柳色,悔教夫婿觅封侯”,兴也。“夕阳无限好,只是近黄昏”,比也。“海日生残夜,江春入旧年”,赋也。(吴乔《围炉诗话》卷一)

王　维

王维(701—761),字摩诘,出身世家大族太原王氏,其父时徙家至蒲州(今山西永济)。玄宗开元九年(721)进士及第。通音律,尤擅琵琶,初任大乐丞,后因黄狮子事贬为济州司户参军。开元二十三年(735),张九龄为相时擢右拾遗。后张九龄被贬,王维出任河西节度判官。天宝年间,因仕途不顺,置辋川别业开始半官半隐。安史之乱时,被叛军俘获,被迫接受伪职。本当治罪,肃宗特赦之。乾元中,迁太子中庶子、中书舍人,复拜给事中,官终尚书右丞,世称“王右丞”。王维当世即以诗名闻,尤长五言诗,是盛唐山水田园诗派代表,与孟浩然齐名,号“王孟”。常年奉佛,号“诗佛”。亦擅书画,被誉为“南宗山水画之祖”,“味摩诘之诗,诗中有画;观摩诘之画,画中有诗”。(苏轼语)现存诗四百余首,主要注本有赵殿臣《王右丞集笺注》、陈铁民《王维集校注》。

送元二使安西

渭城朝雨浥轻尘[1],客舍青青柳色新[2]。
劝君更尽一杯酒,西出阳关无故人[3]。

陈铁民:《王维集校注》卷四,中华书局,1997年版

【解题】

元二,姓元,家中排行老二,姓名不详。使:出使。安西:安西都护府,在今新疆库车。此诗当时即被配乐演唱,流传极广,又名《赠别》《渭城曲》《阳关曲》《阳关三叠》。此诗当作于安史之乱前,王维送别朋友元二,从长安一直送到渭城,并写下了这首诗歌。

【注释】

[1]渭城:秦咸阳城,汉改名渭城。浥(yì):湿润。　[2]客舍:驿站,旅舍。青青:一作“依依”。柳色:一作“杨柳”。新:一作“春”。　[3]阳关:古关口,在今甘肃敦煌西南部,是古代中原通向西域的重要关口。此两句语出沈约《别范安成》:“勿言一樽酒,明日难重持”。

【选评】

更万首绝句，亦无复近，古今第一矣。（刘辰翁《王孟诗评》）

刘梦得诗云“更与殷勤唱渭城”，白居易诗云“听唱阳关第四声”，皆谓此曲也，相传其调最高，倚歌者笛为之裂。（钱良择《唐音审体》）

作诗不可以意徇辞，而须以辞达意。辞能达意，可歌可咏，则可以传。王摩诘“阳关无故人”之句，盛唐以前所未道。此辞一出，一时传诵不足，至为三叠歌之。后之咏别者，千言万语，殆不能出其意之外。必如是，方可谓之达耳。（李东阳《麓堂诗话》）

使至塞上

单车欲问边[1]，属国过居延[2]。征蓬出汉塞[3]，归雁入胡天[4]。

大漠孤烟直[5]，长河落日圆[6]。萧关逢候骑[7]，都护在燕然[8]。

陈铁民：《王维集校注》卷二，中华书局，1997 年版

【解题】

使：出使。本诗作于开元二十五年(737)，王维以监察御史的身份奉命出使河西，慰问击败吐蕃的河西节度副使崔希逸。

【注释】

[1]单车：单车独行。问边：慰问边地。　[2]属国：少数民族附属国，一说为典属国，外交官名，使臣名。居延：地名，在今内蒙古额济纳旗北，不在王维出使所经之地。林庚、冯沅君主编的《中国历代诗歌选》认为本句意为唐边塞辽阔，附属国到了居延以外。　[3]征蓬：随风远飞的蓬草，诗人自比。汉塞：以汉喻唐。　[4]归雁：北归的大雁。胡天：指北方。　[5]孤烟直：有三种说法。一是指烽火指烟。陆佃《埤雅》：“古之烽火，用狼粪，取其烟直而聚，虽风吹之不斜。”二是指塞外的旋风。三是唐代边防所举的“平安火”。《通典》：“及暮，平安火不至。”胡三省注“《六典》：唐镇戍烽候所至，大率相去三十里，每日初夜，放烟一炬，谓之平安火”。　[6]长河：疑今甘肃河西走廊的石羊河。　[7]萧关：古关名，故址在今宁夏固原东南部。王维此行不经过萧关，当用典何逊《见征人分别诗》：“候骑出萧关，追兵赴马邑。”候骑：负责侦察敌情、联络通信的骑兵，一作“候吏”。　[8]都护：西域地区的最高长官。唐置安东、安西、安南、安北、单于、北庭六大都护。此处代指河西节度使。燕然：典出《后汉书·窦宪传》“与北单于战于稽落山，大破之。虏众崩溃，单于遁走，追击诸部。宪、秉遂登燕然山，去塞三千余里，刻石勒功，纪汉威德，令班固作铭”。

【选评】

“大漠”“长河”一联，独绝千古。（徐增《而庵说唐诗》卷十五）

“直”字、“圆”字，炼到无痕迹处，可以为妙悟也。（潘德《养一斋诗话》）

渭川田家

斜阳照墟落[1]，穷巷牛羊归[2]。野老念牧童[3]，倚杖候荆扉[4]。雉雊麦苗秀[5]，蚕眠桑叶稀[6]。田夫荷锄至[7]，相见语依依[8]。即此羡闲逸[9]，怅然吟式微[10]。

陈铁民:《王维集校注》卷七，中华书局，1997年版

【解题】

渭川，即渭水，黄河的重要支流，主要流经陕西。本诗写作的具体年代不详，当作于出仕之时。诗中表达了作者对田园生活的羡慕之情，自己却因俗事缠身，不能过上田家闲情逸致的生活。

【注释】

[1]阳：一作“光”。墟落：村落。 [2]穷巷：偏僻简陋的小巷子。穷，一作“深。” [3]野老：村野老人。牧童：一作“僮仆”。 [4]荆扉：柴门。 [5]雉雊(zhì gòu)：野鸡叫。《礼记·月令》：“雉雊鸡乳。”秀：吐穗开花。 [6]蚕眠：蚕蜕皮时一动不动如同在睡眠。 [7]荷(hè)锄：扛着锄头。《归园田居·其三》：“晨兴理荒秽，带月荷锄归。” [8]依依：表示恋恋不舍。 [9]即此羡闲逸：此句一作“羡此良闲逸”。 [10]吟：一作“歌”。式微：语出《诗经·邶风·式微》“式微，式微，胡不归？微君之故，胡为乎中露！式微，式微，胡不归？微君之躬，胡为乎泥中！”以“胡不归”表达自己归隐田园的愿望。

【选评】

《田家》诸作，储、王并推，写境真率中有静气。(王尧衢《古唐诗合解》卷一)

天趣自然，踵武靖节。(高步瀛《唐宋诗举要》卷一)

山居秋暝

空山新雨后，天气晚来秋。明月松间照，清泉石上流。
竹喧归浣女[1]，莲动下渔舟[2]。随意春芳歇[3]，王孙自可留[4]。

陈铁民:《王维集校注》卷五，中华书局，1997年版

【解题】

开元二十四年(736)，贤相张九龄被罢，口蜜腹剑的李林甫把持朝政，王维不满，却又无力抗争，在终南山建造了辋川别业，开元二十八年(740)之后开始了半官半隐的生活，其间创作了此诗。

【注释】

[1]浣(huàn)女:浣洗衣服的女子。本句意为:竹林中传来一阵喧闹嬉笑声,是一群洗完衣服的女子结伴归来。　[2]下:渔舟顺流而下。　[3]随意:任凭,随心而动之意。春芳歇:春天的花草凋零。　[4]王孙自可留:典出《楚辞·招隐士》"王孙游兮不归,春草生兮萋萋……王孙兮归来,山中兮不可久留!"本句反用此意。王孙:本指君王子孙、贵族子弟,后代指隐士,此处为诗人自喻。

【选评】

月从松间照来,泉由石上流出,极清极淡,所谓洞口胡麻,非复俗指可染者。"浣女""渔舟",秋晚情景;"归"字、"下"字,句眼大妙;而"喧""动"二字属之"竹""莲",更奇入神。(周珽《唐诗选脉会通评林》)

随意挥写,得大自在。(高步瀛《唐宋诗举要》卷四)

尾联见意格。右丞本从工丽入,晚岁加以平淡,遂到天成,如"明月松间照,清泉石上流",此非复食烟火人能道者。今人不察其渐老渐熟乃造平淡之故,一落笔便想作此等语,以为吾以王、孟为宗,其流弊可胜道哉!(黄生《唐诗矩》)

终南别业

中岁颇好道[1],晚家南山陲[2]。兴来每独往,胜事空自知[3]。
行到水穷处[4],坐看云起时。偶然值林叟[5],谈笑无还期[6]。

陈铁民:《王维集校注》卷二,中华书局,1997 年版

【解题】

终南,终南山;别业,别墅。本诗的写作时间,一说为开元二十九年(741)年,王维曾在终南山隐居,时年 41 岁。一说此诗作于肃宗乾元元年(758)后,此时王维虽职官不小,但已经基本处于隐居状态。本诗又题作《入山寄城中故人》《初至山中》。

【注释】

[1]中岁:中年。好(hào)道:指喜好佛理。　[2]晚家:近来安家。南山陲(chuí):终南山脚下,即终南别业。　[3]胜事:美好的事情。空:只,一作"祇"。　[4]穷:尽头。[5]值:遇见,一作"见"。林:一作"邻"。叟(sǒu):老年男性。　[6]无还期:又作"无回期""滞还期"。

【选评】

无言之境,不可说之味,不知者以为淡易,其质如此,故自难及。(刘辰翁《王孟诗评》)

"行""坐""谈""笑",句句不说在别业,却句句是别业。"好道"两字,先生既云"空自知"矣,予又安能强下注脚?予友继庄先生曰:"此诗若只作文字读,辜负先生慈悲不少。

然文字三昧，必须于此等诗领会得，方有悟门。”“还期”一字，与“别业”略一照应。(顾安《唐律消夏录》)

《后湖集》云：“此诗造意之妙，至与造物相表里，岂直诗中有画哉！观其诗，知其蝉蜕尘埃之中，浮游万物之表者也。”山谷老人云：“余顷年登山临水，未尝不读王摩诘诗，顾知此老胸次，定有泉石膏肓之疾。”(胡仔《苕溪渔隐丛话》前集卷十五)

辛夷坞

木末芙蓉花[1]，山中发红萼。
涧户寂无人[2]，纷纷开且落[3]。

陈铁民：《王维集校注》卷五，中华书局，1997年版

【解题】

辛夷坞(wù)：开满辛夷花的山坞，在辋川。辛夷花：木兰科，形似莲，内白外紫。白色的花又称玉兰。坞：四面高中间低的谷地。此诗写于安史之乱之前。此时李林甫把持朝政，朝纲渐弛，王维虽心怀不满，但又无能为力，于是在长安附近的终南山一带建辋川别业，亦仕亦隐。王维在辋川与道友裴迪“浮舟往来，弹琴赋诗，啸咏终日”。

【注释】

[1]辛夷花长于枝端处，外形似芙蓉。《楚辞·九歌·湘君》：“搴芙蓉兮木末。” [2]涧户：山涧的人家。一说两山涧相对如门户。 [3]纷纷：一作“丝丝”。

【选评】

摩诘深于禅，此是心无挂碍境界。虽在世中，脱然世外，令人动海上三山之想。(刘宏煦《唐诗真趣编》)

幽极。借用楚辞，因颜色相似也。(沈德潜《唐诗别裁集》卷十九)

此诗每为禅宗所引，反令减价，只就本色观，自是绝顶。(邢昉《唐风定》)

酬张少府

晚年唯好静[1]，万事不关心。自顾无长策[2]，空知返旧林[3]。
松风吹解带[4]，山月照弹琴。君问穷通理[5]，渔歌入浦深[6]。

陈铁民：《王维集校注》卷五，中华书局，1997年版

【解题】

酬：酬答，古代文人之间常以诗词相互唱和作为酬答。张少府：名不详。本诗当写于诗人晚年再次隐居于辋川之时，此时的诗人已经完全厌弃官场，一心渴求放任山林的岁月

静好的生活。

【注释】

[1]年：一作“来”。唯：一作“惟”。　[2]自顾：自视。长策：一作“良策”。　[3]空知：只知道。返旧林：指回到自己曾经隐居过的山林。陶渊明《归园田居·其一》：“羁鸟恋旧林，池鱼思故渊。”　[4]解带：解开衣带，表示闲适不羁。沈约《游沈道士馆》：“开衿濯寒水，解带临清风。”　[5]君：一作“若”。穷通：穷困与通达。　[6]浦（pǔ）：河岸。此句语出《楚辞·渔父》“渔父莞尔而笑，鼓枻而去，乃歌曰：‘沧浪之水清兮，可以濯吾缨；沧浪之水浊兮，可以濯吾足。’遂去，不复与言”。用此典表达自己选择隐居的态度。

【选评】

“晚年唯好静，万事不关心”，含一篇之脉，此方是起法。三、四虚承，五、六实地，用笔浅深俱到，章法之妙也。“松风吹解带”，是吹解下之带；“山月照弹琴”，是照正弹之琴。句中各分动静，不得作同例看。（张谦宜《絸斋诗谈》卷五）

意思闲畅，笔端高妙，此是右丞第一等诗，不当于一字一句求之。（李沂《唐诗援》）

高　适

高适（约 700—765），字达夫，一字仲武，渤海蓨人（今河北景县），郡望沧州。高适少年任侠，不拘小节，耻预常科。二十八岁时曾入京求仕，失意而返，后北上蓟门边塞之地。天宝八载（749），张九皋荐举有道科。时右相李林甫擅权，薄于文雅，唯以举子待之，适拂袖而去，客游河右。河西节度哥舒翰见而异之，表为左骁卫兵曹，充翰府掌书记，已而又去。安史之乱后，高适从征于翰，讨伐安禄山，拜左拾遗兼监察御史。后得玄宗嘉奖，用为刑部侍郎，转散骑常侍，世称“高常侍”。又加银青光禄大夫，进封渤海县侯。卒，赠礼部尚书，谥曰忠。高适存诗二百四十余首，以边塞诗为代表，有《高常侍集》传世。其作主要注本有孙钦善《高适集校注》、刘开扬《高适诗集编年笺注》、余正松《高适诗文注评》。

燕歌行并序

开元二十六年，客有从元戎出塞而还者[1]，作《燕歌行》以示，适感征戍之事，因而和焉。

汉家烟尘在东北[2]，汉将辞家破残贼[3]。男儿本自重横行[4]，天子非常赐颜色[5]。摐金伐鼓下榆关[6]，旌旆逶迤碣石间[7]。校尉羽书飞瀚海[8]，单于猎火照狼山[9]。山川萧条极边土，胡骑凭陵杂风雨[10]。战士军前半死生[11]，美人帐下犹歌舞[12]。大漠穷秋塞草腓[13]，孤城落日斗兵稀[14]。身当恩遇常轻敌[15]，力尽关山未解围[16]。铁衣远戍辛勤久[17]，玉箸应啼别离后[18]。少妇城南欲断肠[19]，征人蓟北空回首[20]。边庭飘飖那可度[21]，绝域苍茫无所有[22]。杀气三时作阵云[23]，寒声一夜传刁斗[24]。相看白刃血纷纷[25]，死节从来岂顾勋[26]！君不见沙场征战苦，至今犹忆李将军[27]。

孙钦善：《高适集校注》，上海古籍出版社，1984年版

【解题】

《燕歌行》，乐府旧题，属《相和歌辞·平调曲》。高适的这首诗意在讽刺幽州节度使张守珪，两次作战失败却谎报军情，谎报军功，而作者空有建功之志却无人赏识，因此写下这首感慨颇深的作品。

【注释】

[1]元戎：将领。一作"御史大夫张公"。指张守珪，盛唐著名将领。开元二十三年(735)，因破契丹之功，拜辅国将军兼御史大夫。 [2]汉家：代指唐朝。烟尘：指战事。当时东北部的契丹、奚等少数民族时来扰边。 [3]汉将：代指唐将。残贼：凶残的敌人。[4]横行：指在战争中纵横驰骋，所向披靡。 [5]非常：不同寻常，特别。赐颜色：赏面子，指赐予特别的待遇。 [6]摐(chuāng)：撞击，敲打。金：指钲，铜制乐器，也用于行军。伐鼓：击鼓。榆关：山海关，又称临榆关、临渝关，明代时改为今名。 [7]旌旆(jīng pèi)：泛指军中的各种旗帜。逶迤(wēi yí)：旗帜满山延绵不绝的样子，也可指行军之路曲折。[8]校尉：武官名。汉代地位很高，仅次于将军。隋唐后地位降低，属于中级军官。羽书：插羽毛的信，用于传递紧急军情。又称羽檄。瀚海：又称翰海，原为北部、西北沙漠地区的地名，后成为沙漠的代称。 [9]单于：此处代指敌方首领。猎火：围猎之火，代指少数民族扰边的战火。狼山：狼居胥山的简称，在今内蒙古，西汉霍去病曾在此大破匈奴，封坛祭天。此处代指战地。 [10]凭陵：侵犯。杂风雨：形容敌军如暴风雨一样来势汹汹。[11]半死生：生死参半，表示伤亡惨重。 [12]帐下：指将帅的营帐。 [13]穷秋：晚秋。腓(féi)：枯萎。一作"衰"。虞世基《出塞》："穷秋塞草腓，塞外胡尘飞。" [14]斗兵：战斗的士兵。 [15]恩遇：受皇帝的知遇之恩。常：一作"恒"。 [16]力尽关山未解围：上句写将帅因受宠轻敌，本句写士兵拼死苦战也不能冲出重围。关山：代指战场。[17]铁衣：铠甲，此处代指将士。 [18]玉箸：玉制的筷子，比喻眼泪，此处代指思妇。刘孝威《独不见》："谁怜双玉箸，流面复流襟。"应啼别离后。 [19]城南：长安居民区在城南一带。 [20]蓟北：蓟州北部，泛指东北战地，在今河北北部、北京一带。 [21]边庭：边地，指东北战地。庭：又作"风""亭"。飘飖(yáo)：比喻形势动荡紧张。一作"飘飘"。那可度：一作"难可越"。 [22]绝域：极其偏远的地方。《后汉书·班超传》："愿从谷吉，效命绝域。"无所有：一作"更何有"。 [23]三时：早、中、晚，代指整天；一说指春、夏、秋，则代指整年。时，一作"日"。作：变作。阵云：形似战阵的云，古人认为其为战争的征兆。《史记·天官书》："阵云如立垣。" [24]寒声：凄凉的声音。声：一作"风"。刁斗：古代军

中用具，斗形，铜质，白天用作炊具，晚上用来敲打巡更。［25］血：又作“雪”“徒”［26］死节：战死沙场，为国捐躯。岂顾勋：岂是为了个人的功名。［27］李将军：西汉名将李广，爱惜士卒，善于用兵，匈奴号之为“飞将军”。

【选评】

词浅意深，铺排中即为诽刺，此道自《三百篇》来，至唐而微，至宋而绝。（王夫之《唐诗选评》卷一）

句中含双单字，此七古造句之要诀，盖如此则顿跌多姿，而不伤于虚弱，杜工部《渼陂行》多用此句法。转韵亦用对法。（黄培芳《唐贤三昧集笺注》卷下）

岑　参

岑参（约715—770），祖籍南阳。出身官宦世家，幼年丧父，家道中落。天宝三载(747)进士，天宝八载(749)任安西节度使高仙芝幕府书记。参累佐戎幕，往来鞍马烽尘间十余载，极征行离别之情，城障塞堡，无不经行。至德二年(757)任右补阙，后出为嘉州（今四川乐山）刺史，世称“岑嘉州”，后罢官，卒于成都。岑参是盛唐边塞诗的重要作家，其诗想象丰富，风格绮丽，着重表现西北边塞生活与风土人情，充满自信乐观的盛唐精神，与高适风骨颇同，两人合称“高岑”。岑参山水诗成就也较高，以清峻奇逸见长。诗人尤擅七言歌行，代表性作品有《白雪歌送武判官归京》《轮台歌奉送封大夫出师西征》《走马川行奉送封大夫出师西征》。作品有《岑嘉州集》行世，今存诗四百余首，主要注本有陈铁民、侯忠义《岑参集校注》、廖立《岑参诗笺注》。

逢入京使

故园东望路漫漫[1]，双袖龙钟泪不干[2]。
马上相逢无纸笔，凭君传语报平安[3]。

陈铁民、侯忠义：《岑参集校注》卷二，上海古籍出版社，1981年版

【解题】

本诗当作于天宝八载(749)，诗人34岁，仕途不得志，前往边域寻求机会，赴任安西（今新疆库车）节度使高仙芝幕府书记。本诗既有渴望建功立业的豪迈情怀，同时也有对家人的思念之情，看似矛盾的感情共同熔铸于短小的诗篇之中。

【注释】

[1]故园：指长安。 [2]龙钟：沾湿貌。《信立退怨歌》："紫之乱朱，粉墨同兮；空山歔欷(xū xī)，涕龙钟兮。"也可双关老态龙钟之意。 [3]凭：烦请，拜托。

【选评】

谭元春曰："人人有此事，从来不曾写出，后人蹈袭不得。所以可久。"(钟惺、谭元春《唐诗归》卷十三)

走马川行奉送出师西征

君不见走马川行雪海边[1]，平沙莽莽黄入天！轮台九月风夜吼[2]，一川碎石大如斗[3]，随风满地石乱走。匈奴草黄马正肥[4]，金山西见烟尘飞[5]，汉家大将西出师[6]。将军金甲夜不脱，半夜军行戈相拨[7]，风头如刀面如割。马毛带雪汗气蒸，五花连钱旋作冰[8]，幕中草檄砚水凝[9]。虏骑闻之应胆慑[10]，料知短兵不敢接[11]，车师西门伫献捷[12]。

陈铁民、侯忠义：《岑参集校注》卷二，上海古籍出版社，1981 年版

【解释】

走马川，河名，一般认为是左末河，今新疆车尔臣河水域，有学者对此存疑。行：表示此诗为歌行体。奉送，敬语，恭送之意。题目一本在"奉送"后有"封大夫"三字，指封常清，唐朝名将，时任安西北庭节度使。西征，一作"西行"。一般认为是出征播仙。播仙，新疆古县名，又名且末，有学者认为即左末。本诗当作于天宝十三载(754)或十四载(755)，诗人时任安西北庭节度使判官，对西北边地生活和战事有深刻的体会，写下了一系列边塞诗歌。

【注释】

[1]行：通行。有学者认为此字为衍字。雪海：西域湖泊名，泛指西北边远的苦寒之地。走马川行雪海边，一作"走马沧海边"。 [2]轮台：地名，在今新疆轮台县南，唐贞观时置县，时隶属于北庭都护府。 [3]川：平川，指西北广漠之地。碎：一作"破"。 [4]匈奴：此处代指西北游牧民族。本句指此时敌方草肥马壮。 [5]金山：即今阿尔泰山。突厥语称"金"为"阿尔泰"。烟尘飞：指发生战争。 [6]汉家大将：指本诗的封大夫。 [7]戈相拨：指兵器相击。 [8]五花：五花马，见李白《将进酒》注[17]。连钱：指马毛色驳杂如成串铜钱。这两句意为，马毛上的雪先因马汗的热气而融化蒸发，但立即又因周围冷气而冻结成冰。 [9]草檄：起草征讨的檄文。 [10]虏骑：泛指敌军。胆慑：惧怕丧气。《敦煌变文集·降魔变文》："外道是日破魔军，六师胆慑尽亡魂。" [11]短兵：泛指兵器。 [12]车师：汉西域古国名，此指车师国故地，时北庭都护府治所，在今新疆吐鲁番一带。伫：伫立，等待。献捷：报捷，一说指诗人献上奏捷诗文。

【选评】

势险节短。句句用韵，三句一转，此《峄山碑》文法也，《唐中兴颂》亦然。（沈德潜《唐诗别裁集》卷五）

逐句用韵，每三句一转，促节危弦，无佶屈聱牙之病，嘉州之所以颉颃李、杜，而超出于樊宗师、卢仝辈也。（宋宗元《网师园唐诗笺》）

轮台歌奉送封大夫出师西征

轮台城头夜吹角[1]，轮台城北旄头落[2]。羽书昨夜过渠黎[3]，单于已在金山西[4]。戍楼西望烟尘黑[5]，汉兵屯在轮台北。上将拥旄西出征[6]，平明吹笛大军行[7]。四边伐鼓雪海涌[8]，三军大呼阴山动[9]。虏塞兵气连云屯[10]，战场白骨缠草根。剑河风急雪片阔[11]，沙口石冻马蹄脱[12]。亚相勤王甘苦辛[13]，誓将报主静边尘[14]。古来青史谁不见[15]，今见功名胜古人。

陈铁民、侯忠义：《岑参集校注》卷二，上海古籍出版社，1981 年版

【解题】

本诗与上篇当作于同一时期。两首诗所记录的西征在史书中均无记载，可能同为出征播仙。通过与上篇对读，可以看到封大夫及其将士不惧艰苦、忠君爱国、渴望建功立业的豪迈形象，这也是整个盛唐积极奋发的社会面貌的一个缩影。

【注释】

[1]轮台：角：号角，报时和号令工具，也可作为乐器。　[2]旄(máo)头：又名昴，星宿名，古人认为代表胡人。《汉书·天文志》："昴曰旄头，胡星也，为白衣会。"旄头落寓意敌军战败。　[3]羽书：见高适《燕歌行》注[8]。渠黎：又名渠犁，汉西域古国名，在新疆轮台东南。　[4]单于：此处代指敌军首领。　[5]戍楼：边疆驻防的瞭望楼。烟尘黑：指敌军来袭。　[6]上将：指封大夫。旄：节旄，君王赏赐的表明身份的信物，用牦牛尾装饰，故名。唐制，节度使赐节，出行时持节开路。　[7]平明：平旦，天刚亮时。一作"小胡"。[8]伐，一作"戍"，疑误。　[9]三军：泛指全军将士。　[10]虏塞：敌军要塞。兵气：战斗的气氛气势。此两句形容我军声势之壮。　[11]剑河：河名，在北庭之北，今俄罗斯境内叶尼赛河水域，此处当泛指极其边远之地。雪：一作"云"。　[12]沙口：一作"河口"，可能指剑河口。　[13]亚相：汉代御史大夫的地位仅次于丞相，后世代指御史大夫，此处指封大夫。勤王：为王事辛勤操劳。　[14]报主：报效君主。静边尘：指平定边疆。　[15]青史：史册。古用竹简记事，竹简色青，故名"青史"。谁不见：此处当为反问语气，意为都看见了。

【选评】

《轮台歌》："四边伐鼓雪海涌，三军大呼阴山动。"《走马川行》："轮台九月风怒吼，一川

碎石大如斗，随风满地石乱走”“半夜军行戈相拨，风头如刀面如割”等句，兵法所谓其节短、其势险也。（施补华《岘佣说诗》）

嘉州《轮台》诸作，奇姿杰出，而风骨浑劲，琢句用意，俱极精思，殆非子美、达夫所及。（毛先舒《诗辩坻》卷三）

常　建

常建，生卒年与籍贯不详，盛唐诗人，玄宗开元十五年（727）与王昌龄同登进士科。诗人仕途不如意，纵情山水，后隐居鄂州武昌。常建以山水诗著称，其诗以兴象取胜。作品有《常建集》一卷。注本有王锡九《常建诗歌校注》。

题破山寺后禅院

清晨入古寺，初日照高林。竹径通幽处[1]，禅房花木深[2]。
山光悦鸟性，潭影空人心。万籁此都寂[3]，但余钟磬音[4]。

《全唐诗》卷一四四，中华书局，1960 年版

【解题】

题：表明本诗是一首题壁诗。破山寺，在今江苏常熟虞山，始建于南齐。因在破龙涧旁，故名。唐懿宗时赐名兴福禅寺。禅院：佛教禅宗寺院，后泛指佛寺。本诗中的高远禅意，历来为后世称道，需静心品味其中三昧。

【注释】

[1]竹径：又作“曲径”“一径”。通：一作“遇”。　[2]禅房：僧人的住所，泛指寺院。[3]都：一作“俱”。　[4]但余：又作“惟余”“唯闻”。钟磬：寺院召集众僧进行诵经等科仪时使用的打击乐器，开始时敲钟，遏止时击磬。

【选评】

鸟性之悦，悦以山光；人心之空，空因潭水。此倒装句法。通体幽绝，欧阳公自谓学之未能，古人虚心服善如是。（沈德潜《唐诗别裁集》卷九）

全篇直叙。对一二，不对三四，名换柱对。有右丞《香积寺》之摹写，而神情高古过之；有拾遗《奉先寺》之超悟，而意象浑融过之。“薄暮空潭曲，安禅制毒龙”“欲觉闻晨钟，令人发深省”，方之此结，工力存馀，天然则远矣。（黄生《唐诗摘钞》卷一）

李　颀

李颀(约690—约751),籍贯不详。开元二十三年(735)进士,任新乡(今河南新乡)县尉,性疏简,厌薄世务。因久不升迁,李便弃官隐居颍阳之东川别业,故称李东川。李颀尤擅七言古诗,以边塞诗创作著称,其诗风骨高华、骨秀神清。

古从军行

白日登山望烽火[1],黄昏饮马傍交河[2]。行人刁斗风沙暗[3],公主琵琶幽怨多[4]。
野云万里无城郭[5],雨雪纷纷连大漠。胡雁哀鸣夜夜飞[6],胡儿眼泪双双落[7]。
闻道玉门犹被遮[8],应将性命逐轻车[9]。年年战骨埋荒外,空见蒲桃入汉家[10]。

《全唐诗》卷一三三,中华书局,1960年版

【解题】

《从军行》为乐府古题,本诗题在前面又多加了一个“古”字,意在借古讽今。本诗写于天宝初年,此时的唐玄宗好大喜功,大肆举兵开疆拓土。《资治通鉴·卷二一五》:“开元之前,每岁供边兵衣粮,费不过二百万;天宝之后,边将奏益兵浸多,每岁用衣千二十万匹,粮百九十万斛,公私劳费,民始困苦矣。”本诗以汉喻唐,抨击唐玄宗穷兵黩武的行为。

【注释】

[1]烽火:见杨炯《从军行》注[1]。　[2]饮(yìn)马:给马喂水。傍:依,靠。交河:唐贞观时置县,在今新疆吐鲁番西北。　[3]行人:征夫。　[4]此句指汉武帝时期,命宗室女——罪臣江都王刘建之女刘细君作为汉朝公主远嫁乌孙,公主弹奏秦琵琶,即阮,缓解思乡之情。　[5]城郭句:泛指边域之地荒无人烟。　[6]胡雁:西北的大雁。　[7]胡儿:胡人。此两句意为,边域荒凉,连本地的动物和人都不堪忍受,何况是远离家乡的行人征夫。　[8]此句事见《史记·大宛列传》,太初元年(前104),贰师将军李广利伐大宛,大败欲还,“天子闻之,大怒,而使使遮玉门,曰:‘军有敢入者辄斩之!’贰师恐,因留敦煌。”《汉书·李广利传》亦有记载“比至郁城,郁城距之。引而还,往来二岁。至敦煌,士不过什一二,使使上书言……天子闻之,大怒,使使遮玉门关,曰:‘军有敢入,斩之!’贰师恐,因留屯敦煌”。　[9]轻车:汉有轻车将军、轻车都尉。本句表示生死追随将帅。　[10]蒲桃:即葡萄,原产自西域,汉武帝时移植于离宫。此两句以汉写唐,表明大量战士埋骨边疆,换来的只是统治者物质上的享受。

【选评】

音调铿锵，风情澹冶，皆真骨独存，以质胜文，所以高步盛唐，为千秋绝艺。（邢昉《唐风定》卷七）

东川视辋川，气体浑厚，微不及之，而意兴超远，则固相近。（方东树《昭昧詹言》卷十六）

【拓展与思考】

将本诗与杜甫《兵车行》进行对读。同是讽刺唐玄宗穷兵黩武，两诗有哪些不同？

杜 甫

杜甫（712—770）字子美，自号“少陵野老”。祖父为初唐著名诗人杜审言。开元十九年（731）漫游吴越一带。开元二十三年（735）应举不第。天宝三载（744），与同为失意之人的李白、高适同游。天宝六载（747），再次落第。后献赋玄宗，授右卫率府胄曹。安史之乱，为叛军俘获，后潜逃至肃宗所在，任职左拾遗。因上书获罪，遭贬后弃官，入蜀，任职严武幕下，结成都草堂，严武荐为检校工部员外郎，世称“杜工部”。后严武卒，杜甫离蜀，沿江辗转漂泊，大历五年（770）冬病卒。杜逢禄山之难，流离陇蜀，毕陈于诗，推见至隐，殆无遗事，故当时号为“诗史”。自评其诗：“虽不足鼓吹六经，先鸣数子，至沉郁顿挫，随时敏给，扬雄、枚皋，可企及也。”与李白齐名，号“李杜”，两人为中国古典诗歌浪漫主义与现实主义的两大高峰。后世历代文人对杜甫推崇之至。元稹《唐故工部员外郎杜君墓系铭并序》：“尽得古今之体势，而兼人人之所独专矣。……则诗人以来，未有如子美者。”宋以后，杜诗愈受重视，称其“诗圣”；杜诗注家愈多，号“千家注杜”。现存诗一千四百余首，主要注本有钱谦益《钱注杜诗》、朱鹤龄《杜工部诗集辑注》、浦起龙《读杜心解》、仇兆鳌《杜诗详注》、谢思炜《杜甫集校注》、萧涤非主编《杜甫全集校注》等。

望 岳

岱宗夫如何[1]，齐鲁青未了[2]。造化钟神秀[3]，阴阳割昏晓[4]。

荡胸生曾云[5]，决眦入归鸟[6]。会当凌绝顶[7]，一览众山小。

仇兆鳌：《杜诗详注》卷一，中华书局，1979年版

【解题】

开元二十四年（736），杜甫时年24岁，开始了壮游。此诗便是游览泰山时所作，年轻的诗人对未来充满了无限期许，壮志豪情溢于言表。

【注释】

[1]岱宗：泰山为五岳之首，万山所宗，故名。又名岱岳或岱山。夫(fú)：语气助词。　[2]齐鲁：春秋时期山东地区两个主要的国家，以泰山为界，泰山北边为齐，南边为鲁国。后世用齐鲁指代山东。青未了：漫山苍翠连绵不绝无边无际。　[3]造化：大自然。钟神秀：聚集天地灵气。　[4]阴阳：山北为阴，山南为阳。本句意为山南山北的差别如同早晨和傍晚，形容泰山之高。　[5]荡胸：胸中情感动荡。曾：同"层"。　[6]决眦(zì)：眼角裂开。眦：眼角。本句意为，为了看清远方归巢的鸟，极力睁大眼睛，眼角几乎都要裂开了。　[7]会当：该当，一定要。凌绝顶：登上顶峰。

【选评】

顷见岱宗诗赋六本，读之既尽，为区检讨用儒言曰："总不如一句。"检讨请之。曰："齐鲁青未了。"(董其昌《画禅室随笔》)

刘辰翁曰："齐鲁青未了"五字雄盖一世。"青未了"语好，"夫如何"跌荡，非凑句也。"荡胸"语，不必可解，登高意豁，自见其趣；对下句苦。郭浚曰：他人游泰山记，千言不了，被老杜数语说尽。只言片语，说得泰岳色气凛然，为万古开天名作。句字皆能泣鬼磷而裂鬼胆。(周珽《唐诗选脉会通评林》)

兵车行

车辚辚[1]，马萧萧[2]，行人弓箭各在腰[3]。耶娘妻子走相送[4]，尘埃不见咸阳桥[5]。牵衣顿足拦道哭，哭声直上干云霄[6]。

道旁过者问行人，行人但云点行频[7]。或从十五北防河[8]，便至四十西营田[9]。去时里正与裹头[10]，归来头白还戍边[11]。边庭流血成海水[12]，武皇开边意未已[13]。君不闻，汉家山东二百州[14]，千村万落生荆杞[15]。纵有健妇把锄犁，禾生陇亩无东西[16]。况复秦兵耐苦战[17]，被驱不异犬与鸡[18]。

长者虽有问[19]，役夫敢伸恨[20]？且如今年冬，未休关西卒[21]。县官急索租[22]，租税从何出？信知生男恶[23]，反是生女好。生女犹得嫁比邻[24]，生男埋没随百草。君不见，青海头，古来白骨无人收[25]。新鬼烦冤旧鬼哭[26]，天阴雨湿声啾啾[27]。

仇兆鳌：《杜诗详注》卷二，中华书局，1979 年版

【解题】

《兵车行》为杜甫自创的新题乐府，通过对话的形式，揭露了玄宗进行对外扩张战争对人民的伤害。本诗当作于天宝年间。写作背景有两种说法。王嗣奭《杜臆》："明皇用兵吐蕃，民苦行役而作。"钱谦益《钱注杜诗》："天宝十载，鲜于仲通讨南诏蛮，士卒死者六万。杨国忠掩其败状，反以捷闻，制大募两京及河南、北兵以击南诏。人闻云南多瘴疠，士卒未战而死者十八九，莫肯应募。杨国忠遣御史分道捕人，连枷送诣军所。于是行者愁怨，父母妻子送之，所在哭声震野。"

【注释】

[1]辚(lín)辚：车行声。 [2]李白《送友人》："挥手自兹去，萧萧班马鸣。" [3]行人：征夫。 [4]耶娘妻子：爹、娘、妻、子女。耶，同"爷"。走：奔走，小跑。 [5]咸阳桥：在渭水上，又名渭桥、便桥，汉武帝时建造，是长安去咸阳的必经之路。 [6]干(gān)：冲犯。 [7]但云：只说。点行(xíng)：按户籍名册点名，强制征兵。 [8]或：有的人。北防河：当时吐蕃常在秋季抢掠，唐常年在河西一带驻扎军队，名"防秋"或"防河"。防线在长安北，又名"北防河"。 [9]西营田：营田，屯田。古代屯田制，军队战时打仗，闲时种田。 [10]里正：唐制，百户为一里，设一里正进行管理。与裹头：一般认为指年纪小自己整理不好头巾，里正协助，使军队服饰整齐。或者指年纪尚小未冠，裹头巾。 [11]还：一作"犹"。 [12]边庭：边地。庭：一作"亭"。 [13]武皇：汉武帝，此处代指唐玄宗。开边：用武力开拓边疆。 [14]汉家：代指唐朝。山东：一说华山以东。一说秦地函谷关以东。二百州：唐函谷关以东有217州。 [15]荆杞：荆棘和杞树，泛指杂草丛生。 [16]陇亩无东西：指田地行列不整齐。 [17]况复：更何况。秦兵：关中地区的士兵，指此次出征的士兵。 [18]驱：驱使，使唤。 [19]长者：对老年男子的尊称，此处称呼发问者。 [20]役夫：服兵役的人，答话者自称。敢：岂敢。伸：一作"申"。申诉不满。 [21]关西卒：函谷关以西士兵。关西，一作"陇西"。 [22]急索租：一本作"云急索"。 [23]信：确实。 [24]比邻：邻居，同乡。 [25]古来白骨无人收：此段当语出陈琳《饮马长城窟行》"生男慎莫举，生女哺用脯。君独不见长城下，死人骸骨相撑拄？" [26]烦冤：繁冤，冤屈很多。 [27]声：一作"悲"。啾(jiū)啾：呜咽声，一说凄惨的声音。

【选评】

乐府则太白擅奇古今，少陵嗣迹风雅，《蜀道难》《远别离》等篇，出鬼入神，惝恍莫测；《兵车行》《新婚别》等作，述情陈事，恳例如见。张王欲以拙胜，所谓差之厘毫；温李欲以巧胜，所谓谬以千里。……杜《兵车》《丽人》《王孙》等篇，正祖汉、魏，行以唐调耳。（胡应麟《诗薮》内编卷一）

齐梁以来，文士喜为乐府词，唯老杜《兵车行》《悲青坂》《无家别》等篇，皆因时事，自出己意立题，略不更蹈前人陈迹，真豪杰也。（蔡启《蔡宽夫诗话》）

邵云：是唐诗史，亦古乐府。通篇设为役夫问答之词，乃风人遗格。（杨伦《杜诗镜铨》卷一）

月　夜

今夜鄜州月[1]，闺中只独看[2]。遥怜小儿女，未解忆长安[3]。
香雾云鬟湿[4]，清辉玉臂寒[5]。何时倚虚幌[6]，双照泪痕干[7]？

仇兆鳌：《杜诗详注》卷四，中华书局，1979 年版

【解题】

至德元年(756)六月,叛军攻入长安,搜刮殆尽后纵火焚城。诗人携家逃到鄜州。安置好家人后,八月,诗人北赴灵武,中途被叛军俘获,押至长安。此诗即诗人被俘后,在长安怀念自己的妻子时所作。

【注释】

[1]鄜(fū)州:在今陕西延安南部。　[2]闺中:指妻子所居内室。看:协律读 kān。本诗化用杜审言《和康五庭芝望月有怀》:"明月高秋迥,愁人独夜看。暂将弓并曲,翻与扇俱团。雾濯清辉苦,风飘素影寒。罗衣一此鉴,顿使别离难。"　[3]本句意为,孩子尚小,不知道想念在长安的父亲,也不理解母亲心中所想。　[4]云鬟:蓬松如云的环形发髻。本句形容妻子深夜在户外站立时间很长,云鬟中的香气侵入雾气之中,雾气又反过来沾湿了云鬟。仇兆鳌引杨慎云"雨未尝有香,而元微之诗云:'雨香云淡觉微和。'云未尝有香,而卢象诗云:'云气香流水。'"仇兆鳌:"雾本无香,香从鬟中膏沐生耳。如薛能诗'和花香雪九重城',则以香雪借形柳花也。"　[5]清辉:指清亮皎洁的月光。本句亦化用杜审言《和康五庭芝望月有怀》之句。　[6]虚幌:透明的帷幕。　[7]双照:此处想象两人重逢后互相深情对视的场景。泪痕干:一作"泪阑干"。

【选评】

诗有借叶衬花之法。如杜诗"今夜鄜州月,闺中只独看",自应说闺中之忆长安,却接"遥怜小儿女,未解忆长安",此借叶衬花也。总之古人善用反笔,善用傍笔,故有伏笔,有起笔,有淡笔,有浓笔,今人曾梦见否?(李调元《雨村诗话》卷下)

尾联见意格。结云云,则今夕天各一方,泪无干痕可知,此加一层用笔法。题是《月夜》,诗是思家,看他只用"双照"二字,轻轻绾合,笔有神力。(黄生《唐诗矩》)

春　望

国破山河在[1],城春草木深[2]。感时花溅泪[3],恨别鸟惊心[4]。
烽火连三月[5],家书抵万金[6]。白头搔更短,浑欲不胜簪[7]。

仇兆鳌:《杜诗详注》卷四,中华书局,1979 年

【解题】

此诗作于《月夜》之后。至德二载(757)三月,诗人身陷长安叛军之中,伤春感时,思家悯难,写下了这首《春望》。

【注释】

[1]国破:国,国都长安。天宝十五载(756),安禄山攻陷长安,玄宗弃长安奔蜀。[2]春:一作"荒"。　[3]溅泪:洒泪。　[4]此两句萧涤非《杜甫诗选》认为:"关于'感时'

句，有人认为花并不溅泪，但诗人有这样的感觉，因此，由带着露水的花联想到它也在流泪。按果如此说，溅字就很难讲通……溅是迸发，有跳跃义。……故此处‘泪’仍以属人为是，所谓‘正是花时堪下泪’也。又白居易《闻早莺》有‘鸟声信如一，分别在人情’，可与‘鸟惊心’互参。” [5]烽火：战火。连三月：指持续不断。 [6]抵：值，抵得上。本句可能语出李白《寄远十二首·其十》：“相思千万里，一书值千金。” [7]浑欲：简直要。不胜（旧读 shēng）：不堪，受不住。两句语出鲍照《拟行路难·其十六》：“君不见冰上霜，表里阴且寒。虽蒙朝日照，信得几时安。民生故如此，谁令摧折强相看。年去年来自如削，白发零落不胜冠。”

【选评】

老杜五律，高调似初唐者，以“国破山河在”一首为最。（陈衍《石遗室诗话》卷二三）

杜诗有点一字而神理俱出者，如“国破山河在”，“在”字则兴废可悲；“城春草木深”，“深”字则荟蔚满目矣。（吴见思《杜诗论文》）

古人为诗，贵于意在言外，使人思而得之，故言之者无罪，闻之者足以耐也。近世诗人，唯杜子美最得诗人之体，如“国破山河在，城春草木深。感时花溅泪，恨别鸟惊心”。山河在，明无余物矣；草木深，明无人矣：花鸟，平时可娱之物，见之而泣，闻之而悲，则时可知矣。他皆类此，不可遍举。（司马光《温公续诗话》）

新婚别

兔丝附蓬麻[1]，引蔓故不长[2]。嫁女与征夫，不如弃路傍[3]。结发为妻子[4]，席不暖君床。暮婚晨告别，无乃太匆忙[5]。君行虽不远[6]，守边赴河阳[7]。妾身未分明[8]，何以拜姑嫜[9]。父母养我时，日夜令我藏[10]。生女有所归[11]，鸡狗亦得将[12]。君今生死地[13]，沉痛迫中肠[14]。誓欲随君去[15]，形势反苍黄[16]。勿为新婚念[17]，努力事戎行[18]。妇人在军中，兵气恐不扬。自嗟贫家女，久致罗襦裳[19]。罗襦不复施，对君洗红妆[20]。仰视百鸟飞，大小必双翔。人事多错迕[21]，与君永相望。

仇兆鳌：《杜诗详注》卷七，中华书局，1979 年版

【解题】

乾元元年（758）底，杜甫离开华州，到洛阳探亲。二年（759）三月，唐军与叛军在邺城交战，唐军大败，叛军向洛阳逼近，处处充满了紧张气氛。杜甫从洛阳返回华州，将沿途所见所感写成了组诗“三吏三别”：《新安吏》《石壕吏》《潼关吏》与《新婚别》《无家别》《垂老别》。“三吏三别”是反映安史之乱中民生疾苦的现实主义佳作，也是诗歌史上的不朽篇章。

【注释】

[1]兔丝：菟丝子，一种依附在其他植物上生长的蔓草。比喻女子依附于丈夫。《古诗十九首·其八》：“与君为新婚，兔丝附女萝。” [2]故：一作“固”。 [3]傍：一作“旁”。

[4]妻子：一作“君妻”。　[5]无乃：表示猜测的语气，莫非。　[6]虽：一作“既”。　[7]赴：一作“戍”。河阳：当时的战场前线。在今河南孟州市。　[8]古时风俗，女子结婚三日，去家庙祭拜上坟后才算完婚。如今刚结一晚上，早上丈夫就应征入伍去了，来不及完婚，则在家里的名分不明。　[9]姑嫜(zhāng)：婆婆和公公。　[10]日：一作“月”。　[11]归：女子嫁人。　[12]狗：一作“犬”。得将：一作“相将”。将：带领。　[13]生死地：又作“往死地”“死生地”。[14]迫中肠：压抑内心。　[15]去：一作“往”。　[16]苍黄：同“仓皇”。　[17]勿为(wèi)：不要为了。为：一作“改”。　[18]事戎行(háng)：从军。戎行：军队。　[19]久致：很久才做好。一作“致此”。　[20]这两句意为丈夫不在家了，不再穿好衣裳了，也不再打扮了。　[21]人事：一作“人生”。错迕(wǔ)：错杂违逆，不如意。

【拓展与思考】

拓展阅读“三吏三别”。感兴趣的同学改编成系列话剧。并思考：杜甫为什么能被称为“诗史”？

蜀　相

丞相祠堂何处寻[1]？锦官城外柏森森[2]。映阶碧草自春色[3]，隔叶黄鹂空好音[4]。
三顾频繁天下计[5]，两朝开济老臣心[6]。出师未捷身先死[7]，长使英雄泪满襟。

仇兆鳌：《杜诗详注》卷九，中华书局，1979年版

【解题】

蜀相：指诸葛亮。公元221年，刘备在成都称帝，国号“汉”，封诸葛亮为丞相。此诗作于肃宗上元元年(760)，作者初到成都，游览武侯祠，缅怀诸葛亮。

【注释】

[1]丞相祠堂：指成都武侯祠。在今成都武侯区。　[2]锦官城：成都。柏森森：柏树繁茂的样子。　[3]自：枉自，徒然。　[4]空：空有，徒然。　[5]三顾：指刘备三顾茅庐请诸葛亮出山。频繁：一作“频烦”。天下计：统一天下的大计。　[6]两朝：刘备、刘禅两朝。开济：开创辅助。　[7]诸葛亮生前多次出兵伐魏，未取得最后的胜利就去世了。《三国志·蜀书·诸葛亮传》：“建兴十二年春，诸葛亮率兵由斜谷出蜀，占据武功、五丈原，与魏司马懿对阵于渭南，相持百余日，病逝于军中。”

【选评】

刘云：全首如此一字一泪矣。又云：千年遗下此语，使人意伤。(高棅《唐诗品汇》卷八十四)

纪昀：前四句疏疏洒洒，后四句忽变沉郁，魄力绝大。赵熙：沈郁、博大。(方回选评，李庆甲辑《瀛奎律髓汇评》卷二十八)

赠花卿

锦城丝管日纷纷[1]，半入江风半入云。
此曲只应天上有[2]，人间能得几回闻？

仇兆鳌：《杜诗详注》卷十，中华书局，1979 年版

【解题】

花卿：对成都尹的部将花敬定的礼貌性称呼。花敬定曾平乱有功，因此居功自傲，到了目无朝廷的地步。本诗大概作于肃宗上元二年(761)，杜甫居成都之时。

【注释】

[1]日：一作“晓”。纷纷：形容乐曲繁多纷杂。 [2]天上：此处双关，表意天宫，暗指皇宫。

【选评】

(花卿)蜀之勇将也，恃功骄恣。杜公此诗讥其僭用天子礼乐也，时含蓄不露。有风人言之无罪、闻之者足以戒之旨。公之绝句百余首，此为之冠。唐世乐府，多取当时名人之诗唱之，而音调名题各异。杜公此诗，在乐府为入破第二叠。(杨慎《升庵诗话》卷一)

绝句独主风神，此则音韵铿然矣。(清高宗敕编《唐宋诗醇》卷十五)

茅屋为秋风所破歌

八月秋高风怒号[1]，卷我屋上三重茅。茅飞渡江洒江郊[2]，高者挂罥长林梢[3]，下者飘转沉塘坳[4]。南村群童欺我老无力，忍能对面为盗贼[5]。公然抱茅入竹去，唇焦口燥呼不得，归来倚杖自叹息。俄顷风定云墨色[6]，秋天漠漠向昏黑[7]。布衾多年冷似铁[8]，娇儿恶卧踏里裂[9]。床头屋漏无干处[10]，雨脚如麻未断绝[11]。自经丧乱少睡眠[12]，长夜沾湿何由彻[13]。安得广厦千万间[14]，大庇天下寒士俱欢颜[15]，风雨不动安如山。呜呼！何时眼前突兀见此屋[16]，吾庐独破受冻死亦足[17]。

仇兆鳌：《杜诗详注》卷十，中华书局，1979 年版

【解题】

本诗作于肃宗上元二年(761)。乾元三年(760)，杜甫在成都搭建草堂，暂时有了一个安定的居所。但是好景不长，一场意外就足以摧毁脆弱的安宁。杜甫的伟大就在于，他并未局限于自叹自怜，在自己困苦不堪的情况下，还能心系天下穷苦人民。

【注释】

[1]号：音 háo。 [2]洒：一作“满”。 [3]罥(juàn)：挂。长(cháng)：高。 [4]塘坳(ào)：水洼。塘，一作“堂”。 [5]忍能：竟然忍心。对面：当面。 [6]俄顷：一会儿。 [7]秋天：秋季的天空。漠漠：迷茫，昏沉。向：临近。 [8]似：一作“象”。 [9]本句意为，孩子睡相不好，喜欢蹬脚，使被子都破裂了。 [10]床头屋漏：泛指整个屋内。屋漏：屋内西北角。《诗经·大雅·抑》：“相在尔室，尚不愧于屋漏。”毛传：“西北隅谓之屋漏。”郑玄笺：“屋，小帐也；漏，隐也。”床头：一作“床床”。 [11]雨脚如麻：雨点像细麻线一样密集。 [12]丧乱：指安史之乱。 [13]沾湿：潮湿。何由：如何。彻：彻晓，天亮。 [14]安：如何。广厦：宽广的屋子。 [15]庇(bì)：庇护。 [16]突兀：高耸貌，即大厦。见：同“现”。 [17]独破：一作“独坏”。死：一作“意”。足：值得。

【选评】

《茅屋为秋风所破》，亦为宋人滥觞，皆变体也。(许学夷《诗源辩体》卷一九)

张曰：沉雄壮阔，奇纵变化，此老独擅。(曾国藩《十八家诗钞》)

登　高

风急天高猿啸哀，渚清沙白鸟飞回[1]。无边落木萧萧下，不尽长江滚滚来。

万里悲秋常作客[2]，百年多病独登台[3]。艰难苦恨繁霜鬓[4]，潦倒新亭浊酒杯[5]。

仇兆鳌：《杜诗详注》卷二十，中华书局，1979 年

【解题】

杜甫晚年在成都有过五年的安定时光，然而好景不长，严武去世，杜甫失去依靠，只好离开成都，客居夔州。本诗作于代宗大历二年(766)，杜甫时年五十六岁。题“登高”，可能作于重阳节时。

【注释】

[1]渚(zhǔ)：水中的小沙洲。回：回旋。 [2]万里：指故土之远。常作客：常年漂泊在他乡异地。客：客居，背井离乡。 [3]百年：一生。此处指晚年。 [4]苦：极。繁霜鬓：增多了白头发。 [5]潦倒：贫困交加，衰老多病。新停：最近停止。晚年杜甫患肺病，需要戒酒，连借酒消愁都不行。

【选评】

杜陵诗云：“万里悲秋常作客，百年多病独登台。”万里，地之远也；悲秋，时之惨凄也；作客，羁旅也；常作客，久旅也；百年，暮齿也；多病，衰疾也；台，高迥处也；独登台，无亲朋也。十四字之间含有八意，而对偶又极精确。(罗大经《鹤林玉露》乙编卷五)

气象高浑，有如巫峡千寻，走云连风，诚为七律中稀有之作。后人无其骨力，徒肖之于

声貌之间，外强而中干，是为不善学杜者。（清高宗敕编《唐宋诗醇》卷一六）

【拓展与思考】

胡应麟《诗薮》认为："此诗自当为古今七律第一，不必为唐人七言律第一也。"你怎么看？

秋兴（其一）

玉露凋伤枫树林[1]，巫山巫峡气萧森[2]。江间波浪兼天涌[3]，塞上风云接地阴[4]。
丛菊两开他日泪[5]，孤舟一系故园心[6]。寒衣处处催刀尺[7]，白帝城高急暮砧[8]。

仇兆鳌：《杜诗详注》卷十七，中华书局，1979年

【解题】

秋兴（xìng）：见到秋景，触景生情，于是以秋起兴，抒写家国情怀，也是诗人一生漂泊之情的集中抒写。本组诗一共有八首，此诗为第一首。本诗当作于代宗大历元年（766），作者时在夔州，写下了诸多名篇。

【注释】

[1]玉露：白露的美称。凋伤：表示使林木凋零衰败。李密《淮阳感怀》："金风荡初节，玉露凋晚林。此夕穷涂士，郁陶伤寸心。" [2]巫山巫峡：此处指夔州一带的长江峡谷。萧森：萧瑟阴森。 [3]江间：巫峡。兼天：连天。 [4]塞上：巫山。风云接地阴：指风云盖地。接：一作"匝"。 [5]丛菊两开：看到夔州的菊花开了两年。意为离开成都到夔州已有两年。"开"字双关，既指花开，又指泪眼开。他日：往日，意为年复一年地流泪。[6]孤舟：指自己身如孤舟。故园：指长安。 [7]催刀尺：催着赶制冬衣。刀尺：剪刀和尺子，裁缝工具。《孔雀东南飞》："左手持刀尺，右手执绫罗。" [8]白帝城：在今重庆奉节。东汉初年公孙述在此建城称帝，自号白帝，所建城为白帝城。急暮砧：天暮时急促的捣衣声。

【选评】

杜公七律，当以《秋兴》为裘领，乃公一生心神结聚之所作也。（黄生《杜诗说》卷八）

吴农祥曰：惊心动魄，不可以句求，不可以字摘。后人言"兼天""接地"之太板，"两开""一系"之无谓；岂不知工中有拙，拙中有工者也。（刘濬《杜诗集评》卷十一）

【拓展与思考】

不少古代学者认为，本组诗应整体阅读学习。王夫之《唐诗评选》："八首如正变七音，旋相为宫，而自成一章。或为割裂，则神体尽失矣。"王嗣奭《杜臆》："《秋兴》八章，以第一首起兴，而后七首俱发中怀，或承上，或起下，或互相发，或遥相应，总是一篇文字，拆去一章不得，单选一章不得。"阅读组诗的其余七首，写一篇整体赏析的文章，不少于1500字。

其二

夔府孤城落日斜，每依北斗望京华。听猿实下三声泪，奉使虚随八月槎。
画省香炉违伏枕，山楼粉堞隐悲笳。请看石上藤萝月，已映洲前芦荻花。

其三

千家山郭静朝晖，日日江楼坐翠微。信宿渔人还泛泛，清秋燕子故飞飞。
匡衡抗疏功名薄，刘向传经心事违。同学少年多不贱，五陵衣马自轻肥。

其四

闻道长安似弈棋，百年世事不胜悲。王侯第宅皆新主，文武衣冠异昔时。
直北关山金鼓振，征西车马羽书驰。鱼龙寂寞秋江冷，故国平居有所思。

其五

蓬莱高阙对南山，承露金茎霄汉间。西望瑶池降王母，东来紫气满函关。
云移雉尾开宫扇，日绕龙鳞识圣颜。一卧沧江惊岁晚，几回青琐点朝班。

其六

瞿塘峡口曲江头，万里风烟接素秋。花萼夹城通御气，芙蓉小苑入边愁。
珠帘绣柱围黄鹄，锦缆牙樯起白鸥。回首可怜歌舞地，秦中自古帝王州。

其七

昆明池水汉时功，武帝旌旗在眼中。织女机丝虚夜月，石鲸鳞甲动秋风。
波漂菰米沉云黑，露冷莲房坠粉红。关塞极天惟鸟道，江湖满地一渔翁。

其八

昆吾御宿自逶迤，紫阁峰阴入渼陂。香稻啄余鹦鹉粒，碧梧栖老凤凰枝。
佳人拾翠春相问，仙侣同舟晚更移。彩笔昔曾干气象，白头吟望苦低垂。

咏怀古迹（其一）

支离东北风尘际[1]，漂泊西南天地间。三峡楼台淹日月[2]，五溪衣服共云山[3]。
羯胡事主终无赖[4]，词客哀时且未还[5]。庾信平生最萧瑟，暮年诗赋动江关[6]。

仇兆鳌：《杜诗详注》卷十七，中华书局，1979年版

【解题】

本组诗属于咏怀诗，借古迹咏己怀。当为代宗大历元年(766)在夔州时写的。组诗一共五首，本诗为第一首。首写庾信，一方面杜甫对庾信的诗文极力推崇，曾写诗评价“清新庾开府”，“庾信文章老更成”；另一方面，杜甫与他有相似的漂泊人生，本诗既是咏古，也是诗人自伤。

【注释】

[1]支离：流离，漂泊。 [2]楼台：指夔州地区的房屋依山而建，层层叠叠，如同楼台。淹：淹留，长期逗留。日月：指时光。《离骚》：“日月忽其不淹兮，春与秋其代序。” [3]五

溪:郦道元《水经注》:“武陵有五溪,谓雄溪、满溪、酉溪、沅溪、辰溪也。”在今湘西及黔东地区。共云山:共居,杜甫回忆自己的漂泊之地。 [4]羯(jié)胡:古代北方的少数民族,本句指安禄山叛唐,犹侯景叛梁。 [5]本句既写庾信,也在写自己漂泊他乡。 [6]庾(yǔ)信(513—581),字子山,南阳新野(今属河南)人。南朝梁官员,出使西魏时,梁朝灭亡,被西魏扣留,此后二十七年均滞留北朝。后北周代魏,又在北周任职。累迁骠骑大将军、开府仪同三司。世称“庾开府”,与徐陵齐名,时称“徐庾体”,《哀江南赋》为传世名篇。

【选评】

今观夔州后诗,惟《秋兴八首》及《咏怀古迹》五首,细意熨贴,一唱三叹,意味悠长。(赵翼《瓯北诗话》卷二)

卢世㴶曰:杜诗《诸将》五首,《咏怀古迹》五首,此乃七言律命脉根蒂。(仇兆鳌《杜诗详注》卷一七)

钱　起

钱起,生卒年不详,字仲文,吴兴(今浙江湖州)人。天宝十载(751)进士,应试诗《湘灵鼓瑟》传诵一时。历任秘书省校书郎、蓝田县尉、司勋员外郎,官至考功郎中,世称“钱考功”。钱起擅写应酬饯别之诗,与郎士元并称“钱郎”,时人称“前有沈宋,后有钱郎。”与李端、卢纶、吉中孚、韩翃、司空曙、苗发、崔峒、耿湋、夏侯审九人合称“大历十才子”。《全唐诗》存诗四卷。主要注本有王定璋《钱起集校注》。

省试湘灵鼓瑟

善鼓云和瑟[1],常闻帝子灵[2]。冯夷空自舞[3],楚客不堪听[4]。
苦调凄金石[5],清音入杳冥[6]。苍梧来怨慕[7],白芷动芳馨[8]。
流水传潇浦[9],悲风过洞庭。曲终人不见,江上数峰青。

《全唐诗》卷二三八,中华书局,1960年版

【解题】

本题又作《湘灵鼓瑟》,是天宝十载(751)钱起参加尚书省省试的试帖诗。湘灵,指传说中尧的两个女儿娥皇、女英,尧帝将她们嫁给舜,舜崩之后,两人投湘江而死,成为湘水之神,常在江边鼓瑟,传达哀思。鼓瑟,弹瑟。省试诗的格式要求非常严苛:须为五言律诗,六韵十二句,并限定诗题和用韵,因此鲜有佳作。而本诗则为省试诗中流传千古的名篇。

【注释】

[1]鼓：一作"拊(fǔ)"。云和：古地名，出产优良的琴瑟木材，后代指乐器。　[2]帝子灵：湘灵，为尧帝的女儿，故名帝子。　[3]冯(古读 píng)夷：河神。《淮南子·齐俗》："昔者冯夷得道，以潜大川。"其名又作"冰夷""无夷""冯修"等。空：一作"徒"。本句语出《楚辞·远游》："使湘灵鼓瑟兮，令海若舞冯夷。"　[4]楚客：本指屈原，泛指他乡游子。[5]苦调：悲凉的声调。金石：钟磬等打击乐器。《国语·楚语上》："而以金石匏竹之昌大、嚣庶为乐。"韦昭注："金，钟也；石，磬也。"泛指音乐。　[6]清音：清亮的声音。杳冥：极高极远，目不能及之处。　[7]苍梧：苍梧山，又名九嶷山，在今湖南宁远县。传说舜崩于此。来：一作"成"。怨慕：《孟子·万章上》"万章问曰：'舜往于田，号泣于旻天，何为其号泣也？'孟子曰：'怨慕也。'"赵岐注："言舜自怨遭父母见恶之厄而思慕也。"朱熹集注："怨慕，怨己之不得其亲而思慕也。"　[8]白芷：香草，又名"白茝""泽芬"。　[9]潇浦：又作"湘浦""潇湘"。浦，水边。

【选评】

结自有神助，亦先有"湘浦""洞庭"二句，故接"曲终""江上"，觉缥缈超旷，云烟万状，吾谓此四句皆神助也。至"流水""悲风"，原系曲名，紧接"曲终"，真是神来之笔。(朱之荆《增订唐诗摘钞》)

钱起亦天宝人，而《湘灵鼓瑟》诗，虽甚佳而气象萧瑟。(吴乔《围炉诗话》卷二)

【拓展与思考】

1. 本诗的神妙之处究竟在哪里？

2. 钱起于玄宗天宝年间及第，并与王维等盛唐诗人往来甚密，但他被归为中唐诗人，你能从他的代表作中看出原因吗？

卢　纶

卢纶，生卒不详，字允言，河中蒲州(今山西永济)人。"大历十才子"之一。大历初数次进士不第，经举荐补授阌乡县尉。大历十二年(777)，被牵累罢免。贞元年间，任河中浑瑊元帅府判官，官至检校户部郎中，称"卢户部"。《全唐诗》存诗五卷。

塞下曲(其三)

月黑雁飞高[1]，单于夜遁逃[2]。
欲将轻骑逐[3]，大雪满弓刀[4]。

《全唐诗》卷二七八，中华书局，1960 年版

【解题】

《塞下曲》为唐乐府旧题，出自古汉乐府《出塞》《入塞》等，多描写边塞生活与战事。本诗又题作《和张仆射塞下曲》。张仆射(yè)，一般认为指张延赏，也有观点认为指张建封。时卢纶任军中幕府的元帅判官。本组诗一共六首，本诗为第三首。

【注释】

[1]月黑：指没有月光的黑夜。 [2]单于：此处代指交战的少数民族部落首领。 [3]将：率领。轻骑(旧读 jì)：装备轻简，行动迅速的骑兵。一人一马称骑。 [4]弓刀：军刀名，形状弯曲似弓，故名。

【选评】

李攀龙曰：中唐音律柔弱，此独高健，得意之作。……独此绝雄健，堪入盛唐乐府。(李攀龙、袁宏道《唐诗训解》卷六)

卢纶、李益，善为五言绝句，意在言外。(刘克庄《后村诗话》后集卷一)

韩　翃

韩翃(hóng)，生卒年不详，字君平，邓州南阳(今河南南阳)人。天宝十三载(754)进士。淄青节度使侯希逸重其才，得以入幕。唐德宗时，韩翃才得朝廷重用，终中书舍人。作品有《韩君平集》。

寒食日即事

春城无处不飞花[1]，寒食东风御柳斜[2]。
日暮汉宫传蜡烛[3]，轻烟散入五侯家[4]。

《全唐诗》卷二四五，中华书局，1960 年版

【解题】

寒食：指寒食节，在清明节前一两天，古人在寒食节禁生火三天，吃冷食。《周礼》中已有禁火规定，宗懔《荆楚岁时记》："去冬节一百五日，即有疾风甚雨，谓之寒食。禁火三日，造饧大麦粥。"《后汉书·周举传》将寒食与介子推联系起来："太原一郡，旧俗以介子推焚骸，有龙忌之禁。至其亡月，咸言神灵不乐举火，由是士民每冬中辄一月寒食，莫敢烟爨，

老小不堪，岁多死者。"后世则多认为寒食为纪念介子推而设。本诗又题作《寒食》。

【注释】

[1]春城：春季的长安城。飞花：本句指满城白色的柳絮飘飞。　[2]御柳：皇宫御苑内的柳树。　[3]汉宫：代指唐宫。传蜡烛：《西京杂记》"寒食禁火日，赐侯家蜡烛"。《唐辇下岁时记》："清明日取榆柳之火以赐近臣。"此句意指，寒食节天下禁火，但皇帝的宠臣可以得到皇帝恩赐许可的烛火。　[4]五侯家：泛指权贵宠臣家。五侯，见《后汉书·宦者列传》，因诛梁冀及其亲党有功，桓帝封"(单)超新丰侯，二万户，(徐)璜武原侯，(具)瑗东武阳侯，各万五千户，赐钱各千五百万；(左)悺上蔡侯，(唐)衡汝阳侯，各万三千户，赐钱各千三百万。五人同日封，故世谓之'五侯'。又封小黄门刘普、赵忠等八人为乡侯。自是权归宦官，朝廷日乱矣"。

【选评】

此诗作于天宝中，其时扬(杨)氏擅宠，国忠、铦与秦、虢、韩三姨号为五家，豪贵荣盛，莫之能比，故借汉王氏五侯喻之。即赐火一事，而恩泽先沾于戚畹，非他人可望，其余锡予之滥，又不待言矣。寓意远，托兴微，真得风人之遗。(贺裳《载酒园诗话》又编)

唐之亡国，由于宦官握兵，实代宗授之以柄。此诗在德宗建中初，只"五侯"二字见意，唐诗之通于《春秋》者也。(吴乔《围炉诗话》卷一)

刘长卿

刘长卿(约 726—约 786)，字文房，洛阳人，郡望河间。天宝年间进士。至德二年(757)任长洲县尉，历任海盐县令、南巴县尉，官至随州刺史，世称"刘随州"。工诗，尤擅五言，自称"五言长城"，与钱起、郎士元、李嘉佑合称"钱郎刘李"。《全唐诗》收诗五卷。主要注本有储仲君《刘长卿诗编年笺注》、杨世明《刘长卿集编年校注》。

逢雪宿芙蓉山主人

日暮苍山远，天寒白屋贫[1]。
柴门闻犬吠[2]，风雪夜归人。

储仲君《刘长卿诗编年笺注》，中华书局，1996 年版

【解题】

芙蓉山：山名，一般认为在湖南桂阳，或宁乡。主人：投宿人家的家主，有观点认为是

诗人自己。此诗当为代宗大历八年至十二年间(773—777),刘长卿遭遇诬陷,被贬睦州司马后的作品。本诗纯用白描手法,用极凝练的笔法,描绘了山村雪夜人归的场景。

【注释】

[1]白屋:白茅覆盖的房屋,或毫无装饰的房屋。指平民寒士人家。《汉书·王莽传》:“开门延士,下及白屋。”颜师古注:“白屋,谓庶人以白茅覆屋者也。”程大昌《演繁露》:“古者宫室有度,官不及数,则居室皆露本材,不容僭施采画,是为白屋也已。” [2]柴门:指贫寒之家。

【选评】

此诗直赋实事,然令落魄者读之,真足凄绝千古。(唐汝询《唐诗解》卷二十三)

刘文房诗,以研炼字句见长,而清赡闲雅,蹈乎大方。其篇章亦尽有法度,所以能断截晚唐家数。(刘熙载《艺概·诗概》)

张　继

张继,生卒年不详,襄阳人。具体生平不详。天宝十二年(753)进士。《全唐诗》存其诗一卷。

枫桥夜泊

月落乌啼霜满天[1],江枫渔火对愁眠[2]。
姑苏城外寒山寺[3],夜半钟声到客船[4]。

《全唐诗》卷二四二,中华书局,1960 年版

【解题】

枫桥:桥名,故址在今江苏苏州市阊门外。过去认为此诗是张继落第后所作,但据《唐才子传》,张继于“天宝十二年(753)礼部侍郎杨浚下及第”,即考取了进士。此诗可能作于天宝十五年(756),六月,玄宗奔蜀,不少文士从北方逃往江南避难,其中应该也包括张继。一个秋天的夜晚,张继停宿在枫桥边,将所见所闻写成了这一首诗。此诗原题《夜泊松江》。

【注释】

[1]乌啼:一般认为是乌鸦啼叫,一说指乌啼镇。霜满天:当是形容月光如霜。

[2]江枫：一般认为是吴淞江边的枫树。一说指江村桥和枫桥。渔火：一作“渔父”。一般认为指渔船上的灯火，一说是渔夫伙伴。对愁眠：一般认为是拟人写法。一说，发愁的主体是诗人自己。　[3]寒山寺：寺名。始建于梁，相传因唐代著名诗僧寒山曾在此居住而得名，又因此诗影响，又名枫桥寺。在今苏州西部枫桥镇。一说，寒山泛指肃寒之山。

[4]夜半钟声：半夜是否敲钟，古人对此已有过存疑和辨析。陈岩肖《庚溪诗话》“六一居士《诗话》谓：‘句则佳矣，奈半夜非鸣钟时。’然余昔官姑苏，每三鼓尽，四鼓初，即诸寺钟皆鸣，想自唐时已然也。后观于鹄诗云：‘定知别后家中伴，遥听缑山半夜钟。’白乐天云：‘新秋松影下，半夜钟声后。’温庭筠云：‘悠然旅榜频回首，无复松窗半夜钟。’则前人言之，不独张继也”。

【选评】

愁人自不能寐，却咎晓钟。诗人语妙，往往乃尔。（何焯《三体唐诗》）

凡日本文墨之士咸适庐来见，见则往往言及寒山寺，且言其国三尺之童，无不能诵是诗。（俞樾《新修寒山寺记》）

韦应物

韦应物（约737—约792），字义博，京兆（今陕西西安）人。出身世家大族，天宝末以门荫入仕，为玄宗侍卫。早年尚侠，安史之乱后折节读书。仕途不顺，多次被罢官，历任栎阳县令、比部郎中、滁州刺史、江州刺史、检校左司郎中、苏州刺史等职。世称“韦苏州”“韦左司”“韦江州”。其人性高洁，鲜食寡欲，所居焚香扫地而坐。其诗自成一家，以田园诗最为人称道，后世将其与陶渊明并称为“陶韦”，与柳宗元并称为“韦柳”。其作品集有《韦苏州集》，主要注本有陶敏、王友胜《韦应物集校注》，孙望《韦应物诗集系年校笺》。

滁州西涧

独怜幽草涧边生[1]，上有黄鹂深树鸣[2]。
春潮带雨晚来急，野渡无人舟自横[3]。

陶敏、王友胜：《韦应物集校注》卷八，上海古籍出版社，1998年版

【解题】

西涧，又称乌土河、上马河，在滁州城西。一般认为本诗作于唐德宗建中二年（781），诗人任滁州刺史时；也有观点认为本诗作于德宗贞元元年（785），诗人被罢免赋闲之时。

【注释】

[1]独怜：只喜爱。幽：一作"芳"。生：一作"行"。 [2]深：一作"远"。树：一作"处"。[3]野渡：郊野渡口。

【选评】

闲淡心胸，方能领略此野趣。所难尤在此种笔墨，分明是一幅画图。（黄叔灿《唐诗笺注》卷九）

写景清切，悠然意远，绝唱也。（宋顾乐《唐人万首绝句选评》）

李、杜之后，诗人继作，虽间有远韵，而才不逮意。独韦应物、柳宗元发纤秾于简古，寄至味于澹泊，非馀子所及也。（苏轼《书黄子思诗集后》）

观田家

微雨众卉新[1]，一雷惊蛰始[2]。田家几日闲，耕种从此起。丁壮俱在野[3]，场圃亦就理[4]。归来景常晏[5]，饮犊西涧水[6]。饥劬不自苦[7]，膏泽且为喜[8]。仓禀无宿储[9]，徭役犹未已[10]。方惭不耕者[11]，禄食出闾里[12]。

陶敏、王友胜：《韦应物集校注》卷七，上海古籍出版社，1998 年版

【解题】

田家：农夫。本诗当作于德宗兴元元年(784)，诗人任滁州刺史之时。本诗的可贵之处在于，不同于盛唐时山水田园派的代表诗人，面对田园风光，他们歌咏高雅的诗情画意；本诗却充满了对劳动人民的同情，和对高官俸禄者的讽刺。

【注释】

[1]众卉：百草。 [2]惊蛰(zhé)：二十四节气之一，在雨水和春分之间，一般在公历三月五日至七日。此时春雷始鸣，蛰伏冬眠的动物惊起，开始活动。 [3]丁壮：青壮年劳动力。在野：在乡野田间。 [4]场圃：(cháng pǔ)：打谷场和菜园，泛指房前的空地、庭院。《诗经·七月》："九月筑场圃，十月纳禾稼。"郑笺："场圃同地，自物生之时，耕治之以种菜茹，至物尽成熟，筑坚以为场。"就理：开始打理。 [5]景：指日光。晏：晚。 [6]饮犊(yìn dú)：给小牛喂水。 [7]劬(qú)：过度劳苦。不自苦：不自以为苦。 [8]膏泽：滋润万物的春雨。曹植《赠徐干》："良田无晚岁，膏泽多丰年。" [9]仓禀：仓库。宿储：隔夜粮。 [10]徭役：古代规定成年男子都要提供无偿劳动，一般包括力役、兵役和杂役，不同时代有不同的服役年龄和名目。已：停止。 [11]不耕者：指可以免除徭役的官员。最后两句也是作者的自我反思。 [12]禄食：俸禄。闾(lú)里：泛指民间，农民。闾：原指里巷的门，后指聚居的地方，古代二十五家为一闾。

【选评】

韦苏州歌行，才丽之外，颇近兴讽。其五言诗又高雅闲淡，自成一家之体，今之秉笔者谁能及之？然当苏州在时，人亦未甚爱重，必待身后，人始贵之。（白居易《与元九书》）

苏州五言古优入盛唐，近体婉约有致，然自是大历声口，与王、孟稍不同。（胡应麟《诗薮》内编卷四）

【拓展与思考】

韦应物的田园诗与王维、孟浩然相比，有哪些不同？

张　籍

张籍（约 768—约 830），字文昌。贞元十五年（799）进士，后居丧不仕。元和元年（806）始仕，历任太常寺太祝、国子监助教、秘书郎、国子博士、水部员外郎、主客郎中、国子司业。人称“张水部”“张司业”。与孟郊、韩愈、王建、白居易等多人来往密切。尤擅乐府诗，其乐府与王建齐名，并称“张王乐府”。作品集有《张司业集》。

秋　思

洛阳城里见秋风[1]，欲作家书意万重[2]。
复恐匆匆说不尽，行人临发又开封[3]。

《全唐诗》卷三八二，中华书局，1960 年版

【解题】

“秋思”为古代文学的常见题材。诗人截取了生活中一个片段，巧妙地将游子思乡之情展现得淋漓尽致。历来对本诗评价极高，甚至认为此诗为“七绝之绝境，盛唐诸巨手到此者亦罕，不独乐府古澹，足与盛唐争衡也。”（潘德舆《养一斋诗话》）

【注释】

[1]本句典出《世说新语·识鉴》：“张季鹰辟齐王东曹掾，在洛见秋风起，因思吴中菰菜羹、鲈鱼脍，曰：‘人生贵得适意尔，何能羁宦数千里以要名爵！’遂命驾便归。”　[2]家：一作“归”。意万重：表示思绪万千。　[3]行人：送信人。临发：将要出发。开封：拆开信封。

【选评】

诗言已作家书，而长言不尽，临发重开，极言其怀乡之切。作书者殷勤如是，宜得书者抵万金矣。凡咏寄书者，多本于性情，唐人诗，如“马上相逢无纸笔，凭君传语报平安”，仅传口语，亦慰情胜尤也；“陇山鹦鹉能言语，为报家人数寄书”，盼书之切，托诸幻想也。明人诗，“万里山河经百战，十年重到故人书”，乱后得书，悲喜交集也。近人诗，“药债未完官税逼，封题空自报平安”，得家书而只益乡愁也；“忽漫一笺临眼底，丙寅三月十三封”，检遗札而追念故交也；“闻得乡音惊坐起，渔灯分火写平安”，远客孤舟，喜寄书得便也。诗本性情，此类之诗，皆至情语也。（俞陛云《诗境浅说》续编）

王　建

王建，生卒年不详，字仲初，颍川（今河南许昌）人。王建工乐府歌行，格幽思远，用以针砭时弊，揭露现实。作品主要注本有尹占华《王建诗集校注》、王宗堂《王建诗集校注》。

十五夜望月寄杜郎中

中庭地白树栖鸦[1]，冷露无声湿桂花。
今夜月明人尽望，不知秋思落谁家[2]。

《全唐诗》卷三〇一，中华书局，1960 年版

【解题】

题又作《十五夜望月》。十五夜，指农历八月十五中秋之夜。杜郎中，指杜元颖，穆宗、敬宗、文宗三朝宰相。原诗诗题下注云：“时会琴客”，表明此诗为朋友佳节聚会时所作。

【注释】

[1]中庭：庭院中。地白：形容月光很亮。　[2]秋思：中秋夜思乡之情，一说指琴曲《秋思》。落：一作“在”。《唐诗从绳》：“琴客在此地作《秋思》曲，月下听琴者，不知在谁家也。”

【选评】

自来对月咏怀者不知凡几，佳句亦多。作者知之，故着想高踞题颠，言今夜清光，千门共见，《月子歌》所谓“月子弯弯照九州，几家欢乐几家愁”，秋思之多，究在谁家庭院？诗意涵盖一切，且以“不知”二字作问语，笑致尤见空灵。前二句不言月，而地白疑霜，桂枝湿露，宛然月夜之景，亦经意之笔。（俞陛云《诗境浅说》续编）

李　益

李益(748—约827)，字君虞，陇西姑臧(今甘肃武威)人，大历四年(769)进士。因久不升迁，辞官游历燕赵，五在兵间。后入朝任都官郎中，官至礼部尚书。其人风流有辞藻，尤擅七绝边塞诗。名与宗人贺相埒。每一篇成，乐工争以赂求取之，被声歌，供奉天子。宪宗雅知名，召为秘书少监、集贤殿学士。自负才，凌藉士，众不能堪，谏官因暴幽州时怨望语，诏降秩。俄复旧官，累迁右散骑常侍。大和初，以礼部尚书致仕，卒。时又有太子庶子李益同在朝，故世言"文章李益"以辨云。主要注本有裴豫敏《李益集注》、范之麟《李益诗注》、郝润华《李益诗集》。

夜上受降城闻笛

回乐烽前沙似雪[1]，受降城外月如霜。
不知何处吹芦管[2]，一夜征人尽望乡[3]。

《全唐诗》卷二八三，中华书局，1960年版

【解题】

受降城，一般认为指中宗景龙二年(708)所建之城。名将张仁愿在黄河北筑造西、中、东三座受降城，首尾呼应，防御突厥。《全唐文》有吕温《三受降城碑铭并序》。此诗中的受降城为西受降城，在今内蒙古杭锦后旗乌拉河北。也有观点认为，其得名源于贞观二十年(646)，唐太宗亲临灵州接受突厥一部投降。

【注释】

[1]回乐(lè)烽：回乐县附近的烽火台。唐有回乐县，属灵州，在今宁夏灵武县西南。烽，一作"峰"。沙似雪：月光照在沙漠上如同积雪。　[2]芦管：又名芦笳，以芦叶为管制成，似筚篥。曾慥《类说·集韵》："胡人卷芦叶而吹，谓之芦笳。"一作"芦笛"。

【选评】

七言绝，开元之下，便当以李益为第一。如《夜上西城》《从军北征》《受降》《春夜闻笛》诸篇，可与太白、龙标竞爽，非中唐所得有也。(胡应麟《诗薮》内编卷六)

高格、高韵、高调，司空侍郎所谓"反虚入浑"者。(李慈铭《越缦堂读书简端记》)

白居易

白居易(772—846),祖籍太原,徙居下邽(今陕西渭南),字乐天,自号香山居士,醉吟先生。唐德宗贞元十六年(800)登进士第,后与元稹同登书判拔萃科。授秘书省校书郎。宪宗元和时,历迁翰林学士、左拾遗、东宫赞善大夫。宰相武元衡遇刺身亡,白居易上疏,请缉捕凶犯。以越职言事,贬江州司马。穆宗长庆初,任中书舍人,乞外任,为杭州刺史。久之,以太子左庶子分司东都,复除苏州刺史。唐文宗时,入为秘书监,迁刑部侍郎。大和三年为太子宾客,分司东都,遂居洛阳。晚年奉佛,以诗酒自娱。武宗会昌二年,以刑部尚书致仕。卒谥文。白居易与元稹一起发起"新乐府"运动。诗文与元稹齐名,世号"元白"。晚年与刘禹锡唱和,又称"刘白"。作品有《白氏长庆集》,存诗三千八百余首,为唐朝诗人之冠。

长恨歌

汉皇重色思倾国[1],御宇多年求不得[2]。杨家有女初长成,养在深闺人未识[3]。天生丽质难自弃,一朝选在君王侧。回眸一笑百媚生,六宫粉黛无颜色[4]。春寒赐浴华清池[5],温泉水滑洗凝脂[6]。侍儿扶起娇无力[7],始是新承恩泽时。云鬓花颜金步摇[8],芙蓉帐暖度春宵[9]。春宵苦短日高起,从此君王不早朝。承欢侍宴无闲暇[10],春从春游夜专夜[11]。后宫佳丽三千人[12],三千宠爱在一身。金屋妆成娇侍夜[13],玉楼宴罢醉和春[14]。姊妹弟兄皆列土[15],可怜光彩生门户[16]。遂令天下父母心,不重生男重生女[17]。骊宫高处入青云[18],仙乐风飘处处闻。缓歌慢舞凝丝竹[19],尽日君王看不足[20]。渔阳鼙鼓动地来[21],惊破《霓裳羽衣曲》[22]。

九重城阙烟尘生[23],千乘万骑西南行[24]。翠华摇摇行复止[25],西出都门百余里[26]。六军不发无奈何[27],宛转蛾眉马前死[28]。花钿委地无人收[29],翠翘金雀玉搔头[30]。君王掩面救不得,回看血泪相和流。黄埃散漫风萧索,云栈萦纡登剑阁[31]。峨嵋山下少人行[32],旌旗无光日色薄。蜀江水碧蜀山青,圣主朝朝暮暮情。行宫见月伤心色[33],夜雨闻铃肠断声[34]。天旋日转回龙驭[35],到此踌躇不能去。马嵬坡下泥土中,不见玉颜空死处[36]。君臣相顾尽沾衣[37],东望都门信马归[38]。归来池苑皆依旧,太液芙蓉未央柳[39]。芙蓉如面柳如眉,对此如何不泪垂?春风桃李花开夜,秋雨梧桐叶落时。西宫南苑多秋草[40],宫叶满阶红不扫[41]。梨园弟子白发新[42],椒房阿监青娥老[43]。夕殿萤飞思悄然,孤灯挑尽未成眠[44]。迟迟钟鼓初长夜[45],耿耿星河欲曙天[46]。鸳鸯瓦冷霜华重[47],翡翠衾寒谁与共[48]?悠悠生死别经年[49],魂魄不曾来入梦。

临邛道士鸿都客[50],能以精诚致魂魄。为感君王展转思,遂教方士殷勤觅[51]。排空驭气奔如电[52]，升天入地求之遍。上穷碧落下黄泉[53]，两处茫茫皆不见。忽闻海上有仙山[54]，山在虚无缥缈间。楼阁玲珑五云起[55]，其中绰约多仙子[56]。中有一人字太真[57]，雪肤花貌参差是[58]。金阙西厢叩玉扃[59]，转教小玉报双成[60]。闻道汉家天子使，九华帐里梦魂惊[61]。揽衣推枕起徘徊，珠箔银屏迤逦开[62]。云鬓半偏新睡觉[63]，花冠不整下堂来。风吹仙袂飘飖举，犹似霓裳羽衣舞。玉容寂寞泪阑干[64]，梨花一枝春带雨。含情凝睇谢君王[65]，一别音容两渺茫。昭阳殿里恩爱绝[66]，蓬莱宫中日月长[67]。回头下望人寰处[68]，不见长安见尘雾。惟将旧物表深情，钿合金钗寄将去[69]。钗留一股合一扇，钗擘黄金合分钿[70]。但令心似金钿坚，天上人间会相见。临别殷勤重寄词[71]，词中有誓两心知[72]。七月七日长生殿，夜半无人私语时[73]。在天愿作比翼鸟[74]，在地愿为连理枝[75]。天长地久有时尽，此恨绵绵无绝期[76]！

朱金城：《白居易集笺校》卷十二，上海古籍出版社，1988年版

【解题】

本诗的写作缘起，据陈鸿《长恨歌传》：元和元年冬十二月，太原白乐天自校书郎尉于盩厔，鸿与琅琊王质夫家于是邑，暇日相携游仙游寺，话及此事，相与感叹。质夫举酒于乐天前曰："夫希代之事，非遇出世之才润色之，则与时消没，不闻于世。乐天深于诗，多于情者也。试为歌之。如何？"乐天因为《长恨歌》。意者不但感其事，亦欲惩尤物，窒乱阶，垂于将来者也。歌既成，使鸿传焉。世所不闻者，予非开元遗民，不得知。世所知者，有《玄宗本纪》在。今但传《长恨歌》云尔。安史之乱是唐由盛转衰的转折点，而唐明皇和杨贵妃是其中的关键人物，他们的故事从中唐起便广泛流传。本篇通过描写两人的爱情悲剧，表达了诗人对两人的同情、咏叹、讽刺等复杂感情。全诗铺叙委婉曲折，人物刻画丰满生动，语言通俗流畅，主旨深刻，佳句迭出，是中国文学史上长篇叙事诗的代表作。

【注释】

[1]汉皇：以汉武帝代指唐明皇。思倾国：语出汉武帝李夫人之事。《汉书·外戚传》"延年侍上起舞，歌曰：'北方有佳人，绝世而独立，一顾倾人城，再顾倾人国。宁不知倾城与倾国，佳人难再得！'上叹息曰：'善！世岂有此人乎？'平阳主因言延年有女弟，上乃召见之，实妙丽善舞，由是得幸"。　[2]御宇：统治天下。贾谊《过秦论》："振长策而御宇内。"　[3]杨贵妃(719—756)，小名玉环，幼孤，由叔父养大。初为寿王李瑁妃，后被玄宗看中。玄宗通过让杨玉环自度为女道、令寿王另娶等操作，约于天宝四载(745)正式册封杨贵妃。白居易云"养在深闺人未识"乃为尊者讳。　[4]六宫：皇后寝宫，泛指妃嫔住所。《礼记·昏义》："古者，天子后立六宫，三夫人、九嫔、二十七世妇、八十一御妻，以听天下之内治，以明章妇顺，故天下内和而家理。"郑玄注："天子六寝，而六宫在后，六官在前，所以承副施外内之政也。"粉黛：涂脸的脂粉和画眉的石黛，此处代指六宫女性。　[5]华清池：华清宫中的温泉。华清宫为当时的温泉行宫，在今陕西临潼。　[6]凝脂：形容皮肤细腻白嫩如同凝固的油脂。《诗经·卫风·硕人》："肤如凝脂"。　[7]侍儿：侍女。　[8]云鬓：一作"云髻"。步摇：一种首饰，在钗上缀珠玉垂下。刘熙《释名》："步摇上有垂珠，步则摇动也。"

[9]芙蓉帐：上绣芙蓉花的幔帐，或用芙蓉花染缯制成的幔帐。泛指华美的幔帐。宵：夜。

[10]承欢：侍奉君王，赢得欢心。侍宴：陪同出席宴会。无闲暇：表示承欢侍宴非常频繁。 [11]夜专夜：夜夜专宠侍寝。陶谷《清异录·彩局儿》："开元中，后宫繁众，侍御寝者难于取舍，为彩局儿以定之。集宫嫔用骰子掷，最胜一人乃得专夜。" [12]后宫佳丽三千人：表示后宫女子之多，实际上可能不止此数。《资治通鉴》卷二七三："臣昔逮事咸通、乾符天子，当是时，六宫贵贱不减万人。" [13]金屋：《汉武故事》"帝以乙酉年七月七日生于猗兰殿。年四岁，立为胶东王。数岁，长公主嫖抱置膝上，问曰：'儿欲得妇不？'胶东王曰：'欲得妇。'长公主指左右长御百余人，皆云不用。末指其女问曰：'阿娇好不？'于是乃笑对曰：'好！若得阿娇作妇，当作金屋贮之。'" [14]玉楼：用玉石雕砌的楼台，泛指华美的楼台。 [15]本句事见《新唐书·后妃传上》："天宝初，进册贵妃。追赠父玄琰太尉、齐国公。擢叔玄珪光禄卿，宗兄铦鸿胪卿，锜侍御史，尚太华公主。主，惠妃所生，最见宠遇。而钊亦浸显。钊，国忠也。三姊皆美劭，帝呼为姨，封韩、虢、秦三国，为夫人，出入宫掖，恩宠声焰震天下。"列土：分封土地。 [16]可怜：表示称羡赞叹。 [17]不重生男重生女：参见陈鸿《长恨歌传》"故当时谣咏有云：'生女勿悲酸，生男勿喜欢。'又曰：'男不封侯女作妃，看女却为门上楣。'其为人心羡慕如此"。 [18]骊(lí)宫：华清宫，因建于骊山，故名。

[19]慢：一作"谩"。凝丝竹：泛指悠扬舒缓的音乐。 [20]不足：不满足，看不腻。

[21]渔阳：唐郡名，在今河北蓟州区，一说在今天津蓟州区。属范阳节度使所辖，安禄山时任平卢、范阳、河东三镇节度使。鼙(pí)鼓：军鼓，此处指代战争。此句表示安禄山在渔阳发动叛乱。 [22]《霓裳(ní cháng)羽衣曲》：传说本名西域《婆罗门曲》，由西凉节度使杨敬依曲创声，进献宫廷，玄宗润色加工改编成《霓裳羽衣舞》，展现仙女真人的神话场景，用于道教祭典。安史之乱后不再演出，后逐渐失传。南唐后主李煜与昭惠后周娥皇曾据残谱进行复原。现存商调十八段保留在姜夔《白石道人歌曲》中。 [23]九重城阙：京城长安。烟尘生：指发生动乱。 [24]千乘万骑西南行：指天宝十五载(756)六月，安禄山叛军攻破长安附近的临潼、上洛，玄宗带领杨贵妃等人，弃长安，从延秋门出逃，向西南蜀地避难。 [25]翠华：翠鸟羽毛装饰的旗帜华盖，指皇帝的仪仗车驾。司马相如《上林赋》："建翠华之旗，树灵鼍之鼓。"李善注："翠华，以翠羽为葆也。" [26]都门：指禁苑西门延秋门。

[27]六军：护卫皇帝的禁军。新旧唐书说法不一。王鸣盛《十七史商榷·新旧唐书十三》："六军，据《新志》以龙武、神武、神策各左右当之，而《旧志》说六军则数左右羽林，而不数左右神策。《通典》说六军与《旧志》同……要之，六军之名乃取旧制书之，至中晚唐，神策军权最重，故《新志》以后定者言之欤？今未能详考。" [28]宛转蛾眉：代指杨贵妃。此四句事见《旧唐书·本纪第九·玄宗下》"丙辰，次马嵬驿，诸卫顿军不进。龙武大将军陈玄礼奏曰：'逆胡指阙，以诛国忠为名，然中外群情，不无嫌怨。今国步艰阻，乘舆震荡，陛下宜徇群情，为社稷大计，国忠之徒，可置之于法。'会吐蕃使二十一人遮国忠告诉于驿门，众呼曰：'杨国忠连蕃人谋逆！'兵士围驿四合。及诛杨国忠、魏方进一族，兵犹未解。上令高力士诘之，回奏曰：'诸将既诛国忠，以贵妃在宫，人情恐惧。'上即命力士赐贵妃自尽"。

[29]花钿(diàn)：一种首饰，花朵形，金银嵌珠宝。委地：散落于地。 [30]翠翘：一种首饰，形如翠鸟尾羽。金雀：金雀钗，凤形。玉搔头：玉簪。《西京杂记》："武帝过李夫人，

就取玉簪搔头。自此后宫人搔头皆用玉，玉价倍贵焉。”　[31]云栈：高插入云的栈道。为关中地区入蜀要道。　[32]峨嵋山：玄宗奔蜀路线并不经过峨嵋山，此处泛指蜀地高山。

[33]行宫：皇帝外出时的住所。　[34]夜雨闻铃肠断声：郑处诲《明皇杂录·补遗》“明皇既幸蜀，西南行。初入斜谷，属霖雨涉旬，于栈道雨中闻铃，音与山相应。上既悼念贵妃，采其声为《雨霖铃》曲，以寄恨焉”。　[35]天旋日转回龙驭：此句指肃宗至德二年(757)十月，郭子仪收复长安。十二月，已成为太上皇的玄宗还京。天旋日转：指大局好转。龙驭：指天子车驾。　[36]此两句事见《旧唐书·后妃传上》“上皇自蜀还，令中使祭奠，诏令改葬。礼部侍郎李揆曰：‘龙武将士诛国忠，以其负国兆乱。今改葬故妃，恐将士疑惧，葬礼未可行！’乃止。上皇密令中使改葬于他所。初瘗时以紫褥裹之，肌肤已坏，而香囊仍在。内官以献，上皇视之凄惋，乃令图其形于别殿，朝夕视之”。　[37]沾衣：指哭泣，涕下沾衣。　[38]信马：任马自由行走，表示心绪不佳，无心策马。　[39]太液：太液池，汉唐皆有，唐时太液池在大明宫内。未央：汉时宫殿名。此句泛指唐宫苑。　[40]西宫：太极宫。南苑：兴庆宫。作为太上皇的玄宗回京后，初居兴庆宫，后被宦官李辅国逼迫改迁太极宫甘露殿，玄宗亲信高力士、陈玄礼等人被贬流放。　[41]宫：一作“落”。红：落红，凋零的花瓣。　[42]梨园弟子：《新唐书·礼乐志》“玄宗既知音律，又酷爱法曲，选坐部伎子弟三百教于梨园，声有误音，帝必觉而正之，号‘皇帝梨园弟子’。宫女数百，亦为梨园弟子，居宜春北院”。后世以“梨园”指代戏班或戏曲界，以“梨园弟子”指代戏曲演员。

[43]椒房：椒房殿，汉代皇后的宫殿名，墙壁由花椒和泥涂抹而成，寓意多子，还可保温除臭气。阿监：宫中女官。内官宫正有阿监、副监，视七品。青娥：年轻的宫女。　[44]孤灯挑尽：古代作为照明用具的油灯，需要隔一段时间将灯油中的灯草挑一下。“孤灯挑尽”说明灯草燃烧完，即已到深夜。油灯多为平民所用，唐时宫廷照明使用蜡烛，此句表示玄宗晚年的生活水平大不如前。　[45]迟迟：迟缓。钟鼓：古代用钟鼓报时。“迟迟钟鼓”表示长夜漫漫难熬。　[46]耿耿：明亮的样子。星河：银河。欲曙天：即将天亮之时。

[47]鸳鸯瓦：一俯一仰，相合成对的瓦。又称阴阳瓦。霜华：霜花。　[48]翡翠衾：绣着翡翠鸟的被子，泛指华美的被子。《楚辞·招魂》：“翡翠珠被，烂齐光些。”旧说雄赤曰翡，雌青曰翠，翡翠鸟雌雄相伴而飞。谁与共：与谁共。　[49]经年：经过一年。　[50]临邛(qióng)：地名，在今四川邛崃。鸿都：东汉都城洛阳有鸿都门，此处代指唐朝都城长安。

[51]展转：辗转。方士：懂神仙阴阳方术的人。殷勤：尽心尽力。　[52]排空驭气：指腾云驾雾之类的法术。　[53]穷：穷尽。碧落：青天，天界。黄泉：地下，阴间。　[54]海上有仙山：《史记·秦始皇本纪》“齐人徐市等上书，言海中有三神山，名曰蓬莱、方丈、瀛洲，仙人居之”。　[55]玲珑：构造精巧。五云：五彩云霞。　[56]绰约：体态柔美。《庄子·逍遥游》：“藐姑射之山，有神人居焉，肌肤若冰雪，绰约如处子。”　[57]太真：杨贵妃在道观时号“杨太真”。《旧唐书·后妃传上》：“时妃衣道士服，号曰‘太真’。”　[58]参差：仿佛。　[59]金阙：道家认为天上的上清宫门有两阙，左金阙，右玉阙。西厢：右阙。扃(jiōng)：门。　[60]小玉：吴王夫差小女儿紫玉。报：通报。双成：西王母侍女董双成。此处泛指杨贵妃死后在仙山的侍女。　[61]九华帐：极为精美华丽的帐子。　[62]珠箔(bó)：珠帘。银屏：银饰的屏风，形容住宅装饰陈设豪华。逦迤(yǐ lǐ)：接连不断貌。

[63]觉：醒。 [64]泪阑干：泪水纵横，泪流满面的样子。 [65]凝睇（dì）：凝视。 [66]昭阳殿：西汉成帝宠妃赵飞燕姐妹曾住的宫殿，此处代指杨贵妃生前的寝宫。 [67]蓬莱宫：此处代指杨贵妃在仙境的住所宫殿。日月长：形容时间难熬。 [68]人寰（huán）：人间。 [69]钿合：又作作"钿盒"，用金银珠玉等镶嵌的首饰盒。寄将去：托道士带回去。 [70]擘（bò）：分开。此两句意为，将金钗和钿盒分成两半，一半托道士带给玄宗，一半自己留着。 [71]殷勤：反复多次。重寄词：再三托道士捎话。 [72]两心：指玄宗和杨贵妃二人心里。 [73]此两句事见陈鸿《长恨歌传》："昔天宝十载，侍辇避暑于骊山宫。秋七月，牵牛织女相见之夕……上凭肩而立，因仰天感牛女事，密相誓心，愿世世为夫妇。"长生殿：又名集灵殿，天宝元年建造，为骊山华清宫中祭神的宫殿。据陈寅恪《元白诗笺证稿》："长生殿七夕私誓之为后来增饰之物语，并非当时真确之事实。""玄宗临幸温汤必在冬季、春初寒冷之时节。今详检两唐书玄宗记无一次于夏日炎暑时幸骊山。"又据《资治通鉴》注，长生殿为唐代帝后寝宫的通称。 [74]比翼鸟：《尔雅·释地》"南方有比翼鸟焉，不比不飞，其名谓之鹣鹣"。郭璞注："似凫，青赤色，一目一翼，相得乃飞。" [75]连理枝：虽然不同根，但枝叶交错在一起的树木。 [76]恨：遗憾。绵绵：绵延不绝。

【选评】

香山诗名最著，及身已风行海内，李谪仙后一人而已。……古来诗人，及身得名，未有如是之速且广者。盖其得名，在《长恨歌》一篇。其事本易传，以易传之事，为绝妙之词，有声有情，可歌可泣，文人学士既叹为不可及，妇人女子亦喜闻而乐诵之。是以不胫而走，传遍天下。又有《琵琶行》一首助之。此即全无集，而二诗已自不朽，况又有三千八百四十首之工且多哉！（赵翼《瓯北诗话》卷四）

《连昌》纪事，《琵琶》叙情，《长恨》讽刺，并长篇之胜。（唐汝询《唐诗解》）

【拓展与思考】

拓展阅读陈鸿《长恨歌传》与洪昇《长生殿》，比较三个同题材作品中的主人公形象。

井底引银瓶

井底引银瓶，银瓶欲上丝绳绝。石上磨玉簪，玉簪欲成中央折。瓶沉簪折知奈何，似妾今朝与君别。忆昔在家为女时，人言举动有殊姿[1]。婵娟两鬓秋蝉翼[2]，宛转双蛾远山色[3]。笑随戏伴后园中[4]，此时与君未相识[5]。妾弄青梅凭短墙[6]，君骑白马傍垂杨。墙头马上遥相顾[7]，一见知君即断肠。知君断肠共君语[8]，君指南山松柏树。感君松柏化为心[9]，暗合双鬟逐君去[10]。到君家舍五六年[11]，君家大人频有言[12]。聘则为妻奔是妾[13]，不堪主祀奉蘋蘩[14]。终知君家不可住，其奈出门无去处。岂无父母在高堂？亦有亲情满故乡[15]。潜来更不通消息[16]，今日悲羞归不得。为君一日恩，误妾百年身[17]。寄言痴小人家女[18]，慎勿将身轻许人！

朱金城：《白居易集笺校》卷四，上海古籍出版社，1988 年版

【解题】

引，拉。银瓶，比喻纯洁美好的少女。诗题“井底引银瓶”为诗歌首句，从井底拉上来，却最终绳断瓶沉，比喻女子想要通过自由恋爱自主改命，却最终惨遭抛弃沉沦深渊的悲惨命运。使用诗歌首句作为诗题是《诗经》至汉魏乐府以来的传统。本诗属于白居易《新乐府》。原序曰：“止淫奔也。”淫奔，指女子不顾父母之命、媒妁之言，与男子私奔结合。本诗是一首叙事诗，借女主一生的爱情悲剧，体现了封建礼教对女子的摧残，同时颇具讽谕警示意义。

【注释】

[1]有殊姿：一作“足娇姿”。姝：美好。　[2]婵娟：形容女子体态美好。秋蝉翼：又称蝉鬓。见卢照邻《长安古意》注[21]。　[3]宛转双蛾：形容眉毛弯曲细长似蚕蛾触须，此处代指女子娇美容颜。远山色：形容眉色青黛如远山。《西京杂记》：司马相如妻“文君姣好，眉色如望远山。”　[4]戏伴：一作“女伴”。　[5]与君未相识：一作“未与君相识”。　[6]弄青梅：语出李白《长干行》“郎骑竹马来，绕床弄青梅”。凭：一作“倚”。短墙：矮墙。　[7]顾：一作“见”。　[8]语(yù)：倾诉。　[9]此句语出《礼记·礼器》：“其在人也，如竹箭之有筠也，如松柏之有心也。”古代用松柏比喻节操坚贞不变心。《论语·子罕》：“岁寒，然后知松柏之后凋也。”《子夜四时歌·冬歌》：“我心如松柏，君情复何似？”　[10]双鬟：古代未婚少女的发式，结婚后双鬟合二为一梳成髻鬟。逐：追随。　[11]舍(shè)：房屋，家中。　[12]君家大人：指公公婆婆。　[13]则为：一作“即是”。奔：私奔，不是明媒正娶。《礼记·内则》：“聘则为妻，奔则为妾。”　[14]此句意为，不是正妻就没有祭祀祖先的资格。“蘋”与“蘩”为古代祭祀时所用的植物，《诗经·召南》有《采蘋》《采蘩》两篇，毛序：“采蘋，大夫妻能循法度也。能循法度，则可以承先祖、共祭祀矣。”“采蘩，夫人不失职也。夫人可以奉祭祀，则不失职矣。”　[15]亲情：一作“情亲”。　[16]潜来：指当初未告知父母偷偷与人私奔。更：一作“既”。　[17]百年身：指一生。　[18]寄言：寄语，借此处告知。痴小：年轻不懂事。

【选评】

乐天《新乐府》和《秦中吟》之所咏，皆贞元元和间政治社会之现象。此篇以“止淫奔”为主旨，篇末以告诫痴小女子为言，则其时社会风俗男女关系与之相涉可知。此不须博考旁求，元微之莺莺传即足为最佳之例证。盖其所述者为贞元间事，与此篇所讽刺者时间至近也。(陈寅恪《元白诗笺证稿》)

白诗对后世之戏曲亦有一定之影响，元白仁甫之《墙头马上》即据“墙头马上”诗句增饰而成。……居易虽作此诗，未必果有实事，即有实事，亦未指出姓名。仁甫以居易为中唐人，则所咏之事当在其前，故以裴行俭子当之，非其真也。(朱金成《白居易集笺校》)

问刘十九

绿蚁新醅酒[1]，红泥小火炉。

晚来天欲雪，能饮一杯无[2]？

朱金城：《白居易集笺校》卷十九，上海古籍出版社，1988年版

【解题】

刘十九，生平姓名不详，白居易的朋友，疑为刘禹锡的堂兄刘禹铜。白居易集中有《刘十九同宿》。一般认为此诗为诗人晚年隐居洛阳时作。也有观点认为作于元和十二年(817)，诗人任江州司马时。

【注释】

[1]绿蚁：绿，当通“渌(lù)”。“渌蚁”，见谢朓《在郡卧病呈沈尚书》：“嘉鲂聊可荐，渌蚁方独持。”李善注引《释名》：“酒有泛齐，浮蚁在上，洗洗然。”新酿的酒在过滤之前会有酒渣浮泛，色绿，形如蚂蚁。后以“绿蚁”代称酒。醅(pēi)：没有过滤的酒。 [2]无：句末疑问语气词。

【选评】

陈婉俊补注：信手拈来，都成妙谛，诗家三昧，如是如是。(蘅塘退士《唐诗三百首》)

寻常之事，人人意中所有，而笔不能达者，得生花江管写之，便成绝唱，此等诗是也。……末句之“无”字，妙作问语，千载下如闻声口也。(俞陛云《诗境浅说》续编)

元 稹

元稹(779—831)，河南洛阳人，字微之。元稹十五岁以明经及第，补校书郎。元和元年举制科，对策第一，拜左拾遗。穆宗朝擢祠部郎中知制诰，入翰林为承旨学士。唐穆宗长庆二年，进同中书门下平章事，后贬同州刺史，改浙东观察使。太和四年拜武昌节度使。卒年五十三，赠右仆射。著名诗人。贞元十八年，元稹与白居易同中特科试，结为终生诗友，共同倡导新乐府运动，世称“元白”，形成“元和体”。元稹的创作，以诗成就最大。其诗词浅意哀，仿佛孤凤悲吟，极为扣人心扉，动人肺腑。其乐府诗创作，多受张籍、王建的影响，而其“新题乐府”则直接源于李绅。作品集有《元氏长庆集》。

离思(其四)

曾经沧海难为水[1],除却巫山不是云[2]。
取次花丛懒回顾[3],半缘修道半缘君[4]。

冀勤点校:《元稹集》外集补遗卷一,中华书局,2010年版

【解题】

《离思》组诗共五首,此处选取流传最广的第四首。一般认为,此组诗是写给年轻早逝的妻子的。元稹之妻韦丛,二十岁嫁给元稹,二十七岁便去世,元稹写了多首诗歌怀念悼念她。也有观点认为是写给少时恋人的。

【注释】

[1]曾经:曾经经历。本句语出《孟子·尽心上》:“孔子登东山而小鲁,登泰山而小天下。故观于海者难为水,游于圣人之门者难为言。” [2]除却:除了。本句语出宋玉《高唐赋》,后世用“巫山云雨”指代男女幽会。 [3]取次:任意,随便。亦作“取此”。 [4]缘:缘故,因为。修道:诗人没有既定的佛道信仰,此处当指品行修养。君:一般认为指亡妻韦丛。

【选评】

元相国稹初娶京兆韦氏,字蕙丛,官未达而苦贫。继室河东袁氏,字柔之。二夫人俱有才思,时彦以为佳偶。初韦氏卒,不胜其悲,为诗悼之曰:“谢家最小偏怜女……”又曰:“曾经沧海难为水,除却巫山不是云。”后自会稽守拜尚书右丞。到京未逾月,出镇武昌。是时,中门外构缇幕,候天使送节次,忽闻宅内恸哭,侍者曰:“夫人也。”乃传问:“旌钺将至,何恸焉?”袁氏曰:“岁杪到家乡,先春又赴任。寄情未半相见,所以如此。”(范摅《云溪友议》)

微之自言眷念双文之意形之于诗者,如“取次花丛懒回顾,半缘修道半缘君”,是其自夸守礼多情之语,亦不可信也。(陈寅恪《元白诗笺证稿》)

行　宫

寥落古行宫[1],宫花寂寞红。
白头宫女在[2],闲坐说玄宗。

冀勤点校:《元稹集》卷十五,中华书局,2010年版

【解题】

行宫,为古代建造在皇宫之外,供皇帝出游时住宿的宫殿,又称离宫。此处指东都洛

阳的上阳宫。中唐时期追忆开元盛世，抒发今昔之感的诗歌不在少数，此诗别具一格，短小精悍，明白如话，意在言外。

【注释】

[1]寥(liáo)落：冷清衰败。 [2]据白居易《上阳白发人》注："天宝五岁以后，杨贵妃专宠，后宫人无复进幸矣。六宫有美色者，辄置别所，上阳是其一也，贞元中尚存焉。"天宝年间，一些不得宠的宫女被"潜配"到上阳宫，在冷宫中一直待到贞元年间，经过近半个世纪，红颜变成了白发。

【选评】

说元宗而不说元宗长短，佳绝。只四语，已抵一篇《长恨歌》矣。（沈德潜《唐诗别裁集》卷十九）

语意绝妙，合建七言《宫词》百首，不易此二十字也。（胡应麟《诗薮》内编卷六）

中唐诗以韩、孟、元、白为最。韩、孟尚奇警，务言人所不敢言；元、白尚坦易，欲言人所共欲言。……坦易者多触景生情，因事起意，眼前景、口头语，自能沁人心脾，耐人咀嚼。（赵翼《瓯北诗话》卷四）

连昌宫词

连昌宫中满宫竹，岁久无人森似束[1]。又有墙头千叶桃[2]，风动落花红蔌蔌[3]。宫边老人为予泣[4]：

"小年进食曾因入[5]。上皇正在望仙楼[6]，太真同凭阑干立[7]。楼上楼前尽珠翠，炫转荧煌照天地[8]。归来如梦复如痴，何暇备言宫里事[9]？初过寒食一百六[10]，店舍无烟宫树绿[11]。夜半月高弦索鸣[12]，贺老琵琶定场屋[13]。力士传呼觅念奴，念奴潜伴诸郎宿[14]。须臾觅得又连催，特敕街中许燃烛[15]。春娇满眼睡红绡，掠削云鬟旋装束[16]。飞上九天歌一声[17]，二十五郎吹管逐[18]。逡巡大遍《凉州》彻[19]，色色《龟兹》轰录续[20]。李谟擫笛傍宫墙，偷得新翻数般曲[21]。平明大驾发行宫[22]，万人鼓舞涂路中[23]。百官队仗避岐薛[24]，杨氏诸姨车斗风[25]。明年十月东都破，御路犹存禄山过[26]。驱令供顿不敢藏[27]，万姓无声泪潜堕[28]。两京定后六七年[29]，却寻家舍行宫前。庄园烧尽有枯井，行宫门闭树宛然[30]。尔后相传六皇帝[31]，不到离宫门久闭。往来年少说长安，玄武楼成花萼废[32]。去年敕使因斫竹[33]，偶值门开暂相逐[34]。荆榛栉比塞池塘[35]，狐兔骄痴缘树木[36]。舞榭欹倾基尚在[37]，文窗窈窕纱犹绿[38]。尘埋粉壁旧花钿[39]，乌啄风筝碎珠玉[40]。上皇偏爱临砌花[41]，依然御榻临阶斜。蛇出燕巢盘斗拱[42]，菌生香案正当衙[43]。寝殿相连端正楼[44]，太真梳洗楼上头。晨光未出帘影黑，至今反挂珊瑚钩[45]。指似傍人因恸哭[46]，却出宫门泪相续[47]。自从此后还闭门，夜夜狐狸上门屋。"

我闻此语心骨悲[48]，太平谁致乱者谁？翁言："野父何分别[49]？耳闻眼见为君说。姚崇宋璟作相公[50]，劝谏上皇言语切。燮理阴阳禾黍丰[51]，调和中外无兵戎。长官清平太守好[52],拣选皆言由相公[53]。开元之末姚宋死,朝廷渐渐由妃子。禄山宫里养作儿[54],虢国门前闹如市[55]。弄权宰相不记名,依稀忆得杨与李[56]。庙谟颠倒四海摇[57],五十年来作疮痏[58],今皇神圣丞相明[59],诏书才下吴蜀平[60]。官军又取淮西贼,此贼亦除天下宁[61]。年年耕种宫前道,今年不遣子孙耕。"老翁此意深望幸[62],努力庙谋休用兵[63]。

冀勤点校:《元稹集》卷二十四,中华书局,2010年版

【解题】

连昌宫,建于高宗显庆三年(658),为皇帝行宫之一。故址在今河南宜阳县。此诗作于元和十三年(818),元稹时任通州(今四川达州)司马,因为长期沉沦下僚,元稹接触到不少民间传说。此诗所写,多据想象,并非史实。此诗是"新乐府"的代表作。元稹曾凭借此诗获得穆宗赞赏。《旧唐书·元稹传》:"长庆初,潭峻归朝,出稹《连昌宫词》等百余篇奏御,穆宗大悦。"

【注释】

[1]森:森然,形容宫竹繁密林立。　[2]千叶桃:又称碧桃。　[3]蔌(sù)蔌:纷纷落下的样子。　[4]人:一作"翁"。予:一作"余"。　[5]小年:少年。进食:进献美食。本句为倒装,当理解为"曾因进食入"或"因进食曾入"。　[6]上皇:指唐玄宗,安史之乱爆发后,玄宗仓皇奔蜀,无暇东顾,第二年,太子李亨在灵武(今甘肃)自行即位,遥尊玄宗为太上皇,玄宗被迫退位。望仙楼:本在华清宫中,不在连昌宫,此处为作者的虚构想象。[7]太真:杨贵妃作女道时的别号。凭:倚靠。阑干:栏杆。　[8]炫转荧煌:形容珠翠光彩闪烁的样子。　[9]备言:详说。　[10]一百六:冬至后的第一百零五天为寒食节,"一百六"为寒食节的第二天。唐俗,寒食节禁火三天,吃冷食。　[11]店舍:旅店。无烟:寒食期间不生火。　[12]弦索:泛指弦乐器。　[13]贺老:指玄宗时著名的琵琶演奏艺人贺怀智。定场屋:压场,压轴。场屋,表演场所。　[14]此两句诗人自注"念奴,天宝中名倡,善歌。每岁楼下酺宴,累日之后,万众喧隘,严安之、韦黄裳辈辟易而不能禁,众乐为之罢奏。玄宗遣高力士呼于楼上曰:'欲遣念奴唱歌,邠王二十五郎吹小管篴,看人能听否?'未尝不悄然奉诏。其为当时所重也如此。然而玄宗不欲夺侠游之盛,未尝置在宫禁。或岁幸汤泉,时巡东洛,有司遣从行而已"。力士:指玄宗宠宦高力士。　[15]燃:一作"然"。[16]掠削:整理鬓发。旋:旋踵,表示短时间内。装束:打扮。　[17]九天:指宫中。[18]二十五郎:邠王李承宁,排行二十五,善吹笛。吹管逐:指吹笛伴奏。　[19]逡巡:恭敬的样子。大遍:一套乐曲称遍,一套大曲由十余遍组成,大遍为将全部的遍数演奏完成。王灼《碧鸡漫志》:"凡大曲有散序、靸、排遍、攧、正攧、入破、虚催、实催、衮遍、歇指、杀衮,始成一曲,此谓大遍。"《凉州》:乐曲名。《新唐书·礼乐志》:"《凉州曲》,本西凉所献也,其声本宫调,有大遍、小遍。"彻:完成。　[20]色色:各色,各种。龟兹(qiū cí):古代西域国名,故址在今新疆库车一带。此处代指西域音乐。轰录续:陆续演奏。　[21]此两句诗人自注"玄宗尝于上阳宫夜后按新翻一曲,属明夕正月十五日,潜游灯下,忽闻酒楼上有笛奏

前夕新曲，大骇之。明日，密遣捕捉笛者诘验之。自云：'其夕窃于天津桥玩月，闻宫中度曲，遂于桥柱上插谱记之。臣即长安少年善笛者李暮也。'玄宗异而遣之"。擫(yè)笛：按笛，吹笛。 [22]大驾：皇帝的车驾仪仗。 [23]鼓舞：一作"歌舞"。涂：一作"途"。[24]岐薛：指玄宗之弟岐王李范与薛王李业。二人死于开元年间，不会在天宝年间出现在连昌宫。 [25]杨氏诸姨：杨贵妃的三个姐姐，被封为韩国夫人、虢国夫人与秦国夫人。斗(dòu)风：追风，形容车速之快。 [26]此两句指天宝十四载十二月，安禄山叛军攻陷洛阳。诗中言十月为概指。 [27]供顿：供应。 [28]万姓：百姓。 [29]两京：西京长安与东都洛阳。 [30]门：一作"闼"，小门。宛然：仿佛还在。指对着被战火烧光的行宫回想以前的场景。 [31]尔后：而后。六皇帝：从玄宗到今上宪宗，中间的皇帝依次有肃宗、代宗、德宗、顺宗，共五名，此处说六名，可能展示宫边老翁年老记性差。 [32]玄武楼：德宗时建，在大明宫北。花萼：花萼楼，玄宗时建，在兴庆宫西南角。 [33]斫(zhuó)：砍伐。 [34]偶值：偶然碰到。 [35]荆：荆棘。榛：榛莽，泛指杂草。栉(zhì)比：梳子和篦子，比喻像梳齿一样排列紧密。 [36]骄痴：天真胆大。缘：绕着跑。[37]舞榭：为歌舞娱乐而建立的楼台。榭：台有屋称榭。攲(qī)倾：歪倒。 [38]文窗：雕花的窗棂。窈窕：幽深的样子。 [39]粉壁：白色墙壁。 [40]风筝：又称"铁马"，金属制，悬挂在屋檐下，风起时互相撞击发出声响。李白《登瓦官阁》："两廊振法鼓，四角吟风筝。"碎珠玉：形容风筝细碎的声音。 [41]临砌：挨着台阶。 [42]斗拱：中国传统建筑梁柱间交接处的部位，弓形木块为"拱"，拱与拱之间相联结的方形木块为"斗"，整体两两契合状如斗，故名。拱：一作"栱"。 [43]香案：正堂中放置香炉的长方形供桌。当衙：对着正门。 [44]端正楼：在华清宫，为杨贵妃起居梳洗处。 [45]珊瑚钩：珊瑚制成的帐钩。珊瑚钩又为古代祥瑞之物，《宋书·符瑞志》："珊瑚钩，王者恭信则见。"此处言"反挂"，则暗有讽刺之意。 [46]指似：指示。傍人：旁人，路人。 [47]却出：退出。泪相续：泪流不止。 [48]心骨：内心。 [49]野父：野老，山野村夫。 [50]姚崇、宋璟：玄宗开元年间的贤相。相公：宰相。 [51]燮(xiè)理：协调治理。阴阳：泛指国家社会的运转。《尚书·周官》："立太师、太傅、太保，兹惟三公，论道经邦，燮理阴阳。"孔传："和理阴阳。" [52]清平：清廉公正。《隋书·循吏传序》："吏之清平，失其所欲，虽崇其赏，犹或不为。"太守：州郡长官。 [53]拣选：指选拔官员。 [54]禄山宫里养作儿：安禄山为讨好杨贵妃，进一步获得玄宗宠信，"请为贵妃养儿，入对皆先拜太真"。 [55]虢国：杨贵妃的姐姐虢国夫人。 [56]杨与李：指玄宗天宝年间的权臣奸相杨国忠与李林甫。 [57]庙：庙堂，朝廷。谟：计策，此处指国家大计。四海摇：指国家飘摇动荡。 [58]疮痏(chuāng wěi)：创伤。 [59]今皇：指宪宗。神圣：神武圣明。丞相：指裴度。 [60]吴蜀平：指平定江南东道节度使李锜与四川节度使刘辟。 [61]淮西贼：指淮西节度使吴元济。此两句指元和十年吴元济叛乱，在宪宗与时任宰相裴度的调度指挥下，元和十二年底平叛。[62]幸：皇帝到某地曰"幸"。 [63]庙谋：即前文"庙谟"。休：不要，停止。

【选评】

《长恨歌》在乐天诗中为最下，《连昌宫词》在元微之诗中乃最得意者。(张戒《岁寒堂

诗话》卷上）

《连昌宫辞》似胜《长恨》，非谓议论也，《连昌》有风骨耳。（王世贞《艺苑卮言》卷四）

元微之《连昌宫词》实深受白乐天、陈鸿《长恨歌》及《传》之影响，合并融化唐代小说之史才、诗笔、议论为一体而成。（陈寅恪《元白诗笺证稿》）

【拓展与思考】

1. 综合你读过的相关诗歌，中唐诗人认为安史之乱的原因有哪些？你怎样看待他们的观点？

2. 综合你所读过的唐朝长篇叙事诗，从叙事手法、结构安排等方面谈谈你对这一诗体学习的心得体会。

韩　愈

韩愈（768—824），字退之，河南河阳（今河南孟州市）人，世称“韩昌黎”，贞元八年进士。韩愈历经唐代宗、德宗、顺宗、宪宗、穆宗五朝，累官刑部侍郎，贬潮州刺史，移袁州，征为国子祭酒，迁京兆尹兼御史大夫，拜吏部侍郎。长庆四年卒，年五十七。赠礼部尚书，谥曰文，后人多称韩文公。传世作品有《昌黎先生集》。苏轼称韩愈“文起八代之衰，而道济天下之溺”。韩愈以弘扬儒家道统为己任，是唐代古文运动的倡导者，被后人尊为“唐宋八大家”之首，与柳宗元并称“韩柳”，有“文章巨公”和“百代文宗”之名。主要散文作品有《原道》《原毁》《进学解》《师说》《杂说》《讳辩》《送孟东野序》《送李愿归盘谷序》《张中丞传后叙》《毛颖传》《祭十二郎文》等。除散文革新外，他也是韩孟诗派的领袖人物，为变革唐诗贡献颇大。后人称“韩愈为唐诗之一大变。其力大，其思雄，崛起特为鼻祖。宋之苏、梅、欧、苏、王、黄，皆愈为之发其端，可谓极盛”。（《原诗》）

春　雪

新年都未有芳华[1]，二月初惊见草芽。
白雪却嫌春色晚，故穿庭树作飞花。

钱仲联：《韩昌黎诗系年集释》卷九，上海古籍出版社，1984 年版

【解题】

农历二月，已为仲春，然北方尚寒。在岭南待过的韩愈惊讶于二月飞雪，作出了这首情趣盎然的绝句。此诗作于元和十年（815），韩愈时在长安。

【注释】

[1]新年:农历新年,泛指正月。华:花。

【选评】

作诗实写则易落板滞,空翻则自见灵动。唐诗中韩愈《春雪》一首,可谓极空翻之能事矣。(刘公坡《学诗百法》)

雪于诸物中最难赋,而赋春色则须切"春"字,尤难于赋。此诗首句、二句从"春"字咀嚼而出,看似与雪无涉,而全为三句、四句作势,几于无处不切"雪"字。三句、四句兜转,具备雪意、雪景,不呆写雪,而雪字自见,不死做春,而春字自在。四句一气相生,以视寻常斧凿者,徒见雕斫之痕,其相去远矣。(朱宝莹《诗式》)

山　石

山石荦确行径微[1],黄昏到寺蝙蝠飞。升堂坐阶新雨足[2],芭蕉叶大支子肥[3]。僧言古壁佛画好,以火来照所见稀[4]。铺床拂席置羹饭,疏粝亦足饱我饥[5]。夜深静卧百虫绝[6],清月出岭光入扉[7]。天明独去无道路[8],出入高下穷烟霏[9]。山红涧碧纷烂漫[10],时见松枥皆十围[11]。当流赤足踏涧石[12],水声激激风吹衣。人生如此自可乐,岂必局束为人鞿[13]。嗟哉吾党二三子[14],安得至老不更归[15]。

钱仲联:《韩昌黎诗系年集释》卷二,上海古籍出版社,1984年版

【解题】

本诗取首二字为题,内容并非描摹山石,而是一篇叙事抒情的游记。本诗手法巧妙,以散文笔法入诗,层层构思精巧,可以说是散文化的诗。一般认为本诗作于德宗贞元十七年(801),也有观点认为本诗所写之景为左迁南岭后。

【注释】

[1]荦(luò)确:险峻不平。行径:行走的小路。微:窄小。　[2]升堂:进入中殿。新雨:刚下的雨。　[3]支子:一作"栀子"。　[4]稀:一说意为依稀、模糊,一说表示稀有、少见。　[5]疏粝(lì):糙米饭。　[6]百虫绝:指没有虫鸣,形容极静。　[7]扉(fēi):门扇。　[8]无道路:指清晨山间烟雾弥漫,找不到路。　[9]穷:穷尽。　[10]烂漫:色彩鲜艳的样子。　[11]枥(lì):栎树。十围:一人两手合抱一周为一围,十围形容树干之粗,需多人合抱才能绕一周。　[12]当:对着。　[13]局束:拘束,不自由。鞿(jī):缰绳。一作"靰"。"为人鞿"意为被人控制。　[14]吾党:吾辈,我的朋友。二三子:诸位。　[15]不更:不再。

【选评】

荦确何人似退之,意行无路欲从谁?宿云解驳晨光漏,独见山红涧碧诗。(苏轼《王晋

卿所藏着色山·其二》)

有情芍药含春泪,无力蔷薇卧晚枝。拈出退之《山石》句,始知渠是女郎诗。(元好问《论诗绝句·其二十四》)

不事雕琢,自见精彩,真大家手笔。许多层事,只起四语了之,虽是顺叙,却一句一样境界。如展画图,触目通层在眼,何等笔力。五句、六句又一画。十句又一画。"天明"六句,共一幅早行图画,收入议。从昨日追叙,夹叙夹写,情景如见,句法高古。只是一篇游记,而叙写简妙,犹是古文手笔。他人数语方能明者,此须一句,即全现出,而句法复如有余地,此为笔力。(方东树《昭昧詹言》卷一二)

【拓展与思考】

试将本诗改写成一篇游记散文,语体不限。

听颖师弹琴

昵昵儿女语[1],恩怨相尔汝[2]。划然变轩昂[3],勇士赴敌场。浮云柳絮无根蒂,天地阔远随飞扬。喧啾百鸟群[4],忽见孤凤凰[5]。跻攀分寸不可上[6],失势一落千丈强[7]。嗟余有两耳,未省听丝篁[8]。自闻颖师弹,起坐在一旁[9]。推手遽止之[10],湿衣泪滂滂[11]。颖乎尔诚能,无以冰炭置我肠[12]。

钱仲联:《韩昌黎诗系年集释》卷九,上海古籍出版社,1984 年版

【解题】

颖师:一位名颖的僧人,来自天竺,擅长弹琴,李贺《听颖师弹琴歌》记录了他的一些事迹,可以参读。本诗当作于元和十年(815)或十一年(816)。

【注释】

[1]昵昵:亲近的样子。昵,一作"妮"。　[2]尔汝:语见《世说新语·排调》"晋武帝问孙皓:'闻南人好作《尔汝歌》,颇能为不?'""尔""汝"为古代亲近之人间才用的称呼。《尔汝歌》为当时江南一带流行的民间情歌,每句间都用"尔""汝"称呼对方。　[3]划然:表示声音突然转变。轩昂:形容声音高亢激烈。　[4]喧啾(jiū):喧闹的鸟鸣声。　[5]凰:一作"皇"。　[6]跻攀:攀登。　[7]千丈强:比千丈还多。　[8]未省(xǐng):不懂。丝篁:弦乐与管乐,泛指音乐。　[9]起坐:忽起忽坐,激动的样子。旁:一作"床"。　[10]推手:伸手。遽(jù):急。　[11]滂(pāng)滂:泪水很多很急的样子。　[12]此句表示听颖师弹琴后,内心产生了激烈而矛盾的情绪,不能自已。语出《庄子·人间世》:"事若成,则必有阴阳之患。"郭象注:"人患虽去,然喜惧战于胸中,固已结冰炭于五藏矣。"

【拓展与思考】

阅读李贺《听颖师弹琴歌》,同样是听颖师弹琴,两人的关注点、感受和意象选择有什

么不同？

听颖师弹琴歌　李贺

别浦云归桂花渚，蜀国弦中双凤语。芙蓉叶落秋鸾离，越王夜起游天姥。暗佩清臣敲水玉，渡海娥眉牵白鹿。谁看挟剑赴长桥，谁看浸发题春竹。竺僧前立当吾门，梵宫真相眉棱尊。古琴大轸长八尺，峄阳老树非桐孙。凉馆闻弦惊病客，药囊暂别龙须席。请歌直请卿相歌，奉礼官卑复何益？

孟　郊

孟郊(751—814)，字东野，湖州武康(今浙江德清)人。贞元十二年(796)进士，时年四十六。任溧阳县尉，终日赋诗而曹务多废。县令以假尉代之，分其半俸，以致穷困潦倒，辞官家居。后入兴元幕府途中病亡。郊拙于生事，一贫彻骨，裘褐悬结，未尝俯眉为可怜之色。然好义者更遗之。工诗，大有理致，韩吏部极称之。多伤不遇，年迈家空，思苦奇涩，哀怨清切，穷人冥搜。与贾岛齐名，世称“郊寒岛瘦”。现存诗五百余首，作品集有《孟东野集》，主要注本有韩泉欣《孟郊集校注》，华忱之、喻学才《孟郊诗集校注》。

京山行

众虻聚病马[1]，流血不得行。
后路起夜色，前山闻虎声。
此时游子心，百尺风中旌[2]。

华忱之、喻学才：《孟郊诗集校注》卷六，人民文学出版社，1995年版

【解题】

京山：山名，唐时郢州有京山县，在今湖北。此诗当作于贞元九年(793)，孟郊已四十多岁。仕途不顺，接连落第，为求生计辗转多地，年近半百仍漂泊无依。本诗所记之景，也是诗人内心的写照。

【注释】

[1]虻(méng)：一种吸血的飞虫。　[2]风中旌：被风拉扯，悬而不定的旗子。《战国策·楚策一》：“心摇摇如悬旌，而无所终薄。”苏轼《次韵柳子玉·地炉》：“衰鬓镊残攲雪领，壮心降尽倒风旌。”

【拓展与思考】

文学史上有“郊寒岛瘦”的说法，阅读此诗，你能体会到“郊寒”吗？

登科后

昔日龌龊不足夸[1]，今朝放荡思无涯[2]。
春风得意马蹄疾[3]，一日看尽长安花[4]。

华忱之、喻学才：《孟郊诗集校注》卷三，人民文学出版社，1995 年版

【解题】

据清徐松《登科记考》，孟郊在德宗贞元十二年(796)四十六岁之时，第三次参加科考，终于登进士第。唐谚“三十老明经，五十少进士”，意为能在五十岁之前考取进士十分难得。与后世相比，唐朝科举进士科录取率极低，平均每次录取仅 20 多人。《通典·选举三》：“其进士大抵千人得第者百一二，明经倍之，得第者十一二。”

【注释】

[1]昔日龌龊(wò chuò)：指之前的困顿潦倒。不足夸：不值一提。　[2]放荡：自在貌。放：一作“旷”。本句一作“今日坦然未可涯”。　[3]春风：一作“青春”。　[4]尽：一作“遍”。

【选评】

余尝读孟东野下第诗云：“弃置复弃置，情如刀剑伤。”及登弟，则自谓“春风得意马蹄疾，一日看尽长安花。”一第之得失，喜忧至于如此，宜其虽得之而不能享也。(清高宗敕编《唐宋诗醇》卷二十九)

游子吟

慈母手中线，游子身上衣。
临行密密缝，意恐迟迟归。
谁言寸草心[1]，报得三春晖[2]。

华忱之、喻学才：《孟郊诗集校注》卷一，人民文学出版社，1995 年版

【解题】

《游子吟》为古乐府题。“游子吟”之名，最早见于汉代，题为苏武、李陵的赠答诗：“幸有弦歌曲，可以喻中怀。请为游子吟，泠泠一何悲！”有学者认为《游子吟》为楚声歌《楚引》。《琴操》：“《楚引》者，楚游子龙丘高出游三年，思归故乡，望楚而长叹。故曰《楚引》。”

诗题下作者自注：“迎母溧上作。”则本诗写于溧阳。孟郊家境贫寒，终身坎坷，四十六

岁中进士，五十岁才获任溧阳县尉。在安定下来后，便将母亲接来孝养。本诗题属于乐府，虽然篇幅短小，语言朴素，但字间所蕴含的真挚淳朴的感情，千百年来感动了无数他乡游子，成为文学史上歌颂母爱的代表作。

【注释】

[1]谁言：一作“难将”。寸草：小草，诗人自喻。 [2]三春：农历正月为孟春，二月为仲春，三月为季春，合称三春，泛指春季。晖：阳光，比喻母爱。

刘禹锡

刘禹锡(772—842)，字梦得，洛阳人。贞元九年(793)，与柳宗元同榜进士。后又中博学宏辞科。唐顺宗初即位，欲除弊革新，任用王叔文、王伾进行“永贞革新”，刘禹锡与柳宗元均为其中重要人物。革新失败，刘禹锡被贬朗州司马。后历任连州刺史、夔州刺史、和州刺史、主客郎中、礼部郎中、苏州刺史等职。晚年迁太子宾客，加检校礼部尚书。其诗文著称当时，早年与柳宗元交往密切，并称“刘柳”；晚年与白居易唱和来往，并称“刘白”。白居易谓：“彭城刘梦得，诗豪者也。其锋森然，少敢当者。”其作品主要注本有瞿蜕园《刘禹锡集笺证》，卞孝萱校订《刘禹锡集》，陶敏、陶红雨《刘禹锡全集编年校注》。

竹枝词

杨柳青青江水平，闻郎江上踏歌声[1]。
东边日出西边雨，道是无晴还有晴[2]。

瞿蜕园：《刘禹锡集笺证》卷二十七，上海古籍出版社，1989年版

【解题】

《竹枝词》原为巴渝地区的民歌，刘禹锡自序：“里中儿联歌《竹枝》，吹短笛，击鼓以赴节，歌者扬袂睢舞，以曲多为贤。”刘禹锡依调填词，创作了两组共十一首富有民歌风味的新《竹枝词》组诗，本诗为《竹枝词二首》其一。诗歌当作于穆宗长庆二年正月至长庆四年夏(822—824)作者任夔州刺史期间。

【注释】

[1]踏歌：民间传统歌舞娱乐形式，边唱歌边用脚踏地和节拍。踏：一作“唱”。 [2]还：一作“却”。晴：谐音双关“情”。

酬乐天扬州初逢席上见赠

巴山楚水凄凉地[1]，二十三年弃置身[2]。怀旧空吟闻笛赋[3]，到乡翻似烂柯人[4]。沉舟侧畔千帆过，病树前头万木春[5]。今日听君歌一曲[6]，暂凭杯酒长精神。

瞿蜕园：《刘禹锡集笺证》外集卷一，上海古籍出版社，1989年版

【解题】

酬：酬答，答谢。乐天，白居易。见赠：指受赠。见为助词，表示动作的接受方，有被动意。本诗作于敬宗宝历二年(826)冬，刘禹锡罢和州(在今安徽马鞍山)刺史，回洛阳途中与白居易在扬州相遇，相约共饮。席间白居易写下《醉赠刘二十八使君》。此诗为刘禹锡的赠答之作。

【注释】

[1]巴山楚水：指四川与湖南、湖北一带，刘禹锡被贬谪的地方。自永贞元年(805)被贬谪出京后，刘禹锡先后做了朗州、连州、和州、夔州等地的地方官。　[2]二十三年：永贞元年(805)至宝历二年(826)冬共二十二年，到第二年才能到达京城，所以称二十三年。弃置：抛弃到一边，指不被朝廷任用。王维《老将行》："自从弃置便衰朽，世事蹉跎成白首。"　[3]闻笛赋：指向秀《思旧赋》。序曰："余与嵇康、吕安居止接近，其人并有不羁之才。然嵇志远而疏，吕心旷而放，其后各以事见法。嵇博综技艺，于丝竹特妙。临当就命，顾视日影，索琴而弹之。余逝将西迈，经其旧庐。于时日薄虞渊，寒冰凄然。邻人有吹笛者，发音寥亮。追思曩昔游宴之好，感音而叹，故作赋云。"诗人用此典故怀念已故旧友王叔文、柳宗元等人。　[4]乡：一作"郡"。烂柯人：见任昉《述异志》"信安郡石室山，晋时王质伐木至，见童子数人，棋而歌，质因听之。童子以一物与质，如枣核，质含之而不觉饥。俄顷，童子谓曰：'何不去?'质起视，斧柯烂尽。既归，无复时人"。　[5]沉舟、病树：诗人自喻。[6]听君歌一曲：指白居易《醉赠刘二十八使君》。

【选评】

"沉舟侧畔千帆过，病树前头万木春"之句之类，真谓神妙，在在处处，应当有灵物护之。(白居易《刘白唱和集解》)

诗人贵知学，尤贵知道。东坡论少陵诗外尚有事在，是也。刘宾客云："沉舟侧畔千帆过，病树前头万木春。"有道之言也。(赵执信《谈龙录》)

【拓展与思考】

阅读白居易《醉赠刘二十八使君》，试比较两首诗。

李　贺

李贺(790—816)，字长吉，为唐宗室后裔，自称“唐诸王孙李长吉”。河南福昌(今河南宜阳)人。贺为人纤瘦，通眉，长指爪，能疾书。旦日出，骑弱马，背古锦囊，遇有所得，书置囊里。曾赴长安科考，贺父名晋肃，被争名者诋毁，考进士即犯父讳，不得举进士，韩愈为之著《讳辩》进行辩护，终不第。后任太常寺奉礼郎，不久病归，卒年二十七。李贺诗歌尚奇诡，组织花草，片片成文，所得皆惊迈，绝云翰墨畦径，时无能效者。现存诗二百余首，作品集有《昌谷集》，李贺诗注本以王琦《李长吉歌诗汇解》最为通行。主要注本有吴企明《李长吉歌诗编年笺注》，叶葱奇疏注《李贺诗集》，王友胜、李德辉校注《李贺集》，上海古籍出版社整理《三家评注李长吉歌诗》等。

致酒行

零落栖迟一杯酒[1]，主人奉觞客长寿[2]。主父西游困不归[3]，家人折断门前柳。吾闻马周昔作新丰客，天荒地老无人识。空将笺上两行书，直犯龙颜请恩泽[4]。我有迷魂招不得[5]，雄鸡一声天下白。少年心事当拏云[6]，谁念幽寒坐呜呃[7]。

王琦等：《三家评注李长吉歌诗》卷二，上海古籍出版社，1998年版

【解题】

致酒：劝酒。元和初年李贺赴长安科考，被嫉妒者诋毁，认为李贺父亲名“晋肃”，李贺举进士科则为犯父名讳。最终李贺被剥夺进士科资格。一本题下有“至日长安里中作”。本诗可能作于宪宗元和四年(809)冬至，李贺在科举受阻滞留长安时作。

【注释】

[1]零落：失意貌。栖迟：滞留。　[2]奉觞：捧觞，捧着酒杯敬酒。客长寿：祝酒词。　[3]主父：指西汉名臣主父偃。本句事见《汉书·主父偃传》：“主父偃西入关见卫将军，卫将军数言上，上不省。资用乏，留久，诸侯宾客多厌之。”　[4]马周：唐太宗时名臣。笺：指奏章。此两句事见《旧唐书·马周传》“西游长安，宿于新丰逆旅，主人唯供诸商贩而不顾待周。遂命酒一斗八升，悠然独酌，主人深异之。至京师，舍于中郎将常何之家。贞观五年，太宗令百僚上书言得失，何以武吏不涉经学，周乃为陈便宜二十余事，令奏之，事皆合旨。太宗怪其能，问何，何答曰：‘此非臣所能，家客马周具草也。每与臣言，未尝不以忠孝为意。’太宗即日召之，未至间，遣使催促者数四。及谒见，与语甚悦，令直门下省。六年，授监察御史，奉使称旨”。　[5]迷魂：魂魄离散无所归依，指自己心绪不宁。　[6]拏

(ná)云：揽云，形容志向高远。拏：抉取。　[7]呜呃(è)：悲叹声。

【选评】

长吉少有此沉顿之作。(黎简《黎二樵批点黄陶庵评本李长吉集》卷二)

主父、宾主作两层叙，本俱引证，更作宾主详略，谁谓长吉不深于长篇之法耶？(毛先舒《诗辩坻》卷三)

金铜仙人辞汉歌并序

魏明帝青龙九年八月[1]，诏宫官牵车西取汉孝武捧露盘仙人[2]，欲立置前殿[3]。宫官既拆盘，仙人临载，乃潸然泪下[4]。唐诸王孙李长吉遂作《金铜仙人辞汉歌》[5]。

茂陵刘郎秋风客[6]，夜闻马嘶晓无迹。画栏桂树悬秋香，三十六宫土花碧[7]。
魏官牵车指千里，东关酸风射眸子[8]。空将汉月出宫门[9]，忆君清泪如铅水[10]。
衰兰送客咸阳道[11]，天若有情天亦老。携盘独出月荒凉，渭城已远波声小[12]。

王琦等：《三家评注李长吉歌诗》卷二，上海古籍出版社，1998年版

【解题】

据朱自清先生《李贺年谱札记》推测，此诗可能作于宪宗元和八年(813)，李贺因病辞去太常寺奉礼郎的职务，离开长安时所作。诗人回顾自己这些年的坎坷经历，与金铜仙人有相似的遭遇，遂寄其悲于金铜仙人，写下这篇《金铜仙人辞汉歌》。

【注释】

[1]魏明帝：三国时魏帝曹叡，曹操之孙，曹丕之子，公元226—239年在位。青龙：曹叡年号，公元233年正月至公元237年农历三月，共五年，“九年”当为李贺误笔。据《魏略》，折移铜人承露盘在景初元年(237)。各本遂改为“青龙元年”，亦误。　[2]宫官：宦官。牵：一作“牽(xiá)”。牽，同“辖”，车轴键，此处用作动词，“牽车”意为驾车。捧露盘仙人：王琦注引《三辅黄图》“神明台，武帝造，上有承露盘，有铜仙人舒掌捧铜盘玉杯以承云表之露，以露和玉屑服之，以求仙道”。　[3]置：一作“致”。　[4]此三句事见《三国志·魏书·明帝纪》裴松之注引《汉晋春秋》：“帝徙盘，盘折，声闻数十里，金狄或泣，因留于霸城。”潸(shān)然：流泪的样子。　[5]唐诸王孙：李贺先祖为唐高祖李渊的叔父李亮，故自称唐宗室后裔。　[6]茂陵刘郎：指汉武帝刘彻，其陵为茂陵。秋风客：刘彻曾作《秋风辞》，故称。　[7]泛指汉代长安宫殿。班固《西都赋》：“离宫、别馆，三十六所。”土花：苔藓。　[8]东关：长安城东门。酸风：令人悲酸的风。　[9]将：伴随。　[10]君：指汉武帝。铅水：比喻内心之沉重。此两句模拟金铜仙人的口吻。　[11]衰兰：衰败的秋兰。客：指金铜仙人。咸阳：代指长安城。　[12]渭城：此处代指长安城。

【选评】

李长吉歌“天若有情天亦老”，人以为奇绝无对。曼卿对：“月如无恨月常圆”，人以为勍敌。（司马光《温公续诗话》）

王琦曰：“细玩二语终有自然勉强之别，未可同例而称矣。”吴北江谓此句“接得悲凉沉痛”。又曰：“天若有情”句，古今兴亡之感，写来特别痛切，“月如无恨”句，义蕴甚浅，相去不可以道里计也。（高步瀛《唐宋诗举要》卷二）

南园（其五）

男儿何不带吴钩[1]，收取关山五十州[2]。
请君暂上凌烟阁[3]，若个书生万户侯[4]？

王琦等：《三家评注李长吉歌诗》卷一，上海古籍出版社，1998年版

【解题】

南园，在李贺家乡福昌（今河南洛阳宜阳县）。有学者认为，“园”通“原”，指可种田的平地。组诗当为宪宗元和八年(813)，李贺辞官离开长安后，回到家乡闲居时的作品。题名《南园》组诗一共十三首，此外有同题七律一首。此处选取组诗十三首中的第五首，本诗抒发了诗人对于建功立业的强烈渴望，与求而不得的悲愤无奈。

【注释】

[1]吴钩：一作“横刀”。钩，兵器名，形似弯刀，春秋时吴国善于铸造，故名。沈括《梦溪笔谈·器用》：“唐人诗多有言吴钩者，吴钩，刀名也。刃弯，今南蛮用之，谓之葛党刀。”此处泛指兵器。 [2]关山：关隘和山川。五十州：指不听中央号令、威胁唐朝统治的地方藩镇。《资治通鉴·唐纪五十四》“元和七年，李绛曰：‘汉文帝时兵木无刃，家给人足，贾谊犹以为厝火积薪之下，不可谓安。今法令所不能制者，河南、北五十余州。犬戎腥膻，近接泾陇，烽火屡惊。加之水旱时作，仓廪空虚。此正陛下宵衣旰食之时，岂得谓之太平，遽为乐哉！’” [3]暂：暂且，姑且。凌烟阁：事见刘肃《大唐新语·褒锡》：“贞观十七年，太宗图画太原倡义，及秦府功臣赵公长孙无忌、河间王孝恭、蔡公杜如晦、郑公魏征、梁公房玄龄、申公高士廉、鄂公尉迟敬德、郧公张亮、陈公侯君集、卢公程知节、永兴公虞世南、渝公刘政会、莒公唐俭、英公李勣、胡公秦叔宝等二十四人于凌烟阁，太宗亲为之赞，褚遂良题阁，阎立本画。” [4]若个：哪个。万户侯：食邑万户之侯爵，泛指富贵显达。

【选评】

裴度伐吴元济，蔡、郓、淮西数十州至是尽归朝廷。贺盖美诸将之功，而复羡其荣宠，故不觉壮志勃生。若个者犹言几许也，曾有几许书生能致万户侯乎？（姚文燮《昌谷集注》卷一）

七绝最易柔美之格调，此人亦复挺拔。虽不如开元之深婉，亦不落元和之疲苶。学杜

实发，却用风标。（方世举《李长吉诗集批注》卷一）

【拓展与思考】

拓展阅读《南园》组诗十三首全篇及同题七律。体会其诗歌“鬼气”之外的风格。

苏小小墓

幽兰露，如啼眼。无物结同心，烟花不堪剪[1]。草如茵，松如盖[2]。风为裳，水为珮。油壁车，夕相待[3]。冷翠烛，劳光彩[4]。西陵下，风吹雨[5]。

王琦等：《三家评注李长吉歌诗》卷一，上海古籍出版社，1998年版

【解题】

苏小小：《玉台新咏》载《钱唐苏小歌》“妾乘油壁车，郎骑青骢马。何处结同心？西陵松柏下”。《吴地记》：“嘉兴县前有晋妓苏小小墓。”《乐府广题》：“苏小小，钱唐名倡也，盖南齐时人。”《方舆胜览》：“苏小小墓在嘉兴县西南六十步，乃晋之歌妓。今有片石在通判厅，题曰苏小小墓。”盖六朝时钱塘有一个叫苏小小的名妓，遭人始乱终弃，此诗歌咏其人其事。

【注释】

[1]结同心：编成同心结，象征爱情专一。烟花：指开在墓地上的花。　[2]茵：垫子。盖：车盖。　[3]油壁车：一种车，用青油涂饰车体。《钱塘苏小歌》：“妾乘油壁车。”夕：一作“久”。　[4]冷翠烛：指墓地磷火，俗称鬼火。劳：徒劳。　[5]西陵：《钱唐苏小歌》“何处结同心？西陵松柏下”。《乐府广题》：“西陵，在钱唐江之西，歌云‘西陵松柏下’是也。”即今杭州西泠桥一带。风吹雨：一作“风雨吹”。

秋　来

桐风惊心壮士苦[1]，衰灯络纬啼寒素[2]。谁看青简一编书[3]，不遣花虫粉空蠹[4]。

思牵今夜肠应直，雨冷香魂吊书客[5]。秋坟鬼唱鲍家诗[6]，恨血千年土中碧[7]。

王琦等：《三家评注李长吉歌诗》卷一，上海古籍出版社，1998年版

【解题】

李贺号称“诗鬼”，本诗即为一首著名的“鬼诗”。本诗可能作于李贺生命的晚期，诗人回顾自己的一生，空有才华却不能得志，在人间找不到的知音，可能只能向阴间寻求了。

【注释】

[1]桐风：吹过梧桐的风声。壮士：诗人自谓。　[2]衰灯：黯淡的灯光。络纬：即蟋

蟀，又称莎鸡、络丝娘、纺织娘，其鸣声似纺线，故名。寒素：寒门素族。李贺虽为宗室后裔，但为旁系末枝，家族在其父时已衰败。 [3]青简：青色竹简，古代的书写工具，此处泛指书籍。一编：竹简连接成一片为一编。 [4]遣：使，让。花虫：即书虫、蛀虫、蠹(dù)虫。粉：被蠹虫蛀蚀的竹简碎屑。蠹：蛀蚀。 [5]香魂：古代才士的魂魄。吊：慰问。书客：诗人自谓。 [6]鲍家诗：鲍照的诗。鲍照，南朝宋著名诗人，有《行路难》《代蒿里行》《代挽歌》等诗传世。 [7]本句典出《庄子·外物》："人主莫不欲其臣之忠，而忠未必信，故伍员流于江，苌弘死于蜀，藏其血，三年化而为碧。"

【选评】

刘云：非长吉自挽耶？(高棅《唐诗品汇》)

王思任云：贺既孤愤不遇，而所为呕心之语，日益高渺，寓今托古，比物征事，大约言悠悠之辈，何至相吓乃尔。人命至促，好景尽虚，故以其哀激之思，变为晦涩之调，喜用鬼字、泣字、死字、血字，如此之类，幽冷溪刻。(王思任《李贺诗解序》)

杜　牧

杜牧(803—852)，字牧之，京兆万年(今陕西西安)人。唐名相杜佑之孙，文宗大和二年进士。杜牧刚直有奇节，敢论列大事，指陈利病尤切。初为弘文馆校书郎。曾入江西、宣歙观察使沈传师幕与淮南节度使牛僧孺幕，历监察御史，黄、池、睦诸州刺史，入为司勋员外郎。唐武宗会昌中，历迁考功郎中、知制诰、中书舍人。晚年居樊川别业，世称"杜樊川"，作品集有《樊川文集》。杜牧诗、文、赋、书、画皆工，诗歌尤擅七言，绝句为晚唐一大家。杜牧诗歌之主要特色为俊爽圆纯，好发议论，近体最工，人称"小杜"。现存诗二百余首，主要注本有吴在庆《杜牧集系年校注》、冯集梧《樊川诗集注》。

遣　怀

落魄江南载酒行[1]，楚腰肠断掌中轻[2]。
十年一觉扬州梦[3]，占得青楼薄幸名[4]！

冯集梧：《樊川诗集注》外集，上海古籍出版社，1978年版

【解题】

遣怀：遣兴，排遣心情。文宗大和七年至九年(833—835)，杜牧时年三十出头，任职于淮南节度使牛僧孺幕下，居扬州。杜牧生性风流倜傥，加之怀才不遇，便以宴游为事，多与青楼女子来往。此诗便为追忆扬州生活之作。

【注释】

[1]落魄：一作“落拓”。江南：一作“江湖”。　[2]肠断：一作“纤细”。楚腰纤细，《墨子·兼爱中》：“昔者楚灵王好士细腰，故灵王之臣皆以一饭为节，胁息然后带，扶墙然后起。比期年，朝有黧黑之色。”此处“楚腰”指扬州青楼女子身材苗条。掌中轻：指西汉成帝宠妃赵飞燕。伶玄《赵飞燕外传》：“飞燕体轻，能为掌上舞。”　[3]十年：一作“三年”。[4]占：一作“赢”。薄幸：薄情。

【选评】

牧少隽，性疏野放荡，虽为检刻，而不能自禁。会丞相牛僧孺出镇扬州，辟节度掌书记。牧供职之外，唯以宴游为事。扬州，胜地也，每重城向夕，娼楼之上，常有绛纱灯万数，辉罗列空中，九里三十步街中，珠翠填咽，邈若仙境。牧常出没驰逐其间，无虚夕。……又自以年渐迟暮，常追赋《感旧》诗曰：“落魄江湖载酒行，楚腰纤细掌中轻。十年一觉扬州梦，赢得青楼薄幸名。”（《太平广记》卷二七三引高彦休《唐阙史》）

才人不得见重于时之意，发为此诗，读来但见其兀傲不平之态。世称杜牧诗情豪迈，又谓其不为龌龊小谨，即此等诗可见其概。（刘永济《唐人绝句精华》）

不应李杜翻鲸海，更羡夔龙集凤池。道是樊川轻薄杀，犹将万户比千诗。（杨万里《寄陆务观》）

登乐游原

长空澹澹孤鸟没[1]，万古销沉向此中[2]。
看取汉家何事业？五陵无树起秋风[3]！

冯集梧：《樊川诗集注》卷二，上海古籍出版社，1978年版

【解题】

乐游原，本名乐游苑，秦汉时官苑名，故址在今陕西西安南郊一带。秦时名宜春苑，汉宣帝时改建成乐游苑。后称苑为原，唐时成为长安士女的观光游览胜地。唐朝著名诗人李白、白居易、李商隐等均有名作传世。

【注释】

[1]澹澹：广漠貌。没(mò)：指形影消失。　[2]万古：万世万物。销沉：消散。此中：指乐游原一带。　[3]五陵：汉朝的五个皇陵即长陵、安陵、阳陵、茂陵、平陵，在长安北。当时富家豪族和外戚都居住在五陵附近，因此后世诗文常以五陵为富贵人家聚居之地无树：指满目荒野。

【拓展与思考】

杜牧还写了一首关于乐游原的七绝，比较并赏析这两首诗。

将赴吴兴登乐游原一绝

清时有味是无能，闲爱孤云静爱僧。
欲把一麾江海去，乐游原上望昭陵。

题宣州开元寺水阁

六朝文物草连空[1]，天淡云闲今古同。鸟去鸟来山色里，人歌人哭水声中[2]。
深秋帘幕千家雨，落日楼台一笛风。惆怅无因见范蠡，参差烟树五湖东[3]。

冯集梧：《樊川诗集注》卷三，上海古籍出版社，1978 年版

【解题】

宣州：今安徽宣城，南朝著名诗人谢朓曾任此处太守。开元寺：建于东晋，本名永安寺，玄宗开元年间诏令全国十大州郡建大寺以年号命名，永安寺改名“开元寺”。本诗当作于文宗开成三年(838)，杜牧时任宣州团练判官。本题一作《题宣州开元寺水阁》。

【注释】

[1]文物：古代遗迹遗物。一说，典章制度。 [2]人歌人哭：语出《礼记・檀弓下》“晋献文子成室，张老曰：‘美哉轮焉！美哉奂焉！歌于斯，哭于斯，聚国族于斯。’”本句意为附近的人世代居住在此。 [3]此两句见《史记・越王勾践世家》：“范蠡事越王勾践，既苦身勠力，与勾践深谋二十余年，竟灭吴，报会稽之耻。北渡兵于淮以临齐、晋，号令中国，以尊周室，勾践以霸，而范蠡称上将军。还反国，范蠡以为大名之下，难以久居，且勾践为人可与同患，难与处安，为书辞勾践……乃装其轻宝珠玉，自与其私徒属乘舟浮海以行，终不反。”《吴越春秋・勾践伐吴外传》：“乃乘扁舟，出三江，入五湖，人莫知其所适。”五湖：太湖及其相属的四个小湖，合称“五湖”，亦为太湖别称，在宣州东。

【选评】

“去”“来”“歌”“哭”字，是再写一；“山色”“水声”字，是再写二。妙在鸟、人平举，夫天澹云闲之中，真乃何人何鸟。(金圣叹《贯华堂选批唐才子诗》)

杜牧之晚唐翘楚，名作颇多，而恃才纵笔处亦不少。如《题宣州开元寺水阁》直造老杜门墙，岂特人称小杜已哉！(薛雪《一瓢诗话》)

许　浑

许浑(约 791—约 858)，字仲晦，一字用晦，为前宰相许圉师之后。文宗大和六年

(832)进士,任监察御史,官至睦州刺史。晚年居润州丁卯涧(今江苏镇江)编订诗集,名《丁卯集》,后世称其“许丁卯”。尤擅七言律诗,其登临怀古诗振拔晚唐。《桐江诗话》:“许浑集中佳句甚多,然多用‘水’字,故国初人士云‘许浑千首湿’是也。”现存诗四百余首,主要注本有罗时进《丁卯集笺证》。

咸阳西门城楼晚眺

一上高城万里愁,蒹葭杨柳似汀州[1]。溪云初起日沉阁[2],山雨欲来风满楼。

鸟下绿芜秦苑夕,蝉鸣黄叶汉宫秋[3]。行人莫问前朝事[4],渭水寒声昼夜流[5]。

罗时进:《丁卯集笺证》卷六,中华书局,2012 年版

【解题】

此诗当作于宣宗大中三年(849),诗人任监察御史之时,登上秦朝古都咸阳城的东楼,眺望一条渭水之隔的唐朝都城长安。“山雨欲来风满楼”,既是眼前之景,也可认为是对大唐王朝处于风雨飘摇之际的感慨。诗题又作《咸阳城西楼晚眺》《咸阳城西门晚眺》《咸阳城东楼》。

【注释】

[1]汀州:水中或水边沙洲。州:一作“洲”。　[2]此句作者自注:“南近磻(pán)溪,西对慈福寺阁。”指咸阳城的地理位置。　[3]绿芜:形容杂草丛生。此两句为互文手法,秦苑、汉宫,皆代指咸阳城。　[4]前朝:一作“当年”。　[5]末句一作“故国东来渭水流”“渭水寒光昼夜流”。

【选评】

作诗以情意为主,景与事辅之,兼之者宗工巨匠也,得一端者亦艺林之秀也。许诗情好景好,特意少事少。(贺裳《载酒园诗话》卷一)

七言律诗极不易,唐人以诗名家者,集中十仅一二,且未见其可传。盖语长气短者易流于卑,而事实意虚者又几乎塞,用物时不为物所赘,写情而不为情所牵,李、杜之后,尚学者许浑而已。(范晞文《对床夜语》卷二)

温庭筠

温庭筠,原名岐,字飞卿。太原祁(今山西祁县)人,晚唐作家。温庭筠出生于没落世家,少年即以才华闻名,喜讥刺权贵,放荡不羁,屡试进士不第。温庭筠后来做过几任小

官，然而一生不得志。其诗与李商隐齐名，时号“温李”。工律赋，“每入试，押官韵作赋，凡八叉手而八韵成，时号温八叉”。(《全唐诗话》)文风绮丽，与李商隐、段成式写作风格近似，排行都是十六，故称“三十六体”。其作品全集有《温庭筠全集校注》(刘学锴)。

温庭筠是文学史上第一个以词作成名的作家，存词约70首，《花间集》收录其词66首，为唐代作词最多的词人。其词多写闺情，风格秾艳，为花间词代表。温庭筠也被称为花间鼻祖，与韦庄并称“温韦”。

商山早行

晨起动征铎[1]，客行悲故乡。鸡声茅店月，人迹板桥霜。
槲叶落山路[2]，枳花明驿墙[3]。因思杜陵梦[4]，凫雁满回塘[5]。

曾益:《温飞卿诗集笺注》卷七，上海古籍出版社，1980年版

【解题】

商山：在今陕西商洛市，又名楚山。本诗当作于宣宗大中十三年，诗人离开长安，经过商山时作。诗人可能前往襄阳(今湖北襄阳市)投奔山南东道节度使徐商。当时诗人已年过半百，却为了生计不得不奔波劳苦，诗中的惆怅情绪溢于言表。

【注释】

[1]征铎：出行时挂在车马上的铃铛。 [2]槲(hú)：陕西常见的一种落叶乔木。[3]枳(zhǐ)：又名“臭橘”“枸橘”，春末开白花，果实可入药。 [4]杜陵：古为杜伯国，秦置杜县，西汉宣帝葬于此，故名杜陵。在长安城南，此处代指长安。 [5]凫：野鸭子。回塘：回环曲折的池塘。

【选评】

圣俞尝语余曰：“诗家虽率意，而造语亦难。若意新语工，得前人所未道者，斯为善也。必能状难写之景，如在目前，含不尽之意，见于言外，然后为至矣。”余曰：“语之工者固如是。状难写之景，含不尽之意，何诗为然?”圣俞曰：“作者得于心，览者会以意，殆难指陈以言也。虽然，亦可略道。其仿佛若严维‘柳塘春水漫，花坞夕阳迟’，则天容时态，融和骀荡，岂不如在目前乎？又若温庭筠‘鸡声茅店月，人迹板桥霜’，贾岛‘怪禽啼旷野，落日恐行人’，则道路辛苦，羁愁旅思，岂不见于言外乎?”(欧阳修《六一诗话》)

【拓展与思考】

胡应麟《诗薮》：“盛唐句如‘海日生残夜，江春入旧年’，中唐句如‘风兼残雪起，河带断冰流’，晚唐句如‘鸡声茅店月，人迹板桥霜’，皆形容景物，妙绝千古。而盛、中、晚界限斩然，故知文章关气运，非人力。”你怎么看?

李商隐

李商隐(约 813—858),怀州河内(今河南沁阳)人,字义山,号玉溪生、樊南生。早年向令狐楚习骈文。唐文宗开成二年(837),李商隐登进士第,后又中书判拔萃科。曾任秘书省校书郎、弘农尉等职。因卷入"牛李党争"而备受排挤,一生困顿不得志。李商隐诗文均有成就。诗与杜牧齐名,合称"小李杜";与温庭筠齐名,合称"温李"。其骈文与温庭筠、段成式齐名,三人皆排行十六,号"三十六体"。作品集现有《樊南文集》,存诗近六百首,主要注本刘学锴、余恕诚《李商隐诗歌集解》,冯浩笺注、蒋凡标点《玉溪生诗集笺注》。

安定城楼

迢递高城百尺楼[1],绿杨枝外尽汀洲[2]。贾生年少虚垂涕[3],王粲春来更远游[4]。
永忆江湖归白发[5],欲回天地入扁舟[6]。不知腐鼠成滋味,猜意鹓雏竟未休[7]!

刘学锴、余恕诚:《李商隐诗歌集解》中华书局,2004 年版

【解题】

安定城,泾原节度使的治所,在今甘肃泾川县。文宗开成二年(837),李商隐在令狐楚的举荐下登进士科。开成三年(838),李商隐到泾原(今甘肃)节度使王茂元幕下任职,并娶其女,这成为李商隐一生悲剧的原因。在晚唐"牛李党争"中,令狐楚父子为牛党,王茂元属李党,李商隐娶妻被令狐楚视为叛变。受朋党势力影响,之后李商隐参加吏部博学宏词科考试落选。满怀失意的诗人回到泾源,登楼之时,写此诗以遣怀。

【注释】

[1]迢递:形容安定城的建筑群高且庞大。谢朓《随王鼓吹曲》:"逶迤带绿水,迢递起朱楼。"　[2]外:一作"上"。　[3]贾生:西汉初文学家贾谊,有才华不得汉文帝重用,被权臣排挤,贬为长沙太傅,死时年仅三十三,其怀才不遇的悲惨命运历来被文人感叹。李商隐有《贾生》:"宣室求贤访逐臣,贾生才调更无伦。可怜夜半虚前席,不问苍生问鬼神。"涕:一作"泪"。　[4]王粲:东汉末文学家,建安七子之一。其早年依附刘表,不被重用,曾作《登楼赋》抒发怀才不遇的愁绪。　[5]永忆:常常向往。归白发:指年老时功成身退。[6]此句用范蠡事。见李白《宣州谢朓楼饯别校书叔云》注[8]。　[7]猜:一作"鸱"。此两句语出《庄子·秋水》:惠子相梁,庄子往见之。或谓惠子曰:"庄子来,欲代子相。"于是惠子恐,搜于国中三日三夜。庄子往见之,曰:"南方有鸟,其名为鹓雏,子知之乎?夫鹓雏发于南海,而飞于北海;非梧桐不止,非练实不食,非醴泉不饮。于是鸱得腐鼠,鹓雏过之,

仰而视之曰:'吓!'今子欲以子之梁国而吓我邪?"李商隐以庄子和鹓雏自比,志行高洁,但是却遭到宵小之辈的猜忌。

【选评】

"路经滟滪双蓬鬓,天入沧浪一钓舟",李义山"永忆江湖归白发,欲回天地入扁舟"全学此种,而用意各别。(施补华《岘佣说诗》)

王荆公晚年亦喜称义山诗,以为唐人知学老杜而得其藩篱者,唯义山一人而已。每诵其"雪岭未归天外使,松州犹驻殿前军""永忆江湖归白发,欲回天地入扁舟",另"池光不受月,暮气欲沉山""江海三年客,乾坤百战场"之类,虽老杜无以过也。(蔡启《蔡宽夫诗话》)

【拓展与思考】

阅读崔珏《哭李商隐》二首。联系李商隐生平与《安定城楼》诗意,解读本组诗。

哭李商隐　崔珏

其一

成纪星郎字义山,适归高壤抱长叹。词林枝叶三春尽,学海波澜一夜干。
风雨已吹灯烛灭,姓名长在齿牙寒。只应物外攀琪树,便著霓裳上绛坛。

其二

虚负凌云万丈才,一生襟抱未曾开。鸟啼花落人何在,竹死桐枯凤不来。
良马足因无主踠,旧交心为绝弦哀。九泉莫叹三光隔,又送文星入夜台。

宿骆氏亭寄怀崔雍崔衮

竹坞无尘水槛清[1],相思迢递隔重城[2]。
秋阴不散霜飞晚[3],留得枯荷听雨声[4]。

刘学锴、余恕诚:《李商隐诗歌集解》中华书局,2004 年版

【解题】

宿:留宿。骆氏亭:骆姓人家的亭园。崔雍、崔衮:李商隐的表叔崔戎之子,为李商隐的从表兄弟。文宗大和七年(834),李商隐曾投奔任华州刺史的表叔崔戎。从诗中可以看出,李商隐与崔家感情很好,以至当他离开崔家后,在一个羁旅深秋,还会想起从表兄弟。

【注释】

[1]竹坞(wù):竹林遍布的临水高地。水槛(jiàn):临水有栏杆的亭榭楼台。此处指骆氏亭。　[2]迢递:遥远。重城:一城又一城。　[3]秋阴:秋空阴云。　[4]雨声:雨打荷叶之声。孟浩然《初出关旅亭夜坐,怀王大校书》:"烛至萤光灭,荷枯雨滴闻。"

【选评】

姚培谦曰：秋霜未降，荷叶先枯，多少身世之感！（朱鹤龄《李义山诗集笺注》卷十四）

诗有借色而无真色，虽藻缋，实死灰耳。李义山却是绚中有素。（刘熙载《艺概·诗概》）

乐游原

向晚意不适[1]，驱车登古原[2]。
夕阳无限好，只是近黄昏。

刘学锴、余恕诚：《李商隐诗歌集解》中华书局，2004 年版

【解题】

程梦星《李义山诗集笺注》："此诗当作于会昌四年或五年(844 或 845)，时义山去河阳退居太原，往来京师，过乐游原而作是诗，盖为武宗忧也。武宗英敏特达，略似汉宣，其任德裕为相，克泽潞，取太原，在唐季世可谓有为，故曰'夕阳无限好'也。而内宠王才人，外筑望仙台，封道士刘玄静为学士，用其术以致身病不复自惜。识者知其不永，故义山忧之，以为近黄昏也。"

【注释】

[1]向晚：天色将晚。意：意绪，心情。不适：不悦。　[2]古原：指乐游原。

【选评】

叹老之意极矣，然只说夕阳，并不说自己，所以为妙。五绝、七绝均须如此，此亦比兴也。（施补华《岘佣说诗》）

姚培谦曰：销魂之语，不堪多诵。（朱鹤龄《李义山诗集笺注》卷十三）

李义山诗"夕阳无限好，只是近黄昏"，宋程伯子诗"未须愁日暮，天际是轻云"，寥寥十字，两朝兴废之迹寓焉。（吴仰贤《小匏庵诗话》卷一）

【拓展与思考】

比较杜牧与李商隐的同题诗，你更喜欢谁的作品，为什么？

晚　晴

深居俯夹城[1]，春去夏犹清。天意怜幽草[2]，人间重晚晴。
并添高阁迥[3]，微注小窗明[4]。越鸟巢干后[5]，归飞体更轻。

刘学锴、余恕诚：《李商隐诗歌集解》中华书局，2004 年版

【解题】

宣宗大中元年(847)三月,李商隐辞去秘书省职务,告别妻儿,跟随其同乡,桂州刺史郑亚前往桂州(今广西桂林),任其幕僚。此诗当作于桂州期间,从牛李党争的旋涡中解脱出来的李商隐,获得了精神上的极大解放,迎来了人生的全新阶段。晚晴,雨季过后迟来的晴天,也可理解为傍晚的晴天。

【注释】

[1]夹城:城门外两边均为高墙的通道。 [2]幽草:在幽湿之地不见天日的小草。 [3]并:更。迥:远。 [4]微注:指照射来的光线很微弱。 [5]越鸟:泛指南方的鸟。《古诗十九首·其一》:"胡马依北风,越鸟巢南枝。"

【选评】

义山之诗,妙于纤细,如《全溪作》:"战蒲知雁唼,皱月觉龟来。"《晚晴》:"并添高阁迥,微注小窗明。"(贺裳《载酒园诗话》又编)

夜雨寄北

君问归期未有期,巴山夜雨涨秋池[1]。
何当共剪西窗烛[2],却话巴山夜雨时[3]?

刘学锴、余恕诚:《李商隐诗歌集解》中华书局,2004年版

【解题】

寄北,寄给北方的亲友。为诗人滞留巴蜀(今四川)时所作,长安在巴蜀之北,故名。一题作《夜雨寄内》,意为写给自己的内人,即妻子王氏的。也有学者认为,此诗是写给友人的。此诗的写作年代,一说,作于宣宗大中二年(848);一说作于大中五年(851),诗人任东川节度使柳仲郢幕僚。

【注释】

[1]巴山:四川有大巴陵、小巴陵等山脉。此处泛指巴蜀一带的山。 [2]何当:何时。共剪西窗烛:一起秉烛夜谈。 [3]却话:却说,追述。却:回溯。

【选评】

纪云:"探过一步作收,不言当下如何,而当下可想。作不尽语,每不免有做作态,此诗含蓄不露,却不似一气说完,故为高唱。"(章燮《唐诗三百首注疏》卷六)

清空如话,一气循环,绝句中最为擅胜。(俞陛云《诗境浅说》续编)

无题·来是空言去绝踪

来是空言去绝踪，月斜楼上五更钟[1]。梦为远别啼难唤，书被催成墨未浓[2]。蜡照半笼金翡翠[3]，麝熏微度绣芙蓉[4]。刘郎已恨蓬山远[5]，更隔蓬山一万重！

刘学锴、余恕诚：《李商隐诗歌集解》中华书局，2004 年版

【解题】

李商隐以朦胧晦涩的无题诗著称，这些诗的主旨历来众说纷纭。不写题目的原因，可能是不想写或不方便写，也可能是想表达的内容太多，一题不能尽全意。总之，李商隐的无题诗成了文学史上解不完的谜。本诗写梦，在似梦非梦、亦真亦幻中，全诗更显得迷离恍惚。

【注释】

[1]五更（gēng）：又称五鼓，寅时，现在的凌晨 3—5 点。此两句写梦醒时分所见所闻。 [2]书：信。[3]半笼：灯罩半掩。翡翠：见白居易《长恨歌》注[48]。 [4]麝（shè）：麝香，一种熏香，由雄麝脐部的香腺分泌。度：透过。绣芙蓉：见白居易《长恨歌》注[9]。 [5]蓬山：蓬莱，传说中的仙山，形容路途遥远，再会的可能性虚无缥缈。

【选评】

义山诗寓意俱远，以丽句影出，实自《楚辞》来。宋初诸人，得其衣被，遂使西昆与香奁并目。（王夫之《唐诗评选》卷四）

于李、杜、韩后，能别开生路、自成一家者，唯李义山一人。既欲自立，势不得不行其心之所喜深奥之路。义山思路既自深奥，而其造句也，又不必使人知其意，故其诗七百年来知之者尚鲜也。高棅以为隐辞，又以为属对精切，陆游辈谓《无题》为艳情，杨孟载亦以艳情和之，能不使义山失笑九原乎？（吴乔《围炉诗话》卷三）

唐代散文

王　绩

醉乡记

醉之乡，去中国不知其几千里也。其土旷然无涯，无丘陵阪险[1]；其气和平一揆，无晦明寒暑；其俗大同，无邑居聚落；其人甚精，无爱憎喜怒，吸风饮露，不食五谷；其寝于于[2]，其行徐徐，与鱼鳖鸟兽杂处，不知有舟车械器之用。

昔者黄帝氏尝获游其都，归而杳然丧其天下，以为结绳之政已薄矣。降及尧舜，作为千盅百壶之献，因姑射神人以假道，盖至其边鄙，终身太平。禹汤立法，礼繁乐杂，数十代与醉乡隔。其臣羲和，弃甲子[3]而逃，冀臻其乡，失路而道夭，天下遂不宁。至乎末孙桀纣，怒而升糟丘[4]，阶级千仞，南向而望，卒不见醉乡。武王得志于世，乃命公旦立酒人氏之职，典司五齐[5]，拓土七千里，仅与醉乡达焉，故四十年刑措不用。下逮幽厉，迄乎秦汉，中国丧乱，遂与醉乡绝。而臣下之受道者，往往窃至焉。阮嗣宗、陶渊明等十数人并游于醉乡，没身不返，死葬其壤。中国以为酒仙云。

嗟乎，醉乡氏之俗，岂古华胥氏之国乎？何其淳寂也如是！予得游焉，故为之记。

《东皋子集》下，四部丛刊本

【解题】

本文选自王绩《东皋子集》卷下，属寓言体散文。全文体现出作者反抗暴政、向往和平及道家返璞归真、与自然融于一体的思想。"醉乡"类似于陶渊明笔下的桃花源，生活在其中的是庄子笔下的"不食五谷、吸风饮露"（《庄子·逍遥游》）的异人，他们"使有什佰之器而不用"（《道德经》第八十章）。醉乡是理想的、完美的，在这样的社会中，任何规矩都是拘束，都是多余。黄帝、尧、舜、周武王，皆是流芳万世的道德之君，曾以不同方式与醉乡交往。黄帝认为结绳记事的政策已然鄙薄不厚道;尧舜以千盅百壶酒祭祀献礼,因而得到了道,施及边疆邻国后,太平无患。而禹和汤亦是圣明君主,却因"礼繁乐杂"之故,与醉乡隔绝。周武王与醉乡连通后,四十余年不施刑法。及至周幽王与周厉王,甚至下至秦汉,祸乱不止,便再次与醉乡隔绝。文笔简练雅洁,个性鲜明。

【注释】

[1]阪险:斜坡与山泽。 [2]于于:自得的样子。 [3]甲子:文中指羲和所掌管的职事。 [4]糟丘:酒渣堆积的小丘。 [5]五齐:亦作"五齑"。古代按酒的清浊,分为五等,合称"五齐"。后亦泛指酒。《周礼·天官·酒正》:辨五齐之名:一曰泛齐,二曰醴齐,三曰盎齐,四曰缇齐,五曰沉齐。

【拓展与思考】

阅读戴名世的《醉乡记》,比较其与王绩《醉乡记》异同,写一篇不少于1000字的评论文章。

醉乡记 戴名世

昔余尝至一乡陬,颓然靡然,昏昏冥冥,天地为之易位,日月为之失明,目为之眩,心为之荒惑,体为之败乱。问之人:"是何乡也?"曰:"酣适之方,甘旨之尝,以徜以徉,是为醉乡。"

呜呼!是为醉乡也欤?古之人不余欺也。吾尝闻夫刘伶、阮籍之徒矣。当是时,神州陆沉,中原鼎沸,而天下之人,放纵恣肆,淋漓颠倒,相率入醉乡不已。而以吾所见,其间未尝有可乐者。或以为可以解忧云耳。夫忧之可以解者,非真忧也;夫果有其忧焉,抑亦必不解也,况醉乡实不能解其忧也,然则入醉乡者,皆无有忧也。

呜呼!自刘、阮以来,醉乡遍天下;醉乡有人,天下无人矣。昏昏然,冥冥然,颓堕委靡,入而不知出焉。其不入而迷者,岂无其人者欤?而荒惑败乱者,率指以为笑,则真醉乡之徒也已。

骆宾王

代李敬业起兵诛武后檄

伪临朝武氏者,人非温顺,地实寒微[1]。昔充太宗下陈[2],曾以更衣入侍。洎乎晚节,秽乱春宫[3]。密[4]隐先帝之私,阴图后房之嬖。入门见嫉,蛾眉不肯让人;掩袖[5]工谗,狐媚偏能惑主。践元后于翚翟,陷吾君于聚麀[6]。加以虺蜴为心,豺狼成性。近狎邪僻,残害忠良。杀姊[7]屠兄，弑君鸩母。神人之所共嫉，天地之所不容。犹复包藏祸心，窥窃神器。君之爱子，幽之于别宫；贼之宗盟，委之以重任。呜呼！霍子孟之不作，朱虚侯之已亡[8]。燕啄皇孙，知汉祚之将尽；龙漦帝后，识夏庭之遽衰[9]。

敬业皇唐旧臣，公侯冢子。奉先帝之成业[10]，荷本朝之厚恩。宋微子之兴悲，良有以也；袁君山之流涕，岂徒然哉[11]！是用气愤风云，志安社稷。因天下之失望，顺宇内[12]之推心。爰举义旗，以清妖孽。

南连百越，北尽三河，铁骑成群，玉轴相接[13]。海陵红粟，仓储之积靡穷；江浦黄旗，匡复之功何远[14]！班声动而北风起，剑气冲而南斗平。喑呜则山岳崩颓，叱咤则风云变色。以此制敌，何敌不摧？以此图功，何城不克！

公等或家传汉爵，或地协周亲[15]。或膺重寄于话言，或受顾命于宣室。言犹在耳，忠岂忘心。一抔之土未干，六尺之孤何托[16]？倘能转祸为福，送往事居，共立勤王之勋，无废大君之命，凡诸爵赏，同指山河。若其眷恋穷城，徘徊歧路，坐昧先几之兆，必贻后至之诛。请看今日之域中，竟是谁家之天下！移檄州郡，咸使知闻。

《骆临海全集》卷十，清同治十年活字本

【解题】

本文又名《代李敬业传檄天下文》《代李敬业讨武氏檄》《代李敬业以武后临朝移诸郡县檄》《为徐敬业讨武曌檄》是骆宾王文章代表作，也是唐代骈文代表作品之一。武则天本是唐高宗的皇后，因李治多病，遂代高宗理事。高宗李治驾崩后，光宅元年(684)，武则天废中宗李显，另立李旦为帝，自己临朝称制。她大权在握，不但没有还政于皇帝的意思，还做了一系列自立为帝的准备。李唐的一些宗亲大臣纷纷起兵讨伐。李敬业是唐代开国功臣徐世勣的孙子，本姓徐，因其祖徐世勣有功于唐，故赐姓李(李勣)。徐敬业打着恢复唐室的旗号，率军讨伐武后，最终兵败被杀。骆宾王当时是徐敬业的幕僚，他写了这篇征讨武则天的檄文。文章历数武则天的罪恶，再推许敬业满门忠烈。

【注释】

[1]人非温顺，一作“性非和顺”。地：即“第”，门第。　[2]下陈：古代殿堂下陈放礼品、站列婢妾的地方。借指后宫中地位低下的姬侍。这里指武则天曾充当过唐太宗的才人。　[3]春宫：亦称东宫，是太子居住的地方，常借指太子。　[4]密，一作“潜”。　[5]袖：一作“袂”。　[6]元后：正宫皇后。翚翟(huīdí)：用美丽鸟羽织成的衣服，指皇后的礼服。聚麀(yōu)：多匹牡鹿共有一匹牝鹿。麀：母鹿。《礼记·曲礼上》：“夫惟禽兽无礼，故父子聚麀。”武则天原是唐太宗的才人，后成为高宗的皇后。　[7]姊：一作“子”。　[8]霍子孟：霍光，受汉武帝遗诏，辅助幼主汉昭帝；昭帝死后因无后，故而由昌邑王刘贺继位，刘贺荒嬉无道，霍光又废刘贺，更立宣帝刘病已，是安定西汉王朝的重臣。作：兴起。朱虚侯：汉高祖子齐惠王刘肥的次子，名刘章，封为朱虚侯。高祖死后，吕后专政，重用吕氏，危及刘氏天下，刘章与丞相陈平、太尉周勃等合谋，诛灭吕氏，拥立文帝。　[9]燕啄皇孙：《汉书·五行志》记载“汉成帝时有童谣说‘燕飞来，啄皇孙’”。后赵飞燕入宫为皇后，

因无子而妬杀了许多皇子，汉成帝因此无后嗣。不久，王莽篡政，西汉灭亡。这里借汉朝故事，指斥武则天先后废杀太子李忠、李弘、李贤，致使唐室倾危。龙漦(lí，或读作 chí)帝后：据《史记·周本纪》记载：当夏王朝衰落时，有两条神龙降临宫廷中，夏后把龙的唾涎用木盒藏起来，到周厉王时，木盒开启，龙漦溢出，化为玄鼋流入后宫，一宫女感而有孕，生褒姒。后幽王为其所惑，废太子，西周终于灭亡。漦，涎沫。 [10]先帝之成业：一作"先君之遗训"。[11]宋微子：即微子启，殷纣王的庶兄，被封于宋，所以称宋微子。这里是李敬业的自喻。良：确实、真的。以：缘由。袁君山：东汉桓谭，字君山。袁君山之"袁"，通假"桓"。光武帝时为给事中，因反对当时盛行的谶纬神学，而被贬为六安县丞，忧郁而死(事见《后汉书·桓谭传》)。 [12]顺宇内：一作"遂四海"。 [13]三河：洛阳附近河东、河内、河南三郡，是中原之地。玉轴：战车的美称。 [14]海陵：古县名，治所在今江苏省泰州市，汉代曾在此置粮仓。红粟：米因久藏而发酵变成红色。江浦：长江沿岸。浦：水边的平地。黄旗：指王者之旗。 [15]地协周亲：指身份地位都是皇家的宗室或姻亲。[16]何托：一作"安在"。

【选评】

徐敬业乱，署宾王为府属，为敬业传檄天下，斥武后罪。后读，但嘻笑，至"一抔之土未干，六尺之孤安在"，矍然曰："谁为之？"或以宾王对，后曰："宰相安得失此人！"敬业败，宾王亡命，不知所之。中宗昌，诏求其文，得数百篇。(《新唐书》卷二百一)

妖牝窃唐，举唐臣子颂德恐后，自宾王一檄，痛摘其奸，疾呼恶恶……而宾王以一檄故，烜赫天壤，谓文章永气节乎？气节永文章乎？(胡应麟《读唐骆宾王集》，《少室山房集》)

武曌以淫牝秽乱唐室，实旷劫所无之变。而一代瑰才杰士，擎跽曲拳，无敢声其罪者。独骆宾王广陵一檄，词义凛如，足寒猾贼之胆，盖唐初第一流人物也。(胡应麟《题骆宾王起义檄》，《少室山房集》)

王　勃

滕王阁序

豫章故郡，洪都新府。星分翼轸，地接衡庐[1]。襟三江而带五湖，控蛮荆而引瓯越[2]。物华天宝，龙光射牛斗之墟；人杰地灵，徐孺下陈蕃之榻[3]。雄州雾列，俊采星驰。台隍[4]枕夷夏之交，宾主尽东南之美。都督阎公之雅望，棨戟[5]遥临；宇文新州之懿范，襜帷[6]暂驻。十旬休假，胜友如云；千里逢迎，高朋满座。腾蛟起凤[7]，孟学士之词宗；紫电青霜[8]，王将军之武库。家君作宰，路出名区；童子何知，躬逢胜饯。

时维九月，序属三秋。潦水[9]尽而寒潭清，烟光凝而暮山紫。俨骖騑于上路，访风景于崇阿；临帝子之长洲，得天人之旧馆。层峦耸翠，上出重霄；飞阁流丹，下临无地。鹤汀凫渚，穷岛屿之萦回；桂殿兰宫，即冈峦之体势。

披绣闼，俯雕甍，山原旷其盈视，川泽纡其骇瞩。闾阎[10]扑地，钟鸣鼎食之家[11]；舸舰弥津，青雀黄龙之舳[12]。云销雨霁，彩彻区明。落霞与孤鹜齐飞，秋水共长天一色。渔舟唱晚，响穷彭蠡之滨；雁阵惊寒，声断衡阳之浦。

遥襟甫畅，逸兴遄飞[13]。爽籁发而清风生，纤歌凝而白云遏[14]。睢园绿竹，气凌彭泽之樽；邺水朱华，光照临川之笔[15]。四美具，二难并[16]。穷睇眄于中天，极娱游于暇日。天高地迥，觉宇宙之无穷；兴尽悲来，识盈虚之有数。望长安于日下，目吴会于云间。地势极而南溟深，天柱高而北辰远。关山难越，谁悲失路之人？萍水相逢，尽是他乡之客。怀帝阍而不见，奉宣室以何年[17]？

嗟乎！时运不齐，命途多舛。冯唐易老，李广难封。屈贾谊于长沙，非无圣主；窜梁鸿于海曲[18]，岂乏明时？所赖君子见机，达人知命。老当益壮，宁移白首之心？穷且益坚，不坠青云之志[19]。酌贪泉而觉爽，处涸辙以犹欢[20]。北海虽赊，扶摇可接；东隅已逝，桑榆非晚[21]。孟尝高洁，空余报国之情；阮籍猖狂，岂效穷途之哭[22]！

勃，三尺微命[23]，一介书生。无路请缨，等终军之弱冠；有怀投笔，慕宗悫之长风[24]。舍簪笏于百龄，奉晨昏于万里[25]。非谢家之宝树，接孟氏之芳邻[26]。他日趋庭，叨陪鲤对；今兹捧袂，喜托龙门[27]。杨意不逢，抚凌云而自惜；钟期既遇，奏流水以何惭[28]？

呜呼！胜地不常，盛筵难再；兰亭已矣，梓泽丘墟[29]。临别赠言，幸承恩于伟饯；登高作赋，是所望于群公[30]。敢竭鄙怀，恭疏短引[31]；一言均赋，四韵俱成。请洒潘江，各倾陆海云尔[32]。

滕王高阁临江渚，佩玉鸣鸾罢歌舞。
画栋朝飞南浦云，珠帘暮卷西山雨。
闲云潭影日悠悠，物换星移几度秋。
阁中帝子今何在？槛外长江空自流。

《王子安集》卷五，原题名《滕王阁诗序》四部丛刊本

【解题】

《滕王阁序》是初唐王勃的一篇骈文，又名《秋日登洪府滕王阁饯别序》《滕王阁诗序》，可谓古今骈文之冠。文章由洪都的地势、人才写到宴会，写滕王阁的壮丽，视野的广远，扣紧秋日，景色鲜明；再从宴会娱游写到人生遇合，抒发身世之感；接着写作者的遭遇并表白要自励志节，最后以应命赋诗和自谦之辞作结。全文表露了作者的抱负和怀才不遇的愤懑心情。文章几乎通篇对偶，句法严整，用典自然而恰当，典雅而工巧。

【注释】

[1]星分翼轸，地接衡庐：翼、轸，星宿名，属二十八星宿。衡：衡山，此代指衡州。庐：

庐山，此代指江州。古人习惯以天上星宿与地上区域对应，地面某一区域划在某一星空范围，称分野。此句意为：洪州（古称豫章）星空的分野属于翼轸，地界与衡州、江州相连。[2]襟三江而带五湖，控蛮荆而引瓯越：襟，以……为衣襟。三江，泛指长江中下游。带，以……为带。五湖，太湖的别称，或指南方湖泊的总称。引，连接。 [3]物华天宝句：物的光华焕发为天上的宝气。龙光：指宝剑的光辉。牛、斗：星宿名。墟：所在之处。据《晋书·张华传》，西晋初，牛、斗二星之间常有紫气照射。张华请教精通天象的雷焕，雷称是宝剑之精，上彻于天。张华命雷焕为丰城令寻剑，果然在丰城（江西省丰城市，古属豫章郡）牢狱的地下，掘地四丈，得一石匣，内有龙泉、太阿二剑。后来这对宝剑入水化为双龙。徐孺下陈蕃之榻，据《后汉书·徐稚传》，东汉名士陈蕃为豫章太守，不接宾客，惟豫章隐士徐稚（徐孺子）来访时，才设一睡榻，徐稚去后又悬置起来。 [4]台隍：城台和城池。这里指南昌城。 [5]棨戟：外有赤黑色缯作套的木戟，古代官员出行时用。 [6]襜帷：车上的帷幕，借指车驾。襜，音 chān。 [7]腾蛟起凤：宛如蛟龙腾跃、凤凰起舞，形容人很有文采。 [8]紫电青霜，古代两种宝剑名。 [9]潦水：雨后积水。 [10]闾阎：里门，代指房屋。 [11]钟鸣鼎食：古代贵族鸣钟列鼎而食，此处指代名门望族。弥，一作迷。[12]青雀黄龙：船的装饰形状。舳（zhú）：船尾把舵处，这里代指船只。 [13]遥襟甫畅，逸兴遄（chuán）飞：登高望远，胸怀顿时舒畅，超逸的兴致迅速升起。 [14]爽籁：清脆的排箫音乐。籁：管子参差不齐的排箫。白云遏：形容音响优美，能驻行云。 [15]睢园：汉梁孝王菟园，梁孝王曾在园中聚集文人饮酒赋诗。《水经注》："睢水又东南流，历于竹圃……世人言梁王竹园也。"彭泽：此代指陶潜。陶潜曾官彭泽县令，世称陶彭泽。睢园绿竹，气凌彭泽之樽：今日盛宴好比当年梁园雅集，大家酒量也胜过陶渊明。邺水：在邺下（今河北省临漳县）。三曹常在此雅集作诗。曹植在此作《公宴诗》。朱华：荷花。曹植《公宴诗》："秋兰被长坂，朱华冒绿池。"光照临川之笔：临川，郡名，治所在今江西省抚州市，代指谢灵运。谢灵运曾任临川内史，《宋书》本传称他"文章之美，江左莫逮"。 [16]四美：指良辰、美景、赏心、乐事。另一说，四美：音乐、饮食、文章、言语之美。刘琨《答卢谌诗》："音以赏奏，味以殊珍，文以明言，言以畅神。之子之往，四美不臻。"谢灵运《拟魏太子邺中集诗序》："天下良辰、美景、赏心、乐事，四者难并。"二难：指贤主、嘉宾难得。 [17]帝阍：语出《离骚》："吾令帝阍开关兮，倚阊阖而望予。"此处借指皇帝的宫门。奉宣室：代指入朝做官。贾谊迁谪长沙四年之后，汉文帝复召他回长安，于宣室中问鬼神之事。宣室：汉未央宫正殿，为皇帝召见臣议事之处。 [18]梁鸿：东汉人，作《五噫歌》讽刺朝廷，因此得罪了汉章帝，避居齐鲁、吴中。 [19]此句语出《后汉书·马援传》："丈夫为志，穷当益坚，老当益壮。"《续逸民传》："嵇康早有青云之志。" [20]酌贪泉而觉爽：贪泉，据《晋书·吴隐之传》，廉官吴隐之赴广州刺史任，饮贪泉之水，并作诗说："古人云此水，一歃怀千金。试使夷齐饮，终当不易心。"处涸辙：干涸的车辙，比喻困厄的处境。《庄子·外物》有鲋鱼处涸辙的故事。 [21]北海虽赊，扶摇可接：语意本《庄子·逍遥游》。东隅已逝，桑榆非晚：出《后汉书·冯异传》："失之东隅，收之桑榆。"东隅，日出处，引申为"早年"。桑榆，日落处，引申为"晚年"。早年的时光消逝，如果珍惜时光，发愤图强，晚年并不晚。 [22]孟尝高洁，空余报国之情；阮籍猖狂，岂效穷途之哭：孟尝，据《后汉书·孟尝传》，孟尝，东汉会稽上虞人。曾任合浦太守，以廉洁奉公著称，后因病隐居。桓帝时，虽有人屡次荐举，终不见用。《晋书·阮籍传》：籍时率意独驾，不由径路。车迹所穷，辄恸哭而反。[23]三尺微命：指地位低下。三尺：士佩三尺长的绅(古代礼服上束带的下垂部分)，《礼记》有"绅长制，士三尺，有司二尺有五寸"。古人又称成人为"七尺之躯"，称不大懂事的小孩儿为"三尺童儿"。这里作晚辈解。微命：地位卑微。[24]这里借用了终军、班超与宗悫的故事，表达自己空有建立军功的壮志而无法实现。请缨：自请从军报国，缨，绳子。终军：汉代济南人，武帝时出使南越，自请"愿受长缨，必羁南越王而致之阙下"，时仅二十余岁。宗悫(què)：南朝宋时南阳人，年少时向叔父自述志向，云"愿乘长风破万里浪"。后因战功受封。[25]簪笏：冠簪、手版，官吏用物，这里代指官职地位。百龄：百年，一生。奉晨昏：侍奉父母。[26]谢家之宝树：指谢玄，这里意为好子弟。《世说新语·言语》"谢太傅(安)问诸子侄：'子弟亦何预人事，而正欲使其佳?'诸人莫有言者。车骑(谢玄)答曰：'譬如芝兰玉树，欲使其生于庭阶耳。'"接孟氏之芳邻："接"通"结"，结交，这里用孟母三迁的故事。[27]他日趋庭，叨陪鲤对：过些时候自己将到父亲那里陪侍和聆听教诲。叨(tāo)：谦辞。语出《论语·季氏》"(孔子)尝独立，鲤趋而过庭。曰：'学《诗》乎?'对曰：'未也'。'不学《诗》，无以言。'鲤退而学《诗》。他日，又独立，鲤趋而过庭，曰：'学礼乎?'对曰：'未也。''不学礼，无以立。'鲤退而学礼"。喜托龙门：(受到阎公的接待)十分高兴，好像登上龙门一样。《后汉书·李膺传》："膺以声名自高，士有被其容接者，名为登龙门。"[28]杨意不逢，抚凌云而自惜：据《史记·司马相如列传》，司马相如经同乡杨得意引荐，得以入朝见汉武帝。杨意：杨得意。凌云：指司马相如《大人赋》。"相如既奏《大人》之颂，天子大悦，飘飘有凌云之气"。[29]此句用王羲之兰亭集会与石崇金谷园集会故事。梓泽：石崇的金谷园。[30]此句意为：故作此文，承蒙在此宴会的恩赐；登高作赋，那是在座诸公的事了。[31]恭疏短引：恭敬地写下这篇小序。[32]请洒潘江，各倾陆海云尔：请各位竭尽文才。《诗品》："陆才如海，潘才如江。"

【选评】

王勃著《滕王阁序》，时年十四。都督阎公不之信，勃虽在座，而阎公意属子婿孟学士者为之，已宿构矣。及以纸笔，延让宾客，勃不辞。公大怒，拂衣而起，专令人伺其下笔。第一报云："南昌故郡，洪都新府。"公曰："亦是老生常谈。"又报云："星分翼轸，地接衡庐。"公闻之，沉吟不语。又云："落霞与孤鹜齐飞，秋水共长天一色。"公矍然而起曰："此真天才，当垂不朽矣!"遂亟请宴所，极欢而罢。(王定保《唐摭言》)

此序一起极有力量，而于洪波汹涌中，随结随却，尤为超特。前半曲描婉写，璧缀珠联，奇丽极矣。后半独能别开生路，以悠扬怀抱，写出磊落事情，抚今思古，吊往追来。盖前半以景胜，后半以情胜。非情无以显景，非景无以寓情。而前半写景，景中有情；后半写情，情中有景。(唐德宜《古文翼》卷八引曹德培语)

滕王阁连甍市廛，名不称实；徒以王勃一序，脍炙今古。(王夫之《姜斋诗话》卷三)

唐人诗文，或于一句中自成对偶，谓之当句对。盖起于《楚辞》"蕙烝兰藉""桂酒椒浆""桂棹兰枻""斫冰积雪"。自齐、梁以来，江文通、庾子山诸人亦如此。如王勃《宴滕王阁序》一篇皆然。谓若：襟三江带五湖，控蛮荆引瓯越，龙光牛斗，徐孺陈著，腾蛟起凤，紫电青霜，鹤汀凫渚，桂殿兰宫，钟鸣鼎食之家，青雀黄龙之轴，落霞孤鹜，秋水长天，天高地迥，兴尽悲来，宇宙盈虚，丘墟已矣之辞是也。（洪迈《容斋随笔·续笔卷三》）

【拓展与思考】

1. 阅读所给材料，谈谈你对“落霞与孤鹜齐飞，秋水共长天一色”的理解。

辨霞鹜

梁江淹《赤虹赋》云：“霞晃朗而下飞，日通眬而上度。”张说《晚景》诗云：“水光浮日去，霞彩映江飞。”凡淹说所谓霞飞，则云霞之霞也。王勃《滕王阁序》曰：“落霞与孤鹜齐飞，秋水共长天一色。”士人云：“落霞非云霞之霞。盖南昌秋间有一种飞蛾，若今所在麦蛾是也。当七八月之间，皆纷纷堕于江中，不究所自来，江鱼每食之，土人谓之霞，故勃取以配鹜耳。”不知者便以为云霞，则长天岂可与秋水同色也哉。予又按，孔颖达曰：“野鸭曰凫，家鸭曰鹜。鹜不能飞腾。”故郑康成注《宗伯》云：“鹜取其不飞迁。”李巡亦云：“凫，野鸭名。鹜，家鸭名。”然则鹜本不能飞耳。论文虽不当如此，要之作文者，亦不可不察也。（吴曾《能改斋漫录卷》卷十五）

2. 文学史上，从唐至今，对骈文的消极批评一直存在，诸如内容空洞、华而不实等等，你如何看待这种批评？

李　华

李华（715—766），字遐叔，赵州赞皇（今河北赞皇县）人。唐玄宗开元二十三年（735）进士。天宝十一载（752）迁监察御史，因弹劾杨国忠迁右补阙。安史之乱时陷入叛军之手，署为凤阁舍人。乱平后，被贬为杭州司户参军。肃宗上元中，召为左补阙、吏部司封员外郎，称病不拜。后来参李岘幕府，授验校吏部员外郎。后因病辞官，隐于山阳（今江苏淮安县）。李华文章与萧颖士齐名，世称“萧李”；又与韩衢、何长师、卢东美为友，江淮间号为“四夔”。其集已佚，后人辑有《李遐叔文集》。天宝末年，李华曾奉使朔方，目睹了北方战场的悲凉景象，有感于朝廷穷兵黩武使百姓死于非命，作本文。

吊古战场文

浩浩乎，平沙无垠，敻[1]不见人。河水萦带，群山纠纷[2]。黯兮惨悴，风悲日曛。蓬断草枯，凛若霜晨。鸟飞不下，兽铤[3]亡群。亭长告余曰：“此古战场也，常覆三军。往往鬼哭，天阴则闻。”伤心哉！秦欤汉欤？将近代欤？

吾闻夫齐魏徭戍，荆韩召募。万里奔走，连年暴露。沙草晨牧，河冰夜渡。地阔天长，不知归路。寄身锋刃，腷臆谁愬[4]？秦汉而还，多事四夷，中州耗斁[5]，无世无之。古称戎夏，不抗王师[6]。文教失宣，武臣用奇。奇兵有异于仁义，王道迂阔而莫为。呜呼噫嘻！

吾想夫北风振漠，胡兵伺便。主将骄敌，期门受战[7]。野竖旄旗，川回组练[8]。法重心骇，威尊命贱。利镞穿骨，惊沙入面。主客相搏，山川震眩。声析江河，势崩雷电。至若穷阴凝闭，凛冽海隅，积雪没胫，坚冰在须。鸷鸟休巢，征马踟蹰。缯纩无温[9]，堕指裂肤。当此苦寒，天假强胡，凭陵杀气，以相剪屠。径截辎重，横攻士卒。都尉新降，将军复没。尸填巨港之岸，血满长城之窟。无贵无贱，同为枯骨。可胜言哉！鼓衰兮力竭，矢尽兮弦绝，白刃交兮宝刀折，两军蹙兮生死决。降矣哉，终身夷狄；战矣哉，骨暴沙砾。鸟无声兮山寂寂，夜正长兮风淅淅。魂魄结兮天沉沉，鬼神聚兮云幂幂[10]。日光寒兮草短，月色苦兮霜白。伤心惨目，有如是耶！

吾闻之：牧用赵卒，大破林胡，开地千里，遁逃匈奴。汉倾天下，财殚力痡。任人而已，其在多乎！周逐玁狁[11]，北至太原。既城朔方，全师而还。饮至策勋[12]，和乐且闲。穆穆棣棣[13]，君臣之间。秦起长城，竟海为关。荼毒生民，万里朱殷。汉击匈奴，虽得阴山，枕骸遍野，功不补患。

苍苍蒸民[14]，谁无父母？提携捧负[15]，畏其不寿。谁无兄弟？如足如手。谁无夫妇？如宾如友。生也何恩，杀之何咎？其存其没，家莫闻知。人或有言，将信将疑。悁悁[16]心目，寝[17]寐见之。布奠倾觞，哭望天涯。天地为愁，草木凄悲。吊祭不至，精魂无依。必有凶年，人其流离。呜呼噫嘻！时耶命耶？从古如斯！为之奈何？守在四夷。

《唐文粹》第三十三卷之下，四部丛刊本

【解题】

唐玄宗开元后期，骄侈昏庸，好战喜功，边将经常背信弃义，使用阴谋，挑起对边境少数民族的战争，以邀功求赏，造成"夷夏"之间矛盾加深，战祸不断，士兵伤亡惨重。如天宝八载(749)哥舒翰攻吐蕃石堡城，唐军战死数万；十载(751)安禄山率兵六万进攻契丹，全军覆没。

李华在天宝末年曾奉使朔方，目睹了北方战场的悲凉景象，有感于朝廷穷兵黩武使百姓死于非命，作本文。文章以凭吊古战场起兴，中心是主张实行王道，以仁德礼义悦服远人，达到天下一统。在对待战争的观点上，主张兴仁义之师，有征无战，肯定反侵略战争，反对侵略战争。文中把战争描绘得十分残酷凄惨，旨在唤起各阶层人士的反战情绪，以求做到"守在四夷"，安定边防，具有强烈的针对性。虽用骈文形式，但文字流畅，情景交融，主题鲜明，寄意深切，不愧为古今传诵的名篇。

【注释】

[1]敻(xiòng)：远，辽阔。 [2]萦带：萦回如带。纠纷：交错杂乱的样子，重叠交结。 [3]铤(tǐng)快跑。 [4]腷(bì)臆：因愤怒或哀伤而气郁结。愬(sù)：同"诉"。 [5]耗斁(yì)：损耗，败坏。 [6]这两句意为：古有少数民族和华夏诸侯国不与王师相对抗的说法。 [7]期门：官名。汉武帝时置，掌执兵扈从护卫。此处作城门讲。[8]旄：一

作“旌”。组练：组甲、被练，皆指将士的衣甲服装。后借指精锐的部队或军士的武装军容。[9]缯(zēng)：古代对丝织品的总称。纩(kuàng)：丝绵。 [10]幂幂：浓密的样子。[11]獯狁(xiǎnyǔn)：猃狁，我国古代北方少数民族，汉时称匈奴。[12]饮至：凯旋告祭祖庙而后饮宴。策勋：把功劳记录在简策上。 [13]穆穆：端庄的样子。棣棣：娴雅的样子。[14]蒸民：众民。 [15]提携捧负：搀扶孝敬老人。 [16]悁悁(yuānyuan)：忧愁，忧郁。 [17]寝：一作“寤”。

【选评】

通篇只是极写亭长口中“常覆三军”一语。所以常覆三军，因多事四夷故也。遂将秦、汉至近代上下数千百年，反反复复写得愁惨悲哀，不堪再诵。(《古文观止》卷七)

战场所在多有，文则专吊边地，非泛及也。开元、天宝间，迭启外衅，藉以讽耳。与少陵《出塞》诗同旨。(浦起龙《古文眉诠》卷五五)

开首劈空画出一幅古战场图，能于景中含情。因借亭长点题，而以“常覆三军”，引出吊意。起得甚好，秦汉近代数语，领一篇之局。随撇开中国战争，而以多事四夷之故。语有本原，论极精确。于是由阵而战，由战而覆，就边地时势上摹写一通，以见其可吊。复从既覆后追交战时，就士卒意境中摹写一番，以见其可吊。词意俱极悲切。继以赵汉周秦之边事，互较得失，而归重于用人；继又以民生至情之真挚见驱，无罪而死于战场之惨不可言，流祸无已。末以“守在四夷”作结，结出文教宜宣意。是于可吊中更想出可贺处来，极奇警复极正大。观牧之所著《罪言》《战论》等篇，自知此文之寄意深切矣。(余诚《重订古文释义新编》)

李　白

春夜宴从弟桃花园序

夫天地者，万物之逆旅[1]也；光阴者，百代之过客也。而浮生若梦，为欢几何？古人秉烛夜游，良有以也[2]。况阳春召我以烟景，大块[3]假我以文章。会桃花之芳园，序天伦之乐事[4]。群季俊秀，皆为惠连；吾人咏歌，独惭康乐。幽赏未已，高谈转清。开琼筵以坐花，飞羽觞而醉月。不有佳咏，何伸雅怀？如诗不成，罚依金谷酒数[5]。

王琦注：《李太白集注》卷二十七，中华书局，1977年版

【解题】

本文又名《春夜宴从弟桃李园序》。序，文体的一种，本文是宴集序。古人宴集时，常

同赋诗，诗成后公推一人作序，如王羲之的《兰亭集序》《滕王阁序》等。李白与诸从弟聚会赋诗，本文即为之而作的序文。从弟即堂弟。但唐代风气喜联宗，凡同姓即结为兄弟叔侄等，所谓从弟未必真有血缘关系。序中写了欣赏美景、高谈清论、饮酒作诗的情景。虽有“浮生若梦”等颓废之语，但主要是抒发了热爱大自然、热爱生活的豪情逸兴。全文仅百余字，紧扣题目，句无虚设，而层次井然。以骈偶句式为主，铿锵动听，而又潇洒流动，无板滞之弊。

【注释】

[1]逆旅：旅店旅馆。 [2]良有以：确实是有原因的。《古诗十九首》之十五：“生年不满百，常怀千岁忧。昼短苦夜长，何不秉烛游！”曹丕《与吴质书》：“少壮真当努力，年一过往，何可攀援？古人思秉烛夜游，良有以也。” [3]大块：大自然。 [4]序：同叙。天伦：指兄弟。 [5]金谷酒数：石崇有金谷园，曾与友人宴饮其中，作《金谷诗序》云：“遂各赋诗，以叙中怀。或不能者，罚酒三斗。”

与韩荆州书

白闻天下谈士相聚而言曰：“生不用封万户侯，但愿一识韩荆州。”何令人之景慕，一至于此耶！岂不以有周公之风，躬吐握[1]之事，使海内豪俊，奔走而归之，一登龙门，则声价十倍！所以龙蟠凤逸之士，皆欲收名定价于君侯[2]。愿君侯不以富贵而骄之、寒贱而忽之，则三千之中有毛遂，使白得颖脱而出，即其人焉。

白，陇西布衣，流落楚、汉。十五好剑术，遍干诸侯。三十成文章，历抵[3]卿相。虽长不满七尺，而心雄万夫。皆王公大人许与气义。此畴曩[4]心迹，安敢不尽于君侯哉！

君侯制作侔神明[5]，德行动天地，笔参造化，学究天人。幸愿开张心颜，不以长揖见拒。必若接之以高宴，纵之以清谈，请日试万言，倚马可待[6]。今天下以君侯为文章之司命[7]，人物之权衡，一经品题，便作佳士。而君侯何惜阶前盈尺之地，不使白扬眉吐气，激昂青云耶？

昔王子师[8]为豫州，未下车，即辟荀慈明，既下车，又辟孔文举；山涛作冀州，甄拔三十余人，或为侍中、尚书，先代所美。而君侯亦荐一严协律，入为秘书郎，中间崔宗之、房习祖、黎昕、许莹之徒，或以才名见知，或以清白见赏。白每观其衔恩抚躬[9]，忠义奋发，以此感激，知君侯推赤心于诸贤腹中，所以不归他人，而愿委身国士。傥[10]急难有用，敢效微躯。

且人非尧舜，谁能尽善？白谟猷筹画[11]，安能自矜？至于制作，积成卷轴，则欲尘秽视听[12]。恐雕虫小技，不合大人。若赐观刍荛[13]，请给纸墨，兼之书人，然后退扫闲轩，缮写呈上。庶青萍、结绿，长价于薛、卞之门[14]。幸推下流，大开奖饰，惟君侯图之[15]。

王琦：《李太白集注》卷二十六，中华书局，1977年版

【解题】

文章选自《李太白全集》卷之二十六(中华书局,1998)。开元二十二年(734 年),隐居于湖北安陆的李白到了襄阳,并且有机会拜谒时任荆州大都督府长史兼襄州刺史的韩朝宗。韩荆州即韩朝宗,热心举荐贤能。李白向韩递上一封自荐书。《与韩荆州书》不仅是一封自荐信,同时也是一篇美文。其文辞之华美,气势之豪壮,用典之精当,夸饰之得体,均表现出作者驾轻就熟的古文功力。在韩、柳倡导"古文"之前,李白在散文创作方面无疑具有先驱意义。

【注释】

[1]吐握:吐哺握发,形容礼贤下士。周公自称"我一沐三握发,一饭三吐哺,起以待士,犹恐失天下之贤人"(见《史记·鲁世家》)。 [2]龙蟠凤逸:喻贤人在野或屈居下位。收名定价:获取美名,奠定声望。君侯:对尊贵者的敬称。这里称韩朝宗。 [3]历:普遍。抵:拜谒。 [4]畴曩:往昔。 [5]制作:指文章。侔:等同。 [6]倚马可待:形容才思敏捷。 [7]司命:掌管人寿命的神灵,这里指评定文章好坏的权威人物。 [8]王子师:即东汉王允,灵帝时为豫州刺史,征召荀爽(字慈明)、孔融(字文举)等为从事。 [9]抚躬:慨叹,犹言抚膺。 [10]傥:倘若。 [11]谟猷:谋划。 [12]尘秽视听:谦逊语,请对方阅读自己的文章。 [13]刍荛(chú ráo):割草为刍,打柴为荛,刍荛指草野之人。[14]青萍:宝剑名。结绿:美玉名。薛:薛烛,古代善相剑者。卞:卞和,古代善识玉者。[15]推:一作"惟"。下流:这里指地位卑微。奖饰:奖励称誉。

韩　愈

原　毁

古之君子,其责己也重以周,其待人也轻以约[1]。重以周,故不怠;轻以约,故人乐为善。闻古之人有舜者,其为人也,仁义人也。求其所以为舜者,责于己曰:"彼,人也;予,人也。彼能是,而我乃不能是!"早夜以思,去其不如舜者,就其如舜者。闻古之人有周公者,其为人也,多才与艺人也。求其所以为周公者,责于己曰:"彼,人也;予,人也。彼能是,而我乃不能是!"早夜以思,去其不如周公者,就其如周公者。舜,大圣人也,后世无及焉;周公,大圣人也,后世无及焉。是人也,乃曰:"不如舜,不如周公,吾之病也。"是不亦责于身者重以周乎! 其于人也,曰:"彼人也,能有是,是足为良人矣;能善是,是足为艺人矣。"取其一,不责其二;即其新,不究其旧。恐恐然[2]惟惧其人之不得为善之利。一善易修也,一艺易能也,其于人也,乃曰:"能有是,是亦足矣。"曰:"能善是,是亦足矣。"不亦待于人者轻以约乎？

今之君子则不然。其责人也详，其待己也廉[3]。详，故人难于为善；廉，故自取也少。己未有善，曰："我善是，是亦足矣。"己未有能，曰："我能是，是亦足矣。"外以欺于人，内以欺于心，未少有得而止矣，不亦待其身者已廉乎？其于人也，曰："彼虽能是，其人不足称也；彼虽善是，其用[4]不足称也。"举其一，不计其十；究其旧，不图其新：恐恐然惟惧其人之有闻也。是不亦责于人者已详乎？夫是之谓不以众人[5]待其身，而以圣人望于人，吾未见其尊己也。

虽然，为是者，有本有原，怠与忌之谓也。怠者不能修，而忌者畏人修。吾尝试之矣，尝试语于众曰："某良士，某良士。"其应者，必其人之与也；不然，则其所疏远不与同其利者也；不然，则其畏也。不若是，强者必怒于言，懦者必怒于色矣。又尝语于众曰："某非良士，某非良士。"其不应者，必其人之与也，不然，则其所疏远不与同其利者也，不然，则其畏也。不若是，强者必说[6]于言，懦者必说于色矣。是故事修而谤兴，德高而毁来。呜呼！士之处此世，而望名誉之光，道德之行，难已！

将有作于上者，得吾说而存之，其国家可几而理欤！

《朱文公校昌黎先生文集》卷十一，四部丛刊影印元刊本

【解题】

韩愈有《原道》《原性》《原人》《原毁》《原鬼》等，"原"，探讨、推究之意。《原毁》探究毁谤产生的原因。作者认为士大夫之间毁谤之风的盛行，其根源在于"怠"和"忌"，即怠于自我修养且又妒忌别人；不怠不忌，毁谤便无从产生。文章通篇采用对比手法，句式整齐中有变化，语言生动而形象，脱口而出，文从字顺，不空依傍，读来朗朗上口。作者针砭社会弊端，刻画当时士风，可谓入木三分。本文也明显地体现了韩愈的散文创作观念："气，水也；言，浮物也。水大而物之浮者大小毕浮。气之与言犹是也，气盛则言之短长与声之高下者皆宜。"

【注释】

[1]重：严格。周：周密、全面。轻：宽容。约，简约。重以周，轻以约出自《论语·卫灵公》："躬自厚而薄责于人。" [2]恐恐然：惶恐的样子。 [3]廉，少。 [4]用：才用。 [5]众人：普通人。 [6]说：同"悦"。

【选评】

全用重周、轻约、详廉、怠忌八字立说。然其中只以一"忌"字，原出毁者之情，局法亦奇。若他人作比，则不免露爪张牙，多作仇愤语矣。(《古文观止》)

进学解

国子先生晨入太学[1]，招诸生立馆下，诲之曰："业精于勤，荒于嬉；行成于思，毁于

随[2]。方今圣贤相逢，治具毕张[3]。拔去凶邪，登崇畯[4]良。占小善者率以录，名一艺者无不庸。爬罗剔抉，刮垢磨光。盖有幸而获选，孰云多而不扬[5]？诸生业患不能精，无患有司之不明；行患不能成，无患有司之不公。”

言未既，有笑于列者曰：“先生欺余哉！弟子事先生，于兹有年矣。先生口不绝吟于六艺之文，手不停披于百家之编。纪事者必提其要，纂言者必钩其玄。贪多务得，细大不捐。焚膏油以继晷，恒兀兀以穷年[6]。先生之业，可谓勤矣。觝[7]排异端，攘斥佛老。补苴罅漏，张皇幽眇[8]。寻坠绪之茫茫，独旁搜而远绍。障百川而东之，回狂澜于既倒。先生之于儒，可谓有劳矣。沉浸醲郁，含英咀华，作为文章，其书满家。上规姚姒，浑浑无涯；周诰、殷《盘》，佶屈聱牙；《春秋》谨严，《左氏》浮夸；《易》奇而法，《诗》正而葩；下逮《庄》《骚》，太史所录；子云，相如，同工异曲。先生之于文，可谓闳其中而肆其外矣。少始知学，勇于敢为；长通于方，左右具宜。先生之于为人，可谓成矣。然而公不见信于人，私不见助于友。跋前踬后[9]，动辄得咎。暂为御史，遂窜南夷。三年博士，冗不见治[10]。命与仇谋，取败几时。冬暖而儿号寒，年丰而妻啼饥。头童齿豁，竟死何裨。不知虑此，而反教人为？”

先生曰：吁，子来前！夫大木为宲，细木为桷，欂栌、侏儒，椳、闑、扂、楔，各得其宜，施以成室者，匠氏之工也[11]。玉札、丹砂，赤箭、青芝，牛溲、马勃，败鼓之皮[12]，俱收并蓄，待用无遗者，医师之良也。登明选公，杂进巧拙，纡余为妍，卓荦为杰，校短量长，惟器是适者，宰相之方也。昔者孟轲好辩，孔道以明，辙环天下[13]，卒老于行。荀卿守正，大论是弘，逃谗于楚，废死兰陵[14]。是二儒者，吐辞为经，举足为法，绝类离伦，优入圣域，其遇于世何如也？今先生学虽勤而不繇其统，言虽多而不要其中，文虽奇而不济于用，行虽修而不显于众。犹且月费俸钱，岁靡廪粟；子不知耕，妇不知织；乘马从徒，安坐而食。踵常途之役役，窥陈编以盗窃[15]。然而圣主不加诛，宰臣不见斥，兹非其幸欤？动而得谤，名亦随之。投闲置散，乃分之宜。若夫商财贿之有亡，计班资之崇庳，忘己量之所称，指前人之瑕疵，是所谓诘匠氏之不以杙为楹，而訾医师以昌阳引年，欲进其豨苓也[16]。

《朱文公校昌黎先生文集》卷十二，四部丛刊影印元刊本

【解题】

本文的写作借鉴了东方朔《答客难》以及扬雄的《解嘲》《解难》等篇，当是韩愈在长安任国子学博士所作。文章构思巧妙。全文假托先生劝学、生徒质问、先生再予解答，故名“进学解”，实则是感叹不遇、自抒愤懑。韩愈古文运动倡导的“不平则鸣”在此得以体现。语言新颖，其中多作者自创词语，如“业精于勤，荒于嬉；行成于思，毁于随”成为格言，“纪事者必提其要，纂言者必钩其玄”“贪多务得”“细大不捐”“焚膏油以继晷”“恒兀兀以穷年”“回狂澜于既倒”“含英咀华”“同工异曲”“冗不见治”“命与仇谋”“俱收并蓄”等后来均演变为成语。此文很好地践行了韩愈古文运动倡导的“陈言务去”的主张。文体革新方面，本文借鉴汉代赋体文章，辞采丰富，韵律和谐，对偶工切，韵散间行，摆脱了汉赋、骈文中常有的艰涩呆板、堆砌辞藻等缺点。作者学于古而不拘于古，推陈出新，自出心裁。

【注释】

[1]国子先生：韩愈自称，其时任国子博士。国子学是为高官子弟而设的。太学：这里指国子监。唐朝国子监相当于汉朝的太学，古时对官署的称呼常有沿用前代旧称的习惯。 [2]随：因循。 [3]圣贤：圣君贤臣。治具：《史记·酷吏列传》"法令者，治之具"。 [4]畯：通"俊"。 [5]爬：爬梳，整理。抉：选择。 [6]膏油：油脂，指灯烛。晷(guǐ)：日影。兀兀，辛勤不懈的样子。 [7]觗：抵。 [8]苴(jū)：鞋底中垫的草，这里是填补的意思。罅(xià下)：裂缝。皇：大。眇：微小。 [9]跋：踩。踬：绊。语出《诗经·豳风·狼跋》："狼跋其胡，载疐其尾。"意为：狼向前走就踩着领下的悬肉(胡)，后退就绊倒在尾巴上。形容进退两难。 [10]冗：闲散。见：通"现"。 [11]杗(máng)：屋梁。桷(jué)：屋椽。欂栌(bólú)：斗栱，柱顶上承托栋梁的方木。侏儒：梁上短柱。椳(wēi)：门枢臼。闑(niè)：门中央所竖的短木，在两扇门相交处。扂(diàn)：门闩之类。楔(xiē)：门两旁长木柱。 [12]玉札：地榆。丹砂：朱砂。赤箭：天麻。青芝：龙兰。以上四种都是名贵药材。牛溲(sōu)：牛尿，一说为车前草。马勃：马屁菌。以上两种及"败鼓之皮"都是贱价药材。 [13]辙，车辙。 [14]荀子曾任齐国祭酒，被人谗毁，逃到楚国。春申君任他做兰陵令。春申君死后，荀子也被废，死于兰陵。 [15]踵：脚后跟，这里是跟随的意思。役役：拘谨局促的样子。窥：从小孔、缝隙或隐僻处察看。陈编：古旧的书籍。 [16]财贿：财物，这里指俸禄。亡：通"无"。班资：等级、资格。庳(bēi)：通"卑"，低。前人：指职位在自己前列的人。杙(yì)：小木桩。楹：柱子。訾(zǐ)：毁谤非议。昌阳：菖蒲。药材名，相传久服可以长寿。豨(xī)苓：又名猪苓，利尿药。这句意思说：自己小材不宜大用，不应计较待遇的多少、高低，更不该埋怨主管官员的任命。

【选评】

既才高数黜，官又下迁，乃作《进学解》以自喻。(《新唐书·韩愈传》)

韩退之《进学解》，盖扬子云《解嘲》、班孟坚《宾戏》之流也，然词雄伟过班、扬远矣。(王十朋《读〈进学解〉》，《梅溪王先生文集》前集卷十九)

《进学解》此韩公正正之旗、堂堂之阵也。其主意专在宰相，盖大才小用不能无憾，而以怨怼无聊之辞托之人，自咎自责之辞托之己，最得体。(茅坤《唐宋八大家文钞·昌黎文钞》评语卷十)

公自贞元十八年至元和七年，屡为国子博士，官久不迁，乃作《进学解》以自喻。主意全在宰相，盖大才小用，不能无憾。而以怨怼无聊之词讬之人，自咎自责之词讬之己，最得体。(《古文观止》卷八)

首段发端，中段是驳，后段是解。胸中抑郁，反借他人说出而已，则心和气平以解之。宜当时宰相谈之，旋生悔心，改公为史馆修撰也。(沈德潜《唐宋八大家文读本》卷一)

调为问答，意若自责，却反自誉。其叙失意处，正是其得意处。前人谓道高毁来，德修谤兴，文公正以此两句自责。其笔意酷似班孟坚，绝非他家所能摹仿。(过珙《古文评注》卷六)

《唐书》公本传录公文仅二篇：一为《佛骨表》，一为此文。作《佛骨表》则贬职；作《进学解》则迁官。升沉何常，在公初不计也。但此篇巧于规避，立言得体，故执政奇其才而擢用之也。沈确士曰：首段发端，中段是驳，后段是解。体格是从《客难》《解嘲》《答宾戏》得来。而此文扬人抑己，尤胜前作。公文不以雕饰为工，而此篇极修词之妙，尤具排山倒海之势。至篇中用韵语，亦步子云之后，更为可诵云。（蔡铸《蔡氏古文评注补正全集》卷六）

《进学》一解，本于东方《客难》、扬雄《解嘲》，孙可之比诸玉川子《月蚀》诗，谬矣。……《进学解》则所谓"沉浸浓郁，含英咀华"者，真是一篇汉人文字。李华有其气，然微枵；萧颖士有其韵，然微脆。昌黎所长在浓淡疏密相间，错而成文，骨力仍是散文。以自得之神髓，略施丹铅，风采遂焕然于外。大旨不外以己所能，借人口为之发泄，为之不平，极口肆詈，然后制为答词，引圣贤之不遇时为解。说到极谦退处，愈显得世道之乖，人情之妄，只有乐天安命而已。其骤也，若盲风懑雨；其夷也，若远水平沙。文不过一问一答，而啼笑横生、庄谐间作，文心之狡狯，叹观止矣。（林纾《韩柳文研究法·韩文研究法》）

《进学解》虽抒愤慨，亦道功力；圆亮出以俪体，骨力仍是散文，浓郁而不伤缛雕，沈浸而能为流转，参汉赋之句法，而运以当日之唐格。……《客难》瑰迈宏放，犹是《国策》纵横之余；《解嘲》铿锵鼓舞，则为汉京词赋之体；而《进学解》跌宕昭彰，乃开宋文爽朗之意，此文格之不同也。所同者，则以主客之体，自譬自解以抒郁愤耳。（钱基博《韩愈志》）

论佛骨表

臣某言：伏以佛者，夷狄之一法耳[1]，自后汉时流入中国，上古未尝有也。昔者黄帝在位百年，年百一十岁；少昊在位八十年，年百岁；颛顼在位七十九年，年九十八岁；帝喾在位七十年，年百五岁；帝尧在位九十八年，年百一十八岁；帝舜及禹，年皆百岁。此时天下太平，百姓安乐寿考[2]，然而中国未有佛也。其后殷汤亦年百岁，汤孙太戊在位七十五年，武丁在位五十九年，书史不言其年寿所极，推其年数，盖亦俱不减百岁。周文王年九十七岁，武王年九十三岁，穆王在位百年。此时佛法亦未入中国，非因事佛而致然也。

汉明帝时[3]，始有佛法，明帝在位，才十八年耳。其后乱亡相继，运祚不长。宋、齐、梁、陈、元魏已下，事佛渐谨，年代尤促[4]，惟梁武帝在位四十八年，前后三度舍身施佛，宗庙之祭，不用牲牢，昼日一食，止于菜果，其后竟为侯景所逼，饿死台城，国亦寻灭[5]。事佛求福，乃更得祸。由此观之，佛不足事，亦可知矣。

高祖始受隋禅，则议除之[6]。当时群臣材识不远，不能深知先王之道，古今之宜，推阐圣明，以救斯弊，其事遂止，臣常恨焉[7]。伏维睿圣文武皇帝[8]陛下，神圣英武，数千百年已来，未有伦比。即位之初，即不许度人为僧尼道士，又不许创立寺观。臣常以为高祖之志，必行于陛下之手，今纵未能即行，岂可恣之转令盛也？

今闻陛下令群僧迎佛骨于凤翔，御楼以观，舁入大内，又令诸寺递迎供养[9]。臣虽至愚，必知陛下不惑于佛，作此崇奉[10]，以祈福祥也。直以年丰人乐，徇人之心，为京都士庶设诡异之观，戏玩之具耳[11]。安有圣明若此，而肯信此等事哉！然百姓愚冥[12]，易惑难晓，苟见陛下如此，将谓真心事佛，皆云："天子大圣，犹一心敬信；百姓何人，岂合更惜身命！"焚顶烧指，百十为群，解衣散钱，自朝至暮，转相仿效，惟恐后时，老少奔波，弃其业次[13]。若不即加禁遏，更历诸寺，必有断臂脔身以为供养者[14]。伤风败俗，传笑四方，非细事也。

夫佛本夷狄之人，与中国言语不通，衣服殊制；口不言先王之法言，身不服先王之法服；不知君臣之义，父子之情[15]。假如其身至今尚在，奉其国命，来朝京师，陛下容而接之，不过宣政一见，礼宾一设，赐衣一袭，卫而出之于境，不令惑众也[16]。况其身死已久，枯朽之骨，凶秽之余[17]，岂宜令入宫禁？

孔子曰："敬鬼神而远之。"古之诸侯，行吊于其国，尚令巫祝先以桃茢袚除不祥，然后进吊[18]。今无故取朽秽之物，亲临观之，巫祝不先，桃茢不用，群臣不言其非，御史不举其失，臣实耻之。乞以此骨付之有司，投诸水火，永绝根本，断天下之疑，绝后代之惑。使天下之人，知大圣人[19]之所作为，出于寻常万万也。岂不盛哉！岂不快哉！佛如有灵，能作祸祟，凡有殃咎，宜加臣身，上天鉴临，臣不怨悔[20]。无任感激恳悃之至，谨奉表以闻[21]。臣某诚惶诚恐。

《朱文公校昌黎先生文集》卷三十九，四部丛刊影印元刊本

【解题】

本文又名《谏迎佛骨表》，作于元和十四年(819)正月，韩愈时任刑部侍郎。表是向帝王陈情言事的一种公文。佛骨即佛舍利，佛灭度后，火化所留下的遗骨、遗灰。凤翔法门寺有护国真身塔，塔内有释迦牟尼指骨一节，三十年一开塔。据说开则岁丰人泰。元和十四年正值开塔之年，正月唐宪宗派人到寺院迎佛骨入宫内，供养三日。王公士庶，奔走舍施。百姓有废业破产、烧顶灼臂而求供养者。韩愈反对佞佛，遂上此表加以谏阻。宪宗得表大怒，贬韩愈为潮州刺史。

【注释】

[1]伏：俯伏，下对上的敬辞。夷狄：此处指天竺。法：法度，这里指宗教。 [2]寿考：寿命长。考：老。 [3]汉明帝：名刘庄(28—75)，东汉第二位皇帝(57—75 年在位)。 [4]元魏：北魏(386—557)。已：同"以"。谨：虔诚。促：短暂。 [5]梁武帝于大通元年(527)、中大通元年(529)、太清元年(547)三次舍身同泰寺作佛徒，每次皆由他的儿子和大臣用重金赎回。《南史·梁本纪》载，梁武帝"溺信佛道，日止一食"。《三宝记》载，梁武帝"天监中便血味备断，日惟一食，食止菜蔬"。侯景：原为北魏大将，后降梁，又叛梁，破建康，攻入皇宫，梁武帝被囚，后饿死。台城：即宫城，宫禁所在之处，当时称朝廷禁省为"台"。 [6]高祖：唐高祖李渊，于公元 618 年废隋恭帝，受禅让，称帝。武德九年(626)太史令傅奕上疏请除释教，高祖从其言，打算裁汰僧、尼、道士、女冠。 [7]指中书令萧瑀等人反对傅奕除佛的主张。材识不远：才能不高，识见短浅。 [8]伏维：又作"伏惟"，敬辞，常用于奏疏或信函中。睿圣文武皇帝：元和三年(808)正月群臣上给宪宗的尊号。 [9]御楼：登上宫楼。舁(yú)入大内：抬入皇宫。大内：指皇宫。 [10]崇奉：尊敬祀奉。 [11]徇：顺从，迎合。士庶：士大夫和平民百姓。诡异之观：新奇怪异的观赏。 [12]愚冥：愚蠢蒙昧。 [13]焚顶烧指：用香火烧灼头顶或手指，以苦行来表示奉佛的虔诚。解

衣散钱：指以施舍钱财来表示奉佛的虔诚。业次：生业，工作。[14]脔身：从自己身上割下肉来。脔：把肉切成小块。[15]佛：此处指佛祖释迦牟尼。法言：合乎礼法的言语。法服：合乎礼法的服装。[16]宣政：宣政殿，在大明宫内含元殿后，为唐朝皇帝接见外国入京朝贡使臣之所。礼宾：唐院名，在长兴里北，为招待外宾之所。设：设宴招待。一袭：一套。[17]凶秽之余：尸骨的残余。所迎佛骨仅指骨一节，故云。[18]行吊于其国：到别的国家参加丧礼。吊：祭奠哀悼死者。尚令巫祝先以桃茢祓除不祥：《礼记·檀弓下》"君临臣丧，以巫祝桃茢执戈，恶之也，所以异于生也"。巫祝：从事通鬼神的人。茢(liè)：扫帚。古用桃枝、扫帚等以驱除不祥。祓(fú)除：驱除。[19]大圣人：这里指唐宪宗。[20]殃咎：祸害。鉴临：亲临鉴察。[21]无任：不胜。悃(kǔn)：诚挚。

【选评】

孔子之作《春秋》，自圣人以来未有也。吏部《原道》《原人》《原毁》《行难》《禹问》《佛骨表》《诤臣论》，自诸子以来未有也。(石介《尊韩》，《徂徕集》卷七)

《论佛骨表》之说，正矣。《潮州谢表》称颂功德之不暇，直劝东巡泰山，而自任铺张。虽古人不多讓。甚矣，宪宗之不可与忠言！而公也汲汲乎苟全性命两可，悲矣夫！(黄震《黄氏日抄》卷五十九)

【拓展与思考】

韩愈因上《论佛骨表》而被贬潮州，除了帝王的原因，韩愈自己有没有问题？请写一篇文章，谈谈谏言的艺术。

送孟东野序

大凡物不得其平则鸣。草木之无声，风挠之鸣。水之无声，风荡之鸣。其跃也，或激之；其趋也，或梗之；其沸也，或炙之[1]。金石之无声，或击之鸣。人之于言也亦然，有不得已者而后言。其歌也有思，其哭也有怀，凡出乎口而为声者，其皆有弗平者乎！

乐也者，郁于中而泄于外者也，择其善鸣者而假之鸣。金、石、丝、竹、匏、土、革、木八者，物之善鸣者也。维天之于时也亦然，择其善鸣者而假之鸣。是故以鸟鸣春，以雷鸣夏，以虫鸣秋，以风鸣冬。四时之相推敚[2]，其必有不得其平者乎？

其于人也亦然。人声之精者为言，文辞之于言，又其精也，尤择其善鸣者而假之鸣。其在唐、虞，咎陶、禹，其善鸣者也，而假以鸣，夔弗能以文辞鸣，又自假于《韶》以鸣。夏之时，五子以其歌鸣。伊尹鸣殷，周公鸣周。凡载于《诗》《书》六艺，皆鸣之善者也。周之衰，孔子之徒鸣之，其声大而远。传曰："天将以夫子为木铎[3]。"其弗信矣乎！其末也，庄周以其荒唐之辞鸣。楚，大国也，其亡也以屈原鸣。臧孙辰[4]、孟轲、荀卿，以道鸣者也。杨朱、墨翟、管夷吾、晏婴、老聃、申不害、韩非、慎到、田骈、邹衍、尸佼、孙武、张仪、苏秦之属，皆以其术鸣[5]。秦之兴，李斯鸣之。汉之时，司马迁、相如、扬雄，最其善鸣者也。其下魏晋氏，鸣者不及于古，然亦未尝绝也。就其善者，其声清以浮，其节数[6]以急，其辞淫以哀，其志弛以肆；其为言也，乱杂而无章。将天丑[7]其德莫之顾邪？何为乎不鸣其善鸣者也！

唐之有天下，陈子昂、苏源明、元结、李白、杜甫、李观，皆以其所能鸣。其存而在下者，孟郊东野始以其诗鸣。其高出魏晋，不懈而及于古，其他浸淫乎汉氏矣。从吾游者，李翱、张籍其尤也。三子者之鸣信善矣。抑不知天将和其声，而使鸣国家之盛邪，抑将穷饿其身，思愁其心肠，而使自鸣其不幸邪？三子者之命，则悬乎天矣。其在上也奚以喜，其在下也奚以悲！东野之役于江南也，有若不释然者，故吾道其命于天者以解之[8]。

《朱文公校昌黎先生文集》卷十九，四部丛刊影印元刊本

【解题】

本文是一篇赠序。孟东野即孟郊，东野其字，详见唐诗注。孟郊早年屡试不中，直到50岁才被任命为溧阳县尉。这篇序文，即为韩愈送他去赴任而作。序是为孟郊的不得志鸣不平，可见韩愈对他的同情和推崇。序文首先针对孟郊不得志的处境，提出“大凡物不得其平则鸣”的观点，然后说“人之于言也亦然，有不得已者而后言”。结构上采用逐层深入的写法：先说自然事物中的不平者之鸣，次说音响乐器之中的善鸣者流，再次讲到人类社会中由于种种矛盾现象而引发出来的各式各样的“鸣”，最后回归于题目。文章名为序，作者却集中于一“鸣”字，先后连用了38个“鸣”字，粗看似有散漫之嫌，实则集中体现出作者对孟郊初仕的无奈及对孟郁结心情的理解与劝慰之情。本篇也是韩愈文论的主要作品，“不平则鸣”在创作论领域非常具有影响力。

【注释】

[1]激：阻遏水势。《孟子·告子上》：“今夫水，搏而跃之，可使过颡；激而行之，可使在山。”炙：烧煮之意。　[2]推敚(duó)：推移。敚，同“夺”。　[3]语出《论语·八佾》。　[4]臧孙辰：春秋时期鲁国大夫。　[5]杨朱：字子居，战国时魏国人。其说重在为我爱己，拔一毛以利天下不为。言论散见于《孟子》《庄子》《荀子》《韩非子》。申不害：战国时郑国人。韩昭侯时为相十五年，国治兵强。其说本于黄老而主刑名。著有《申子》。慎到：战国时赵国人。著有《慎子》。田骈：战国时齐国人。著《田子》二十五篇，今已佚。邹衍：战国时齐国人，阴阳家的代表人物，时称“谈天衍”。尸佼：战国时晋国人。著有《尸子》，《汉书·艺文志》列入杂家。　[6]节数(shuò)：节奏短促。　[7]丑：厌恶。　[8]役于江南：指孟郊赴溧阳就任县尉，唐代溧阳县(今溧阳市)属江南道。释然：开心的样子。道其命于天者：说他的命运系于上天。解：宽慰。

【选评】

一‘鸣’字成文，乃独倡机轴，命世笔力也。前此唯《汉书》叙萧何追韩信，用十‘亡’字。此篇将牵合入天成，乃是笔力神巧，与《毛颖传》同，而雄迈过之。(茅坤《唐宋八家文钞》)

只说文章如何关系，便有酸气。旁见侧出，突兀峥嵘。‘鸣’字句法虽学《考工》，然波澜要似《庄子》。(何焯《义门读书记》)

此文得之悲歌慷慨者为多。谓凡形之声音，皆不得已；于不得已中，又有善不善；所谓

善者，又有幸不幸之分。只是从一‘鸣’中发出许多议论。句法变换，凡二十九样。如龙之变化，屈伸于天，更不能逐鳞逐爪观之。（吴楚材、吴调侯《古文观止》）

从物声说到人声，从人声说到文辞，从上古之文辞历数以下说到有唐，然后转落东野，位置秩然，而出以离奇倘恍，使读者呵叹其言，其实法律谨严，无逾此文。（沈德潜《唐宋八家文读本》）

自首至尾，不肯使一直笔，顿挫抑扬，离合缓急，无法不备，而又变化诡谲，不可端倪，那得不横绝古今。（余诚《古文释义》）

送李愿归盘谷序

太行之阳有盘谷，盘谷之间，泉甘而土肥，草木丛茂，居民鲜少。或曰："谓其环两山之间，故曰盘。"或曰："是谷也，宅幽而势阻，隐者之所盘旋。"友人李愿居之。

愿之言曰："人之称大丈夫者，我知之矣：利泽施于人，名声昭于时，坐于庙朝，进退百官，而佐天子出令；其在外，则树旗旄，罗弓矢，武夫前呵，从者塞途，供给之人，各执其物，夹道而疾驰。喜有赏，怒有刑。才畯满前，道古今而誉盛德，入耳而不烦。曲眉丰颊，清声而便体，秀外而惠中，飘轻裾，翳长袖，粉白黛绿者，列屋而闲居，妒宠而负恃，争妍而取怜[1]。大丈夫之遇知于天子、用力于当世者之所为也。吾非恶此而逃之，是有命焉，不可幸而致也。

穷居而野处，升高而望远，坐茂树以终日，濯清泉以自洁。采于山，美可茹；钓于水，鲜可食。起居无时，惟适之安。与其有誉于前，孰若无毁于其后；与其有乐于身，孰若无忧于其心。车服不维，刀锯不加，理乱不知，黜陟不闻[2]。大丈夫不遇于时者之所为也，我则行之。

伺候于公卿之门，奔走于形势之途，足将进而趑趄，口将言而嗫嚅，处污秽而不羞，触刑辟而诛戮，侥幸于万一，老死而后止者，其于为人，贤不肖何如也[3]？"

昌黎韩愈闻其言而壮之，与之酒而为之歌曰："盘之中，维子之宫；盘之土，维子之稼；盘之泉，可濯可沿；盘之阻，谁争子所？窈而深，廓其有容；缭而曲，如往而复。嗟盘之乐兮，乐且无央；虎豹远迹兮，蛟龙遁藏；鬼神守护兮，呵禁不祥。饮且食兮寿而康，无不足兮奚所望！膏吾车兮秣吾马[4]，从子于盘兮，终吾生以徜徉！"

《朱文公校昌黎先生文集》卷十九，四部丛刊影印元刊本

【解题】

本文与《送孟东野序》同为赠序，只是写法不同。后者是为他人说话，本文则是借他人酒杯浇自己块垒。

【注释】

[1]便(pián)体：轻盈的体态。惠中：聪慧的资质。惠：同"慧"。裾(jū)：衣服的前后襟。翳(yì)：遮蔽，掩映。粉白黛绿：用来形容女子装扮得娇艳妩媚，面容白皙，眉毛美丽。

黛：古代女子画眉用的青黑色的颜料。 [2]车服不维：没有官职的束缚。车服：古代官员所乘的车子和所穿的官服依官位的高低而异，这里是用车服来代指官职。维：束缚约束。刀锯不加：刑罚不施于身。刀锯：古代刑罚中所用的刀和锯，这里泛指刑具。理：即治，这里避高宗李治讳。黜陟(chùzhì)：官员的升降。 [3]形势：权势。赵趄(zījū)：想往前走又不敢走的样子。嗫嚅(nièrú)：吞吞吐吐，欲言又止的样子。刑辟(bì)：刑法，法律。[4]膏(gào)：把油抹在车轴或机械的转动部位上，使润滑。

【选评】

唐无文章，惟韩退之《送李愿归盘谷序》一篇而已。(苏轼《跋退之送李愿序》)

一节是形容得意人，一节是形容闲居人，一节是形容奔走伺候人，却结在“人贤不肖何如也”一句上。终篇全举李愿说话，自说只数语，其实非李愿言此，又别是一格。(楼昉《崇古文诀》)

张中丞传后叙

元和二年四月十三日夜，愈与吴郡张籍阅家中旧书，得李翰所为《张巡传》[1]。翰以文章自名，为此传颇详密。然尚恨有阙者：不为许远立传，又不载雷万春事首尾[2]。

远虽材若不及巡者，开门纳巡[3]，位本在巡上。授之柄而处其下，无所疑忌，竟与巡俱守死，成功名，城陷而虏，与巡死先后异耳。两家子弟材智下，不能通知二父志，以为巡死而远就虏，疑畏死而辞服于贼[4]。远诚畏死，何苦守尺寸之地，食其所爱之肉[5]，以与贼抗而不降乎？当其围守时，外无蚍蜉蚁子之援，所欲忠者，国与主耳，而贼语以国亡主灭。远见救援不至，而贼来益众，必以其言为信；外无待而犹死守，人相食且尽，虽愚人亦能数日而知死所[6]矣。远之不畏死亦明矣！乌有城坏其徒俱死，独蒙愧耻求活？虽至愚者不忍为，呜呼！而谓远之贤而为之邪？

说者又谓远与巡分城而守，城之陷，自远所分始[7]。以此诟远，此又与儿童之见无异。人之将死，其藏腑必有先受其病者；引绳而绝之，其绝必有处。观者见其然，从而尤之，其亦不达于理矣！小人之好议论，不乐成人之美，如是哉！如巡、远之所成就，如此卓卓，犹不得免，其他则又何说！

当二公之初守也，宁能知人之卒不救，弃城而逆遁[8]？苟此不能守，虽避之他处何益？及其无救而且穷也，将其创残饿羸之余[9]，虽欲去，必不达。二公之贤，其讲之精矣[10]！守一城，捍天下，以千百就尽之卒，战百万日滋之师，蔽遮江淮，沮遏[11]其势，天下之不亡，其谁之功也！当是时，弃城而图存者，不可一二数；擅强兵坐而观者，相环也[12]。不追议此，而责二公以死守，亦见其自比于逆乱，设淫辞而助之攻也。

愈尝从事于汴徐二府，屡道于两府间，亲祭于其所谓双庙者[13]。其老人往往说巡、远时事云：南霁云之乞救于贺兰[14]也，贺兰嫉巡、远之声威功绩出己上，不肯出师救；爱霁云之勇且壮，不听其语，强留之，具食与乐，延霁云坐。霁云慷慨语曰：“云来时，睢阳之人，不食月余日矣！云虽欲独食，义不忍；虽食，且不下咽！”因拔所佩刀，断一指，血淋漓，以示贺兰。一座大惊，皆感激为云泣下。云知贺兰终无为云出师意，即驰去；将出城，抽矢射佛寺浮图[15]，矢着其上砖半箭，曰："吾归破贼，必灭贺兰！此矢所以志也。"愈贞元中过泗州[16]，船上人犹指以相语。城陷，贼以刃胁降巡，巡不屈，即牵去，将斩之；又降霁云，云未应。巡呼云曰："南八[17]，男儿死耳，不可为不义屈！"云笑曰："欲将以有为也；公有言，云敢不死！"即不屈。

张籍曰：有于嵩者，少依于巡；及巡起事，嵩常[18]在围中。籍大历中于和州乌江县见嵩，嵩时年六十余矣。以巡初尝得临涣县尉，好学无所不读。籍时尚小，粗问巡、远事，不能细也。云："巡长七尺余，须髯若神。尝见嵩读《汉书》，谓嵩曰："何为久读此?"嵩曰："未熟也。"巡曰："吾于书读不过三遍，终身不忘也。"因诵嵩所读书，尽卷不错一字。嵩惊，以为巡偶熟此卷，因乱抽他帙[19]以试，无不尽然。嵩又取架上诸书试以问巡，巡应口诵无疑。嵩从巡久，亦不见巡常读书也。为文章，操纸笔立书，未尝起草。初守睢阳时，士卒仅万人，城中居人户，亦且数万，巡因一见问姓名，其后无不识者。巡怒，须髯辄张。及城陷，贼缚巡等数十人坐，且将戮。巡起旋[20]，其众见巡起，或起或泣。巡曰："汝勿怖！死，命也。"众泣不能仰视。巡就戮时，颜色不乱，阳阳[21]如平常。远宽厚长者，貌如其心；与巡同年生，月日后于巡，呼巡为兄，死时年四十九。嵩贞元初死于亳宋间。或传嵩有田在亳、宋间，武人夺而有之，嵩将诣州讼理，为所杀。嵩无子。张籍云。

《朱文公校昌黎先生文集》卷十三，四部丛刊影印元刊本

【解题】

本文是韩愈人物传记的重要作品，张中丞：即张巡(708—757)，开元末进士，安史之乱中以县令身份起兵反抗安禄山叛军，历经雍丘、睢阳保卫战，阻止了叛军南下，朝廷晋其御史中丞，后被俘殉国，朝廷追赠扬州大都督，宣宗朝画像凌烟阁。中唐时期，藩镇割据，地方叛乱时发，韩愈主张维护中央权威。时值平叛名将张巡死难50周年，韩愈在张巡好友李翰文章的基础上写了这篇文章。名为后叙，文章首先补阙，先歌颂宋州太守许远"开门纳巡"以国事为重的宽阔胸襟及战到最后一刻的无畏精神。作者接着批驳对张、许二人的各种误解及诬蔑。后借南霁云乞援及兵败殉国的故事，批判了贺兰进明之流自私卑微的实力派人士。最后借张籍之口，转述张巡当年的一位随从的话，突出张巡惊人的学力、记忆力及临危不惧视死如归的勇毅。文章写法上借鉴了《史记》的传奇笔法，人物塑造方面则是采用了类似于《史记》的合传法。取材方面，既有文章旧书，又有自己的实地调查，还有采自第三者的现场经历。记叙、议论、抒情、描写多种方式综合运用。结构上，首尾巧妙呼应，特别是通过张巡身边人的亲历，达到补叙效果。文章写历史人物，立足于现实，对以武力胡作非为的地方割据势力极尽批判之能事。

【注释】

[1]元和(806—820)，唐宪宗年号。李翰：字子羽，赵州赞皇人，与散文家李华同宗，举进士，肃宗上元中为卫县尉，入朝为侍御史、翰林学士。天宝年间，寓居阳翟，为文精密。安禄山之乱发生，与友人张巡客居睢阳，曾目睹张巡战守事迹。叛军围攻，弹尽粮绝。张

巡死难之后，朝臣有诋毁者，李翰为伸张正义，撰张巡、姚訚等传两卷，上之肃宗，并有《进张中丞传表》，方明巡之忠义。 [2]许远：安史之乱时，任睢阳太守，与张巡合守孤城，后被害。雷万春：张巡部将。 [3]开门纳巡：757年，安禄山被杀，安庆绪部将尹子奇带兵十余万围睢阳，许远向张巡求援，张巡自宁陵率军入睢阳城。 [4]“两家子弟”意为：张、许两家的子弟才智低下，不能完全明白他们父辈的志向，认为张巡战死而许远被俘，怀疑许远是怕死而投降了叛军。通知：完全明白。 [5]叛军围睢阳时，城中粮尽，军民以雀鼠为食，最后只得以妇女与老弱男子充饥。张巡杀爱妾、许远杀奴仆以充饥。 [6]“外无待”句意为：外面没有援兵却仍然死守，人吃人快要吃光了，即使傻子也知死期将至了。数(shǔ)日：计算日期。 [7]“说者”句意为：张巡和许远分守城，张守东北，许守西南。城破时叛军先从西南处攻入。 [8]卒：终。逆遁：事先逃跑。 [9]将其创残饿羸之余：率领受伤残废、饥饿瘦弱的残余力量。 [10]张、许二人的功绩，前人已有精当的评价。[11]沮遏：遏止。 [12]“当是时”句意为：正当那时，丢掉城池而只想自保的人，不在少数；拥有强兵却安坐观望的人，一个接一个。 [13]从事：推官。韩愈曾先后在汴州、徐州任推官之职。道：名词作动词，取道，经过。双庙：后人为张巡、许远在睢阳立的庙。[14]南霁云：唐朝名将，魏州顿丘人。安禄山反，被派至睢阳，为张所感，遂留为部将。贺兰：贺兰进明，御史大夫、河南节度使。 [15]浮图：佛寺的塔。 [16]贞元：唐德宗李适年号。泗州：唐属河南道，州治在临淮(今江苏省泗洪县东南)，当年贺兰屯兵于此。[17]南八：唐人喜以宗族排行称人，南霁云排行第八，故称南八。 [18]常：尝，曾经。[19]帙(zhì)：书套，这里指书本。 [20]旋：回转身，也可指小便。 [21]阳阳：若无其事。

毛颖传

毛颖者，中山人也。其先明眎[1]，佐禹治东方土，养万物有功，因封于卯地，死为十二神[2]。尝曰：“吾子孙神明之后，不可与物同，当吐而生[3]。”已而果然。明视八世孙䨲[4]，世传当殷时居中山，得神仙之术，能匿光使物[5]，窃姮娥、骑蟾蜍入月，其后代遂隐不仕云。居东郭者曰㕙，狡而善走，与韩卢争能，卢不及[6]。卢怒，与宋鹊谋而杀之，醢其家。

秦始皇时，蒙将军恬南伐楚，次中山，将大猎以惧楚。召左右庶长与军尉，以《连山》筮之，得天与人文之兆。筮者贺曰：“今日之获，不角不牙，衣褐之徒，缺口而长须，八窍而趺居，独取其髦，简牍是资。天下其同书，秦其遂兼诸侯乎！”遂猎，围毛氏之族，拔其豪，载颖而归，献俘于章台宫，聚其族而加束缚焉。秦皇帝使恬赐之汤沐，而封诸管城，号曰管城子，日见亲宠任事。

颖为人，强记而便敏，自结绳之代以及秦事，无不纂录。阴阳、卜筮、占相、医方、族氏、山经、地志、字书、图画、九流、百家、天人之书，及至浮图、老子、外国之说，皆所详悉。又通于当代之务，官府簿书、市井贷钱注记，惟上所使。自秦皇帝及太子扶苏、胡亥、丞相斯、中车府令高，下及国人，无不爱重。又善随人意，正直、邪曲、巧拙，一随其人。虽见废弃，终默不泄。惟不喜武士，然见请，亦时往。累拜中书令，与上益狎，上尝呼为“中书君”。上亲决事，以衡石自程，虽宫人不得立左右，独颖与执烛者常侍，上休方罢。颖与绛人陈玄、弘农陶泓及会稽褚先生友善，相推致，其出处必偕。上召颖，三人者不待诏，辄俱往，上未尝怪焉。

后因进见，上将有任使，拂拭之，因免冠谢。上见其发秃，又所摹画不能称上意。上嘻笑曰："中书君老而秃，不任吾用。吾尝谓君中书，君今不中书邪？"对曰："臣所谓尽心者。"因不复召，归封邑，终于管城。其子孙甚多，散处中国、夷狄，皆冒管城，惟居中山者，能继父祖业。

太史公曰：毛氏有两族。其一姬姓，文王之子，封于毛，所谓鲁、卫、毛、聃者也。战国时，有毛公、毛遂。独中山之族，不知其本所出，子孙最为蕃昌。《春秋》之成，见绝于孔子，而非其罪。及蒙将军拔中山之豪，始皇封诸管城，世遂有名，而姬姓之毛无闻。颖始以俘见，卒见任使。秦之灭诸侯，颖与有功，赏不酬劳，以老见疏，秦真少恩哉！

《朱文公校昌黎先生文集》卷三十六，四部丛刊影印元刊本

【解题】

毛颖，毛笔的别名，文中借作人名。据柳宗元《读韩愈所著毛颖传后题》，此文当作于元和五年以前的几年。文章以传奇小说的笔法为毛笔作传，虚实结合，将神话传说与百家历史融为一体，幽默诙谐，生动有趣，构思新颖，是一篇奇文。

【注释】

[1]明眎：兔子的别称，眎，同"视"。《礼记·曲礼》："凡祭宗庙之礼，牛曰一元大武，豕曰刚鬣，豚曰腯肥，羊曰柔毛，鸡曰翰音，犬曰羹献，雉曰疏趾，兔曰明视……" [2]十二神：古代按十二地支划分方位，卯位是指东方。十二神：指十二生肖（属相）。 [3]当吐而生：传说兔子是口吐而生，故兔嘴上唇开裂。 [4]䨲(nóu)：刚出生的幼兔，此泛指兔。王充《论衡》："兔吮毫而怀子，及其子生，从口而出。" [5]匿光使物：隐形于光下，能驱使物。 [6]㕙(jùn)，狡兔。《战国策·齐策》三：齐欲伐魏，淳于髡谓齐王曰"韩子卢者，天下之疾犬也，东郭逡(㕙)者，海内之狡兔也。韩子庐逐东郭逡(㕙)，环山者三，腾山者五，兔极于前，犬废于后，犬兔俱罢，各死其处"。韩卢：韩国的良犬。下文的"宋鹊"是宋国的良犬名。

【选评】

韩愈撰《毛颖传》，其文尤高，不下史迁。（李肇《国史补》卷下）

《送穷文》《进学解》《毛颖传》《原道》等诸篇，皆古人意思未到，可以名家矣。（宋祁《宋景文笔记》卷中）

退之此作，疑有所本，人自不知耳。观《隋志》谓，《古俳谐文》三卷，袁淑《俳谐文》十卷，《续俳谐集》十卷。袁淑《俳谐》，文如沈约《弹芭蕉文》亦载其间，乌知自古以来无《毛颖传》之比者？退之淹该今古，而又资以城南邺侯三万轴之书，笔端运用，动有源流，非如后人创意制作。抑又观《蜀志》，先主嘲张裕曰："昔吾居涿县，特多毛姓，东西南北，皆诸毛

也。涿人之称曰‘诸毛’云云。”《毛颖传》之作，萌芽此意；然其间如曰，自结绳以及秦，阴阳、卜筮、占相、医方、族氏、山经、地志、九流、百家之书，皆所详悉，此意出于蔡邕《成公绥笔赋》、郭璞《笔赞》。异时文嵩作《松滋侯传》，司空图作《容成侯传》，而本朝东坡先生又作《罗文》等传，其机杼又自退之始也。（王楙《野客丛书》卷十六）

柳宗元

柳宗元（773—819），字子厚，唐河东（今山西运城）人，世称“柳河东”“河东先生”，因官终柳州刺史，又称“柳柳州”，唐代著名文学家、思想家。柳宗元出生于世宦之家，二十一岁中进士，后中博学宏词科，以礼部员外郎参与王叔文集团推行的永贞革新。由于唐顺宗禅位，永贞革新宣告失败，接着发生“二王八司马”事件，柳宗元后来被贬为永州司马，十年后又任柳州刺史，819 年（元和十四年）卒于柳州。柳宗元统合儒佛，反对天命论，具有朴素的唯物论思想。其文学成就集中于散文与诗两个方面，而以散文成就最高。其散文包括传记、论说文、寓言与山水游记等，游记散文成就最为突出。他因与韩愈一起倡导古文运动而合称“韩柳”，为“唐宋八大家”之一；又与刘禹锡并称“刘柳”。柳宗元也是唐代山水诗人。其作品集有《柳河东集》。

封建论

天地果无初乎？吾不得而知之也。生人果有初乎[1]？吾不得而知之也。然则孰为近[2]？曰：有初为近。孰明[3]之？由封建而明之也。彼封建者，更古圣王尧、舜、禹、汤、文、武而莫能去之。盖非不欲去之也，势[4]不可也。势之来，其生人之初乎？不初，无以有封建。封建，非圣人意也。

彼其初与万物皆生，草木榛榛，鹿豕狉狉，人不能搏噬，而且无毛羽，莫克自奉自卫[5]。荀卿有言：“必将假物以为用者也。”夫假物者必争，争而不已，必就其能断曲直者而听命焉。其智而明者，所伏必众，告之以直而不改，必痛之而后畏，由是君长刑政生焉。故近者聚而为群，群之分，其争必大，大而后有兵有德[6]。又有大者，众群之长又就而听命焉，以安其属[7]。于是有诸侯之列，则其争又有大者焉。德又大者，诸侯之列又就而听命焉，以安其封。于是有方伯、连帅[8]之类，则其争又有大者焉。德又大者，方伯、连帅之类又就而听命焉，以安其人，然后天下会于一。是故有里胥而后有县大夫，有县大夫而后有诸侯，有诸侯而后有方伯、连帅，有方伯、连帅而后有天子。自天子至于里胥，其德在人者死，必求其嗣而奉之。故封建非圣人意也，势也。

夫尧、舜、禹、汤之事远矣，及有周而甚详。周有天下，裂土田而瓜分之，设五等，邦群后[9]。布履星罗，四周于天下，轮运而辐集；合为朝觐会同，离为守臣扞城[10]。然而降于夷王[11]，害礼伤尊，下堂而迎觐者。历于宣王，挟中兴复古之德，雄南征北伐之威，卒不能定鲁侯之嗣。陵夷[12]迄于幽、厉，王室东徙，而自列为诸侯矣。厥后问鼎之轻重者有之，射王中肩者有之，伐凡伯、诛苌弘者有之，天下乖戾，无君君之心[13]。余以为周之丧久矣，徒建空名于公侯之上耳。得非诸侯之盛强，末大不掉之咎欤？遂判为十二，合为七国，威分于陪臣之邦，国殄[14]于后封之秦，则周之败端，其在乎此矣。秦有天下，裂都会而为之郡邑，废侯卫而为之守宰，据天下之雄图，都六合之上游，摄制四海，运于掌握之内，此其所以为得也[15]。不数载而天下大坏，其有由矣：亟役万人，暴其威刑，竭其货贿，负锄梃谪戍之徒，圜视而合从，大呼而成群，时则有叛人而无叛吏，人怨于下而吏畏于上，天下相合，杀守劫令而并起[16]。咎在人怨，非郡邑之制失也。汉有天下，矫秦之枉，徇周之制，剖海内而立宗子，封功臣。数年之间，奔命扶伤之不暇，困平城，病流矢，陵迟不救者三代[17]。后乃谋臣献画，而离削自守矣[18]。然而封建之始，郡国居半[19]，时则有叛国而无叛郡，秦制之得亦以明矣。继汉而帝者，虽百代可知也。唐兴，制州邑，立守宰，此其所以为宜也。然犹桀猾[20]时起，虐害方域者，失不在于州而在于兵，时则有叛将而无叛州。州县之设，固不可革也。

或者曰："封建者，必私其土，子其人，适其俗，修其理，施化易也[21]。守宰者，苟其心，思迁其秩而已，何能理乎？[22]"余又非之。周之事迹，断可见矣：列侯骄盈，黩货事戎，大凡乱国多，理国寡，侯伯不得变其政，天子不得变其君，私土子人者，百不有一。失在于制[23]，不在于政，周事然也。秦之事迹，亦断可见矣：有理人之制，而不委郡邑，是矣。有理人之臣，而不使守宰，是矣。郡邑不得正其制，守宰不得行其理。酷刑苦役，而万人侧目。失在于政，不在于制，秦事然也。汉兴，天子之政行于郡，不行于国，制[24]其守宰，不制其侯王。侯王虽乱，不可变也，国人虽病，不可除也；及夫大逆不道，然后掩捕而迁之，勒兵而夷之耳[25]。大逆未彰，奸利浚财，怙势作威，大刻于民者，无如之何，及夫郡邑，可谓理且安矣[26]。何以言之？且汉知孟舒于田叔，得魏尚于冯唐，闻黄霸之明审，睹汲黯之简靖，拜之可也，复其位可也，卧而委之以辑一方可也[27]。有罪得以黜，有能得以赏。朝拜而不道，夕斥之矣；夕受而不法，朝斥之矣。设使汉室尽城邑而侯王之，纵令其乱人，戚[28]之而已。孟舒、魏尚之术莫得而施，黄霸、汲黯之化莫得而行；明谴而导之，拜受而退已违矣；下令而削之，缔交合从之谋周于同列，则相顾裂眦，勃然而起；幸而不起，则削其半，削其半，民犹瘁矣，曷若举而移之以全其人乎[29]？汉事然也。今国家尽制郡邑，连置守宰，其不可变也固矣。善制兵，谨择守，则理平矣[30]。

或者又曰："夏、商、周、汉封建而延，秦郡邑而促。"尤非所谓知理者也[31]。魏之承汉也，封爵犹建；晋之承魏也，因循不革；而二姓陵替，不闻延祚[32]。今矫而变之，垂二百祀，大业弥固，何系于诸侯哉？

或者又以为："殷、周，圣王也，而不革其制，固不当复议也。"是大不然。夫殷、周之不革者，是不得已也。盖以诸侯归殷者三千焉，资以黜夏，汤不得而废；归周者八百焉，资以胜殷，武王不得而易。徇之以为安，仍之以为俗，汤、武之所不得已也[33]。夫不得已，非公之大者也，私其力于己也，私其卫于子孙也。秦之所以革之者，其为制，公之大者也；其情，私也，私其一己之威也，私其尽臣畜于我也[34]。然而公天下之端自秦始。

夫天下之道，理安斯得人者也。使贤者居上，不肖者居下，而后可以理安。今夫封建者，继世而理[35]；继世而理者，上果贤乎，下果不肖乎？则生人之理乱[36]未可知也。将欲利其社稷以一其人之视听，则又有世大夫世食禄邑，以尽其封略，圣贤生于其时，亦无以立于天下，封建者为之也[37]。岂圣人之制使至于是乎？吾固曰："非圣人之意也，势也。"

《唐柳先生集》，四部丛刊本

【解题】

封建，即封土建国，古代天子以爵土分封家族成员及功臣的制度。中唐时期，藩镇割据愈演愈烈，各地藩镇极力鼓吹要恢复周以前的封建制度，反对中央集权的郡县制度，目的是为自己的割据制造舆论。分封制的论调开始抬头。针对这种情况，柳宗元写了这篇政论文。文章开宗明义，继而从历史角度分析历代治理变迁，接着批驳几种观点，最后重申自己的观点。

【注释】

[1]生人：生民，指人类。初：指原始阶段。　[2]此句意为有或者没有原始阶段，哪一种接近事实？　[3]明：证明。　[4]势：形势。　[5]榛榛：草木丛生。狉狉(pī)：群兽走动。莫克：不能。奉：供养。　[6]兵：武力。德：德行，威望。　[7]大者：武力更强，威望更高的人。以安其属：以安定其下属。　[8]方伯：一诸侯国首领。连帅：十国诸侯首领。　[9]裂土田而瓜分之：把土地划成块分给群臣。裂，分。土田：土地。五等：周时，诸侯分为公、侯、伯、子、男五个等级。邦群后：分封了许多诸侯。邦：邦国，这里当动词用，是分封的意思。后：君主，这里指诸侯。　[10]布履星罗：遍布各地的诸侯封国，像繁星罗列一样。履：足迹所到之处，指诸侯分封的疆土。轮运而辐集：各路诸侯尊奉中央王室就像许多辐条集中于车轮中心跟着运转一样。朝觐会同：诸侯朝见天子，春天去叫朝，秋天去叫觐，随时去叫会，同时一起去叫同。离为守臣扞城：诸侯离开天子，成为防卫疆土的臣子，维护天子的屏障。　[11]降：下传。夷王：指周夷王。　[12]陵夷：衰败。　[13]问鼎之轻重：楚庄王攻打陆浑之戎，顺路在东周的疆土上举行军事演习，炫耀自己的威力。周定王派王满去劳军。楚庄王就问他周朝宗室里陈列的鼎有多重。表明他有夺取周朝天下的野心。射王中肩：周桓王讨伐郑，郑庄公出兵抵抗，射中周桓王的肩膀。伐凡伯：周桓王使卿士凡伯去访问鲁国，归国途中在楚丘被戎人绑架。诛苌弘：晋国大臣赵鞅不满周朝大夫苌弘参与晋国另一大臣范吉射的叛乱，责问周朝，周敬王不得已而杀苌弘。乖戾：违背，反常。　[14]殄(tiǎn)：灭绝。　[15]都会：指诸侯的封国。郡邑：郡县。侯卫：拱卫天子的诸侯。守宰：郡县的行政长官郡守和县令(邑宰)。　[16]亟(qì)：屡次。竭其货贿：耗尽国家财物。贿，财。负锄梃(tǐng)谪戍之徒：扛着锄头木棍派去防守边境的人们。指陈胜、吴广起义。梃：木棍。圜(huán)视：互相顾看。合从：合群，联合起来。大呼而成群：大呼一声结成起义的队伍。　[17]奔命扶伤之不暇：到处奔走，解围救急，忙于平乱不得空闲。困平城：公元前201年，韩王信勾结匈奴谋反，次年汉高祖前去讨伐，在平城被匈奴围困了七天。病流矢：公元前196年，淮南王英布叛乱，汉高祖前往镇压，被飞箭射中。陵

迟：逐渐衰落。不救：这里是“不振”的意思。 [18]谋臣献画：指汉文帝时的贾谊、汉景帝时的晁错和汉武帝时的主父偃都曾向皇帝献策，削减诸侯王的封地，或把一个诸侯国分成几个小国，并逐步剥夺他们干预地方行政的权力。画：计策。离削自守：意为诸侯王的封地分割削弱后，再无力反抗中央，才能安分自守。 [19]郡国居半：指汉初分封制与郡县制并行，郡县占一半。 [20]桀猾：凶恶狡猾的人。这里指唐朝中叶的藩镇。 [21]私其土：把土地当作自己的财产一样爱惜。子其人：把百姓当作自己的子弟一样爱护。适：适应。修：修明。理：治，即政治。施化：施行教化。 [22]苟其心：怀着苟且偷安、得过且过的心理。思迁其秩而已：一心只想升官罢了。迁：指官职的升迁。秩：官阶、品级。 [23]制：制度，这里指分封制。 [24]制：控制。 [25]掩捕：乘其不备而予以逮捕。迁：迁徙，流放。勒：统率。夷：平定。 [26]奸利：非法取利。浚(jùn)财：搜刮民财。怙(hù)势：依仗权势。 [27]知孟舒于田叔：汉文帝即位后，汉中太守田叔举荐孟舒。得魏尚于冯唐：汉文帝时魏尚任云中太守，防御匈奴屡有战功，一次向上报战功时多报了六颗首级，因此被免官。后来冯唐在汉文帝面前替他辨明功过，汉文帝又恢复了他的官职。黄霸：汉武帝末至宣帝时历任地方官多年，以“持法平”“明察内敏”著称，宣帝提拔他为颍川郡太守，京兆尹，丞相。明审：精明仔细。汲黯：汉武帝时任东海郡太守，主张“简政安民”，得到朝廷赏识。后来官至主爵都尉(主管封赏的长官)。简靖：政治简要而社会安定。卧而委之：汉武帝要汲黯去做淮阳郡太守，他因病不肯接受。汉武帝一定要他去，才勉强答应了。在殿召见时，汉武帝说：“淮阳地方，官民不睦，还得借重你的威望，有病不要紧，尽管躺在床上办事就是了。”辑：安抚。 [28]乱人：危害人民。戚：忧愁。 [29]明谴而导之：朝廷公开谴责、劝导他们。拜受而退已违矣：他们当面接受，过后又违反不听了。拜受，当面接受。缔交合从之谋：他们交结联合，同谋叛乱。合从：联合。从：同“纵”。周于同列：遍及于诸侯国。周：普遍。裂眦(zì)：形容盛怒的样子。眦：眼眶。削其半：削减掉他们的一半封地。瘁：病困、受苦。曷若举而移之以全其人乎：哪如把诸侯完全废除掉来保全那些老百姓呢？ [30]连置：普遍设置。固矣：固定无疑的了。制：控制。兵：军队。 [31]尤非所谓知理者也：更不是懂得治国道理的人。 [32]陵替：社会秩序混乱。延祚：长久的国运。祚：福，这里指帝位。 [33]徇(xùn)：沿用。仍：因袭。 [34]情：心意、动机。私其一己之威也：是出于追求个人权威的私心。私其尽臣畜于我也：是出于让天下的人都臣服于自己的私心。臣畜：臣服、服从。 [35]继世而理：世袭统治。 [36]生人之理乱：人民的治乱。 [37]一：统一。世大夫：诸侯国内分封的世袭大夫。禄邑：分给世袭大夫的封地。封略：疆界，这里指国土。

【选评】

昔之论封建者，曹元首、陆机、刘颂及唐太宗时魏征、李百药、颜师古，其后有刘秩、杜佑、柳宗元。宗元之论出，而诸子之论废矣，虽圣人复起不能易也。……吾以李斯、始皇之言，柳宗元之论，当为万世法也。(苏轼《东坡志林》)

柳子厚《封建论》则全以封建为非，胡明仲辈破其说，则专以封建为是。要之天下制度，无全利而无害底道理，但看利害分数如何。封建则根本较固，国家可恃；郡县则截然易

制，然来来去去，无长久之意，不可恃以为固也。（朱熹《朱子全书》）

因言封建，只是历代循袭，势不容已。柳子厚亦说得是。贾生谓树国必相疑之势，甚然。封建后来自然有尾大不掉之势。……虽是圣人法，岂有无弊者？（《朱子语类》）

论事但据其一偏，则孰不有利害之数可陈，有成败之轨可指，如孟坚所云，中外殚微，本末俱弱，权奸不出庙堂而运天下者，又何如枝叶相持之为得也。至言圣人不废封建，私其力于己，私其卫于子孙，柳子之言何其悖乎！（何焯《义门读书记》）

柳子厚论封建辨矣，惜其未知道也。夫封建非势也，圣人意也；郡县非圣人意也，势也。（袁枚《小仓山房文集》）。

《封建》一论，为古今至文，直与《过秦》抗席。……今就文论文，识见之伟特，文阵之前后提紧，彼此照应，不惟识高，文亦高也。（林纾《韩柳文研究法》）

虽多论古事，而实借以针砭中唐时代藩镇割据，跋扈害民，统治集团腐朽专权，排斥贤俊的现实，有着巨大的战斗意义。但把国家的形成，推源于统治者的“智明德大”，“能断曲直”；把社会发展的动力，归根于人民的物质要求和有限物资的矛盾；又从维护君权出发，以郡县制为“公天下”的最好政制，则显见作者思想上的局限。（朱东润主编《中国历代文学作品选》）

从文章的论述来看，“势”的“核心内容仍是‘生人之意’，是利于人，备于事而产生的人心所向，大势所趋。这当然还远没有接触到国家行政的起源，人类社会发展的真正本质，还远不是对它的科学说明，但是，作为天命论或神学目的论的对立命题看，它的进步意义却是显而易见和值得肯定的”。（高海夫《柳宗元散论》）

【拓展与思考】

结合选评及毛泽东的《七律》，谈谈你对封建制度的认识。

七律·读《封建论》呈郭老

毛泽东

劝君少骂秦始皇，焚坑事业要商量。
祖龙魂死业犹在，孔学名高实秕糠。
百代都行秦政法，十批不是好文章。
熟读唐人封建论，莫从子厚返文王。

段太尉逸事状

太尉始为泾州刺史时，汾阳王以副元帅居蒲[1]。王子晞为尚书，领行营节度使，寓军邠州，纵士卒无赖[2]。邠人偷嗜暴恶者，率以货窜名军伍中，则肆志，吏不得问[3]。日群行丐取于市，不嗛，辄奋击折人手足，椎釜鬲瓮盎盈道上，袒臂徐去，至撞杀孕妇人[4]。邠宁节度使白孝德以王故，戚不敢言。

太尉自州以状白府，愿计事[5]。至则曰：“天子以生人付公理，公见人被暴害，因恬然[6]。且大乱，若何？”孝德曰：“愿奉教。”太尉曰：“某为泾州，甚适，少事；今不忍人无寇暴死，以乱天子边事。公诚以都虞候命某者，能为公已乱，使公之人不得害[7]。”孝德曰：“幸甚！”如太尉请。

既署一月，晞军士十七人入市取酒，又以刃刺酒翁，坏酿器，酒流沟中。太尉列卒取十七人，皆断头注槊上，植市门外[8]。晞一营大噪，尽甲。孝德震恐，召太尉曰：“将奈何？”太尉曰：“无伤也！请辞于军。”孝德使数十人从太尉，太尉尽辞去。解佩刀，选老躄[9]者一人持马，至晞门下。甲者出，太尉笑且入曰：“杀一老卒，何甲也？吾戴吾头来矣！”甲者愕。因谕曰：“尚书固负若属耶？副元帅固负若属耶？奈何欲以乱败郭氏？为白尚书，出听我言。”晞出见太尉。太尉曰：“副元帅勋塞天地，当务始终。今尚书恣卒为暴，暴且乱，乱天子边，欲谁归罪？罪且及副元帅。今邠人恶子弟以货窜名军籍中，杀害人，如是不止，几日不大乱？大乱由尚书出，人皆曰尚书倚副元帅，不戢[10]士。然则郭氏功名，其与存者几何？”

言未毕，晞再拜曰：“公幸教晞以道，恩甚大，愿奉军以从。”顾叱左右曰：“皆解甲散还火伍中[11]，敢哗者死！”太尉曰：“吾未晡食，请假设草具[12]。”既食，曰：“吾疾作，愿留宿门下。”命持马者去，旦日来。遂卧军中。晞不解衣，戒候卒击柝卫太尉。旦，俱至孝德所，谢不能，请改过。邠州由是无祸。

先是，太尉在泾州为营田官[13]。泾大将焦令谌取人田，自占数十顷，给与农，曰：“且熟，归我半。”是岁大旱，野无草，农以告谌。谌曰：“我知入数而已，不知旱也。”督责益急，农且饥死，无以偿，即告太尉。太尉判状辞甚巽，使人求谕谌[14]。谌盛怒，召农者曰：“我畏段某耶？何敢言我！”取判铺背上，以大杖击二十，垂死，舆来庭中[15]。太尉大泣曰：“乃我困汝！”即自取水洗去血，裂裳衣疮，手注善药，旦夕自哺农者，然后食。取骑马卖，市谷代偿，使勿知。

淮西寓军帅尹少荣，刚直士也。入见谌，大骂曰：“汝诚人耶？泾州野如赭[16]，人且饥死；而必得谷，又用大杖击无罪者。段公，仁信大人也，而汝不知敬。今段公唯一马，贱卖市谷入汝，汝又取不耻。凡为人傲天灾、犯大人、击无罪者，又取仁者谷，使主人出无马，汝将何以视天地，尚不愧奴隶耶！”谌虽暴抗，然闻言则大愧流汗，不能食，曰：“吾终不可以见段公！”一夕，自恨死。

及太尉自泾州以司农征，戒其族：“过岐，朱泚幸致货币，慎勿纳。”[17]及过，泚固致大绫三百匹。太尉婿韦晤坚拒，不得命。至都，太尉怒曰：“果不用吾言！”晤谢曰：“处贱无以拒也。”太尉曰：“然终不以在吾第。”以如司农治事堂，栖之梁木上[18]。泚反，太尉终，吏以告泚，泚取视，其故封识具存。

太尉逸事如右。元和九年[19]月日，永州司马员外置同正员柳宗元谨上史馆。

今之称太尉大节者出入[20]，以为武人一时奋不虑死，以取名天下，不知太尉之所立如是。宗元尝出入岐周邠斄间[21]，过真定，北上马岭，历亭障堡戍，窃好问老校退卒，能言其事。太尉为人姁姁[22]，常低首拱手行步，言气卑弱，未尝以色待物[23]；人视之，儒者也。遇不可，必达其志，决非偶然者。会州刺史崔公来，言信行直，备得太尉遗事，覆校无疑，或恐尚逸坠，未集太史氏，敢以状私于执事[24]。谨状。

《唐柳先生集》，四部丛刊本

【解题】

本文作于柳宗元贬永州时，是为当时史馆修史作参考而写，其时韩愈为史馆修撰。状是一种文体，一般叫行状，是记叙死者世系、籍贯、生卒年月及生平行事等的文体。逸事状，行状的变体，只记人物逸事（世人不太知道的事迹），有关死者的世系及生平事迹，不详细记载。段太尉即唐名将段秀实（719—783），德宗建中四年（783），朱泚称帝，德宗仓皇出奔。当时段秀实在长安，以朝笏击朱泚，被害，追赠太尉。柳宗元在文章中写了段秀实的三件逸事：勇服郭晞、仁愧焦令谌、节显治事堂，表现了传主外柔内刚、勇毅见于平易的个性特征，刻画了一位封建时代正直官吏的形象。全文用冷静从容的写实手法，在客观的叙述中隐含着深沉的歌颂之情。

【注释】

[1]太尉：段秀实死后追赠。泾州：治所在今甘肃泾川县。汾阳王：即郭子仪。郭子仪平定安史之乱有功，封汾阳王。764 年，郭子仪兼任关内、河东副元帅，河中节度、观察使，出镇河中。蒲：州名，有时称河中府（治所在今山西省永济市）。 [2]王子晞：郭晞，汾阳王郭子仪第三子，随父征伐，屡建战功。代宗广德二年（764），吐蕃侵边，郭晞奉命率朔方军支援邠州，时任御史中丞、转御史大夫，又任朔方行营节度使。于唐德宗贞元年间去世，追赠兵部尚书。《资治通鉴》胡三省注："据《实录》，时晞官为左常侍，宗元云尚书，误也。"领：兼任。寓军：在辖区之外驻军。邠（bīn）州：治所在今陕西省彬州市。无赖：为非作歹。 [3]"邠人偷嗜暴恶者……吏不得问。"句意为：邠州人中那些狡黠贪婪、强暴凶恶的人，都用贿赂手段在军队中列上自己的名字，于是为所欲为，官吏都不敢去过问。 [4]"日群行丐取于市……撞杀孕妇人"句意为：这些人天天成群结队地在街市上索要财物，不如意，就打断人家的手脚，用棍棒把各种瓦器砸得满街都是，然后裸露着臂膀扬长而去，甚至还撞死怀孕的妇女。嗛（qiàn）：满足。鬲（lì）：三脚烹饪器。 [5]状：文书。白：禀告。计事：商量此事。 [6]生人：生民，百姓。理：治。唐代为避李世民、李治讳而改。恬然：不在意的样子。 [7]都虞候：军中执法者。 [8]"太尉列卒取十七人"句意为：段太尉派兵去抓了这十七人，全都砍头，把头挂在长矛上，竖立于市门外。 [9]躄（bì）：跛脚。 [10]戢（jí）：管束。[11]皆解甲散还火伍中：全都卸去武装，解散回到自己的队伍。 [12]吾未晡食，请假设草具：我还未吃晚饭，请为我代办点简单的食物。晡（bū 逋）食：晚餐。草具：粗劣的饭食。 [13]太尉句：白孝德初任邠宁节度使时，以段秀实署置营田副使。唐制：诸军万人以上置营田副使一人，掌管军队屯垦。 [14]太尉判状辞甚巽，使人求谕谌：段太尉写了份委婉的判决书，派人求见并通知焦令谌。巽（xùn）：通"逊"，委婉。 [15]"取判铺背上"句意为：他把判决书铺在农民背上，用粗棍子重打二十下，打得奄奄一息，然后抬到太尉府上。 [16]赭（zhě）：寸草不生的土地。 [17]"及太尉"句：唐德宗建中元年（780）二月，段秀实自泾原节度使被召为司农卿。司农卿，为司农寺长官，掌国家储粮用粮之事。岐：州名，治所在今陕西省凤翔区南。朱泚（cǐ）：时为凤翔府尹。货币：物品和钱币。 [18]以如司农治事堂，栖之梁木上：把它送往司农的办公处，安放在屋梁上。 [19]元和九年：公元 814 年。元和是唐宪宗李纯年号（806—820），当时柳宗元任永

州司马。 [20]出入：大抵，不外乎。 [21]“宗元”句：柳宗元于贞元十年(794)曾游历邠州一带。周：在岐山下，今陕西省眉县一带。斄(tái 台)：同“邰”，在今陕西省武功县西。 [22]姁(xǔ)姁：温和。[23]色：脸色。物：此指人。 [24]执事：这里指韩愈，时为史馆修撰。

始得西山宴游记

自余为僇人，居是州，恒惴慄[1]。其隟也，则施施而行，漫漫而游[2]。日与其徒上高山，入深林，穷回溪，幽泉怪石，无远不到[3]。到则披[4]草而坐，倾壶而醉。醉则更相[5]枕以卧，卧而梦。意有所极，梦亦同趣[6]。觉而起，起而归。以为凡是州之山水有异态者，皆我有也，而未始知西山之怪特[7]。

今年九月二十八日，因坐法华西亭，望西山，始指异之[8]。遂命仆人过湘江，缘染溪，斫榛莽，焚茅茷，穷山之高而止[9]。攀援而登，箕踞而遨[10]，则凡数州之土壤，皆在衽席之下。其高下之势，岈然洼然，若垤若穴，尺寸千里，攒蹙累积，莫得遁隐[11]。萦青缭白，外与天际，四望如一[12]。然后知是山之特出，不与培塿[13]为类。悠悠乎与颢气俱，而莫得其涯；洋洋乎与造物者游，而不知其所穷[14]。引觞满酌，颓然就醉，不知日之入。苍然暮色，自远而至，至无所见，而犹不欲归。心凝形释，与万化冥合[15]。然后知吾向之未始游，游于是乎始。故为之文以志。是岁，元和四年也。

《唐柳先生集》，四部丛刊本

【解题】

永贞元年，三十三岁的柳宗元贬谪永州，在此地做了10年的司马。他也并无太多公务，几乎游遍永州的山山水水，所览之胜，行诸笔端。“永州八记”是其中的代表作，本文为“永州八记”第一篇。文章先写谪居永州寄情山水的乐趣，接着着重写西山宴游，此山之奇在“特立，不与培塿为类”，它可以将人带入“心凝形释，与万化冥合”的境界。这种境界是柳宗元在永州四年，思想沉淀之后，“然后知吾向之未始游，游于是乎始”的觉悟。作品很好地将游之乐与饮之醉结合、景之未始游而终于游与心之始惴慄而终与万化冥合相结合，借山水表达贬谪的苦痛与解脱。文法上，超越了《水经注》客观状物，作者采用极简的笔法粗线条勾勒，选取深幽景物，寄托幽绪，将客观景物主观化，达到了凄神寒骨的审美效果。

【注释】

[1]僇(lù)人：罪人。僇，通“戮”。惴慄：恐惧不安。慄：同“栗”。 [2]其：如果。隟：同“隙”，空闲时间。施(yí)施：慢步缓行的样子。漫漫：不受拘束的样子。 [3]徒：同类。穷回溪：走到曲折溪流的尽头。 [4]披：用手分开。 [5]更相：互相。 [6]极：至，向往。趣：同“趋”，往。 [7]未始：未曾。怪特：奇特。 [8]指异之：指着它觉得它奇特。指：指点，注意到，一作“抵”。异：以(之)为异。 [9]染溪：又作“冉溪”，柳宗元又称为“愚溪”，是潇水的一条小支流。茅茷(fá)：指长得繁密杂乱的野草。茷：草叶茂盛的样子。

穷：尽，指把榛莽、茅茷砍除、焚烧尽。 [10]遨：游赏。 [11]岈然：高山深邃的样子。洼然：深谷低洼的样子。垤(dié)：蚂蚁洞边的小土堆。尺寸千里：看似尺寸之远，实际上有千里之遥。攒(cù)：紧缩。遁隐：隐藏。 [12]萦青缭白：青山萦回，白水缭绕。际：接。 [13]培塿(lǒu)：小土堆。 [14]悠悠：辽远。灏气：同"浩气"，指大气。洋洋：悠然自得的样子。造物者：自然。 [15]心凝：思想停止。形释：身体消失。万化：自然万物。冥合：暗合。

【思考与拓展】

阅读柳宗元"永州八记"其余篇目，并结合柳宗元的游记文与山水诗创作情况，以《柳宗元山水游记与山水诗的互文研究》为题，编写论文提纲。

如：

至小丘西小石潭记

从小丘西行百二十步，隔篁竹，闻水声，如鸣珮环，心乐之。伐竹取道，下见小潭，水尤清冽。全石以为底，近岸，卷石底以出，为坻，为屿，为嵁，为岩。青树翠蔓，蒙络摇缀，参差披拂。潭中鱼可百许头，皆若空游无所依。日光下澈，影布石上，佁然不动；俶尔远逝，往来翕忽，似与游者相乐。潭西南而望，斗折蛇行，明灭可见。其岸势犬牙差互，不可知其源。坐潭上，四面竹树环合，寂寥无人，凄神寒骨，悄怆幽邃。以其境过清，不可久居，乃记之而去。

同游者：吴武陵，龚古，余弟宗玄。隶而从者，崔氏二小生：曰恕己，曰奉壹。

与崔策登西山

鹤鸣楚山静，露白秋江晓。连袂度危桥，萦回出林杪。
西岑极远目，毫末皆可了。重叠九疑高，微茫洞庭小。
迥穷两仪际，高出万象表。驰景泛颓波，遥风递寒筱。
谪居安所习，稍厌从纷扰。生同胥靡遗，寿等彭铿夭。
蹇连困颠踣，愚蒙怯幽眇。非令亲爱疏，谁使心神悄。
偶兹遁山水，得以观鱼鸟。吾子幸淹留，缓我愁肠绕。

白居易

与元九书

夫文，尚[1]矣，三才各有文。天之文三光首之；地之文五材首之；人之文《六经》首之[2]。就《六经》言，《诗》又首之。何者？圣人感人心而天下和平。感人心者，莫先乎情，莫始乎言，莫切乎声，莫深乎义。诗者，根情，苗言，华声，实义[3]。上自圣贤，下至愚騃[4]，微及豚鱼，幽及鬼神。群分而气同，形异而情一[5]。未有声入而不应、情交而不感者。

圣人知其然，因其言，经之以六义；缘其声，纬之以五音[6]。音有韵，义有类。韵协则言顺，言顺则声易入；类举则情见，情见则感易交。于是乎孕大含深，贯微洞密，上下通而一气泰，忧乐合而百志熙[7]。五帝三皇所以直道而行、垂拱而理者，揭此以为大柄，决此以为大窦也[8]。故闻"元首明，股肱良"之歌，则知虞道昌矣[9]。闻五子洛汭之歌，则知夏政荒矣[10]。言者无罪，闻者足戒，言者闻者莫不两尽其心焉。

洎周衰秦兴，采诗官废，上不以诗补察时政，下不以歌泄导人情。用至于谄成之风动，救失之道缺[11]。于时六义始刓[12]矣。《国风》变为《骚辞》，五言始于苏、李。《诗》《骚》皆不遇者，各系其志，发而为文。故河梁之句，止于伤别；泽畔之吟，归于怨思[13]。彷徨抑郁，不暇及他耳。然去《诗》未远，梗概尚存。故兴离别则引双凫一雁为喻，讽君子小人则引香草恶鸟为比。虽义类不具，犹得风人之什二三焉。于时六义始缺矣。晋、宋已还，得者盖寡。以康乐之奥博，多溺于山水；以渊明之高古，偏放于田园。江、鲍之流，又狭于此。如梁鸿《五噫》之例者，百无一二。于时六义浸微矣！陵夷至于梁、陈间，率不过嘲风雪、弄花草而已。噫！风雪花草之物，三百篇中岂舍之乎？顾所用何如耳。设如"北风其凉"，假风以刺威虐；"雨雪霏霏"，因雪以愍征役；"棠棣之华"，感华以讽兄弟；"采采芣苡"，美草以乐有子也。皆兴发于此而义归于彼。反是者，可乎哉！然则"余霞散成绮，澄江净如练"，"归花先委露，别叶乍辞风"之什[14]，丽则丽矣，吾不知其所讽焉。故仆所谓嘲风雪、弄花草而已。于时六义尽去矣。

唐兴二百年，其间诗人不可胜数。所可举者，陈子昂有《感遇诗》二十首，鲍防《感兴诗》十五篇。又诗之豪者，世称李、杜。李之作，才矣，奇矣，人不逮矣！索其风雅比兴，十无一焉。杜诗最多，可传者千余首。至于贯穿古今，覼缕格律[15]，尽工尽善，又过于李焉。然撮其《新安》《石壕》《潼关吏》《芦子关》《花门》之章，"朱门酒肉臭，路有冻死骨"之句，亦不过十三四。杜尚如此，况不逮杜者乎？仆常痛诗道崩坏，忽忽愤发，或废食辍寝，不量才力，欲扶起之。嗟乎！事有大谬者[16]，又不可一二而言，然亦不能不粗陈于左右。

仆始生六七月时，乳母抱弄于书屏下，有指"之"字、"无"字示仆者，仆口未能言，心已默识。后有问此二字者，虽百十其试，而指之不差。则知仆宿昔之缘[17]，已在文字中矣。及五六岁，便学为诗。九岁谙识声韵。十五六，始知有进士，苦节读书。二十已来，昼课赋[18]，夜课书，间又课诗，不遑寝息矣。以至于口舌成疮，手肘成胝[19]。既壮而肤革不丰盈，未老而齿发早衰白；瞀瞀然如飞蝇垂珠在眸子中者[20]，动以万数，盖以苦学力文之所致，又自悲。

家贫多故，二十七方从乡赋。既第之后，虽专于科试，亦不废诗。及授校书郎时，已盈三四百首。或出示交友如足下辈，见皆谓之工，其实未窥作者之域耳。自登朝来，年齿渐长，阅事渐多。每与人言，多询时务；每读书史，多求理道。始知文章合为时而著，歌诗合为事而作。是时皇帝初即位，宰府有正人，屡降玺书，访人急病。

仆当此日，擢在翰林，身是谏官，月请谏纸。启奏之间，有可以救济人病，裨补时阙，而难于指言者，辄咏歌之，欲稍稍递进闻于上。上以广宸听，副忧勤；次以酬恩奖，塞言责；下以复吾平生之志[21]。岂图志未就而悔已生，言未闻而谤已成矣！

又请为左右终言之。凡闻仆《贺雨诗》，众口籍籍，以为非宜矣；闻仆《哭孔戡诗》，众面脉脉，尽不悦矣；闻《秦中吟》，则权豪贵近者，相目而变色矣；闻《登乐游园》寄足下诗，则执政柄者扼腕矣；闻《宿紫阁村》诗，则握军要者切齿矣！大率如此，不可遍举。不相与者，号为沽誉，号为诋讦，号为讪谤。苟相与者，则如牛僧孺之诫[22]焉。乃至骨肉妻孥，皆以我为非也。其不我非者，举世不过三两人。有邓鲂者，见仆诗而喜，无何鲂死。有唐衢者，见仆诗而泣，未几而衢死。其余即足下。足下又十年来困踬若此。呜呼！岂六义四始之风，天将破坏，不可支持耶？抑又不知天意不欲使下人病苦闻于上耶？不然，何有志于诗者，不利若此之甚也！然仆又自思关东一男子耳，除读书属文外，其他懵然无知，乃至书画棋博，可以接群居之欢者，一无通晓，即其愚拙可知矣！初应进士时，中朝无缌麻之亲，达官无半面之旧；策蹇步于利足之途，张空拳于战文之场。十年之间，三登科第，名落众耳，迹升清贯，出交贤俊，入侍冕旒。始得名于文章，终得罪于文章，亦其宜也。

日者闻亲友间说，礼、吏部举选人，多以仆私试赋判为准的。其余诗句，亦往往在人口中。仆恧然自愧，不之信也。及再来长安，又闻有军使高霞寓者，欲聘倡妓，妓大夸曰："我诵得白学士《长恨歌》，岂同他哉？"由是增价。又足下书云：到通州日，见江馆柱间有题仆诗者。何人哉？又昨过汉南日，适遇主人集众娱乐，他宾诸妓见仆来，指而相顾曰：此是《秦中吟》《长恨歌》主耳。自长安抵江西三四千里，凡乡校、佛寺、逆旅、行舟之中，往往有题仆诗者；士庶、僧徒、孀妇、处女之口，每有咏仆诗者。此诚雕篆之戏，不足为多，然今时俗所重，正在此耳。虽前贤如渊、云者，前辈如李、杜者，亦未能忘情于其间。

古人云："名者公器，不可多取。"仆是何者，窃时之名已多。既窃时名，又欲窃时之富贵，使己为造物者，肯兼与之乎？今之迍穷[23]，理固然也。况诗人多蹇，如陈子昂、杜甫，各授一拾遗，而迍剥至死[24]。孟浩然辈不及一命，穷悴终身。近日孟郊六十，终试协律；张籍五十，未离一太祝。彼何人哉！况仆之才又不逮彼。今虽谪佐远郡，而官品至第五，月俸四五万，寒有衣，饥有食，给身之外，施及家人。亦可谓不负白氏之子矣。微之微之，勿念我哉！

仆数月来，检讨囊帙中，得新旧诗，各以类分，分为卷目。自拾遗来，凡所遇所感，关于美刺兴比者；又自武德至元和，因事立题，题为《新乐府》者，共一百五十首，谓之讽谕诗。又或退公独处，或移病闲居，知足保和，吟玩性情者一百首，谓之闲适诗。又有事物牵于外，情理动于内，随感遇而形于叹咏者一百首，谓之感伤诗。又有五言、七言、长句、绝句，自一百韵至两百韵者四百余首，谓之杂律诗。凡为十五卷，约八百首。异时相见，当尽致于执事。

微之，古人云："穷则独善其身，达则兼济天下。"仆虽不肖，常师此语。大丈夫所守者道，所待者时。时之来也，为云龙，为风鹏，勃然突然，陈力以出；时之不来也，为雾豹，为冥鸿，寂兮寥兮，奉身而退[25]。进退出处，何往而不自得哉！故仆志在兼济，行在独善，奉而始终之则为道，言而发明之则为诗。谓之讽谕诗，兼济之志也；谓之闲适诗，独善之义也。故览仆诗者，知仆之道焉。其余杂律诗，或诱于一时一物，发于一笑一吟，率然成章，非平生所尚者，但以亲朋合散之际，取其释恨佐欢，今铨次[26]之间，未能删去。他时有为我编集斯文者，略之可也。

微之，夫贵耳贱目，荣古陋今，人之大情也。仆不能远征古旧，如近岁韦苏州歌行，才丽之外，颇近兴讽；其五言诗，又高雅闲淡，自成一家之体，今之秉笔者谁能及之？然当苏州在时，人亦未甚爱重，必待身后，人始贵之。今仆之诗，人所爱者，悉不过杂律诗与《长恨歌》已下耳。时之所重，仆之所轻。至于讽谕者，意激而言质；闲适者，思澹而辞迂。以质合迂，宜人之不爱也。今所爱者，并世而生，独足下耳。然百千年后，安知复无如足下者出，而知爱我诗哉？故自八九年来，与足下小通则以诗相戒，小穷则以诗相勉，索居则以诗相慰，同处则以诗相娱。知吾罪吾，率以诗也。

《全唐文》，中华书局，1983 年版

【解题】

本文有删减。唐宪宗元和十年（公元 815 年），白居易被贬江州，元稹贬通州。二人常以诗文相酬，留下文学史上“通江唱和”的佳话。《与元九书》即是其中的一篇书信散文。白居易回顾了诗歌发展的历史，并结合自己的诗歌创作提出了现实主义诗歌主张。作者认为诗有“根情，苗言，华声，实义”的特征。他从诗六义出发，主张诗的“补察时政”“泄导人情”功能，是新乐府运动的纲领。在继承乐府传统基础上，他提出“文章合为时而著，歌诗合为事而作”，为诗歌走出狭小的个人空间指出了发展方向。在论诗的同时，白居易也提出了自己兼济与独善一体的人生哲学。本文以议为主，夹叙夹议，对友人的深沉而直接的情感充溢于字里行间。

【注释】

[1]尚：久远。　[2]三光：日、月、星。五材：金、木、水、火、土，亦称“五行”。《六经》：《诗》《书》《礼》《乐》《易》《春秋》。此句说明三才（天、地、人）之文。　[3]根情：以感情为根。苗言：以语言为苗。华声：以声音为花。实义：以思想为果。　[4]愚骏（ái）：愚笨的人。騃：呆。　[5]群分而气同：种类不同而精神相似。情一：情感相通。　[6]经：贯串。六义：《诗经》的风、雅、颂、赋、比、兴。纬：组织。五音：宫、商、角、徵、羽。　[7]上：指天子。下：指百姓。一气：天地之气。泰：通。百志：众人的心愿。熙：和悦。　[8]垂拱而理：垂衣拱手而治，指不费气力而天下得到治理。柄：根本。决：通“抉”，抓住。　[9]元首明，股肱良：相传舜在位时，天下大治，他和臣子皋陶一唱一和作歌。其中三句是：“元首明哉！股肱良哉！庶事康哉！”（《尚书·益稷》）元首：君主。股肱：臣子。　[10]五子洛汭之歌：夏太康荒淫失国，他的兄弟五人在洛水旁边等候他不来，作《五子之歌》，表示心中的怨恨。　[11]谄成之风：恭维成绩的风气。救失之道：补救政事缺失的道理。　[12]刓（wán）：磨平，被削弱。[13]“河梁”之句：指代苏、李赠答的诗。李陵赠苏武诗第三首：“携手上河梁，游子暮何之？……”泽畔之吟：指代屈原所写的作品。《楚辞·渔父》：“屈原既放，游于江潭，行吟泽畔，颜色憔悴，形容枯槁……”　[14]“离花先委露，别叶乍辞风”：出自鲍照《玩月城西门廨中》。　[15]覼（luó）缕：委曲详尽而有条理。　[16]事有大谬者：事与愿违。　[17]宿昔之缘：前世的缘。　[18]课赋：学习作赋。　[19]胝（zhī）：肢体上

因摩擦而起的厚皮。 [20]瞀瞀:眼睛昏花看不清楚。如飞蝇垂珠在眸中者,动以万数:意思是说,害了眼病,眼睛里常有无数的黑点乱飞。 [21]宸听:皇帝的听闻。副忧勤:帮助皇帝治理国事。塞言责:尽到谏官进言的职责。 [22]牛僧孺之诫:以牛僧孺的教训告诫我。公元808年,牛僧孺参加唐宪宗策试贤良方正直言极谏举人时,指陈时政,言语激烈,因此得罪了权贵和宦官,他和考官都受了处分。 [23]迍(zhūn)穷:穷困。[24]蹇:不得意。迍剥:困厄。 [25]云龙、风鹏:龙乘云,鹏乘风,比喻贤者得到为国效力的时机。雾豹:藏在雾里的豹,比喻隐士。冥鸿:飞在高空的鸿雁,比喻远走高飞避难的人。寂兮寥兮:悄悄的。 [26]铨次:编排。

【拓展与思考】

《与元九书》围绕诗歌创作这一中心话题展开,请列举其中的主要观点,并详细说明白居易的诗道观。

罗 隐

罗隐(833—909),字昭谏,自号江东生。新城(今杭州富阳区)人。本名横,大中、咸通中屡举进士不第,遂改名隐。黄巢起义后,避乱隐居九华山,光启三年(887年),归乡依镇海节度使钱镠,历任钱塘令、司勋郎中、给事中等职。罗隐诗文兼善,咸通八年,曾自编其杂文为《谗书》,有诗集《甲乙集》传世。清人辑有《罗昭谏集》八卷。《全唐诗》编诗十一卷。今有雍文华辑《罗隐集》(中华书局)。

英雄之言

物之所以有韬晦者[1],防乎盗也。故人亦然。夫盗亦人也,冠屦焉,衣服焉[2]。其所以异者,退逊之心、正廉之节,不常其性耳[3]。视玉帛而取之者,则曰牵于寒饿[4];视家国而取之者,则曰救彼涂炭[5]。牵于寒饿者,无得而言矣。救彼涂炭者,则宜以百姓心为心。而西刘则曰"居宜如是",楚籍则曰"可取而代"[6]。意彼未必无退逊之心、正廉之节,盖以视其靡曼骄崇[7],然后生其谋耳。为英雄者犹若是,况常人乎?是以峻宇逸游,不为人所窥者,鲜也[8]。

《谗书》,明抄本

【解题】

本文为罗隐壮年时期的创作,为《谗书》中的一篇。《谗书》的立意"无其位则著私书而疏善恶,斯所以警当世而诫将来",这篇小品文思想独特,它将强盗与取国家的帝王相提并论，与庄子“窃钩者诛，窃国者为诸侯”异曲同工。作者以汉高祖刘邦与楚霸王项羽为例，揭露他们夺天下，不过是羡慕秦始皇的“靡曼骄崇”。一个是“居宜如是”，一个是“可取而代”。“视玉帛而取之者，则曰牵于寒饿；视家国而取之者，则曰救彼涂炭”。统治者窃位自立与盗贼的本质无二，都是巧言掩饰下的不正当行为。文章含蓄地批判了晚唐藩镇割据势力想取唐朝天下而代之的恶劣行为。

【注释】

[1]韬晦：隐藏不露。 [2]冠屦(jù，句)：名词用作动词，戴帽穿鞋。屦：鞋子、靴子，一作履。衣服：名词用如动词。 [3]逊：一作“让”。正：一作“贞”。不常其性：其本性不能永久保持。常：一作“恒”。 [4]牵于：出于、受制于。 [5]涂炭：困苦。涂：泥土。炭：火烧成的黑炭。生灵涂炭就是人民的困苦像陷泥坠火一样。 [6]西刘：指汉高祖刘邦，他建都长安，称为西汉。居宜如是：据《史记》和《汉书》所载，刘邦做泗水亭长的时候，去咸阳出差，见到秦始皇出游，叹息道：“大丈夫当如此也！”后来起兵，率先攻进咸阳，打算住进秦皇宫殿，被樊哙、张良谏止。楚籍：即项籍，字羽。可取而代：项羽年轻时，随叔父项梁在吴中，一同观看秦始皇的出游，说道：“彼可取而代也！” [7]靡曼骄崇：奢华尊贵。靡曼：原意是奢侈华丽。骄崇：自高自大。 [8]峻宇逸游：高大的宫室与放纵的游乐，指帝王的居住与游乐。窥：窥视，这里指羡慕。

陆龟蒙

陆龟蒙，生卒年不详，字鲁望，号甫里先生、天随子、江湖散人，吴郡(今江苏苏州)人。幼聪颖，举进士不第。陆龟蒙与皮日休为密友，多有唱和，世称“皮陆”，结集有《松陵集》。后隐居松江甫里，著书立说，作品有《笠泽丛书》。宋人辑有《甫里先生集》二十卷行世。

野庙碑

碑者，悲也。古者悬而窆[1]用木。后人书之以表其功德，因留之不忍去，碑之名由是而得。自秦汉以降，生而有功德政事者，亦碑之，而又易之以石，失其称矣[2]。余之碑野庙也，非有政事功德可纪，直悲夫甿竭其力，以奉无名之土木而已矣[3]！

瓯越间好事鬼，山椒水滨多淫祀[4]。其庙貌有雄而毅、黝而硕者，则曰将军；有温而愿、晰而少者，则曰某郎；有媪而尊严者，则曰姥；有妇而容艳者，则曰姑。其居处则敞之以庭堂，峻之以陛级[5]。左右老木，攒植森拱，萝茑翳于上，鸱鸮室其间[6]。车马徒隶[7]，丛杂怪状。甿作之，甿怖之，走畏恐后。大者椎牛；次者击豕，小不下犬鸡鱼菽之荐[8]。牲酒之奠，缺于家可也，缺于神不可也。不朝懈怠，祸亦随作，耋孺畜牧栗栗然[9]。疾病死丧，甿不曰适丁[10]其时耶！而自惑其生，悉归之于神。

虽然，若以古言之，则戾；以今言之，则庶乎神之不足过也[11]。何者？岂不以生能御大灾，捍大患，其死也则血食于生人[12]。无名之土木不当与御灾捍患者为比，是戾于古也明矣。今之雄毅而硕者有之，温愿而少者有之，升阶级，坐堂筵，耳弦匏，口粱肉，载车马，拥徒隶者皆是也[13]。解民之悬，清民之暍，未尝怵于胸中[14]。民之当奉者，一日懈怠，则发悍吏，肆淫刑，驱之以就事，较神之祸福，孰为轻重哉？平居无事，指为贤良，一旦有大夫之忧，当报国之日，则佪挠脆怯[15]，颠踬窜踣，乞为囚虏之不暇。此乃缨弁言语之土木[16]尔，又何责其真土木耶？故曰：以今言之，则庶乎神之不足过也。

既而为诗，以纪其末：土木其形，窃吾民之酒牲，固无以名；土木其智，窃吾君之禄位，如何可仪！禄位颀颀，酒牲甚微，神之享也，孰云其非！视吾之碑，知斯文之孔悲！

《唐文粹》，四部丛刊本

【解题】

本文从碑字说起，引出“悲”字，以此作通篇线索。首先写出民之可悲，揭露鬼神对人的祸害，随即引申文意，由神及人，笔端直刺封建大小官吏，历述各类当权者既似庙神又胜似庙神，于国于民为害尤烈。至篇末再点“悲”字，力现悲民文旨，文章由此首尾呼应，浑然一体。其立意堪称新奇，构思可谓巧妙。文虽短小，却颇具分量，无论写神写人，箭随笔出，一矢中的。文笔辛辣犀利，极尽嬉笑怒骂之能事，充分显示出陆龟蒙小品文尖锐泼辣、锋芒别具的特点。

【注释】

[1]悬而窆(biǎn)：用绳吊棺木放入墓穴中。窆：下葬。 [2]碑：用作动词，写碑文。失其称：失去“碑”这一名称的本来意义。作者认为碑本来是表彰死者功德的，而后来却用来记活人的功德政事。 [3]直：只是。甿(méng)：农夫。土木：指泥塑木雕的神像。[4]山椒：山顶。淫祀：不合礼制的祭祀。 [5]敞之以庭堂：把厅堂建得很宽敞。陛：台阶。 [6]攒(cuán)植森拱：指树木繁密茂盛。萝茑(niǎo)：女萝和茑，两种蔓生植物。翳(yì)：遮掩。鸱鸮(chīxiāo)：猫头鹰。 [7]徒隶：供神役使的鬼卒。[8]荐：供奉。[9]耄(mào)孺：老人和小孩。耋：古指七八十岁的年纪，这里指老年。栗栗然：恐惧的样子。 [10]适丁：恰好遇上。 [11]戾(lì)：罪。这里指不合道理。庶乎：似乎。过：责备。 [12]血食：古代祭祀时，要宰牲出血，鬼神享受这种祭祀，故称血食。生人：生民，百姓。 [13]升阶级：登上台阶，这里指当了大官。耳弦匏：听音乐。耳：听。弦匏：弦指琴瑟类乐器，匏指笙竽类乐器。口粱肉：吃美食佳肴。口：吃。 [14]解民之悬：解救人民之急难。悬：系，倒悬，喻指处境危难。清民之暍：消除人民的灾患。暍(今读 yē)：中暑。[15]佪(huí)挠脆怯：懦弱畏惧。 [16]缨弁言语之土木：头戴官帽，说着人话的土木偶像。

唐传奇

元 稹

莺莺传

唐贞元中，有张生者，性温茂，美风容，内秉坚孤，非礼不可入[1]。或朋从游宴，扰杂其间，他人皆汹汹拳拳，若将不及，张生容顺而已，终不能乱[2]。以是年二十三，未尝近女色。知者诘之，谢而言曰："登徒子非好色者，是有凶行。余真好色者，而适不我值。何以言之？大凡物之尤者[3]，未尝不留连于心，是知其非忘情者也。"诘者识之。

无几何，张生游于蒲。蒲之东十余里，有僧舍曰"普救寺"，张生寓焉。适有崔氏孀妇，将归长安，路出于蒲，亦止兹寺。崔氏妇，郑女也。张出于郑，绪其亲，乃异派之从母[4]。是岁，浑瑊[5]薨于蒲。有中人[6]丁文雅，不善于军，军人因丧而扰，大掠蒲人。崔氏之家，财产甚厚，多奴仆，旅寓惶骇，不知所托。先是，张与蒲将之党有善，请吏护之，遂不及于难。十余日，廉使杜确将天子命，以总戎节，令于军，军由是戢[7]。郑厚张之德甚，因饰馔以命张中堂宴之，复谓张曰："姨之孤嫠未亡，提携幼稚，不幸属师徒大溃，实不保其身[8]。弱子幼女，犹君之生。岂可比常恩哉！今俾以仁兄礼奉见，冀所以报恩也。"命其子曰欢郎，可十余岁，容甚温美。次命女："出拜尔兄，尔兄活尔。"久之，辞疾。郑怒曰："张兄保尔之命。不然尔且掳矣。能复远嫌乎？"久之，乃至。常服睟容[9]，不加新饰，垂鬟接黛，双脸销红而已。颜色艳异，光辉动人。张惊，为之礼。因坐郑旁，以郑之抑而见[10]也，凝睇怨绝，若不胜其体者。问其年纪，郑曰："今天子甲子岁之七月，终于贞元庚辰，生年十七矣。"张生稍以词导之，不对。终席而罢。张自是惑之，愿致其情，无由得也。

崔之婢曰红娘。生私为之礼者数四，乘间遂道其衷。婢果惊沮，腆然而奔[11]。张生悔之；翌翼日，婢复至。张生乃羞而谢之，不复云所求矣。婢因谓张曰："郎之言，所不敢言，亦不敢泄。然而崔之姻族，君所详也，何不因其德而求娶焉？"张曰："余始自孩提，性不苟合。或时纨绮间居[12]，曾莫流盼。不为当年，终有所蔽。昨日一席间，几不自持。数日来，行忘止，食忘饱，恐不能逾旦暮。若因媒氏而娶，纳采、问名，则三数月间，索我于枯鱼之肆矣[13]。尔其谓我何？”婢曰：“崔之贞顺自保，虽所尊不可以非语犯之。下人之谋，固难入矣。然而善属文，往往沉吟章句，怨慕[14]者久之。君试为喻情诗以乱之。不然，则无由也。”张大喜，立缀春词二首以授之。是夕，红娘复至，持彩笺以授张，曰：“崔所命也。”题其篇曰《明月三五夜》。其词曰：

待月西厢下，迎风户半开。拂墙花影动，疑是玉人来。

张亦微喻其旨。是夕岁二月旬有四日[15]矣。崔之东有杏花一株，攀援可逾。既望之夕，张因梯其树而逾焉。达于西厢，则户半开矣。红娘寝于床，生因惊之。红娘骇曰：“郎何以至？”张因绐之曰：“崔氏之笺召我也，尔为我告之。”无几，红娘复来。连曰：“至矣，至矣！”张生且喜且骇，必谓获济[16]。及崔至，则端服严容，大数张曰：“兄之恩，活我之家厚矣。是以慈母以弱子幼女见托。奈何因不令之婢，致淫逸之词。始以护人之乱为义，而终掠乱以求之，是以乱易乱，其去几何？诚欲寝其词，则保人之好，不义[17]。明之于母，则背人之惠，不祥。将寄于婢仆，又惧不得发其真诚。是用托短章，愿自陈启，犹惧兄之见难，是用鄙靡之词，以求其必至。非礼之动，能不愧心！特愿以礼自持，无及于乱。”言毕，翻然而逝。张自失者久之，复逾而出，于是绝望。数夕，张生临轩独寝，忽有人觉之，惊骇而起，则红娘敛衾携枕而至，抚张曰：“至矣，至矣！睡何为哉！”并枕重衾而去。张生拭目危坐，久之，犹疑梦寐，然而修谨以俟。俄而红娘捧[18]崔氏而至。至则娇羞融冶，力不能运支体，曩时端庄不复同矣。是夕，旬有八日矣。斜月晶莹，幽辉半床，张生飘飘然，且疑神仙之徒，不谓从人间至矣。有顷，寺钟鸣，天将晓，红娘促去。崔氏娇啼宛转，红娘又捧之而去，终夕无一言。张生辨色而兴，自疑曰：“岂其梦邪？”

及明，睹妆在臂，香在衣，泪光荧荧然，犹莹于茵席而已。

是后十余日，杳不复知。张生赋《会真诗》三十韵，未毕，而红娘适至，因授之，以贻崔氏。自是复容之，朝隐而出，暮隐而入，同会于曩所谓西厢者，几一月矣[19]。张生常诘郑氏之情，则曰：“我不可奈何矣，因欲就成之。”无何，张生将之长安，先以情谕之。崔氏宛无难词，然而愁怨之容动人矣。将行之再夕，不可复见，而张生遂西下。不数月，复游于蒲，会于崔氏者又累月。崔氏甚工刀札，善属文。求索再三，终不可见。往往张生自以文挑之，亦不甚睹览。大略崔之出人者，艺必穷极，而貌若不知；言则敏辩，而寡于酬对；待张之意甚厚，然未尝以词继之。时愁艳幽邃，恒若不识，喜愠之容，亦罕形见。异时独夜操琴，愁弄凄恻。张窃听之。求之，则终不复鼓矣。以是愈惑之。张生俄以文调及期[20]，又当西去。当去之夕，不复自言其情，愁叹于崔氏之侧。崔已阴知将诀矣，恭貌怡声，徐谓张曰：“始乱之，终弃之，固其宜矣，愚不敢恨[21]。必也君乱之，君终之，君之惠也。则没身之誓，其有终矣，又何必深感于此行？然而君既不怿，无以奉宁。君常谓我善鼓琴，向时羞颜，所不能及。今且往矣，既君此诚。”因命拂琴，鼓《霓裳羽衣》序，不数声，哀音怨乱，不复知其是曲也。左右皆歔欷。崔亦遽止之，投琴，泣下流连，趋归郑所，遂不复至。明旦而张行。

明年，文战不胜，张遂止于京。因贻书于崔，以广其意。崔氏缄报之词，粗载于此，曰：

“捧览来问，抚爱过深。儿女之情，悲喜交集。兼惠花胜一合，口脂五寸，致耀首膏唇之饰。虽荷殊恩，谁复为容。睹物增怀，但积悲叹耳。伏承便于京中就业，进修之道，固在便安。但恨僻陋之人，永以遐弃。命也如此，知复何言！自去秋已来，常忽忽如有所失。于喧哗之下，或勉为语笑，闲宵自处，无不泪零。乃至梦寐之间，亦多感咽。离忧之思，绸缪缱绻，暂若寻常。幽会未终，惊魂已断。虽半衾如暖，而思之甚遥，一昨拜辞，倏逾旧岁。长安行乐之地，触绪牵情，何幸不忘幽微。眷念无斁，鄙薄之志，无以奉酬。至于终始之盟，则固不忒。鄙昔中表相因，或同宴处。婢仆见诱，遂致私诚。儿女之心，不能自固。君子有援琴之挑，鄙人无投梭之拒[22]。及荐寝席，义盛意深。愚陋之情，永谓终托。岂期既见君子，而不能定情，致有自献之羞，不复明侍巾帻，没身永恨，含叹何言。倘仁人用心，俯遂幽眇，虽死之日，犹生之年。如或达士略情，舍小从大，以先配为丑行，以要盟为可欺，则当骨化形销，丹诚不泯，因风委露，犹托清尘。存没之诚，言尽于此。临纸呜咽，情不能申。千万珍重，珍重千万！玉环一枚，是儿婴年所弄，寄充君子下体所佩[23]。玉取其坚润不渝，环取其终始不绝。兼乱丝一絇，文竹茶碾子一枚。此数物不足见珍，意者欲君子如玉之真，弊志如环不解。泪痕在竹，愁绪萦丝。因物达情，永以为好耳。心迩身遐，拜会无期。幽愤所钟，千里神合。千万珍重！春风多厉，强饭为嘉，慎言自保，无以鄙为深念。”

张生发其书于所知，由是时人多闻之。所善杨巨源好属词，因为赋《崔娘诗》一绝云：

清润潘郎玉不如，中庭蕙草雪销初。风流才子多春思，肠断萧娘一纸书。

河南元稹亦续生《会真诗》三十韵，诗曰：

…………

张之友闻之者，莫不耸异之，然而张志亦绝矣。稹特与张厚，因征其词。张曰：“大凡天之所命尤物也，不妖其身，必妖于人。使崔氏子遇合富贵，乘宠娇，不为云，不为雨，为蛟为螭，吾不知其所变化矣。昔殷之辛，周之幽，据百万之国，其势甚厚。然而一女子败之，溃其众，屠其身，至今为天下僇笑[24]。予余之德不足以胜妖孽，是用忍情[25]。”于时坐者皆为深叹。

后岁余，崔已委身于人，张亦有所娶。适经所居，乃因其夫言于崔，求以外兄见。夫语之，而崔终不为出。张怨念之诚，动于颜色。崔知之，潜赋一章，词曰：“自从消瘦减容光，万转千回懒下床。不为旁人羞不起，为郎憔悴却羞郎。”竟不之见。后数日，张生将行，又赋一章以谢绝云：“弃置今何道，当时且自亲。还将旧时意，怜取眼前人。”自是，绝不复知矣。时人多许张为善补过者。予常于朋会之中，往往及此意者，夫使知者不为，为之者不惑。贞元岁九月，执事李公垂宿于予靖安里第，语及于是，公垂卓然称异，遂为《莺莺歌》以传之。崔氏小名莺莺，公垂以命篇。

李昉：《太平广记》，中华书局，1961 年版

【解题】

《莺莺传》，又名《传奇》《会真记》，是元稹影响最大的作品，也是唐传奇爱情题材的名作。小说以现实主义的笔法，叙述张生与崔莺莺的爱情悲剧故事。它写出了封建社会青年男女对自由爱情的向往和追求。然而，男主人公的“尤物”观念，作品最后以张生善补过

结，冲淡了其思想意义。小说采用诗文结合的方式，文备众体，可能是作者为科举而作的行卷作品。小说问世后，崔张爱情故事广为流传。到了宋代，不少文人都以《莺莺传》为题材进行再创作。金、元时期的《西厢记诸宫调》与《西厢记》杂剧演绎为反封建主题的爱情故事。

【注释】

[1]温茂：温和而感情丰富。坚孤：坚毅孤傲。非礼不可入：不合于礼法的事情不为。 [2]汹汹拳拳：喧闹的样子。容顺：表面随和。 [3]物之尤者：尤物，指美女。《左传·昭公二十八年》："夫有尤物，足以移人；苟非德义，则必有祸。" [4]从母：远房的姨母。 [5]浑瑊(jiān)：唐朝名将。本名日进，铁勒族浑部(今宁夏青铜峡南)人，因战功封兵马副元帅，官至中书令，曾镇守河中。 [6]中人：指监军的宦官。 [7]杜确：继浑瑊之后任河中尹兼绛州观察使的官员。总戎节：统管军事。戢(jí)收敛，安定。 [8]饰馔以命张：设宴款待张生。孤嫠(lí)，孤儿寡母。 [9]晬(suì)容：温润光泽的面容。[10]抑而见：强迫出见。 [11]腆(tiǎn)然：害羞的样子。 [12]纨绮间居：指与女性在一起。纨绮：精美的丝物，代称女子。 [13]纳采：古代婚礼中男方向女方送求婚礼物。问名：婚礼礼仪，男家具书托媒人问女子的名字和生辰八字，女家复书具告。索我于枯鱼之肆：语出《庄子·外物》，这里比喻性命不保，事情没有成功的希望。肆：店铺。 [14]怨慕：因不相见而思慕。 [15]旬有四日：十四日。 [16]获济：得以成功。 [17]"诚欲寝其词"句意为：假如隐而不说，就是保护别人的欺骗虚伪行为，是不义。 [18]捧：扶拥。 [19]容：容许。隐：偷偷地。 [20]文调及期：考试的日子临近。 [21]始乱之，终弃之：你开始玩弄、最后抛弃我。乱，淫乱、玩弄。 [22]援琴之挑：《史记·司马相如列传》"是时，卓王孙有女文君新寡，好音，故相如缪与令相重，而以琴心挑之"。投梭之拒：典出《晋书·谢鲲传》"邻家高氏女有美色，鲲尝挑之，女投梭，折其两齿"。后以此为女子拒绝调戏的典故。 [23]"玉环一枚"句意为：玉环一枚，是我小时玩的东西，寄给您佩戴在腰上。 [24]僇(lù)笑：耻笑。 [25]忍情：抑制感情。

李朝威

唐朝陇西人(今甘肃)，生平事迹不详，中唐人。

柳毅传

仪凤中，有儒生柳毅者，应举下第，将还湘滨[1]。念乡人有客于泾阳者[2]，遂往告别。至六七里，鸟起马惊，疾逸道左。又六七里，乃止。见有妇人，牧羊于道畔。毅怪视之，乃殊色也。然而蛾脸不舒，巾袖无光，凝听翔立[3]，若有所伺。毅诘之曰："子何苦而自辱如是[4]？"妇始楚而谢[5]，终泣而对曰："贱妾不幸，今日见辱问于长者[6]。然而恨贯肌骨，亦何能愧避[7]？幸[8]一闻焉。妾，洞庭龙君小女也。父母配嫁泾川次子，而夫婿乐逸，为婢仆所惑，日以厌薄[9]。既而将诉于舅姑，舅姑爱其子，不能御[10]。迨诉频切[11]，又得罪舅姑。舅姑毁黜以至此。"言讫，歔欷[12]流涕，悲不自胜。又曰："洞庭于兹，相远不知其几多也？长天茫茫，信耗[13]莫通。心目断尽，无所知哀[14]。闻君将还吴，密通洞庭。或以尺书寄托侍者，未卜将以为可乎？"毅曰："吾义夫也。闻子之说，气血俱动，恨无毛羽，不能奋飞，是何可否之谓乎[15]！然而洞庭深水也。吾行尘间，宁可致意耶？惟恐道途显晦，不相通达，致负诚托，又乖恳愿[16]。子有何术可导我邪？"女悲泣且谢，曰："负载[17]珍重，不复言矣。脱获回耗[18]，虽死必谢。君不许，何敢言。既许而问，则洞庭之与京邑，不足为异也。"毅请闻之。女曰："洞庭之阴，有大橘树焉，乡人谓之'社橘'[19]。君当解去兹带，束以他物。然后叩树三发，当有应者。因而随之，无有碍矣。幸君子书叙之外，悉以心诚之话倚托，千万无渝[20]！"毅曰："敬闻命矣。"女遂于襦间解书，再拜以进。东望愁泣，若不自胜。毅深为之戚，乃致书囊中，因复谓曰："吾不知子之牧羊，何所用哉？神祇岂宰杀乎？"女曰："非羊也，雨工[21]也。""何为雨工？"曰："雷霆之类也。"毅顾视之，则皆矫顾怒步，饮龁甚异，而大小毛角，则无别羊焉[22]。毅又曰："吾为使者，他日归洞庭，幸勿相避。"女曰："宁止[23]不避，当如亲戚耳。"语竟，引别东去。不数十步，回望女与羊，俱亡所见矣。

其夕，至邑而别其友，月余到乡，还家，乃访友于洞庭。洞庭之阴，果有社橘。遂易带向树，三击而止。俄有武夫出于波间，再拜请曰："贵客将自何所至也？"毅不告其实，曰："走谒大王耳。"武夫揭水指路，引毅以进。谓毅曰："当闭目，数息[24]可达矣。"毅如其言，遂至其宫。始见台阁相向，门户千万，奇草珍木，无所不有。夫乃止毅，停于大室之隅，曰："客当居此以俟焉。"毅曰："此何所也？"夫曰："此灵虚殿也。"谛视之，则人间珍宝毕尽于此。柱以白璧，砌以青玉，床以珊瑚，帘以水精，雕琉璃于翠楣，饰琥珀于虹栋[25]。奇秀深杳，不可殚言。然而王久不至。毅谓夫曰："洞庭君安在哉？"曰："吾君方幸玄珠阁，与太阳道士讲《火经》，少选[26]当毕。"毅曰："何谓《火经》？"夫曰："吾君，龙也。龙以水为神，举一滴可包陵谷[27]。道士，乃人也。人以火为神圣，发一灯可燎阿房。然而灵用不同，玄化各异。太阳道士精于人理，吾君邀以听焉。"语毕而宫门辟，景从云合[28]，而见一人，披紫衣，执青玉。夫跃曰："此吾君也！"乃至前以告之。

君望毅而问曰："岂非人间之人乎？"对曰："然。"毅而设拜，君亦拜，命坐于灵虚之下。谓毅曰："水府幽深，寡人暗昧，夫子不远千里，将有为乎？"毅曰："毅，大王之乡人也。长于楚，游学于秦。昨下第，闲驱泾水右涘，见大王爱女牧羊于野，风鬟雨鬓[29]，所不忍睹。毅因诘之，谓毅曰：'为夫婿所薄，舅姑不念，以至于此'。悲泗淋漓，诚怛人心[30]。遂托书于毅。毅许之，今以至此。"因取书进之。洞庭君览毕，以袖掩面而泣曰："老父之罪，不能鉴听，坐贻聋瞽，使闺窗孺弱，远罹构害[31]。公，乃陌上人[32]也，而能急之。幸被齿发，何敢负德[33]！"词毕，又哀咤良久。左右皆流涕。时有宦人密侍君者，君以书授之，令达宫中。须臾，宫中皆恸哭。君惊，谓左右曰："疾告宫中，无使有声，恐钱塘所知。"毅曰："钱塘，何人也？"曰："寡人之爱弟，昔为钱塘长，今则致政[34]矣。"毅曰："何故不使知？"曰："以其勇过人耳。昔尧遭洪水九年者，乃此子一怒也。近与天将失意，塞其五山[35]。上帝以寡人有薄德于古今，遂宽其同气[36]之罪。然犹縻系于此，故钱塘之人日日候焉。”语未毕，而大声忽发，天拆[37]地裂。宫殿摆簸，云烟沸涌。俄有赤龙长千余尺，电目血舌，朱鳞火鬣，项掣金锁，锁牵玉柱。千雷万霆，激绕其身，霰雪雨雹，一时皆下。乃擘青天而飞去。毅恐蹶仆地。君亲起持之曰：“无惧，固无害。”毅良久稍安，乃获自定。因告辞曰：“愿得生归，以避复来。”君曰：“必不如此。其去则然，其来则不然，幸为少尽缱绻[38]。”因命酌互举，以款人事[39]。

俄而祥风庆云，融融怡怡，幢节玲珑，箫韶以随[40]。红妆千万，笑语熙熙。中有一人，自然蛾眉，明珰满身，绡縠参差[41]。迫而视之，乃前寄辞者[42]。然若喜若悲，零泪如丝。须臾，红烟蔽其左，紫气舒其右，香气环旋，入于宫中。君笑谓毅曰：“泾水之囚人至矣。”君乃辞归宫中。须臾，又闻怨苦，久而不已。有顷，君复出，与毅饮食。又有一人，披紫裳，执青玉，貌耸神溢[43]，立于君左。君谓毅曰：“此钱塘也。”毅起，趋拜之。钱塘亦尽礼相接，谓毅曰：“女侄不幸，为顽童所辱。赖明君子信义昭彰，致达远冤。不然者，是为泾陵之土矣。飨德怀恩，词不悉心。”毅撝退辞谢，俯仰唯唯[44]。然后回告兄曰：“向者辰发灵虚，已至泾阳，午战于彼，未还于此。中间驰至九天，以告上帝。帝知其冤，而宥其失。前所遣责，因而获免。然而刚肠激发，不遑辞候，惊扰宫中，复忤宾客。愧惕惭惧，不知所失[45]。”因退而再拜。君曰：“所杀几何？”曰：“六十万。”“伤稼乎？”曰：“八百里。”“无情郎安在？”曰：“食之矣。”君怃然[46]曰：“顽童之为是心也，诚不可忍，然汝亦太草草。赖上帝显圣，谅其至冤。不然者，吾何辞焉？从此已去，勿复如是。”钱塘君复再拜。是夕，遂宿毅于凝光殿。

明日，又宴毅于凝碧宫。会友戚，张广乐，具以醪醴，罗以甘洁[47]。初，笳角鼙鼓，旌旗剑戟，舞万夫于其右。中有一夫前曰：“此《钱塘破阵乐》。”旌铓杰气，顾骤悍栗[48]。座客视之，毛发皆竖。复有金石丝竹，罗绮珠翠，舞千女于其左，中有一女前进曰：“此《贵主还宫乐》。”清音宛转，如诉如慕，坐客听下，不觉泪下。二舞既毕，龙君大悦。锡以纨绮，颁于舞人，然后密席贯坐[49]，纵酒极娱。酒酣，洞庭君乃击席而歌曰：“大天苍苍兮，大地茫茫，人各有志兮，何可思量，狐神鼠圣[50]兮，薄社依墙。雷霆一发兮，其孰敢当？荷贞人[51]兮信义长，令骨肉兮还故乡，齐言惭愧兮何时忘！”洞庭君歌罢，钱塘君再拜而歌曰：“上天配合兮，生死有途。此不当妇兮，彼不当夫。腹心[52]辛苦兮，泾水之隅。风霜满鬓兮，雨雪罗襦。赖明公兮引素书，令骨肉兮家如初。永言珍重兮无时无。”钱塘君歌阕，洞庭君俱起，奉觞于毅。毅踧踖[53]而受爵，饮讫，复以二觞奉二君，乃歌曰：“碧云悠悠兮，泾水东流。伤美人兮，雨泣花愁。尺书远达兮，以解君忧。哀冤果雪兮，还处其休，荷和雅兮感甘羞[54]。山家寂寞兮难久留。欲将辞去兮悲绸缪。”歌罢，皆呼万岁。洞庭君因出碧玉箱，贮以开水犀；钱塘君复出红珀盘，贮以照夜玑[55]。皆起进毅，毅辞谢而受。然后宫中之人，咸以绡彩珠璧，投于毅侧。重叠焕赫，须臾埋没前后。毅笑语四顾，愧谢不暇。洎酒阑欢极，毅辞起，复宿于凝光殿。

翌日，又宴毅于清光阁。钱塘因酒作色，踞谓毅曰：“不闻猛石可裂不可卷，义士可杀不可羞耶？愚有衷曲，欲一陈于公。如可，则俱在云霄；如不可，则皆夷粪壤[56]。足下以为何如哉?”毅曰:“请闻之。”钱塘曰:“泾阳之妻,则洞庭君之爱女也。淑性茂质,为九姻所重[57]。不幸见辱于匪人,今则绝矣。将欲求托高义,世为亲戚,使受恩者知其所归,怀爱者知其所付,岂不为君子始终之道者?”毅肃然而作,欻然而笑曰:“诚不知钱塘君孱困如是[58]!毅始闻跨九州,怀五岳,泄其愤怒;复见断金锁,掣玉柱,赴其急难。毅以为刚决明直,无如君者。盖犯之者不避其死,感之者不爱其生,此真丈夫之志。奈何萧管方洽,亲宾正和,不顾其道,以威加人?岂仆人素望哉!若遇公于洪波之中,玄山之间,鼓以鳞须,被以云雨,将迫毅以死,毅则以禽兽视之,亦何恨哉!今体被衣冠,坐谈礼义,尽五常之志性,负百行怖之微旨[59],虽人世贤杰,有不如者,况江河灵类乎?而欲以蠢然之躯,悍然之性,乘酒假气,将迫于人,岂近直哉!且毅之质,不足以藏王一甲之间[60]。然而敢以不伏之心,胜王不道之气。惟王筹之!”钱塘乃逡巡致谢曰:“寡人生长宫房,不闻正论。向者词述疏狂,妄突高明。退自循顾,戾不容责[61]。幸君子不为此乖间[62]可也。”其夕,复饮宴,其乐如旧。毅与钱塘遂为知心友。

明日,毅辞归。洞庭君夫人别宴毅于潜景殿,男女仆妾等悉出预会。夫人泣谓毅曰:“骨肉受君子深恩,恨不得展愧戴[63],遂至睽别。”使前泾阳女当席拜毅以致谢。夫人又曰:“此别岂有复相遇之日乎?”毅其始虽不诺钱塘之情,然当此席,殊有叹恨之色。宴罢,辞别,满宫凄然。赠遗珍宝,怪不可述。毅于是复循途出江岸,见从者十余人,担囊以随,至其家而辞去。毅因适广陵宝肆,鬻其所得。百未发一,财已盈兆。故淮右富族,咸以为莫如。遂娶于张氏,亡。又娶韩氏。数月,韩氏又亡。徙家金陵。常以鳏旷[64]多感,或谋新匹。有媒氏告之曰:“有卢氏女,范阳人也。父名曰浩,尝为清流宰。晚岁好道,独游云泉,今则不知所在矣。母曰郑氏。前年适清河张氏,不幸而张夫早亡。母怜其少,惜其慧美,欲择德以配焉。不识何如?”毅乃卜日就礼。既而男女二姓俱为豪族,法用礼物,尽其丰盛。金陵之士,莫不健仰。居月余,毅因晚入户,视其妻,深觉类于龙女,而艳逸丰厚,则又过之。因与话昔事。妻谓毅曰:“人世岂有如是之理乎?”

鲁迅:《唐宋传奇集》卷三,上海北新书局,1927年版

【解题】

《柳毅传》原题《洞庭灵姻传》。洞庭龙女远嫁泾川龙子,受其夫泾阳君与公婆虐待,路遇科举落第书生柳毅,柳生为其传家书至洞庭龙宫。龙女得其叔父钱塘君营救,回归洞庭。洞庭君一家感恩柳毅,钱塘君令柳毅与龙女成婚。柳毅因传信乃急人之难,本无私心,且不满钱塘君之蛮横,故严词拒绝,告辞而去。但龙女对柳毅已生爱慕之心,发誓不嫁他人,后二人终成眷属。柳毅也成仙而去。小说成功地塑造了几个人物形象:柳毅急人所难,一诺千金,与钱塘君的冲突,展现了他“威武不能屈”的侠义品格。龙女是一个知恩图报,突破门户之见,追求爱情与幸福的形象。钱塘君性格暴烈,真诚率直,闻过则改。本篇用传奇法来写志怪,它将爱情、侠义、灵怪三方面因素有机地融合在一起,歌颂了对爱情与婚姻幸福的热烈追求以及行侠仗义等美好品格。作品既有瑰丽的浪漫色彩,又有深刻的现实内涵,作者笔下龙的世界实际上也是人的世界的写照。龙女的遭遇源于门当户对的婚姻,她脱离苦海后拒绝了父母的许婚,闭户剪发,以示反抗,终于获得了幸福婚姻。此

外,小说语言精练,文辞华美,环境描写极为成功。小说故事在元明清乃至当代都有改编,影响极为广泛。

【注释】

[1]仪凤:唐高宗年号。湘滨:湘江边,泛指湖南一带。 [2]客:名词用作动词,客居他乡。泾阳,今陕西长安区。 [3]蛾:蛾眉。巾袖:指衣物。巾:束在外的腰带。凝听翔立:站在那里凝神而听。翔:止,停。 [4]子何苦:子有何苦。自辱如是:即“如是自辱”,如此委屈自己。辱:委屈。 [5]楚:悲哀的样子。谢:推辞。 [6]见辱问于长者:承蒙您下问。见:被。辱问:下问。长者:指柳毅,对对方表示尊重的称呼。 [7]愧避:因羞愧而回避。 [8]幸:希望。 [9]泾川:指泾河龙王。逸:放纵,荒淫。厌薄:厌恶,薄待。[10]舅姑:公婆。御:管束。 [11]迨:等到。频切:频繁急切。 [12]歔欷:嘘(xū)唏(xī):哽咽、抽泣的样子。 [13]信耗:音讯,消息。 [14]心目断尽:心思耗尽,眼睛望穿。无所知哀:无法让家人了解我的悲伤。 [15]恨无毛羽:遗憾身无双翅。毛羽:代翅膀。是何可否之谓:即“是谓何可否”,说什么可以不可以。之,宾语提前的标志。[16]尘间:人间。宁(nìng)可:怎么能。致意:这里指送信。道途显晦:路途有明暗之分。显:指人间。晦:指水府。乖:违背。恳愿:诚意。 [17]负载:指旅途。 [18]脱:倘若。回耗:回音。 [19]社橘:在树下举行社祭的橘树。社:祭地神。 [20]“幸君子书叙”句意为:希望您除了传书之外,并且把我(告诉您的)心里话都说给我家里的人,千万不要改变! [21]雨工:雨神。 [22]矫顾怒步:高视阔步。饮龁(hé):饮水和吃草。龁:咬。 [23]宁止:岂止。 [24]数息:呼吸几次,形容时间短暂。 [25]柱以白璧:“以白璧为柱”,柱子用白玉做成。柱:名词用作动词。砌以青玉:“以青玉为砌”。砌:台阶。这里用作动词,指“砌台阶”。床以珊瑚:“以珊瑚为床”。床:名词用作动词。帘以水精:“以水精为帘”。帘:名词用作动词,指“做帘子”。水精:水晶。雕琉璃于翠楣:状语后置,在翠绿的门楣上镶嵌着琉璃。雕:镶嵌。楣:门上横木。饰琥珀于虹栋:状语后置,在七彩的栋梁上镶饰着琥珀。 [26]少选:少顷,须臾。 [27]包:淹没。陵谷:丘陵和山谷。 [28]景从云合:比喻侍从众多。景从:如影之随形。景:同“影”。云合:如云之聚合。 [29]风鬟雨鬓:形容龙女遭受风吹雨打、容颜憔悴的样子。 [30]不念:不顾惜。泗:鼻涕。怛(dá):忧伤,悲苦。 [31]不能鉴听:不能鉴察,听信人言。坐贻聋瞽:因而使自己像聋人、盲人一样。坐:因而。贻:造成,招致。罹(lí):遭受。构害:陷害。 [32]陌上人:路人。[33]幸被齿发,何敢负德:我有幸与人类相同,岂敢忘记你的大德。被:具有。 [34]致政:退职。 [35]失意:失和,闹意见。塞其五山:指淹没了五座大山。塞:淹没。五山:指五岳,即泰山、华山、衡山、恒山、嵩山。 [36]同气:同胞兄弟。 [37]拆:同“坼”,裂开。[38]少:稍许。缱(qiǎn)绻(quǎn):情意深厚。 [39]以款人事:以尽款待宾客之礼。[40]融融怡怡:形容气氛和乐。幢(chuáng)节:指仪仗。箫韶:相传是虞舜时的乐曲,这里指音乐、乐队。 [41]自然蛾眉:天生美貌。蛾眉:指代美貌。明珰(dāng):明珠制成的耳饰。这里泛指饰物。绡縠(hú)参差:形容绸衣因行动而飘拂的样子。绡:生丝织成的绸子。縠:绉纱。 [42]前寄辞者:以前托他带信的人,指龙女。下文“囚人”同指。

[43]貌耸神溢：相貌出众，精神焕发。耸：高出的样子。 [44]撝（huī）退：谦退。辞：谦逊。俯仰唯唯：低头连声答应。俯仰：偏义复词，低头。 [45]不知所失：不知道自己犯了多大的过失。 [46]忾然：惊愕的样子。 [47]广乐：设置盛大的乐队。具以醪醴：具办美酒。醪：醇酒。醴：不太烈的甜酒。甘洁：美味。 [48]旌锴杰气，顾骤悍栗：旌旗剑戟，它的气势激昂豪迈；武士们顾盼驰骤，让人胆战心惊。 [49]锡：赐予。密席贯坐：接席连坐。 [50]狐神鼠圣：狐鼠之辈。 [51]荷：承蒙。贞人：正人君子。贞：通"正"。[52]腹心：犹言骨肉，指龙女。 [53]踧（cù）踖（jí）：恭敬而又不安的样子。受爵：接过酒杯。 [54]休：美好。荷：承蒙。和雅：指殷勤地款待。甘羞：美味的食物。 [55]开水犀：又叫分水犀，传说犀牛角能把水分开而不沉。照夜玑：夜明珠。 [56]"如不可"句意为：如果你答应，大家如在天上，太太平平；如果不答应，大家都陷入粪土，都不讨好。夷：平。 [57]淑性茂质：品性美好。淑：美好。茂：完美。 [58]欻（xū）然：忽然。孱困：软弱无用。 [59]负：具有。百行：各种德行。微旨：精义。 [60]"且毅之质"句意为：况且我微小的身躯，不够填满你的一片鳞甲。 [61]循顾：仔细反省。戾（lì）不容责：罪太大，不是责罚可以了事。戾：罪行。 [62]乖间：疏远，隔阂。 [63]展愧戴：表示惭愧、爱戴的心情。 [64]鳏（guān）：无妻或丧妻。旷：成年未娶。

蒋　防

蒋防，生卒年不详，字子微（一作子徵），常州义兴（江苏宜兴）人。年少时聪慧好学，擅长诗文。宪宗元和年间历任右拾遗、右补阙。李绅与元稹共荐之，自右补阙充翰林学士，加司封员外郎，知制诰。后受李绅牵连，贬为汀州刺史，改连州。文宗大和二年(828)又改任袁州刺史。后入朝为中书舍人。蒋防仅存诗 12 首，收入《全唐诗》，有赋及杂文一卷。

霍小玉传

大历中，陇西李生名益，年二十，以进士擢第[1]。其明年，拔萃，俟试于天官[2]。夏六月，至长安，舍于新昌里。生门族清华，少有才思，丽词嘉句，时谓无双；先达丈人，翕然推伏[3]。每自矜风调，思得佳偶，博求名妓，久而未谐。长安有媒鲍十一娘者，故薛驸马家青衣也；折券从良[4]，十余年矣。性便辟，巧言语，豪家戚里，无不经过，追风挟策，推为渠帅[5]。常受生诚托厚赂，意颇德之。

经数月，李方闲居舍之南亭。申未[6]间，忽闻扣门甚急，云是鲍十一娘至。摄衣从之[7]，迎问曰："鲍卿今日何故忽然而来？"鲍笑曰："苏姑子作好梦也未？有一仙人，谪在下界，不邀财货，但慕风流。如此色目，共十郎相当矣[8]。"生闻之惊跃，神飞体轻，引鲍手且拜且谢曰："一生作奴，死亦不惮。"因问其名居。鲍具说曰："故霍王小女，字小玉，王甚爱之。母曰净持。净持，即王之宠婢也。王之初薨，诸弟兄以其出自贱庶，不甚收录[9]。因分与资财，遣居于外，易姓为郑氏，人亦不知其王女。资质秾艳，一生未见；高情逸态，事事过人；音乐诗书，无不通解。昨遣某求一好儿郎格调相称者[10]。某具说十郎。他亦知有李十郎名字，非常欢惬。住在胜业坊古寺曲，甫上车门宅是也[11]。已与他作期约。明日午时，但至曲头觅桂子，即得矣。"

鲍既去，生便备行计。遂令家僮秋鸿，于从兄京兆参军尚公处假青骊驹，黄金勒。其夕，生浣衣沐浴，修饰容仪，喜跃交并，通夕不寐。迟明，巾帻，引镜自照，惟惧不谐也[12]。徘徊之间，至于亭午。遂命驾疾驱，直抵胜业。至约之所，果见青衣立候，迎问曰："莫是李十郎否？"即下马，令牵入屋底，急急锁门。见鲍果从内出来，遥笑曰："何等儿郎，造次入此？"生调诮未毕，引入中门。庭间有四樱桃树；西北悬一鹦鹉笼，见生入来，即语曰："有人入来，急下帘者！"生本性雅淡，心犹疑惧，忽见鸟语，愕然不敢进。逡巡，鲍引净持下阶相迎，延入对坐。年可四十余，绰约多姿，谈笑甚媚。因谓生曰："素闻十郎才调风流，今又见容仪雅秀，名下固无虚士[13]。某有一女子，虽拙教训，颜色不至丑陋，得配君子，颇为相宜。频见鲍十一娘说意旨，今亦便令永奉箕帚。"生谢曰："鄙拙庸愚，不意顾盼，倘垂采录，生死为荣。"遂命酒馔，即令小玉自堂东阁子中而出。生即拜迎。但觉一室之中，若琼林玉树，互相照曜，转盼精彩射人。既而遂坐母侧。母谓曰："汝尝爱念'开帘风动竹，疑是故人来。'即此十郎诗也。尔终日吟想，何如一见。"玉乃低鬟微笑，细语曰："见面不如闻名，才子岂能无貌？"生遂连起拜曰："小娘子爱才，鄙夫重色。两好相映，才貌相兼。"母女相顾而笑，遂举酒数巡。生起，请玉唱歌。初不肯，母固强之。发声清亮，曲度精奇。

酒阑，及暝，鲍引生就西院憩息。闲庭邃宇[14]，帘幕甚华。鲍令侍儿桂子、浣沙与生脱靴解带。须臾，玉至，言叙温和，辞气宛媚。解罗衣之际，态有余妍，低帏昵枕，极其欢爱。生自以为巫山、洛浦不过也。中宵之夜，玉忽流涕观生曰："妾本倡家，自知非匹。今以色爱，托其仁贤。但虑一旦色衰，恩移情替，使女萝无托，秋扇见捐。极欢之际，不觉悲至。"生闻之，不胜感叹。乃引臂替枕，徐谓玉曰："平生志愿，今日获从，粉骨碎身，誓不相舍。夫人何发此言！请以素缣，著之盟约。"玉因收泪，命侍儿樱桃褰幄执烛，授生笔研[15]。玉管弦之暇，雅好诗书，筐箱笔研，皆王家之旧物。遂取绣囊，出越姬乌丝栏素缣三尺以授生。生素多才思，援笔成章，引谕山河，指诚日月，句句恳切，闻之动人。染毕[16]，命藏于宝箧之内。自尔婉娈相得，若翡翠之在云路也[17]。

如此二岁，日夜相从。其后年春，生以书判拔萃登科授郑县主簿。至四月，将之官，便拜庆于东洛[18]。长安亲戚，多就筵饯。时春物尚余，夏景初丽，酒阑宾散，离思萦怀。玉谓生曰："以君才地名声，人多景慕，愿结婚媾，固亦众矣。况堂有严亲，室无冢妇[19]，君之此去，必就佳姻。盟约之言，徒虚语耳。然妾有短愿，欲辄指陈。永委君心，复能听否？"生惊怪曰："有何罪过，忽发此辞？试说所言，必当敬奉。"玉曰："妾年始十八，君才二十有二，迨君壮室之秋，犹有八岁[20]。一生欢爱，愿毕此期。然后妙选高门，以谐秦晋，亦未为晚[21]。妾便舍弃人事，剪发披缁[22]。夙昔之愿，于此足矣。"生且愧且感，不觉涕流。因谓玉曰："皎日之誓[23]，死生以之。与卿偕老，犹恐未惬素志，岂敢辄有二三[24]。固请不疑，但端居相待。至八月，必当却到华州，寻使奉迎，相见非远。"更数日，生遂诀别东去。

到任旬日，求假往东都觐亲。未至家日，太夫人已与商量表妹卢氏，言约已定。太夫人素严毅，生逡巡不敢辞让，遂就礼谢，便有近期。卢亦甲族也，嫁女于他门，聘财必以百万为约，不满此数，义在不行。生家素贫，事须求贷，便托假故，远投亲知，涉历江淮，自秋及夏。生自以孤负盟约，大愆[25]回期，寂不知闻，欲断其望。遥托亲故，不遣漏言。

玉自生逾期，数访音信。虚词诡说，日日不同。博求师巫，遍询卜筮。怀忧抱恨，周岁有余，羸卧空闺，遂成沉疾。虽生之书题竟绝，而玉之想望不移。赂遗亲知，使通消息，寻求既切，资用屡空。往往私令侍婢潜卖箧中服玩之物，多托于西市寄附铺侯景先家货卖。曾令侍婢浣沙，将紫玉钗一只，诣景先家货之。路逢内作[26]老玉工，见浣沙所执，前来认之曰："此钗吾所作也。昔岁霍王小女，将欲上鬟[27]，令我作此，酬我万钱，我尝不忘。汝是何人？从何而得？"浣沙曰："我小娘子即霍王女也。家事破散，失身于人，夫婿昨向东都，更无消息。悒怏成疾，今欲二年。令我卖此，赂遗于人，使求音信。"玉工凄然下泣曰："贵人男女，失机落节，一至于此。我残年向尽，见此盛衰，不胜伤感。"遂引至延先公主宅，具言前事。公主亦为之悲叹良久，给钱十二万焉。

时生所定卢氏女在长安，生既毕于聘财，还归郑县。其年腊月，又请假入城就亲，潜卜静居，不令人知。有明经崔允明者，生之中表弟也，性甚长厚。昔岁常与生同欢于郑氏之室，杯盘笑语，曾不相间，每得生信，必诚告于玉。玉常以薪刍[28]衣服，资给于崔，崔颇感之。生既至，崔具以诚告玉，玉恨叹曰："天下岂有是事乎？"遍请亲朋，多方召致，生自以愆期负约，又知玉疾候沉绵[29]，惭耻忍割，终不肯往。晨出暮归，欲以回避。玉日夜涕泣，都忘寝食，期一相见，竟无因由。冤愤益深，委顿床枕。自是长安中稍有知者，风流之士，共感玉之多情；豪侠之伦，皆怒生之薄行。

时已三月，人多春游，生与同辈五六人诣崇敬寺玩牡丹花，步于西廊，递吟诗句。有京兆韦夏卿者，生之密友，时亦同行，谓生曰："风光甚丽，草木荣华。伤哉郑卿，衔冤空室，足下终能弃置，实是忍人。丈夫之心，不宜如此，足下宜为思之。"叹让之际，忽有一豪士，衣轻黄纻衫，挟朱弹，丰神隽美，衣服轻华，唯有一剪头胡雏[30]从后，潜行而听之，俄而前揖生曰："公非李十郎者乎？某族本山东，姻连外戚，虽乏文藻，心尝乐贤。仰公声华，常思觏止[31]，今日幸会，得睹清扬[32]。某之敝居，去此不远，亦有声乐，足以娱情。妖姬八九人，骏马十数匹，唯公所欲。但愿一过。"生之侪辈，共聆斯语，更相叹美。因与豪士策马同行，疾转数坊，遂至胜业。生以近郑之所止，意不欲过。便托事故，欲回马首。豪士曰："敝居咫尺，忍相弃乎？"乃挽挟其马，牵引而行，迁延之间，已及郑曲。生神情恍惚，鞭马欲回。豪士遽命奴仆数人，抱持而进，疾走推入车门，便令锁却。报云："李十郎至也。"一家惊喜，声闻于外。

先此一夕，玉梦黄衫丈夫抱生来，至席，使玉脱鞋。惊寤而告母，因自解曰："鞋者谐也，夫妇再合。脱者解也，既合而解，亦当永诀。由此征之，必遂相见，相见之后，当死矣。"凌晨，请母妆梳。母以其久病，心意惑乱，不甚信之。黾勉[33]之间，强为妆梳。妆梳才毕，而生果至。玉沉绵日久，转侧须人，忽闻生来，欻然[34]自起，更衣而出，恍若有神。遂与生相见，含怒凝视，不复有言。羸质娇姿。如不胜致，时复掩袂，返顾李生。感物伤人，坐皆唏嘘。顷之，有酒馔数十盘，自外而来，一座惊视。遽问其故，悉是豪士之所致也。因遂陈设，相就而坐。玉乃侧身转面，斜视生良久，遂举杯酒酬地曰："我为女子，薄命如斯；君是丈夫，负心若此。韶颜稚齿，饮恨而终。慈母在堂，不能供养。绮罗弦管，从此永休。征痛黄泉，皆君所致。李君李君，今当永诀，我死之后，必为厉鬼，使君妻妾，终日不安。"乃引左手握生臂，掷杯于地，长恸号哭数声而绝。母乃举尸置于生怀，令唤之，遂不复苏矣。生为之缟素，旦夕哭泣甚哀。将葬之夕，生忽见玉繐帷[35]之中，容貌妍丽，宛若平生。著石榴裙，紫褴裆，红绿帔子[36]。斜身倚帷，手引绣带，顾谓生曰："愧君相送，尚有余情。幽冥之中，能不感叹！"言毕，遂不复见。明日，葬于长安御宿原，生至墓所，尽哀而返。

后月余，就礼于卢氏。伤情感物，郁郁不乐。夏五月，与卢氏偕行，归于郑县。至县旬日，生方与卢氏寝，忽帐外叱叱作声，生惊视之，则见一男子，年可二十余，姿状温美，藏身映幔，连招卢氏。生惶遽走起，绕幔数匝，倏然不见。生自此心怀疑恶，猜忌万端，夫妻之间，无聊生矣。或有亲情，曲相劝喻，生意稍解。后旬日，生复自外归，卢氏方鼓琴于床，忽见自门抛一斑犀钿花盒子，方圆一寸余，中有轻绢，作同心结，坠于卢氏怀中。生开而视之，见相思子二、叩头虫一、发杀觜一、驴驹媚少许[37]。生当时愤怒叫吼，声如豺虎，引琴撞击其妻，诘令实告。卢氏亦终不自明。尔后往往暴加捶楚，备诸毒虐，竟讼于公庭而遣之。卢氏既出，生或侍婢媵妾之属，暂同枕席，便加妒忌，或有因而杀之者。生尝游广陵，得名姬曰营十一娘者，容态润媚，生甚悦之。每相对坐，尝谓营曰："我尝于某处得某姬，犯某事，我以某法杀之。"日日陈说，欲令惧己，以肃清闺门。出则以浴斛覆营于床，周回封署[38]，归必详视，然后乃开。又畜一短剑，甚利，顾谓侍婢曰："此信州葛溪铁，唯断作罪过头。"大凡生所见妇人，辄加猜忌，至于三娶，率皆如初焉。

李昉：《太平广记》，中华书局，1961 年版

【解题】

小说以唐代诗人李益为原型，演绎一出文士与青楼的爱情悲剧。这篇小说控诉了封建社会对妇女的残酷迫害，对被侮辱与被损害的青楼女子寄予了深厚的同情。明代胡应麟称《霍小玉传》"尤为唐人最精彩动人之传奇"。汤显祖据此创作传奇戏曲《紫钗记》。

【注释】

[1]进士擢第：考取进士。擢：选拔。 [2]拔萃：唐代举子考取进士后由吏部主持撰拟判词的一次选任考试。俟：等候。天官：《周礼》六官称冢宰为天官，为百官之长，这里指吏部。 [3]门族清华：门第高贵。先达：前辈。丈人：长者。翕然推伏：一致称赞。伏：通"服"。 [4]青衣：婢女。折券：废卖身契。从良：嫁人。 [5]便辟：善逢迎。戚里：皇亲国戚住地。追风挟策：追逐风流出主意，会说风情做媒。渠帅：首领，媒婆中魁首。 [6]申未：约当下午三时。 [7]摄衣：提起衣襟。 [8]色目：名目，名色。指物或人(人品、身份)。 [9]不甚收录：不肯收留、容纳。 [10]格调：品格才华。 [11]坊：唐长安住宅区域。曲：坊间小巷。甫上车门宅：刚进巷有车门的住宅。 [12]迟明：黎明。 [13]名下固无虚士：有学问者名副其实。 [14]闲庭邃宇：静静的庭院，幽深的屋子。 [15]搴(qiān)幄：撩起帐幔。研：同"砚"。 [16]染毕：写完。 [17]婉娈：亲爱。翡翠：

翠鸟。云路：天空。 [18]拜庆：离家日久探望父母，称拜家庆。东洛：洛阳。 [19]冢妇：嫡长子之妇，指正配之妻。 [20]壮室：《礼记·曲礼》“三十曰壮，有室”。室：妻室。 [21]秦晋：春秋秦、晋世为婚姻，后用以代通婚。 [22]披缁(zī)：穿上黑色衣服，去做尼姑。缁：缁衣，僧尼穿的黑色衣裳。 [23]皎日之誓：指着太阳发誓。 [24]二三：三心二意。 [25]愆(qiān)：耽误。 [26]内作：皇家工匠。 [27]上鬟：女子成年待嫁梳环形发髻。古代女子十五岁为及笄，这时要举行一种仪式，把披垂的头发梳上去，可以插簪子，表示已为成人了，称上鬟。 [28]薪刍：代指生活用品。 [29]疾候沉绵：病得厉害。 [30]剪头胡雏：短发年少的胡奴。 [31]觏止：遇见。觏：通“遘”。 [32]清扬：眉目清秀的样子，这里指尊容。 [33]黾勉：勉强，勉力。 [34]欻(xū)然：忽然。 [35]繐(suì)帷：灵帏。 [36]榼(kè)裆，女子穿的外袍。帔(pèi)子：披肩。 [37]发杀觜：一种媚药。驴驹媚：释赞宁《物类相感志》“凡驴驹初生，未堕地，口中有一物如肉，名媚，妇人带之能媚”。 [38]浴斛：浴盆。封署：贴上封条。

李公佐

李公佐，生卒年不详，陇西(今甘肃)人，进士，中唐传奇小说作家。李公佐与白行简有交往，宪宗元和年间曾任江南西道观察使判官。其传奇今存《南柯太守传》《谢小娥传》《庐江冯媪传》《古岳渎经》四篇。《建中河朔记》六卷，今不传。

南柯太守传

东平淳于棼，吴楚游侠之士。嗜酒使气，不守细行[1]。累巨产，养豪客。曾以武艺补淮南军裨将[2]，因使酒忤帅，斥逐落魄，纵诞饮酒为事。家住广陵郡东十里。所居宅南有大古槐一株，枝干修密，清阴数亩。淳于生日与群豪大饮其下。

贞元七年九月，因沉醉致疾。时二友人于坐扶生归家，卧于堂东庑之下。二友谓生曰：“子其寝矣。余将抹马濯足，俟子小愈而去。”生解巾就枕，昏然忽忽，仿佛若梦。见二紫衣使者，跪拜生曰：“槐安国王遣小臣致命奉邀。”生不觉下榻整衣，随二使至门。见青油小车，驾以四牡，左右从者七八，扶生上车，出大户，指古槐穴而去。

使者即驱入穴中。生意颇甚异之，不敢致问。忽见山川风候，草木道路，与人世甚殊。前行数十里，有郛郭城堞[3]，车舆人物，不绝于路。生左右传车者[4]传呼甚严，行者亦争辟于左右。又入大城，朱门重楼，楼上有金书，题曰“大槐安国”。执门者趋拜奔走。旋有一骑传呼曰：“王以驸马远降，令且息东华馆。”因前导而去。

俄见一门洞开，生降车而入。彩槛雕楹[5]，华木珍果，列植于庭下；几案茵褥，帘帏肴膳，陈设于庭上。生心甚自悦。复有呼曰：“右相且至！”生降阶祗奉[6]。有一人紫衣象简[7]前趋，宾主之仪敬尽焉。右相曰："寡君不以弊国远僻，奉迎君子，托以姻亲。"生曰："某以贱劣之躯，岂敢是望。"右相因请生同诣其所。行可百步，入朱门。矛戟斧钺，布列左右，军吏数百，辟易[8]道侧。生有平生酒徒周弁者，亦趋其中。生私心悦之，不敢前问。右相引生升广殿，御卫严肃，若至尊之所。见一人长大端严，居正位，衣素练服，簪朱华冠。生战栗，不敢仰视。左右侍者令生拜。王曰："前奉贤尊命，不弃小国，许令次女瑶芳，奉事君子。"生但俯伏而已，不敢致词。王曰："且就宾宇，续造仪式[9]。"有旨：右相亦与生偕还馆舍。生思念之，意以为父在边将，因没虏中，不知存亡；将谓父北蕃交通[10]，而致兹事。心甚迷惑，不知其由。

是夕，羔雁币帛，威容仪度，妓乐丝竹，肴膳灯烛，车骑礼物之用，无不咸备。有群女，或称华阳姑，或称青溪姑，或称上仙子，或称下仙子，若是者数辈，皆侍从数十。冠翠凤冠，衣金霞帔，彩碧金钿，目不可视。遨游戏乐，往来其门，争以淳于郎为戏弄。风态妖丽，言词巧艳，生莫能对。复有一女谓生曰："昨上巳日，吾从灵芝夫人过禅智寺，于天竺院观石延舞《婆罗门》。吾与诸女坐北牖石榻上。时君少年，亦解骑来看。君独强来亲洽，言调笑谑。吾与穷英妹结绛巾，挂于竹枝上，君独不忆念之乎？又七月十六日，吾于孝感寺侍上真子，听契玄法师讲《观音经》。吾于讲下舍金凤钗两只，上真子舍水犀合子一枚，时君亦讲筵中，于师处请钗盒视之，赏叹再三，嗟异良久。顾余辈曰：'人之与物，皆非世间所有。'或问吾氏，或访吾里，吾亦不答。情意恋恋，瞩盼不舍，君岂不思念之乎？"生曰："中心藏之，何日忘之！"群女曰："不意今日与君为眷属！"复有三人，冠带甚伟，前拜生曰："奉命为驸马相者[11]。"中一人与生且故。生指曰："子非冯翊田子华乎？"田曰："然。"生前，执手叙旧久之。生谓曰："子何以居此？"子华曰："吾放游，获受知于右相武成侯段公，因以栖托。"生复问曰："周弁在此，知之乎？"子华曰："周生，贵人也。职为司隶，权势甚盛，吾数蒙庇护。"言笑甚欢。俄传声曰："驸马可进矣。"三子取剑佩冕服，更衣之。子华曰："不意今日获睹盛礼，无以相忘也。"有仙姬数十，奏诸异乐，婉转清亮，曲调凄悲，非人间之所闻听。有执烛引导者，亦数十。左右见金翠步障，彩碧玲珑，不断数里。生端坐车中，心意恍惚，甚不自安。田子华数言笑以解之。向者群女姑娣[12]，各乘凤翼辇，亦往来其间。至一门，号"修仪宫"。群仙姑娣亦纷然在侧，令生降车辇拜，揖让升降，一如人间。撤障去扇，见一女子，云号"金枝公主"。年可十四五，俨若神仙。交欢之礼，颇亦明显。生自尔情义日洽，荣曜日盛，出入车服，游宴宾御，次于王者。

王命生与群寮备武卫，大猎于国西灵龟山。山阜峻秀，川泽广远，林树丰茂，飞禽走兽，无不畜之。师徒大获，竟夕而还[13]。

生因他日，启王曰："臣顷[14]结好之日，大王云奉臣父之命。臣父顷佐边将，用兵失利，陷没胡中。尔来绝书信十七八岁矣。王既知所在，臣请一往拜觐。"王遽谓曰："亲家翁职守北土，信问不绝。卿但具书状知闻，未用便去。"遂命妻致馈贺之礼，一以遣之。数夕还答。生验书本意，皆父平生之迹。书中忆念教诲，情意委曲，皆如昔年。复问生亲戚存亡，闾里兴废。复言路道乖远，风烟阻绝。词意悲苦，言语哀伤，又不令生来觐，云："岁在丁丑，当与女相见。"生捧书悲咽，情不自堪。

他日，妻谓生曰："子岂不思为政乎？"生曰："我放荡不习政事。"妻曰："卿但为之，余当奉赞[15]。"妻遂白于王。累日，谓生曰："吾南柯政事不理，太守黜废，欲藉卿才，可曲屈之。便与小女同行。"生敦授教命。王遂敕有司备太守行李。因出金玉、锦绣、箱奁、仆妾、车马，列于广衢，以饯公主之行。生少游侠，曾不敢有望，至是甚悦。因上表曰：

"臣将门馀子，素无艺术，猥当大任，必败朝章；自悲负乘，坐致覆餗[16]。今欲广求贤哲，以赞不逮。伏见司隶颍川周弁，忠亮刚直，守法不回，有毗佐之器，处士冯翊田子华，清慎通变，达政化之源。二人与臣有十年之旧，备知才用，可托政事。周请署南柯司宪，田请署司农。庶使臣政绩有闻，宪章不紊也。"

王并依表以遣之。

其夕，王与夫人饯于国南。王谓生曰："南柯，国之大郡，土地丰壤，人物豪盛，非惠政不能以治之。况有周、田二赞。卿其勉之，以副国念。"夫人戒公主曰："淳于郎性刚好酒，加之少年；为妇之道，贵乎柔顺。尔善事之，吾无忧矣。南柯虽封境不遥，晨昏有间，今日睽别，宁不沾巾[17]！"生与妻拜首南去，登车拥骑，言笑甚欢。

累夕达郡。郡有官吏、僧道、耆老、音乐、车舆、武卫，銮铃，争来迎奉。人物阗咽[18]，钟鼓喧哗，不绝十数里。见雉堞台观，佳气郁郁[19]。入大城门，门亦有大榜，题以金字，曰"南柯郡城"。见朱轩棨户，森然深邃。生下车，省风俗，疗病苦，政事委以周、田，郡中大理。自守郡二十载，风化广被，百姓歌谣，建功德碑，立生祠宇。王甚重之，赐食邑，锡爵位，居台辅。周、田皆以政治著闻，递迁大位。生有五男二女：男以门荫授官，女亦娉于王族。荣耀显赫，一时之盛，代[20]莫比之。

是岁，有檀萝国者，来伐是郡。王命生练将训师以征之。乃表周弁将兵三万，以拒贼之众于瑶台城。弁刚勇轻敌，师徒败绩；弁单骑裸身潜遁，夜归城。贼亦收辎重铠甲而还。生因囚弁以请罪。王并舍之。是月，司宪周弁疽发背，卒。生妻公主遘疾，旬日又薨。生因请罢郡，护丧赴国。王许之。便以司农田子华行南柯太守事。生哀恸发引[21]，威仪在途，男女叫号，人吏奠馔，攀辕遮道者不可胜数。遂达于国。王与夫人素衣哭于郊，候灵舆之至。谥公主曰"顺仪公主"。备仪仗、羽葆、鼓吹，葬于国东十里盘龙冈。是月，故司宪子荣信，亦护丧赴国。

生久镇外藩，结好中国，贵门豪族，靡不是洽。自罢郡还国，出入无恒，交游宾从，威福日盛。王意疑惮之。时有国人上表云："玄象谪见[22]，国有大恐：都邑迁徙，宗庙崩坏；衅起他族，事在萧墙。"时议以生侈僭[23]之应也。遂夺生侍卫，禁生游从，处之私第。生自恃守郡多年，曾无败政，流言怨悖，郁郁不乐。王亦知之，因命生曰："姻亲二十余年，不幸小女夭枉，不得与君子偕老，良用痛伤！"夫人因留孙自鞠育之。又谓生曰："卿离家多时，可暂归本里，一见亲族。诸孙留此，无以为念。后三年，当令迎生。"生曰："此乃家矣，何更归焉？"王笑曰："卿本人间，家非在此。"生忽若惛睡，瞢然久之，方乃发悟前事，遂流涕请还。王顾左右以送生，生再拜而去，复见前二紫衣使者从焉。

至大户外，见所乘车甚劣，左右亲使御仆，遂无一人，心甚叹异。生上车，行可数里，复出大城，宛是昔年东来之途；山川原野，依然如旧。所送二使者，甚无威势，生逾怏怏。生问使者曰："广陵郡何时可到？"二使讴歌自若，久之，乃答曰："少顷即至。"

俄出一穴，见本里闾巷，不改往日，潸然自悲，不觉流涕。二使者引生下车，入其门，升自阶，己身卧于堂东庑之下。生甚惊畏，不敢前近。二使因大呼生之姓名数声，生遂发寤如初。见家之僮仆拥篲[24]于庭，二客濯足于榻，斜日未隐于西垣，馀樽尚湛于东牖。梦中倏忽，若度一世矣！

生感念嗟叹，遂呼二客而语之。惊骇。因与生出外，寻槐下穴。生指曰："此即梦中所惊入处。"二客将谓狐狸木媚之所为祟。遂命仆夫荷斤斧，断拥肿，折查枿，寻穴究源。旁可袤丈，有大穴。根洞然明朗，可容一榻。上有积土壤，以为城郭台殿之状。有蚁数斛，隐聚其中。中有小台，其色若丹，二大蚁处之。素翼朱首，长可三寸。左右大蚁数十辅之，诸蚁不敢近。此其王矣。即槐安国都也。又穷一穴：直上南枝可四丈，宛转方中，亦有土城小楼，群蚁亦处其中，即生所领南柯郡也。又一穴：西去二丈，磅礴空圬，嵌窞异状。中有一腐龟，壳大如斗。积雨浸润，小草丛生，繁茂翳荟，掩映振壳，即生所猎灵龟山也。又穷一穴：东去丈余，古根盘屈，若龙虺之状，中有小土壤，高尺馀，即生所葬妻盘龙冈之墓也。追想前事，感叹于怀，披阅穷迹，皆符所梦。不欲二客坏之，遽令掩塞如旧。是夕，风雨暴发。旦视其穴，遂失群蚁，莫知所去。故先言"国有大恐，都邑迁徙。"此其验矣。复念檀萝征伐之事，又请二客访迹于外。宅东一里有古涸涧，侧有大檀树一株，藤萝拥织，上不见日。旁有小穴，亦有群蚁隐聚其间。檀萝之国，岂非此耶？

嗟乎！蚁之灵异，犹不可穷，况山藏木伏之大者所变化乎？时生酒徒周弁、田子华并居六合县，不与生过从旬日矣。生遽遣家僮疾往候之。周生暴疾已逝，田子华亦寝疾于床。生感南柯之浮虚，悟人世之倏忽，遂栖心道门，绝弃酒色。后三年，岁在丁丑，亦终于家。时年四十七，将符宿契[25]之限矣。

公佐贞元十八年秋八月，自吴之洛，暂泊淮浦，偶觌[26]淳于生棼，询访遗迹，翻复再三，事皆摭实[27]，辄编录成传，以资好事。虽稽神语怪，事涉非经，而窃位著生，冀将为戒，后之君子，幸以南柯为偶然，无以名位骄于天壤间云。

前华州参军李肇赞曰：贵极禄位，权倾国都，达人视此，蚁聚何殊！

李昉：《太平广记》，中华书局，1961 年版

【解题】

将军淳于棼因为冒犯主帅而被罢职。其性格放荡，任侠好酒。一日与友人饮酒沉醉，梦入大槐安国——蚂蚁国，被国王招为驸马，后任南柯太守二十年，颇有政绩。他自然升官晋爵，享尽荣华富贵。所生五男二女，男以门荫授官，女聘于王族，显赫荣耀，世人莫及。后驸马与檀罗国交战失利，加之公主亡去，于是宠衰谗起，终被国王遣返。淳于棼醒来，才知原是南柯一梦。他挖蚁穴寻迹证梦，遂感功名富贵的虚幻与人生的短暂。淳于棼后来谢绝酒色，潜心入道。文章叙事简洁，描写生动，人物对话传神，想象奇异。作者又将写实与梦幻结合。小说表现了人生短暂与功名富贵的虚无，虽涉消极，却也批判了官场的尔虞我诈与裙带关系。戏曲家汤显祖曾在此基础上创作了传奇戏曲《南柯记》。

【注释】

[1]不守细行：不拘束于细枝末节。 [2]淮南军裨将：淮南节度使军中副将。唐初分

全国为十道,开元中增为十五道。淮南道管辖今湖北长江以北、汉水以东以及江苏、安徽境内长江以北、淮河以南地区。设淮南道大都督府,治所在扬州。唐肃宗乾元元年(758)改置节度使,领十三州。 [3]郛郭城堞:泛指城郭。郛郭:外城,亦即主城外围的城墙。堞:又称女墙,城墙上内外两边呈凸凹形的小墙。 [4]传车者:在车前吆喝开道及传话的侍者。 [5]彩槛雕楹:彩绘的栏杆,雕花的柱子。 [6]祗奉:恭敬地迎候。 [7]紫衣:此指唐代三品以上大员所穿的官服,与前面的紫衣使者不同。左右相均为正二品。象简:象笏,象牙制的手板。古代官员上朝用手板记事备忘,手板称为"笏"或者"简",五品以上执象简,以下执竹木简。 [8]辟易:让开,避开。 [9]宾宇:宾馆。续造仪式:下一步安排婚礼。 [10]北蕃:北部外族,前文"因没虏中"的虏所指就是北蕃。唐代北部有突厥、契丹、奚等。交通:交好,友好来往。 [11]相者:导引宾客、负责礼仪、陪伴新郎新娘的人。 [12]姊:姊,妹妹。此处姑姊与下文姑姊指的是长辈和平辈的女子。 [13]师徒:军队,将士。 [14]顷:前不久。 [15]奉赞:帮助。 [16]艺术:技艺。覆𫗧:语出《易·鼎》"鼎折足,覆公𫗧"。𫗧:鼎中的食物。覆𫗧:谓倾覆鼎中的食物,这里喻力不胜任而败事。 [17]封境:受封的地方,后亦泛指所守的地方。晨昏:古代做儿女的早上要向父母问安,晚上为父母铺床。 [18]阗咽:堵塞,拥挤;喧闹。 [19]佳气:吉祥的气象。郁郁:旺盛的样子。 [20]代:世。唐人避李世民讳改"世"为"代"。 [21]发引:拉动灵车。[22]玄象谪见:意即上天已经有谴责的征象。玄象:天象。谪:责备。见:同"现"。[23]侈僭:奢侈超过了规定的标准。 [24]篲:同"彗",扫帚。 [25]宿契:事先的许诺,其父书所说"岁在丁丑,当与女相见"及槐安王说的"后三年当令迎卿"。 [26]觌 dí:相见。 [27]摭(zhí)实:摘取事实,据实。

【选评】

《列子》载周穆王时,西极之国有化人来,王敬之若神,化人谒王同游,王执化人之祛,腾而上者中天乃止,暨及化人之宫,自以居数十年,不思其国,复谒王同游,意迷精丧,请化人求还。既寤,所坐犹晌者之处,侍御晌者之人。视其前,则酒未清,肴未昲。王问所从来,左右曰:"王默存耳。"穆王自失者三月。复问化人,化人曰:"吾与王神游也,形奚动哉?"予然后知唐人所著《南柯太守》《黄粱梦》《樱桃》《青衣》之类,皆本乎此。(洪迈《容斋随笔》)

沈既济撰《枕中记》,庄生寓言之类。韩愈撰《毛颖传》,其文尤高,不下史迁。二篇真良史才也。

近代有造谤而著书,《鸡眼》《苗登》二文。有传蚁穴而称,李公佐南柯太守;有乐妓而工篇什者,成都薛涛;有家僮而善章句者,郭氏奴。皆文之妖也。(李肇《唐国史补》)

篇末言命仆发穴,以究根源,乃见蚁聚,悉符前梦,则假实证幻,余韵悠然,虽未尽于物情,已非《枕中》之所及矣。(鲁迅《中国小说史略》)

《南柯太守传》不仅在立意上比沈既济《枕中记》略高一筹,在情节的丰富复杂,描写的生动真切上也超轶《枕中记》而大大地前进了一步。(李宗为《唐人传奇》)

唐五代词

敦煌词

20世纪初，敦煌莫高窟发现了大量唐五代写本，唐五代民间词曲得以重新问世。它们内容广泛，形式活泼，风格多样，有鲜明的个性特征和浓郁的生活气息，反映了词兴起于民间时的原始形态。其中的《云谣集杂曲子》是敦煌文献中保存的唯一的曲子词集，也是我国现存最早的词集。敦煌词的辑本，有王重民的《敦煌曲子词集》，饶宗颐的《敦煌曲》，任二北的《敦煌歌辞总集》等。

鹊踏枝

叵耐灵鹊多谩语[1]，送喜何曾有凭据？几度飞来活捉取，锁上金笼休共语。比拟好心来送喜，谁知锁我在金笼里[2]。欲他征夫早归来，腾身却放我向青云里[3]。

曾昭岷等：《全唐五代词》，中华书局，1999年版

【解题】

《鹊踏枝》原为唐教坊曲，后用作词牌。五代、北宋以后又称《蝶恋花》《凤栖梧》。本词上阕写喜鹊报喜、女子捉鹊，下阕喜鹊抱怨、求放，较好地传达出思妇的幽绪。作品语言通俗活泼，语言、动作、心理刻画逼真，是一首别开生面的词作。

【注释】

[1]叵(pǒ)耐：不可忍耐。灵鹊：喜鹊。谩(mán)语：谎言。　[2]比拟：打算。[3]腾身：跃起身子，指欢快的样子。

菩萨蛮

枕前发尽千般愿，要休[1]且待青山烂，水面上秤锤浮，直待黄河彻底枯，白日参辰[2]现，北斗回南面。休即未能休，且待三更见日头。

曾昭岷等:《全唐五代词》，中华书局，1999 年版

【解题】

《菩萨蛮》，又名《子夜歌》《重叠金》，源于唐教坊曲，据外来舞曲改编，南宋王灼《碧鸡漫志》载:《南部新书》及《杜阳杂编》云“大中初，女蛮国入贡，危髻金冠，缨络被体，号菩萨蛮队，遂制此曲。当时倡优李可及作菩萨蛮队舞，文士亦往往声其词”。《菩萨蛮》曲当由宫廷曲子传至民间，后来多有创作。本词写法上与汉乐府《上邪》相似，以五个不可能的自然现象起誓，借以表达爱情的天长地久。

【注释】

[1]休:休弃，断绝。 [2]参辰:参星和辰星，又称“参商”。参星和商星分别在西方和东方，出没互不相见。

无名氏

忆秦娥

箫声咽，秦娥梦断秦楼月[1]。秦楼月，年年柳色，霸陵伤别。乐游原上清秋节[2]，咸阳古道音尘绝。音尘绝，西风残照，汉家陵阙。

曾昭岷等:《全唐五代词》，中华书局，1999 年版

【解题】

《忆秦娥》，始见宋代黄昇《唐宋诸贤绝妙词选》，题李白作，后多认为是无名氏作品。《忆秦娥》词牌又名《秦楼月》《碧云深》《双荷叶》等。此词与旧题李白作的《菩萨蛮·平林漠漠烟如织》均写别愁，黄氏称二词为“百代词曲之祖”。

【注释】

[1]箫声咽，秦娥梦断秦楼月:传说萧史、弄玉凤台乘鸾飞去事。后有以秦楼指妓馆或

所慕女子之居处者。秦娥:秦地美女。秦楼:秦穆公所筑,故称秦楼。刘向《列仙传》:“萧史者,秦穆公时人也。善吹箫,能致孔雀、白鹤于庭。穆公有女字弄玉,好之,公遂以女妻焉。日教弄玉作凤鸣。居数年,吹似凤声,凤凰来止其屋。公为作凤台,夫妇止其上,不下数年。一旦,皆随凤凰飞去。” [2]清秋节:指重阳节。

【选评】

今诗余名《望江南》外,《菩萨蛮》《忆秦娥》称最古。以《草堂》二词出太白也,近世文人学士或以为实然。余谓太白在当时直以风雅自任,即近体盛行七言律,鄙不肯为,宁屑事此?且二词虽工丽,而气衰飒于太白超然之致不啻穹壤,藉令真出青莲,必不作如是语。详其意调绝类温方城辈。盖晚唐人词嫁名太白,若怀素草书李赤姑熟耳。原二词嫁名太白,有故《草堂词》,宋末人编;青莲诗亦称《草堂集》,后世以二词出唐人,而无名氏,故伪题太白,以冠斯编也。杨用修《词品》又有《清平乐》词二阕,尤浅俚俱赝作也。(胡应麟《少室山房笔丛》)

太白《菩萨蛮》《忆秦娥》两阕,足抵少陵《秋兴》八首。想其情景,殆作于明皇西幸后乎?(刘熙载《艺概》)

太白纯以气象胜。“西风残照,汉家陵阙”寥寥八字,遂关千古登临之口。后世唯范文正之《渔家傲》,夏英公之《喜迁莺》,差足继武,然气象已不逮矣!(王国维《人间词话》)

白居易

忆江南(三首)

其一

江南好,风景旧曾谙。日出江花红胜火,春来江水绿如蓝。能不忆江南?

其二

江南忆,最忆是杭州。山寺月中寻桂子,郡亭枕上看潮头。何日更重游?

其三

江南忆，其次忆吴宫[1]。吴酒一杯春竹叶[2]，吴娃双舞醉芙蓉[3]。早晚复相逢？

曾昭岷等：《全唐五代词》，中华书局，1999 年版

【解题】

《忆江南》又名《望江南》《梦江南》《江南好》，据段安节《乐府杂录》："《望江南》始自朱崖李太尉(德裕)镇浙日，为亡妓谢秋娘所撰。本名《谢秋娘》，后改此名。"宋人多用双调。白居易曾经做过杭州、苏州刺史，归来后十余载作《忆江南》词。这三首词，每首各自独立，又前后照应。第一首写江南好风景，总领其后两首。第二首承第一首结尾"江南忆"，写杭州月中寻桂、亭上看潮。第三首苏州的酒美、人美；其开头也承首篇尾句"忆江南"，同时承接上篇"江南忆，最忆是杭州"，结尾与上篇尾句"何日更重游"呼应。组词抚今追昔，表现作者神往江南，对江南往事及美景风物的无限深情。

【注释】

[1]吴宫：指吴王夫差为西施所建的馆娃宫，在苏州西南灵岩山上。 [2]春：酒色黄绿。竹叶：酒名，即竹叶青。 [3]吴娃双舞醉芙蓉：吴宫歌女翩翩起舞，宛若芙蓉花一般迷人。娃：美女。

【拓展与思考】

上有天堂，下有苏杭。请写一篇导游词，向国内外旅行爱好者推介苏州与杭州。

温庭筠

菩萨蛮

小山重叠金明灭[1]，鬓云欲度香腮雪[2]。懒起画蛾眉，弄妆梳洗迟。照花前后镜，花面交相映[3]。新帖绣罗襦，双双金鹧鸪[4]。

宋本《花间集》卷一，赵崇祚辑

【解题】

《菩萨蛮》词牌已见前注，此词开头"重叠金"三字被后人取为词牌名，因此成为《菩萨

蛮》异名。温庭筠作《菩萨蛮》,《北梦琐言》记载:唐宣宗喜《菩萨蛮》曲,令狐绹请温庭筠作词并冒充己作献给皇帝,后被温庭筠捅破,以致温庭筠被令狐绹压制。《花间集》录温庭筠《菩萨蛮》词14首,这些词基本写女子情思,最能体现花间词特色。本词以描写为特色,作者以特写镜头展现一位女子晚起梳妆的情景,"女为悦己者容",而心爱的人却不在身边,故她无心梳妆打扮。本词写出了一个贵妇人的日常一幕,将其外貌、动作、神态与心理全部展现出来,表现了一个花样年华却独守空房的女子的落寞情思。人说温庭筠词秾艳用意不深,此词似有寄托。

【注释】

[1]小山重叠金明灭:此句理解有歧义。因为后人对"小山"理解不同,理解也不一样。小山或指女子画眉的式样,此句可以理解为:女子额上的额黄(金)有所脱落而或明或暗。或指屏风上绘的小山,此句可以理解为:阳光照在屏风上重重叠叠的小山,金光一明一灭地闪烁。或指发髻,此句可以理解为:发饰在头发间光彩闪烁。 [2]鬓云:鬓发缭乱如云。度:覆盖。香腮雪:洁白如雪的香腮。 [3]"照花"句意为:对镜簪花,对了前镜,又对后镜,花与容,交相辉映,人面似花,花似人。 [4]帖:同"贴"。襦(rú):短袄。双双金鹧鸪:罗襦上用金线绣出成双的鹧鸪。

韦 庄

韦庄(836—910),字端己,京兆杜陵(今陕西西安)人,生于没落世家,高祖为诗人韦应物。韦庄早年科举失利,五十九岁才举进士,授校书郎。后辟为判官奉使入蜀,归朝升左补阙。天复元年(901),入西蜀为王建书记,自此终身仕蜀。天祐四年(907)助王建称帝,后为前蜀宰相。晚唐五代之际诗人,代表作《秦妇吟》。其作存世有《浣花集》,今人编辑其诗词文全集《韦庄集笺注》。韦庄词与温庭筠齐名,同为花间词代表,《花间集》录其词48首。内容多男女欢爱、离愁别恨,然能注入作者平生漂泊乱离、思乡怀旧之感,风格清新。

菩萨蛮

人人尽说江南好,游人只合[1]江南老。春水碧于天,画船听雨眠。 垆边人[2]似月,皓腕凝双雪。未老莫还乡,还乡须断肠。

宋本《花间集》卷一,赵崇祚辑

【解题】

韦庄有五首《菩萨蛮》词,这些词前后呼应。前三首写寓居江南思归不得,本词为第二首。词描写了江南水乡的风光美和人物美，表现了诗人对江南水乡的依恋之情，也抒发了诗人漂泊难归的愁苦之感。作者先抒发对江南的喜爱之情，继之绘江南之美景，安逸的生活，接着写江南之美人。结尾照应开头，江南虽美，终非久留之地，然而，故乡的战乱与凋敝，又让人不能回归。卒章显志，又回到抒情。结构上浑然一体，语言自然清新，意境凄美。

【注释】

[1]只合：只应，只当。 [2]垆：酒店放酒坛的土台子。垆边人：代指美女。

冯延巳

冯延巳(903—960)，字正中，广陵(今江苏扬州)人。南唐宰相，有词集《阳春集》，其词多写闲情与离思，“公以金陵盛时，内外无事，朋僚亲旧，或当燕集，多运藻思为乐府新词，俾歌者倚丝竹而歌之，所以娱宾而遣兴也”(陈世修序其《阳春集》序)。冯延巳的词风格清丽深婉，已开文人词之先声，影响到晏殊、欧阳修的词。

鹊踏枝

谁道闲情抛掷久[1]？每到春来，惆怅还依旧。日日花前常病酒，敢辞镜里朱颜瘦[2]。河畔青芜[3]堤上柳，为问新愁，何事年年有？独立小桥风满袖，平林[4]新月人归后。

曾昭岷等：《全唐五代词》，中华书局，1999 年版

【解题】

《鹊踏枝》，又名《蝶恋花》《凤栖梧》，词牌源于唐教坊曲。冯延巳留存共 14 首同调词(有些是否其作存疑)，多写离愁别恨，且多有寄托。本首词上下阕均以问句起，打破传统先写景后言情的写法，先情后景，最后寓情于景。语言方面，清新流丽，如行云流水，不染纤尘。词的风格深婉，意境优美，在闲情词中当属上乘之作。

【注释】

[1]闲情：闲愁。抛掷：抛弃。 [2]“日日花前”句意为：天天在花下痛饮到醉，为消愁不怕身体消瘦。 [3]青芜：青草。 [4]平林：平原上的林木。

李 煜

李煜(937—978),初名从嘉,后改名煜,字重光,号钟隐,又号钟峰白莲居士。李煜经历了南唐的建立与灭亡。因他是南唐末代皇帝(后自降为“江南国主”),故世称李后主。961 年李煜即位,后对宋称臣纳贡,以求偏安一方。975 年,宋军攻破金陵,他肉袒出降,虽封作违侯命,实已沦为阶下囚。宋太宗太平兴国三年七月,李煜被宋太宗毒杀,追封吴王。李煜虽为亡国之君,但他精于书画,谙于音律,工于诗文,词尤为五代之冠。李煜被誉为“词中之帝”“宋人一代开山祖”。李煜的词分为前后两期:前期词主题承花间传统,多写宫廷享乐生活,风格柔靡;后期词反映亡国之痛,题材扩大,意境深远,感情真挚,语言清新,极富艺术感染力。李煜将代言词变为自我抒情的文人词,促进了词的雅化,为宋词的发展起到奠基作用。其词今人整理本有王仲闻《南唐二主词校订》(中华书局)、《李煜词集》(上海古籍出版社)等。

清平乐

别来春半,触目愁肠断[1]。砌[2]下落梅如雪乱,拂了[3]一身还满。雁来音信无凭[4],路遥归梦难成[5]。离恨恰如春草,更行更远还生。

《李煜词集》,上海古籍出版社,2016 年版

【解题】

清平乐,原为唐教坊曲名,后用作词牌。这首词作于前期。词托春景写别愁,全用比兴:上阕以落梅写愁,以乱雪喻白梅,喻愁如雪片挥之不去;下阕以春草写恨,喻愁之无边无际。整首词虚实结合、意境浑融。

【注释】

[1]别来:离别以来。春半:春天过半。愁,一作“柔”。 [2]砌:台阶。 [3]拂了:拂去。 [4]无凭:指没有书信。 [5]归梦难成:指有家难回。

【选评】

此首即景生情,妙在无一字一句之雕琢,纯是自然流露,丰神秀绝。(唐圭璋《唐宋词简释》)

虞美人

春花秋月[1]何时了？往事知多少。小楼昨夜又东风，故国不堪回首月明中。雕栏玉砌应犹在，只是朱颜改[2]。问君能有几多愁？恰似一江春水向东流。

《李煜词集》，上海古籍出版社，2016年版

【解题】

虞美人，原属唐教坊曲，据传源于项羽《垓下歌》。本词作于李煜降宋后，据宋王铚《默记》"徐铉归朝，为左散骑常侍，迁给事中。太宗一日问：'曾见李煜否？'铉对以：'臣安敢私见之！'上曰：'卿第往，但言朕令卿往相见可矣。'……又后主在赐第，因七夕命故妓作乐，声闻于外，太宗闻之大怒；又传'小楼昨夜又东风'及'一江春水向东流'之句，并坐之，遂被祸云"。词作先从时令入手，触景生情，由今到昔。后写词人愁肠百结、整夜未眠，表达物是人非的亡国之恨。

【注释】

[1]春花秋月：一作"春花秋叶"。 [2]雕栏玉砌：雕绘的栏杆和玉石砌成的台阶，这里指南唐宫殿。栏：一作"阑"。应犹：一作"依然"。朱颜改：人的衰老，这里指亡国。

【选评】

诗家有以山喻愁者，杜少陵云"忧端如山来，澒洞不可掇"，赵嘏云"夕阳楼上山重叠，未抵春愁一倍多"是也。有以水喻愁者，李颀云"请量东海水，看取浅深愁"，李后主云"问君能有几多愁？恰似一江春水向东流"，秦少游云"落红万点愁如海"是也。贺方回云："试问闲愁知几许，一川烟草，满城风絮，梅子黄时雨。"盖以三者比之愁多也，尤为新奇，兼兴中有比，意味更长。（罗大经《鹤林玉露》）

亡国之音，何哀思之深耶？传诵禁廷，不加悯而被祸，失国者不殉宗社，而任人宰割，良足伤矣。……就词而论，李、刘、秦诸家之以水喻愁，不若后主之"春江"九字，真伤心人语也。（俞陛云《唐五代两宋词选释》）

【拓展与思考】

比较《浪淘沙令》与《虞美人》的意象群，说明两词情感方面的内在联系。

浪淘沙令

帘外雨潺潺，春意阑珊。罗衾不耐五更寒。梦里不知身是客，一晌贪欢。独自莫凭栏，无限江山。别时容易见时难。流水落花春去也，天上人间。

破阵子

四十年来家国，三千里地山河[1]。凤阁龙楼连霄汉，玉树琼枝作烟萝[2]。几曾识干

戈？　一旦归为臣虏，沈腰潘鬓消磨[3]。最是仓皇辞庙日，教坊犹奏别离歌[4]。垂泪对宫娥。

《李煜词集》，上海古籍出版社，2016年版

【解题】

破阵子，本为唐教坊曲，一名《十拍子》，传为秦王李世民所制。《秦王破阵乐》为唐开国时所创大型武舞曲，后演变为词调，为双调小令。本词据唐圭璋《唐宋词简释》，当为李煜降宋后创作。上阕铺陈盛景，气魄沉雄，实开宋人豪放一派。下阕骤转凄凉，渲染自己成为俘虏后的憔悴与伤痛。本词与《虞美人》同是表现亡国之痛，却有着更强烈的悲剧意味，它逼真地反映了李后主在经历了长期和平享乐生活、突然被北宋武力征服后的心理剧变，也再现了当年江南陷落之际，“后主哭庙，宫娥哭主，哀乐声、悲歌声、哭声合成一片”的惨状。后人在批判后主为亡国之君的同时，也对其有一种同情。

【注释】

[1]四十年：南唐（937—975）自立国到亡国的时间近40年。三千里：南唐国土范围。　[2]凤阁：一作“凤阙”。凤阁龙楼：指雕刻有龙凤的宫殿。霄：云霄；汉：银河。玉树琼枝：形容树的珍贵美好。烟萝：草树茂密，烟聚萝缠。　[3]沈腰潘鬓：据《梁书·沈约传》记载，沈约因仕途不得志，写信给朋友谈到自己因病消瘦，腰带日渐宽松。潘岳三十多岁鬓发就变白了。沈腰潘鬓即身体憔悴、鬓发斑白之意。　[4]“最是”句意为：最痛心的是匆忙辞别宗庙的时刻，教坊（管理宫廷音乐的机构）的乐工还奏起别离歌。

宋　词

范仲淹

范仲淹(989—1052),字希文,先世邠(今属陕西)人,后迁居吴县(今江苏苏州)。大中祥符八年(1015)进士,曾任陕西经略安抚副使兼知延州(今陕西延安)、参知政事、陕西四路宣抚使等。他是北宋著名政治家,曾向宋仁宗上疏论时弊十事,主持“庆历新政”进行变革,卒谥文正。《宋史》《东都事略》有传。他在陕西守卫边疆多年,西夏不敢进兵来犯,说他“胸中自有甲兵数万”。与此同时,他还是著名文学家,其所写《岳阳楼记》万古流传。他现存词仅有五首,却在词史上占有一定的地位,对后来的王安石、苏轼都产生一定影响。他的词有的写边塞生活,有的写羁旅情怀,风格或苍凉悲壮或深婉缠绵,词句多次被后人化用。著有《范文正公集》。

苏幕遮

碧云天,黄叶地,秋色连波,波上寒烟翠[1]。山映斜阳天接水。芳草无情[2],更在斜阳外。　黯乡魂[3],追旅思[4]。夜夜除非,好梦留人睡。明月楼高休独倚。酒入愁肠,化作相思泪。

唐圭璋:《全宋词》,中华书局,1965 年版

【解题】

范仲淹所传词作仅有五首,但在词史上有一定地位。他的词或豪放慷慨,或婉约柔情,艺术感染力极强。《苏幕遮》原唐教坊曲名,来自西域,后用作词牌名,又名“云雾敛”“鬓云松令”。本词是抒写羁旅乡思之情的婉约作品,虽未脱离离愁别恨的藩篱,但境界阔远独具新意。词的上片写秋景,从大处落笔,色彩明艳,意境阔达,毫无秋天萧飒之气,犹如一幅辽阔多彩的秋色图。“碧云天,黄叶地,秋色连波,波上寒烟翠。山映斜阳天接水。

芳草无情，更在斜阳外”一段，写景如画，影响深远，元代王实甫《西厢记》“长亭送别”一折部分曲词就是化用这些词句而来。后由“芳草”暗含之意，从写景转入下片写乡思离别之情，过渡自然不着痕迹，手法极其高妙。下片直接写“乡魂”“追旅”之思，点出凄怆惆怅之情，结尾两句，造语更是清奇新颖，将离愁别恨写得别具深情。这首词上片写景，下片抒情，将阔远之境、秾丽之景、深挚之情有机统一，是婉约词的上乘之作。

【注释】

[1]波上寒烟翠：江波之上笼罩着一层翠色的寒烟。 [2]芳草：常暗指故乡。与后句相连，有感叹故乡遥远之意。 [3]黯乡魂：因思念家乡而悲伤。黯，形容心情忧郁。乡魂，即思乡的情思。语出江淹《别赋》：“黯然销魂者，唯别而已矣。” [4]追旅思(sì)：摆脱不开羁旅的愁思。追：追随，缠住不放。旅思：旅居在外的愁思。思：心绪，情怀。

渔家傲

塞下[1]秋来风景异，衡阳雁去[2]无留意。四面边声连角起[3]。千嶂[4]里，长烟[5]落日孤城闭。 浊酒一杯家万里，燕然未勒[6]归无计。羌管悠悠[7]霜满地。人不寐，将军白发征夫泪！

唐圭璋：《全宋词》，中华书局，1965年版

【解题】

范仲淹自仁宗康定元年(1040)至庆历三年(1043)，他曾任陕西经略安抚副使兼知延州(治所在今陕西延安)、耀州(治所在今陕西耀州区)，领兵对抗西夏。这首词就作于这个时期。据宋人魏泰《东轩笔录》载：“范文正公守边日，作《渔家傲》乐歌数阕，皆以‘塞下秋来’为首句，颇述边镇之劳苦。欧阳公(欧阳修)尝呼为‘穷塞主’之词。”现《渔家傲》词仅存一首。

范仲淹四年的军旅生活，开阔了他的艺术视野。他一改前人秾艳词审美的特征，为传统词体注入了深广的现实内容，为豪放词的创作提供了借鉴，推动了词体的发展。此词通过写广漠萧瑟的塞外苍凉景象、艰苦的边塞军旅生活，抒发征人久戍思乡之情，以及表达爱国激情与浓重乡思的矛盾心情。总体来看，该词风格沉郁苍凉、慷慨悲壮，内蕴深厚，境界阔大，在思想性、艺术性方面都为宋词开启了新的发展道路和审美境界。

【注释】

[1]塞下：指西北边塞驻防要地。 [2]衡阳雁去：大雁向衡阳飞去。传说秋天北雁南飞，至湖南衡阳回雁峰而止，不再南飞。去：离开。 [3]边声：泛指边塞特有的声音，如风吼、号角、羌笛、乐鸣、马啸等声。角：号角，古代军中的乐器。 [4]千嶂：绵延而峻峭的山峰，崇山峻岭。嶂：高耸险峻如同屏障一样的山峰。 [5]长烟：细长上升的烟气。王维《使至塞上》：“大漠孤烟直，长河落日圆。” [6]燕然未勒：意指尚未建功立业。燕然：山

名，即杭爱山，今在蒙古国境内。《后汉书·窦宪传》记载，汉和帝永平元年(89)，窦宪大破北匈奴，曾登此山，“刻石勒功而还”。勒：刻。　[7]羌(qiāng)管悠悠：羌管即笛子，相传笛子是由西部羌人发明的一种乐器，故笛子又称为“羌管”“羌笛”。悠悠：形容声音飘忽不定。

柳　永

柳永(约987—1055后)，初名三变，字景庄，后改名永，字耆卿。因排行第七，世称“柳七”，崇安(今福建武夷山市)人。曾屡试不第，宋仁宗景祐元年(1034)约五十岁时登进士第。柳永为举子时，多游狎邪，使他在上层社会声名狼藉以致仕途困顿。他一生不得志，只做过余杭县(今余杭区)令、盐场大使、屯田员外郎一类小官，故世称柳屯田。身后十分凄凉，相传由群妓合金埋葬。他是词史上第一个大量写作慢词的人，为慢词的发展作出了巨大贡献。他的词以写羁旅行役、离愁别绪最佳。善于用铺叙和白描手法，又善于向民间曲子词学习，促进了词的通俗化和口语化。他也善为诗文，然“皆不传于世，独以乐章脍炙人口”(《清波杂志》卷八)。他著有《乐章集》，存词约二百首。他的词自成一派，世称“屯田蹊径”“柳氏家法”，在词史上有开拓之功。据说“教坊乐工，每得新腔，必请柳永为词，始行于世”，“凡有井水处，即能歌柳词”(叶梦得《避暑录话》)，可见其词影响之大。

蝶恋花

伫倚危楼[1]风细细，望极春愁，黯黯生天际[2]。草色烟光[3]残照里，无言谁会凭阑意[4]。　拟把疏狂图一醉[5]，对酒当歌，强乐[6]还无味。衣带渐宽[7]终不悔，为伊消得[8]人憔悴。

唐圭璋：《全宋词》，中华书局，1965年版

【解题】

《蝶恋花》亦作《凤栖梧》，同调而异名。这是一首怀念远方恋人的作品，当作于宋真宗咸平五年(1002年)之后，而具体创作时间不详。当时柳永漂泊异乡，因怀念意中人而作此词。上片写登高望远，春愁油然而生，以迷离的景物描写渲染出凄楚悲凉的气氛。“草色”二句，气象寥廓，非常传神。下片写主人公试图以醉解愁，但强颜为欢又觉强乐无味，最后以健笔写柔情，自誓甘愿为思念伊人而日渐消瘦憔悴。“衣带”二句表示甘受相思的煎熬，表现了对爱情的执着。全词采用“曲径通幽”的表现方式，巧妙地把漂泊异乡的落魄感受，同怀恋意中人的缠绵情思融为一体，抒情写景，感情真挚，成功地刻画了一个挚诚男子的形象。王国维在《人间词话》中曾借用“衣带渐宽终不悔，为伊消得人憔悴”两句作为

“古今之成大事业、大学问者，必经过此三种之境界”的第二种境界，可见其除原义之外，又引申出新的内涵，大概是因柳永这两句词概括了一种锲而不舍的坚毅性格和执着态度。

【注释】

[1]伫(zhù)倚危楼：长时间倚靠在高楼的栏杆上。伫：久立。危楼：高楼。 [2]黯(àn)黯：神情沮丧，情绪低落。愁闷惆怅的样子。生天际：从遥远无边的天际升起。 [3]烟光：飘忽缭绕的云霭雾气。 [4]谁会：谁能体会。会：理解。阑：同“栏”。 [5]拟把：打算。疏狂：狂放不羁，散漫不加检点。图：求。 [6]强(qiǎng)乐：勉强作乐。强：勉强。 [7]衣带渐宽：腰带变得宽松，形容人憔悴。语本《古诗十九首》：“相去日已远，衣带日已缓。” [8]伊：她。消得：值得。

【选评】

小词以含蓄为佳，亦有作决绝语而妙者，如韦庄“谁家年少足风流。妾拟将身嫁与一生休。纵被无情弃，不能羞”之类是也。牛峤“须作一生拚，尽君今日欢”。抑其次矣。柳耆卿“衣带渐宽终不悔，为伊消得人憔悴”。亦即韦意，而气加婉矣。（贺裳云《皱水轩词筌》）

长守尾生抱柱之信，拚减沈郎腰带之围，真情至语。此词或作六一词，汲古阁本则列入《乐章集》。（俞陛云《唐五代两宋词选释》）

此首，上片写境，下片抒情。“伫倚”三句，写远望愁生。“草色”两句，实写所见冷落景象与伤高念远之意。换头深婉。“拟把”句，与“对酒”两句呼应。强乐无味，语极沉痛。“衣带”两句，更柔厚。与“不辞镜里朱颜瘦”语，同合风人之旨。（唐圭璋《唐宋词简释》）

八声甘州

对潇潇暮雨洒江天，一番洗清秋[1]。渐霜风凄紧，关河冷落，残照当楼[2]。是处红衰翠减[3]，苒苒物华休[4]。惟有长江水，无语东流。　　不忍登高临远，望故乡渺邈[5]，归思[6]难收。叹年来踪迹，何事苦淹留[7]。想佳人、妆楼颙望[8]，误几回、天际识归舟[9]。争知我，倚栏杆处[10]，正恁凝愁[11]！

唐圭璋：《全宋词》，中华书局，1965 年版

【解题】

柳永一生仕途坎坷，壮志难伸，多与伶工、歌妓为伍。他常常浪迹天涯，用词抒写羁旅之志和怀才不遇的痛苦愤懑。《八声甘州》即此类词的代表作，其具体创作时间未得确证。这首词是秋日旅途登高思乡之作，是柳永的名作，与《雨霖铃》堪称其羁旅行役词中的双璧。该词虽写羁旅情思，但其将纤细的情思安置在寥廓的背景中，上片描绘雨后清秋、关山冷落、夕阳残照之景，大开大合，波澜起伏，声情激越，境界绮丽悲壮。“渐霜风”三句，气象高远，笔势沉雄，是千古传诵的名句。与前人多写小楼深院、微吟柔语来表达相思之情

不同，此词别有一番审美韵味。下片直叙思乡怀人，词语如话质朴纯真，尤其是“想佳人”几句，由词人思妻子幻想出妻子思词人，透过一层去写，笔意双绾，意蕴深厚。该词失意之态，念远之情，俱以高华气象出之，是柳词中格调俊爽的一类。

【注释】

[1]“对潇潇”二句：写眼前的景象。潇潇暮雨在辽阔江天飘洒，经过一番雨洗的秋景分外清朗寒凉。潇潇：象声词，下雨声；一说雨势急骤的样子；一作“萧萧”，义同。清秋：清冷的秋景。　[2]霜风：指秋风。凄紧：一作“凄惨”，谓寒意强烈逼人。关河：关山、河流，此指山河。　[3]是处：处处、到处。红衰翠减：指红花衰败，绿叶凋零。红：代指花。翠：代指绿叶。此句为借代用法。李商隐《赠荷花》：“翠减红衰愁杀人。”　[4]苒（rǎn）苒：同“荏苒”“冉冉”，犹言渐渐，形容时光消逝之意。物华：美好的季节景物。休：这里是衰残的意思。　[5]渺邈（miǎo）：远貌，渺茫，遥远。一作“渺渺”，义同。　[6]归思（sì）：渴望回家团聚的心思。　[7]年来：近年来。何事：为什么。苦：偏偏。淹留：长期停留。　[8]佳人：美女。颙（yóng）望：企望，抬头凝望。颙：一作“长”。　[9]“误几回”句：多少次错把远处驶来的船只当作心上人的归舟。南齐谢朓《之宣城郡出新林浦向板桥》诗：“天际识归舟，云中辨江树。”唐刘采春《啰唝曲》六首其三：“朝朝江口望，错认几人船。”温庭筠《望江南》词：“过尽千帆皆不是，斜晖脉脉水悠悠，肠断白蘋洲。”柳词化用其意。天际：指目力所能达到的极远之处。　[10]争：怎。处：这里表示时间。倚栏杆处：一作“倚栏杆时”。　[11]恁（nèn）：如此。凝：表示一往情深，专注不已。

【选评】

“世言柳耆卿曲俗，非也。如《八声甘州》云：‘霜风凄紧，关河冷落，残照当楼。’此语于诗句不减唐人高处”。（宋·赵令畤《侯鲭录》卷七）（按：宋·吴曾《能改斋漫录》卷一六载宋晁补之语略同。究为苏语抑晁语，待考）

词有与古诗同妙者：“问甚时同赋，三十六陂秋色？”（姜夔《惜红衣》）即霸岸（王粲《七哀诗》）之兴也。“关河冷落，残照当楼”，即敕勒之歌也。（清·刘体仁《七颂堂词绎》）

柳词本以柔婉见长，此词却以沉雄之魄，清劲之气，写奇丽之情。（清·郑文焯《与人论词遗札》）

风韵苍凉，虽令太白、飞卿执笔，亦不过如此。（清·陈廷焯《云韶集》卷二）

“情景兼到，骨韵俱高，无起伏之痕，有生动之趣，古今结构，耆卿集中仅见之作。‘佳人妆楼’四字连用，俗极。择言贵雅，何不检点如是，致令白璧微瑕。”（清·陈廷焯《词则·大雅集》卷二）

《八声甘州·对潇潇暮雨洒江天》。飞卿词：“照花前后镜，花面交相映。”此词境颇似之。（近代梁启超《饮冰室评词》）

【拓展与思考】

柳永词在北宋词坛上有何开拓之功？

玉蝴蝶

望处雨收云断[1]，凭阑悄悄，目送秋光。晚景萧疏[2]，堪动宋玉悲凉[3]。水风轻、苹花[4]渐老，月露冷、梧叶飘黄。遣情伤[5]。故人何在？烟水茫茫。　难忘。文期酒会[6]，几辜风月[7]，屡变星霜[8]。海阔山遥，未知何处是潇湘[9]。念双燕、难凭远信，指暮天、空识归航[10]。黯相望，断鸿声里，立尽斜阳。

唐圭璋：《全宋词》，中华书局，1965年版

【解题】

这是一首怀念远方故人的词。作者在上片将满目萧疏的秋景，挟带着由此而逗起的离情别意，徐徐道来。下片转入回忆。以往与故人的欢聚是最令人难忘的，然而如今故人杳无音信，怎能不让人黯然销魂？全词笼罩着一种抑郁惆怅的意绪，感染着读者也沉浸在回忆与思念之中。这首词以抒情为主，把写景和叙事、忆旧和怀人、羁旅和离别、时间和空间，融汇为一个浑然的艺术整体，具有很强的艺术感染力。该词采用时空错综结构的创作方法，境界自然转换，愈转愈深，笔势顺逆起伏。有几处化用了前人的诗词语意，但不着痕迹。尤其是“故人何在，烟水茫茫”两句，既承上启下，又统摄全篇，为全词的主旨。“烟水茫茫”是迷蒙而不可尽见的景色，阔大而浑厚，同时也是因思念故人而产生的茫茫然的感情，这里情与景是交织在一起的。这几句短促凝重，大笔濡染，声情跌宕，苍莽横绝，为全篇之精华。结尾处词人用断鸿的哀鸣，来衬托自己的孤独怅惘，可谓妙合无垠，声情凄婉。“立尽斜阳”四字，画出了抒情主人公的形象，他久久地伫立夕阳残照之中，如呆如痴，感情完全沉浸在回忆与思念之中。柳永这首词层次分明，结构完整，脉络井然；在修辞上既不雕琢，又不轻率，而是俗中有雅，平中见奇，隽永有味，故能雅俗共赏。

【注释】

[1]雨收云断：雨停云散。云断：乌云散尽。　[2]萧疏：清冷疏散，稀稀落落。[3]堪动：能引发、引起。堪：可以。宋玉悲凉：指宋玉在《九辩》中所表达的悲秋情怀和身世之感，引申为悲秋。宋玉《九辩》有“悲哉！秋之为气也，萧瑟兮草木摇落而变衰！”[4]苹花：一种夏秋间开小白花的浮萍。苹：一种较大的浮萍，开小白花，也叫白苹。[5]遣情伤：令人伤感。遣：令，使得。　[6]文期酒会：文人们相约饮酒赋诗的聚会。期：约。　[7]几辜风月：辜负了多少美好的风光景色。几：多少回。辜：辜负，“辜”一作“孤”，通假。风月：清风明月，美好的风景。　[8]屡变星霜：经过了好几年。星霜：星一年一周天，霜每年而降，因称一年为一星霜，亦以之喻年月也。　[9]潇湘：潇水、湘水，均在今湖南省，湘江的别称。这里化用了柳宗元《得卢衡州诗因以诗寄》中“非是白苹洲畔客，还将远意问潇湘”的意境，这里指所思念的人居住的地方。　[10]空：徒劳，白白地。识归航：辨识返航的船只。这句化用南朝谢朓《之宣城郡出新林浦向板桥》的“天际识归舟，云中辨江树”句意。

望海潮

东南形胜[1]，三吴都会[2]，钱塘自古繁华[3]。烟柳画桥[4]，风帘翠幕[5]，参差[6]十万人家。云树绕堤沙[7]，怒涛卷霜雪[8]，天堑[9]无涯。市列珠玑[10]，户盈罗绮[11]，竞豪奢[12]。

重湖叠巘清嘉[13]。有三秋桂子[14]，十里荷花[15]。羌管弄晴[16]，菱歌泛夜[17]，嬉嬉钓叟莲娃[18]。千骑拥高牙[19]。乘醉听箫鼓[20]，吟赏烟霞[21]。异日图将好景[22]，归去凤池夸[23]。

唐圭璋：《全宋词》，中华书局，1965年版

【解题】

这首《望海潮》，始见于本篇，应是作者首创。据南宋罗大经《鹤林玉露》记载，是柳永呈现给旧友孙何之作。史载孙何自真宗咸平中（约1000）至景德初（1004）任两浙转运使，驻节杭州，此词大约作于这个时期。陈元靓《岁时广记》卷三十一引杨湜《古今词话》记载，柳永与孙何为布衣之交，柳永欲见杭州地方长官孙何，但因门禁甚严不得见。柳永遂作《望海潮》一词，往谒名妓楚楚曰："欲见孙相，恨无门路。若因府会，愿借朱唇歌于孙相公之前。若问谁为此词，但说柳七。"中秋府会，楚楚宛转歌之，孙即日迎耆卿预坐。由此看该词是一首干谒词，目的是请求对方举荐自己。然据今人吴熊和《柳永与孙沔的交游及柳永卒年新证》（载《吴熊和词学论集》）考证，此词当为宋仁宗至和元年（1054），柳永在杭州投赠资政殿学士、知杭州孙沔作，投递对象是孙沔，而非孙何。

柳永以一支生花妙笔，把杭州的景物描绘得美丽如画，富庶非凡，艺术地再现了当地的风土人情，风格宏丽恣肆，具有强烈的感染力。上片描写杭州的自然风光和都市的繁华，下片写西湖，展现杭州人民和平宁静的生活景象，词末把杭州治理得富庶繁华的功绩都归于太守，流畅自然毫无拖沓。全篇紧扣杭州的"形胜"与"繁华"，两条线索有分有合，明暗交叉，秩序井然，一笔不懈；以点带面，铺叙晓畅，形容得体，以大开大阖、波澜起伏之法，浓墨重彩地铺叙展现了杭州的繁荣、壮丽景象，与其传统风格不同。据罗大经《鹤林玉露》称，金主完颜亮听唱此词之后，"欣然有慕于'三秋桂子，十里荷花'，遂起投鞭渡江之志"。这种说法近似小说家之言，不足为信，然虽有夸张，但至少可以说明，柳词传播之广、震撼人心的艺术力量是毋庸置疑的。

【注释】

[1]东南形胜：杭州在北宋为两浙路治所，当东南要冲。形胜：地理位置重要、地形险要、山川美丽、物产富饶的地方。《荀子·强国》："其固塞险，形势便，山林川谷美，天材之利多，是形胜也。"　[2]三吴：别本作"江吴"，即吴兴（今浙江吴兴）、吴郡（今江苏苏州）、会稽（今浙江绍兴）三郡；一说为吴郡（今江苏苏州）、吴兴（今浙江吴兴）、丹阳（今江苏南京）。在这里泛指今江、浙地区。都会：人口聚集的城市，区域性政治、经济中心。　[3]钱塘：浙江杭州的别称，吴国的一个郡。在钱塘江北岸。　[4]画桥：有雕画、彩绘的桥梁。

[5]风帘：在风中拂动的帘幕。翠幕：用翠鸟羽毛装饰的帘幕，又指翠绿色的帷幕。[6]参差(cēn cī)：形容人家房屋高高低低、错落不齐。以上三句写“繁华”。 [7]云树：远望去与云天相接的树林，形容树木高耸入云。堤沙：指钱塘江的堤岸和沙滩。 [8]霜雪：形容浪涛白如霜雪。 [9]天堑(qiàn)：天然的壕沟，古代称长江为天堑。此处指钱塘江。以上三句写“形胜”。钱塘江在杭州入海，由于入海口呈喇叭形。外宽内狭，海潮倒灌时受到约束，形成涌潮，潮头壁立，波涛汹涌，十分壮观。“怒涛”二句指此。江海相接，望不到海的尽头，所以说“无涯”。 [10]市列珠玑：市场上陈列着各种珠宝等物品。珠是珍珠，玑是一种不圆的珍珠。这里泛指珍贵的商品。 [11]户盈罗绮：家家户户拥有许多绫罗绸缎。户：门。罗绮：本意是两种高级丝织品。因其质地轻柔，且有美丽的花纹，适宜女性穿着，故文学作品中又用以代指美女。这里指妓女。本句是说花街柳巷中，门边站着许多妓女。倚门卖笑，是妓女的职业特征(按：如果此处指妓女，与后一句“竞豪奢”似有不合，应理解为“家家户户堆放罗绮好似在竞争豪华阔气”，更加合理)。 [12]豪奢：豪华奢侈。以上三句，转笔再写“繁华”。 [13]重湖：以白堤为界，西湖分为里湖和外湖，所以也叫重湖。叠巘：山峦重叠。西湖北、西、南三面有葛岭山、五老峰、南屏山等环抱，故云“叠巘”。巘：泛指山峰。清嘉：清秀美丽。 [14]三秋：秋季，一季有三月，夏历七月为孟秋，八月为仲秋，九月为季秋，合称“三秋”。桂子：桂花，杭州灵隐寺和天竺寺多桂花树，相传其种来自月中。唐白居易《忆江南》：“江南忆，最忆是杭州。山寺月中寻桂子，郡亭枕上看潮头。” [15]十里荷花：西湖及杭州城周湖泊多植荷花。白居易《余杭形胜》：“绕郭荷花三十里。”宋杨万里《晓出净慈寺送林子方》：“接天莲叶无穷碧，映日荷花别样红。”以上三句，转笔再写“形胜”。 [16]羌管：即羌笛，羌族之簧管乐器。弄：吹奏。 [17]菱歌：采菱角的姑娘们的歌声。泛夜：“夜泛”的倒文。泛：漂游，本指泛舟，但与前后文辞搭配，也产生出菱歌浮泛于夜空的妙趣。 [18]嬉嬉：和乐貌，快乐的样子。钓叟：钓鱼的老翁，即吹笛者。莲娃：采莲女，即歌唱者。 [19]千骑：指随从众多。骑：一人一马。高牙：高矗之将帅之军旗，高官出行时的仪仗旗帜。牙：军旗，竿上以象牙饰之，古代将军出巡时的军前大旗。这句写知州出游，仪仗人马，大队簇拥。宋时，知州兼管军事，故可用将军的仪卫。 [20]箫鼓：指音乐，民间祭祀活动中的音乐吹打声。 [21]烟霞：山川风景。[22]异日：他日，日后。图将：画出来。图：绘、画。 [23]凤池：凤凰池，皇宫中的池沼。魏晋时设中书省，其长官掌管朝廷机要，为事实上的宰相，多得皇帝的宠任，故这一职位有“凤凰池”的美称。这里代指朝廷。以上两句赞美知州在杭州政绩突出，定能升任宰相，那时便可以将杭州的美景画成图册，带回到朝廷去夸耀。

【选评】

此词流播，金主亮闻歌，欣然有慕于“三秋桂子，十里荷花”，遂起投鞭渡江之志。近时谢处厚诗云：“谁把杭州曲子讴？荷花十里桂三秋。那知草木无情物，牵动长江万里愁。”余谓此词虽牵动长江之愁，然卒为金主送死之媒，未足恨也。至于荷艳桂香，妆点湖山之清丽，使士夫流连于歌舞嬉游之乐，遂忘中原，是则深可恨耳！(宋·罗大经《鹤林玉露》丙编卷一《十里荷花》)(按：金主闻歌而起投鞭渡江之意的说法，实不可信)

承平气象，形容曲尽。（陈振孙《直斋书录解题》）

柳永咏钱塘词曰“参差十万人家”，此元丰前语也。自高庙车驾自建康幸杭驻跸，几近二百余年，户口蕃息，近百万余家。杭城之外城，南西东北，各数十里，人烟生聚，民物阜蕃，市井坊陌，铺席骈盛，数日经行不尽，各可比外路一州郡，足见杭城繁盛耳。（吴自牧《梦粱录卷》十九）

西湖之胜，历历如画。（明・杨慎《评点草堂诗余》）

自柳屯田填《望海潮》一阕，而“三秋桂子，十里荷花”艳称千古。仆谓“图将好景，归去凤池夸”直张打油语耳。（清・尤侗《西堂杂俎》三集卷三《问鹏词序》）

此则宜于红氍上扮演，非文人声口。此时凤池可望江潮。（清・王闿运《湘绮楼评词》续编）

【拓展与思考】

古代描摹繁华都市的诗词众多，以“杭州”为主题，搜罗与其相关的诗词，并能说出这些诗词的妙处。

张　先

张先（990—1078），字子野，乌程（今浙江湖州）人。宋仁宗天圣八年（1030）进士，曾任宿州掾、吴江知县、嘉禾判官、渝州知州、虢州知州、都官郎中等。因其曾任安陆县知县，故人称“张安陆”。治平元年（1064）以尚书都官郎中致仕，《宋史翼》卷二六记载其事。晚年来往于杭州、吴兴之间，与苏轼等人登山临水，过着闲适安逸悠悠岁月的生活。他是北宋年寿最高的著名词人。

叶梦得《石林诗话》卷下载张先“能诗及乐府，至老不衰”，诗文已佚，今存《安陆词》，又题《张子野词》一百八十余首。他一生为官及生活经历较为平淡，内容多写士大夫的诗酒生活和男女恋情，词风主要沿袭宋初婉约词。他“以歌词闻于天下”（苏轼《书游垂虹亭》）的成就，主要源于他工巧的语言。他的小令很有风致。早年以小令和晏殊、欧阳修齐名，后慢词又与柳永齐名。

张先《行香子》词中有“心中事，眼中泪，意中人”之句，因此被人称为“张三中”。他在描写自然景物时，喜欢用物影来表现景物的动态美和朦胧美，固有“张三影”的美名。张先词的内容虽未超出离愁别恨传统词的范畴，但他在两方面对词的发展做出了贡献：一是扩大了词的实用功能，在交际上用于赠别酬唱，提高了词的文学地位；二是用题序，将日常生活引入词中，加强了词的叙事性和现实感，对苏轼等人产生了一定影响。

天仙子

时为嘉禾小倅[1]，以病眠，不赴府会[2]。

水调[3]数声持酒听，午醉醒来愁未醒。送春春去几时回？临晚镜[4]，伤流景[5]，往事后期空记省[6]。　　沙上并禽池上暝[7]，云破月来花弄影[8]。重重帘幕密遮灯，风不定，人初静，明日落红应满径。

唐圭璋：《全宋词》，中华书局，1965年版

【解题】

有关该词的写作时间及小序问题在学术界尚有争议。据吴熊和、沈松勤《张先集编年校注》题注，张先在庆历三年(1043)五十四岁时曾任秀州通判，本词当作于此年。宋黄昇《唐宋诸贤绝妙词选》题作《春恨》。按照沈祖棻《宋词赏析》的说法，张先在嘉禾作判官，约在宋仁宗庆历元年(1041)，年五十二，但词中所写情事，与小序内容关系不大，可能是时人的误题。

此词是作者临老伤春亦复自伤之作。上片词人写春天离去，白发萦头，宿醉未醒，无法排遣伤春愁绪，进而发出岁月已逝，青春难再的感叹，写得深婉情浓。下片紧承上片由午及晚的变迁，转写晚景，想到夜深风起花被吹落，不禁又表现出对春逝的深深惋惜之情。此词在艺术上很有特色，注重修辞炼字。"云破月来花弄影"写得绘声绘色，景象灵动，成为千古名句。王国维在《人间词话》中说："著一'弄'字，而境界全出矣。"

【注释】

[1]嘉禾小倅：指秀州通判。嘉禾：秀州的别称，治所在今浙江嘉兴。倅：副职。张先时任秀州通判。　[2]不赴府会：没有去官府上班；另解是作者因病而眠，不得参赴聚会。　[3]水调：曲调名，相传为隋炀帝杨广所制。杜牧《扬州三首》："谁家唱水调？"原注："炀帝凿汴渠成。自造《水调》。"此调在唐宋极为流行。　[4]临晚镜：向晚临镜自照。[5]流景：像水一样流逝的年华，逝去的光阴。这里有自伤晚景之意。景：日光。唐武平一《妾薄命》诗："流景一何速，年华不可追。"　[6]后期：以后的约会。记省：清楚记得。记：思念。省(xǐng)：省悟。　[7]并禽：成双的禽鸟。这里指鸳鸯。暝：一作"瞑"，天黑，暮色。　[8]弄影：谓物动使影子也随着摇晃或移动。弄：摆弄。

晏　殊

晏殊(991—1055)，字同叔，抚州临川(今江西抚州)人。十四岁以神童入试，赐同进士

出身。仕真宗、仁宗两朝，曾任翰林学士、礼部侍郎、御史中丞等，仁宗庆历中官至加同中书门下平章事兼枢密使，卒谥元献，世称晏元献。他善于奖掖人才，范仲淹、韩琦、欧阳修皆出其门。史载晏殊"文章赡丽，应用不穷，尤工诗，闲雅有情思"(《宋史》本传)。其词承南唐遗风，典雅华丽，颇受冯延巳影响，北宋刘攽《中山诗话》载："晏元献尤喜江南冯延巳词。其所自作，亦不减延巳。"晏殊原有诗文二百四十卷，早佚，清人辑有《晏元献遗文》一卷。

晏殊有《珠玉词》一百三十余首，绝大部分内容是抒写男女相思相恋及离愁别恨，但已没有五代时的轻佻艳冶之风，情感基调是雍容和缓，较为纯净雅致；语言也脱去"花间"词的脂粉气和浓艳色彩，变得清丽淡雅、温润秀洁。他是北宋词坛上的重要词人，被后人推为"北宋倚声家初祖"(冯煦《蒿庵论词》)，对宋初词风颇具影响。

蝶恋花

槛菊愁烟兰泣露[1]，罗幕[2]轻寒，燕子双飞去。明月不谙离恨苦[3]，斜光到晓穿朱户[4]。　　昨夜西风凋碧树，独上高楼，望尽天涯路。欲寄彩笺兼尺素[5]，山长水阔知何处？

唐圭璋：《全宋词》，中华书局，1965 年版

【解题】

这首词主要写深秋怀人，是《珠玉词》中一首颇负盛名的作品。思想内容上仍是写离愁别恨，但构思精巧细密，表现手法独特，使得全词情致深婉，境界也寥廓高远，深婉中见含蓄，广远中有蕴涵，与一般离别相思之作不同。首先采用倒叙手法，使全词跌宕起伏，避免平铺直叙；其次大量运用比喻和拟人手法来烘托环境气氛，意境深沉。

【注释】

[1]槛(jiàn)：古建筑常于轩斋四面房基之上围以木栏，上承屋角，下临阶砌，谓之槛。这里指花圃的围栏。兰泣露：兰花上的露珠像花在哭泣。李贺《苏小小诗》："幽兰露，如啼眼。"　[2]罗幕：丝罗的帷幕，富贵人家所用，这里指卧房。　[3]不谙(ān)：不了解，没有经验。谙：熟悉，了解。离恨：一作"离别"。　[4]斜光：斜射的月光。朱户：朱红的窗户，指大户人家。　[5]彩笺：彩色的信笺，古代用来题诗的一种精美的彩纸。尺素：古代书写用的白色生绢，约尺许长。后为书信的代称。语出《古诗十九首》"客从远方来，遗我双鲤鱼。呼儿烹鲤鱼，中有尺素书"。"兼"：一作"无"。

【拓展与思考】

北宋词人柳永有一首词名为《定风波》，也是描写男女离愁别恨之情的，试与晏殊《蝶恋花》相比较，分析二者的异同。

定风波　柳永

自春来、惨绿愁红，芳心是事可可。日上花梢，莺穿柳带，犹压香衾卧。暖酥消，腻云亸。终日厌厌倦梳裹。无那！恨薄情一去，音书无个。

早知恁么。悔当初、不把雕鞍锁。向鸡窗、只与蛮笺象管，拘束教吟课。镇相随，莫抛躲。针线闲拈伴伊坐。和我。免使年少、光阴虚过。

浣溪沙

一曲新词酒一杯[1]，去年天气旧亭台[2]。夕阳西下几时回？
无可奈何花落去，似曾相识燕归来。小园香径[3]独徘徊。

唐圭璋：《全宋词》，中华书局，1965 年版

【解题】

这首词是晏殊的代表作之一，为历代选家所瞩目。词的主旨既含伤春惜时之意，又暗寓人生感慨怀人伤逝之情。全词语言明白如话，清丽自然，圆转流利，意蕴深沉，启人神智，耐人寻味，构成了晏殊词“情中有思”的个人风格，即浓厚的深情中渗透着理性沉思的特质并蕴含着强烈的时间意识和生命意识。“夕阳”“落花”都是一去不复返的事物意象，其象征着美好时光的流逝和个人情感的失落，作者由眼前的事物进而感受到时光飞逝以及陷入对生命哲理的沉思和体悟之中。“无可奈何花落去，似曾相识燕归来”妙用虚字，构成工巧而深沉的对仗，意象优美，情思丰富深隽，是晏殊的得意之句，被后人称誉为“天然奇偶”（明代杨慎《词品》）。

【注释】

[1]一曲新词酒一杯：此句化用白居易《长安道》诗意：“花枝缺处青楼开，艳歌一曲酒一杯”。一曲：一首，因为词是配合音乐唱的，故称“曲”。新词：刚填好的词，意指新歌。酒一杯：一杯酒。　[2]去年天气旧亭台：是说天气、亭台都和去年一样。语本唐五代郑谷《和知己秋日伤怀》诗：“流水歌声共不回，去年天气旧池台。”晏词“亭台”一本作“池台”。旧亭台：曾经到过的或熟悉的亭台楼阁。　[3]小园香径：花草芳香的小径，或指铺满落花的小径。

【拓展与思考】

如何理解晏殊词中的“富贵气象”？

宋　祁

宋祁(998—1061),字子京,小字选郎。祖籍安州安陆(今湖北安陆市)人,后迁徙开封雍丘县(今属河南杞县)。他是北宋官员、文学家、史学家、词人。宋仁宗天圣二年(1024)与兄宋庠同举进士,人呼曰"二宋",以大小别之,名著一时。曾任翰林学士、龙图阁学士、史馆修撰、知制诰等。他曾与欧阳修等人同修《新唐书》,多数为其所作,历时十余年书成,进工部尚书,旋拜翰林学士承旨。嘉祐六年卒,谥景文。诗词多写悠游闲适生活,语言工丽,描写生动,因《玉楼春》词中有"红杏枝头春意闹"句,世称"红杏尚书"。清人辑有《宋景文集》。近人赵万里辑有《宋景文公长短句》一卷,存词六首,刊入《校辑宋金元人词》。

玉楼春·春景

东城[1]渐觉风光好,縠皱波纹迎客棹[2]。绿杨烟外晓寒轻[3],红杏枝头春意闹。浮生[4]长恨欢娱少,肯爱千金轻一笑[5]。为君持酒劝斜阳,且向花间留晚照[6]。

唐圭璋:《全宋词》,中华书局,1965年版

【解题】

《玉楼春》也作《木兰花》,宋祁就是因为这首词而获得巨大声誉的。据记载,当时人们曾用词中的名句来戏称他为"'红杏枝头春意闹'尚书"。王国维说该词一个"闹"字境界全出,词人匠心独运,用听觉感受"闹"表现视觉感受,运用了通感手法,可使人联想到花上蜂蝶飞舞、春鸟和鸣,呈现出一幅杏花盛开、春意盎然的景象。这一句的妙处,还得益于上句的映衬与对照。用"轻"字形容"晓寒",也新颖贴切。此词上片从游湖写起,讴歌春色,描绘出一幅生机勃勃、色彩鲜明的早春图;下片则一反上片的明艳色彩、健朗意境,言人生如梦,虚无缥缈,匆匆即逝,因而应及时行乐,反映出"浮生若梦,为欢几何"的寻欢作乐思想。有论者认为流露出作者及时行乐的消极思想,这种看法未必妥当。仔细玩味,作者惜时自贵的思想感情基调,是乐观、开朗、向上的。

【注释】

[1]东城:泛指城市之东。　[2]縠(hú)皱波纹:形容波纹细如绉纱。皱:一作"绉"。縠皱:绉纱,有皱褶的纱。棹(zhào):船桨,此指船。　[3]烟:指笼罩在杨柳梢头的薄雾。晓寒轻:早晨稍稍有点寒气。　[4]浮生:意味世事无定,人生短促。语本《庄子·刻意》:"其生若浮,其死若休。"　[5]肯爱:岂爱。爱:爱惜。轻:看轻,轻视。此句是说怎肯因爱惜千金之财而轻视那美丽的一笑呢!南朝梁王僧孺《咏宠姬》:"再顾倾城易,一笑千金

买。” [6]晚照：夕阳的余晖。南朝宋武帝《七夕》诗之一：“白日倾晚照，弦月升初光。”李商隐《写意》：“日向花间留晚照。”

【选评】

“红杏枝头春意闹”，著一“闹”字而境界全出，“云破月来花弄影”，著一“弄”字而境界全出矣。（《人间词话》卷上）

宋子京词，是宋初体。张子野始创瘦硬之体，虽互相称美，其实趣尚不同。（刘熙载《艺概》卷四）

【拓展与思考】

“红杏枝头春意闹”是千古名句，王国维称道其“境界全出”，而李渔却认为这个字用得无理：“争斗有声谓之‘闹’，桃李争春则有之，红杏闹春——予未之见也。‘闹’字可用，则‘吵’字、‘斗’字、‘打’字皆可用矣。”你认为“闹”字用得合理吗？

欧阳修

欧阳修（1007—1072），字永叔，号醉翁、六一居士，吉州永丰（今属江西省永丰县）人。宋仁宗天圣八年（1030 年）进士，馆阁校勘，因直言论事贬知夷陵。庆历中任谏官，支持范仲淹，要求在政治上有所改良，被诬贬知滁州。嘉祐间官至翰林学士、枢密副使、参知政事。晚年反对王安石新法，趋向保守。以太子少师致仕，卒谥文忠。主张文章应“明道”“致用”，对宋初以来靡丽、险怪的文风表示不满，并积极培养后进，是北宋古文运动的领袖。散文说理畅达，抒情委婉，为“唐宋八大家”之一。诗颇受李白、韩愈影响，重气势而能流畅自然。其词婉丽，承袭南唐余风。有《欧阳文忠公集》《六一词》。

生查子·元夕

去年元夜[1]时，花市[2]灯如昼。月上[3]柳梢头，人约黄昏后。　　今年元夜时，月与灯依旧。不见去年人，泪湿[4]春衫[5]袖。

唐圭璋：《全宋词》，中华书局，1965 年版

【解题】

这首词题《生查子·元夕》，一般认为是欧阳修的作品，《词品》《词综》认为是朱淑真的词，《续萱草唐诗余》说是秦观词，二者恐都有误。有学者认为这是景祐三年（1036）词人怀念他的第二任妻子杨氏夫人所作。此词写了去年和今年两个上元夜相同的情景和不同的

感受。上片写去年元夜繁华热闹，自己与恋人月光下约会，情意绵绵深情款款，这情景交融的景象制造出婉约柔美、清幽诗化的意境。下片写一年后的今天，已物是人非，空留元夜相思之苦。“月与灯依旧”与“不见去年人”相对照，引出“泪湿春衫袖”这一旧情难续的沉重哀伤，一个“湿”字，将主人公旧情难续的悲苦以及对昔日恋人的一往情深充分地表达出来。此词构思巧妙，全词以独特的艺术构思，运用今昔对比、抚今追昔的手法，巧妙地抒写了物是人非、岁月不堪回首之感。语言浅近，意味隽永，形象生动而又清新自然。

【注释】

[1]元夜：指上元节的夜晚。古代以阴历正月十五日为上元节，其夜为上元夜，也叫元宵。据记载，唐代已有在元夜观灯的风俗。北宋时从十四到十六三天，开宵禁，游灯街花市，通宵歌舞，盛况空前，也是年轻人蜜约幽会，谈情说爱的好机会。　[2]花市：一说是民俗每年春时举行的卖花、赏花的集市。一说是指灯市。花：花灯。　[3]月上：一作“月到”。　[4]泪湿：一作“泪满”。　[5]春衫：年少时穿的衣服，也指代年轻时的自己。

【选评】

元曲之称绝者，不过得此法。（徐士俊《古今词统》）

踏莎行

候馆[1]梅残，溪桥柳细，草薰风暖摇征辔[2]。离愁渐远渐无穷，迢迢[3]不断如春水。寸寸柔肠[4]，盈盈粉泪[5]，楼高莫近危阑[6]倚。平芜[7]尽处是春山，行人更在春山外。

唐圭璋：《全宋词》，中华书局，1965年版

【解题】

这首词是欧阳修的代表作之一，主要写早春南方行旅的离愁，其没有超出游子思妇离愁别恨传统题材的范畴。据陈尚君考证，这首词当作于宋仁宗明道元年(1033)暮春，是作者早年行役江南时的作品。上阕写行人客旅的思念，游子在征途中面对一派春光所触发的离愁，以时空的转换，写人在旅途，漂泊无际，且无止期，实中寓虚，以乐写哀。下阕写闺中思妇此时亦为离情所苦，写其凭高远望之人的内心活动，寓情于景，含蓄深沉，实托思妇以抒己情，采用的是透过一层从对面着笔的表现手法，这样写既显情深意长而又哀婉欲绝。词人善用比喻，上阕以长流不息的春水喻离愁，写得自然贴切又柔美含蓄；下阕以可望而不可即的春山喻远别，化抽象为具象，也很生动贴切。词人又妙用层层翻进手法，写平芜、春山、行人，景越远大而情越深长。整首词巧妙地运用了以乐写愁、实中寓虚、化虚为实、更进一层等艺术手法，写得情深意远、柔婉优美，把离愁表现得淋漓尽致，是婉约词小令中的佳作。

【注释】

[1]候馆：迎宾候客的馆舍，此指旅舍。《周礼·地官·遗人》："五十里有市，市有候馆。" [2]草薰：花草散发的清香。薰：即蕙草，香草名，这里引申为侵袭的香气。此句化用南朝梁江淹《别赋》："闺中风暖，陌上草薰。"征辔(pèi)：行人坐骑的缰绳。征：远行。辔：驾驭马的嚼子和缰绳。 [3]迢迢：形容遥远的样子，这里用以形容绵长不断。[4]寸寸柔肠：柔肠寸断，指女子伤心至极，形容悲痛欲绝。 [5]盈盈：形容泪水充溢眼眶。粉泪：泪水流到脸上，与粉妆和在一起，指女子的眼泪。 [6]危阑：也作"危栏"，高楼上的栏杆。危：高。 [7]平芜：平旷茂密的草地。芜：草地。

【选评】

杜子美流离兵革中，其咏内子云："香雾云鬟湿，清辉玉臂寒。何时倚虚幌，双照泪痕干。"欧阳文忠、范文正，矫饰风节，而欧公词云："寸寸柔肠，盈盈粉泪，楼高莫近危阑倚。"又："薄幸辜人终不愤。何时枕上分明问。"范文正词："都来此事，眉间心上，无计相回避。"又："明月楼高休独倚。酒入愁肠，化作相思泪。"情之所钟，虽贤者不能免，岂少年所作耶？惟荆公诗词未尝作脂粉语。（宋代·俞文豹《吹剑录》）

佛经云："奇草芳花能逆风闻薰。"江淹《别赋》："闺中风暖，陌上草薰。"正用佛经语。六一词云"草薰风暖摇征辔"，又用江淹语。今《草堂词》改"薰"作"芳"，盖未见《文选》者也。欧阳公词："平芜尽处是春山，行人更在春山外。"石曼卿诗："水尽天不尽，人在天尽头。"欧与石同时，且为文字友，其偶同乎？抑相取乎？（明代·杨慎《词品》）

"芳草更在斜阳外"，"行人更在春山外"两句，不厌百回读。（明代·卓人月《古今词统》）

"平芜尽处是春山，行人更在春山外。"升庵以拟石曼卿"水尽天不尽，人在天尽头"，未免河汉。盖意近而工拙悬殊，不啻霄壤。且此等入词为本色，入诗即失古雅，可与知者道耳。（清代·王士祯《花草蒙拾》）

唐宋人诗词中，送别怀人者，或从居者着想，或从行者着想，能言情婉挚，便称佳构。此词则两面兼写。前半首言征人驻马回头，愈行愈远，如春水迢迢，却望长亭，已隔万重云树。后半首为送行者设想，倚栏凝睇，心倒肠回，望青山无际，遥想斜日鞭丝，当已出青山之外，如鸳鸯之烟岛分飞，互相回首也。以章法论，"候馆""溪桥"言行人所经历；"柔肠""粉泪"言思妇之伤怀，情同而境判，前后阕之章法井然。（俞陛云《唐五代两宋词选释》）

此首，上片写行人忆家，下片写闺人忆外。起三句，写郊景如画，于梅残柳细、草薰风暖之时，信马徐行，一何自在。"离愁"两句，因见春水之不断，遂忆及离愁之无穷。下片，言闺人之怅望。"楼高"一句唤起，"平芜"两句拍合。平芜已远，春山则更远矣，而行人又在春山之外，则人去之远，不能目睹，惟存想象而已。写来极柔极厚。（唐圭璋《唐宋词简释》）

此亦托为闺人别情，实乃自抒己情也，与晏殊《踏莎行》二词同。上半阕行者自道离情；下半阕则居者怀念行者。此词之行者，当即作者本人。欧阳修因作书责高若讷不谏吕夷简排斥孔道辅、范仲淹诸人，被高将其书呈之朝廷，因而被贬为夷陵令。（刘永济《唐五

代两宋词简析》)

【拓展与思考】

古人写游子思妇离愁别恨之作有很多,历代不绝,欧阳修这首《踏莎行》有何独到之处,请试分析。

朝中措·送刘仲原甫出守维扬

平山阑槛[1]倚晴空,山色有无中。手种堂前垂柳,别来[2]几度春风?　　文章太守[3],挥毫万字,一饮千钟。行乐直须[4]年少,尊前[5]看取衰翁[6]。

唐圭璋:《全宋词》,中华书局,1965年版

【解题】

这首词写作的背景是北宋仁宗庆历八年(1048),欧阳修任扬州(今江苏扬州市)太守,在扬州城西北五里的大明寺西侧蜀岗中峰上,修建了一座"平山堂",常与朋友在此聚会。欧阳修调离扬州几年之后,他的朋友刘原甫也被任命为扬州太守。欧阳修给他饯行,在告别的宴会上,作了这首《朝中措》相送。欧阳修借酬赠友人之机,追忆自己扬州的生活,"文章太守"风流儒雅、豪放达观的形象跃然纸上。这首词开篇就写得气势磅礴,为下文奠定了疏宕豪迈的基调。词人送友人出守扬州之际,想起平山堂前的杨柳。"手种堂前垂柳,别来几度春风",深情又豪放。"几度春风"四字,亦给人欣欣向荣、格调轩昂之感。"文章"三句不仅是在赞誉友人的倚马之才;也可以看作是词人的自况。"一饮千钟"将一位气度豪迈、才华横溢的"文章太守"形象,描绘得栩栩如生,充满豪气。词末二句,先是劝人,又回过笔来写自己,一段人生感慨,不禁冲口而出。欧阳修这首词可看出政治逆境中其达观豪迈、笑对人生的风范,这种人生态度对苏轼影响很大。

【注释】

[1]平山阑槛:平山堂的栏槛。　[2]别来:分别以来。作者已离开扬州八年。　[3]文章太守:这里指刘敞。　[4]直须:应当。　[5]尊:通"樽",酒杯。　[6]衰翁:词人自称。此时作者已年逾五十。

王安石

王安石(1021—1086),字介甫,晚号半山,抚州临川(今属江西)人,宋仁宗庆历二年(1042)考中进士,由淮南签书判官,历任鄞县令、舒州通判、常州知州、提点江东刑狱等职。

嘉祐三年(1058),以万言书上仁宗,力主改革。神宗即位后,于熙宁二年(1069)由翰林学士提拔为参知政事,两度拜相,厉行变法。因"新法"屡遭朝野反对,熙宁十年(1077)以集禧观使退居金陵钟山。元丰元年(1078),受封舒国公,后改封荆国公,故世称王荆公。卒后谥曰文。王安石是北宋著名政治家,诗文革新运动代表作家之一。其诗有着强烈的政治性和现实性,早期诗作刚劲质直有余,含蓄蕴藉不足。后期则清丽深婉,脱去流俗,成就颇高。有《临川集》。

桂枝香·金陵怀古

登临送目[1],正故国[2]晚秋,天气初肃[3]。千里澄江似练[4],翠峰如簇[5]。归帆去棹[6]残阳里,背西风、酒旗斜矗。彩舟云淡,星河鹭起[7],画图[8]难足。　念往昔、繁华竞逐[9]。叹门外楼头[10],悲恨相续[11]。千古凭高[12],对此谩嗟荣辱[13]。六朝旧事随流水[14],但寒烟、芳草凝绿[15]。至今商女,时时犹唱,后庭遗曲[16]。

唐圭璋:《全宋词》,中华书局,1965年版

【解题】

五代王定保《唐摭言》卷三载唐裴思谦状元及第后赋诗,有"夜来新惹桂枝香"句,当是此调名所本。《古今词话》记载:北宋时,许多作家都用《桂枝香》曲调写过金陵怀古词,共三十余首,其中王安石这首最为绝唱。黄昇《唐宋诸贤绝妙词选》题此词作"金陵怀古",虽非荆公自注,但也切合题旨。宋英宗治平四年(1067),王安石第一次任江宁知府,写有不少咏史吊古之作;宋神宗熙宁九年(1076)之后王安石被罢相,第二次出知江宁府。这首词当作于这两个时段的其中之一。又有学者认为大概是王安石二次罢相以后退居金陵的作品。

词的上阕是站在地理的制高点上,视通千里,写登临金陵故都所见之景。"澄江""翠峰""征帆""斜阳""酒旗""西风""云淡""鹭起",依次勾勒水、陆、空的雄浑场面,境界苍凉,描绘了金陵的壮丽景色。下阕是站在历史的制高点上,神越千古,转入抒情,写在金陵之所想,抒发吊古伤今的深沉感慨。词的主要命意在下阕,词人通过对金陵(今江苏南京)景物的赞美和历史兴亡的感喟,寄托了词人对当时朝政的隐忧和对国家政治大事的关心。此词立意高远,情景交融,笔墨雄健,词语精警,用典妥帖,意蕴深厚,境界雄浑阔大,风格沉郁悲壮,故而被誉为咏史词中的千古绝唱。苏轼见此词也不由感叹:"此老乃野狐精也!"

【注释】

[1]登临送目:登山临水,举目望远。登临:语出宋玉《九辩》:"登山临水兮送将归。"这里指登高。送目:举目远眺。此句化用李白《夕霁杜陵登楼寄韦繇》诗:"登楼送远目。"送:一作"纵"。　[2]故国:故都,指金陵。　[3]肃:萧瑟,肃杀。《汉书·礼乐志》:"秋气肃杀。"又《诗经·豳风·七月》:"九月肃霜。"毛《传》:"肃,缩也,霜降而收缩万物。"　[4]千

里澄江似练：清澄平静的江面就像一条白绢。源自南齐谢朓《晚登三山远望京邑》："澄江静如练。"练：白色的熟绢。　[5]簇：同"蔟"，供蚕作茧的麦秸丛，上尖下宽，形略似山。这里形容山的峭拔。　[6]归帆去棹：来往船只。归：一作"征"。棹：船桨，这里代指船。[7]星河鹭起：南京西南江中原有白鹭洲，洲上多聚白鹭。由于江水北移，现已与南岸陆地相连。唐李白《登金陵凤凰台》："三山半落青天外，二水中分白鹭洲。"星河：银河，这里美称长江。有学者认为篇末三句用杜牧《夜泊秦淮》成句，应是写秦淮河之景。鹭起：白鹭振翅飞起。　[8]画图：一作"图画"。　[9]念往昔、繁华竞逐：想当年，在此建都的六朝帝王多以豪华相尚，愈演愈烈。六朝（东吴、东晋、宋、齐、梁、陈）、南唐均在南京建都。往：一作"自"。繁：一作"豪"。竞逐：竞争追逐。晋左思《吴都赋》："结轻舟而竞逐。"　[10]叹门外楼头：唐杜牧《台城曲》诗"门外韩擒虎，楼头张丽华"。说隋兵已经逼近，隋将韩擒虎已经杀到门外，陈后主还和爱妃张丽华作乐。这件事很可能是虚构的。叹：一作"怅"。[11]悲恨相续：建都于南京的各朝更迭迅速，相继灭亡，悲剧一场接一场，令人浩叹。[12]千古凭高：千载之下登高吊古。　[13]对此：一作"望眼"。谩：一作"漫"。谩嗟：徒然嗟叹。荣辱：荣耀和耻辱，指六朝的盛衰兴亡。　[14]六朝旧事随流水：这句与后蜀欧阳炯《江城子》"六代繁华，暗逐逝波声"，意境相近。随：一作"如"。　[15]但：唯有。芳：一作"衰"。凝绿：浓绿。凝：表程度深。　[16]至今商女，时时犹唱，后庭遗曲：源自杜牧《夜泊秦淮》"商女不知亡国恨，隔江犹唱后庭花"。商女：指商人的妻妾。唐宋时，商人有娶歌伎的风气（按：有些辞书解释为"歌女"是误解）。后庭遗曲：指陈后主所作《玉树后庭花》。其辞云："玉树后庭花，花开不复久。"这首曲子主要是赞美爱妃张丽华的美貌，辞藻艳丽。由于曲调哀怨，被认为是亡国的前兆。

【选评】

杨湜云：金陵怀古，诸公寄词于《桂枝香》凡三十余首，独介甫最为绝唱。东坡见之，不觉叹息曰："此老乃野狐精也。"（《景定建康志》引《古今词话》）

词以意趣为主，要不蹈袭前人语意。如东坡《中秋・水调歌头》（词略）、王荆公《金陵怀古・桂枝香》（词略），……此数词皆清空中有意趣，无笔力者未易到。（宋代张炎《词源》）

《桂枝香》登临送目：情韵有美成、耆卿所不能到。（明代张惠言《论词》）

梁启超云：李易安谓介甫文章似西汉，然以作歌词，则人必绝到。但此却颉颃清真、稼轩，未可谩诋也。（《艺蘅馆词选》）

晏几道

晏几道（1038—1110），生活于北宋中后期，字叔原，号小山，抚州临川（今江西抚州市临川区)人,晏殊第八子(按:一说晏殊第七子。多数学者为避免疏漏,说是晏殊幼子)。他能文善词,与其父齐名。时称“二晏”“大小晏”。宋神宗熙宁二年(1069)二月任用富弼为宰相,王安石为参知政事,推行新法。其父“太平宰相”晏殊在仁宗至和二年(1055)亡故,晏几道当时年幼,后由兄嫂教养成人;不久欧阳修又因反对新法,逐渐失势,于熙宁五年(1072)病故,亲人故交的亡故或失势,使他失去了政治上的依靠,生活景况也日趋恶化。加之他性情孤傲,为人耿直,不肯趋炎附势,一生仕途偃蹇。他曾担任过太常寺太祝、监颍昌府许田镇(今河南许昌东北)、乾宁军(今河北青县)通判、开封府(今河南开封)推官等一类微职。其词受五代艳词及家学影响,而又兼“花间”之长,一生专意于词,突出特点是执着于“追忆”,题材多写男女悲欢离合之情,亦兼寓人生失意之苦。以小令见长,工于言情,语言清新,曲折轻婉,论者多有推崇。黄庭坚在《小山词序》中称他词:“清壮顿挫,能动摇人心,士大夫传之,以为有临淄之风。”明毛晋《宋六十名家词·小山词跋》认为可追配李璟、李煜。有《小山词》一卷,见《六十家词》及《彊村丛书》,又有晏端书刊本。存词二百六十首。

鹧鸪天

彩袖殷勤捧玉钟[1],当年拚却[2]醉颜红。舞低杨柳楼心月,歌尽桃花扇底风[3]。从别后,忆相逢,几回魂梦与君同。今宵剩把银釭照[4],犹恐相逢是梦中。

唐圭璋:《全宋词》,中华书局,1965 年版

【解题】

《鹧鸪天》,唐五代词中无此调,首见于北宋宋祁之作(见《唐宋诸贤绝妙词选》卷三),至晏几道填此词最多。这首词写词人与思慕已久女子久别重逢的情景,以相逢抒别恨。作者《小山词跋》说:“始时沈十二廉叔、陈十君宠家有莲、鸿、苹、云,品清讴娱客。每得一解,即以草授诸儿,吾三人持酒听之,为一笑乐。已而君宠疾废卧家,廉叔下世,昔之狂篇醉句,遂与两家歌儿酒使俱流转于人间。”词中的女子,或许就是莲、鸿、苹、云诸歌伎之一。上片利用彩色字面,追怀当年欢聚往事,似实而却虚,昙花一现,倏归乌有;下片写别后相思及不期而遇的悲喜交集之情,恍如梦境,似非却真(按:据吴小如先生《诗词札丛》探析,此词自始至终,都是以女抒情主人公的身份和语气向所爱的男子表达她的深情厚谊的。这种解读精切独到,应更符合作者原意)。此词情感婉丽,色彩绚烂,虚实相生,音韵谐美,具有极强的感染力,是作者脍炙人口的名作。

【注释】

[1]彩袖:代指穿彩衣的歌舞女。玉钟:玉制的酒杯。 [2]拚(pàn)却:情愿,甘愿,不顾惜,豁出去。却:语气助词。 [3]“舞低”二句:歌女舞姿曼妙,直舞到挂在杨柳树梢照到楼心的一轮明月低沉下去;歌女清歌婉转,直唱到扇底儿风消歇(累了停下来),极言歌舞时间之久。柳:原作“叶”,兹据朱祖谋《疆村丛书》本《小山词》改。底:原作“影”,兹据

明吴讷《唐宋名贤百家词》本《小山词》改。楼心月：即楼中月，指明月正对楼窗。桃花扇：歌舞时用作道具的扇子，一面绘有桃花，一面即书曲牌名目，征歌者就目点唱，歌女依点倚声。风：既指自然界的风，也双关《国风》之"风"(按：吴世昌先生认为这句意思是歌女已经歌尽了扇子上所列的曲目。见解独特，可供一参)。　[4]剩：尽，总是，通"尽(jǐn)"，只管。把：持，握。银釭(gāng)：银质的灯台，代指灯。化用杜甫《羌村》三首之一："夜阑更秉烛，相对如梦寐。"司空曙《云阳馆与韩绅宿别》："乍见翻疑梦，相悲各问年。"

【选评】

晁无咎(即晁补之)言："叔原不蹈袭人语，而风度闲雅，自是一家。如'舞低杨柳楼心月，歌尽桃花扇底风'，自可知此人必不生在三家村中也。"(赵令畤《侯鲭录》卷七)

晏叔原工小词。"舞低杨柳楼心月，歌尽桃花扇底风"，不愧六朝宫掖体。无咎评乐章，乃以为元献，误也。(胡仔《苕溪渔隐丛话前集》卷五十九引《雪浪斋日记》)

"夜阑更秉烛，相对如梦寐"，叔原(即晏几道)云："今宵剩把银釭照，犹恐相逢是梦中。"此诗与词之分疆也。(刘体仁《七颂堂词绎》)

下半阕曲折深婉，自有艳词，更不得不让伊独步。(陈廷焯《白雨斋词话》)

"从别后，忆相逢"六字，颇见回环之妙笔。"几回魂梦与君同"，承上启下，措语已妙绝无伦。(陈匪石《宋词举》)

"舞低"二句，比白香山"笙歌归院落，灯火下楼台"，更觉浓至。(《蓼园词选》)

"剩把"与"犹恐"四字呼应，则惊喜俨然，变质直为婉转空灵矣。上言梦似真，今言真如梦，文心曲折微妙。"(唐圭璋《唐宋词简释》)

回忆本是虚，因忆而有梦，梦也是虚，却疑为实。及真的相逢，翻疑为梦……上片单纯浓深，似乎板重，下片用回环的句法，淡远的笔调，将悲喜错杂的真情迤逦写来，就把上面的浮艳给融化开了。此篇笔意极细，承用杜诗，却非抄袭，意境略尽司空曙，亦在同异之间。(俞平伯《唐宋词选释》)

【拓展与思考】

有学者认为，全词自始至终，都是以女抒情主人公的身份和语气向所爱的男子表达她的深情厚谊的，你同意这种观点吗？请说明理由。

临江仙

梦后楼台高锁，酒醒帘幕低垂[1]。去年春恨却来[2]时，落花人独立，微雨燕双飞[3]。

记得小苹初见，两重心字罗衣[4]。琵琶弦上说相思[5]，当时明月在，曾照彩云归[6]。

唐圭璋：《全宋词》，中华书局，1965 年版

【解题】

《临江仙·梦后楼台高锁》是晏几道词的代表作。据《小山词跋》载，沈廉叔、陈君宠二

家有莲、鸿、苹、云四位“清讴娱客”，后君宠卧病，廉叔下世，“两家歌儿酒使俱流转于人间”，可知本词当是别后怀思歌女小苹之作。此词是追忆往事、感怀旧人之作。上阕叙写人去楼空、寂寞伤怀、今日相思的凄凉怀抱。下阕追忆初见小苹温馨动人，而今物是人非、明月依旧的迷茫怅惘之情。全词紧扣“相思”，从梦后酒醒、落花微雨到追忆“初见”及明月彩云的昔夜欢会，表现词人的苦恋相思之情和孤独寂寞之感。“落花”二句、“当时明月”两句都是化用前人诗句，然青出于蓝而胜于蓝，别有韵味。全词结构严谨，情景交融，以虚笔作结，意象空灵，情韵悠远，彰显了晏几道词深婉沉着的风格，堪称佳作。

【注释】

[1]“梦后”两句：午夜梦回，四周楼台门户紧锁；宿酒方醒，重重帘幕接地低垂。这写的是眼前实景，“梦后”“酒醒”互文，犹晏殊《踏莎行·小径红稀》所云“一场秋梦酒醒时”。[2]却来：又来，归来。唐顾况《天宝题壁》：“却来书处在，惆怅似前生。” [3]“落花”二句：出自五代诗人翁宏《春残》诗“又是春残也，如何出翠帷？落花人独立，微雨燕双飞。寓目魂将断，经年梦亦非。那堪愁向夕，萧飒暮蝉辉。”郑骞《词选》：“此联经小山采用，正如‘孤芳出荒秽’，移植庭园盆盎间也。” [4]心字罗衣：俞平伯《唐宋词选释》卷中“‘心字罗衣’，未详。明杨慎《词品》卷二：‘心字罗衣则谓心字香薰之尔，或谓女人衣曲领如心字。’说亦未必确。疑指衣上的花纹。‘心’当是篆体，故可作为图案。‘两重心字’，殆含‘心心’义。李白《宫中行乐词八首》之一：‘山花插鬓髻，石竹绣罗衣’，仅就两句字面，虽似与本句差远，但李白彼诗篇末云：‘只愁歌舞散，化作彩云飞’，显然为此词结句所本，则‘罗衣’云云盖亦相绾合。前人记诵广博，于创作时，每以联想的关系，错杂融会，成为新篇”。（按：陶文鹏、吴坤定《宋词三百首》解释为“绣有心字图案的丝罗衣衫”。） [5]“琵琶”句：白居易《琵琶行》“低眉信手续续弹，说尽心中无限事”。 [6]彩云：比喻美人，此指小苹。南朝梁江淹《丽色赋》：“其少进也，如彩云出崖。”其比喻美人之取义仍从《高唐赋》“行云”来。王融《古意二首》：“巫山彩云没，淇上绿条稀。”陈子昂《感遇诗》：“巫山彩云没，高丘正微茫。”李白集中亦屡见此意，如《感遇四首》之四“巫山赋彩云”、《凤凰曲》“影灭彩云断”、《宫中行乐词》“只愁歌舞散，化作彩云飞”等。白居易《简简吟》：“大都好物不坚牢，彩云易散琉璃脆。”用彩云比歌女，含有易散之意。此篇“当时明月”“曾照彩云”，与诸例均合，寓追怀追昔之意，即作者自跋所云。

【选评】

近世词人，闲情之靡，如伯有所赋，赵武所不得闻者，有过之无不及焉。是得为好色而不淫乎？惟晏叔原云“落花人独立，微雨燕双飞”，可谓好色而不淫矣。（南宋·杨万里《诚斋集》卷一百十四《诗话》）

小山词如“去年春恨却来时，落花人独立，微雨燕双飞”。又：“当时明月在，曾照彩云归。”既闲婉，又沉着，当时更无敌手。（清·陈廷焯《白雨斋词话》卷一）

晏叔原之“落花人独立，微雨燕双飞”，晏元献之“无可奈何花落去，似曾相识燕归来”，非诗句也。然不工诗赋，亦不能为绝妙好词。（清·沈祥龙《论词随笔》）

前二句抚今追昔，第三句融合言之，旧情未了，又惹新愁。“落花”二句，正春色恼人，紫燕犹解“双飞”，而愁人翻成“独立”。论风韵如微风过箫，论词采如红蕖照水。下阕回忆相逢，“两重字”，欲诉无从，只能借凤尾檀槽，托相思于万一。结句谓彩云一散，谁复相怜，惟明月多情，曾照我相送五株仙佩，此恨绵绵，只堪独喻耳。（清末·俞陛云《唐五代两宋词选释》）

用淡雅超逸之笔，写真淳柔厚之情，其境界超出于五代、北宋词人的一些同类作品。（缪钺《灵谿词说》）

“落花”两句，原为唐末翁宏之诗，妙在拈至此处，衬副得宜，且不明说春恨，而自以境界会意。落花、微雨，境极美；人独立，燕双飞，情极苦。（唐圭璋《唐宋词简释》）

苏　轼

苏轼（1037—1101），字子瞻，号东坡居士，眉州眉山（今四川眉山）人。少年已“学通经史，属文日数千言”。宋仁宗嘉祐二年（1057）进士及第。神宗熙宁年间，因反对王安石变法，自求外放，任杭州通判。历知密州（今山东诸城）、徐州（今江苏徐州）、湖州（今浙江湖州）。元丰二年（1079），御史劾以作诗讪谤朝廷，贬谪黄州（今湖北黄冈）团练副使。哲宗时任翰林学士，出知杭州、颍州（今安徽阜阳），官至礼部尚书。绍圣初，又以为文讥斥先朝，远谪惠州（今禹广东）、儋州（今海南儋州市），北还后第二年病逝常州，谥文忠。与父洵弟辙合称“三苏”。苏轼少年得志，携良师益友，同道而行，虽仕途困蹇，流转千里，然既得江山之助，又添人生况味，在文学创作方面有着杰出成就。文与欧阳修并称“欧苏”，诗与黄庭坚并称“苏黄”。苏轼的创作保证了北宋诗文转型得以最终完成，也使得“宋调”具有了更为丰富的内涵。词与辛弃疾并称“苏辛”，一扫当时绮艳柔靡之风尚，极大拓展了词之表现领域。有《苏东坡集》《东坡乐府》。

江城子·密州出猎

老夫聊发少年狂[1]，左牵黄，右擎苍[2]，锦帽貂裘[3]，千骑卷平冈[4]。为报倾城随太守[5]，亲射虎，看孙郎[6]。　　酒酣胸胆尚开张[7]，鬓微霜，又何妨？持节云中，何日遣冯唐[8]？会挽雕弓如满月，西北望，射天狼[9]。

龙榆生：《东坡乐府笺》，上海古籍出版社，2009 年版

【解题】

江城子，词牌名，又名“村意远”“江神子”“水晶帘”。分单调、双调两类，各有数体。单调始于唐韦庄，双调始于苏轼。此词双调七十字，上下片各五平韵。密州出猎：熙宁八年

(1075)春夏，密州(今山东诸城市)旱蝗相继。时任知州的苏轼前往常州祈雨，后果得雨。当年十月间，再往常山祭谢，归途中与同官会猎于铁沟，写了这首词。宋人傅藻《东坡纪年录》系《江城子·密州出猎》这首词作于宋神宗熙宁八年(1075)，当时作者三十九岁，在密州(今山东诸城)任知州。全词上阕写出猎情形、装束和盛况，后转写自己的感想，气势飞动，场面壮阔；下阕写猎后的开怀畅饮，并以冯唐(一说魏尚)(按：如果自比冯唐，表示自己希望能够到边防前线去任职。如果自比魏尚，则是希望得到朝廷信任、在边陲为国立功)。自比，表达自己希望能投身前线保家卫国的豪情壮志，慷慨激昂，意气风发。作者纵情放笔，由叙事而抒怀，使一个"狂"字贯穿始终；通过倾城出动的宏观场面、孙权射虎的传奇故事、挽弓射天狼的镜头描摹，成功塑造了一位鬓染微霜志气不减的爱国志士形象。全词突破晚唐五代以来词为艳科的藩篱，去除绮艳浮靡之气，通篇胸襟磊落、壮怀激越，音韵铿锵、气势逼人，充满豪放之风和阳刚之气。苏轼对自己这首词也颇为得意，他在《与鲜于子骏书》说："近却颇作小词，虽无柳七郎风味，亦自是一家，呵呵！数日前猎于郊外，所获颇多，作得一阕(指本词)，令东州壮士抵掌顿足而歌之，吹笛击鼓以为节，颇壮观也。"[按：有人认为此信是苏轼元丰二年(1079)正月在徐州所写，信中所谓"小词"非此词，已经失传]

【注释】

[1]老夫：作者自称，时年三十九岁。聊：姑且，暂且。狂：狂妄。 [2]左牵黄，右擎苍：左手牵着黄狗，右臂托起苍鹰。写打猎的行头，形容围猎时用以追捕猎物的架势。宋李昉等《太平御览》卷九二六引《史记》："李斯临刑，思牵黄犬，臂苍鹰，出上蔡东门，不可得矣。"(今本《史记》只言牵黄犬，不言臂苍鹰)《梁书·张充传》："充出猎，左手臂鹰，右手牵狗。"黄：黄犬。苍：黑鹰。 [3]锦帽貂裘：作者的猎装，一说为随从的穿戴。名词作动词，头戴着华美鲜艳的帽子。貂裘：身穿貂鼠皮衣。这是汉羽林军穿的服装。裘：皮袄。[4]千骑(jì)卷平冈：形容马多尘土飞扬，把山岗像卷席子一般掠过。千骑，形容随者之众。平冈，指山脊平坦处。骑：一人乘一马为一骑。 [5]为报倾城随太守：为了酬谢全城的百姓都出来看我围猎的盛情。为报：一说为了报答；一说替我告知，请告诉。倾城：全城出动(按：一说"倾城"指美女。《汉书·外戚传》记载汉武帝宫廷内的伶人李延年曾歌："北方有佳人，绝世而独立。一顾倾人城，再顾倾人国。宁不知倾城与倾国？佳人难再得！"宋时，各州府有官妓，开宴会时演出歌舞，侑酒陪欢。所以此句可以译为"请通知美人们跟着我到郊外去。"此说颇有情趣，可备一解)。随：一作"贤"。晋孙楚《征西官属送于陟阳侯作》："倾城远追送，饯我千里道。"太守：本是战国时郡守的尊称，汉景帝时成为郡级长官的正式名称，一直沿用的南北朝。隋唐后郡改州或府，隋唐时相应官名为刺史，宋为知州、知府，仍常袭用太守之名。这里太守指苏轼。 [6]孙郎：三国时期东吴的孙权，这里作者自喻。《三国志·吴书·吴主传》载，汉献帝建安二十三年(218)十月，"权将如吴，亲乘马射虎于庱亭(今江苏武进西)。马为虎所伤。权投以双戟，虎却废，常从张世击以戈，获之"。时年孙权三十七岁，这里作者以孙权自比。 [7]酒酣胸胆尚开张：尽情畅饮，胸怀开阔，胆气豪壮。尚：更加。唐元稹《说剑》："酒酣肝胆露。" [8]持节云中，何日遣冯唐：朝廷何日派遣冯唐去云中郡赦免魏尚的罪呢？典出《史记·冯唐传》，汉文帝时，云中郡(汉时的

郡名，在今内蒙古自治区托克托县一带，包括山西西北部分地区）太守魏尚守边有方，功绩卓著。他在一次抵抗匈奴的战斗中，虽所杀甚众，然在上报战功时与实际不符（多报六人），被削去职位。罚作劳役。文帝前元十四年（前166），匈奴又大举入侵，冯唐趁机进谏，指出文帝赏罚不当，文帝接受冯唐意见，即日派他持节赦免魏尚，官复原职。同时还任命冯唐为车骑都尉、主中尉及郡国车士。持节，是奉有朝廷重大使命。节：符节，以竹竿为之，使臣随身携带以传朝命的符节。　[9]会：应当，定将。挽：拉开。雕弓：弓背上有雕花的弓，装饰华美的弓。满月：圆月。西北望：当时西北方的西夏党项族政权经常派军队侵入宋境，掳掠人口财物。这是北宋所面临的主要军事威胁。天狼：星名，一名犬星，主侵掠，古代用以代表贪残侵略。这里代指侵扰宋朝西北边境的辽和西夏国的统治者。化用了《楚辞·九歌·东君》："举长矢兮射天狼。"《晋书·天文志》云："狼一星在东井南，为野将，主侵掠。"

【选评】

苏轼最早的一首豪放词。从宋词的发展看来，在范仲淹那首《渔家傲》之后，苏轼这词是豪放词派中一首很值得重视的作品。（夏承焘《唐宋词欣赏》）

这首词上片出猎，下片请战，场面热烈，情豪志壮，大有"横槊赋诗"的气概，把词中历来香艳软媚的儿女情，换成了报国立功，刚强壮武的英雄气了。（中国陶渊明研究会常务理事高原《唐宋词鉴赏辞典》）

水调歌头·明月几时有

丙辰中秋[1]，欢饮达旦，大醉。作此篇，兼怀子由。

明月几时有？把酒问青天[2]。不知天上宫阙，今夕是何年？我欲乘风归去，又恐琼楼玉宇，高处不胜寒[3]。起舞弄清影，何似在人间[4]？

转朱阁，低绮户，照无眠[5]。不应有恨，何事长向别时圆[6]？人有悲欢离合，月有阴晴圆缺，此事古难全。但愿人长久，千里共婵娟[7]。

龙榆生：《东坡乐府笺》，上海古籍出版社，2009年版

【解题】

水调歌头：词牌名，又名"元会曲""台城游""凯歌""江南好""花犯念奴"等。双调九十五字，平韵（宋代也有用仄声韵和平仄混用的）。相传隋炀帝开汴河幸江都时自制《水调歌》。唐人演为大曲，"歌头"就是大曲中的开头部分。宋人裁截其歌头，制为新声，即《水调歌头》。《水调歌头·明月几时有》这首词是宋神宗熙宁九年（1076）中秋苏轼在密州时所作。词前小序说："丙辰中秋，欢饮达旦，大醉。作此篇，兼怀子由。"交代了写词的缘由。苏轼因与变法派王安石政见不同，请求外放，希望到离弟弟苏辙近的地方为官，以便相见。熙宁七年（1074）苏轼差知密州，与苏辙（当时在济南）相距较近，然事与愿违，仍无法见面。熙宁九年中秋，皓月当空，银辉遍地，词人想到与胞弟苏辙已七年未得团聚，不觉悲上心

头，心潮难平，趁酒酣耳热之际，挥笔写下这首被后人誉为千古绝唱的中秋佳词。

这首词上阕以月起兴、问天起笔，围绕中秋明月展开想象和思考，写幻想乘风上天，但觉天上不如人间温暖，这反映出作者政治失意想逃避现实，但最终又执着于现实的矛盾心理。下阕写与苏辙的离别之情，感慨人生的悲欢离合，最后以豁达乐观心态自我解脱，并发出“但愿人长久，千里共婵娟”（按：此句祝福虽是由手足之情而发，然其道尽了天下离人之共情，所以可以用于兄弟、夫妻、朋友之间）的美好祝愿。作者把人世间的悲欢离合之情纳入对宇宙人生的哲理性追寻之中，既表达了对亲人的思念和美好祝愿，也表达了在仕途失意时旷达超脱的胸怀和乐观的精神。全篇清空奇逸，浮想联翩，充满神奇意趣。南宋胡仔《苕溪渔隐词话》后集说：“中秋词，自东坡《水调歌头》一出，余词尽废。”

【注释】

[1]丙辰：指宋神宗熙宁九年(1076)。当时苏轼在密州(今山东诸城)任太守。这首词是本年中秋苏轼在密州超然台饮酒赏月所作。　[2]“明月”二句：化用李白《把酒问月》“青天有月来几时，我今停杯一问之”。把酒：端起酒杯。把：执、持。　[3]乘风：驾着风；凭借风力。《庄子·逍遥游》：“夫列子御风而行，泠然善也，旬有五日而后返。”《列子·黄帝》：“列子师老商氏，友伯高子，进二子之道，乘风而归……不知风乘我耶？我乘风乎？”归去：回到天上去。又：一作“惟”。琼楼玉宇：美玉砌成的楼阁宫室，指月宫。唐段成式《酉阳杂俎》前集卷二：“翟天师名乾祐……曾于江岸与弟子数十玩月，或曰‘此中竟何有’，翟笑曰：‘可随吾指观。’弟子中两人见月规半天，琼楼金阙满焉。数息间不复见。”　[4]“起舞”句：语本李白《月下独酌》“我歌月徘徊，我舞影零乱”。起舞：指月中仙女，或苏轼自指。弄清影：意谓词人在月光下起舞，影子也随着舞动。弄：玩弄，戏耍，欣赏。何似：何如，哪里比得上；一说何时。据宋蔡絛《铁围山丛谈》卷三记载：歌者袁绹……尝为吾言“东坡公昔与客游金山，适中秋夕，天宇四垂，一碧无际……俄月色如昼，遂共登金山山顶之妙高台，命绹歌其《水调歌头》曰‘明有几时有，把酒问青天’。歌罢，坡为起舞，而顾问曰：‘此便是神仙矣。’”　[5]转朱阁，低绮(qǐ)户，照无眠：看月光转过朱红色的楼阁，轻轻洒落在镂花的门檐。这秋霜般白亮的月光啊，直照得离人不能合眼成眠。朱阁：朱红的华丽楼阁。绮户：雕饰华丽的门窗。　[6]“不应”二句：宋司马光《温公续诗话》“李长吉‘天若有情天亦老’，人以为奇绝无对。曼卿对‘月如无恨月长圆’人以为勍敌”。长：一作“偏”。[7]“但愿”两句：南朝宋谢庄《月赋》：“美人迈兮音尘绝，隔千里兮共明月。”唐孟郊《古怨别》：“别后惟所思，天涯共明月。”另孟郊《婵娟篇》：“月婵娟，真可怜。”唐许浑《怀江南同志》：“惟应洞庭月，万里共婵娟。”以上为苏轼词所本。这些诗文共同意蕴是，异地相思之人都可以共赏一轮明月，在月色清辉之中得到千里万里如同会晤的精神慰藉。婵娟：一说美女之称。古代神话中说月宫有美人嫦娥，此处婵娟指嫦娥，用以代指月亮。另一说是“婵娟”形容阴柔之美，美好貌，这里指月亮。

【选评】

歌者袁绹，乃天宝之李龟年也。宣和间，供奉九重。尝为吾言“东坡公昔与客游金山，适中秋夕，天宇四垂，一碧无际，加江流澒涌，俄月色如画，遂共登金山山顶之妙高峰，命绹歌其水调歌头曰：'明月何时有？把酒问青天。'歌罢，坡为起舞而顾问曰：'此便是神仙矣！'吾谓：'文章人物，诚千载一时，后世安所得乎？'"（蔡绦《铁围山丛谈》卷三）

一洗绮罗香泽之态，摆脱绸缪宛转之度，使人登高望远，举首而歌，而逸怀浩气，超然乎尘垢之外。（胡寅《酒边集序》）

中秋词，自东坡《水调歌头》一出，余词尽废。（胡仔《渔隐丛话后集》）

词以意趣为主，要不蹈袭前人语意。如东坡中秋《水调歌》云……此数词，皆清空中有意趣，无笔力者未易到。（张炎《词源》）

东坡水调歌头："我欲乘风归去，只恐琼楼玉宇，高处不胜寒。起舞弄清影，何似在人间？"一时词手，多用此格。如鲁直云："我欲穿花寻路，直入白云深处，浩气展虹蜺。只恐花深里，红露湿人衣。"盖效东坡语也。近世闲闲老赵秉文亦云："我欲骑鲸归去，只恐神仙官府，嫌我醉时真。笑拍群仙手，几度梦中身？"（李治《敬斋古今黈》）

词以不犯本位为高。东坡满庭芳："老去君恩未报，空回首弹铗悲歌。"语诚慷慨，究不若水调歌头："我欲乘风归去，又恐琼楼玉宇，高处不胜寒。"尤觉空灵蕴藉。（刘熙载《艺概》）

落笔高超，飘飘有凌云之气。谪仙而后，定以髯苏为巨擘矣。笔致疏散。（《云韶集》）又：纯以神行，不落《骚》《雅》窠臼。太白之诗，东坡之词，皆是异样出色。（陈廷焯《词则·大雅集》）

东坡之《水调歌头》，则伫兴之作，格高千古，不能以常调论也。（王国维《人间词话》）

【拓展与思考】

除苏轼的《水调歌头》之外，你还知道哪些与中秋相关的诗词？请找出一两首试分析其妙处。

卜算子

黄州定慧院寓居作

缺月挂疏桐，漏断人初静[1]。谁见幽人独往来[2]，缥缈孤鸿影[3]。

惊起却回头，有恨无人省[4]。拣尽寒枝不肯栖[5]，寂寞沙洲冷[6]。

龙榆生：《东坡乐府笺》，上海古籍出版社，2009 年版

【解题】

有关这首词的创作时间，学界一直存有争议，一说此词是神宗元丰三年（1080）二、三月间，苏轼初贬黄州所作；一说是为神宗元丰五年（1082）十二月或元丰六年（1083）初作于黄州。黄州，今湖北黄冈。定慧院在今天的湖北黄冈市东南，又作定惠院，苏轼另有《游定惠院记》一文。该词是苏轼初到黄州贬所的抒怀之作，上片写鸿见人，托物寓怀，以缺月、疏桐、漏断这些凄冷意象的渲染，烘托贬所环境的寂静和幽居之人的孤独。下片写人见

鸿，以象征意义的孤鸿隐喻幽人，抒发其对政治迫害的惊恐和甘愿在贬所沉默、冷落以全身的幽愤。整首词借月夜孤鸿这一形象托物寓怀，表达了词人孤高自许、蔑视流俗的心境。这首词写景兴怀境界高妙，思清境冷，意高格奇，本咏夜景，至换头但只说鸿，人鸿互喻，语语双关，章法奇特，寓意深远。择木良禽的寂寞怀愁，实即作者心灵傲岸不谐的象征。高旷洒脱、绝去尘俗的境界，得益于高妙的艺术技巧。黄庭坚称此词："语意高妙，似非吃烟火食人语，非胸中有万卷书，笔下无一点尘俗气，孰能至此(《豫章黄先生文集》卷二十六《跋东坡乐府》)"。

【注释】

[1]漏断：铜壶滴水计时称漏，壶中水滴尽为漏断，表明夜深。 [2]谁：原作"时"，兹据宋傅幹《注坡词》(巴蜀书社1993年版)卷一二改。幽人：幽居的人，形容孤雁。幽：《周易·履卦》："履道坦坦，幽人贞吉。"此为作者自谓，一解为感觉似幽居之人，一解为囚禁含冤之人。"幽"引申为幽静、优雅。 [3]缥缈：隐隐约约，若有若无。孤鸿：孤雁。张九龄《感遇十二首》之四："孤鸿海上来。"鸿：大雁。 [4]省(xǐng)：领会，理解，明白。"无人省"，犹言"无人识"。 [5]拣尽寒枝：宋、金人关于此句多有争议。或谓鸿雁本不栖于木，故此句有语病；或谓鸿雁不栖于木而云"不肯栖"，并无语病；或谓作者明知鸿雁不栖于木而谓其"不肯"，意在嘉许良禽择木而栖，别有寄托；或谓鸿雁并非不栖于木。《稗海》本《野客丛书》"观隋李元操《鸿雁行》曰：'夕宿寒枝上，朝飞空井旁。'坡语岂无自邪？"此言固是。寒枝意广泛，又说"不肯栖"，本属无碍。此句亦有良禽择木而栖的意思。《左传·哀公十一年》："鸟则择木，木岂能择鸟。"杜甫《中宵》："择木知幽鸟。" [6]沙洲：江河中由泥沙淤积而成的陆地。一作"枫落吴江冷。"

【选评】

东坡道人在黄州时作，语意高妙，似非吃烟火食人语。非胸中有万卷书，笔下无一点尘俗气，孰能至此！(黄庭坚《豫章黄先生文集》)

此词本咏夜景，至换头但只说鸿。正如《贺新郎》词"乳燕飞华屋"，本咏夏景，至换头但只说榴花。盖其文章之妙，语意到处即为之，不可限以绳墨也。(胡仔《苕溪渔隐丛话前集》)

语语双关，格奇而语隽，斯为超诣神品。(黄苏《蓼园词选》)

寓意高远，运笔空灵，措语忠厚，是坡仙独至处，美成、白石亦不能到也。(陈廷焯《词则·大雅集》)

咏物词须别有寄托，不可直赋。自诉飘零，如东坡之咏雁；独写哀怨，如白石之咏蟋蟀。斯最善矣。(吴梅)

【拓展与思考】

"孤鸿"是文学作品中常出现的文学意象，请结合具体诗词，谈谈其都有哪些意蕴？

临江仙

夜归临皋[1]

夜饮东坡醒复醉[2]，归来仿佛三更。家童鼻息已雷鸣。敲门都不应，倚杖听江声[3]。

长恨此身非吾有[4]，何时忘却营营[5]？夜阑风静縠纹平[6]。小舟从此逝，江海寄余生。

龙榆生：《东坡乐府笺》，上海古籍出版社，2009 年版

【解题】

这首词是神宗元丰六年(1083)四月，苏轼被贬黄州第三年所作[按：一说作于神宗元丰五年(1082)九月]。苏轼因乌台诗案被贬黄州，于元丰三年(1080)五月开始住在城南江边临皋亭，后经朋友帮助，开垦一片荒地种植庄稼树木，名曰东坡，自号东坡居士。元丰五年春在那里修筑新寓所东坡雪堂，这首词就是词人自雪堂夜饮而归临皋时所写。这是一首即事抒情之作，上阕叙事，写块然独处、遗世独立的醉人形象。词人夜醉归来，家童酣睡，无人应门，只得“倚杖听江声”。下阕抒发身不由己、事与愿违的“长恨”。词人酒意渐消独立江边，展开一系列联想，想自己宦海沉浮，几经磨难，流放他乡，倒不如躲乘坐扁舟，隐遁江湖。全词抒发了作者拘于外物、不能掌握自己命运的痛苦，希望摆脱人世间名缰利锁的束缚而长隐江湖的心愿。全词将写景、叙事、抒情、议论水乳交融，写得自然真朴，不假雕饰，如从心底流出，格调超逸，颇能体现苏词特色。

【注释】

[1]临皋：地名，在黄州(今湖北黄冈)城南长江边。　[2]东坡：在湖北黄冈市东，原为黄州东南的荒地，广数十亩。元丰四年(1081)三、四月间，苏轼在友人马正卿帮助下，在此开荒种地，取名东坡，次年又于其旁建居所，名雪堂。　[3]听江声：苏轼寓居临皋，在湖北黄冈市南长江边，故能听长江涛声。倚杖：一作“久立”。　[4]“长恨”句：抱怨身不由己，不能按自己的理想去生活。典出《庄子·知北游》“舜问乎丞曰：‘道可得而有乎？’曰：‘汝身非汝有也，汝何得有夫道？’舜曰：‘吾身非吾有也，孰有之哉？’曰：‘是天地之委形也。’”　[5]营营：来往匆忙、频繁，此形容纷扰劳神。《诗经·小雅·青蝇》：“营营青蝇。”后引申为功名利禄奔走劳神。《庄子·庚桑楚》：“无使汝思虑营营。”　[6]夜阑：夜尽。司马迁《史记·高祖本纪》有“酒阑”，裴骃集解曰：“阑，言希也。谓饮酒者半罢半在，谓之阑。”《文选》中谢庄《宋孝武宣贵妃诔》有“白露凝兮岁将阑”，李善注曰“阑，犹晚也”。縠纹：比喻水波细纹、细浪。縠(hú)：绉纱类丝织品，此处形容波纹。

【选评】

壬戌九月，雪堂夜饮，醉归临皋作。(王文诰《苏诗总案》)

子瞻在黄州，病赤眼，逾月不出，或疑有他疾，过客遂传以为死矣。有语范景仁于许昌

者，景仁绝不置疑，即举袂大恸，召子弟，具金帛，遣人赙其家。子弟徐言："此传闻未审，当先书以问其安否，得实，吊恤之，未晚。"乃走仆以往，子瞻发书大笑。故后量移汝州谢表，有云："疾病连年，人皆相传为已死。"未几，复与数客饮江上，夜归，江面际天，风露浩然，有当其意，乃作歌辞，所谓"夜阑风静縠纹平。小舟从此逝，江海寄余生"者，与客大歌数过而散。翼日喧传："子瞻夜作此词，挂冠服江边，拏舟长啸去矣。"郡守徐君猷闻之，惊且惧，以为州失罪人，急命驾往谒，则子瞻鼻鼾如雷，犹未兴也。然此语卒传至京师，虽裕陵亦闻而疑之。(叶梦得《避暑录话》)

前首(《临江仙·一别都门三改火》)因送友而言我亦逆旅中行人之一，语极旷达。次首(指本篇)方写江上夜归情景，忽欲扁舟入海，此老胸次，时有绝尘霞举之思。《临江仙》调凡十二兽，此二首最为高朗。(俞陛云《唐五代两宋词选释》)

念奴娇

赤壁怀古[1]

大江东去，浪淘尽，千古风流人物[2]。故垒西边，人道是、三国周郎赤壁[3]。乱石穿空，惊涛拍岸，卷起千堆雪[4]。江山如画，一时多少豪杰。　　遥想公瑾当年，小乔初嫁了，雄姿英发[5]。羽扇纶巾[6]，谈笑间、强虏灰飞烟灭[7]。故国神游[8]，多情应笑我，早生华发[9]。人生如梦，一尊还酹江月[10]。(按：此词版本众多。以上选自宋曾慥本《东坡词》卷上)

龙榆生：《东坡乐府笺》，上海古籍出版社，2009年版

【解题】

《念奴娇》，又名《百字令》。念奴是唐玄宗天宝年间的著名歌妓，调名源此。这首词是宋神宗元丰五年(1082)七月，苏轼四十五岁谪居黄州时所作。词人因乌台诗案被贬，谪居黄州，在游览赤壁之际，缅怀三国英雄周瑜，其少年得志建立千秋伟业，而自已却怀才不遇、功业未就、壮志难酬，颇多感慨，故有此作。全词入世与超世、忧郁与旷达、进取与无为、施展怀抱的雄心与放情山水的意趣相互交织，体现出丰富复杂的精神意态，赋予词作以崇高美和悲壮美。全词情绪激昂，笔力劲拔，雄浑苍凉，大气磅礴，境界宏阔；词人将写景、咏史、抒情融为一体，给人以震撼人心的艺术力量，曾被誉为"古今绝唱"。

【注释】

[1]赤壁：此指黄州赤壁，一名"赤鼻矶"或"赤壁矶"，在今湖北黄冈城西靠长江北岸，苏轼作词之地；唐宋时有人指其为三国赤壁古战场，非是。而三国古战场的赤壁，文化界今多认为在嘉鱼即今湖北赤壁市蒲圻县西北，亦有人认为在今湖北武汉武昌西赤矶山。赤壁曾是建安十三年(208)曹操与孙权、刘备联军激战之所。元丰五年(1082)秋，苏轼曾多次往游赤鼻矶。苏轼也曾对黄州赤鼻矶乃三国古战场的说法有所怀疑，其《与范子丰书》云："黄州少西，山麓斗入江中，石室如丹，传云曹公败所，所谓赤壁者。或曰非是。"

[2]风流人物:有影响、有作为、杰出的英雄人物。 [3]垒:军营壁垒等军事设施。三国:一作“当日”。周郎:周瑜,字公瑾,赤壁之战孙刘联军的主将。《三国志·吴书·周瑜传》记载其任建威中郎将,“时年二十四,吴中皆呼为周郎”。 [4]穿空:一作“崩云”。拍岸:一作“裂岸”。“卷起”句:唐孟郊《有所思》“寒江浪起千堆雪”。雪:比喻洁白的浪花。[5]小乔:东吴乔玄的小女,天姿国色,周瑜的妻子。她嫁给周瑜时是建安三年,赤壁之战已是建安十三年,相距十年,此处言“初嫁”,是言其少年得意,倜傥风流,已营造英雄美人的气氛。小乔初嫁了(liǎo):《三国志·吴书·周瑜传》载,周瑜从孙策攻皖(今安徽潜山一带),“时得桥公二女,皆国色也。策自纳大桥,瑜纳小桥”。乔,本作“桥”。“桥”姓,北周宇文泰做大丞相时,命省去“木”旁作“乔”,取“高远”之义(见《新唐书·宰相世系表》)。雄姿英发(fā):谓周瑜容貌堂堂,器宇不凡,言谈卓绝。《三国志·吴书·周瑜传》:“瑜长壮有姿貌。”英发:谈吐不凡,见识卓越。《三国志·吴书·吕蒙传》记载,吴主孙权评论吕蒙的学问谋略可与周瑜相比,“但言议英发,不及之耳”。 [6]羽扇纶(guān)巾:古代儒将的便装打扮。挥羽扇、佩纶巾是古代儒生而非武将的形象。此处形容周瑜的儒将风度。《三国志》说诸葛亮与司马懿交战时,“葛巾毛扇,指麾三军,皆从其进止”。故或以为此句指诸葛亮。其实这里移用来写周瑜装束儒雅,仪态从容。羽扇:羽毛制成的扇子。纶巾:青丝制成的头巾。 [7]强虏:强敌。虏:对敌人的贬称。一作“樯橹”[按:樯(qiáng)橹:这里代指曹操的水军战船。樯:挂帆的桅杆。橹:一种摇船的桨]。《宋集珍本丛刊》之《东坡乐府》,元延祐刻本,作“强虏”。延祐本原藏杨氏海源阁,历经季振宜、顾广圻、黄丕烈等名家收藏,卷首有黄丕烈题词,述其源流甚详。灰飞烟灭:语出唐代佛陀多罗所译《圆觉经》卷上:“譬如钻火,两木相因,火出木尽,灰飞烟灭。”以上两句是说,周瑜身着便服,在与宾客谈笑之间,就毫不费力地用火攻歼灭了曹操的大军。 [8]故国神游:“神游故国”的倒文,是说自己的神思超越了时间,在昔日的赤壁战场上遨游。故国:这里指三国的陈迹,当年的赤壁战场。神游:于想象、梦境中游历神往。此指周瑜英魂神游故国并讥笑作者[按:“故国”二句理解多歧。(一)在三国古战场神游,应该自笑多愁善感,华发早生。(二)在三国古战场神游,多情的好友会嘲笑我早生华发。(三)在三国古战场神游,旁人应笑我因多情而早生华发。总之,“故国神游”的主语可能不是作者。“神游”即“神往”,作者身在赤壁不能说是“神游”。有人以为是作者失意,神游故乡;多情是说亡妻王弗,其妻归葬眉山,故见而笑之,这也不妥。启功《坚净居随笔·坡词曲解》:“无论黄州赤壁与夫嘉鱼赤壁,固皆孙吴所属。故国者,周瑜之故国也。周瑜往矣,‘故国神游’者,诗人设想周郎之神来游其故国也。‘多情’者,谓周郎之多情也。以彼之英发,见我之早衰,自应相笑。然其相笑,非由鄙弃,正见其多情耳。”此说可取]。 [9]“多情”二句:“应笑我多情,早生华发”的倒文。华发:花白的头发。华:通“花”。 [10]“生”:一作“间”。一尊还(huán)酹(lèi)江月:古人祭奠以酒浇在地上祭奠。这里指洒酒酬月,寄托自己的感情。此二句是说,人生像梦一样虚幻,什么也不要想了,还是喝酒吧。尊:通“樽”,酒杯。酹江月:是把江中月当作酒伴,向它劝酒的意思。

【选评】

东坡"大江东去"赤壁词,语意高妙,真古今绝唱。(胡仔《渔隐丛话前集》卷五十九)

《后山诗话》谓:"退之以文为诗,子瞻以诗为词,如教坊雷大使之舞,虽极天下之工,要非本色。"余谓后山之言过矣。子瞻佳词最多,其时杰出者,如"大江东去,浪淘尽,千古风流人物。"——赤壁词,……凡此十余词,皆绝去笔墨畦径间,直造古人不到之处,真可使人一唱而三叹。若谓以诗为词,是大不然。(胡仔《渔隐丛话后集》卷二十六)

东坡在玉堂,有幕士善讴。因问:"我词比柳七(按:或写'柳词'或写'柳永')何如?"对曰:"柳郎中词,只好十七八女孩儿,执红牙板,唱'杨柳岸晓风残月'。学士词,须关西大汉,执铁板,唱'大江东去'。"公为之绝倒。又:"大江东去"词,三"江",三"人",二"国",二"生",二"故",二"如",二"千"字。以东坡则可,他人固不可。然语意到处,他字不可代,虽重无害也。今人看文字,未论其大体如何,先且指点重字。(俞文豹《吹剑续录》)

歌者多因避讳,辄改古词本文,后来者不知其由,因此疵议前作者多矣。如苏词"乱石崩空",讳"崩"字,改为"穿空"。(项安世《项氏家说》)

文丞相既败,元人获置舟中,既而挟之蹈海。崖山既平,复逾岭而北。道江右,作《酹江月》二篇以别友人,皆用东坡《赤壁》韵。(陈霆《渚山堂词话》)

王世贞云:昔人谓铜将军、铁绰板唱苏学士"大江东去",十八九岁好女子唱柳屯田"杨柳外、晓风残月",为词家三昧。然学士此词亦自雄壮,感慨千古,果令铜将军于大江奏之,必能使江波鼎沸。(王世贞《艺苑卮言》)

坡公才思高敏,有韵之言多缘手而就,不暇琢磨。此词脍炙千古,点检将来,不无字句小疵,然不失为大家。(先著、程洪《词洁》)

东坡"大江东去"词,"故垒西边,人道是、三国周郎赤壁",论调则当于"是"字读断,论意则当于"边"字读断。"小乔初嫁了,雄姿英发",论调则"了"字当属下句,论意则"了"字当属上句,"多情应笑我,早生华发","我"字亦然。……文自为文,歌自为歌;然歌不碍文,文不碍歌;是坡公雄才自放处,他家间亦有之,亦词家一法。(王又华《古今词论》)

题是怀古,意谓自己消磨壮心殆尽也。开口"大江东去"二句,叹浪淘人物,是自己与周郎俱在内也。"故垒"句至次阙"灰飞烟灭"句,俱就赤壁写周郎之事。"故国"三句,是就周郎折到自己。"人生似梦"二句,总结以应起二句。总而言之,题是赤壁,心实为己而发。周郎是宾,自己是主。借宾定主,寓主于宾。是主是宾,离奇变幻,细思方得其主意处。不可但诵其词,而不知其命意所在也。(黄苏《蓼园词选》)

【拓展与思考】

古往今来,与"赤壁之战"有关的诗词有很多,试举几例,谈谈你对这些诗词的看法。

蝶恋花·春景

花褪残红青杏小[1]。燕子飞时,绿水人家绕[2]。枝上柳绵吹又少,天涯何处无芳草[3]! 墙里秋千墙外道。墙外行人,墙里佳人笑。笑渐不闻声渐悄,多情却被无情恼[4]。

龙榆生:《东坡乐府笺》,上海古籍出版社,2009年版

【解题】

这首词具体创作时间,在学术界尚有争议。此词朱祖谋本、龙榆生本未编年。其后诸家编年有异,如曹树铭本云:“细玩此词上片之意境,与本集《满江红》之上片相似。而这首词下片之意境,复与本集《蝶恋花》之下片相似。以上二词,俱作于熙宁九年丙辰密州任内。铭颇疑此词亦系在密州所作,志以待考。”薛瑞生本、邹同庆、王宗堂本均据《冷斋夜话》所载王朝云在惠州贬所曾唱此词及苏轼惠州时期的诗文里惯用此词中出现的“天涯”一词而系于绍圣二年(1095)春,作于惠州。陈迩冬《苏轼词选》也怀疑这首词是“谪岭南时期的作品”。袁行霈主编《中国文学作品选注》亦说:“约宋哲宗绍圣三年(1096)晚春作于惠州。”陶文鹏、吴坤定《宋词三百首》说:“绍圣元年(1094)闰四月,苏轼以左朝奉郎贬知英州(今广东英德)安置,不得签书公事。这首小词作于南行途中。”张志烈《苏词二首系年略考》认为此词是苏轼罢定州任谪知英州启程南下时的寄托之作,是他绍圣元年(1094)闰四月离定南行路途触景而发。李世忠《苏轼〈蝶恋花·春景〉作时考》则据词中“青杏”“燕子”“柳绵”意象断定此词必不作于苏轼贬惠期间,据其所表述的思想情感看,当作于苏轼贬谪黄州时期,但没有具体编年。这首词创作时间虽争议较大,但不妨它仍是传之千古的名作。

全词上阕写春末夏初的时令景致极为真切,词人将自己的惜春伤春感逝之情融于景物之中,浑然天成。下阕写得遇佳人却无缘一晤,将墙里佳人的“多情”和“无情”、“笑”和“恼”进行对比,寄托自己多情却遭无情对待的悲哀之情(按:作者暗寓自己忠心于赵宋王朝,却无情惨遭贬谪的切身感受),以及自己的情感不为人知的烦恼。全词意象秀丽,色彩明艳,句佳境美,音韵回环,尤妙在以乐景衬伤情,含蓄蕴藉,朦胧迷离,于清新中寓哀怨,于婉丽中寄悲情。清王士禛在《花草拾蒙》中评曰:“恐屯田(柳永)缘情绮靡,未必能过。”

【注释】

[1]花褪残红青杏小:指杏花刚刚凋谢,青色的小杏正在成形。褪(tuì):萎谢,减色。[2]飞:一作“来”。绕:一作“晓”。[3]天涯何处无芳草:指春暖大地,天涯海角,哪里没有美丽的芳草。《楚辞·离骚》:“何所独无芳草兮,尔何怀乎故宇?” [4]渐悄:声音逐渐消失。多情:指“墙外行人”过分多情。却被:反被。无情:指墙内荡秋千的佳人毫无觉察。恼:引逗,撩拔,引起烦恼。

【选评】

予得真本于友人处,“绿水人家绕”作“绿水人家晓”。“多情却被无情恼”,盖行人多情,佳人无情耳。此两字极有理趣,而“绕”与“晓”自霄壤也。(魏庆之《诗人玉屑》)

古人好词,即一字未易弹,亦未易改。子瞻“绿水人家绕”,别本“绕”作“晓”,为《古今词话》所赏。愚谓“绕”字虽平,然是实境;“晓”字无皈着,试通咏全章便见。(明俞彦《爰园

词话》)

"枝上柳绵",恐屯田缘情绮靡,未必能过。孰谓东坡但解作"大江东去"耶?髯直是佚伦绝群。(王士祯《花草蒙拾》)

(1)"绿水人家绕",非"绕"字,乃曰"人家晓"。"晓"字与"绕"字盖霄壤也。(2)"枝上"一句,断送朝云。一声何满子,竟能使肠断。李龟年正若是耳。(3)"佳人"是"无情","行人"是"多情"者。(4)"柳绵"自是佳句,而次阕尤为奇情四溢也。(黄苏《蓼园词选》)

絮飞花落,每易伤春,此独作旷达语。下阕墙内外之人,干卿底事,殆偶闻秋千笑语,发此妙想,多情而实无情,色是空,公其有悟耶?(俞陛云《唐五代两宋词选释》)

【拓展与思考】

苏轼词具有鲜明的"以诗为词"的"破体"倾向,在传统题材、艺术风格及写作技巧诸方面都做出了大的突破。请试分析。

李之仪

李之仪(约1047—1117),字端叔,晚号姑溪居士、姑溪老农,沧州无棣(今山东无棣县北)人,后徙楚州山阳(今江苏淮安)。宋神宗熙宁六年(1073)进士(按:有说是宋神宗元丰年间进士)。宋哲宗元祐八年(1093),苏轼任河北西路安抚使、知定州(今河北定县)时,因赏识李之仪才华,特辟请他做幕僚管勾机宜文字。绍圣年间,在京任枢密院编修官、通判原州(今甘肃镇原)。元符年间,监内香药库。当时新党重新执政,旧党再度遭贬,他因受苏轼牵连落职。宋徽宗即位初,提举河东路常平茶盐公事。后因替旧党人物范纯仁起草临终前奏上朝廷的遗表,得罪编管太平州(今安徽当涂)。宋徽宗政和七年(1117)终朝请大夫职,年七十余卒。能文,尤工尺牍,词以小令见长,词风清婉峭蒨,不减秦观。著有《姑溪居士前集》五十卷、《后集》二十卷、《姑溪词》一卷等。

卜算子

我住长江头,君住长江尾。日日思君不见君,共饮长江水。

此水几时休,此恨何时已[1]。只愿君心似我心,定不负相思意[2]。

唐圭璋:《全宋诗》,中华书局,1965年版

【解题】

《卜算子》一调,盛行于北宋,清万树《词律》以为取义于"卖卜算命之人"。唐人姚合《送薛二十三郎中赴婺州》诗曰:"我住浙江西,君去浙江东。日日心往来,不畏浙江风。"李

之仪这首词就受该诗启发，只不过他将友情主题变换为爱情，出现不少新意。上片以“江水”起兴，展现男女之间相离之远与相思之切，进而表达“日日思君不见君”的相思之苦。下片写女主人公对爱情的执着追求与热切的期望，结尾“定不负相思意”写出了江水无尽情无限的永恒之爱。词中“江水”不再是隔离男女双方的障碍，而是寄寓绵绵情思联系双方的纽带。全篇词浅意深，语言明白如话、质朴自然；句式重叠复沓、音韵回环，深得民歌风韵；感情深沉真挚，构思新巧，给人以含蓄深婉、清新隽永的美感，不失文人词风采。明毛晋称其为“古乐府俊语”，名副其实。

【注释】

[1]已：完结，停止。　[2]定：此处为衬字。在词规定的字数外适当地增添一二不太关键的字词，以更好地表情达意，谓之衬字，亦称“添声”。以上二句是说但愿你的心像我的心一样，永远忠实于爱情，切莫辜负了我对你的苦苦思念。类似前蜀顾夐《诉衷情》词：“换我心，为你心，始知相忆深。”

【选评】

毛晋云：姑溪词多次韵，小令更长于淡语、景语、情语。至若“我住长江头”云云，直是古乐府俊语矣。（《姑溪词跋》）

薛砺若云：李之仪的词，很隽美俏丽，另具一个独特的风调。他的《卜算子》，写得极质朴精美，宛如《子夜歌》与《古诗十九首》的真挚。（《宋词通论》）

秦　观

秦观（1049—1100），早年字太虚，后改字少游，别号邗沟居士，学者称淮海先生，扬州高邮（今属江苏）人。宋神宗元丰八年（1085）进士，授定海主簿。宋哲宗元祐间由苏轼荐之于朝，先后任太学博士、秘书省正字兼国史院编修官。绍圣元年（1094），因与苏轼等元祐党人交往获罪出为杭州通判，后被贬监处州（浙江丽水）酒税，三年又徙郴州（今属湖南），继而编管横州（今广西横州市），元符元年（1098）复编管雷州（今属广东海康）。元符三年（1100）受命放还，途径滕州（今广西藤县）时因病去世。秦观诗、词、文皆工。而以词著称于世。他的词远绍西蜀南唐，近受柳永影响，词风俊逸精妙，情韵兼胜，语言淡雅，音律谐美，饶有余味，艺术成就很高，是“本色当行”的婉约派词的代表人物。他的词内容上多是纯情任心之作，或写男女情爱或写贬谪之思，都感情真挚。冯煦把秦观、晏几道称为“古之伤心人”。他的诗歌风格也清丽细切，时人说他“诗如词”“诗似小词”。《宋史》《东都事略》有传，存《淮海集》四十卷、《淮海居士长短句》三卷，存词约一百首。他与黄庭坚、晁补之、张耒四人受到苏轼赏识提拔，相互论文品诗，切磋学问，以“苏门四学士”著称于世。

鹊桥仙

纤云弄巧[1]，飞星传恨[2]，银汉迢迢暗度[3]。金风玉露一相逢[4]，便胜却人间无数。柔情似水，佳期如梦，忍顾鹊桥归路[5]。两情若是久长时，又岂在朝朝暮暮[6]。

唐圭璋:《全宋诗》，中华书局，1965 年版

【解题】

《鹊桥仙》，唐韩鄂《岁华纪丽》卷三引汉应劭《风俗通》云:“织女七夕当渡河，使鹊为桥。”宋陈元靓《岁时广记》卷二六引《淮南子》云:“乌鹊填河成桥而渡织女。”调名本此。古来吟咏牛郎织女故事的诗篇众多，《迢迢牵牛星》可看作是最早的作品。秦观的这首《鹊桥仙》虽是歌咏这词调的原始题意，但突破了以离愁别恨的传统主题模式，开始歌颂忠贞不渝、历久弥新的爱情，令人眼前一亮。

【注释】

[1]纤云弄巧:秋云巧妙多姿。亦暗寓其仿佛是织女巧手织就。这句暗点节令。七夕，农历七月初七，又称乞巧节(向织女讨求智巧)。南朝梁宗懔《荆楚岁时记》:“七月七日为牵牛织女聚会之夜。是夕，人间妇女结綵缕，穿七孔针，或以金银鍮石为针，陈几筵、酒脯、瓜果于庭中以乞巧。”纤云:轻盈的云彩。弄巧:指云彩在空中幻化成各种巧妙的花样。

[2]飞星传恨:流星飞渡银河，为牵牛、织女传情达意。飞星:一说是流星;一说是牵牛、织女二星。　[3]银汉迢迢暗度:指当天牛郎织女将踏过鹊桥，悄悄渡过迢迢银河会面(按:七夕故事见汉崔寔《四民月令》、晋周处《风土记》、南朝梁吴均《续齐谐记》等)。银汉:银河。迢迢:遥远的样子。暗度:悄悄渡过。　[4]金风玉露:指秋风白露。金风:秋风。古以五行分配四季，木、火、金、水对应春、夏、秋、冬，秋属金。玉露:秋露，晶莹如珠故名。南朝陈徐陵《为护军长史王质移文》:“比金风已劲，玉露方圆。”李商隐《辛未七夕》:“恐是仙家好别离，故教迢递作佳期。由来碧落银河畔，可要金风玉露时。”唐赵璜(一作李郢)《七夕》:“乌鹊桥头双扇开，年年一度过河来。莫嫌天上稀相见，尤胜人间去不回。”

[5]忍顾:怎忍回头看。顾:回首，回视。鹊桥:传说每年七夕，喜鹊搭成长桥，让牛郎织女渡银河相聚。唐韩鄂《岁华纪丽·七夕》注引《风俗通》:“织女七夕当渡河，使鹊为桥。”

[6]朝朝暮暮:指时时刻刻，朝夕相聚。语出战国宋玉《高唐赋》:“妾在巫山之阳，高丘之阻。旦为朝云，暮为行雨。朝朝暮暮，阳台之下。”

【选评】

“相逢”胜“人间”，会心之语。“两情”不在“朝暮”，破格之谈。七夕歌以双星会少别多为恨，独少游此词谓“两情若是久长”二句，最能醒人心目。(明李攀龙《草堂诗余隽》)

(世人咏)七夕，往往以双星会少离多为恨，而此词独谓情长不在朝暮，化臭腐为神奇!(明沈际飞《草堂诗余四集·正集》)

七夕歌以双星会少别多为恨，少游此词谓两情若是久长，不在朝朝暮暮，所谓化臭腐为神奇。凡咏古题，须独出心裁，此固一定之论。少游以坐党被谪，思君臣际会之难，因托双星以写意，而慕君之念，婉恻缠绵，令人意远矣。（清黄苏《蓼园词选》）

笔下亦翩翩有仙气。（末二句）情至语，却说得隽绝。（清陈廷焯《云韶集》）

夏闰庵云："七夕之词最难作，宋人赋此者，佳作极少，惟少游一词可观，晏小山《蝶恋花》赋七夕尤佳。"（俞陛云《唐五代两宋词选释》）

《鹊桥仙》云："两情若是久长时，又岂在朝朝暮暮。"……此等句皆思路沉着，非如苏词之振笔直书也。北宋词家以缜密之思，得道炼之致者，惟方回与少游耳。（吴梅《词学通论》）

【拓展与思考】

秦观与晏几道同是婉约派代表词人，结合其作品，谈谈他们之间的异同。

踏莎行

雾失楼台[1]，月迷津渡[2]，桃源望断无寻处[3]。可堪孤馆闭春寒，杜鹃声里斜阳暮[4]。
驿寄梅花[5]，鱼传尺素[6]，砌成此恨无重数。郴江幸自绕郴山，为谁流下潇湘去[7]？

唐圭璋：《全宋诗》，中华书局，1965 年版

【解题】

宋哲宗绍圣四年(1097)作者因受新旧党争之祸先贬杭州通判，再贬监州酒税，后又被罗织罪名贬谪郴州，削去所有官爵和俸禄；后又贬横州，此词约是作者在绍圣四年离郴前旅店所作(按：有学者认为这首词大约是绍圣四年(1097)春三月作者初抵郴州旅舍之时所作)。作者后半生屡遭贬谪，可谓"可无时霎闲风雨"(《蝶恋花》)，内心抑郁不平、怨恨颇多。全词上阕描绘谪居之地的荒凉情境及孤独寂寞之感；下片由写实开始，叙述远方友人殷勤致意、安慰。全篇情绪凄迷愁怨，而格调却清隽高雅，作者即景生情、寓情于景，以委婉曲折之笔，表达了自己内心的凄苦哀怨，流露出对现实政治的不满。该词高妙处是作者虚实相生手法的运用，上阕以虚带实，下阕化实为虚，结尾两句为东坡绝爱，自书于扇，曰："少游已矣，虽万人何赎！"(《苕溪渔隐丛话·前集》卷五十引)。

【注释】

[1]雾失楼台：暮霭沉沉，楼台消失在浓雾中。　[2]月迷津渡：月色迷蒙，看不清渡口道路。津渡：渡口。　[3]桃源望断无寻处：拼命寻找也看不见理想的桃花源。桃源：即桃花源，语出晋陶渊明《桃花源记》，指生活安乐、合乎理想的地方。郑骞《词选》："陶渊明作《桃花源记》，其地在武陵郡即今常德，与郴州同在湖南，故有'桃源望断'之语。"[按：此处桃源一说是武陵(今湖南桃源)，一说是指郴州城的苏仙岭]。无寻处：找不到。　[4]可堪：怎堪，哪堪，岂堪，受不住。杜鹃：鸟名，又名子规，相传为古蜀帝杜宇之魂所化。啼声

凄切，像人言“不如归去”，易于引人思乡。 [5]驿寄梅花：南朝宋盛弘之《荆州记》“陆凯与范晔为友，在江南，寄梅花一枝诣长安与晔，并赠诗云：‘折梅逢驿使，寄与陇头人。江南无所有，聊寄一枝春。’”（《太平御览》卷一九引）这里作者是将自己比作范晔，表示收到了来自远方友人的问候和安慰。驿：古代供官员（或递送公文者）往来居住之处。 [6]鱼传尺素：古人书写用素绢，通常为一尺，叫作“尺素”。东汉古乐府诗《饮马长城窟行》（按：一说作者为东汉蔡邕，一说为无名氏）：“客从远方来，遗我双鲤鱼。呼儿烹鲤鱼，中有尺素书。”古时舟车劳顿，信件很容易损坏，古人便将信件放入匣子中，再将信匣刻成鱼形，美观而又方便携带。“鱼传尺素”后来成了传递书信的代名词。这里指亲友的书信。 [7]“郴江”两句：唐杜审言《渡湘江》“独怜京国人南窜，不似湘江水北流”。唐戴叔伦《湘南即事》：“沅湘日夜东流去，不为愁人住少时。”二句意或与此近似。郴江：水名，源出郴州东面的黄岑山，北流至郴口，入湘江的支流耒水。清顾祖禹《读史方舆纪要·湖广》载：郴水在“州东一里，一名郴江，源发黄岑山，北流经此……下流汇耒水及自豹水入湘江”。幸自：本自，本来。为谁流下潇湘去：为什么要流到潇湘去呢？意思是连郴江都耐不住寂寞何况人呢？（按：暗寓作者本来要为盛世做一番事业的，为什么要贬谪到衡州那种蛮荒之地呢？）为谁：为什么。潇湘：潇水和湘水，是湖南境内的两条河流名，湘水在湖南零陵县西与潇水合流，故称潇湘。

【选评】

宋惠洪云：“少游到郴州，作长短句云：‘雾失楼台（略）。’东坡绝爱其尾两句，自书于扇曰：‘少游已矣，虽万人何赎！’”（宋胡仔《苕溪渔隐丛话·前集》卷五十引《冷斋夜话》）

清黄苏云：按少游坐党籍，安置郴州。首一阙是写在郴，望想玉堂天上，如桃源不可寻，而自已意绪无聊也。次阕言书难达意，自己同郴水自绕郴山，不能下潇湘以向北流也。语意凄切，亦自蕴藉，玩味不尽。“雾失”“月迷”，总是被谗写照。（《蓼园词选》）

王士祯云：“郴江幸自绕郴山，为谁流下潇湘去？”千古绝唱。秦殁后坡公常书此于扇云：“少游已矣，虽万人何赎！”高山流水之悲，千载而下，令人腹痛。（《花草蒙拾》）

王国维云：少游词境，最为凄婉。至“可堪孤馆闭春寒，杜鹃声里斜阳暮”，则变而凄厉矣。（《人间词话》）

唐圭璋云：此首写羁旅，哀怨欲绝。起写旅途景色，已有归路茫茫之感。末引“郴江”“郴山”，以喻人之分别，无理已极，沉痛已极，宜东坡爱之不忍释也。（《唐宋词简释》）

邵祖平云：少游羡郴江之北流，怨己身之南迁，乃呼而告之曰：“郴江！幸怜我而只绕郴山，何为北流入潇湘载他人而北返乎？有情无理，反臻妙境。”（《词心笺评》）

叶嘉莹云：头三句的象征与结尾的发问有类似《天问》的深悲沉恨的问语，写得这样沉痛，是他过人的成就，是词里的一个进展。（《唐宋词十七讲》）

【拓展与思考】

清末冯煦称赞秦观说：“他人之词，词才也；少游，词心也。得之于内，不可以传。”结合秦观作品，谈谈你对这句话的认识。

贺　铸

贺铸(1052—1125),字方回,卫州共城(今河南卫辉)人,祖籍越州山阴(今浙江绍兴),宋太祖孝慧皇后贺皇后五代族孙,隶籍武选。宋神宗熙宁元年(1068),十七岁到汴京,因门荫入仕,任右班殿直(低级侍卫武官)、监武器库门,熙宁中出监赵州临城县酒税,神宗元丰五年(1082)领徐州宝丰监钱官。宋哲宗元祐二年(1087)领将作属,六年以苏轼、李清臣等推荐,四十岁后转入文阶(按:初仕为武弁),曾任和州(今安徽和县)管界巡检,崇宁初以宣议郎通判泗州(今江苏盱眙一带),迁宣德郎,改判太平州(今安徽当涂一带)。宋徽宗大观三年(1109)以承议郎致仕。晚年隐居苏州、常州,自号庆湖遗老、鉴湖遗老。

他才兼文武,尚性任侠,不阿权贵,一生屈居下僚,郁郁不得志。贺铸诗、词、文皆善,博学强记,尤长于作词度曲。其词题材丰富,风格多样,语工情深,兼有婉约、豪放之长;词风雍容妙丽,善融裁前人诗句入词,各俱其妙。史载他"状貌奇丑,色青黑而有英气,俗谓之'贺鬼头'",但他外表虽粗犷,却"喜校书,朱黄未尝去手。诗文皆高,不独工于长短句也(陆游《老学庵笔记》)"。《宋史》卷四四三、《东都事略》有传。有《庆湖遗老集》九卷、《贺方回词》二卷。词集又名《东山词》,存词二百八十余首。

鹧鸪天

重过阊门万事非[1],同来何事不同归?梧桐半死清霜后[2],头白鸳鸯失伴飞[3]。原上草,露初晞[4]。旧栖新垅两依依[5]。空床卧听南窗雨,谁复挑灯夜补衣?

唐圭璋:《全宋诗》,中华书局,1965年版

【解题】

这首词又名《半死桐》《思越人》,是宋徽宗建中靖国元年(1101)作者从北方回到苏州时悼念亡妻赵氏所作。贺铸妻赵氏,为宋宗室济国公赵克彰之女,嫁给贺铸后,温淑贤惠,勤俭持家,任劳任怨,二人休戚与共、伉俪情深。贺铸曾有《问内》诗,记述赵氏炎夏酷暑为他缝补冬衣的情景。全词写得情深义重,工丽婉转,感人肺腑,催人泪下。作者回想当年和妻子一起来苏州,如今却物是人非、阴阳相隔,不禁哀叹"同来何事不同归"。聆听夜雨,触景生情,想起妻子"挑灯补衣"的温馨画面,不觉更加悲痛。这首词于平实无华的生活细节中,展现了夫妻间患难与共、相濡以沫的温情。此词与苏轼的《江城子·十年生死两茫茫》一起被称为宋代悼亡词的双璧。

【注释】

[1]阊(chāng)门:苏州城西门,此处代指苏州。 [2]梧桐半死:枚乘《七发》中说,龙门有桐,其根半生半死(一说此桐为连理枝,其中一枝已亡,一枝犹在),斫以制琴,声音为天下之至悲,这里用来比拟丧偶之痛。贺铸以《半死桐》题篇,即取其悼亡之意。白居易《为薛台悼亡》:"半死梧桐老病身。"清霜后:秋天,此指年老。 [3]头白鸳鸯失伴飞:喻老年丧妻。"头白"一语双关,鸳鸯头上长有白毛,故云。李商隐《石城》:"鸳鸯两白头。"[4]"原上草"二句:形容人生短促,如草上露水易干。语出古乐府《薤露》:"薤上露,何易晞。露晞明朝更复落,人死一去何时归?"此以露水初干比喻夫人新殁。晞:(xī)干。[5]旧栖新垅两依依:因言"新垅",化用陶渊明《归园田居五首》其四"徘徊丘垅间,依依昔人居"诗意,牵出"旧栖"。旧栖:故居,指生者所居处。新垅:新坟,指死者葬所。

【选评】

陈廷焯云:"此词最有骨,最耐人玩味。"(《云韶集》)

张燕瑾云:贺铸退居苏州,本来就心情抑郁,"闲愁"颇多,亦颇大;在苏州又死去了妻子,这就给他布满阴霾的心头,又增添了一层乌云。这首悼念亡妻的词作。出语沉痛,感情深挚,很能感动人。(《唐宋词选析》)

【拓展与思考】

"悼亡"题材古已有之,请结合具体的作家作品,谈谈你对这类诗词的认识。

青玉案

凌波不过横塘路[1],但目送、芳尘去[2]。锦瑟华年谁与度[3]?月桥花院,琐窗朱户,只有春知处[4]。 飞云冉冉蘅皋暮[5],彩笔新题断肠句[6]。试问闲愁都几许?[7]一川烟草,满城风絮,梅子黄时雨[8]。

唐圭璋:《全宋诗》,中华书局,1965 年版

【解题】

这首词调为《青玉案》,又名《横塘路》,《横塘路》是作者根据文义改题的新名,亦自残宋本《东山词》卷上抄出。贺铸晚年退隐苏州,住在横塘,龚明之《中吴纪闻》卷三载:"(贺铸)有小筑在盘门之南十余里,地名横塘,方回往来其间,尝作《青玉案》词。"此词通过对暮春景色的描写,抒发美人远去之后的"闲愁"。作者追逐的"美人",可能是一种理想的境界,这种境界难以把握,就变成了浓重的"闲愁"。这种"闲愁"不仅仅是男女相思之情,更可能是作者长期沉沦下僚、仕途偃蹇、功业未就的深沉苦痛。

全词虚写相思之情,实表郁郁不得志的"闲愁"。词末作者连用春末夏初横塘路上常见的烟草、风絮、梅雨三种景物,比喻夸张闲愁之多之浓之乱之长,使抽象的情绪变得有画面感,可见可闻、可触可感,立意新奇,艺术感染力极强。此外,"烟草、风絮、梅雨"三个意

象，既是眼前实景，又含象征意味，可谓一语双关，笔法惊人。此词后为《东山集》的压卷之作，被誉为咏愁情的“绝唱”，也为作者赢得了“贺梅子”的美誉。

【注释】

[1]凌波：形容女子走路步态轻盈。三国魏曹植《洛神赋》：“凌波微步，罗袜生尘。”横塘：地名，在苏州城胥门外九里，作者在此建一小屋，是其隐居之所。　[2]芳尘去：指美人已去。芳尘：指美人。　[3]锦瑟华年：指美好的青春时期。锦瑟：饰有彩纹的瑟。唐李商隐《锦瑟》：“锦瑟无端五十弦，一弦一柱思华年。”　[4]“月桥花院”三句：紧接前问，大意是谁陪伴你度过美好的青春岁月？是能看水中月影的小桥还是花木环绕的庭院？是掩映亭台的红漆门户，还是雕金镂彩的隔窗？我想只有春天才知道你的行踪，懂得你的喜怒哀乐。月桥花院：一作“月台花榭”。月桥：像月亮似的小拱桥。花院：花木环绕的庭院。琐窗：雕绘连琐花纹的窗子。朱户：朱红的大门。　[5]飞云：一作“碧云”。冉冉：指云彩缓缓流动。蘅(héng)皋(gāo)：生长着香草的水边高地。蘅：香草名。皋：水边高地。[6]彩笔：生花妙笔，比喻有写作的才华。据《南史·江淹传》：“(淹)尝宿于冶亭，梦一丈夫自称郭璞，谓淹曰：‘吾有笔在卿处多年，可以见还。’淹乃探怀中得五色笔一以授之。”断肠句：伤感的诗句。　[7]试问：一说“若问”。闲愁：一说“闲情”。都几许：总计为多少。[8]一川：遍地，一片。梅子黄时雨：即梅雨，或称黄梅雨。江南一带农历四五月间梅子熟时，常阴雨连绵，故称“梅雨”。《岁时广记》卷一引《东皋杂录》“后唐人诗云：‘楝花开后风光好，梅子黄时雨意浓。’”

【选评】

黄庭坚《寄方回》诗：少游醉卧古藤下，谁与愁眉唱一杯？解道江南断肠句，只今惟有贺方回。(《豫章黄先生文集》)

王灼云：贺方回初在钱塘(当作“横塘”)，作《青玉案》，鲁直喜之，赋绝句云：“解道江南断肠句，只今惟有贺方回。”贺集中《青玉案》者甚众。大抵二公卓然自立，不肯浪下笔，予故谓“语意精新，用心甚苦”。(《碧鸡漫志》)

周紫芝云：贺方回尝作《青玉案》，有“梅子黄时雨”之句，人皆服其工，士大夫谓之“贺梅子”。(《竹坡诗话》)

胡仔云：世推方回所作“梅子黄时雨”为绝唱，盖用寇莱公语也。寇诗云：“杜鹃啼处血成花，梅子黄时雨如雾。”(《苕溪渔隐丛话·前集》卷三十七引潘淳《潘子真诗话》)

罗大经云：贺方回有“试问闲愁都几许？一川烟草，满城风絮，梅子黄时雨”。盖以三者比愁之多也，尤为新奇，兼兴中有比，意味更长。(《鹤林玉露》)

沈际飞云：叠写三句闲愁，真绝唱！(《草堂诗余正集》)

吴衡照云：词有袭前人语而得名者，虽大家不免。如方回“梅子黄时雨”、耆卿“杨柳岸，晓风残月”、少游“寒鸦数点，流水绕孤村”、幼安“是他春带愁来，春归何处。却不解、带将愁去”等句，惟善于调度，正不以有蓝本为嫌。(《莲子居词话》)

黄苏云：按方回有小筑在姑苏盘门内，地名横塘，时往来其间，有此作。方回以孝惠皇后族孙，元祐中通判泗州，又倅太平州，退居吴下，是此词作于退休之后也，自有一番不得意、难以显言处。言斯所居横塘断无宓妃到，然波光清幽，亦常目送芳尘，第孤寂自守，无与为欢，惟有春风相慰藉而已。次阕言幽居肠断，不尽穷愁，惟见烟草风絮、梅雨如雾，共此旦晚耳。无非写其景之郁勃岑寂也。（《蓼园词选》）

刘熙载云：贺方回《青玉案》词收四句云："试问闲愁都几许？一川烟草，满城风絮，梅子黄时雨。"其末句好处全在"试问"呼起，及与上"一川"二句并用耳。（《艺概》）

俞陛云云："锦瑟"四句，花榭绮窗，只有春风吹到，其寂寥之况与离索之怀，皆寓其中。下阕"闲愁"以下四句用三叠笔写愁，如三叠阳关，令人凄绝。题标《横塘路》，当有伊人宛在，非泛写闲愁也。（《唐五代两宋词选释》）

夏敬观云：稼轩浓丽之处，从此脱胎。细读东山词，知其为稼轩所师也。世但言苏辛为一派，不知方回，亦不知稼轩。（《词学》第五辑引《吷庵词评》）

【拓展与思考】

古人描写闲愁的名句很多，但如贺铸这样巧妙地运用博喻的，还没有先例。请试举几例其他作家写"闲愁"的作品，并谈谈他们的妙处。

六州歌头

少年侠气，交结五都雄[1]。肝胆洞，毛发耸[2]。立谈中，死生同，一诺千金重[3]。推翘勇，矜豪纵[4]。轻盖拥，联飞鞚，斗城东[5]。轰饮酒垆，春色浮寒瓮，吸海垂虹[6]。间呼鹰嗾犬，白羽摘雕弓，狡穴俄空[7]。乐匆匆。　　似黄粱梦[8]。辞丹凤，明月共，漾孤蓬[9]。官冗从，怀倥偬，落尘笼[10]。簿书丛，鹖弁如云众，供粗用，忽奇功[11]。笳鼓动，渔阳弄，思悲翁[12]。不请长缨，系取天骄种，剑吼西风[13]。恨登山临水，手寄七弦桐，目送归鸿[14]。

唐圭璋：《全宋诗》，中华书局，1965 年版

【解题】

这首词是作者自叙身世的一曲长调，大致作于宋哲宗元祐三年（1088）秋。当时西夏屡犯边界，贺铸在和州（今安徽和县一带）任管界巡检（负责地方上训治甲兵，巡逻州邑，捕捉盗贼等的武官）。他"位卑未敢忘忧国"，始终关注国事，眼见西夏侵扰日重，宋朝统治者无计可施，只能又岁纳银绢、委屈求和。面对内忧外患，作者义愤填膺，却又无路请缨，唯有挥笔填词，以泄其愤。全词上阕回忆少年时期任侠使气、豪放不羁的生活，以"侠""雄"二字总摄下文，展示豪侠们的勇敢正义、慷慨豪爽的英雄品格以及驰逐射猎、豪饮放纵的快乐生活。下阕抒发仕途失意的苦闷以及国难当头、报国无门的忧愤。上阕以"乐匆匆"作结，用"似黄粱梦"转折文意、变换情绪，开始批判埋没人才的统治者。贺铸词风格丰富受人推崇，是苏门词人中不多见的典范。尤其这首词直接写国家民族大事，表现戎马报国、抵御外侮的主题，更是凤毛麟角、弥足珍贵。全词风格苍凉悲壮，感情充沛，突显作者

报国无门、忧国忧民的情怀；其笔力雄健劲拔，神采飞扬，格律谨严，句短韵密，急管繁弦，表现出豪壮激越的声情气势。

【注释】

[1]少年侠气，交结五都雄：化用李白“结发未识事，所交尽豪雄”及李益“侠气五都少”诗句。五都：汉以洛阳、邯郸、临淄、宛、成都为五都，唐以长安、洛阳、凤翔、江陵、太原为五都，各代所指不同。此泛指北宋的各大城市。　[2]肝胆洞，毛发耸：意谓肝胆相通，打抱不平怒发冲冠。肝胆洞：肝胆相照。洞：明彻貌。毛发耸：《史记·项羽本纪》记载，鸿门宴上项庄舞剑意刺沛公，樊哙带剑拥盾而入，怒视项羽，头发上指，目眦尽裂。在此比喻有血性和正义感。　[3]立谈：站立而谈，比喻时间短暂。语出扬雄《解嘲》：“或七十说而不遇，或立谈间而封侯。”一诺千金重：喻一言既出，驷马难追，诺言极为可靠。语出《史记·季布栾布列传》“季布者，楚人也。为气任侠，有名于楚……楚人谚曰：‘得黄金百斤，不如季布一诺。’”　[4]推翘勇，矜豪纵：是说彼此竞相逞勇，争夸豪雄。推：推崇，推举。翘勇：勇武出众。矜：自负，自夸。豪纵：豪放不羁。　[5]“轻盖拥”三句：指轻车簇拥，并马疾驰，出游宫外。轻盖：轻车。盖：车上的伞盖，代指车。飞：飞驰的马。鞚(kòng)：有嚼口的马络头。斗(dǒu)城：汉京城长安俗称，因其城南为南斗形、北为北斗形得名（见《三辅黄图》）。这里借指北宋都城汴京。　[6]“轰饮酒垆”三句：指酒楼喧嚣豪饮，见了瓮中美酒，像要把海水吸干的长鲸与垂虹。轰饮：聚众豪饮。酒垆：酒店。垆：酒店里安放酒瓮的土台子。春色：代指酒。唐人多称酒为春。唐吕岩《七言诗》：“杖头春色一壶酒。”吸海垂虹：比喻豪饮。语出杜甫《饮中八仙歌》：“饮如长鲸吸百川。”南朝宋刘敬叔《异苑》：“晋义熙初，晋陵薛愿，有虹饮其釜澳，须臾噏响便竭。愿辇酒灌之，随投随涸。”　[7]“间呼鹰嗾犬”三句：是指有时呼鹰纵犬，挽起羽箭雕弓，狡兔巢穴转眼被扫空。间：间或。嗾(sǒu)犬：以口作声，使唤猎犬。嗾：指使犬的声音。白羽：白羽箭。摘：拈取。雕弓：刻画文采之弓。狡穴：狡兔巢穴。《战国策·齐策》：“狡兔有三窟。”俄：顷刻。　[8]黄粱梦：唐沈既济《枕中记》记载，唐开元时，有卢生在邯郸客栈中昼寝入梦，历尽荣华富贵。客栈主人方蒸黍（即黄粱，小米）为馔。梦醒，黍犹未熟。比喻愿望的破灭。　[9]“辞丹凤”三句：是说受命辞别京城，唯有明月与共，乘一叶孤舟任西东。丹凤：即丹凤城。语见唐东方虬《昭君怨》诗：“掩泪辞丹凤”。杜甫《夜》诗有云“银汉遥应接凤城”。宋赵次公注杜诗曰：“秦穆公女吹箫，凤降其城，因号‘丹凤城’。其后言京城曰‘凤城’。”漾：随波飘摇。孤蓬：孤舟。蓬：船篷，代指舟。　[10]“官冗从”三句：意谓官品卑微，情怀愁苦，人在仕途犹如鸟在笼。冗从：散职侍从官。《汉书·枚乘传》：“（枚皋）为王使，与冗从争，见谗恶遇罪，家室没入。”唐颜师古注：“冗从，散职之从王者也。”作者入仕二十多年，出任各地差遣时，官阶为右班殿直至西头供奉一类低级侍卫武官，官阶与汉代之冗从相近。倥(kǒng)偬(zǒng)：事多、繁忙；困苦。汉刘向《九叹思古》：“悲余生之无欢兮，愁倥偬于山陆。”尘笼：指仕途污浊，如鸟在笼，晋陶渊明《归田园居》：“误落尘网中。”　[11]“簿书丛”四句：意谓终日埋头文书堆里，武官们如云相拥，只供朝廷任意打杂使用，无法驰骋疆场建奇功。簿书：官署的簿籍文书。宋苏轼《夜饮次韵毕推官》诗：“簿书丛里过春风。”鹖(hé)弁(biàn)：本义指插有鹖

毛的武将官帽，此代指武官。鹖性好斗，至死不却，武士冠插鹖毛，以示英勇。《后汉书·舆服志下》："（武冠）加双鹖尾，竖左右，为鹖冠云。"供粗用：言官位卑微，不被重用。宋王十朋《王状元集百家注分类东坡先生诗》引苏轼《谈录》："唐之盛时，内重外轻，任方面者，目为粗才。张燕公云：'愧无通材，供国粗使。'" [12]"笳鼓动"三句：意谓笳角鼙鼓声动地起，渔阳烽火熊熊，可怜我已成了白发老翁。此指宋哲宗元祐三年(1088)三月和六月，西夏党项奴隶制政权的军队两次入侵。笳鼓：皆军乐器。渔阳：乐曲名。隋薛道衡《奉和月夜听军乐应诏》诗："笳声喧《陇水》，鼓曲噪《渔阳》。"另指安禄山起兵叛乱之地，此指侵扰北宋的少数民族发动了战争。弄：曲名后缀。思悲翁：武曲名。《晋书·乐志》："汉时有短箫铙歌之乐，其曲有《朱鹭》《思悲翁》……列于鼓吹，多序战争之事。"此可作双关语解，"悲翁"又是作者自指。 [13]"不请长缨"三句：意谓不能请缨杀敌，生擒胡虏元凶，在萧萧秋风之中，匣里宝剑急得怒吼。请长缨：《汉书·终军传》"军自请，愿受长缨，必羁南越王而致阙下"。后因用"请缨"指投军报国。缨：套在马颈上的革带，引申为拘系人的长绳。天骄：汉朝称北方匈奴为"天之骄子"，简称"天骄"。《汉书·匈奴传》："南有大汉，北有强胡。胡者，天之骄子也。"后以泛称强盛的边地民族。唐郑锡《出塞曲》诗："会当系取天骄入。"剑吼：晋王嘉《拾遗记》："帝颛顼……有曳影之剑……未用之时，常于匣里如龙虎之吟。"此用以表达报国无门的满腔义愤。 [14]"恨登山临水"三句：意谓满怀怅恨登山临水，手挥七弦琴，目送归鸿消失在杳杳长空。登山临水：语出楚宋玉《九辩》"登山临水兮送将归"。"手寄"二句：化用嵇康《酒会》诗"但当体七弦，寄心在知己"和《赠兄秀才入军》诗"目送征鸿，手挥五弦"。七弦桐：七弦琴。桐多用以制琴，也是制琴的最佳材料，故以代琴。

【选评】

龙榆生云：《六州歌头》，最足表现其英姿磊落、权奇倜傥之气概。又云：全阕声情激壮，读之觉方回整个性格，跃然于楮墨间，即以稼轩拟之，犹似逊其豪爽。（《论贺方回词质胡适之先生》）

周邦彦

周邦彦(1056—1121)，字美成，自号清真居士，钱塘(今浙江杭州)人。少年落魄不羁。宋神宗元丰五年(1082)为太学生，元丰七年(1084)，向神宗献《汴都赋》万余言，升试太学正。宋哲宗元祐三年(1088)出为庐州州学教授，元祐八年(1093)知溧水县，绍圣四年(1097)还京为国子监主簿。宋哲宗元符元年(1098)召对，除秘书省正字。宋徽宗建中靖国元年(1101)迁校书郎；崇宁三年(1104)迁考功员外郎；政和元年(1111)迁卫尉卿，出知河中府；政和二年徙隆德府；政和六年(1116)知明州；政和六年入为秘书监，进徽猷阁待制，提举大晟府[按：大晟府是北宋掌管朝廷音律的官署，设置于宋徽宗崇宁四年(1105)九月，朝廷新乐《大晟》修成，所以设置府署掌管]；重和元年(1118)知真定府；宣和二年(1120)知顺昌府，徙知处州(今浙江丽水)，提举南京鸿庆宫；晚年辗转避居于江浙一带。他工诗文，妙解音律，能自度曲，词律细密。词风浑厚和雅，富艳精工，讲究音律，多用故实，极铺陈之能事，为北宋婉约词之集大成者，在词史上有深远影响，与姜夔并称"周姜"。他被张炎评价为"负一代词名(《词源》卷下)"；被王国维誉为"两宋之间，一人而已"。传记可见《宋史》卷四四四、《东都事略》、《咸淳临安志》等。词集名《清真集》(二卷)，又称《片玉集》(十卷)，共收词二百零六首。

苏幕遮

燎沉香，消溽暑[1]。鸟雀呼晴，侵晓窥檐语[2]。叶上初阳乾宿雨，水面清圆，一一风荷举[3]。

故乡遥，何日去？家住吴门，久作长安旅[4]。五月渔郎相忆否？小楫轻舟，梦入芙蓉浦[5]。

唐圭璋：《全宋诗》，中华书局，1965 年版

【解题】

周邦彦这首词可能作于宋神宗元丰六年(1083)至宋哲宗元祐元年(1086)之间，当时他家在吴门，久客京师，从入都到为太学生再到任太学正，正是人生上进阶段。《苏幕遮》主要写雨后初夏之景，抒久客思乡之情。全词由荷花勾起乡关之思，上阕写荷花姿态，下阕写由荷花梦回故乡。整首词构思巧妙，语言清新自然，融景入情，不着痕迹，可谓咏荷绝唱。

【注释】

[1]沉香：香木，其心材可制成熏香料，入水能沉，故名。是名贵香料。参《梁书·林邑国传》、《翻译名义集》卷三《众香》。沉：又写作"沈"。溽暑：暑天潮湿闷热。溽：湿润潮湿。[2]鸟雀呼晴：古有鸟雀鸣而知阴晴之说。宋苏轼《江城子》(梦中了了醉中醒)："鸟鹊喜，报新晴。"侵晓：拂晓，破晓，天刚亮。侵：迫近，渐近。　[3]"叶上"三句：描写水面荷叶，意谓初升的太阳，晒干了昨夜的雨露，碧绿圆润的荷叶，亭亭玉立的荷花，随着清风，一齐舞动优美的身姿。初阳：旭日。乾：同"干"。宿雨：隔夜的雨。清圆：荷叶之形状。晋张华《荷诗》："荷生绿泉中，碧叶齐如规。"(一作南朝宋鲍照诗)举：挺立，擎起。　[4]吴门：古地名，春秋吴都吴县城亦称吴门，即今之江苏苏州，此处泛指吴越一带。作者是钱塘人，钱塘古属吴郡，故称。《乔大壮手批周邦彦片玉集》卷四："与东坡《醉落魄》'家在西南，常作东南别'句同境异，可供研究。"久作长安旅：长年旅居在京城。长安：这里借指汴京(今河南开封)。王国维《清真先生遗事·尚论》谓此处乃"以汴都为长安"。或谓此词作于长安。旅：客居。　[5]楫(jí)：划船用具，船桨。芙蓉浦：荷花塘，长着荷花的水边。词中指

杭州西湖。芙蓉：又叫“芙蕖”，荷花别称。《楚辞·离骚》：“制芰荷以为衣兮，集芙蓉以为裳。”浦：水边，此指池塘。

【选评】

陈廷焯云：不必以词胜，而词自胜。风致绝佳，亦见先生胸襟恬淡。（《云韶集》）

王国维云：“叶上初阳乾宿雨，水面清圆，一一风荷举”，此真能得荷之神理者，觉白石《念奴娇》《惜红衣》二词，犹有隔雾看花之恨。（《人间词话》）

兰陵王·柳

柳阴直，烟里丝丝弄碧[1]。隋堤上、曾见几番，拂水飘绵送行色[2]。登临望故国，谁识京华倦客[3]？长亭路，年去岁来，应折柔条过千尺[4]。

闲寻旧踪迹，又酒趁哀弦，灯照离席[5]。梨花榆火催寒食[6]。愁一箭风快，半篙波暖，回头迢递便数驿[7]。望人在天北[8]。　凄恻，恨堆积[9]！渐别浦萦回，津堠岑寂，斜阳冉冉春无极[10]。念月榭携手，露桥闻笛[11]。沉思前事，似梦里，泪暗滴[12]。

唐圭璋：《全宋诗》，中华书局，1965年版

【解题】

这首词是周邦彦自创的新曲，词题名为“咏柳”，实则写客中送客的离别之情。有关这首词的具体写作背景，学术界尚存争议。清代周济《宋四家词选》说此词是“客中送客”之作，后代注家多采其说；胡云翼在《宋词选》中进一步认为此词是“借送别来表达自己‘京华倦客’的抑郁心情”。另在宋张端义《贵耳集》记载，周邦彦和当时名伎李师师相好，获罪于宋徽宗，被押出都门，此乃李师师为其送别时而作；此传说已被王国维先生在《清真先生遗事》辨明其妄。从词的内容来看，此词确是周邦彦离开京华时所作[按：宋徽宗政和二年（1112），周邦彦出知隆德府离京时所作]，当时他虽已倦游京华，但仍不舍昔日情人，回忆旧事千般不舍。全词分上中下三片，上片以“柳”起篇，实写隋堤送别的柳色，借以渲染离情，绾合今昔；中片写饯行之日离席送别的情景，及设想别后行程及无以释怀的惆怅之情；下片写离别之后的回忆和感伤。全词托柳起兴，借柳言别，结构严谨，情景交融，其中有生活细节、有人物活动，有作者心事，构思萦回曲折，似浅实深，韵味无穷。宋人毛开《樵隐笔录》说此篇在南宋绍兴年间颇为流行，常在分别时用以歌唱，与王维《阳关三叠》齐名。此词后亦被选入《宋词三百首》。

【注释】

[1]“柳阴直”两句：汴河堤边，柳树排列整齐，树阴连缀成一条直线，延伸到远方。烟雾中万缕千条的柔嫩柳丝摇摆不断，仿佛在舞弄其嫩绿的姿色。柳阴直：长堤之柳，排列整齐，其阴影连缀成直线。烟：薄雾。里：一作“缕”。丝丝弄碧：细长轻柔的柳条随风飞舞，舞弄其嫩绿的姿色。弄：飘拂。　[2]隋堤：隋炀帝大业元年（605）开凿汴水，名通济

渠，自洛阳城西引谷水、洛水入黄河，再引黄河入汴水、淮河，蜿蜒达于长江。渠广四十步，旁筑御道，沿渠筑堤，堤边遍植杨柳，故称隋堤。是北宋来往京城的必经之路。拂水飘绵：柳枝轻拂水面，柳絮在空中飞扬。行色：行人出发前的景象、情状。　[3]故国：指词人的故乡钱塘。识：一作“惜”。京华倦客：作者自谓。京华：指京城汴京。倦客：已厌倦漂泊、宦游的人，词人自指。　[4]长亭：古时驿路上十里一长亭，五里一短亭，供人休息，又是送别之地。“应折”句：古人有折柳送别之习。《三辅黄图》卷六：“霸桥在长安东，跨水作桥。汉人送客，至此桥折柳送别。”宋程大昌《雍录》卷七《渭城》：“汉世凡东出函、潼，必自霸陵始，故赠行者于此折柳送别也。”柔条：柳枝。古人送行，多折柳枝以示相送，取柳与留谐音表示挽留惜别之情。隋无名氏的《送别》：“杨柳青青着地垂，杨花漫漫搅天飞。柳条折尽花飞尽，借问行人归不归。”过千尺：极言折柳之多。　[5]“闲寻旧踪迹”三句：意谓今日我闲寻旧日的踪迹，不料又赶上了离别的酒宴。在哀怨的音乐声中举起酒杯，昏暗的灯光照射着伤感的席面。以上实写今日之离筵。旧踪迹：指过去登堤饯别的地方。又：又逢。酒趁哀弦：饮酒时奏着离别的乐曲。趁：逐，追随。哀弦：哀伤的曲调。三国魏曹丕《善哉行》：“哀弦微妙，清气含芳。”灯照离席：唐韩愈《月蚀诗效玉川子作》“油灯不照席”。此反用其意。离席：饯别的宴会。　[6]“梨花”句：饯别时正值梨花盛开的寒食时节。宋苏轼《东栏梨花》：“梨花淡白柳深青，柳絮飞时花满城。惆怅东栏一株雪，人生看得几清明。”榆火：周制四时改火，春季燃榆柳取火种(见《周礼·夏官·司爟》“四时变国火”及注)，后以榆火指春景。唐宋时，朝廷在清明日取榆柳之火以赐百官，“榆火”是用榆木钻取的，故称。寒食：古代节令，清明前一二天为寒食。因改火而禁火(熄灭旧火而生新火)，由禁火而禁火食。本为旧俗，晋宋后附会为春秋晋国介之推事，时在清明(阴历四月五日或六日)前一日或二日(参宋李昉等《太平御览》卷三零“寒食”所引各说)；节日期间禁火，吃冷食，故名。

[7]一箭风快：指正当顺风，船驶如箭。半篙波暖：指撑船的竹篙没入水中，时令已近暮春，故曰波暖。迢递：遥远貌。驿：驿站。　[8]“望人”句：因被送者离汴京南去，回望送行人，故曰天北。意谓被送者回头再看送行人，身影已经逐渐模糊。望人：送行人。　[9]凄恻，恨堆积：意谓我孤零零多么伤心凄惨！离恨把心房堆积得满满。凄恻：悲伤。恨：这里是遗憾的意思。　[10]“渐别浦萦回”三句：意谓送别行人的岸边只有水波回旋，码头上的土堡寂寞地对着苍天。夕阳缓缓地向地平线沉落，绮丽余晕与无边春色融成一片。渐：正当。别浦：送行的水边，水流分支处。萦回：水波回旋，旋绕曲折。津堠：渡口附近供瞭望歇宿的守望所、土堡；一说，舟行时记旅程之堡，如同陆地上的长亭短亭。津：渡口。堠(hòu)：哨所。岑寂：冷清寂寞。冉冉：慢慢移动。春无极：春色一望无边。　[11]念：一作“记”，一作“空”；想到。月榭：月光下的亭榭。榭：建在高台上的敞屋。闻笛：指笛曲《折杨柳》。《旧唐书·音乐志二》引《宋书》“梁胡吹歌云：‘快马不须鞭，反插杨柳枝。下马吹横笛，愁杀路旁儿。’”此曲多伤别之辞[参《乐府诗集》卷二十二《横吹曲辞·折杨柳》)所收诸作]，或正以折柳送别之故。闻：一作“吹”。　[12]沉：一作“追”。

【选评】

宋王灼云：柳(按：柳永)何敢知世间有《离骚》？惟贺方回、周美成时时得之。贺《六州

歌头》《望湘人》《吴音子》诸曲，周《大酺》《兰陵王》诸曲，最奇崛。(《碧鸡漫志》)

清周济云：客中送客，一“愁”字代行者设想。以下不辨是情是景，但觉烟霭苍茫。“望”字、“念”字尤幻。(宋四家词选)

清陈廷焯云：美成词，极其感慨，而无处不郁，令人不能遽窥其旨。如兰陵王云：“登临望故国，谁识京华倦客”二语，是一篇之主。上有“隋堤上、曾见几番，拂水飘绵送行色”之句，暗伏倦客之恨，是其法密处。故下文接云：“长亭路，年去岁来，应折柔条过千尺”。久客淹留之感，和盘托出。他手至此，以下便直书愤懑矣，美成则不然。“闲寻旧踪迹”二叠，无一语不吞吐，只就眼前景物，约略点缀，更不写淹留之故，却无处非淹留之苦；直至收笔云：“沉思前事，似梦里，泪暗滴。”遥遥挽合，妙在才欲说破，便自咽住，其味正自无穷。(《白雨斋词话》)又云：意与人同，而笔力之高，压遍千古。又沉郁，又劲直，有独往独来之概。(《云韶集》)

谭献云：已是磨杵成针手段，用笔欲落不落，“愁一箭风快”等句之喷醒，非玉田所知。“斜阳冉冉春无极”七字，微吟千百遍，当入三昧，出三昧。(《谭评词辨》)

【拓展与思考】

“折柳送别”是中国古代人们送别的习俗，有大量文人墨客留下了作品，请以“柳”为主题，联系相关作品，谈谈自己的认识。

朱敦儒

朱敦儒(1081—1159)，字希真，号岩壑老人，又自称伊水老人、洛川先生，河南洛阳人。早年志行高洁，有名望。宋钦宗靖康年间，召对便殿，授以学官，推辞不受，金人南侵，北宋覆亡，他逃难客居南雄州(今广东南雄市)。宋高宗绍兴五年(1135)，因大臣荐举，被召见，议论明畅，为高宗赏识，赐进士出身，拜秘书省正字；绍兴六年(1136)，改左丞奉郎，擢兼兵部郎中；七年通判临安府；九年迁都官员外郎；十四年为两浙东路提点刑狱公事；十六年以事落职，改提举台州崇道观；二十五年除鸿胪少卿；致仕，居嘉禾。因主张抗金，与主战派大臣李光结交，遭到秦桧党徒的弹劾，被罢官。晚年畏惧秦桧的权势，受其笼络，出任鸿胪寺少卿。秦桧死后，再次罢官。他擅长诗词，词名尤卓著，南渡以前就有“词俊”之名，与陈与义等并称为“洛中八俊”(《跋朱岩壑鹤赋及送闾丘使君诗》)。他的词除多遁世隐逸之作外，也有忧国伤时之作，主要特点是清旷明洁，沉郁而悲凉。《宋史》卷四四五有传。词集名《樵歌》(三卷)，有《疆村丛书》本，存词约二百四十首；有《岩壑老人诗文》一卷，不传。南宋汪莘将朱敦儒与苏轼、辛弃疾并称，认为唐宋词历经三次变化，一变于苏，二变于朱，三变于辛(《方壶诗余自序》)。近人梁启勋评价朱词说：“多自然意趣，不加雕饰而风韵天成。”

鹧鸪天

我是清都山水郎,天教分付与疏狂[1]。曾批给雨支云券,累上留云借月章[2]。 诗万首,酒千觞[3]。几曾着眼看侯王[4]?玉楼金阙慵归去,且插梅花醉洛阳[5]。

唐圭璋:《全宋诗》,中华书局,1965 年版

【解题】

据《宋史·文苑传·朱敦儒传》载,其“志行高洁,虽为布衣而有朝野之望。靖康中,召至京师,将处以学官。敦儒辞曰:‘麋鹿之性,自乐闲旷,爵禄非所愿也。’”终因鄙弃世俗和权贵,拂衣还山。此词即为北宋末年他从京师返回洛阳途中作,故题为“西都作”。上片词人用一种浪漫、奇谲的构思来抒写其纵情于山水,豪放不羁的生活状态;下片是全词主旨,点明生平之“狂”,表达词人鄙夷权贵、傲视王侯,不屑与世俗同流合污的理想和志向。全篇直抒胸臆,想象奇崛,语言清隽,音调铿锵,颇有李白之风。

【注释】

[1]清都:传说天帝居住的地方,天国宫阙。山水郎:为天帝管理山水的郎官。作者自编之官。郎:本是人间帝王的侍从官。疏狂:狂放,不守礼法。意是本人天性狂放。 [2]“曾批给雨”两句:意谓自己曾一再向天帝请求享受风雨云月等特殊供给,蒙天帝恩准,批给了支取此类物品的文券。给:供应。支:领取。券:这里指官员从管库领取生活供给物品时须持有的一种特别凭证。累(lěi):数次。章:指臣上呈皇帝的奏章。 [3]觞(shāng):古代的一种酒杯。这里用作量词。 [4]着眼:注目。 [5]玉楼金阙:指汴京的宫殿。慵:懒得。插梅花:将梅花插戴在发髻上。这是一种豪放不羁的名士风流。

【选评】

南宋黄升云“以词章擅名,天资旷远”。(《绝妙词选》)

相见欢

金陵城上西楼,倚清秋[1]。万里夕阳垂地,大江流[2]。 中原乱,簪缨散[3]。几时收?试倩悲风吹泪,过扬州[4]。

唐圭璋:《全宋诗》,中华书局,1965 年版

【解题】

靖康之难,汴京沦陷,二帝被俘。宋高宗建炎二年(1128),金兵继续南侵,朱敦儒仓皇南逃至金陵。他客居金陵,秋日登上西门城楼,感于时事,作此词。全词表达了忧国之思和抗金复国之志。用小令体制,抒发慷慨之情,以小寓大,令人赞叹。

【注释】

[1]城上西楼：西门上的城楼。倚清秋：倚楼观看清秋时节的景色。 [2]大江流：南齐谢朓《暂使下都夜发新林至京邑赠西府同僚》："大江流日夜，客心悲未央。"杜甫《旅夜书怀》："星垂平野阔，月涌大江流。" [3]中原乱：指宋钦宗靖康间（1126—1127），金人占领北宋中原地区的"靖康之变"。簪缨：古代显贵者官帽上的装饰。比喻高官显宦。[4]"试倩"两句：宋高宗建炎三年（1129），金兵初犯扬州，劫掠甚烈（参宋无名氏《建炎维扬遗录》），故云。或谓此词作于建炎元年（1127）春，所以道及扬州，与宋高宗行踪有关（参邓子勉校注《樵歌》卷下）。倩：请。扬州：地名，今属江苏，是当时南宋的前方，屡遭金兵破坏。

【选评】

清陈廷焯云：二帝蒙尘，偷安南渡，苟有人心者，未有不拔剑斫地。（《白雨斋词话》）又云：笔力雄大，气韵苍凉，短调中具有万千气象。（《词则・放歌集卷一》）

【拓展与思考】

古人登楼、登高，每多感慨。王粲登楼，怀念故土。杜甫登楼，感慨"万方多难"。许浑登咸阳城西楼有"一上高城万里愁"之叹。李商隐登安定城楼，有"欲回天地入扁舟"之感。尽管各个时代的诗人遭际不同，所感各异，然而登楼抒感则是一致的。请结合不同时代文人墨客的作品，具体谈谈他们当时登楼的背景。

李清照

李清照（1084—约1155），号易安居士，济南章丘（今山东济南）人。其父是著名学者李格非，"以文章受知于苏轼"（《宋史・李格非传》），为苏门"后四学士"之一。她自幼博通诗书。宋徽宗建中靖国元年（1101）十八岁，嫁给太学生赵明诚，夫妇雅好词章，常相唱和，共同致力于金石的搜集整理。早期生活优裕，金兵入据中原，随夫南渡。建炎三年（1129）明诚以疾卒，她境遇孤苦。宋高宗绍兴二年（1132）在杭州与张汝州结婚，旋即离异。晚年寓居金华。

她的创作历程横跨两宋，人生主要分为三阶段：少女时代、少妇时代、寡居时代。她的词有鲜明的阶段性，其词前期多写悠闲生活，后期多悲叹身世，苍凉沉郁，流露出故国黍离之悲。形式上善用白描手法，令慢皆工，手法多样，自辟途径，语言清丽，又善用口语，人称"易安体"，并有"婉约以易安为宗"（清王士禛《花草拾蒙》）、"男中李后主，女中李易安"（清沈谦《填词杂说》）之称，宋王灼称赞她"若本朝妇人，（李清照）当推词采第一（《碧鸡漫志》卷二）。"有宋一代大家，中国古代最杰出的女词人。她善属文工诗，笔力劲健，留存不多，部分篇章感时咏史，情辞慷慨，与其词风不同。有《易安居士文集》《易安词》，已散佚。李清照流传至今的词作有四十余首，篇篇都是精品，后人辑为《漱玉词》。今人辑有《李清照集》。

如梦令

昨夜雨疏风骤，浓睡不消残酒[1]。试问卷帘人，却道海棠依旧[2]。知否，知否？应是绿肥红瘦[3]。

唐圭璋：《全宋诗》，中华书局，1965 年版

【解题】

这首《如梦令·昨夜雨疏风骤》是李清照早期充满生活情趣的一首小词。据陈祖美编的《李清照简明年表》，大约作于宋哲宗元符三年（1100 年）前后。词人寥寥数语，就将惜春怜花之感表现得淋漓尽致，其中不仅流露出作者对大自然和春天的热爱，也表现了内心的苦闷。尤为奇妙的是词人采用对话方式结构全篇，新颖别致，跌宕起伏，独具魅力，极尽传神。全词六句，句句转折，一句一境，层次丰富，含蓄蕴藉，意味深长，显示出作者深厚的艺术功力。清黄苏称此词："短幅中藏无数曲折，自是圣于词者。"（《蓼园词选》）宋文学家陈郁云："李易安工造语，故《如梦令》'绿肥红瘦'之句，天下称之。"（《藏一话腴》甲集）

【注释】

[1]雨疏风骤：雨点稀疏，晚风急猛。疏：疏放，疏狂。浓睡不消残酒：虽然睡了一夜，仍有余醉未消。浓睡：酣睡。残酒：醉意未消。　[2]卷帘人：唐卢仝《楼上女儿曲》"谁家女儿楼上头，指挥婢子挂帘钩"。宋张枢《瑞鹤仙》亦有："卷帘人睡起，放燕子归来，商量春事。"多数学者认为此指侍女。也有人认为是指赵明诚，恐不妥（按：吴小如先生在《诗词札丛·说李清照〈如梦令〉二首》认为，应是作者的丈夫。他对妻子说"海棠依旧"者，正隐喻妻子容颜依旧姣好，是温存体贴之辞。但妻子回答是只怕青春即将消逝了。"知否"叠句，正写少妇自家心事不为丈夫所知。因此，此词乃作者以清新淡雅之笔写浓丽艳冶之情，悉为闺房昵语，所谓有甚于画眉者是也，所以绝对不许第三人介入）。　[3]绿肥红瘦：绿叶繁茂，红花凋零。

【选评】

宋胡仔云：近时妇人能文词，如李易安，颇多佳句，小词云"昨夜雨疏风骤，浓睡不消残酒。试问卷帘人，却道海棠依旧。知否，知否？应是绿肥红瘦。""绿肥红瘦"，此语甚新。（《苕溪渔隐丛话》）

宋陈郁云：李易安工造语，《如梦令》"绿肥红瘦"之句，天下称之。余爱赵彦若《剪彩花》诗云"花随红意发，叶就绿情新。""绿情""红意"，似尤胜于李云。（《藏一话腴》）

明沈际飞云："知否"二字，叠得可味。"绿肥红瘦"创获自妇人，大奇。（《草堂诗馀正集》）

明徐伯龄云：当时赵明诚妻李氏，号易安居士，诗词尤独步，缙绅咸推重之。其“绿肥红瘦”之句暨“人与黄花俱瘦”之语传播古今。（《蟫精隽》）

清王士禛云：前辈谓史梅溪之句法，吴梦窗之字面，固是确论，尤须雕组而不失天然。如“绿肥红瘦”“宠柳娇花”，人工天巧，可称绝唱。若“柳腴花瘦”“蝶凄蜂惨”，即工，亦“巧匠斫山骨”矣。（《花草蒙拾》）

清黄苏云：按：一问极有情，答以“依旧”，答得极澹，跌出“知否”二句来。而“绿肥红瘦”，无限凄婉，却又妙在含蓄。短幅中藏无数曲折，自是圣于词者。（《蓼园词选》）

清陈廷焯云：“只数语中，层次曲折有味。世徒称其‘绿肥红瘦’一语，犹是皮相。”《白雨斋词话》卷六：“词人好作精艳语，如左与言之‘滴粉搓酥’，姜白石之‘柳怯云松’，李易安之‘绿肥红瘦’‘宠柳娇花’等类，造句虽工，然非大雅。”（《云韶集》）

胡云翼云：李清照在北宋颠覆之前的词颇多饮酒、惜花之作，反映出她那种极其悠闲、风雅的生活情调。这首词在写作上以寥寥数语的对话，曲折地表达出主人公惜花的心情，写得那么传神。“绿肥红瘦”，用语简练，又很形象化。（《宋词选》）

吴熊和云：这首词表现了对花事和春光的爱惜以及女性特有的关切和敏感。全词仅三十三字，巧妙地写了同卷帘人的问答，问者情多，答者意淡，因而逼出“知否，知否”二句，写得灵活而多情致。词中造语工巧，“雨疏”“风骤”“浓睡”“残酒”都是当句对；“绿肥红瘦”这句中，以绿代叶、以红代花，虽为过去诗词中常见（如唐僧齐己诗“红残绿满海棠枝”），但把“红”同“瘦”连在一起，以“瘦”字状海棠的由繁丽而憔悴零落，显得凄婉，炼字亦甚精，在修辞上有所新创。

【拓展与思考】

宋文学家陈郁赞扬：“李易安工造语，故《如梦令》‘绿肥红瘦’之句，天下称之。”你认为李清照这首词有哪些妙处？

一剪梅

红藕香残玉簟秋[1]。轻解罗裳，独上兰舟[2]。云中谁寄锦书来[3]？雁字回时，月满西楼[4]。　　花自飘零水自流，一种相思，两处闲愁[5]。此情无计可消除，才下眉头，却上心头[6]。

唐圭璋：《全宋诗》，中华书局，1965 年版

【解题】

这首词的创作背景大致是李清照与丈夫赵明诚婚后不久分离而作，是她早期的代表作品。题名为元伊世珍的《琅嬛记》引《外传》云：“易安结褵未久，明诚即负笈远游。易安殊不忍别，觅锦帕书《一剪梅》词以送之。”这种说法得到部分学者认可，但其中有些细节存在争议，如现代词学家王仲闻就提出疑问，他认为：“清照适赵明诚时，两家俱在东京，明诚正为太学生，无负笈远游事。此则所云，显非事实。而李清照之父称为李翁，一似不知其

名者，尤见芜陋。《琅嬛记》乃伪书，不足据。”(《李清照集校注》卷一)王仲闻先生的观点较为可信。

据李清照《金石录后序》载，宋徽宗建中靖国元年(1101)李清照与赵明诚结婚，二人伉俪情深，爱好相同，生活美满；然婚后不久其父李格非因为党争蒙冤，李清照也受到牵连，被迫与丈夫分离还乡。这可能是她创作这首词的真正背景。词人从视觉、嗅觉、触觉各个角度描绘清秋景象，渲染气氛，后又用比喻象征意象表达自己的相思愁情，最后通过写“一种相思，两处闲愁”，表达夫妻心心相印彼此牵念的挚爱之情。全词用语浅近、不饰雕饰；格调清新，意境幽美；情感真挚，动人心神。李清照善于运用女性特有的细腻情感，捕捉现实生活中幽微变化，生动传神地传达自己内心情绪复杂微妙的变化，如“才下眉头，却上心头”，一“下”一“上”，就用得巧夺天工，不似人间语。

【注释】

[1]“红藕”句：意谓红艳的荷花和冷香一起凋残，又到了如玉竹席生凉的秋天。俞平伯《唐宋词选释》：“此句似倒装，即下文‘兰州’的形容语。船上盖亦有枕簟的铺设。若释为一般的室内光景，则下文‘轻解罗裳，独上兰舟’，即颇觉突兀。”红藕：即红莲，红色荷花。唐裴说《旅次衡阳》：“晚秋红藕里，十宿寄渔船。”玉簟(diàn)：光滑如玉的竹席。簟：竹席。

[2]轻解罗裳：意犹“罗带轻分”，轻轻地提起。罗裳(cháng)：犹罗裙。裳：一作“裙”。兰州：木兰所作之舟。因木兰做的舟木质坚而有香味，诗家遂以为舟之美称。南朝梁任昉《述异记》卷下：“木兰川在浔阳江中，多木兰树。昔吴王阖闾植木兰于此，用构宫殿也。七里洲中有鲁班刻木兰为舟，舟至今在洲中。诗家云木兰舟，出于此。”一说“兰舟”特指睡眠的床榻。　[3]“云中”句：暗用鸿雁传书典故。《汉书·苏武传》记载苏武属吏教汉使跪言帝于上林中射得北来雁，雁足系锦书。锦书：书信的美称。《晋书·窦滔妻苏氏传》云：“前秦秦州刺史窦滔被徙流沙，其妻苏氏思之，织锦为回文旋图诗以赠窦滔，可宛转循环以读之，词甚凄婉，共八百四十字。”这种用锦织成的字称锦字，又称锦书。锦：有彩色花纹的丝织品。俞平伯《唐宋词选释》“雁之关于书信有两意思：一是雁足捎信；一是群雁的行列，在空中排成字形。这句用第一义，次句改用第二义接”。　[4]雁字：雁群飞行时，常排列成“人”字或“一”字形，因称“雁字”。相传雁能传书。唐李益《写情》：“从此无心爱良夜，任他明月下西楼。”南唐夏宝松残句：“雁飞南浦砧初断，月满西楼酒半醒。”唐白居易《江楼晚眺，景物新奇，吟玩成篇，寄水部张员外》：“雁点天字一行。”回：一作“来”。西：一本无此字。　[5]飘零：凋谢，凋零。唐崔涂《春夕》：“水流花谢两无情。”刘禹锡《竹枝词九首》其二：“水流无限似侬愁。”晏殊《浣溪沙·一曲新词酒一杯》：“无可奈何花落去。”闲愁：无端无谓的忧愁。闲：一作“离”，又作“凝”。　[6]“此情”三句：宋范仲淹《御街行》“都来此事，眉间心上，无计相回避”。无计：没有办法。才：一作“方”。眉：一作“心”。却：又。心：一作“眉”。罗邺《雁二首》其二：“江南江北多离别，忍报年年两地愁。”韩偓《青春》“樱桃花谢梨花发，肠断青春两处愁。”都与此句情义相近。

【选评】

明王世贞云："李易安'此情无计可消除，方下眉头，又上心头。'可谓憔悴支离矣。"（《弇州山人词评》）

明沈际飞云："时本落'西'字，作七字句，非调。是元人乐府妙句。关、郑、白、马诸君，固效颦耳。"（《草堂诗馀正集》）

清王士禛云："俞仲茅小词云：'轮到相思没辞处，眉间露一丝。'视易安'才下眉头，却上心头'，可谓此儿善盗。然易安亦从范希文'都来此事，眉间心上，无计相回避'语脱胎，李特工耳。"（《花草蒙拾》）

清梁绍壬云："易安《一剪梅》词起句'红藕香残玉簟秋'七字，便有吞梅嚼雪，不识人间烟火气象，其实寻常不经意语也。"（《两般秋雨庵随笔》）

清陈廷焯云："起七字秀绝，真不食人间烟火者。"（《云韶集》）

龙榆生云：以此以推，易安伤离之作，大抵皆为明诚而发，所谓"女子善怀"，充分表其浓挚悲酸情感，非如其他词人之代写闺情，终有"隔靴搔痒"之叹。（《词学季刊》）

醉花阴

薄雾浓云愁永昼[1]，瑞脑消金兽[2]。佳节又重阳，玉枕纱厨[3]，半夜凉初透。　东篱把酒黄昏后[4]，有暗香盈袖[5]。莫道不销魂[6]，帘卷西风，人比黄花瘦[7]。

唐圭璋：《全宋诗》，中华书局，1965年版

【解题】

这首词是李清照的代表作之一，是其前期婚后怀人之作。宋徽宗建中靖国元年（1101），赵明诚与李清照结婚，不久丈夫便"负笈远游"。崇宁二年（1103），时届重九，因出于对丈夫的刻骨思念，便写词以寄其情。上阕写秋日重阳，词人百无聊赖、孤独寂寞之感；下阕写饮酒赏菊，愁绪满怀之情。一个"愁"字奠定了全词的基调，贯穿字里行间。尤其是末尾三句，触景生情、借物拟人，以帘外黄花与帘内思人形成鲜明对照，境凄美而情至深。"人比黄花瘦"比喻新奇，历来受到人们称颂，其既有因别后相思形容日渐憔悴之意，又有孤芳自赏、对花自怜之味。

【注释】

[1]云：一作"雰"，一作"阴"。永昼：漫长的白天。　[2]瑞脑：即瑞龙脑，又称龙脑，即冰片，一种薰香名。消金兽：香炉里香料逐渐燃尽。消：一作"销"，一作"喷"。金兽：兽形铜香炉。　[3]纱厨：碧纱厨，用木头做架子，蒙上轻纱，中间可安放床位，类似今天的纱帐，用来防蚊蝇。宋周邦彦《浣溪沙》："薄薄纱厨望似空，簟纹如水浸芙蓉。"厨：一作"窗"。[4]东篱：泛指采菊之地。东晋陶渊明《饮酒》："采菊东篱下，悠然见南山。""东篱"亦成为诗人惯用之咏菊典故。　[5]暗香：幽香，这里指菊花的幽香。盈袖：满袖。《古诗十九首·庭中有奇树》："攀条折其荣，将以遗所思。馨香盈怀袖，路远莫致之。"　[6]销魂：魂

魄离开躯体，形容极度忧愁悲伤之情。南朝江淹《别赋》："黯然销魂者，惟别而已矣。"销：一作"消"。　[7]比：一作"似"。黄花：指菊花。《礼记·月令》："鞠有黄华。"鞠，本用菊。唐王绩《九月九日》："忽见黄花吐，方知素节回。"

【选评】

胡仔云：又《九日》词云"帘卷西风，人似黄花瘦。"此语亦妇人所难到也。（《苕溪渔隐丛话》）

伊世珍云：易安以《重阳·醉花阴》词函致明诚。明诚叹赏，自愧弗逮，务欲胜之。一切谢客，忘食忘寝者三日夜，得五十阕，杂易安作，以示友人陆德夫。德夫玩之再三，曰："只三句绝佳。"明诚诘之。曰："莫道不销魂，帘卷西风，人似黄花瘦。"正易安作也。（《琅嬛记》卷中引《外传》）

王仲闻云：按赵明诚喜金石刻，平生专力于此，不以词章名。《琅嬛记》所引《外传》，不知何书，殆出自捏造。所云"明诚欲胜之"。必非事实。（《李清照集校注》）

夏承焘云：在诗词中，作为警句，一般是不轻易拿出来的。这句"人比黄花瘦"之所以能给人深刻的印象，除了它本身运用比喻，描写出鲜明的人物形象之外，句子安排得妥当，也是其原因之一。她在这个结句的前面，先用一句"莫道不销魂"带动宕语气的句子作引，再加一句写动态的"帘卷西风"，这以后，才拿出"人比黄花瘦"警句来。人物到最后才出现。这警句不是孤立的，三句联成一气，前面两句环绕后面一句，起到绿叶红花的作用。经过作者的精心安排，好像电影中的一个特写镜头，形象性很强。这首词末了一个"瘦"字，归结全首词的情意，上面种种景物描写，都是为了表达这点精神，因而它确实称得上是"词眼"。以炼字来说，李清照另有《如梦令》"绿肥红瘦"之句，为人所传诵。这里她说的"人比黄花瘦"一句，也是前人未曾说过的，有它突出的创造性。（《唐宋词欣赏》）

唐圭璋云：此首情深词苦，古今共赏。起言永昼无聊之情景，次言重阳佳节之感人。换头，言向晚把酒。着末，因花瘦而触及己瘦，伤感之至。尤妙在"莫道"二字唤起，与方回之"试问闲愁知几许"句，正同妙也。（《唐宋词简释》）

吴熊和云：李清照论词鄙薄柳永"词语尘下"，这（指"莫道"句以下）三句就是柳词"衣带渐宽终不悔，为伊消得人憔悴"之意，表示思念之深。但表达时屏绝浮花浪蕊，选择了不求秾丽、自甘素淡的菊花，既是重九即景，又象征着一种高雅的情操。以它自比，温柔蕴藉，又绝无浮薄之嫌，更能反衬出作者不同凡俗的高标逸韵。（《唐宋诗词探胜》）

余恕诚云：结尾"莫道不销魂，帘卷西风，人比黄花瘦"。"帘卷西风"，乍看可有可无，少此一笔似亦无损于诗意。实则不然。四字有"帘卷""西风"两个意象，"西风"以凄冷、萧瑟的一面加强了词的情调气氛，"帘卷"构成室内和室外的联系。没有"帘卷"，"人比黄花瘦"就变成单纯比喻。有此一笔，则交代出当帘卷西风之际，词人看到帘外黄花，因物生感迸发出了"人比黄花瘦"这样的心声。显得真切自然，而非作词时强拉来的比喻。又，词中前后两句写人，中间插以"帘卷西风"一句写景物，亦显得跌宕回肠，符合词人千回百转的感情节奏。（《百家唐宋词新话》）

声声慢

寻寻觅觅[1]，冷冷清清，凄凄惨惨戚戚[2]。乍暖还寒时候[3]，最难将息[4]。三杯两盏淡酒，怎敌他、晚来风急[5]？雁过也，正伤心，却是旧时相识[6]。

满地黄花堆积，憔悴损，如今有谁堪摘[7]？守着窗儿，独自怎生得黑[8]！梧桐更兼细雨，到黄昏、点点滴滴[9]。这次第，怎一个愁字了得[10]！

唐圭璋：《全宋诗》，中华书局，1965 年版

【解题】

这首词又名《胜胜慢》，是李清照后期孀居词中的杰作，是一首悲秋抒怀之作。作者用九十七个字，以精炼巧妙自然地铺叙手法，集中概括了她南渡以后面对国破家亡夫丧的生活特征和精神面貌，呈现出清冷孤寂、悲惨无奈、失落无助的心境。该词虽写一己之悲，却反映出整个时代、整个民族的深哀剧痛，具有震撼人心的力量。这首词多用口语写成，字字发自肺腑，尤其是大量舌尖音和齿音交错运用，形成了独特的声情效果，来表达词人忧郁悲戚的心情。开篇一连用十四个叠字，如珠走玉盘，一声紧似一声，字字声调悲咽，层层刻画出词人的深悲剧痛，是前无古人的大胆创新，历来被词评家所激赏。

【注释】

[1]寻寻觅觅：像是在寻找什么，想把失去的一切都找回来。写精神上空虚怅惘、迷茫失落之感。 [2]凄凄惨惨戚戚：忧愁苦闷的样子。戚戚：形容悲愁。 [3]乍暖还(huán)寒：指秋天的天气，忽冷忽热。吴小如先生《诗词札丛》认为，这是写一日之晨，而非一季之候。“时候”二字在两宋已指短暂时间，与现代汉语语意无殊。此句脱胎于张先《青门引》的“乍暖还轻寒”句。乍：忽然，突然。 [4]将息：唐宋时方言，休息，调养。[5]怎敌他：对付，抵挡。敌：抵抗。晚：一本作“晓”。 [6]旧时相识：大雁从北方飞来，词人家在北方，故有此感。 [7]“满地黄花”三句：满地黄花开成了堆，但如今我已憔悴不堪，哪有心情去摘他呢？（吴小如先生说，指菊花盛开，而非残英满地。） [8]怎生：怎样，宋时口语。生：语助词。 [9]“梧桐更兼细雨”两句：梧桐树的枯叶在风中飒飒作响，已经很凄凉，到黄昏时分，再加上绵绵细雨顺着梧桐叶坠落，更令人感伤。 [10]次第：光景、情形。怎一个愁字了得：一个“愁”字怎么能概括得尽呢？

【选评】

宋张端义云：炼句精巧则易，平淡入调者难。且《秋词·声声慢》：“寻寻觅觅，冷冷清清，凄凄惨惨戚戚。”此乃公孙大娘舞剑手。本朝非无能词之士，未曾有一下十四叠字者，用《文选》诸赋格。后叠又云：“梧桐更兼细雨，到黄昏、点点滴滴。”又使叠字，俱无斧凿痕。更有一奇字云：“守定窗儿，独自怎生得黑。”“黑”字不许第二人押。妇人中有此文笔，殆间气也。（《贵耳集》卷上）

宋罗大经云：近时李易安词云："寻寻觅觅，冷冷清清，凄凄惨惨戚戚。"起头连叠七字。以一妇人，乃能创意出奇如此。(《鹤林玉露》卷十二)

清陈廷焯云：易安《声声慢》一阕，连下十四叠字，张正夫叹为公孙大娘舞剑手。且谓本朝非无能词之士，未曾有一下十四叠字者。然此不过奇笔耳，并非高调。张氏赏之，所见亦浅……张正夫此论甚陋。十四叠字，不过造语奇隽耳，词境深浅，殊不在此。执是以论词，不免魔障。又《云韶集》卷十：叠字体，后人效之者甚多，且有增至二十余叠者。才气虽佳，终着痕迹，视易安风格远矣。"黑"字警。后幅一片神行，愈唱愈妙。(《白雨斋词话》卷二)

唐圭璋云：此词上片既言"晚来"，下片如何可言"到黄昏"雨滴梧桐，前后言语重复，殊不可解。若作"晓来"，自朝至暮，整日凝愁，文从字顺，豁然贯通。(《读李清照词札记》)

夏承焘云：这首词用了许多双声叠韵字。一开头就用连串的叠字，是为加强刻画她的百无聊赖的心情，从前人认为这是了不起的创造。尤其是末了几句，"梧桐更兼细雨，到黄昏、点点滴滴。这次第，怎一个愁字了得！"二十多个字里。舌音、齿音交相重叠，是有意以这种声调来表达她心中的忧郁和惆怅。这些句子不但读起来明白如话，听起来也有明显的音乐美，充分体现出词这种配乐文学的特色。因为词原来是唱的，要使人容易听得懂。刘体仁说这首词是"本色当行"，就是指它明白易懂而言。这首词借双声叠韵字来增强表达感情的效果，是从前词家不大用过的艺术手法。李清照是一个有高度文化修养的女作家，有真挚丰富的生活感情，又有她自己独特的见解，因此她确实当得起婉约词派杰出作家的称号。她这首《声声慢》词以细腻而又奇横的笔墨，用双声叠韵啮齿叮咛的音调，来写她心中真挚深刻的感情，这是从欧(阳修)、秦(观)诸大家以来所不曾见过的一首突出的代表作。(《唐宋词欣赏》)

沈祖棻云：此词之作，是由于心中有无限痛楚抑郁之情，从内心喷薄而出，虽有奇思妙语，而并非刻意求工，故反而自然深切动人。陈廷焯《云韶集》说它"后幅一片神行，愈唱愈妙"。正因为并非刻意求工，"一片神行"才是可能的。但说此一句"自然妥帖"，"无斧凿痕"，也还是属于技巧的问题。任何文艺技巧，如果不能够为其所表达的内容服务，即使不能说全无意义，其意义也终归是有限的。所以，它们的好处实质上还在于有层次，有深浅，能够恰如其分地、成功地表达词人所要表达的难达之情。(《宋词赏析》)

吴小如云：李清照这首《声声慢》，脍炙人口数百年，就其内容而言，简直是一篇悲秋赋。亦惟有以赋体读之，乃得其旨。李清照的这首词在作法上是有创造性的。原来的《声声慢》的曲调，韵脚押平声字，调子相应地也比较徐缓。而这首词却改押入声韵，并屡用叠字和双声字，这就变舒缓为急促，变哀婉为凄厉。此词以豪放纵恣之笔写激动悲怆之怀，既不委婉，也不隐约，不能列入婉约体。(《诗词札丛》)

刘乃昌云：全篇字字写愁，层层写愁，却不露一"愁"字，末尾始画龙点睛，以"愁"归结.而又谓"愁"不足以概括个人处境，推进一层，愁情之重，实无法估量。全词语言家常，感受细腻，形容尽致，讲究声情，巧用叠字，更以舌齿音交加更传，传达幽咽凄楚情悰，肠断心碎，满纸呜咽，撼人心弦。无怪古人誉为"千古创格""绝世奇文"(《宋词三百首新编》)。

张元幹

张元幹(1091—约1170),字仲宗,号芦川居士、芦川老隐,又号真隐山人,福州永福(今福建永泰)人。他是北宋末年的太学生,做过小官吏。宋钦宗靖康元年(1126)金兵南侵时,张元幹为亲征行营使李纲幕府的僚属,积极支持李纲抗金,亲身迎战,反对朝廷议和。后因宋钦宗听信谗言,罢免李纲,张元幹也因此而获罪遭贬谪。绍兴元年(1131),宋高宗赵构任用主和派权奸秦桧为宰相,张元幹不愿与奸臣同朝,以讲作监丞致仕,先后闲居二十多年。其间因作词送主战派李纲、胡铨,遭秦桧迫害,于绍兴二十一年(1151)以忤秦桧下狱被削籍,晚年漫游江浙等地。秦桧死后,张元幹又出山,来到临安官舍,后客死异乡。

张元幹的词作一百八十多首,被认为压卷之作的二首《贺新郎》(送李纲和胡铨)词最为著名。张元幹早年词风清新婉媚,如《风流子》《菩萨蛮》等,“多清丽婉转,与秦观、周邦彦可以肩随”(《四库全书总目提要·芦川词》),靖康之变南渡后,自身际遇与社会现实的变化,使他多写时事,感怀国事,词风发生很大变化,多豪放、悲壮之作。所著有《芦川归来集》和《芦川词》。

贺新郎

送胡邦衡待制[1]

梦绕神州路[2]。怅秋风,连营画角,故宫离黍[3]。底事昆仑倾砥柱[4],九地黄流乱注?聚万落千村狐兔[5]。天意从来高难问[6],况人情老易悲难诉。更南浦,送君去[7]! 凉生岸柳催残暑[8]。耿斜河、疏星淡月,断云微度[9]。万里江山知何处[10]?回首对床夜语[11]。雁不到、书成谁与[12]?目尽青天怀今古[13],肯儿曹、恩怨相尔汝[14]?举大白,听金缕[15]。

唐圭璋:《全宋诗》,中华书局,1965年版

【解题】

《贺新郎》,又名《金缕曲》,是宋代词人张元幹的代表作品之一,是南宋著名的爱国词篇。宋高宗绍兴八年(1138)十一月,枢密院编修官胡铨上书反对议和,请斩王伦、秦桧、孙近三人遭贬至广州,次年签书威武军节度判官(任所在福州福唐,今福建福清)。绍兴十二年(1142),秦桧又将胡铨除名勒停,送新州(今广东新兴)编管,又大肆株连迫害与其有关的好友。当时张元幹身在福州三山,他出于义愤,不顾个人安危,毅然作此词为胡铨送行,一时为人传诵。后因此招致秦桧构陷,最终被削籍为民。这首词表现了词人对祖国大好

河山沦陷的悲痛，对投降派的愤恨以及对友人的同情。全词感情沉郁苍凉、慷慨激昂，悲壮沉痛，抒情曲折，表意含蓄。后人评此词是“慷慨悲凉，数百年之后，尚想其抑塞磊落之气”。(《四库全书总目提要》)

【注释】

[1]胡邦衡：胡铨，字邦衡，庐陵(今江西吉安)人，宋高宗时进士，为枢密院编修官。待制：宋时官名。　[2]神州：古称中国为“赤县神州”，此指被金人占领的中原地区。《史记·孟子荀卿列传》载，战国时期齐人邹衍说中国名曰“赤县神州”。　[3]连营：连绵不断的军营。画角：古管乐器。传自西羌。形如竹筒，本细末大，以竹木或皮革等制成，因表面有彩绘，故称。发声哀厉高亢，古时军中多用以警昏晓，振士气，肃军容。帝王出巡，亦用以报警戒严。故宫：指汴京旧宫。离黍：语出《诗经·王风·黍离》首句“彼黍离离”。黍：小米。离离：形容行列整齐茂盛的样子。　[4]底事：为什么，犹言何事。昆仑倾砥柱：传说昆仑山有天柱，天柱崩则天塌。砥柱：砥柱山，原在今河南三门峡市东北黄河中，因立于水中如石柱，故名。新中国成立后，为修三门峡水库，已将其炸毁。九地黄流乱注：黄河中有砥柱，砥柱崩则黄水泛滥。此皆九州覆灭之灾也。九地：遍地。以上两句是说，为什么昆仑山、砥柱山都倒塌了，塞满了黄河，使得河水四溢，到处乱流？喻指金兵在北方各地横行，如黄河泛滥成灾。　[5]狐兔：比喻金兵，语出范云《渡黄河》诗，“不睹行人迹，但见狐兔兴”，谓荒凉无人也。这句是说，金兵洗劫之后，中原无数的村落已荒无人烟，成为狐兔聚集的场所。　[6]“天意”二句：暗指帝心难测，国事令人痛心。化用杜甫《暮春江陵送马大卿公》：“天意高难问，人情老易悲。”　[7]南浦：本义为南面水边，后泛指送别之地。《楚辞·九歌·河伯》有“送美人兮南浦”。王逸注曰“愿河伯送己南至江之涯”。江淹《别赋》有“送君南浦，伤如之何!”。张铣注曰“南浦，送别之地”。浦：水滨。以上是说，天高难问，人老易悲，已够我愁惨的了，再加上送您远谪蛮荒，就更令我伤心。　[8]凉生岸柳：指秋风乍起，送来凉意。催残暑：催促夏日残留的暑气离去。　[9]耿：通“炯”，光明，闪亮貌。斜河：斜贯夜空的银河，表示夜深。断云：片段云彩。　[10]“万里”句：胡铨远贬至广东，故云。　[11]回首：回想。对床夜语：指朋友间深夜谈心。白居易诗《雨中招张司业宿》：“能来同宿否？听雨对床眠。”　[12]“雁不到”二句：胡铨贬所在新州(今广东新兴)，雁飞不到，借指别后音信难通。书成谁与：书信写好了，交给谁代为传递呢？　[13]目：望。[14]肯：岂肯。儿曹：小儿女辈。恩怨相尔汝：语出韩愈《听颖师弹琴》“妮妮儿女语，恩怨相尔汝”，谓儿女亲昵之语也。　[15]大白：酒杯名。汉刘向《说苑·善说》：“饮不嚼者，浮以大白。”金缕：即《金缕曲》，又名《贺新郎》，即指此词。

【选评】

纪昀云：慷慨悲凉，数百年后，尚想其抑塞磊落之气。(《四库全书总目提要》)

曾噩云：绍兴议和，今端明胡公铨上书，请剑欲斩议者，得罪权臣，窜谪岭南。平生亲党避嫌畏祸，唯恐去之不速，公作长短句送之，微而显，哀而不伤，深得三百篇讽刺之意。非若后世靡丽之词，狎邪之语。(《芦川词序》)

陈廷焯云：此类皆慷慨激烈，发欲上指。词境虽不高，然足以使懦夫有立志。（《白雨斋词话》）

岳 飞

岳飞（1103—1142），字鹏举，相州汤阴（今属河南）人，南宋抗金名将。出身贫寒，宋徽宗宣和四年（1122）从军，宋钦宗靖康元年（1126）补承信郎，宋高宗建炎元年（1127）升统制，四年迁通、泰州镇抚使兼知泰州，绍兴二年（1132）权知潭州，三年任神武后军统制，九年（1139）授开府仪同三司，宋高宗、秦桧与金议和，他上表反抗。岳飞一生身经百战，屡建奇功。绍兴十年（1140），金兀术进兵河南，他出兵反击，在郾城大败金军，收复郑州、洛阳等地，两河义军纷起响应，这时宋高宗、秦桧一心求和，下令退兵，后被十二金字牌召还。绍兴十一年（1141）收岳飞兵权，任枢密副使，后以“莫须有”的罪名与长子岳云及部将张宪同被杀害。宋孝宗时追谥武穆，宋宁宗时追封鄂王。其著作后人辑有《岳忠武王文集》八卷，《宋史》卷三六五有传。岳飞能文章，兼工诗词，传世作品不多，词仅存三首，多正气凛然、慷慨激昂，充满爱国激情。

满江红

怒发冲冠，凭阑处、潇潇雨歇[1]。抬望眼，仰天长啸，壮怀激烈。三十功名尘与土，八千里路云和月[2]。莫等闲、白了少年头，空悲切[3]。

靖康耻，犹未雪[4]。臣子恨，何时灭。驾长车，踏破贺兰山缺[5]。壮志饥餐胡虏肉，笑谈渴饮匈奴血[6]。待从头、收拾旧山河，朝天阙[7]。

唐圭璋：《全宋诗》，中华书局，1965 年版

【解题】

《满江红·怒发冲冠》一词，是否为岳飞所作，学界尚有质疑，但一般认为是岳飞作品。这首词有题“写怀”“本意”，是一首气壮山河、充满爱国激情的佳作，大约作于宋高宗绍兴三年（1133），当时岳飞担任神武后军统制。此词上阕写山河破碎、功业难继，内心无比悲愤与痛惜，但仍意志坚定想要建立功业；下阕写对民族仇恨的激愤，对收复失地的决心，以及对国家的赤胆忠心。全词情调激昂，壮怀激烈，浩然正气，表现了词人抗金救国的坚定意志和乐观精神，激励着一代代华夏儿女的爱国情操。

【注释】

[1]怒发（fà）冲冠：形容极度愤怒，气得头发竖起，上冲冠帽。《史记·廉颇蔺相如列

传》："相如因持璧却立，倚柱，怒发上冲冠。"凭阑：身倚栏杆。阑：同"栏"。潇潇：形容雨势急骤。　[2]"三十"一句：刘永济《唐五代两宋词简析》"盖言年已三十，功名未就，直同尘土之无价值，但空经过八千里路之云月，言远征无成也"。胡云翼《宋词选》："年已三十，虽然建立了一些功名，像尘土一样地微不足道。"解释"八千里"："似是以摧毁'八千里'外金国的根据地作为目标来说的。"臧克家认为："尘与土——风尘奔波之谓，非视功名如尘土也。"(《臧克家古典诗文欣赏集》)诸说皆有一定道理。"八千"句：形容南征北战，路途遥远，披星戴月。八千：是概数，极言沙场征战行程之远。　[3]等闲：轻易，随便。空悲切：徒劳地悲哀悔恨，白白地哀痛。以上二句是自励语句：千万不要虚度青春年华，到老来追悔莫及。　[4]靖康耻：宋钦宗靖康元年(1126)末，金兵攻破汴京，靖康二年(1127)春夏，虏走徽、钦二帝及太子、公主、六宫嫔妃三千余人。靖康：宋钦宗赵桓的年号。　[5]长车：古代兵车。贺兰山：贺兰山脉，位于宁夏回族自治区与内蒙古自治区交界处，当时被金兵占领。一说是位于河北省邯郸市磁县境内的贺兰山。缺：残缺，指山口。　[6]胡虏：对女真贵族入侵者的蔑称。匈奴：这里指金入侵者。《汉书·王莽传》载，王莽篡权改称新朝期间，校尉韩威自请率军抗击匈奴，并说不用带一斗军粮，"饥食虏肉，渴饮其血"。　[7]朝天阙：朝见皇帝。天阙：本指宫殿前的楼观，此指皇帝居住的地方。明代王熙书《满江红》词碑作"朝金阙"。

【选评】

明代沈际飞云："胆量、意见、文章，悉无今古。"(《草堂诗余正集》)

清代沈雄云："《满江红》忠愤可见，其不欲等闲白了少年头，可以明其心事。"(《古今词话·词话》上卷)

清代丁绍仪云："至寓议论于协律宫，犹觉激昂慷慨，读之色舞。"(《听秋声馆词话》卷九)

清代陈廷焯云："何等气概！何等志向！千载下读之，凛凛有生气焉。'莫等闲'二语，当为千古箴铭。"(《白雨斋词话》)

唐圭璋云："此首直抒胸臆，忠义奋发，读之足以起顽振懦。起言登高有恨，并略点眼前景色。次言望远伤神，故不禁仰天长啸。'三十'两句，自痛功名未立、神州未复，感慨亦深。'莫等闲'两句，大声疾呼，唤醒普天下之血性男儿，为国雪耻。下片承上，明言国耻未雪，余憾无穷。'驾长车'三句，表明灭敌之决心，气欲凌云，声可裂石。着末，预期结果，亦见孤忠耿耿，大义凛然。"

【拓展与思考】

除《满江红》之外，你还知道哪些著名的爱国诗词？

小重山

昨夜寒蛩不住鸣[1]。惊回千里梦，已三更[2]。起来独自绕阶行。人悄悄，帘外月胧明。　白首为功名[3]。旧山松竹老，阻归程[4]。欲将心事付瑶琴。知音少，弦断有谁听[5]？

唐圭璋：《全宋诗》，中华书局，1965年版

【解题】

《小重山·昨夜寒蛩不住鸣》是岳飞现存作品中名篇之一。宋高宗绍兴八年(1138)七月，宋高宗和秦桧力主向金屈辱求和，最后达成协议，不准岳飞再动兵，这首词就写于此时。全词抒发了岳飞内心极度郁闷，对投降派极度愤慨，以及报国无门壮志难酬的苦闷。全篇用传统比兴的手法写成，上阕写深夜梦回的压抑心情，沉郁蕴藉，情景交融，表现壮志难酬之情；下阕写壮志受阻，心志难伸，吞吐曲折，郁闷非常。这首词风格与慷慨悲壮的《满江红》迥然有别。

【注释】

[1]寒蛩(qióng)：秋天的蟋蟀。　[2]千里梦：指赴千里外杀敌报国的梦。三更：指十一时至翌日一时。　[3]功名：此指收复失地建功立业。　[4]旧山：此指故乡，当时作者的故乡河南被金兵占领，不能回归，故下文说"阻归程"。这两句是指由于敌人占领中原而归程被阻，致使故园松竹日益凋零。　[5]瑶(yáo)琴：饰以美玉的琴。知音：《列子·汤问》"伯牙善鼓琴，钟子期善听。伯牙鼓琴，志在登高山。钟子期曰：'善哉！峨峨兮若泰山！'志在流水，钟子期曰：'善哉！洋洋兮若江河！'伯牙所念，钟子期必得之"。后世遂以"知音"比喻知己、同志。三国·曹丕《与吴质书》："徐、陈、应、刘，一时俱逝，痛可言邪……伯牙绝弦於钟期，仲尼覆醢於子路，痛知音之难遇，伤门人之莫逮。"唐·杜甫《哭李常侍峄》诗："斯人不重见，将老失知音。"明·唐顺之《谢病赠别高参政》诗："逝将归旧林，复此别知音。"以上三句暗指自己抗金的主张得不到朝廷上多数人的支持，没有人理会他内心的焦虑。

【选评】

王弈清云：岳侯，忠孝人也。其《小重山》词，梦想旧山，悲凉悱恻之至。(《历代词话》卷七引《古今词话》)

陈廷焯云：苍凉悲壮中亦复风流儒雅。(《词则·放歌集》)

龙榆生云：一种激昂忠愤之气，读之使人慷慨。推其志，虽与日月争光可也。(《唐五代宋词选》)

詹安泰云：岳鹏举《满江红》，悲愤之怀，壮烈之志，和盘托出，绝无隐蓄，此不关乎寄托也。至其《小重山》词，则真有寄托之作也。故国怕回首，而托诸惊梦；所愿不得偿，则托诸空阶明月；咎忠贞不见谅于当轴，致坐失机宜，而托诸瑶琴独奏，赏音无人。盖托体比兴也。陈藏一《话腴》谓："欲将心事付瑶琴，知音少，弦断有谁听。盖指和议之非。"斯言得之。故求寄托于词中者，当在此而不在彼。岳鹏举《满江红》词一阕，非不慷慨激昂，可歌可泣。顾其耐人寻味之程度，殊不若其《小重山》也，故从词之本身论，则以《小重山》为高

格。(《词学讲义》)

陆　游

陆游(1125—1210),字务观,号放翁,山阴(今浙江绍兴)人。由于北方金统治者南侵,陆游从小过着逃难的生活。宋高宗绍兴二十四年(1154)试礼部,名列第一,因语触秦桧而被黜落。宋孝宗隆兴初,赐进士出身。历任县主簿,镇江(今江苏)、隆兴(今江西南昌)、夔州(今重庆奉节)通判,参王炎、范成大幕府,提举福建常平茶盐公事,知严州(今浙江建德东),礼部郎中,秘书监。晚年以太中大夫、宝谟阁待制致仕,封渭南伯。宋孝宗淳熙十六年(1189),被人弹劾而罢职,长期退居山阴,归老故乡,直到去世。因不拘礼法,被人认为"恃酒颓放",故自号"放翁"。他生在南宋中期,性格豪放,志向慷慨,是杰出的爱国诗人。他致力于抗金复国的理想,矢志不渝,却遭到苟安投降派的排挤打压,一生以诗文为武器,抒写抗敌御侮、恢复中原的激越情怀和有志难伸的忧愤,气势雄浑,感情奔放,笔意流走,辞旨明快,在文学史上具有深远影响。陆游现存词一百三十余首,数量并不是很多,然词的风格多种多样,既有以雄放悲慨为主的爱国之作,又有以柔婉清逸为美的感情深沉之作。前人谓其流丽处似秦观,雄放处似苏轼。著有《渭南文集》《剑南诗稿》《南唐书》《老学庵笔记》等,后人辑有《放翁词》一卷。

卜算子·咏梅

驿外断桥边,寂寞开无主[1]。已是黄昏独自愁,更著风和雨[2]。

无意苦争春,一任群芳妒[3]。零落成泥碾作尘,只有香如故[4]。

唐圭璋:《全宋诗》,中华书局,1965 年版

【解题】

中国诗歌传统中,历来喜用"比兴"手法,咏物即是其中重要一类,自屈原《离骚》《橘颂》始,香草美人、贞木劲草等常常与人们的道德品质相关联。"梅兰竹菊"四君子中的梅花,亦是历代文人歌咏的对象。陆游一生酷爱梅花,称其是"花中气节最高坚"者,他曾用一百多首诗词来写梅花。《卜算子·咏梅》中的梅花是作者的化身,虽长在驿外断桥,经历黄昏风雨,但依然独自成泥作尘,香犹如故;这正是作者一生虽身处艰难的政治环境和遭受严酷的政治打击中,但依旧坚强不屈,坚持爱国理想、民族气节、君子操守的顽强意志的体现。全词托物言志,以物喻人,表面写梅花实则写自己,达到了"物我融一"的境界,笔调清新、笔致细腻,意味深隽,堪称咏梅上作。

【注释】

[1]驿外：指荒僻、冷清之地。驿：驿站，供传送公文的人员或官员、行人休息的交通站。断桥：残破的桥。一说"断"通"簖"，簖桥乃是古时在为拦河捕鱼蟹而设簖之处所建之桥。无主：自生自灭，没有人来过问。杜甫《江畔独步寻花七绝句》其五："桃花一簇开无主。"唐李群玉《山驿梅花》："生在幽崖独无主。" [2]更著：又遇到。更：又，再。著(zhuó)：同"着"，遭受、承受之意。 [3]苦：尽力、竭力之意。争春：与百花争奇斗艳。一任：完全听凭。群芳：指百花，暗指投降主和派。 [4]零落：指梅花凋谢。碾：轧烂，压碎。作尘：化作灰土。王安石《北陂杏花》："纵被春风吹作雪，绝胜南陌碾成尘。"香如故：香气依旧存在，和以前一样。

【选评】

明·沈际飞云：排涤陈言，大为梅誉。(《草堂诗馀·续集》)

清·陈廷焯云：沉沦不遇者，读之一叹。寓意深长，有色有骨，盖先生自道也。(《云韶集》)

近代·唐圭璋云：此首咏梅，取神不取貌，梅之高格劲节，皆能显志。起言梅花开之处，驿外断桥，不在乎玉堂金屋；寂寞自开，不同乎浮花浪蕊。次言梅开之时，又是黄昏，又是风雨交加，梅之遭遇如此，故惟有独自生愁耳，下片说明不与群芳争春之意；"零落"两句，更揭出梅之真性，深刻无匹，咏梅即以自喻，与东坡咏鸿同意。东坡、放翁，固皆忠忱郁勃，念念不忘君国之人也。(《唐宋词简释》)

近代·刘永济云：此亦作者身世之感，但借梅抒出之。上半阕写所遇之世，如此堪愁。下半阕写其生平，不慕荣华而品质坚贞，如梅之耐寒，虽"零落成泥"而香不灭也。(《唐五代两宋词简析》)

诉衷情

当年万里觅封侯[1]。匹马戍梁州[2]。关河梦断何处？尘暗旧貂裘[3]。　胡未灭，鬓先秋[4]，泪空流。此生谁料，心在天山，身老沧州[5]。

唐圭璋：《全宋诗》，中华书局，1965年版

【解题】

《诉衷情·当年万里觅封侯》大概作于宋孝宗淳熙十六年(1189)罢归山阴之后，具体写作年份待考。宋孝宗乾道八年(1172)，陆游曾应四川宣抚使王炎之邀，从夔州前往西北前线重镇南郑军中任职，度过八个多月的军旅生活。词上片作者写到自己昔日从军南郑、戎马疆场、意气风发，一心要收复中原建功立业，然而壮志难酬、报国无门，一生夙愿只能借助于梦境实现的失望之情。词下片写敌人未灭，自己却年老身衰、英雄迟暮，抒发"身老沧州"的悲愤愁苦之意。全词格调苍凉悲壮，语言明白晓畅、不加雕饰，是陆游代表作之一。

【注释】

[1]万里觅封侯：奔赴万里外的疆场，寻找建功立业的机会。《后汉书·班超传》载：班超少有大志，尝曰，大丈夫应当“立功异域，以取封侯，安能久事笔砚间乎?”觅封侯：寻求建功立业，取得较高的爵位。这里指为抗金事业建立功名。　[2]戍(shù)：防守，守边。梁州：古代陕西地名，在今陕西省汉中市一带。《宋史·地理志》：“兴元府，梁州汉中郡，山南西道节度。”治所在南郑。陆游著作中，称其参加四川宣抚使幕府所在地，常杂用以上地名。　[3]关河：关塞与河防。一说指潼关黄河之所在。这里指汉中前线险要的地方。梦断：即梦醒。尘暗旧貂裘：形容貂皮制作的军服积满了灰尘，颜色为之暗淡。这里借用苏秦典故，说自己没有机会再从军建功立业了。据《战国策·秦策》载，苏秦游说秦王“书十上而不行，黑貂之裘敝，黄金百斤尽，资用乏绝，去秦而归”。　[4]胡：古泛称西北各族为胡，此处指金入侵者。鬓：鬓发。秋：秋霜，比喻年老鬓白。鬓先秋：鬓发早已像秋霜那样白了。　[5]天山：指祁连山，在今新疆维吾尔自治区内。《汉书·霍去病传》：“去病至祁连山，捕首虏甚多。”颜师古注：“祁连山即天山，匈奴呼天为祁连。”这里代指南宋与金国对峙的西北前线。沧州：靠近水边的地方，旧指隐士居住之地。谢朓《之宣城郡出新林浦向板桥》诗有“既欢怀禄情，复协沧州趣”句。这里指自己晚年一直住在绍兴乡下的镜湖边上。

【选评】

胡云翼云：“心在天山，身老沧州”两句概括了诗人晚年生活和思想矛盾的悲愤情绪。(《宋词选》)

陆永品云：陆游于六十五岁被罢官，以后曾担任过闲官，绝大部分时间都是闲居在家乡山阴的镜湖边。对于陆游这样以身许国、胸怀壮志的人，这种生活使他难以忍受。他不能理解，也万没有想到，为什么国难当头，他竟然报国无门，而落得心系前线、闲老家乡的境地。因此，在词的结尾，他以天山代指南宋抗金的西北前线，以沧州代指自己闲居的湖边，痛苦地发出了“此生谁料，心在天山，身老沧州”的呼喊。这是爱国诗人内心矛盾的自白，也抒写了他对南宋统治集团的强烈不满。

【拓展与思考】

比较陆游词中“胡未灭，鬓先秋，泪空流”与其“塞上长城空自许，镜中衰鬓已先斑”两句，其中的空字所蕴含的情感是否相同？试分析。

张孝祥

张孝祥(1132—1169)，字安国，号于湖居士，历阳乌江(今安徽和县乌江镇)人，寓居芜湖。幼年随父寓居芜湖(今属安徽)。宋高宗绍兴二十四年(1154)进士,殿试第一。尚未授官,即上书请求昭雪岳飞冤案,为秦桧所忌恨。绍兴二十七年(1157)除著作郎;绍兴二十八年(1158)试起居舍人,兼权中书舍人;绍兴三十二年(1162),累官至知抚州(今属江西);宋孝宗隆兴元年(1163)知平江府(今江苏苏州);隆兴二年(1164)除中书舍人,迁直学士院,知建康府(今江苏南京),因为力主抗金,赞助张浚北伐,遭主和派弹劾罢官。后被重新起用,后累官至知荆南府(今湖北江陵)兼荆湖北路安抚使,在任兴修水利,政绩颇著。后致仕归乡,病卒,年仅三十八岁。著有《于湖居士文集》四十卷、《于湖先生长短句》五卷、拾遗一卷,现存词二百二十余首。工诗文,善书法,而尤长于词。他的词有慷慨激昂的爱国内容,也有潇洒自如、写景抒情的作品。其词清旷潇洒处酷似苏轼,境界阔大,气势豪迈;而爱国诸作悲壮激越,堪称辛派的先驱。

六州歌头

长淮望断,关塞莽然平[1]。征尘暗,霜风劲,悄边声[2]。黯销凝[3]!追想当年事,殆天数,非人力,洙泗上,弦歌地,亦膻腥[4]。隔水毡乡,落日牛羊下,区脱纵横[5]。看名王宵猎,骑火一川明[6]。笳鼓悲鸣。遣人惊。　　念腰间箭,匣中剑,空埃蠹,竟何成[7]!时易失,心徒壮,岁将零。渺神京[8]。干羽方怀远,静烽燧,且休兵[9]。冠盖使,纷驰骛,若为情[10]!闻道中原遗老,常南望、翠葆霓旌[11]。使行人到此,忠愤气填膺,有泪如倾[12]。

唐圭璋:《全宋诗》,中华书局,1965年版

【解题】

有关这首词的创作时间,众说纷纭尚无定论,有言宋高宗绍兴三十一年(1161)末作于建康,有言作于宋孝宗隆兴元年(1163),有言作于宋孝宗隆兴二年(1164)。宋佚名《朝野遗记》载:"近张安国在建康留守席上赋一篇云(略),歌阕,魏公(张浚,时判建康府兼行官留守)为罢席而入。"上文所言即是隆兴元年(1163),张浚北伐,败在符离(今安徽宿县北),主和派得势,趁机撤尽淮河边防,急于向金人乞和。张浚、张孝祥等人十分愤慨,反对议和,一次宴会上,张孝祥即席挥毫,写下此篇。词上阕写中原沦陷区的凄凉情景及敌人的骄横行径;下阕写朝廷无心光复只求苟合,中原父老渴望收复失地,自己报国无门壮志难酬的满腔悲愤。全词韵律铿锵、声情激壮,格局阔大、情感深厚,笔饱墨酣,痛快淋漓,读之令人精神高振、备受激励,不失为爱国名篇。

【注释】

[1]长淮:即指淮河。宋高宗绍兴十一年(1141)与金和议,以淮河为宋金的分界线。关塞莽然平:草木茂盛,齐及关塞。谓边备松弛。关塞:边境上防守的地方。莽然:草木茂盛的样子。　[2]"征尘暗"三句:意谓北伐征人卷起的尘土已经黯淡,除寒冷的北风猛烈呼啸外,边塞之上悄然无声。此处暗示对敌人放弃抵抗。　[3]黯销凝:感伤出神之状。黯:指心里难受,精神颓丧的样子。销凝:指想得出神。　[4]当年事:指靖康二年(1127)

中原沦陷，徽钦二帝被掳之事。殆：似乎是，差不多。“洙泗上”三句：意谓连孔子故乡的礼乐之邦亦陷于敌手。洙、泗：鲁国二水名，都流经孔子家乡曲阜（春秋时鲁国国都），孔子曾在此讲学。弦歌地：指礼乐文化之邦。《论语·阳货》：“子之武城，闻弦歌之声。”邢昺疏：“时子游为武城宰，意欲以礼乐化导于民，故弦歌。”膻（shān）：腥臊气。膻腥：一种羊腥味。这里是说，当年孔子讲学的地方现在被金人占领糟蹋了。 [5]毡乡：这里指金国。北方少数民族住在毡帐里，故称为毡乡。落日牛羊下：落日余晖里牛羊成群结队而返。这是写金人生活区的晚景。《诗经·王风·君子于役》：“日之夕矣，羊牛下来。”区（ōu）脱纵横：金兵哨所碉堡纵横设立。区脱：匈奴语，指边境屯戍或守望的土室。 [6]“名王”二句：写敌军威势，意是金兵将领夜晚出猎，骑兵举起火把照亮整个平川。名王：指少数民族具有声名的大王。《汉书·宣帝纪》：“匈奴单于遣名王奉献。”唐颜师古注：“名王者，谓有大名，以别诸小王也。”此指敌军将帅。宵猎：夜间打猎。骑火：举着火把的马队。一川：满地。 [7]埃蠹（dù）：指宝剑长期不用，积满灰尘，剑鞘亦被虫蛀。 [8]渺神京：收复京师更为渺茫。神京：帝都，指北宋都城汴京。 [9]干羽方怀远：用文德以怀柔远人，谓朝廷正在向敌人求和。干羽：干盾和羽扇，都是舞蹈乐具，指庙堂舞蹈。羽为文舞，干为武舞。《尚书·大禹谟》：“帝乃诞敷文德，舞干羽于两阶。”此指文德教化。怀远：指安抚北方少数民族，暗指向金求和。《左传·僖公七年》：“怀远以德。”静烽燧（suì）：边境上平静无战争。烽燧：古代战场上用来报告紧急军情的烽火。 [10]“冠盖”三句：戴冠乘车之人，纷纷奔走往来，真让人羞愧难当！冠盖：冠服求和的使者。驰骛（wù）：奔走忙碌，往来不绝。若为情：何以为情，犹似今之“怎么好意思”。 [11]翠葆霓旌：指皇帝的车马仪仗。翠葆：以翠鸟羽毛为饰的车盖。霓旌：像虹霓似的彩色旌旗，皇帝的仪仗之一。这里指生活在沦陷区的百姓渴望南宋统治者北伐。 [12]填膺：满胸。

【选评】

陈霆云：张安国在沿江帅幕。一日预宴，赋《六州歌头》云……歌罢，魏公流涕而起，掩袂而入。（《渚山堂词话》）

刘熙载云：张孝祥于建康留守席上赋《六州歌头》，致感重臣罢席。然则词之兴观群怨，岂下于诗哉！（《艺概》）

陈廷焯云：淋漓痛快，笔饱墨酣，读之令人起舞。（《白雨斋词话》）

【拓展与思考】

这首词下阕中，词人是怎样抒发自己空怀报国之情的？请简要分析。

辛弃疾

辛弃疾（1140—1207），原字坦夫，后改字幼安，中年后号稼轩居士，济南历城（今山东济南)人。他出生于金人占领的沦陷区,儿时受祖父辛赞影响,喜欢关注山河、议论时局。宋高宗绍兴三十一年(1161),二十二岁的辛弃疾聚众两千参加耿京抗金义军,担任掌书记。绍兴三十二年(1162),得知耿京被降金叛徒张安国所害,其率领五十余骑直奔金军大营,擒拿叛徒张安国后归南宋,任江阴签判。宋孝宗乾道八年(1172)知滁州。淳熙元年(1174)差知江陵府兼湖北安抚使,迁知隆兴府江西安抚使。淳熙二年(1175)为江西提点刑狱,淳熙五年(1178)出为湖北转运副使,改湖南转运副使,淳熙六年(1179)知潭州兼湖南安抚使,淳熙七年(1180)再知隆兴府兼江西安抚使。因坚持抗金主张,并摧抑豪强,为朝廷所忌,淳熙九年(1182)至宋光宗绍熙二年(1191)罢官,闲居上饶带湖稼轩十年。宋光宗绍熙三年(1192)赴福建任提点刑狱,四年知福州,五年再罢职。再闲居江西上饶、铅山瓢泉十年。宋宁宗嘉泰初,韩侂胄定议伐金,辛弃疾被大用。嘉泰三年(1203)起知绍兴府兼浙东安抚使,嘉泰四年(1204)知镇江府,不久开禧北伐以战败议和而终,辛弃疾又被弹劾落职归铅山,后忧愤而死。德祐元年(1275)追谥"忠敏"。他一生以抗金报国自任,理想不能实现,遂将满腔悲愤全寄于词。其词内容丰富,风格多样,体备刚柔,手法多变,尤以悲壮雄放的爱国篇章为佳。辛弃疾与苏轼并称为"苏辛",其代表了南宋词的最高成就,对后世产生了深远的影响。刘克庄赞其词:"横绝六合,扫空万古。"著有《稼轩长短句》,存词六百多首。

水龙吟

登建康赏心亭[1]

楚天千里清秋,水随天去秋无际。遥岑远目,献愁供恨,玉簪螺髻[2]。落日楼头,断鸿声里,江南游子[3]。把吴钩看了,栏杆拍遍,无人会、登临意[4]。　休说鲈鱼堪脍,尽西风、季鹰归未[5]?求田问舍,怕应羞见,刘郎才气[6]。可惜流年,忧愁风雨,树犹如此[7]!倩何人唤取,红巾翠袖,揾英雄泪[8]!

邓广铭:《稼轩词编年笺注》,上海古籍出版社,2018 年版

【解题】

关于这首词的创作时间,学术界尚有争议,一说是大约作于宋孝宗乾道五年(1169),当时作者在建康通判任上;一说此词宋孝宗淳熙元年(1174),作者将任东安抚司参议官之前登上建康赏心亭所作。辛弃疾从二十三岁南归,二十六岁时上《美芹十论》,提出抗金策略不被采纳,其南归七八年,投闲置散一直不受重视,故在登城览景之际,赋词宣泄胸中悲愤。全词上阕写登临所见,借景抒情,抒发自己炽烈爱国之情无人理解的痛苦;下阕连用典故,以古喻今,倾吐自己壮志难酬的感慨。全词先写景后抒情,情景交融,景色凄清空旷,情感含蓄蕴藉,兼具阳刚和阴柔之美。

【注释】

[1]建康:今江苏南京。赏心亭:故址在秦淮河边,相传是北宋丁谓所建。《景定建康

志》:"赏心亭在(城西)下水门城上,下临秦淮,尽观赏之胜。" [2]遥岑(cén):远山。远目:远望。韩愈、孟郊《城南联句》:"遥岑出寸碧,远目增双明。"献愁供恨:谓山景惹人愁思。玉簪(zān)螺髻(jì):比喻山的形色。玉簪、螺髻:玉做的簪子,像海螺形状的发髻,这里比喻高矮和形状各不相同的山岭。韩愈《送桂州严大夫同用南字》:"江作青罗带,山如碧玉簪。"皮日休《缥缈峰》:"似将青螺髻,撒在明月中。" [3]断鸿声里:宋柳永《玉蝴蝶》:"断鸿声里,立尽斜阳。"断鸿:失群的孤雁。游子:漂泊异乡的人。 [4]吴钩:唐李贺《南园》:"男儿何不带吴钩,收取关山五十州。"吴钩:古代吴地盛产钩形弯刀,常用吴钩代指宝刀。此暗寓空有才华,不被重用。钩:似剑而曲。 [5]"鲈鱼堪脍"三句:用西晋张翰典,见《晋书·张翰传》。另外,《世说新语·识鉴》"张季鹰(翰)辟齐王东曹掾,在洛见秋风起,因思吴中菰菜、莼羹、鲈鱼脍,曰:'人生贵得适意尔,何能羁宦数千里以要名爵?'遂命驾便归。俄而齐王败,时人皆谓见机"。后来的文人将思念家乡称为莼鲈之思。堪:可。脍:把肉削成薄片。季鹰:张翰,字季鹰。 [6]"求田问舍"三句:典出《三国志·魏书·陈登传》:后许汜与刘备共在荆州牧刘表坐,表与备共论天下人,汜曰:"陈元龙湖海之士,豪气不除。"备谓表曰:"许君论是非?"表曰:"欲言非,此君为善士,不宜虚言;欲言是,元龙名重天下。"备问汜:"君言豪,宁有事邪?"汜曰:"昔遭乱过下邳,见元龙。元龙无客主之意,久不相与语,自上大床卧,使客卧下床。"备曰:"君有国士之名,今天下大乱,帝主失所,望君忧国忘家,有救世之意,而君求田问舍,言无可采,是元龙所讳也,何缘当与君语?如小人,欲卧百尺楼上,卧君于地,何但上下床之间邪?"这三句意谓,在国家危难之际,像许汜那样一心购置田地和房屋的人,见到雄才大略的刘备,恐怕会感到羞耻吧!求田问舍:置地买房。刘郎:刘备。才气:胸怀、气魄。 [7]风雨:比喻艰难的国势。化用宋苏轼《满庭芳》:"百年里,浑教是醉,三万六千场。思量,能几许,忧愁风雨,一半相妨。"树犹如此:出自北周诗人庾信《枯树赋》:"树犹如此,人何以堪!"又典出《世说新语·言语》"桓公北征经金城,见前为琅琊时种柳,皆已十围,慨然曰:'木犹如此,人何以堪!'攀枝执条,泫然流泪"。词中用典是叹息年华老去而功业未成。 [8]倩:请,请求。红巾翠袖:女子装饰,代指美人。红巾:一作"盈盈"。揾:擦拭,揩掉。

【选评】

清代李佳云:辛稼轩词,慷慨豪放,一时无两,为词家别调。集中多寓意作,如……"把吴钩看了,栏干拍遍,无人会,登临意。"……此类甚多,皆为北狩南渡而言。以是见词不徒作,岂仅批风咏月!(《左庵词话》)

清代刘体仁云:词起结最难,而结尤难于起,盖不欲转入别调也。"呼翠袖,为君舞""倩盈盈翠袖,揾英雄泪",正是一法。然又须结得有"不愁明月尽,自有夜珠来"之妙乃得。美成元宵云"任舞休歌罢",则何以称焉。(《七颂堂词绎》)

近代俞陛云云:前四句写登临所见,起笔便有浩荡之气。"落日"句以下,由登楼说到旅怀,而仍不说尽,仅以吴钩独看,略露其不平之气。下阕写旅怀,即使归去奇狮卜筑,而生平未成一事,亦羞见刘郎。"流年"二句以单句旋折,弥见激昂。结句言英雄之泪,未要人怜,倘揾以红巾,或可破颜一笑,极言其潦倒,仍不减其壮怀也。(《唐五代两宋词选释》)

【拓展与思考】

“遥岑远目,献愁供恨,玉簪螺髻”一句,景物描写具有怎样的特点?

菩萨蛮

书江西造口壁[1]

郁孤台下清江水,中间多少行人泪[2]。西北望长安,可怜无数山[3]。青山遮不住,毕竟东流去。江晚正愁余,山深闻鹧鸪[4]。

邓广铭:《稼轩词编年笺注》,上海古籍出版社,2018 年版

【解题】

这首词是宋孝宗淳熙三年(1176),辛弃疾驻节赣州任江西提点刑狱时,途经造口,登郁孤台所作。词人登上郁孤台,看见滔滔江水奔流,犹如逃难百姓的血泪,不禁联想到祖国大好河山陷落敌手,至今收复无望,故“借水怨山”,抒发国家兴亡的悲痛和内心的愤懑之情。全词用极高明的比兴手法,以山水起兴,借山水抒情,又以深山鸟语结题,含蓄蕴藉、曲折跌宕地表达了自己深沉的爱国情思,词艺高超,堪称瑰宝。

【注释】

[1]菩萨蛮:本唐教坊曲,后用为词牌,也用作曲牌。亦作《菩萨鬘》,又名《子夜歌》《重叠金》《花溪碧》《晚云烘日》等。另有《菩萨蛮引》《菩萨蛮慢》《菩萨蛮》也是曲牌名。造口:一名皂口,在今江西万安县西南六十里。 [2]郁孤台:今江西省赣州市城区西北部贺兰山顶,又称望阙台,为一郡之形胜,因“隆阜郁然,孤起平地数丈”得名。唐宋时即为名胜。清江:赣江与袁江合流处旧称清江。 [3]长安:本汉唐故都,这里代指宋都汴京。李白《登金陵凤凰台》:“总为浮云能蔽日,长安不见使人愁。”杜甫《小寒食舟中作》:“愁看直北是长安。”宋刘攽《九日》:“可怜西北望,白日远长安。”可怜:可惜。 [4]愁余:即使我发愁。《楚辞·九歌·湘夫人》:“帝子降兮北渚,目眇眇兮愁予。”鹧鸪:鸟名,鸣声凄切,传说其叫声如云“行不得也哥哥”。南朝萧统《文选》卷五晋左思《吴都赋》“鹧鸪南翥而中留”句,唐李善注:“如鸡,黑色,其鸣自呼。或言此鸟常南飞不北。豫章已南诸郡处处有之。”《本草纲目》卷四十八载《禽经》云:“随阳,越雉也,飞必南翥。”古人诗中用之,常表忧愁、伤感、凄凉之意。如李白《越中览古》:“宫女如花满春殿,只今惟有鹧鸪飞。”白居易《鹧鸪词》二首:“鹧鸪啼别处,相对泪沾衣。”词中一说这里暗指时世艰难,恢复之事一时“行不得也”。另一说是汉杨孚《异物志》记载鹧鸪怀南而不思北,其飞鸣曰“但南不北”,词人用典来讽刺南宋朝廷不想恢复北方。

【选评】

明徐士俊云:“忠愤之气,拂拂指端。”(《古今词统》)

明沈际飞云:“无数山水,无数悲愤。伊文公云:若朝廷赏罚明,此等人皆可用。”(《草

堂诗馀正集》)

清陈廷焯云:“血泪淋漓,古今让其独步。结二语号呼痛哭,音节之悲,至今犹隐隐在耳。”(《云韶集》)

唐圭璋云:此首《书江西造口壁》,不假雕绘,自抒悲愤。小词而苍莽悲壮如此,诚不多见。盖以真情郁勃,而又有气魄足以畅发其情。起从近处写水,次从远处写山。下片,将山水打成一片,慨叹不尽。末以愁闻鹧鸪作结,尤觉无限悲愤。(《唐宋词简释》)

丑奴儿

书博山道中壁[1]

少年不识愁滋味,爱上层楼。爱上层楼,为赋新词强说愁[2]。　　而今识尽愁滋味,欲说还休。欲说还休,却道天凉好个秋[3]。

邓广铭:《稼轩词编年笺注》,上海古籍出版社,2018 年版

【解题】

《丑奴儿·书博山道中壁》这首词当作于辛弃疾被弹劾去职、闲居上饶带湖时期,具体创作时间应在宋孝宗淳熙八年(1181)至淳熙十四年(1187)间。全词以“愁”字贯穿全篇,上阕写少年懵懂不识愁味,故作深沉之态;下阕写历经世事,满腹愁苦,却又无处诉说的愁苦。全词用“少年”与“而今”对比,构思精巧,委婉含蓄,感情真率,言浅意深,表达了作者受压抑、遭排挤、报国无门的痛苦之情。

【注释】

[1]博山:在今江西省广丰区西南。因状如庐山香炉峰,故名。　[2]“为赋”句:为了写出新词,没有愁而硬要说有愁。　[3]欲说还休:内心有所顾虑而不敢表达。休:停止。

【选评】

夏承焘云:这首词上片四句是说少年时没有尝到愁的滋味,不知道什么叫作“愁”,为了要作新词,没有愁勉强说愁。这四句是对下片起衬托作用的。下片首句说“而今识尽愁滋味”,按一般写法,接下应该描写现在是怎样的忧愁。但是它下面却重复了两句“欲说还休”,最后只用“却道‘天凉好个秋’”一句来结束全篇。这是吞咽式的表情,表示有许多忧愁不能明说。我们联系作者的身世遭遇来看,是能体会他这一句话的深长的含意的。(《唐宋词欣赏》)

青玉案

元夕[1]

东风夜放花千树[2]。更吹落,星如雨[3]。宝马雕车香满路。凤箫声动,玉壶光转,一

夜鱼龙舞[4]。　蛾儿雪柳黄金缕[5]。笑语盈盈暗香去[6]。众里寻他千百度。蓦然回首,那人却在,灯火阑珊处[7]。

邓广铭:《稼轩词编年笺注》,上海古籍出版社,2018年版

【解题】

《青玉案·元夕》是辛弃疾的代表作之一,具体写作年份不可考。全词先写元宵佳节花千树、星如雨、仕女如云、莺歌燕舞的欢乐场面,后写车水马龙的人群中,有宝马雕车的达官贵人,更多的是头戴蛾儿雪柳的普通百姓,大家都在凤箫声动、明灯漫舞中赏灯。结尾四句,写到寻人,所"寻"之人是一位孤高自赏、超群拔俗、不随流俗而又自甘寂寞的女性,她在热闹的灯市中,偏偏选择在"灯火阑珊处"这一女性形象寄托着作者仕途失意、功业无成的愤懑之情,而又不愿与世俗同流合污的孤高品格。全词采用对比手法,构思巧妙,语言唯美,意蕴无穷,读之令人赞叹。

【注释】

[1]青玉案:词牌名,调名取于东汉张衡《四愁诗》"美人赠我锦绣段,何以报之青玉案"诗句。又名"横塘路""西湖路",双调六十七字。元夕:夏历正月十五日为上元节,即元宵节,上元的晚上称元夕、元宵、元夜。　[2]"东风"句:形容元宵夜花灯繁多。隋唐以来有元夕放灯之俗。花千树:花灯之多如千树开花,此处以花比灯。唐苏味道《看灯》诗:"火树银花合,星桥铁锁开。"　[3]星如雨:也指灯火,焰火纷纷,乱落如雨。这里以星比灯。星,指焰火。形容满天的烟花。一说形容灯多。《左传·庄公七年》:"星陨如雨。"　[4]"凤箫"句:指笙、箫等乐器演奏。凤箫:箫的美称。一说即排箫。《风俗通·声音》:"《尚书》舜作《箫韶》九成,凤凰来仪,其形参差,象凤之翼。"宋代周密《武林旧事·元夕》:"宣放烟火百余架,于是乐声四起,烛影纵横。"玉壶:比喻明月,亦可指玉雕的灯。宋代周密《武林旧事·元夕》:"其后福州所进,则纯用白玉,晃耀夺目,如清水玉壶,爽彻心目。"鱼龙舞:鱼龙本为古代百戏(类似杂技)的一种。《汉书·西域传》颜师古注:"鱼龙者……激水化成比目鱼……化成黄龙八丈,出水敖(同遨)戏于庭,炫耀日光。"这里是指舞动鱼形、龙形的彩灯,如鱼龙闹海一样。　[5]"蛾儿"句:写元夕的妇女装饰。蛾儿、雪柳、黄金缕,皆古代妇女元宵节时头上佩戴的各种装饰品。这里指盛装的妇女。宋代周密《武林旧事·元夕》:"元夕节物,妇人皆戴珠翠、闹蛾、雪柳……而衣多尚白,盖月下所宜也。"宋无名氏《宣和遗事》:"京师民有似云浪,尽头上戴着玉梅、雪柳、闹蛾儿,直到鳌山下看灯。"　[6]盈盈:声音轻盈悦耳,亦指仪态娇美的样子。宋周邦彦《瑞龙吟》(章台路):"障同映袖,盈盈笑语。"汉《古诗十九首》之二《青青河畔草》:"盈盈楼上女。"暗香:本指花香,此指美人身上散发出来的香气。　[7]蓦(mò)然:忽然,突然,猛然。阑珊:零落、稀疏,又指衰残。将尽。

【选评】

清陈廷焯云:艳语亦以气行之,是稼轩本色。(《词则·闲情集》)

梁启超云:自怜幽独,伤心人别有怀抱。(《艺蘅馆词选》丙卷)

王国维云：古今之成大事业、大学问者，必经过三种之境界："昨夜西风凋碧树，独上高楼，望尽天涯路。"此第一境也。"衣带渐宽终不悔，为伊消得人憔悴。"此第二境也。"众里寻他千百度，蓦然回首，那人却在灯火阑珊处。"此第三境也。此等语皆非大词人不能道。(《人间词话》)

破阵子

为陈同甫赋壮词以寄之[1]

醉里挑灯看剑，梦回吹角连营[2]。八百里分麾下炙，五十弦翻塞外声[3]。沙场秋点兵[4]。　马作的卢飞快，弓如霹雳弦惊[5]。了却君王天下事，赢得生前身后名[6]。可怜白发生！

邓广铭:《稼轩词编年笺注》，上海古籍出版社，2018年版

【解题】

这首词大概作于作者失意带湖闲居之时，具体创作时间难定。《历代诗余》卷一百十八引《古今词话》云："陈亮过稼轩，纵谈天下事。亮夜思幼安素严重，恐为所忌，窃乘其厩马以去。幼安赋《破阵子》词寄之。"(王奕清《历代词话》卷八、冯金伯《词苑萃编》卷十三亦载)。张宗橚《词林纪事》按："幼安流寓江南，陈同甫来访，近有小桥，同甫引马三跃三却，同甫怒，拔剑斩马首，徒步而行，幼安适倚楼，见之大惊异，即遣人往询，而陈已及门，遂与定交。后数十年，幼安帅淮，同甫尚落落甚，乃诣幼安，相与谈天下事。幼安酒酣，因指南北利害，云南之可以并天下者如此，北之可以并南者如此，钱塘非帝王居，断牛头山，天下无援兵，决西湖水，满城皆鱼鳖。饮罢，宿同甫斋中。同甫夜思幼安沉重寡言，因酒误发，若醒而悟，必杀我灭口，遂中夜盗其骏马而逃，后致书幼安，微露其意，假十万缗以济之，幼安如数与焉。此词殆作于是时，故题云'赋壮词以寄之'。"邓广铭《辛稼轩词编年笺注》谓此词"作年莫考，姑附缀于淳熙十五年冬与陈同甫唱和诸词之后"，蔡义江、蔡国黄《辛弃疾年谱》谓作于宋光宗绍熙四年(1193)，时陈亮进士第一，辛弃疾赠此壮词。

全词章法结构奇特，构思精妙，前九句通过写梦境和想象，追忆自己抗金岁月以及沙场生涯，写得绘声绘色，豪壮激越，后一句情感急转直下，把怀才不遇、壮志难酬、英雄迟暮的悲愤之情表现出来。这首词打破了上下片分述一事的传统，格局开阖动荡，节奏变化明快，突显了辛词的豪放风格和创新精神。

【注释】

[1]破阵子：又名"十拍子"，词牌名。原为唐玄宗时教坊曲名，出自《破阵乐》，此调双调六十二字。陈同甫：陈亮(1143—1194)，字同甫(一作同父)，南宋婺州永康(今浙江金华永康市)人，著名爱国词人，宋史卷四三六有传。与辛弃疾志同道合，结为挚友。其词风格与辛词相似。　[2]挑灯看剑：壮士表现苦闷的动作。唐李涉《送魏简能东游二首》之二："孤亭宿处时看剑，莫使尘埃蔽斗文。"宋刘斧《青锁高议》前集卷三引高言诗："男儿慷慨平

生事，时复挑灯把剑看。”挑灯：把灯芯挑亮。看剑：抽出宝剑来细看。梦回：作者重温战时旧梦。吹角连营：号角声连绵不断。角：号角，军中乐器，长五尺，形如竹筒，用竹、木、皮、铜制成，外加彩绘，名曰画角。始仅直吹，后用以横吹。其声哀厉高亢，闻之使人振奋。[3]八百里：牛的代称。语出《世说新语·汰侈》篇“王君夫（恺）有牛，名八百里駮，常莹其蹄角。王武子（济）语君夫：‘我射不如卿，今指赌卿牛，以千万对之。’君夫既恃手快，且谓骏物无有杀理，便相然可，令武子先射。武子一起便破的，却据胡床，叱左右：‘速探牛心来！’须臾炙至，一脔便去”。苏轼《约公择饮是日大风》：“要当啖公八百里。”分麾（huī）下炙（zhì）：把烤牛肉分赏给部下。麾下：部下。麾：军中大旗。炙：烤熟的牛肉。五十弦：本指古瑟，此处泛指军中乐器。《史记·封禅书》：“太帝使素女鼓五十弦瑟，悲，帝禁不止，故破其瑟为二十五弦。”李商隐《锦瑟》：“锦瑟无端五十弦，一弦一柱思华年。”翻：演奏。孟浩然《美人分香》：“歌翻《子夜》声。”塞外声：指边地悲壮粗犷的战歌。 [4]沙场：战场。秋：古代点兵用武，多在秋天。宋李昉等《太平御览》卷二四引《尚书大传》：“天子以秋命三公将率，选士厉兵，以征不义。”点兵：检阅军队。点：检验、检阅。 [5]的卢：一种烈性良马。《相马经》：“马白额入口齿者，名曰榆雁，一名的卢。”《三国志·蜀志·先主传》注引《世语》：“刘备屯樊城，刘表惮其为人，不甚信用。曾请备宴会，蒯越、蔡瑁欲因会取备，备觉之，潜遁出。所乘马名的卢，骑的卢渡襄阳城西檀溪水中，溺不得出，备急曰：‘的卢，今日厄矣，可努力！’的卢乃一踊三丈，遂得过。”（《世说新语》亦有记载）“弓如”句：《梁书·曹景宗传》“景宗谓所亲曰：‘我昔在乡里，骑快马如龙，与年少辈数十骑，拓弓弦作霹雳声，箭如饿鸱叫……此乐使人忘死，不知老之将至。’”霹雳：疾雷声，此处比喻弓弦的响声。[6]了却：完成，了结。君王天下事：统一国家的大业，此处特指恢复中原事。赢得：博得。身后：死后。《晋书·张翰传》：“使我有身后名，不如即时一杯酒。” [7]可怜：可惜，可叹。

【选评】

清陈廷焯云：“字字跳掷而出，‘沙场’五字，起一片秋声，沉雄悲壮，凌轹千古。”（《云韶集》卷五）“感激豪宕，苏辛并峙千古，然忠爱恻怛，苏胜于辛，而淋漓怨壮，顿挫盘郁，则稼轩独步千古矣。稼轩词魄力雄大，如惊雷怒涛，骇人耳目，天地钜观也，后惟迦陵有此笔力，而郁处不及”。（《词则·放歌集》卷一）

近代顾随云“一首词，前后片共是十句。前九句，真是海上蜃楼突起，若者为城郭，若者为楼阁，若者为塔寺，为庐屋，使见者目不暇给。待到‘可怜白发生’，又如大风陡起，巨浪掀天，向之所谓城郭、楼阁、塔寺、庐屋也者，遂俱归幻灭，无影无踪，此又是何等腕力，谓之为率，又不可也。复次，稼轩自题曰‘壮词’，而词中亦是金戈铁马，大戟长枪，像煞是豪放，但结尾一句，却曰：‘可怜白发生’。夫此白发之生，是在事之了却、名之赢得之前乎？抑在其后者乎？此又是千古人生悲剧，其哀音愁凄，亦当不得。谓之豪放，亦皮相之论也。一部《稼轩长短句》，无论是说看花饮酒，或临水登山，无论是慷慨悲歌，或委婉细腻，也总是笼罩于此悲哀的阴影之中”。（《稼轩词说》）

现代俞平伯云：“结用实笔，一点即醒。”（《唐宋词选释》）

西江月

夜行黄沙道中[1]

明月别枝惊鹊，清风半夜鸣蝉[2]。稻花香里说丰年，听取蛙声一片。　七八个星天外，两三点雨山前。旧时茅店社林边，路转溪桥忽见[3]。

邓广铭：《稼轩词编年笺注》，上海古籍出版社，2018年版

【解题】

这首词大约是作者闲居在上饶，经过黄沙岭道时所作。词人以轻快宁静的笔调描绘了充满活跃气氛、生活气息的乡村夏夜之景，表现了词人对乡村生活的赞赏和喜爱之意。词人一路走来，由远及近，有清风、明月相伴，有蝉鸣、蛙声相随，词中有动有静、有明有暗，笔法精妙，语出自然，不失为描摹乡村生活的佳作。全篇骈散结合，对仗工整，尤其是"稻花香里说丰年，听取蛙声一片"一句还巧用了拟人，表现出作者对丰收的喜悦。

【注释】

[1]黄沙：黄沙岭，在江西上饶的西面。　[2]别枝惊鹊：惊动喜鹊飞离树枝。苏轼《杭州牡丹诗》："月明惊鹊未安枝。"周邦彦《蝶恋花》："月皎惊乌栖不定。"别枝：指喜鹊受惊飞到另一个枝头。　[3]社林：土地庙周围的树林。社：土地神庙。古时，村有社树，为祀神处，故曰社林。见：同"现"，显现，出现。

陈　亮

陈亮（1143—1194），字同甫，号龙川，婺州永康（今属浙江）人。宋光宗绍熙四年（1193）策进士，擢进士第一，授签书建康府判官，未到任而卒，谥号文毅。他为人豪迈，喜谈兵，议论风生。在宋孝宗朝，由于他曾多次上书，力主抗金恢复中原，反对偏安媚敌求和，为主和议的权贵佞臣所嫉恨，三度被诬下狱。他的词慷慨豪放，与辛弃疾词风相近，二人交谊亦深厚，属辛派词人，读之令人振奋；其为文气势纵横，议论风生，笔锋犀利，宏伟博辩。有《龙川文集》三十卷，原有《长短句》四卷，已佚。今人辑《龙川词》，仅得七十四首。《宋史》卷四三六有传。

水调歌头

送章德茂大卿使虏[1]

不见南师久，漫说北群空[2]。当场只手，毕竟还我万夫雄[3]。自笑堂堂汉使，得似洋洋河水，依旧只流东[4]？且复穹庐拜，会向藁街逢[5]！

尧之都，舜之壤，禹之封[6]。于中应有、一个半个耻臣戎[7]。万里腥膻如许[8]，千古英灵安在？磅礴几时通[9]？胡运何须问，赫日自当中[10]！

唐圭璋：《全宋词》，中华书局，1965年版

【解题】

自宋高宗以来，朝廷一贯屈辱求和，所派使者亦常屈节辱命。宋孝宗淳熙十二年(1185)十一月，朝廷派大理少卿试户部尚书章德茂出使金国，恭贺金世宗完颜雍生辰，这首词即是送别章德茂时而作。全词大气磅礴，正气凛然，在委婉曲折的笔调下，既表达了对南宋统治者苟且偷安的不满，又表达了自己深信统一大业终将实现之志和对使者章德茂的勉励与赞赏之情。

【注释】

[1]水调歌头：词牌名，又名“元会曲”“台城游”“凯歌”“江南好”“花犯念奴”等，双调九十五字。相传隋炀帝开汴河自制《水调歌》，唐人演为大曲，“歌头”就是大曲中的开头部分。送章德茂大卿使虏：陈亮的友人章森，字德茂，当时是大理少卿，试户部尚书，奉命使金，贺金主完颜雍生辰(万春节)，章德茂曾两度出使金国。大卿：尚书的代称，魏晋以后，朝廷各部的尚书相当于秦汉时的九卿，对章德茂官衔的尊称。使虏：指出使到金国去。[2]南师：南宋北伐大军。作者《上孝宗皇帝第一书》：“南师之不出，于今几年矣。”漫说：一作“谩说”，胡乱说。北群空：语出韩愈《送温处士赴河阳军序》“伯乐一过冀北之野，而马群遂空”，据说伯乐善于相马，他经过冀北，这里的良马就被他选光了。指没有良马，借喻没有良才。这两句意谓长久不见南师北伐，就随便说南宋没有人才。 [3]当场只手：独当一面的里手。毕竟还我万夫雄：毕竟我还是万夫之雄。我：指章德茂。以上两句称赞章森是能够独当一面的杰出人物。 [4]“自笑堂堂汉使”三句：你身为堂堂汉使，想也自己失笑，值得自豪自重，岂能像洋洋河水，依旧年年只流向东？意是我们汉使哪肯年年去朝见金廷。堂堂：庄严正大。得似：哪得似。洋洋：水大的样子。语出《诗经·卫风·硕人》：“河水洋洋”。 [5]“且复穹庐拜”二句：且去再拜你一拜，总有一天要把敌酋擒来藁街示众。穹庐：北方少数民族居住的圆顶毡房，这里借指金廷。藁街：汉朝长安城南门内给少数民族居住的地方。汉将陈汤曾斩匈奴郅支单于首悬之藁街。《汉书·陈汤传》曾载陈汤斩郅支单于后奏请“悬头藁街蛮夷邸间，以示万里，明犯强汉者，虽远必诛”。 [6]“尧之都”三句：都是传说中古代贤君，都曾经生活在那片土地。陈亮《上孝宗皇帝第一书》：“中国，天地之正气也，天命之所钟也，人心之所会也，衣冠礼乐之所萃也，百代帝王之所以相

承也。”又有“二帝三王之所都”之语。都：定都。壤：土地。封：疆界。 [7]“于中应有”二句：中原应该有人耻于向敌人称臣。耻臣戎：指以投降敌人为耻辱的爱国志士。戎：指戎狄，这里指金人。 [8]腥膻：牛羊腥臊的臭味，代指金人占领地区。 [9]“千古英灵”二句：千古以来，英雄们的浩然正气，都哪里去了呢？几时才有人能和他们的磅礴精神相通呢？千古英灵：以前抗敌的英雄人物。磅礴：浩然正气。 [10]胡运：敌人的国运。陈亮《与王季海丞相》：“南北分裂，于今六十年，此天数之当复也。阿骨打之兴，于今近八十年，正胡运之当衰也。”赫日自当中：宋王朝的国运如同红日当空，前途光明。俞平伯《唐宋词选释》卷下：“以中国比太阳，如日中天。”赫：赤色鲜明貌，光明的样子。

【选评】

李调元云：陈同甫无媚词，与稼轩同唱和，笔亦近之。余甚爱其《水调歌头》一阕云：“不见南师久”，读之令人神往。（《雨村词话》卷三）

冯煦云：龙川痛心北虏，亦屡见于辞，如《水调歌头》云：“尧之都，舜之壤，禹之封。于中应有、一个半个耻臣戎。”……忠愤之气，随笔涌出，并足以唤醒当时聋聩，正不必论词之工拙也。（《蒿庵论词》）

陈廷焯云：同甫《水调歌头》云“尧之都，舜之壤，禹之封。于中应有、一个半个耻臣戎”，精警奇肆，几于握拳透爪，可作中兴露布读，就词论则非高调。（《白雨斋词话》卷一）

姜 夔

姜夔（约 1155—约 1221），字尧章，人号白石道人，饶州鄱阳（今江西鄱阳）人。少时随父宦游汉阳（今属湖北武汉），父死依姊而居，后流寓湘、鄂间。诗人萧德藻爱其词，以侄女妻之。后又移居湖州，往来于苏、杭一带。尤袤、范成大、杨万里都看重他的品德、才华、学识，都曾经提携誉扬过他。其与张镃、范成大等人过从甚密。曾试进士，不第。一生未入仕途，以布衣出入于公卿贵胄之门，而品行狷介，不同流俗。后在贫病交加中卒于杭州。善书法，精音乐，能自度曲。诗词俱工，词尤负盛名。词多咏物纪游、交游酬赠、惜别相思、感叹身世飘零与情场失意之作，亦有寄寓忧国伤时之作。词风清劲骚雅、空灵高旷，其造语峭拔、句法遒劲，长于律度、自成一家。与周邦彦并称“周姜”，与张炎并称“姜张”；在南宋词坛，其又与辛弃疾、吴文英鼎足而立，是“清空”词派的代表作家。他的词作影响了后世的王沂孙、张炎等人，他还是清代以朱彝尊为代表的浙派词人的祖师，在宋词发展史上具有重要地位。有《白石道人诗集》二卷、《白石道人歌曲》六卷、《白石诗说》等。

踏莎行

自沔东来，丁未元日至金陵，江上感梦而作[1]

燕燕轻盈，莺莺娇软，分明又向华胥见[2]。夜长争得薄情知，春初早被相思染[3]。别后书辞，别时针线，离魂暗逐郎行远[4]。淮南皓月冷千山，冥冥归去无人管[5]。

唐圭璋：《全宋词》，中华书局，1965 年版

【解题】

这首词是一首想念恋人的作品，大约写于词人二十多岁时，当时词人从汉阳（宋时沔州）东去湖州途中抵金陵时，梦见了远别的恋人。全词上片写梦中与恋人相会。恋人体态轻盈，出现在梦中。词人没有直接写自己想念恋人，而是背面敷粉，设想伊人想念自己，此法甚妙，实见词人思念之深。下片进一步揣想恋人的相思之情。写词人走后，伊人魂绕梦牵，一片深情都逐词人而去。尤其是最后两句最为警语，写伊人的梦魂深夜里独自归去，千山中唯映照一轮冷月的清寂之景，表现出词人无限的爱怜与体贴，意境极凄黯，而感情极深厚。

【注释】

[1]沔(miǎn)东：唐、宋州名，今湖北汉阳（属武汉市），姜夔早岁流寓此地。丁未元日：孝宗淳熙十四年(1187)。元日：年初一。　[2]燕燕、莺莺：借指伊人，作者所恋的女子。苏轼《张子野八十五岁闻买妾述古令作诗》："诗人老去莺莺在，公子归来燕燕忙。"华胥：传说之中的国名。《列子・黄帝》："（黄帝）昼寝，而梦游于华胥之国。"后因此将华胥作为梦境的代称。这三句写恋人入梦。　[3]争得：怎得。薄情：薄情郎，指作者。这两句追忆梦中恋人诉说别后相思之情。　[4]针线：指亲自缝制的活计。郎行：郎边。这三句写梦醒后遥忆她别时赠送亲手做的活计，别后又亲自作书相寄；想象她的魂魄追随于情郎左右。这里暗用"倩女离魂"之典故。　[5]淮南：指合肥。冥冥(míng)：自然界的幽暗深远；遥空。这两句以皓月千山衬托恋人离魂于夜里寂寞归去，同时又暗示了作者的相思之情。

【选评】

王国维云：白石之词，余所最爱者，亦仅二语，曰："淮南皓月冷千山，冥冥归去无人管。"（《人间词话》）

唐圭璋云：此首亦元夕感梦之作。起言梦中见人，失言春夜恩深。换头言别后之难忘，情亦深厚。书辞针线，皆伊人之情也。天涯飘荡，睹物如睹人，故曰"离魂暗逐郎行远"。"淮南"两句，以景结，境既凄黯，语亦挺拔。昔晁叔用谓东坡词"如王嫱、西施，净洗却面，与天下妇人斗好"，白石亦犹是也。刘融齐谓白石"在乐则琴，在花则梅，在仙则藐姑冰雪"，更可知白石之淡雅在东坡之上。（《唐宋词简释》）

扬州慢

淳熙丙申至日，予过维扬[2]。夜雪初霁，荠麦弥望[3]。入其城，则四顾萧条，寒水自碧，暮色渐起，戍角悲吟[4]。予怀怆然，感慨今昔，因自度此曲[5]。千岩老人以为有“黍离”之悲也[6]。

淮左名都，竹西佳处，解鞍少驻初程[7]。过春风十里，尽荠麦青青[8]。自胡马窥江去后，废池乔木，犹厌言兵[9]。渐黄昏，清角吹寒，都在空城[10]。　杜郎俊赏，算而今、重到须惊[11]。纵豆蔻词工，青楼梦好，难赋深情[12]。二十四桥仍在，波心荡、冷月无声[13]。念桥边红药，年年知为谁生[14]？

唐圭璋：《全宋词》，中华书局，1965年版

【解题】

这首词是宋孝宗淳熙三年(1176)冬至，姜夔二十余岁时，初访扬州所作，这时扬州已经过金兵两次洗劫，城内一片萧条，作者联想到扬州昔日的繁华，怆然有感，自度此曲并填词，以寄所托，抒发感时伤乱的黍离之悲，其中又暗含对南宋王朝偏安政策谴责之意。这首词也是姜夔词中最早的作品。全词运用比兴手法，寄托深沉的家国之恨；写景抒情，多用虚笔，写实也是大笔勾勒；词人善化用前人的诗境诗句，融情于景或情移于景，透露出凄凉悲怆的感情色彩。全词语言洗尽铅华，雅致凝练，笔法空灵，字句精妙，音节谐婉，寄慨遥深，具有清刚峭拔之气势，冷僻幽独之情怀。

【注释】

[1]扬州慢：词牌名，又名“郎州慢”，双调九十八字。此调为姜夔自度曲，后人多用以抒发怀古之思。　[2]淳熙丙申：淳熙三年(1176)。至日：冬至。维扬：即扬州(今属江苏)。　[3]荠麦弥望：野草满眼，即望出去只见遍地野草。荠麦：荠菜和野生的麦。弥望：满眼。《淮南子·地形训》：“麦秋生夏死，荠冬生中夏死。”　[4]戍角：军营中发出的号角声。　[5]自度此曲：自己创制了《扬州慢》这支词调。　[6]千岩老人：南宋诗人萧德藻，字东夫，自号千岩老人。姜夔曾跟他学诗，他的侄女是姜夔的妻子。黍离：《诗经·王风》篇名。后人多用“黍离之悲”表示家国残破之痛、故国之思。　[7]淮左名都：指扬州。宋朝的行政区设有淮南东路和淮南西路，扬州是淮南东路的首府，故称淮左名都。左：古人方位名，面朝南时，东为左，西为右。名都，著名的都会。竹西：地名兼亭名，竹西亭，扬州名胜之一，在扬州北门外。杜牧《题扬州禅智寺》诗：“谁知竹西路，歌吹是扬州。”苏轼《广陵逢同舍刘贡父》：“竹西已挥手，湾口犹屡送。”自注：“竹西、湾口，皆扬州之地。”扬州旧有竹西亭，在北门外五里，今废。解(jiě)鞍：解开马鞍。少驻：稍作停留。初程：初段行程。这句是说词人长途旅行的第一阶段已经结束，可以暂时休息。　[8]春风十里：形容昔日扬州道上的繁华。杜牧《赠别》诗：“春风十里扬州路，卷上珠帘总不如。”这两句诗说词人所经之地本是扬州繁华的地区，如今却是野草遍地、满目荒凉。　[9]胡马窥江：指宋高宗

绍兴三十一年(1161),金兵侵略至长江流域地区,洗劫扬州。到宋孝宗隆兴二年(1164),金兵又复渡淮河南侵,这里应指第二次洗劫扬州。废池乔木:废毁的池台。乔木:残存的古树。二者都是乱后余物,表明城中荒芜,人烟萧条。这两句用拟人手法,意谓连荒废的池沼和高大的树木也对敌人的侵略残害感到十分厌恨。 [10]渐:向,到。清角吹寒:寒风送来了凄清的号角声。清角:凄清的号角声。 [11]杜郎:即杜牧。唐文宗大和七年到九年,杜牧在扬州任淮南节度使掌书记。俊赏:俊逸清赏;风流逸兴。钟嵘《诗品序》:"近彭城刘士章,俊赏才士。" [12]纵:即使。豆蔻:形容少女美艳。豆蔻词工:杜牧《赠别》诗"娉娉袅袅十三余,豆蔻梢头二月初"。青楼:妓院。青楼梦好:杜牧《遣怀》诗"十年一觉扬州梦,赢得青楼薄幸名"。这三句是说即使杜牧再来此地,想重续豆蔻梢头之诗,薄幸青楼之梦,也将由于这里人迹寥落而无此逸兴歌咏儿女缠绵之情。 [13]二十四桥:扬州在唐时极为兴盛,城内的桥有二十四座,北宋时还存七座。扬州城内古桥,即吴家砖桥,也叫红药桥。波心荡、冷月无声:是说唯见一弯冷月,摇荡波心,寂寥无箫声可听。杜牧《寄扬州韩绰判官》:"二十四桥明月夜,玉人何处教吹箫。" [14]红药:红芍药花,是扬州繁华时期的名花。北宋初年,扬州始以芍药著名。见《能改斋漫录·芍药谱条》卷十五。

【选评】

宋翔凤云:"其流落江湖,不忘君国,皆借托比兴,于长短句寄之。"(《乐府余论》)

陈廷焯云:"自胡马窥江去后,废池乔木,犹厌言兵。渐黄昏、清角吹寒,都在空城"数语,写兵燹后情景逼真。"犹厌言兵"四字,包括无限伤乱语。他人累千万言,亦无此韵味。(《白雨斋词话》)

王国维云:白石写景之作,如"二十四桥仍在,波心荡、冷月无声。""数峰清苦,商略黄昏雨。""高树晚蝉,说西风消息。"虽格韵高绝,然如雾里看花,终隔一层。梅溪、梦窗诸家写景之病,皆在一"隔"字,北宋风流,渡江遂绝,抑真有运会存乎其间耶。(《人间词话》)

郑文焯云:绍兴三十年,完颜亮南寇,江淮军败,中外震骇;亮寻为其臣下杀于瓜州。此词作于淳熙三年,寇平已十有六年,而景物萧条,依然有废池乔木之感,此与《凄凉犯》当同属江淮乱后之作。(郑校《白石道人歌曲》)

唐圭璋云:此首写维扬乱后景色,凄怆已极。千岩老人,以为有《黍离》之悲,信不虚也。至文笔之清刚,情韵之绵邈,亦令人讽诵不厌。起首八字,以拙重之笔,点明维扬昔时之繁盛。"解鞍"句,记过维扬。"过春风"两句,忽地折入现时荒凉景象,警动异常。且十字包括一切,十里荠麦,则乱后之人与屋宇,荡然无存可知矣。正与杜甫"城春草木深"同意。"自胡马"三句,更言乱事之惨,即废池乔木,犹厌言之,则人之伤心自不待言。"渐黄昏"两句,再点出空城寒角,尤觉凄寂万分。换头,用杜牧之诗意,伤今怀昔,不尽歔欷。"重到须惊"一层,"难赋深情"又进一层,"二十四"两句,以现景寓情,字炼句烹,振动全篇。末句收束,亦含哀无限。正亦杜甫"细柳新蒲为谁绿"之意。玉田谓白石《琵琶仙》,与少游《八六子》同工。若此首,亦与少游《满庭芳》同为情韵兼胜之作。惟少游笔柔,白石笔健。少游所写为身世之感,白石则感怀家国,哀时伤乱,境极凄焉可伤,语更沈痛无比。参军芜城之赋,似不得专美于前矣。周止庵既屈白石于稼轩下,又谓白石情浅,皆非公论。(《唐

宋词简释》）

俞陛云云："凄异之音，沁入纸背。"（《唐五代两宋词选释》）

吴文英

吴文英，字君特，号梦窗，晚号觉翁，四明（今浙江宁波）人。本姓翁氏而入继吴氏。他除三十多岁在苏州一度任仓台幕僚外，生平没做官，终身潦倒，曳裾王门，以至老死。长期居住苏州、杭州等地，足迹不出江浙二省。知音律，能自度曲，师承周邦彦、姜夔而有所变化。其词意象绵密华丽，寓意曲折幽深，语言冶练精美，讲究格律音韵，人或比于诗中李贺、李商隐，但有时其词隐辞幽思、陈喻多歧，过多堆砌典故，造成词旨晦涩之失。有《梦窗甲乙丙丁稿》传世，存词三百五十首。

风入松

听风听雨过清明，愁草瘗花铭[1]。楼前绿暗分携路，一丝柳、一寸柔情[2]。料峭春寒中酒，交加晓梦啼莺[3]。　西园日日扫林亭，依旧赏新晴。黄蜂频扑秋千索，有当时、纤手香凝[4]。惆怅双鸳不到，幽阶一夜苔生[5]。

唐圭璋：《全宋词》，中华书局，1965 年版

【解题】

这首词大概作于宋理宗淳祐四年(1244)或之后。陈洵《海绡说词》谓此乃"思去妾"之词；吴世昌《词林新话》卷四。则谓悼念其姬人名燕者。吴文英先后有两姬，分别结识于苏州、杭州，前者别之而去，后者亡于杭州。西园在吴地，是作者和情人的寓所，二人亦在此分手，所以西园诚是悲欢交织之地。此词是词人在寓居之地西园暮春怀人之作，也是一首伤春之作。全词以"愁"字为抒情线索，上片写伤春怀人的愁思，下片写伤春怀人的空望、痴望、痴忆、伤望的神态心理变化。整首词语言质朴淡雅，没有典故。不事雕琢，情真意切，写法高绝。

【注释】

[1]草：草写，起草，草拟。愁草：可作两解，一为愁心不忍草写，一为带着忧愁草写。瘗花铭：犹言葬花辞，喻悼亡之辞。瘗(yì)：埋葬。铭，文体的一种。庾信有《瘗花铭》。古代常把铭文刻在墓碑或者器物上，内容多为歌功颂德，表示哀悼，申述鉴戒。　[2]"楼前"三句：俞平伯《唐宋词选释》卷下"柳承'绿暗'，倒装。折柳赠别本通套语，句法却曲折"。绿暗：形容绿柳成荫，暮春时景。唐温庭筠《寒食日作》："红深绿暗相交。"分携：分手，分

别。 [3]料峭：寒冷的样子。中(zhòng)酒：醉酒。“中酒”见《史记·樊哙列传》及《汉书·樊哙列传》，后者唐颜师古注：“不醉不醒，故谓之中。”意酒酣、醉酒也。又如杜牧：“残春杜陵客，中酒落花前。”(《睦州四韵》)交加：纷多杂乱貌。 [4]黄蜂：这里指蜜蜂。凝：凝聚。 [5]“惆怅”二句：语本庾肩吾《咏长信宫中草》“全由履迹少，并欲阶上生”。唐李白《长干行二首》之一：“门前迟行迹，一一生绿苔。”双鸳：女鞋，上绣成对的鸳鸯，这里兼指女子本人。

【选评】

陈廷焯云：情深而语极纯雅，词中高境也。(《白雨斋词话》)

俞陛云云：“丝柳”七字写情而兼录别，极深婉之思。起笔不遽言送别，而伤春惜花，以闲雅之笔引起愁思，是词手高处。“黄蜂”二句于无情处见多情，幽想妙辞，与“霜饱花腴”“秋与云平”皆稿中有数名句。结处“幽阶”六字，在神光离合之间，非特情致绵邈，且余音袅袅也。(《唐五代两宋词选释》)

唐圭璋云：此首西园怀人之作。上片追忆昔年清明时之别情，下片入今情，怅望不已。起言清明日风雨落花之可哀，次言分携时之情浓，“一丝柳、一寸柔情”，则千丝柳亦千丈柔情矣。“料峭”两句，凝练而曲折，因别情可哀，故借酒消之，但中酒之梦，又为啼莺惊醒，其怅恨之情，亦云甚矣。“料峭”二字叠韵，“交加”二字双声，故声响倍佳。换头，入今情，言人去园空，我则依旧游赏，而人则不知何往矣。“黄蜂”两句，触物怀人。因园中秋千，而思纤手；因黄蜂频扑，而思香凝，情深语痴。“惆怅”两句，用古诗意，望人不到，但有苔生，意亦深厚。(《唐宋词简释》)

吴世昌云：上片“愁草瘗花铭”，或解为懒得草写咏落花的诗词，误。此句正谓愁心不忍写悼亡之词。以“懒得”释“愁”字，谬妄之极。又“双鸳”喻鞋，吾乡谜语云：“一双鸳鸯着地飞，早晨出去夜来归。”谜底即为鞋。由用韵可知此谜甚古。梦窗乃用民俗成语为典。(《词林新话》)

钱钟书云：“叙物以言情”非他，西方近世说诗之“事物当对”者是。如李商隐《正月崇让宅》警句“背灯独共余香语”，未及烘托“香”字；吴文英《声声慢》“腻粉阑干，犹闻凭袖香留”，以“闻”衬“香”，仍属直陈。《风入松》“黄蜂频探秋千索，有当时纤手香凝”，不道“犹闻”，而以寻花之蜂“频探”示手香之“凝”“留”，蜂即“当对”闻香之“事物”矣。(《管锥编》)

【拓展与思考】

词的下阕是如何写他对恋人的思念的，请简要分析。

蒋 捷

蒋捷，生卒年不详，字胜欲，号竹山，阳羡(今江苏宜兴)人。南宋度宗咸淳十年(1274)

进士。宋亡后隐居太湖中竹山。元大德年间，有人荐举他做官，不就，抱节以终。长于词，风格多样，或效苏辛。或法姜夔，与周密、王沂孙、张炎并称“宋末四大家”。其词多抒发故国之思、山河之痛，而以悲凉清峻、潇寥疏爽为主。尤以洗练缜密、调音谐畅、造语奇巧、雅俗相协之作，在宋季词坛上独标一格。清初阳羡词派深受其影响。有《竹山词》一卷传世，计九十余首。

一剪梅

舟过吴江[1]

一片春愁待酒浇[2]。江上舟摇，楼上帘招[3]。秋娘渡与泰娘桥，风又飘飘，雨又萧萧[4]。　　何日归家洗客袍？银字笙调，心字香烧[5]。流光容易把人抛，红了樱桃，绿了芭蕉。

唐圭璋：《全宋词》，中华书局，1965 年版

【解题】

这首词是作者在南宋亡国后，词人流浪途中，舟行吴江县(今吴江区)的吴淞江时所作。全词上阕点出“春愁”的主旨，用“风又飘飘，雨又萧萧”的凄凉意象衬托愁情，可谓布局精心。下阕写羁旅之愁与感叹流光之慨，巧妙用“红了樱桃，绿了芭蕉”的明丽景象描绘春光易逝，新颖生动又极具诗意。全词句句用韵，长短句交织，既有意境美又有音乐美，是脍炙人口的名篇。

【注释】

[1]一剪梅：双调小令。吴江：地名。　[2]浇：浸灌，消除。　[3]帘招：指酒旗。　[4]秋娘渡：指吴江渡。秋娘：本为唐代歌伎之通称。唐白居易《琵琶行》：“妆成每被秋娘妒。”唐代又有杜秋娘(杜牧有《杜秋娘诗》)、谢秋娘(唐李德裕家妓，见唐段安节《乐府杂录·望江南》)；泰娘为唐代苏州歌女(唐刘禹锡有《泰娘歌》)。苏州有地名曰秋娘渡、泰娘桥。渡：一本作“度”。“桥”：一本作“娇”。　[5]银字笙：镶饰有银字的笙，管乐器的一种。笙调：调弄有银字的笙。调：调弄，吹奏。心字香：制成篆文“心”字形状的香。

【选评】

清代文人沈雄云：银字，制笙以银作字，饰其音节。“银字笙调”，蒋捷句也。“银字吹笙”，毛滂句也。(《古今词话·词品下卷》)

晚清词论家李佳云：蒋竹山《一剪梅》词，有云：“银字笙调，心字香烧。流光容易把人抛，红了樱桃，绿了芭蕉。”久脍炙人口。(《左庵词话》卷上)

张　炎

张炎(1248—约1314　1248—约1320),字叔夏,号玉田,又号乐笑翁,祖籍成纪(今甘肃天水),世居临安(今浙江杭州)人。南宋初大将张俊六世孙,宋亡前过着湖山清赏、诗酒啸傲的生活,是西子湖畔一名"雅词"词客,1276年元兵攻破临安,张炎家庭遭到巨大变故(祖父张濡被元人磔杀,家财被抄没),张炎因此而漂流江湖、四方觅食。曾被迫应召元大都写金字《大藏经》。南归后漂流于吴越等地,以布衣终生。张炎幼承家学,专力于词,词多抒故国覆亡之悲和自身零落之感,词风承接周邦彦和姜夔,邓牧称他兼有二家之长而无其所短,尤其被视作姜夔后劲,并称"姜张",尤以咏物词名重当时。张炎与王沂孙、周密等皆有唱和。入元后词风有所转变,其所作"往往苍凉激楚"。有词集《山中白云词》八卷及词学专著《词源》二卷,《词源》是重要词学理论著作。

清平乐

采芳人杳,顿觉游情少[1]。客里看春多草草,总被诗愁分了。　　去年燕子天涯,今年燕子谁家[2]?三月休听夜雨,如今不是催花。

唐圭璋:《全宋词》,中华书局,1965年版

【解题】

这首词是写暮春独自游园的心理感受。公元1276年,元兵攻占临安,张炎家族遭受迫害,亲人被杀,家财被抄,张炎逃亡在外,数年后,他回到临安,写下了独自游园的愁苦心情。全词言浅意深,表面是在写伤春,实际上是写国破家亡、四处漂流、孤独无依之感。

【注释】

[1]采芳人:指游春采花的女子。采芳:采花。杳(yǎo):不见踪影,没有踪迹。游情:游玩的心情。　[2]燕子:词人自喻。天涯:形容很远的地方。

【选评】

清末俞陛云云:"羁泊之怀,托诸燕子;易代之悲,托诸夜雨,深入无浅语也。"(《唐五代两宋词选释》)

宋 诗

王禹偁

王禹偁(954—1001),字元之,济州巨野(今山东巨野)人。少善属文,太平兴国八年(983)举进士及第,历官右拾遗、左司谏、知制诰、翰林学士。真宗即位后,上疏宜加强边防、减冗兵冗吏、防小人得势等五事。因修《太祖实录》,为宰相不满,出知黄州,后迁为蕲州,病卒。为人以刚直敢言著称当世,然屡遭贬谪。王禹偁反对宋初的浮华陋习,所作诗文风格平易朴素,咏写真情实意,以绍承杜甫、白居易自许。有《小畜集》《小畜集外集》。

村 行

马穿山径菊初黄,信马[1]悠悠野兴长。万壑有声含晚籁[2],数峰无语立斜阳。
棠梨[3]叶落胭脂色,荞麦[4]花开白雪香。何事吟余忽惆怅,村桥原树[5]似吾乡。

北京大学古文献研究所:《全宋诗》,北京大学出版社,1995 年版

【解题】

宋太宗淳化二年(991),王禹偁因事忤旨,贬为商州(今陕西省商县)团练副使。此诗乃次年秋在商州作。诗歌语言浅近,层次清楚,既吸收了杜甫《秋兴》的艺术情感经验,也有“数峰无语”的创造性表达,是最能代表王禹偁诗歌成就的作品之一。

【注释】

[1]信马:任马行走而不加约制。 [2]晚籁:指秋声。籁,大自然的声响。 [3]棠梨:杜梨,又名白莉、白棠,落叶乔木。 [4]荞麦:一年生草本植物,秋季开白色小花。 [5]原树:原野上的树。原:原野。

【选评】

按逻辑说来，“反”包含先有“正”，否定命题总预先假设着肯定命题。王夫之《思问录·内篇章》所谓：“言‘无’者，激于言‘有’而破除之也。”诗人常常运用这个道理。山峰本来是不能语而“无语”的，王禹偁说它们“无语”，或如龚自珍《己亥杂诗》说“送我摇鞭竟东去，此山不语看中原”，并不违反事实；但是同时也仿佛表示它们原先能语、有语、欲语而此刻忽然“无语”。这样，“数峰无语”“此山不语”才不是一句不消说得的废话（参看司空图《诗品》“落花无言”，或徐夤《再幸华清赋》“落花流水无言而但送年”，都是采用李白《溧阳濑水贞孝女碑铭》“春风三十，花落无言”）。改用正面的说法，例如“数峰毕静”，就减削了意味，除非那种正面字眼强烈暗示山峰也有生命或心灵，像李商隐《楚宫》：“暮雨自归山悄悄。”有人说，秦观《满庭芳》词：“凭阑久，疏烟淡日，寂寞下芜城”比不上张升《离亭燕》词“怅望倚层楼，寒日无言西下”（《历代词人考略》卷八），也许正是这个缘故。（钱钟书《宋诗选注》）

林　逋

林逋（957—1029），字君复，钱塘（今浙江杭州）人，性恬淡好古，早年放游江淮间，中岁返乡，隐居西湖孤山，种梅放鹤，终身不仕，也未婚娶，故有“梅妻鹤子”之雅称。其死后被宋仁宗赐谥和靖先生，故又世称林和靖。其诗文辞精巧恬淡，内容上以表现隐逸生活和闲适心情为主。有《林和靖诗集》。

山园小梅

众芳摇落独暄妍[1]，占尽风情向小园。疏影横斜[2]水清浅，暗香浮动[3]月黄昏。
霜禽[4]欲下先偷眼，粉蝶如知合[5]断魂。幸有微吟可相狎[6]，不须檀板共金尊[7]。

北京大学古文献研究所：《全宋诗》，北京大学出版社，1995年版

【解题】

林逋有八首咏西湖孤山梅花的七言律诗，宋人称为“孤山八梅”，见方回《瀛奎律髓》卷二十。本篇是其中最著名的一首。南宋周紫芝《竹坡诗话》说此诗“脍炙天下殆二百年”。

【注释】

[1]众芳：百花。摇落：被风吹落。暄妍：明媚美丽。　[2]疏影横斜：梅花疏疏落落，斜横枝干投在水中的影子。　[3]暗香浮动：梅花散发的清幽香味在飘动。　[4]霜禽：寒雀。　[5]合：应该。　[6]微吟：低声地吟唱。狎：亲近，狎玩。　[7]檀板：演唱时用的檀

木拍板。金尊："尊"通"樽"，豪华的酒杯。

【选评】

林逋《梅花》诗云"疏影横斜水清浅，暗香浮动月黄昏"，评诗者谓："前世咏梅者多矣，未有此句也。"（欧阳修《归田录》卷二）

林和靖梅花诗："疏影横斜水清浅，暗香浮动月黄昏。"诚为警绝；然其下联云："霜禽欲下先偷眼，粉蝶如知合断魂。"则与上联气格全不相类，若出两人。乃知诗全篇佳者诚难得。（蔡启《蔡宽夫诗话》）

"疏影""暗香"一联，北宋文坛巨子欧阳修曾经大加激赏，但全首的格局趣味，仍然偏于纤细而过于柔软。或者可以看作西昆体感情的另一表现。（吉川幸次郎《宋诗概说》）

梅尧臣

梅尧臣（1002—1060），字圣俞，宣州宣城（今属安徽）人，宣城古名宛陵，故世称梅宛陵。因屡举进士不第，长期位居下僚。晚年被馆阁大臣举荐，赐进士出身，任国子监直讲，官至尚书屯田都官员外郎，人称"梅都官"。梅尧臣乃宋诗开风气之先者，《宋诗抄·宛陵诗抄》引龚啸云："去浮靡之习与昆体极弊之际，存古淡之道于诸大家未起之先，此其所以为梅都官诗也。"所作颇致力于反映社会矛盾和民生疾苦，风格力求平淡，刘克庄《后村诗话》更称其为宋诗的开山祖师。有《宛陵先生集》。

鲁山山行

适与野情惬，千山高复低[1]。好峰随处改，幽径独行迷[2]。
霜落熊升树，林空鹿饮溪。人家在何许？云外一声鸡[3]。

北京大学古文献研究所：《全宋诗》，北京大学出版社，1995 年版

【解题】

此诗为宋仁宗康定元年（1040）梅尧臣知襄城县时所作。鲁山，在河南省鲁山县东北，接近襄城县西南边境。诗写鲁山行的野景、野趣，突出表现山林的幽静和山行者的闲适愉悦心情。

【注释】

[1]"适与"二句：群山高低错落，恰好同我喜爱山野风光的情趣相合。惬：惬意，称心合意。　[2]"好峰"二句：谓人在山中行进，随时改变看山的角度，山亦随之变换形状。这

句的意境当是从欧阳修《远山》诗“山色无远近，看山终日行，峰峦随处改，行客不知名”借来。改：变换。 [3]“人家”二句：上句问，下句答，意思却是先听见远处传来鸡鸣，推知有人家，但因其高远，在视线之外，故有上句之问。何许：何处。云外：极言其高远。

【选评】

圣俞诗工于平淡，自成一家。如《东溪》云：“野凫眠岸有闲意，老树著花无丑枝。”《山行》云：“人家在何许？云外一声鸡。”《春阴》云：“鸠鸣桑叶吐，村暗杏花残。”《杜鹃》云：“月树啼方急，山房人未眠。”似此等句，须细味之，方见其用意也。（胡仔《苕溪渔隐丛话后集》卷二十四）

王介甫最工唐体，苦于对偶太精而不脱洒。圣俞此诗尾句自然，“熊”“鹿”一联，人皆称其工，然前联尤幽而有味。（方回《瀛奎律髓汇评》卷四）

苏舜钦

苏舜钦（1008—1048），字子美，原籍梓州铜山（今四川中江）人，自曾祖起移家开封。入仕之初以父任补太庙斋郎，调荥阳县尉。景祐元年（1034）年举进士及第，历任蒙城、长垣令、大理寺评事、集贤殿校理等职。政治上倾向于范仲淹等改革派，为保守派所忌，借故劾免，退居苏州多年。后为湖州长史，卒。苏舜钦与欧阳修、梅尧臣等人同为宋初诗文革新运动的积极倡导者，其诗雄健豪放，寓意深厚，写景小诗也清新超逸。诗与梅尧臣齐名，世称“苏梅”。有《苏学士集》。

淮中晚泊犊头

春阴垂野[1]草青青，时有幽花一树明。晚泊孤舟古祠下，满川风雨看潮生。

北京大学古文献研究所：《全宋诗》，北京大学出版社，1995 年版

【解题】

苏舜钦在政治上倾向于以范仲淹为首主张“改革弊政”的变法派，因此受到保守派的压制。庆历四年（1044）秋冬间，保守派借事诬陷，苏舜钦被削职为民，逐出京都。庆历五年（1045）春，诗人由开封乘船沿蔡河、颍水、淮水、运河航行，四月间到达苏州吴门。淮中，指淮河途中。犊头，在今江苏淮阴境内。这首七绝当作于舟行途中。诗中的阴郁气氛，激荡情绪，壮阔境界，正是作者兀傲不屈的性格和当时愤懑不平心态的形象写照。

【注释】

[1]垂野：春天的阴云笼盖四野。

【选评】

"田家汩汩水流浑，一树高花明远村。云意不知残照好，却将微雨送黄昏。"郑毅夫(郑獬)诗也。"春阴垂野草青青……"苏子美诗也。第二句相类，然皆清绝可爱。(胡仔《苕溪渔隐丛话后集》卷二十四引《复斋漫录》)

苏子美歌行雄放于圣俞，轩昂不羁如其为人，及蟠屈为吴体，则极平夷妥帖。绝句云"别院深深夏簟清"，又云"春阴垂野草青青"，极似韦苏州。(刘克庄《后村诗话》前集卷二)

在这春阴入晚、泊舟犊头而极目田野江上的观感中，诗人抒发了淡泊自若的情怀，寄托了自己遭遇废黜的夷然态度。而写来即景寄兴，情景交融，意蕴深长，风格闲淡，允称佳作。(倪其心、许逸民《宋人绝句选》)

庆州败

无战王者师[1]，有备军之志[2]。天下承平数十年，此语虽存人所弃。
今岁西戎[3]背世盟，直随秋风寇边城。屠杀熟户烧障堡[4]，十万驰骋山岳倾[5]。
国家防塞今有谁，官为承制[6]乳臭儿。酣觞大嚼乃事业，何尝识会兵之机。
符移火急蒐卒乘[7]，意谓就戮如缚尸[8]。未成一军已出战，驱逐急使缘崄巇[9]。
马肥甲重士饱喘，虽有弓剑何所施？连颠[10]自欲堕深谷，虏骑笑指声嘻嘻。
一麾发伏雁行出[11]，山下掩截[12]成重围。我军免胄乞死所[13]，承制面缚交涕洟[14]。
逡巡[15]下令艺者全[16]，争献小技歌且吹。其余劓馘[17]放之去，东走矢液皆淋漓[18]。
首无耳准[19]若怪兽，不自愧耻犹生归。守者沮气陷者苦，尽由主将之所为。
地机不见欲侥胜[20]，羞辱中国堪伤悲！

北京大学古文献研究所：《全宋诗》，北京大学出版社，1995 年版

【解题】

据《宋史·夏国上》载，宋仁宗景祐元年(1034)，"庆州柔远砦蕃部巡检嵬通攻破后桥诸堡，于是元昊称兵报仇。缘边都巡检杨遵、柔远砦监押卢训，以兵七百与战于龙马岭，败绩。环庆路都监齐宗矩、走马承受赵宣德、宁州都监王文援之，次节义峰，伏兵发，执宗矩。久而始放归。"庆州(治所在今甘肃省庆阳市)败，即指此。本诗作于同年，诗中毫不留情地揭露了北宋军队腐败不堪的现实。

【注释】

[1]"无战"句：谓皇帝的军队是有征而无战的。《汉书·严助传》："臣闻天子之兵有征而无战，言莫敢校也。"欧阳修《送任处士归太原》(时天兵方讨赵元昊)诗："自古王者师，有

征而无战。”［2］“有备”句：有备无患是军书上记载的。《吴子》卷下《论将第四》谓“将之所慎者五”，“二曰备”，“备者出门如见敌”。军文志：即兵书。志：同“誌”，记载。［3］西戎：指西夏。时西夏主为赵元昊。［4］屠杀熟户句：指屠杀山遇族事。《宋史·郭劝传》“元昊将山遇率其族来归。且言元昊将反。劝与兵马钤辖李渭议：自德明（元昊父）纳贡四十年，有内附者，未常留。乃奏却之”。后山遇族悉为赵元昊所屠杀。熟户：此处指归向汉族的羌人。障堡：边塞险要处为防御敌人入侵而修筑的碉堡。［5］山岳倾：形容西夏军的威势之盛。［6］承制：内殿承制，武官名。时齐宗矩以承制出为环庆路都监。乳臭儿：斥其年少无知。［7］“符移”句：军令下来才匆忙征集军队。符移：发下定符，下令。蒐(sōu)卒乘：征集部队。步兵为卒，车兵为乘。［8］就戮如缚尸：谓使敌人就刑就像捆绑尸首一般容易。［9］崄巇(xiǎn xī)艰险难行的山路。崄：同“险”。［10］连颠：颠倒欲坠貌。［11］“一麾”句：敌军一声令下，伏兵齐发，队伍整齐如大雁成行。一麾：一声令下。发伏：伏兵齐发。雁行：形容行列整齐如雁字。［12］掩截：拦截。［13］免胄乞死所：脱下头盔，表示服罪，请求处置。乞死所：请求处分。［14］“承制”句：武将齐宗矩自己两手反绑，表示投降，眼泪鼻涕直流。面缚：古时敌将或国君出降时，将自己两手反缚称面缚。涕：眼泪。洟(yí)：鼻涕。［15］逡巡：此指敌军的骄横。［16］艺者全：有技艺的可以保全性命。［17］劓馘(yì guó)：都是古代酷刑。劓：割鼻子。馘：割耳。［18］“东走”句：形容俘虏被放归时狼狈不堪的状态。矢液：指大小便。［19］准：鼻子。［20］“地机”句：看不到地形的险阻，还想侥幸取胜。地机：指地形地物的机宜。

【选评】

仁宗景祐元年(1034)秋，西夏赵元昊进犯庆州(今甘肃庆阳)，齐宗矩出兵抵御。宗矩因遇伏兵，战败被俘，后放还。此诗写于齐氏放还后不久。诗篇就此次丧师辱国的战役，对宋王朝边防不修、主将庸碌怯懦和统治者用人不当予以无情谴责，表现出诗人关心国家社稷的情怀。苏舜钦前期这类诗作的突出特点是具有政论性和战斗性，往往就当时政治事件的现实问题独抒机杼。《宋史》本传说他“时发愤懑于歌诗，其体豪放，往往惊人”。魏泰也称“其诗以奔放豪健为主”(《临汉隐居诗话》)欧阳修评他的诗“笔力豪健”“超迈横绝”(《六一诗话》)这些评论都适用于此诗。至于本篇含蓄与韵味不足，语言也略嫌粗糙，则是他大部分作品的弱点。(傅璇琮、许逸民等主编《中国诗学大辞典》)

欧阳修

欧阳修(1007—1072)，字永叔，自号醉翁，晚号六一居士。庐陵(今江西吉安)人。幼孤家贫，而力学不辍，天圣八年(1080)进士及第。初任西京留守推官，继入朝为馆阁校勘。景祐三年(1036)，为范仲淹言事忤宰相遭贬职事，康定初官复原职，与修《崇文总目》。庆历五年(1045),因支持范仲淹等倡导的“新政”,再度贬官,出知滁州、扬州等地。至和初年重被召回京师,主持《唐书》的修订与编纂。此时期仕途平顺,嘉祐年间曾官至枢密副使,参知政事。神宗即位后(1067),因政治见解与当时主持变法的王安石相左,遂以太子少师致仕归颍。卒谥文忠。欧阳修文章美名冠甲天下,同时力倡诗文革新,奖掖后进,领袖当时文坛三十年之久。其诗颇受李白、韩愈之影响,重气势而能流畅自然。著有《欧阳文忠公集》《六一诗话》《新唐书》《新五代史》等传世。

戏答元珍

春风疑不到天涯[1],二月山城[2]未见花。残雪压枝犹有橘,冻雷惊笋欲抽芽。
夜闻归雁生乡思,病入新年感物华[3]。曾是洛阳花下客[4],野芳虽晚不须嗟。

北京大学古文献研究所:《全宋诗》,北京大学出版社,1995年版

【解题】

欧阳修此诗写于景祐四年(1037)初春,时诗人被贬为峡州夷陵(今湖北宜昌)县令,诗题中的“元珍”,即峡州判官丁宝臣(字元珍)。尽管名目上是“戏答”,全诗抒写的其实是诗人由物候而感发的对个人当下特殊境遇的深切感慨。

【注释】

[1]天涯:极边远的地方。诗人贬官夷陵,距京城路远,故云。 [2]山城:靠山的城垣。此指夷陵。 [3]“夜闻”二句:一作“鸟声渐变知芳节,人意无聊感物华”。 [4]花下客:北宋时洛阳的花园十分繁盛,邵雍《春游》诗有云:“天下名园重洛阳。”李格非《洛阳花园记》叙录了北宋时洛阳的十九个花园。欧阳修曾任西京留守推官,故自称花下客。

【选评】

此夷陵作,欧公自谓得意。盖“春风疑不到天涯”一句,未见其妙,若可惊异;第二句云“二月山城未见花”,即先问后答,明言其所谓也。以后句句有味。(方回《瀛奎律髓汇评》卷四)

结韵用高一层意自慰。(陈衍《宋诗精华录》卷一)

【拓展与思考】

欧阳修倡导以重“道”为中心的文学主张,这导致其诗歌创作中感情的抒发和“道”的表现两者之间的冲突不可避免,你如何看待这种矛盾?

画眉鸟

百啭千声随意移[1],山花红紫树高低[2]。始知[3]锁向金笼[4]听,不及[5]林间自在啼。

北京大学古文献研究所:《全宋诗》,北京大学出版社,1995 年版

【解题】

又名《郡斋闻百舌》,欧阳修于庆历七年(1047)春在滁州写下此诗,托物言志,表达了其对官场生活的厌倦和对田园山林的向往。

【注释】

[1]“百啭”句:形容画眉鸟叫声婉转,富于变化。随意移:又作“任意移”。 [2]树高低:树木随着地势高低起伏的样子。 [3]始知:现在才知道。 [4]金笼:贵重的鸟笼。喻指不愁吃喝、生活条件优越的居所。 [5]不及:远远比不上。

【选评】

这诗是借咏物以发感慨、论哲理,显示了宋代咏物诗向哲理诗发展的趋势。(倪其心、许逸民《宋人绝句选》第 33 页)

王安石

书湖阴先生壁二首(其一)

茅檐长扫静[1]无苔,花木成畦[2]手自栽。一水护田将绿绕,两山排闼送青来[3]。

北京大学古文献研究所:《全宋诗》,北京大学出版社,1995 年版

【解题】

《书湖阴先生壁二首》是王安石题在杨骥屋壁上的一组诗。此为其中一首。杨骥,字德逢,别号湖阴先生,是王安石退居金陵时的邻居和经常往来的朋友。诗写湖阴先生庭院的秀美环境,也赞扬了湖阴先生热爱自然山水的良好品性和高雅情趣。

【注释】

[1]静:《诗・大雅・既醉》“其告维何,笾豆静嘉”。朱熹《诗集传》云:“静嘉,清洁而美

也。”静：即洁净之义。杜甫《渼陂行》：“菱叶荷花静如拭。”这里形容杨德逢庭院既清静又洁净。　[2]畦：田园花圃中分划的小区。　[3]“一水”两句：《汉书·西域传序》谓汉代西域置屯田，“置使者校尉领护”。颜师古注云：“统领保护营田之事也。”这里用其字面。护田：保护园田。将：携带。绿：指水色。排闼：推开门。闼：宫中小门。《汉书·樊哙传》载：“汉高祖刘邦病卧禁中，下令不准任何人进见，但骁将樊哙‘乃排闼直入’，闯进刘邦卧室。”此即“排闼”二字的出处。青：指山色。这两句借两个典故将山水人格化，写山水与人相亲，描写生动，用典而使人不觉。

【选评】

荆公诗用法甚严，尤精于对偶。尝云，用汉人语，正可以汉人语对；若参以异代语，便不相类。如“一水护田将绿绕，两山排闼送青来”之类，皆汉人语也。此法惟公用之不觉拘窘卑凡。（叶梦得《石林诗话》卷中）

荆公诗云：“一水护田将绿绕，两山排闼送青来。”盖本五代沈彬诗：“地限一水巡城转，天约群山附郭来。”彬又本唐许浑“山形朝阙去，河势抱关来”之句。（吴曾《能改斋漫录》卷八）

不知道这些字眼和句法的“来历”，并不妨碍我们了解这两句的意义和欣赏描写的生动；我们认为“护田”“排闼”是两个比喻，并不觉得是古典。所以这是个比较健康的“用事”的例子，读者不必依赖笺注的外来援助，也能领会，符合中国古代修辞学对于“用事”最高的要求：“用事不使人觉，若胸臆语也。”（《颜氏家训》第九篇《文章》记邢劭评沈约语）（钱钟书《宋诗选注》）

【拓展与思考】

阅读《书湖阴先生壁》其二，联系其一的内容，简要分析王安石诗作中所展现的人与自然的关系。

书湖阴先生壁（其二）

桑条索漠楝花繁，风敛余香暗度垣。黄鸟数声残午梦，尚疑身属半山园。

登飞来峰

飞来山上千寻塔[1]，闻说鸡鸣见日升。不畏浮云[2]遮望眼[3]，自缘[4]身在最高层。

北京大学古文献研究所：《全宋诗》，北京大学出版社，1995 年版

【解题】

关于飞来峰有两种解释，一说在今浙江杭州西湖灵隐寺前；一说在浙江绍兴城外的飞来山，山上有应天寺，寺中有与天相接的高塔。传说此峰是从琅琊郡东武县飞来的，故名飞来峰。此诗应写于宋仁宗皇祐二年（1050），王安石当时三十岁，年富力强，雄心勃勃。当时他已由鄞县（今鄞州区）县令改任舒州通判。此诗反映了诗人为实现自己的政治抱负

而勇往直前、无所畏惧的进取精神，可看作实行新法的前奏。

【注释】

[1]千寻塔：很高很高的塔。寻：古时长度单位，八尺为寻。 [2]浮云：在山间浮动的云雾。 [3]望眼：视线。 [4]自缘：一作“只缘”，自然是因为。缘：因为。

【选评】

王安石诗的后两句写到“身在最高层”，谓已经如此，做实了；实，于是不侧重寓情，而侧重寓理。诗人虽具体写到“浮云”，却是以“浮云”为喻；由前两句的事，引发这后二句的理。这后二句当然也给读者留下了回味、想象的余地，但更多的乃是思索，是深入体会诗中包含的理。从这里，不难看出宋诗与唐诗不同的一个方面，而方东树以为王安石诗“情韵幽深，不逮欧公”，也还是有一定的道理的。至于清人翁方纲所说“宋诗妙境在实处”（《石洲诗话》卷四），则又可以从王安石这首《登飞来峰》诗得到证明。（赵齐平《宋诗臆说》）

明妃曲二首（其一）

明妃初出汉宫时，泪湿春风[1]鬓脚垂。低徊顾影无颜色[2]，尚得君王不自持。
归来却怪丹青手[3]，入眼平生几曾有。意态由来画不成，当时枉杀毛延寿[4]。
一去心知更不归，可怜着尽汉宫衣。寄声欲问塞南[5]事，只有年年鸿雁飞。
家人万里传消息，好在毡城[6]莫相忆。君不见咫尺长门闭阿娇[7]，人生失意无南北。

北京大学古文献研究所：《全宋诗》，北京大学出版社，1995年版

【解题】

此诗咏王昭君事。《后汉书·南匈奴传》：“昭君字嫱，南郡人也。初，元帝时，以良家子选入掖庭。时呼韩邪来朝，帝敕以宫女五人赐之。昭君入宫数岁，不得见御，积悲怨，乃请掖庭令求行。呼韩邪临辞大会，帝召五女以示之。昭君丰容靓饰，光明汉宫，顾影徘徊，竦动左右。帝见大惊，意欲留之，而难于失信，遂与匈奴。生二子。”晋时避司马昭讳，改称明君，即明妃。此诗是宋仁宗嘉祐四年(1059)，王安石提点江东刑狱时作。诗中以王昭君失意的遭遇为主题，也讽刺了皇帝的昏庸。同时欧阳修、司马光、刘敞都有唱和之作。原诗二首，选录一首。

【注释】

[1]泪湿春风：泪流满面。杜甫《咏怀古迹》中有“画图省识春风面”之句。这里即以春风为面的代称。 [2]“低徊”二句：低徊顾影，谓徘徊不进，顾影自怜。无颜色：谓伤心落泪，脸上失色。 [3]丹青手：画师。 [4]“意态”二句：《西京杂记》卷二“元帝后宫既多，不得常见，乃使画工图形，按图召幸之。诸宫人皆赂画工，多者十万，少者亦不减五万。独

王嫱不肯，遂不得见。匈奴入朝，求美人为阏氏。于是上案图以昭君行。及去，召见。貌为后宫第一，善应对，举止娴雅。帝悔之。而名籍已定，帝重信于外国，故不复更人。乃穷案其事，画工皆弃市。籍其家资，皆巨万。画工有杜陵毛延寿，为人形，丑好老少必得其真。……同日弃市。"按画工事《南匈奴传》不载，但为后世文人所喜用。　[5]塞南：指汉王朝。　[6]毡城：古代匈奴人住在毡帐里，故云。　[7]"君不见"句：武帝小时很爱她，曾说，如果娶了阿娇为妻，就要造一座金屋将她藏起来。后来阿娇做了皇后，却因年久失宠，退居长门宫。咫尺，形容距离很近。长门：汉时宫名。阿娇：汉武帝陈皇后小名。

【选评】

王介甫《明妃曲》二篇，诗犹可观，然意在翻案。（贺裳《载酒园诗话》卷一）

做诗不论何题，只要善翻古人之意。若要随人脚踪走去，纵使字字精工，已落第二义，究竟算不得好诗。即如前人所咏昭君之诗甚多，有悲挽昭君的，有怨恨延寿的，又有讥文帝不能使画工图貌贤臣而美人的，纷纷不一。后来王荆公复有"意态由来画不成，当时枉杀毛延寿"，永叔有"耳目所见尚如此，万里安能制夷狄"，二诗俱能各出己见，不袭前人。（曹雪芹《红楼梦》六十回）

宋时，辽、夏"交侵，岁币百万"（赵翼《甘二史劄记》）景祐以来，"西（夏）事尤棘"。诗人们借汉言宋，自然想到明妃。梅（尧臣）、欧（阳修）诗中皆直斥"汉计拙"，对宋王朝屈辱政策提出批评。王安石则极意刻画明妃爱国思乡的纯洁、深厚感情，并有意把这种感情与个人恩怨区别开来，尤为卓见。当时的施宜生、张元之流，就因在宋不得志而投向辽、夏，为辽、夏出谋献策，造成宋的边患。所以，王安石歌颂明妃的不以恩怨易心，是有着现实意义的。当时有些人误解了他的用意，那是由于他用古文笔法写诗，转折很多，跳跃甚大，而某些人又以政治偏见来看待王安石，甚至恶意罗织之故。清代蔡上翔在《王荆公年谱考略》中千方百计地替王安石辩解，但还未说得透彻。近代高步瀛还是说他"持论乖戾"（《唐宋诗举要》），其实也没有读懂此诗。（吴孟复《宋诗鉴赏辞典》）

【拓展与思考】

以《明妃曲》为例，谈谈王安石"经世致用，有补于世"的创作思想。

苏　轼

百步洪二首并序（其一）

王定国访余于彭城，一日棹小舟，与颜长道携盼、英、卿三子游泗水，北上圣女山，南下百步洪，吹笛饮酒，乘月而归。余时以事不得往，夜著羽衣，伫立于黄楼上，相视而笑，以为李太白死，世间无此乐三百余年矣。定国既去逾月，复与参寥师放舟洪下，追怀曩游，已为陈迹，喟然而叹。故作二诗，一以遗参寥，一以寄定国，且示颜长道、舒尧文邀为同赋云。

长洪斗落[1]生跳波，轻舟南下如投梭[2]。水师绝叫凫雁起[3]，乱石一线争磋磨[4]。
有如兔走鹰隼[5]落，骏马下注[6]千丈坡。断弦离柱[7]箭脱手，飞电过隙[8]珠翻荷。
四山眩转风掠耳，但见流沫生千涡[9]。崄中得乐虽一快，何意水伯夸秋河[10]。
我生乘化[11]日夜逝，坐觉一念逾新罗[12]。纷纷争夺醉梦里，岂信荆棘埋铜驼[13]。
觉来俯仰失千劫，回视此水殊委蛇[14]。君看岸边苍石上，古来篙眼如蜂窠[15]。
但应此心无所住，造物虽驶如吾何[16]。回船上马各归去，多言譊譊[17]师所呵。

《集注分类东坡先生诗》，四部丛刊本

【解题】

百步洪在徐州东南二里。悬流湍急，乱石激涛，最为壮观，今已不存。元丰元年(1078)苏轼知徐州，观百步洪，作诗一篇。有本州教授舒焕和诗云："先生何人堪并席，李郭相逢上周日。"《百步洪》是苏轼的名作，由舟行洪流中的迅疾惊险而生发感喟，纵谈人生哲理，笔墨淋漓恣肆，显示出诗人超迈旷达、无所不适的艺术风格。

【注释】

[1]斗落：陡落。 [2]投梭：形容舟行之快，如织布之梭，一闪而过。 [3]"水师"句：船工。绝叫：大声地叫。凫雁：野鸭子。 [4]磋磨：挤轧摩擦。 [5]隼(sǔn)：一种猛禽。 [6]下注：水向下急流。这两句一以鹰隼捕兔为比，一以骏马注坡为比，都形容水流之快。注坡，谓从斜坡上急驰而下。《宋史·岳飞传》："师每休舍，课将士注坡跳壕，皆重铠习之。子云尝习注坡，马踬，怒而鞭之。" [7]断弦离柱：柱是乐器上调弦用的木把。使劲旋转，使弦绷得太紧，就会断掉，在那一瞬间，弦很快地离开柱。 [8]飞电过隙：飞逝的闪电很快地掠过隙缝。珠翻荷：猛一掀起荷叶，上面的水珠急遽落下。 [9]"四山"二句：坐在船上，只听到耳边风声不绝，四面群山一晃而过，令人头晕目眩。向下看，只见到飞沫四溅，生出无数的漩涡。 [10]"崄中"二句：此二句意谓涉险时虽有许多快乐，但也就像河伯以为天下之美尽在于己一样，不值一提。崄：同"险"。《庄子·秋水》："秋水时至，百川灌河。泾流之大，两涘渚崖之间，不辨牛马。于是焉河伯欣然自喜，以天下之美为尽在于己。顺流东行，至于北海，东面而视，不见水端。"这时河伯望洋兴叹，才觉得自己是"长见笑于大方之家"。 [11]乘化：顺应自然。日夜逝：源出《论语·子罕》"子在川上曰：逝者如斯夫，不舍昼夜"。这里用以比喻像流水一样消逝的万事万物。 [12]坐觉：顿觉，忽觉。新罗：朝鲜古国名。这里化用佛家用语："新罗在海外，一念已逾。"一念：指极短极短的时间。《僧祇律》载："一刹那者为一念，二十念为一瞬，二十瞬为一弹指，二十弹指为一罗预，二十罗预为一须臾，一日一夜有三十须臾。" [13]"纷纷"二句：意谓人生本如在醉梦之中，而世人纷纷扰扰，争夺不休，全然不知世事的变化，比百步洪的流水还要迅疾。荆

棘埋铜驼：典出《晋书·索靖传》："（靖）知天下将乱，指洛阳宫门铜驼，叹曰：'会见汝在荆棘中耳。'"后以"荆棘铜驼"比喻世事的巨变。　[14]"觉来"二句：意谓自己很快地从无边无际的念想中回到眼前，回头只见这流水依旧是那样地从容自得。觉来：从念想中转回。俯仰：指低头与抬头，比喻时间短暂而快。失千劫：失去了无边无际的念想。劫：佛教计时单位，表示极长的时间。千劫指时间之无边无际。委蛇：从容自得貌。　[15]篙眼：船篙在石上留下的凹陷的痕迹。篙：用竹竿或杉木等制成的撑船工具。窠：孔穴。　[16]"但应"二句：意谓只要自己不被任何意念、事物所拘执，即是造物主使世上一切事物千变万化也难奈其何。应此心无所住，源出《金刚经》："应无所住而生其心。"　[17]譊譊（náo náo）：说个不停。

【选评】

韩苏两公为文章，用譬喻处，重复联贯，至有七八转者。韩公《送石洪序》云："论人高下，事后当成败，若决江河下流东注；若驷马驾轻车，就熟路，而王良、造父为之先后也；若烛照、数计而龟卜也。……"苏公《百步洪》诗云："长洪斗落生跳波，……"之类是也。（洪迈《容斋随笔·三》卷六）

用譬喻入文，是轼所长。此篇摹写急浪轻舟，奇势迭出，笔力破余地，亦真是险中得乐也。后幅养其气以安舒，犹时见警策，收煞得住。（汪师韩《苏诗选评笺释》卷二）

联用比拟，局阵开拓，古未有此法，自先生创之。（查慎行《初白庵诗评》卷中）

游金山寺

我家江水初发源，宦游直送江入海[1]。闻道潮头一丈高，天寒尚有沙痕在[2]。
中泠南畔石盘陀[3]，古来出没随涛波。试登绝顶望乡国，江南江北青山多。
羁愁畏晚寻归楫[4]，山僧苦留看落日。微风万顷靴文细，断霞半空鱼尾赤[5]。
是时江月初生魄[6]，二更月落天深黑。江心似有炬火明，飞焰照山栖鸟惊[7]。
怅然归卧心莫识，非鬼非人竟何物。江山如此不归山，江神见怪惊我顽。
我谢[8]江神岂得已，有田不归如江水[9]。

《集注分类东坡先生诗》，四部丛刊本

【解题】

金山，在今江苏省镇江市。本屹立长江中，后因泥沙淤积，与南岸相连。寺在山上，原名泽心寺，至宋改龙游寺。宋神宗熙宁四年（1071），苏轼通判杭州，经过镇江时，畅游金、焦诸胜。此诗为当时的题咏之一，景象瑰丽，波澜壮阔。末以归田作结，则流露出一般封建士大夫倦于宦游、渴望归隐的思想感情。

【注释】

[1]"我家"二句：古人认为长江的源头是岷山，苏轼的家乡眉山正在岷江边。镇江一

带的江面较宽，古称海门，所以说“直送江如海”。 [2]“闻道”二句：苏轼登寺在冬天，水位下降，所以他写曾听人说长江涨潮时潮头有一丈多高，而岸边沙滩上的浪痕，也令人想见那种情形。 [3]中泠：泉名，在金山西北。石盘陀：形容石块巨大。 [4]归楫：从金山回去的船。楫：船桨。 [5]“微风”二句：微风吹皱水面，泛起的波纹像靴子上的细纹，落霞映在水里，如金鱼重叠的红鳞。 [6]初生魄：新月初生。苏轼游金山在农历十一月初三，所以这么说。 [7]“江心”二句：或指江中能发光的某些水生动物，如木华《海赋》：“阴火潜然。”曹唐《南游》：“涨海潮生阴火灭。”或只是月光下诗人看到的幻象。 [8]谢：告诉。 [9]如江水：古人发誓的一种方式。《左传》僖公二十四年，晋公子重耳对子犯说：“所不与舅氏同心者，有如白水！”《晋书·祖逖传》载祖逖中流击楫而誓曰：“祖逖不能清中原而复济者，有如大江！”

【选评】

一往作缥缈之音，觉自来赋金山者，极意着题，正无从得此远韵。起二句将万里程、半生事一笔道尽，恰好由岷山导江至此处海门归宿为入题之语。中间“望乡国”句，故作羁望语以环应首尾。“微风万顷”二句写出空旷幽静之致。忽接入“是时江月”一段，此不过记一时阴火潜燃景象耳，思及江神见怪，而终之以归田。矜奇之语，见道之言，想见登眺徘徊，俯视一切。（汪师韩《苏诗选评笺释》卷一）

“我家江水初发源，宦游直送江入海”，确是东坡游金山寺发端，他人抄袭不得。盖东坡家眉州近岷江，故曰“江初发源”；金山在镇江，下此即海，故曰“送江入海”。中间“微风万顷”二句，讲的是江心晚景。收处“江山如此”四句两转，尤见跌宕。（施补华《岘佣说诗》）

苏轼由于反对神宗及王安石的变法，被人诬告贪污，因此请求外调。这篇诗中思归之情，是受陷害后感到抑郁的反映。但诗风壮丽，笔势骞腾，却正见出诗人开朗的胸襟，以及不容易被逆境压倒的乐观情绪。起句与结句，遇相呼应，不可移易地写出了蜀士之远游，也是本诗构思上值得注意的特点。（程千帆《古诗今选》）

饮湖上初晴后雨

朝曦迎客艳[1]重冈，晚雨留人入醉乡。此意自佳君不会，一杯当属水仙王[2]。

【解题】

此诗为宋神宗熙宁六年(1073)苏轼在杭州作。诗集中屡以西湖比西子，后人遂称为西子湖。

【注释】

[1]艳：一作宴。 [2]水仙王：宋代西湖旁有水仙王庙，用来祭祀钱塘龙君。《咸淳临安志》载：“水仙王庙，在西湖第三桥北。”

水光潋滟[1]晴方好，山色空濛[2]雨亦奇。欲把西湖比西子[3]，淡妆浓抹总相宜。

《集注分类东坡先生诗》，四部丛刊本

【注释】

[1]潋滟：水光闪动貌。　[2]空濛：形容雨中雾气迷茫。谢朓《观朝雨》云："空濛如薄雾。"　[3]西子：春秋时越国美女西施。

【选评】

苏东坡不甚喜妇人，而诗中每及之者，非有他也，以为戏谑耳。其曰"短长肥瘠各有态，玉环飞燕谁敢憎"，乃评书之作也；其曰"欲把西湖比西子，淡妆浓抹总相宜"，乃咏西湖之作也；其曰"戏作小诗君勿诮，从来佳茗似佳人"，乃谢茶之作也。如此数诗，虽与妇人不相涉，而比拟恰好，且其言妙丽新奇，使人赏玩不已，非善戏谑者能若是乎？（袁文《瓮牖闲评》卷五）

此是名篇，可谓前无古人，后无来者。公凡西湖诗，皆加意出色，变尽方法，然皆在《钱塘集》中。其后帅杭，劳心灾赈，已无复此种杰构，但云"不见跳珠十五年"（见《与莫同年雨中饮湖上》诗）而已。（王文诰《苏文忠公诗编注集成》卷九）

后二句遂成为西湖定评。（陈衍《宋诗精华录》卷二）

【拓展与思考】

苏轼《饮湖上初晴后雨》二首历来被视为写西湖风景的独步之作，请结合其他诗人的作品如白居易《春题湖上》、林逋《山园小梅二首》、杨万里《晓出净慈寺送林子方》……，谈一谈苏轼描摹西湖之美的独到之处。

六月二十七日望湖楼醉书五绝

黑云翻墨[1]未遮山，白雨跳珠乱入船[2]。卷地风来[3]忽吹散，望湖楼下水如天。

【解题】

望湖楼，一名看经楼，五代时吴越王钱俶所建，在杭州西湖边昭庆寺前。宋神宗熙宁五年（1072），苏轼时任杭州通判。他为西湖秀丽的山水所陶醉，写下许多名篇佳作。本篇即是其在望湖楼上眺望湖景时所作，诗中描写了夏天西湖的一场暴雨：云起而雨降，风来而雨晴，雨过而水涨，变幻莫测，雄奇瑰丽。

【注释】

[1]翻墨：形容黑云像倒翻了的墨汁。　[2]"白雨"句：雨点像珠子乱跳到船上。[3]卷地风来：大风猛烈地刮到地面上来。岑参《白雪歌送武判官归京》云："北风卷地白草折。"

放生鱼鳖[1]逐人来，无主荷花到处开。水枕能令山俯仰[2]，风船解与月徘徊[3]。

【注释】

[1]放生鱼鳖：北宋时杭州官吏曾规定西湖为放生地，不许人捕鱼，为皇帝延寿添福。《咸淳临安志》载："王钦若奏以西湖为祝圣放生池，郡守王随记其事。" [2]"水枕"句：躺在船里看山不觉水波时有起落，反觉山形时有高低。 [3]"风船"句：湖中的船随风飘移，好像领会月光之意随之徘徊。

乌菱白芡不论钱[1]，乱系青菰[2]裹绿盘。忽忆尝新[3]会灵观，滞留江海得加餐。

【注释】

[1]乌菱：指老菱。菱角老则壳黑，故名。芡：一年生水草，茎叶有刺，俗称"鸡头"。[2]菰：俗称茭白。生于河边、沼泽地。可作蔬菜。其实如米，称雕胡米。 [3]尝新：古代于孟秋以新收获的五谷祭祀祖先，然后尝食新谷。

献花游女[1]木兰桡，细雨斜风湿翠翘[2]。无限芳洲生杜若，吴儿不识楚辞招。

【注释】

[1]游女：指采莲女。木兰桡(ráo)：常作为船的美称。桡：划船的桨，小船的代称。[2]翠翘：古代妇女首饰的一种，状似翠鸟尾上的长羽。

未成小隐聊中隐[1]，可得长闲胜暂闲。我本无家更安往，故乡无此好湖山。

《集注分类东坡先生诗》，四部丛刊本

【注释】

[1]小隐：隐居山林。中隐：闲官。王康琚《反招隐诗》："大隐隐朝市，小隐隐薮泽。"白居易《中隐诗》："大隐住朝市，小隐入丘樊。丘樊太冷落，朝市太嚣喧。不如作中隐，隐在留司官。似出复似处，非忙亦非闲。唯此中隐士，致身吉且安。"

【选评】

五首皆不失风调。(纪昀《纪批苏诗》卷七)

这首小诗(《六月二十七日望湖楼醉书五绝》其一)看起来写的只是杭州望湖楼前的一片雨景，但实际上却包孕着诗人对人生世事的哲理性认识，即任何政治上的打击和个人的挫折都是暂时的，一切事物最终都要回复到澄清的本原上。抽象的哲理和具体的意象巧妙结合，使得这首诗成为既形象感人又含义深刻的理趣诗的代表作。(李寅生《传统文化经典读本》)

诗人对于自然景物，是有着同手足之情同样亲切的感情的。因此，写起来总是笔意爽

健，格调流畅，绝少消极情绪。（姚奠中主编《唐宋绝句名篇评析》）

赠刘景文

荷尽已无擎雨盖[1]，菊残犹有傲霜[2]枝。一年好景君须记，正是橙黄橘绿时。

（《全宋诗》第 14 册卷八一五 9433）

【解题】

此诗作于元祐五年（1090）苏轼知杭州时。刘季孙，字景文，北宋开封祥符（今属河南开封）人，当时任两浙兵马都监，也在杭州。苏刘二人交谊颇深，诗酒往来频繁，本篇即为赠刘季孙所作。诗中生动细腻地描写了深秋初冬的景色，最末两句，似赞似惜，曲尽其妙。

【注释】

[1]擎：举，向上托。擎雨盖：喻指荷叶。　[2]傲霜：不怕霜冻，坚强不屈。

【选评】

“天街小雨润如酥，草色遥看近却无。最是一年春好处，绝胜烟柳满皇都。”此退之早春诗也。（按：韩愈《早春呈水部张十八员外二首》其一）“荷尽已无擎雨盖，……”此子瞻初冬诗也。二诗意思颇同而词殊，皆曲尽其妙。（胡仔《苕溪渔隐丛话·后集》卷十）

浅语遥情。（汪师韩《苏诗选评笺释》卷五）

或以此诗与韩退之《早春呈水部张员外》诗相似，徒以“最是一年春好处”句偶近耳。其意境各有胜处，殊不相同也。（高步瀛《唐宋诗举要》卷八）

初到黄州

自笑平生为口忙，老来事业转荒唐。长江绕郭知鱼美，好竹连山觉笋香。
逐客不妨员外置，诗人例作水曹郎[1]。只惭无补丝毫事，尚费官家压酒囊[2]。

《集注分类东坡先生诗》，四部丛刊本

【解题】

元丰二年（1079）年底，苏轼得脱“乌台诗案”之狱，被贬为检校尚书水部员外郎黄州团练副使，并于次年抵达黄州（治所在今湖北黄冈）。此诗是苏轼初到之时所作，它表现了诗人面对即将到来的严峻生活，内心复杂微妙的感情。

【注释】

[1]水曹郎：水部郎官。南朝梁诗人何逊曾做过尚书水部郎，人称“何水部”。唐诗人张籍曾任水部员外郎，世称“张水部”。白居易《寄张员外》诗：“题诗寄予水曹郎。”又五代

南唐诗人孟宾于亦曾任水部郎中。王禹偁作《孟宾于诗序》云："古诗人有三水部。"即指何逊、张籍及孟宾于。苏轼即由此生发，说自古以来诗人照例要做水部郎官，自己也不例外。

[2]压酒囊：诗人自注为"检校官例折支，多得退酒袋。"宋代有用实物抵充部分薪俸的惯例，称为"折支"。见《宋史·职官志·奉禄制上》。这里指自己作检校水部员外郎，薪俸是以官府酿酒用过的压酒袋子折抵充数。

【选评】

东坡诗多伤激切。此虽不免兀傲，而尚不甚碍和平之音。（方回《瀛奎律髓》卷四十三引纪昀批语）

全诗强作欢笑，用戏谑之语写成，但掩盖不住他的满腹牢骚和心酸。（迟双明《苏轼诗词全鉴》）

此诗的妙处正在于表面达观平和，骨子里却是兀傲不平。如无这种内在的骨力，泛泛的"平和之音"便不足取。（张鸣选注《宋诗选》）

【拓展与思考】

乌台诗案后，苏轼被贬黄州，历经重重困难之后，其创作心境日趋成熟，此转变也及时地反映到当时的作品中。请结合相关诗词作品谈一谈你对于苏轼黄州心路抒写的认识。

和子由渑池怀旧

人生到处知何似，应似飞鸿踏雪泥。泥上偶然留指爪，鸿飞那复计东西[1]。
老僧已死成新塔，坏壁无由见旧题[2]。往日崎岖还记否？路长人困蹇驴嘶[3]。

《集注分类东坡先生诗》，四部丛刊本

【解题】

嘉祐元年(1056)，苏轼、苏辙兄弟进京赴考，路过渑池（今河南渑池县西）时，曾在县中寺庙内借宿，并在室内壁上题诗。嘉祐六年(1061)，苏轼被派到凤翔府（今陕西凤翔）任职。十一月，兄弟二人在郑州分手。苏辙作《怀渑池寄子瞻兄》一诗。当苏轼路过渑池旧地重游时，当年寺中的奉闲和尚已经去世，壁上的题诗也荡然无存。苏轼写下此诗，作为苏辙一诗的应和。

【注释】

[1]"人生"四句：据《五灯会元》载，天衣义怀禅师云"雁过长空，影沉寒水。雁无遗踪之意，水无留影之心。能如是，方解向异类中行"。苏轼诗前四句暗用此语。"雪泥指爪"也成为苏轼有名的譬喻之一，在宋代就备受推崇，后来变为成语。 [2]"老僧"二句：嘉祐元年，兄弟二人由蜀中赴汴京应举途经渑池，留宿寺院，曾题诗于寺壁。这里"老僧"即指奉闲，苏轼此次再经渑池时，他已去世，只留下埋骨灰的小塔，寺壁上旧日的题诗也无从寻

找。　[3]“往日”二句：苏轼自注“往岁马死于二陵，骑驴至渑池”。往日：指嘉祐元年赴京应试时。蹇：跛足。二陵，在渑池县之西的崤山。

【选评】

前四句单行入律，唐人旧格；而意境恣逸，则东坡本色。浑灏不及崔司勋《黄鹤楼》诗，而撒手游行之妙，则不减义山《杜司勋》一首。（纪昀《纪批苏诗》卷三）

起超隽，后半率。（吴汝纶《唐宋诗举要》卷六）

此诗人所共赏，然余不甚喜，以其流易。（方东树《昭昧詹言》卷二十）

【拓展与思考】

结合苏轼的生平境况，谈一谈你对于《和子由渑池怀旧》中所表达的人生态度的理解。

黄庭坚

黄庭坚（1045—1105），字鲁直，自号山谷道人，晚号涪翁，洪州分宁（今江西修水）人。治平四年（1067）进士。哲宗时以校书郎为《神宗实录》检讨官，迁著作佐郎。后以修史“多诬”遭贬。早年以诗文受知于苏轼，与张耒、晁补之、秦观并称“苏门四学士”。与苏轼齐名，世称“苏黄”。诗以杜甫为宗，有“夺胎换骨”“点铁成金”之论，风格奇硬拗涩，开创江西诗派，在宋代影响颇大。又能词，兼擅行、草书，为“宋四家”之一。有《山谷集》《山谷琴趣外篇》。

登快阁

痴儿了却公家事[1]，快阁东西倚晚晴。落木千山天远大，澄江一道月分明。
朱弦已为佳人绝[2]，青眼聊因美酒横[3]。万里归船弄长笛，此心吾与白鸥盟[4]

【解题】

此诗作于宋神宗元丰五年（1082）黄庭坚任太和（今江西泰和）令时。《清一统志·吉安府二》载快阁“在太和县治东澄江（赣江）之上，以江山广远、景物清华得名”。

【注释】

[1]“痴儿”句：《晋书·傅咸传》载杨济与傅咸书曰：“江海之流混混，故能成其深广也。天下大器，非可稍了，而相观每事欲了。生子痴，了官事，官事未易了也。了事正作痴，复为快耳！”这里黄庭坚以痴儿自指。　[2]“朱弦”句：谓世无知己，不再弹琴。含有怀才不

遇的感慨。《吕氏春秋·本味》载钟子期为伯牙的知音好友，“钟子期死，伯牙破琴绝弦，终身不复鼓琴，以为世无足复为鼓琴者”。 [3]“青眼”句：《晋书·阮籍传》：“籍又能为青白眼，见礼俗之士，以白眼对之。及嵇喜来吊，籍作白眼，喜不怿而退。喜弟康闻之，乃赍酒挟琴造焉。籍大悦，乃见青眼。” [4]白鸥盟：与鸥鸟订立盟约。《列子·黄帝篇》中有一个寓言：“海上之人有好鸥鸟者，每旦之海上，从鸥鸟游。”后来此人有了机心，鸥鸟即远离他。后人常用“鸥盟”指过退隐生活。

【选评】

吕居仁谓“山谷妙年诗已气骨成就”是也。（方回《瀛奎律髓汇评》卷一）

“澄江一道月分明”，极似杜家气象。（查慎行《初白庵诗评》卷下）

起四句，且叙且写，一往浩然。五六句对意流行。收尤豪放。此所谓寓单行之气于排偶之中者。（方东树《昭昧詹言》卷二十）

至宋之山谷，诚不免粗疏涩僻之病，至其意境天开，则实能辟古今未泄之奥妙。而《登快阁》诗亦其一也。（张宗泰《鲁斋所学集》卷十四）

【拓展与思考】

在北宋文坛上，黄庭坚是一位典型的学人型的作家。他毕生致力于诗歌创作，并且总结出了一套有关诗歌写作技巧的理论，其中最著名的即“点铁成金”说和“夺胎换骨”法，谈一谈这套理论在黄庭坚诗作中的具体体现。

寄黄几复

我居北海君南海[1]，寄雁传书谢不能[2]。桃李春风一杯酒，江湖夜雨十年灯[3]。

持家但有四立壁[4]，治病不蕲三折肱[5]。想得读书头已白，隔溪猿哭瘴溪[6]藤。

（《全宋诗》第17册 卷九八〇 11337）

【解题】

此诗作于神宗元丰八年(1085)，其时黄庭坚监德州德平镇(今属山东商河县)。黄几复，名介，字几复，豫章(今属江西南昌)人，与黄庭坚少年交游，此时知四会县(今属广东四会市)，其事迹见《黄几复墓志铭》。

【注释】

[1]“北海”句：诗人当时居山东德平，黄几复居广东四会，都离海不远，故称。黄庭坚曾草书此诗，跋云“时几复在广州四会，予在德州德平镇，皆海濒也。”《左传》僖公四年：“齐侯以诸侯之师侵蔡，蔡溃，遂伐楚。楚子使与师言曰：‘君处北海，寡人处南海，唯是风马牛不相及也。’”此用其语。 [2]“寄雁”句：说大雁因不能传书而辞谢。寄：托。谢：辞谢、推

辞。古人有雁足传书的说法，又相传大雁南飞至衡阳回雁峰而止。因四会在回雁峰以南，大雁南飞不至，故这里暗用这两个传说，表明与黄几复音讯难通。　[3]“桃李”二句：据《黄几复墓志铭》所载，黄庭坚与黄几复于熙宁九年(1076)同科出身。此处谓京师欢聚后，一别就是十年。　[4]四立壁：谓家徒四壁，家中贫无所有。《史记・司马相如列传》：“文君夜奔相如，相如驰归成都，家徒四壁立。”　[5]“治病”句：这句说黄几复富有才能，谙熟世事，不须经历挫折磨难就在修身为政两方面都有很好的成绩。蕲(qí)：通“祈”，求。肱：胳膊。《左传》定公十三年：“三折肱知为良医。”这里反用其意。　[6]瘴溪：旧传岭南一带多瘴气，故云。意谓黄几复生活环境的艰苦。

【选评】

一起浩然，一气涌出。……山谷兀傲纵横，一气涌现。然专学之，恐流入空滑，须慎之。(方东树《昭昧詹言》卷二十)

次句语妙，化臭腐为神奇也。三四为此老最合时宜语，五六则狂奴故态矣。(陈衍《宋诗精华录》卷二)

春风桃李但一杯，而想象无聊屡空为甚，飘蓬寒雨十年灯之下，未见青云得路之便，其羁孤未遇之叹具见矣，其意句亦就境中宣出。“桃李春风”“江湖夜雨”，皆境也。昧者不知，直谓境句，谬矣。(释普文《诗论》)

【拓展与思考】

简述《寄黄几复》颔联的意境构造及其情感表现。

陈师道

陈师道(1053—1102)，字履常，一字无己，自号后山居士，彭城(今属江苏省徐州市)人。家境困窘，少学文于曾巩，绝意仕进。因苏轼等荐，历任徐州、颍州(治所在今安徽省阜阳市)教授、秘书省正字。诗学杜甫，风格简古，质朴老苍，黄庭坚甚爱重之，为江西派代表性作家。但陈师道作诗多喜“闭门造句”，内容仅限于个人生活，反映社会现实不够深广。有《后山先生集》《后山谈丛》。

绝句四首(其四)

书当快意[1]读易尽，客有可人[2]期不来。世事相违每如此，好怀[3]百岁几回开。

(《全宋诗》第19册　卷一一一八　12713)

【解题】

此诗大约作于宋哲宗元符二年(1099),这是一首诗人从自身生活经历和感受中概括提炼出来的佳作。虽造语直率浅露,然情理深刻,读来意味深长。

【注释】

[1]快意:谓心情爽快舒适。据《史记·李斯列传》载:"快意当前,适观而已矣。" [2]可人:令人满意的人,此指称心的朋友。语出《礼记·杂记下》:"管仲遇盗,取二人焉,上以为公臣,曰:'其所与游辟也,可人也。'" [3]好怀:好兴致。东晋陶潜《饮酒》其九诗云:"清晨闻叩门,倒裳往自开。问子为谁与,田父有好怀。"

【选评】

陈师道《寄黄充(刊本误作"元")》也说:"俗子推不去,可人费招呼;世事每如此,我生亦何娱!"(钱钟书《宋诗选注》)

"世事相违"一句,一语说尽,却永远有新鲜意义。又:林钧《渔樵诗话》卷一记曾国藩句云:"苍天可补河可塞,唯有好怀不易开。"其次句当是用陈诗句意而颇浑放。(金性尧《宋诗三百首》)

这首绝句议论的是一件人们都有的感受:值得留恋的东西逝去得太快了,而终日盼望期待的却老是不能得到满足。虽是议论,却不枯燥,很容易得到读者的共鸣。(范宁、华岩《宋辽金诗选注》)

和南丰先生出山之作

侧径[1]篮舁[2]两眼明,出山犹带骨毛清[3]。白云笑我还多事,流水随人合有情。
不及鸟飞浑自在,羡他僧住便平生。未能与世全无意,起为苍生试一鸣。

(《全宋诗》第19册 卷一一一九 12739)

【解题】

此诗是一首酬和诗。南丰先生即曾巩,他从隐居的山中重新步入仕进之途,陈师道作诗以和之。

【注释】

[1]侧径:狭窄的路。南朝宋谢灵运《于南山往北山经湖中瞻眺》诗云:"侧径既窈窕,环洲亦玲珑。" [2]篮舁(yú):古代供人乘坐的交通工具,形制不一。一般以人力抬着行走,类似后世的轿子,也说古时一种竹制坐椅。 [3]骨毛清:谓超凡脱俗,具有神仙之姿。

【选评】

陈无己少有誉,曾子固过徐,徐守孙莘老荐无己往见,投贽甚富,子固无一语,无己甚惭，诉与莘老。子固云："且读《史记》数年。"子固自明守亳，无己走泗州，间携文谒之，甚欢，曰："读《史记》有味乎？"故无己于文以子固为师。（魏衍《彭城陈先生集记》）

吕居仁作《江西宗派》，既云宗派，固有次第。陈无己本学杜子美，后受知于曾南丰，自言："向来一瓣香，敬为曾南丰。"非其派也。（孙觌《鸿庆居士集》卷十二）

陈与义

陈与义（1090—1139），字去非，号简斋，洛阳（今河南省洛阳）人。宋徽宗政和三年（1113）登上舍甲科。历任府学教授、太学博士。南渡后，累官中书舍人、知湖州（治所在今浙江省湖州市）、参知政事。其诗出于江西诗派，上祖杜甫，下宗苏轼、黄庭坚，自成一家。宋室南渡时，经历了战乱生活，诗风转为悲壮苍凉。元人方回立"一祖三宗"说，以杜甫为"一祖"，黄庭坚、陈师道与陈与义并列为"三宗"。有《简斋集》。

牡　丹

一自[1]胡尘[2]入汉关，十年伊洛路漫漫[3]。青墩溪畔龙钟客[4]，独立东风看牡丹[5]。

（《全宋诗》第 31 册 卷一七五七 19570）

【解题】

此诗作于绍兴六年(1136)春，是陈与义咏物怀乡的名篇。当时陈与义以病告退，除显谟阁直学士，提举江州太平观，寓居于浙江桐乡县(今桐乡市)北青墩(一名青镇)之寿圣院塔下。无论国家的局势，或者个人的身世，都使诗人感慨无限，他便以牡丹为题，抒发了自己真挚强烈的忧时伤国之情。

【注释】

[1]一自：犹言自从。杜甫《复愁》诗之五："一自风尘起，犹嗟行路难。"　[2]胡尘：指金兵。　[3]"十年"句：自靖康元年(1126)汴京沦陷，至此已过十年。伊洛：伊水和洛水，指诗人故乡洛阳。洛阳陷于敌手，还乡无望，故有"路漫漫"的感叹。　[4]龙钟客：衰老潦倒貌，诗人自指。　[5]看牡丹：诗人故乡洛阳盛产牡丹，此时在他乡看见牡丹，不禁伤悼故国、悲叹身世，一时间深沉悲凉之愁绪难以自抑。

【选评】

慷慨激越，寄托遥深，乃往往突破古人。（《四库全书总目提要》）

末二语感慨苍凉，掩卷犹令人低徊不已。（陈永正《江西派诗选》）

陈与义这首诗的意思在南宋诗词里常常出现，例如陆游《剑南诗稿》卷八十二《赏山园牡丹有感》也是看见牡丹花而怀念起洛阳鄜畤等地方来，还说："周汉故都亦岂远？安得尺棰驱群胡！"刘克庄《后村大全集》卷一百八十七《六州歌头》又卷一百八十八《木兰花慢》《昭君怨》等咏牡丹词用意略同。（钱钟书《宋诗选注》）

杨万里

杨万里（1127—1206），字廷秀，号诚斋，吉水（今江西吉水）人。宋高宗绍兴二十四年（1154）进士。历任高宗、孝宗、光宗三朝，官至太常丞、广东提点刑狱、尚书左司郎中兼太子侍读、秘书监。宁宗时致仕，进宝谟阁学士，卒。生平主张抗金，秉性刚直，遇事敢言。杨万里写诗初学江西诗派，后学王安石及晚唐，终于独立门户，自成一家，时号"诚斋体"。所作诗多脱口而出，不堆砌古典，语言通俗，风格浏亮、清新、活泼、自然。意境则往往浅豁。工于七绝，以写景咏物见长。有《诚斋集》。

小　池

泉眼无声惜细流，树阴照水爱晴柔。小荷才露尖尖角，早有蜻蜓立上头[1]。

（《全宋诗》第42册 卷二二八一 26165）

【解题】

淳熙三年（1176）闲居家中所作。杨万里是一位极富于童心的诗人，他写了许多表现儿童生活的诗歌。本诗所写情景即以儿童般天真好奇的眼光观看世界之所得。

【注释】

[1]"早有"句：杜甫《重过何氏》诗："蜻蜓立钓丝。"此处化用其意。

【选评】

他仿佛是一位高明的摄影师，用快速镜头捕捉到了这稍纵即逝、妙趣横生的一瞬，在一瞬间留下永恒。（赖汉屏《宋诗鉴赏辞典》）

末两句却又融理入景，韵味无穷。从荷叶看，有"桃李不言，下自成蹊"的余韵；从蜻蜓看，又有求新爱美，反应敏锐，如饥似渴的内涵。……愈是品味，便愈见深厚甘醇。（王庆璠《中国古代山水诗鉴赏辞典》）

这首小诗，题为"小池"，所取物象也无不小巧玲珑："泉"为"眼"，"流"则"细"，"荷"为

“小”,“叶”呈“尖尖角”,角上所立,亦为小小蜻蜓。在诗人眼中,它们又无不具有灵性,显得天真妩媚、生机盎然。作者着眼于事物间的相互依存与和谐,将自然世界的一切当成一个活活泼泼的整体来描绘。“泉眼”与“细流”、“树阴”与“晴柔”,本无太大干系,但只着一“惜”字与“爱”字,便境界全出。最末两句更眼明手快捕捉出转瞬即逝的景象,将蜻蜓与新荷的相恋与相依写得妙趣横生。(王琦珍《宋诗精华》)

【拓展与思考】

在南宋诗的发展历程中,杨万里可谓是转移一代风气之人物。他的诗作与北宋后期以来盛行的江西诗派作品形成了鲜明的对比,被后人称为“诚斋体”。杨万里继承和发展了江西诗派吕本中的“活法”理论,在实践中形成了自己清新活脱的艺术风格。试通过对《小池》《晓出净慈寺送林子方》等诗作的分析,归纳总结出“诚斋体”活法诗的基本特征。

新　柳

柳条百尺拂银塘[1],且莫[2]深青只浅黄。未必柳条能蘸水,水中柳影引它长。

(《全宋诗》第42册 卷二二八一 26165)

【解题】

《新柳》描绘出一幅柳条和水中柳影相连相映、优美动感的画面,诗中所表现出来的活泼、新颖、意趣以及对自然景物的深情,正是杨万里冲破江西诗派冷僻生涩的藩篱后所表现出的个人特色。

【注释】

[1]银塘:指清澈明净的池塘。　[2]且莫:亦可作“切莫”,相当于千万不要。

【选评】

用心而不吃力。(陈衍《宋诗精华录》卷三)

一个非常亲切的“引”字,就把柳影,也即是把新柳,把整个画面都写活了。(李正民《宋诗鉴赏辞典》)

诗歌三、四两句主要是描写柳影,全是诗人的想象。诗人认为,垂拂的柳条未必能挨着水面,只是那水中的柳影把它拉得很长很长罢了……柳影多情,惹弄柳条,柳条不甘,追逐柳影,似乎双方在比试,在戏弄,多么有趣,多么活泼。静态的画面被诗人点活了,柳的生机活力全在这临水自照,摆长弄短的画面中显现出来。“蘸水”已见柳条垂拂、触及水面的形态,更见长势茂盛、生意盎然的精神状态,再加上诗人的妙想,不是它自己长长,而是柳影拉长的,“引”字化静为动,活泼机灵,角度新颖,创意不俗。(徐昌才《宋诗赏析·宋朝那些诗生活》)

宿新市徐公店二首(其一)

篱落疏疏一径深,树头新绿[1]未成阴。儿童急走追黄蝶,飞入菜花无处寻。

(《全宋诗》第 42 册 卷二二八一 26165)

【解题】

此诗作于宋光宗绍熙三年(1192),杨万里时任江东转运副使,任所在建康(今江苏南京)。诗题中的“新市”,是当时的一处城镇,乃宋代酿酒中心,位于临安和建康之间,在今浙江省德清县新市镇。此地水陆环绕,舟车便利,是诗人往返于临安、建康的必经之地。诗人在这里略作停留,短期借宿,见景生情,有感而发,进而赋写成诗。

【注释】

[1]新绿:一作“花落”。

【选评】

这也是作者最经典的绝句之一。在乡下为人熟视无睹的一个景色(儿童捕捉蝴蝶)中,作者找到了一个写点,就是那个“黄”字,即末句“菜花”所有的颜色,换言之,作者对昆虫的保护色这一现象,产生浓厚的兴趣。于是他用诗笔讲述了一个黄蝶遇难,菜花相救的故事,读来兴味盎然。而儿童傻眼的情态,亦活现目前,令人忍俊不禁。(周啸天《中国绝句诗史》)

在一“追”一“寻”的游戏活动中,写出了儿童的忘我与兴奋,也谱写了游戏者的生命节奏。其实,作为生命的一种艺术活动,游戏是儿童的本能,“游戏”一词是成人赋予儿童生命本能的一个名字;观赏或描述儿童的游戏,则是成人对自我生命历程的美好回忆,以及对童真童趣的热切向往。诗中描述的儿童追蝶寻蝶的游戏场景,正是这种回忆与向往的图像化。(沈松勤《中国诗学研究 · 第 5 辑 · 中国韵文学研究专辑》)

闲居初夏午睡起二绝句(其一)

梅子留酸[1]软齿牙,芭蕉分绿与窗纱。日长睡起无情思[2],闲看儿童捉柳花[3]。

(《全宋诗》第 42 册 卷二二七七 26109)

【解题】

此诗为宋孝宗乾道二年(1166)杨万里闲居家乡时所作。诗中着意描刻夏日昼长、百无聊赖的时节特点,写出了诗人闲适安宁的情态以及对于乡村生活的喜爱之情。

【注释】

[1]留酸:谓酸味久留齿颊。 [2]无情思:没情绪,无所适从的状态。思:读去声,指心绪。 [3]捉柳花:化用白居易《前日别柳枝绝句梦得继和又复戏答》诗句"谁能更学孩童戏,寻逐春风捉柳花"。

【选评】

杨诚斋丞零陵日,有《春日》绝句云:"梅子留酸软齿牙,芭蕉分绿与窗纱。日长睡起无情思,闲看儿童捉柳花。"张紫岩(按:张浚)见之曰:"廷秀胸襟透脱矣。"(罗大经《鹤林玉露》甲编卷四)

诗家谓诚斋多失之好奇,伤正气。若"梅子留酸软齿牙,芭蕉分绿与窗纱。日长睡起无情思,闲看儿童捉柳花",极有思致。诚斋亦自语人曰:"功夫只在一捉字上"。(周密《浩然斋雅谈》卷中)

"谁能更学孩童戏,寻逐春风捉柳花",乐天仿柳枝答刘梦得诗也。诚斋杨氏乃有"日长睡起无情思,闲看儿童捉柳花"之句,得非默阅世变,中有感伤,此静中见动意。(叶寘《爱日斋丛钞》)

诚斋则粗梗油滑,满纸村气,似《击壤》而乏理语,似江湖而乏秀语。……七绝间有清隽之作,亦不过齿牙伶俐而已。如《闲居初夏午睡起二绝》……亦是寻常闲适语,不出江湖侧调,然已脍炙古今,其余盖鲜足观者。(李慈铭《越缦堂日记》)

【拓展与思考】

钱钟书的《宋诗选注》曾对杨万里的诗歌创作有如此评价:"关心国事的作品远不及陆游的多而且好,同情民生疾苦的作品也不及范成大的多而且好。"同陆范二人相比,杨万里在这两方面略逊一筹,但他却能以独到的眼光将儿童日常生活纳入自己的诗歌写作之中。试依据相关作品分析杨万里童趣诗所蕴含的童趣,并在此基础上深入探讨杨万里的儿童心性及其人生哲学。

范成大

范成大(1126—1193),字致能,号石湖居士,吴郡(今江苏苏州)人。宋高宗绍兴二十四年(1154)进士。曾以起居郎,假资政殿大学士官衔,充祈请国信使赴金,不辱使命而归。历任中书舍人、四川制置使、参知政事。他在地方任职期间,做出了一些相当有利于百姓的政绩。晚年隐居苏州石湖。范成大作诗初从江西诗派入手,后来能够冲破束缚,广泛汲取唐宋诸名家的技巧经验,屹然自立一宗。与尤袤、杨万里、陆游齐名,号称南宋四大家。所作爱国诗篇和关怀人民疾苦的作品,都有着较高的艺术成就。田园诗则独创一格,影响较大。有《石湖居士诗集》《石湖词》。

催租行

输租得钞[1]官更催，踉跄[2]里正[3]敲门来。手持文书[4]杂嗔喜，我亦来营醉归[5]耳。床头悭囊[6]大如拳，扑破正有三百钱。不堪与君成一醉，聊复偿君草鞋费[7]。

（《全宋诗》第41册 卷二二四四 25767）

【解题】

原注："效王建。"王建有《田家行》，亦言输租事。范成大此诗微用其意并仿效他的乐府风格。内容揭露催租吏向善良畏祸的农民敲诈勒索的丑恶嘴脸，文字简约而极生动。

【注释】

[1]钞：户钞，官府发给缴租户的收据。 [2]踉跄（liàng qiàng）：走路不稳貌。 [3]里正：即里长，古代的乡职。此指公差人员。 [4]文书：指催租的文件。 [5]营醉归：谓图谋一醉以归，意即勒索。 [6]悭囊（qiān náng）：悭吝者的钱袋。此处指储蓄零钱的瓦罐，即扑满。取钱时必须把罐打破，故下文云"扑破"。 [7]草鞋费：草鞋磨损费，意为跑腿钱。

【选评】

行脚僧有所谓"草鞋钱"，早见于唐代禅宗的语录。宋代以后，这三个字也变成公差、地保等勒索的小费的代名词，就是《儒林外史》第一回所谓"差钱"。元曲里岳百川的《铁拐李》第一折写差人张千向韩魏公说"有什么草鞋钱与我些"，又写韩魏公骂他说："则我老夫身上还要钱买草鞋，休道别人手里不要钱"；这可以注解范成大的诗句。参看柳宗元《田家》第二首"里胥夜经过，鸡黍事筵席"；李贺《感讽》第一首"越妇通言语，小姑具黄粱；县官踏餐去，簿吏更登堂"；唐彦谦《宿田家》："忽闻扣门急，云是下乡隶……老母出搪塞，老脚走颠踬……东邻借种鸡，西舍觅芳醑。"唐彦谦那样具体细致的刻画也还不及范成大这首诗的笔墨轻快、口角生动。（钱钟书《宋诗选注》）

"草鞋费"之语，农民畏势周旋，其中多少眼泪。又石湖此等诗写来如此生动，如此经济，劣手为之，不知需用多少话才说得这些意思。（周汝昌《范成大诗选》）

只五十六字，却有情节、有人物，展现了一个颇有戏剧性的场面，使人既感到可笑，又感到可恨、可悲。……诗的纪事，不是寸步不遗，而是大幅度的跳跃，同时又"气象联络"……韵脚忽抑忽扬的急遽转换，也正好与内容上的跳跃相适应。（霍松林《宋诗鉴赏辞典》）

四时田园杂兴并引（六十首选六）

淳熙丙午[1]，沉疴少纾[2]，复至石湖旧隐。野外即事，辄书一绝，终岁得六十篇，号《四时田园杂兴》。

土膏[3]欲动雨频催，万草千花一饷开。舍后荒畦犹绿秀，邻家鞭笋[4]过墙来。
蝴蝶双双入菜花，日长无客到田家。鸡飞过篱犬吠窦[5]，知有行商[6]来买茶。
昼出耘田夜绩麻[7]，村庄儿女各当家。童孙未解供耕织，也傍[8]桑阴学种瓜。
采菱辛苦废犁鉏[9]，血指流丹鬼质枯[10]。无力买田聊种水，近来湖面亦收租[11]。
租船满载候开仓，粒粒如珠白似霜。不惜两钟输一斛[12]，尚赢粮核[13]饱儿郎。
新筑场[14]泥镜面平，家家打稻趁霜晴[15]。笑歌声里轻雷动，一夜连枷[16]响到明。

（《全宋诗》第41册 卷二二六八 26002—26005）

【解题】

此为范成大六十一岁在石湖养病时写的田园诗。原诗分“春日”“晚春”“夏日”“秋日”“冬日”五组，各十二首。这里选录六首。范成大在诗中比较客观地反映了农村劳动人民的生活面貌，这和历来诗人以山水田园寄寓自己的隐逸思想有所不同。其写景物，不重词采，而意境活泼自然，给人以清新、明快之感。

【注释】

[1]淳熙丙午：宋孝宗淳熙十三(1186)年，岁次丙午。　[2]沉疴少纾：重病稍减。　[3]土膏：土壤中所含的适合植物生长的养分。《国语·周语上》：“阳气俱蒸，土膏其动。”　[4]鞭笋：由竹根延伸而生长出的笋。　[5]窦：洞。　[6]行商：走动叫卖的商贩。　[7]绩麻：将麻梳理好，用于编织。　[8]傍：挨着。　[9]鉏(chú)：锄草翻地的农具。　[10]鬼质枯：形容人面目难看，青面瘦骨，像鬼一样。　[11]“收租”句：种水，到水面上收捞谋生。湖面收租，对靠湖面为生的人进行收租。　[12]钟、斛：均为宋代量具。一钟等于六斛四斗。“两钟输一斛”即农民交来两钟的粮食，只够官府大斛一下子量的，极言收租者用大斛坑害农民的罪恶。　[13]赢：剩下。粮核：淘汰下的不成熟的、半截带壳的半成品粮食。　[14]场：打稻子用的场地。　[15]趁霜晴：有霜的秋夜多为晴天，农民连夜打稻，防止阴雨时谷物变霉。　[16]连枷：宋时打稻用的工具，用木头做成。

【选评】

范成大晚年所作的《四时田园杂兴》不但是他的最有影响的诗篇，也算中国古代田园诗的集大成。《诗经》里《豳风》的《七月》是中国最古的《四时田园》诗，叙述了农民一年到头的辛勤生产和刻苦生活。可是这首诗没有起示范的作用；后世的田园诗，正像江淹的《杂体》诗所表示，都是从陶潜那里来的榜样。陶潜当然有《西田获早稻》《下潠田舍获》等写自己“躬耕”“作苦”的诗，然而王维的《渭川田家》《偶然作》《春中田园作》《淇上田园即事》和储光羲的《田家即事》(五古和七律)、《田家杂兴》等建立风气的作品，是得了陶潜的《怀古田舍》《归园田居》等的启示，着重在“陇亩民”的安定闲适、乐天知命，内容从劳动过渡到隐逸。宋代像欧阳修和梅尧臣分咏的《归田四时乐》不客气地说是过腻了富贵生活，要换个新鲜的生活方式。西洋文学里牧歌的传统老是形容草多么又绿又软，牛多么既肥且驯，天真快乐的牧童牧女怎样在尘世的净土里谈情说爱；有人读得腻了，就说这种诗里漏掉了一件东西——狼。我们看中国传统的田园诗，也常常觉得遗漏了一件东西——狗，地保公差这一头统治阶级的走狗以及他们所代表的剥削和压迫农民的制度。诚然，很多古诗描写到这种现象，例如柳宗元《田家》第二首、张籍《山农词》、元稹《田家词》、聂夷中《咏田家》等等，可是它们不属于田园诗的系统。梅尧臣的例子可以说明这个传统的束缚力；上面选了他驳斥《田家乐》的《田家语》，然而他不但作了《续永叔〈归田乐〉》，还作了《田家四时》，只在第四首末尾轻描淡写地说农民过不了年，此外依然沿袭王维、储光羲以来的田园诗的情调和材料。秦观的《田居四首》只提到了"明日输绢租，邻儿入城郭"和"得谷不敢储，催科吏傍午"，一点没有发挥，整个格调也还是模仿储、王，并且修辞很有毛病。到范成大的《四时田园杂兴》六十首才仿佛把《七月》《怀古田舍》《田家词》这三条线索打成一个总结，使脱离现实的田园诗有了泥土和血汗的气息，根据他的亲切的观感，把一年四季的农村劳动和生活鲜明地刻画出一个比较完全的面貌。田园诗又获得了生命，扩大了境地，范成大就可以跟陶潜相提并论，甚至比他后来居上……（钱钟书《宋诗选注》）

【拓展与思考】

中国田园诗这一古典诗歌阵地自陶渊明开创以来，在唐代王维、孟浩然、柳宗元、韦应物等诗人的努力下得以极盛演绎。请充分阅读范成大《四时田园杂兴》诗歌文本，归纳总结其对传统田园诗歌题材的突破和贡献。

州　桥

南望朱雀门，北望宣德楼，皆旧御路也。

州桥南北是天街[1]，父老年年等驾回[2]。忍泪失声询使者[3]，几时真有六军来[4]？

（《全宋诗》第 41 册 卷二二五三 25849）

【解题】

宋孝宗乾道六年(1170)范成大出使赴金，经过中原地区，写诗一卷和日记《揽辔录》一卷。诗共计七十二首，皆七言绝句，多举所见为题，以表达怀念故国的深情。此诗即为过汴京作。州桥，正名为天汉桥，在汴京宫城南，汴河之上。

【注释】

[1]州桥：北宋汴京城里的天汉桥，在宫城南，汴河上。天街：京城的街道。　[2]等驾回：等待大宋皇帝驾回汴京。　[3]使者：指南宋使臣，即诗人。宋孝宗乾道六年，范成大出使金国，过汴京作此诗。　[4]六军：古时天子有六军，此指宋军队。

【选评】

沉痛不可多读。此则七绝至高之境,超大苏而配老杜者矣。(潘德舆《养一斋诗话》)

按州桥天街之间,宋使与金伴使同行,遗民必不敢询问此等语言。今传本《揽辔录》乃节略本,无可互证。然诗人乃不妨出之以想象与推理,写故国遗民之心情,所谓事之不必有,理之未必无也。(周汝昌《范成大诗选》)

范成大实际上是假汴京父老之口说出了他自己内心要问的话。但这又是难以回答,也无可回答的问题。这首诗以问语作结,好在有问无答,表现了作者无限的悲愤和感慨。(吴熊和《唐宋诗词探胜》)

【拓展与思考】

拓展阅读品赏范成大使金纪行诗,试分析诗人此间的心路历程与家国情怀。

秋日二绝(其一)

碧芦青柳不宜[1]霜,染作沧州[2]一带黄。莫把江山[3]夸北客[4],冷云寒水更荒凉。

(《全宋诗》第 41 册 卷二二四二 25720)

【解题】

宋高宗绍兴十一年(1141),南宋朝廷与金人签订了"绍兴和议",向金称臣,割地供银,卑躬屈节,国人无不痛心疾首。本篇就是在"绍兴和议"的政治背景下,借写江南秋景,讽刺南宋朝廷在江南半壁的残山剩水中过着苟且偷安的生活。

【注释】

[1]不宜:不适宜,经受不了。　[2]沧州:指诗人所见到的近水一带。一说泛指江南水乡之地。　[3]江山:山河社稷。　[4]北客:金人。当时宋金以淮河,大散关一线为界,形成了南北对峙的局面。宋高宗赵构为了讨好敌人,建了可眺望江山的姑苏馆,以接待金使。

【选评】

诗用"更荒凉"三字结束,情景相生,尤显得无限凄咽,余韵邈绵。(陈祥耀《宋诗鉴赏辞典》)

这首诗的讽谕之意是比较明显的。它借写江南秋景,讽刺南宋君臣在剩水残山中苟且偷安、不知国难将至的麻木心态,表现了青年诗人忧国忧民的深沉情怀。读此诗,当寻绎作者文心细微处。起句用"碧芦青柳"四字,回溯春夏季节。"不宜霜"三字,表面似写芦苇属性,实际是明连暗转,为下句的秋景作过渡。末句又用"更"字点醒,延伸到冬日的"冷云寒水"景象。诗题为"秋日",却前溯后延,如电影的闪回叠映之法,写出了江南四季风光的层层变化,实际是形象地揭示了宋王朝由盛转衰的三部曲。诗人把沧桑巨变纳于尺幅

之中，使这首小诗具有深广的思想容量，这是一般的绝句所不可比拟的。(张仲谋《宋诗精华》)

陆　游

陆游(1125—1210)，字务观，号放翁，越州山阴(今浙江绍兴)人。绍兴中应礼部试，为秦桧所黜。孝宗即位，赐进士出身，历任镇江、隆兴、夔州通判，并参王炎、范成大幕府，提举福建及江南西路常平茶盐公事，权知严州。光宗时，除朝议大夫、礼部郎中。后被劾去职，归老故乡。陆游是南宋伟大的爱国诗人，词和散文也都有着很高的成就。其生平所作诗，将近万首。诗歌题材异常广阔，尤其是涉及时事政治的作品，激昂慷慨，具有强烈的义愤之情。他早年曾受到江西诗派一定的影响，后来阅历渐深，领悟到诗歌和现实生活的关系，才摆脱旧习，自成风格。姚鼐《今体诗钞序目》评论道："放翁激发忠愤，横极才力，上法子美，下揽子瞻，裁制既富，变境亦多。"有《剑南诗稿》《渭南文集》《老学庵笔记》等。

长歌行

人生不作安期生[1]，醉入东海骑长鲸。犹当出作李西平[2]，手枭[3]逆贼清旧京[4]。
金印煌煌未入手，白发种种[5]来无情。成都古寺卧秋晚，落日偏傍僧窗明。
岂其[6]马上破贼手，哦诗长作寒螀[7]鸣。兴来买尽市桥酒，大车磊落堆长瓶。
哀丝豪竹[8]助剧饮，如巨野[9]受黄河倾。平时一滴不入口，意气顿使千人惊。
国仇未报壮士老，匣中宝剑夜有声[10]。何当凯还宴将士，三更雪压飞狐城[11]。

(《全宋诗》第 39 册 卷二一五八 24369)

【解题】

长歌行，乃汉乐府曲调名。此诗作于淳熙元年(1174)，当时陆游已五十岁，寓居在成都安福院僧寮。回想前半生，杀敌希望已然落空，诗人内心充满了苦闷，只能借助诗歌抒发胸中的抱负。此诗虽是闲居遣怀，但格调雄放豪逸，悲中带壮，既有不满与牢骚，同时洋溢着积极向上的奋斗精神，很有鼓舞力量。

【注释】

[1]安期生：传说是秦始皇时的仙人。　[2]李西平：唐朝名将李晟因平定叛乱有功，被封为西平郡王。　[3]枭：杀，悬头示众。　[4]旧京：唐德宗兴元元年(784)，李晟从叛将朱泚手中收复了长安城。以朱泚所占据的唐京长安来比喻落入女真统治者之手的宋京开封。　[5]种种：头发短的样子。《左传·昭公三年》："余发如此种种。"杜预注曰："种

种，短也。”［6］岂其：哪里料想到。［7］寒螀（jiāng）：寒蝉。似蝉，体较小。［8］哀丝豪竹：指悲壮的乐声。丝：指弦乐器。竹：指管乐器。唐杜甫《醉为马坠诸公携酒相看》：“酒肉如山又一时，初筵哀丝动豪竹。”［9］巨野：古代大泽名。旧址在今山东巨野县附近，临近黄河。［10］宝剑夜有声：表示壮志难酬的不平之鸣。［11］飞狐城：指飞狐口，在今河北涞源县北。当时为金人所占领。

【选评】

放翁《长歌行》最善，虽未知与李、杜何如，要已突过元、白。集中似此亦不多见。（马星翼《东泉诗话》）

方植之（东树）以此诗为放翁压卷。吴（汝纶）曰：“放翁豪横处自臻绝诣”。（高步瀛《唐宋诗举要》卷三）

陆游的诗，起势雄迈骏伟者很不少，结句有兴会、有意味，而无鼓衰力竭之态者尤其多。但首尾皆工、通体完美的作品在全集中所占的比例也不太大。这首《长歌行》，则是首尾皆工、通体完美的代表作之一，方东树说它是陆游诗的“压卷”（《昭昧詹言》卷十二），确有见地。（霍松林《宋诗鉴赏辞典》）

关山月

和戎[1]诏下十五年，将军不战空临边。朱门沉沉按歌舞[2]，厩马[3]肥死弓断弦。
戍楼刁斗催落月[4]，三十从军今白发。笛里[5]谁知壮士心，沙头[6]空照征人骨。
中原干戈古亦闻，岂有逆胡传子孙[7]。遗民忍死望恢复[8]，几处今宵垂泪痕。

（《全宋诗》第 39 册　卷二一六一　24414）

【解题】

《关山月》，本为汉乐府横吹曲名。隆兴元年（1163）宋军在符离大败之后，孝宗召集廷臣，计议与金国讲和之得失，旋即达成和议。孝宗淳熙四年（1177），距朝廷下诏议和已近十五年，朝廷文恬武嬉，不图恢复，诗人抚事伤时，沉痛悲慨，遂写下此诗以抒己怀。

【注释】

［1］和戎：本指与少数民族和平相处，宋人用以指对金屈膝投降。［2］朱门：指大官僚贵族的住宅。沉沉：形容屋宇重深。［3］厩：马棚。厩马：这里指军马。［4］戍楼：边境上的岗楼。刁斗：军中打更用的铜器。［5］笛里：指笛子吹奏出的曲调。《关山月》本是笛曲。王昌龄《从军行》：“更吹羌笛《关山月》，无那金闺万里愁。”［6］沙头：沙原上。［7］“中原”两句：岂能容忍金人长期占领中原？金自金太祖完颜旻开国，进占中原，到此时已传四世，故云。［8］遗民：指金占领区的中原百姓。望恢复：盼望南宋军队收复故土。

【选评】

全诗每四句写一种状态，通过将军、壮士、遗民的各自表现，形象地描绘出了一幅那个时代不同人物的生活情形和心理状态；与此相应的朱门歌舞、戍楼夜月等背景，展现了正处在南北分裂的中国的当时社会的风貌。这首具有高度概括力和典型性的诗篇可以称作是隆兴协议后十五年间中国历史的形象显现。（范宁、华岩《宋辽金诗选》）

这首乐府诗据题立意，设想巧妙，以关山月为背景，从边界内外三种人的状况反映隆兴和议的严重后果，诗中的境界似乎都笼罩着忧郁的月光。兵士和遗民的心情写得悲切动人，因为陆游把自己的满腔悲愤也都寄托在这里了。（吴熊和《唐宋诗词探胜》）

【拓展与思考】

对照阅读李白、陆游分别创作的同题拟古乐府《关山月》，试比较它们在情调和艺术表现上的异同。

金错刀行

黄金错刀[1]白玉装[2]，夜穿窗扉出光芒。丈夫五十功未立，提刀独立顾八荒[3]。

京华[4]结交尽奇士，意气相期共生死。千年史册耻无名，一片丹心报天子。

尔来从军天汉滨[5]，南山[6]晓雪玉嶙峋。呜呼！楚虽三户能亡秦，岂有堂堂中国空无人[7]？

（《全宋诗》第 39 册 卷二一五七 24337）

【解题】

孝宗乾道八年（1172）正月，陆游应四川宣抚使王炎之聘，自夔州（今重庆奉节）赴陕西汉中任干办公事。任职时间虽然不长，但这一段从军经历初步实现了陆游投身沙场的志向。《金错刀行》即是从军后第二年供职嘉州（今四川乐山）时所作。此诗为七言歌行体，借咏刀以言志，抒发誓死抗金、坚信中国必胜的豪情。

【注释】

[1]金错刀：用黄金装饰的刀。据三国时期吴国谢承《后汉书·冯绲》载："武陵武溪蛮夷作难，诏遣车骑将军冯绲南征，绲表奏应奉，赐金错刀一具。" [2]白玉装：用白玉来装饰刀柄、刀鞘。 [3]八荒：指四面八方边远地区。 [4]京华：京城之美称。因京城是文物、人才汇集之地，故称。这里指南宋京城临安（今杭州市）。 [5]天汉滨：汉川之滨。汉川，即今流沙河，在四川境内。此处用汉水指代长江。 [6]南山：指终南山。 [7]"楚虽"二句：战国末年，楚国为秦国所灭，楚人有谣谚曰："楚虽三户，亡秦必楚。"后来起兵推翻秦王朝的项羽便是楚人。中国：指南宋王朝。

【选评】

“集中十九从军乐,亘古男儿一放翁”。在陆游笔下,从军之乐,就乐在能直接加入抗金的战斗行列,实现自己的志愿。由此,他对自己为期不长的从军生活,也就格外珍惜、格外留恋。这种情感,在他于幕府任职时所写的诗篇,以及后来追忆这段生活的作品中,表现得十分强烈。(徐中玉主编《中国古典文学精品普及读本·唐宋诗》)

开端两句写宝刀之名贵,接下来刻画自我形象。刀与人都写得气魄不凡,二者相映生辉。结句直抒胸臆,发挥古风体句子长短变化的优长,形成奔腾的气势,为全诗添一豪壮的“豹尾”。(陈洪、乔以钢主编《中华诗词900句》)

全诗共十二句,前面十句皆为七言,最后两句用叹词“呜呼”引起,末句则用一气直下的九字反诘句,读起来铿锵有力,波澜起伏。内容上大致分为三个层次:第一层从开头到“提刀独立顾八荒”,从赋咏金错刀入手,引出提刀人渴望杀敌立功的形象。第二层从“京华结交尽奇士”到“一片丹心报天子”,从提刀人推广到“奇士”群体形象,抒发其共同的报国丹心。第三层从“尔来从军天汉滨”到结束,联系眼前从军经历,揭明全诗题旨,表达了“中国”必胜的豪情壮志。“楚虽三户能亡秦,岂有堂堂中国空无人?”此句化用《史记·项羽本纪》中楚南公语“楚虽三户,亡秦必楚”,实际的意思是南宋虽小,但只要大家有心抗敌,必将战胜敌国。难道偌大中国就没有能收复江山的人吗?语气掷地有声,直击人心。这种光鉴日月的爱国精神,是中华民族浩然正气的体现,永远具有鼓舞人心、催人奋起的巨大力量。(李定广评注《中国诗词名篇名句赏析》)

病起书怀二首(其一)

病骨[1]支离[2]纱帽宽,孤臣[3]万里客江干[4]。位卑未敢忘忧国,事定犹须待阖棺[5]。
天地神灵扶庙社[6],京华父老望和銮[7]。出师一表[8]通今古,夜半挑灯[9]更细看。

(《全宋诗》第39册 卷二一六〇 24400)

【解题】

此诗作于宋孝宗淳熙三年(1176)四月,陆游已五十二岁。一年前,范成大由桂林调至成都,任四川制置使,举荐陆游为锦城参议。陆游建议北伐,先取关中,次河北。不久,主和派诋毁陆游“不拘礼法”“狂放”,范成大迫于压力,将他免职。陆游被免官后病了二十多天,病中移居成都城南的浣花村,开辟菜园,躬耕田亩。病愈之后,他仍为国事担忧,但却不受重用。此诗贯穿了诗人忧国忧民的爱国情怀,也表现了历代爱国志士热爱祖国的伟大精神。

【注释】

[1]病骨:指多病瘦损的身躯。 [2]支离:憔悴;衰疲。 [3]孤臣:孤立无助或不受重用的远臣。 [4]江干:江边;江岸。 [5]阖棺:指死亡,诗中意指盖棺论定。 [6]庙社:宗庙和社稷,以喻国家。 [7]和銮:同“和鸾”。古代车上的铃铛。挂在车前横木上称

“和”，挂在轭首或车架上称“銮”。诗中代指君王御驾亲征，收复祖国河山的美好景象。[8]出师一表：指三国时期诸葛亮所作《出师表》。 [9]挑灯：拨动灯火，点灯。亦指在灯下。

【选评】

陆游《病起书怀》七律：“病骨支离纱帽宽，孤臣万里客江干。位卑未敢忘忧国，事定犹须待阖棺。天地神灵扶庙社，京华父老望和銮。《出师》一表通今古，夜半挑灯更细看。”全诗唯第三句屡为当代所称引。“海燕飞时独倚楼”亦频为后人集句所用，乃戴叔伦《寄司空曙》句，其上句为“林花落处频中酒”。（王翼奇著《绿痕庐诗话·绿痕庐吟稿》）

作品通篇贯穿了诗人忧国忧民的爱国情怀，表现了中华子民热爱祖国的伟大精神，揭示了人民与国家的血肉关系。“位卑未敢忘忧国”这一传世警句，是诗人内心的真实写照，也是历代爱国志士爱国之心的真实写照，这也是它能历尽沧桑，历久常新的原因所在。（周海霞编《夜阑卧听风吹雨》）

首联点出了“病起之意”。按说病中对人生应有深刻感悟，但颔联“位卑未敢忘忧国，事定犹须待阖棺”，表明其“亦余心之所善兮，虽九死其犹悔”的执着精神。“位卑未敢忘忧国”一句，是中国读书人现实人文关怀的写照，千百年来乐为人们吟咏。梁启超诗咏放翁云：“叹老嗟卑却未曾，转因贫病气崚嶒。英雄学道当如此，笑尔儒冠怨杜陵。”（《读陆放翁集》四首之三）梁氏之评，可谓精当。陆游不是一个轻易可以打倒的硬汉子，他向来坚信生前的毁誉并不可靠，诗中的“事定犹须待阖棺”及它诗中“盖棺论定犹未已”“书生事业期千载，得丧从来未易评”诸句，都表明了其坚不可摧的韧性战斗精神。颈联两句期待国家中兴，收复中原。尾联借诸葛亮及其《出师表》，表达了“书怀”的真正用心。陆诗“兴会飙举，词气蹈厉，使人读之，发扬矜奋，起萎兴痹”（姚范《援鹑堂笔记》）呈世人以不同凡响的崭新面目。千秋万代，只要有中国人的地方就将永远传唱不歇。（王新龙编著《陆游文集》）

书 愤

早岁那知世事艰[1]，中原北望气如山[2]。楼船夜雪瓜洲渡[3]，铁马秋风大散关[4]。
塞上长城空自许[5]，镜中衰鬓已先斑。出师一表真名世[6]，千载谁堪伯仲[7]间。

（《全宋诗》第39册 卷二一七 24637）

【解题】

此诗是宋孝宗淳熙十三年(1186)春陆游居山阴时所作。诗中追述壮岁心情，自伤迟暮，致慨于世事多艰，小人误国，恢复中原的时机，一去而不可复得。陆游诗作中多次提到诸葛亮的《出师表》，按《出师表》中有“兴复汉室，还于旧都”之语，正道出了陆游生平的心事，故常引以言志。

【注释】

[1]世事艰：意指恢复中原之事，不断受到投降派的阻挠、破坏。 [2]“中原”句：谓北

望中原，收复失地的壮心豪气，有如山涌。 [3]“楼船”句：宋高宗绍兴三十一年(1161)十一月，金主完颜亮南侵，宋将刘锜、虞允文等在瓜洲、采石一带拒守，结果，完颜亮为部下所杀，金兵溃退。《剑南诗稿》卷十《过采石有感》：“快心初见万楼船”可相参证。楼船：指铁舰。汉武帝时，曾于昆明池中治楼船高十余丈，以习水战(见《史记·平准书》)。瓜洲：即瓜洲镇，在今江苏邗江县长江滨，与镇江斜相对峙，是江防要地。 [4]“铁马”句：陆游自叙宋孝宗乾道八年(1172)在南郑参加王炎军幕事。王炎与陆游积极筹划进兵长安，曾强渡渭水，与金兵在两国西边交界地带大散关(今陕西宝鸡西南)发生遭遇战。这年九月，王炎被调回临安，反攻计划，未能实现。铁马：披着铁甲的战马。而这里的“铁马秋风”，既写军容壮盛，也兼有失去恢复良机的感慨。 [5]“塞上”句：指少时以捍卫国家，扬威边地的名将自许，最终这种志愿落了空。南朝时刘宋名将檀道济，曾自称为“万里长城”(见《南史·檀道济》)。这里的“塞上”长城，隐用其意。 [6]“出师”句：赞叹诸葛亮坚持北伐，用以表明自己恢复中原的志愿。蜀汉后主建兴五年(227)三月，诸葛亮率大军由汉中北伐曹魏，上《出师表》。 [7]伯仲：原指兄弟间长幼的次序，引申为衡量人物差等之词。伯仲间，意指可以相提并论。杜甫《咏怀古迹》第五首咏诸葛亮，有“伯仲之间见伊吕”语，此翻用其意，是说无人可与诸葛亮相比。

【选评】

此种诗是放翁不可磨处，集中有此，如屋有柱，如人有骨。如全集皆“石砚不容留宿墨，瓦瓶随意插新花”句，则放翁不足重矣。何选放翁诗者，所取乃在彼也？(纪昀《瀛奎律髓汇评》卷三十二)

志在立功，而有才不遇，奄忽就衰，故思之而有愤也，妙在三四句兼写景象，声色动人，否则近于枯竭。(房东树《昭昧詹言》卷二十)

《书愤》是陆游的七律名篇之一，全诗感情沉郁，气韵浑厚，显然得力于杜甫。中两联属对工稳，尤以颔联“楼船”“铁马”两句，雄放豪迈，为人们广泛传诵。这样的诗句出自他亲身的经历，饱含着他的政治生活感受，是那些逞才摛藻的作品所无法比拟的。(何满子《宋诗鉴赏辞典》)

【拓展与思考】

在谈到陆游诗的成就时，论者往往以其集李、杜之大成来概括之。请结合《书愤》等相关具体诗歌，谈一谈你对陆游诗中抒情特色的认识。

冬夜读书示子聿八首(其三)

古人学问[1]无遗力[2]，少壮[3]工夫[4]老始成。纸上得来终觉浅，绝知[5]此事要躬行[6]。

(《全宋诗》第40册 卷二一九五 25063)

【解题】

此诗是陆游在宋宁宗庆元五年(1199)于山阴写给二十一岁小儿子陆聿的教子诗系列组诗的第三首,本篇通过诗人对儿子的教育,揭示出学习知识要有孜孜不倦、持之以恒的精神。而且还强调了"躬耕"的重要性,激励读书人不要片面满足于书本知识,更应在实践中夯实基础和进一步获得升华。

【注释】

[1]学问:指读书学习,就是学习的意思。　[2]无遗力:用出全部力量,没有一点保留,不遗余力、竭尽全力。遗:存留。　[3]少壮:年轻力壮或年轻力壮的人。汉武帝《秋风辞》诗:"箫鼓鸣兮发棹歌,欢乐极兮哀情多,少壮几时兮奈老何。"　[4]工夫:做事所费的精力和时间。杜荀鹤《秋日闲居寄先达》诗:"到头身事欲何为,窗下工夫鬓上知。"　[5]绝知:深入、透彻地理解。　[6]躬行:亲身实践。行:实践。

【选评】

这是一首典型的议论说理诗,是陆游传授给儿子的读书心得。心得主要有三层意思:一是做学问应该拼尽全力;二是做学问是一个长期的过程,需要时间;三是理论知识和实践结合起来才能深入透彻,要重视实践。(方笑一《中华经典诗词2000首》)

在一个冬夜,诗人谆谆告诫他的儿子,怎么求得真知学问。诗人主要强调两点:一是要像古人一样专心致志,坚韧不拔,不遗余力,免得"少壮不努力,老大徒伤悲";二是不能仅仅局限于书本,要走出书斋,行万里路,到实践中求得真知实学。这首小诗语言浅白,但含义深刻,千百年来成为人们餐桌案头教子的格言警句之一。(骆玉明、刘强《宋代诗词选》)

游山西村

莫笑农家腊酒浑[1],丰年留客足鸡豚。山重水复疑无路,柳暗花明[2]又一村。
箫鼓追随春社近[3],衣冠简朴古风存。从今若许闲乘月[4],拄杖无时[5]夜叩门。

(《全宋诗》第39册 卷二一五四 24272)

【解题】

宋孝宗乾道二年(1166),陆游自隆兴(治所在今江西南昌)通判罢官归故乡,居山阴镜湖之三山村。本篇大抵是第二年春天所作。诗写山中景物,社日风光,充满着浓厚的生活气息,流露出作者热爱农村的情感。

【注释】

[1]腊酒浑:上年腊月所酿的酒,称为腊酒。浑:浑浊。酒以清者为贵。　[2]柳暗花明:柳色深绿,故曰暗;花光红艳,故曰明。李商隐《夕阳楼》诗:"花明柳暗绕天愁。"

[3]“箫鼓”句：意谓将近社日，村里忙着迎神赛会，村民在迎神的箫鼓中阵来阵往。古以立春节后第五个戊日为春社日，祭祀社公(土地神)以祈丰年。　[4]闲乘月：趁着月明之夜来闲游。　[5]无时：无定时，即随时。

【选评】

有如弹丸脱手，不独善写难状之景。(弘历《唐宋诗醇》卷四十三)

以游春情事作起，徐言境地之幽，风俗之美，愿为频来之约。(方东树《昭昧詹言》卷二十)

这种景象(次联)前人也描摹过，例如王维《蓝田山石门精舍》“遥爱云木秀，初疑路不同；安知清流转，忽与前山通”；柳宗元《袁家渴记》“舟行若穷，忽又无际”；卢纶《送吉中孚校书归楚州》“暗入无路山，心知有花处”；耿湋《仙山行》：“花落寻无径，鸡鸣觉近村”；周晖《清波杂志》卷中载强彦文诗，“远山初见疑无路，曲径徐行渐有村”；还有前面选的王安石《江上》“青山缭绕疑无路，忽见千帆隐映来”。不过要到陆游这一联才把它写得“题无賸义”。(钱钟书《宋诗选注》)

临安春雨初霁

世味[1]年来薄似纱，谁令骑马客京华？小楼一夜听春雨，深巷明朝卖杏花[2]。
矮纸斜行闲作草，晴窗细乳戏分茶[3]。素衣莫起风尘叹，犹及清明可到家[4]。

(《全宋诗》第39册 卷二一七〇 24638)

【解题】

宋孝宗淳熙十三年(1186)春，陆游奉命权知严州(治所在今浙江省建德市)事，由山阴被召入京，本诗即在临安时所作。诗写客中春感，有厌倦风尘之意。时陆游已六十二岁。他长期浮沉宦海，壮志未酬，情怀郁抑，于诗中隐约可见。

【注释】

[1]世味：人世滋味，社会人情。　[2]“小楼”二句：陈与义《怀天经智老因访之》诗：“杏花消息雨声中。”此处化用其意。　[3]“矮纸”二句：写春雨初晴，闲居无事，以写字、分茶作为消遣。矮纸：即短纸。草：草体字。细乳：沏茶时水面泛起的白色泡沫。分茶：犹言品茶。分：鉴别的意思。　[4]“素衣”二句：陆机《为顾彦先赠妇》诗“京洛多风尘，素衣化为缁”。此处化用其意。陆游于这年三月由临安返山阴，七月，始赴严州任。

【选评】

颔联团转，脱口而出，一涉凑泊，失此语妙。(弘历《唐宋诗醇》卷四十七)

陆游除爱国诗歌外，还以善于细腻地描写日常生活中的景物和情趣著称。这首诗中的“小楼”一联，向为名句，典型地表现了江南二月的都市之春。小楼听雨，是一诗境；春雨如丝，杏花繁丽，是一诗境；深巷卖花，又是一诗境。从今夜的雨声到明朝的卖花声，正写出杏花春雨之间的“消息”，写得形象生动，富于韵味。清舒位《书剑南诗集后》“小楼深巷卖花声，七字春愁隔夜生”，指出诗的背后还暗寓对春事的关怀和惜花伤春之念。这一联不着意于对偶，十四字一气贯注，自然圆转，常受人称道。……“闲”字、“戏”字，都言外寄慨。（吴熊和《唐宋诗词探胜》）

三四两句为传诵名句，五六嫌凑泊，七八亦觉生吞，且小楼、深巷明明是写京华风物之可爱，瞿佑《归田诗话》卷中以“小楼”一联与陈与义《怀天经智老因访之》的“客子光阴诗卷里，杏花消息雨声中”并称佳句，可惜和全篇不相称，所以有人说陆游可能是先得好句，后足成之。这亦恐怕不止陆游一个人。纪昀在《瀛奎律髓》卷十七中则连这一联都觉得，“格调殊卑，人以谐俗而诵之”，不为无见。对前人诗的鉴赏，只要有主见而又有道理，那亦不妨“立异名高”。（金性尧《宋诗三百首》）

【拓展与思考】

陆游的《临安春雨初霁》以其对文人日常生活细致生动的描写，成为宋诗中文人诗的名篇。但若联系诗之本意，仅仅将其作为日常生活情景的吟咏来读多少有违诗人心曲。试结合陆游的身世遭际分析本诗所彰显的情感内蕴。

沈　园

其一

城上斜阳画角[1]哀，沈园非复旧池台。伤心桥下春波绿，曾是惊鸿照影来[2]。

（《全宋诗》第 40 册 卷二一九一 25012）

【解题】

陆游原配妻子唐琬，因姑媳不和，被迫离婚改嫁。各自婚娶之后，陆游与唐琬在沈园曾偶然相遇。沈园，故址在今绍兴禹迹寺南。《剑南诗稿》卷二十五称为“沈氏小园”。本诗是宋宁宗庆元五年(1199)春陆游在山阴时重经旧地，感伤往事之作。

【注释】

[1]画角：古管乐器，传自西羌。形如竹筒，本细末大。因表面有彩绘，故称。发声哀厉高亢，古时军中多用以警昏晓，振士气，肃军容。帝王出巡，亦用以报警戒严。南朝梁简文帝《折杨柳》诗：“城高短箫发，林空画角悲。” [2]“曾是”句：指沈园相会事，意谓唐琬曾到过沈园的水边。惊鸿：比喻美人体态轻盈。《文选》曹植《洛神赋》：“翩若惊鸿。”李善注：“翩翩然若鸿雁之惊。”

其二

梦断香消四十年[1]，沈园柳老不吹绵[2]。此身行作稽山土[3]，犹吊遗踪一泫然[4]。

（《全宋诗》第 40 册 卷二一九一 25012）

【注释】

[1]“梦断”句：在沈园相见后不久，唐琬即郁郁而死，故云梦断香消。当初相见时为宋高宗绍兴二十五年(1155)，下距作诗时四十四年，这里说“四十年”是举其成数。 [2]不吹绵：不飞絮。绵：柳絮。 [3]“此身”句：意谓自己即将老死。埋骨稽山之下。这时陆游年已七十五岁，故云。稽山：会稽山，在今浙江省绍兴市东南。 [4]泫然：流泪的样子。

【选评】

陆务观初娶唐氏，闳之女也，于其母夫人为姑侄；伉俪相得而弗获其姑。既出而未忍绝之，则为别馆，时时往焉。姑知而掩之，虽先知挈去，然事不得隐，竟绝之。亦人伦之变也。唐后改适同郡宗子(赵)士程。尝以春日出游，相遇于禹迹寺南之沈氏园，唐以语赵，遣致酒肴，翁怅然久之，而赋《钗头凤》一词，题园壁间云：“红酥手，黄藤酒，满城春色宫墙柳。东风恶，欢情薄，一怀愁绪，几年离索。错！错！错！春如旧，人空瘦，泪痕红浥鲛绡透。桃花落，闲池阁，山盟虽在，锦书难托。莫！莫！莫！”实绍兴乙亥岁也。翁居鉴湖之三山，晚岁入城，必登寺眺望，不能胜情，尝赋二绝云：“梦断香销四十年。”又云：“城上斜阳画角哀。”盖庆元己未岁也。未久，唐氏死。至绍熙壬子岁，复有诗。序云：“禹迹寺南有沈氏小园，四十年前，尝题小阕壁间；偶复一到，而小园已三易主，读之怅然。”诗云“枫叶初丹槲叶黄，河阳愁鬓怯新霜。林亭感旧空回首，泉路凭谁说断肠？坏壁辞题尘漠漠，断云幽梦事茫茫。年来妄念消除尽，回向蒲(《诗稿》作‘禅’)龛一炷香。”又至开禧乙丑岁暮，夜梦游沈氏园，又两绝句云：“路近城南已怕行，沈家园里更伤情。香穿客袖梅花在，绿蘸寺桥春水生。”“城南小陌又逢春，只见梅花不见人。玉骨久成泉下土，墨痕犹锁壁间尘。”沈园后属许氏，又为汪之道宅。(周密《齐东野语》卷一)

陆放翁前室改适赵某事，载《后村诗话》及《齐东野语》，殆好事者因其诗词而附会之。《野语》所叙岁月，先后尤多参错。且玩诗词中语意，陆或别有所属，未必曾为伉俪者，正如“玉阶蟋蟀闹清夜四句”本七律，明载《剑南集》，而《随隐漫录》剪去前四句，以为驿卒女题壁，放翁见之，遂纳为妾云云，皆不足信。(吴骞《拜经楼诗话》卷三)

无此绝等伤心事，亦无此绝等伤心之诗。就百年论，谁愿有此事？就千秋论，不可无此诗。(陈衍《宋诗精华录》卷三)

这两篇诗写的是作者自己的家庭悲剧。在封建社会的伦理观点支配之下，父母对于子女具有绝对权威。因此，像陆游、唐琬这类的悲剧就经常发生。诗人在这里对自己的悲剧产生的原因没有作出任何指责，他只是倾诉了一辈子也排遣不了的哀伤，也就使读者透过他的哀伤，看出了封建社会的黑暗面。(程千帆《古诗今选》)

【拓展与思考】

刘熙载在《艺概》中评论陆游诗作如是道：“放翁诗明白如话，然浅中有深，平中有奇，故足令人咀味。”请结合《沈园二首》与其他沈园诗，对此观点作具体分析。

秋夜将晓出篱门迎凉有感(其二)

三万里河东入海,五千仞岳上摩天。遗民[2]泪尽胡尘[3]里,南望王师[4]又一年。

(《全宋诗》第39册 卷二一七八 24780)

【解题】

此诗作于宋光宗绍熙三年(1192)秋天,中原沦陷金人之手已长达六十多年。陆游时居山阴,虽值初秋,暑威仍厉,使人难以安睡。将晓之际,他步出篱门,心头怅然,成此爱国主义诗篇。本篇原作两首,今选录其二。

【注释】

[1]"三万里"两句:写中原地区河山的雄伟,痛心其长期沦敌。河:指黄河。岳:指东岳泰山、西岳华山。三万里、五千仞:极言其长和高。 [2]遗民:指在金占领区生活的汉族人民,却认同南宋王朝统治的人民。 [3]胡尘:指金人入侵中原,也指胡人骑兵的铁蹄践踏扬起的尘土和金朝的暴政。 [4]王师:指宋朝的军队。

赵师秀

赵师秀(1170—1219),字紫芝,号灵秀,永嘉(今浙江温州)人。绍熙元年(1190)进士。曾任高安推官。诗以清苦为主,与徐照、翁卷、徐玑并称"永嘉四灵"。曾选辑唐人诗歌成《众妙集》一卷。有《清苑斋集》。

约　客

黄梅时节家家雨,青草池塘处处蛙[1]。有约不来过夜半,闲敲棋子落灯花[2]。

(《全宋诗》第54册 卷二八四一 33858)

【解题】

诗题一作《有约》、一作《绝句》,诗中描述了诗人在一个风雨交加的夏夜独自期客的情景,表达了诗人内心含而不露的寂寞之情。情景交融,清新隽永,耐人寻味。

【注释】

[1]"黄梅"二句:黄梅时节,春末夏初梅子黄熟季节。家家雨:言雨水之多。此二句的

意境和用法从吕本中《春晚郊居》:“低迷帘幕家家雨,淡荡园林处处花。”和黄庭坚《病起次韵和稚川进叔倡酬之什》:“池塘夜雨听蛙鸣。”脱胎而来。 [2]“闲敲”句:化用岑参《与独孤渐道别长句兼呈严八侍御》:“弹棋夜半灯花落。”

【选评】

意虽腐而语新。(魏庆之《诗人玉屑》卷十九引《柳溪诗话》语)

陈与义《夜雨》:“棋局可观浮世理,灯花应为好诗开。”就见得扭扯做作,没有这样干净完整。(钱钟书《宋诗选注》)

这是一篇把期待的心情描写得细致入微的小诗。屋外雨声、蛙声的喧闹与屋内的静寂形成强烈的对照。(程千帆《古诗今选》)

写扫兴之余的一种补偿,未始无乐趣,故而使作者能独自消磨半宵,末句以“落灯花”作结,尤觉圆而不琢。(金性尧《宋诗三百首》)

文天祥

文天祥(1236—1283),字宋瑞,一字履善,号文山,吉州庐陵(今江西吉安)人。宋理宗宝祐四年(1256)进士第一。历任湖南提刑、知赣州。宋恭帝德祐元年(1275),元兵东下,奉诏起兵万人勤王。次年任右丞相,出使元军被拘,后脱险南归。至福建募集将士,重新部署军事,进兵江西,恢复州县多处。终为元兵所败,被俘至大都(今北京),誓死不屈,从容就义。他自奉使被拘以后所作,多与时事密切结合,不屑于字句声调之工,直抒胸臆,表现出坚贞的民族气节和昂扬的斗争意志,慷慨悲壮,感人至深。吴之振《文山诗钞序》曰:“自《指南录》以后,与初集格力相去殊远,志益愤而气益壮,诗不琢而日工,此风雅正教也。”有《文山先生全集》。

扬子江

几日随风北海[1]游,回从[2]扬子大江头。臣心一片磁针石,不指南方[3]不肯休。

(《全宋诗》第68册 卷三五九七 43020)

【解题】

文天祥知赣州时以家产充军资,起兵勤王,入卫临安,不久任右丞相,赴元军谈判,被拘押北行。后脱险南归,率兵抗击元军。景炎元年(1276),文天祥历北海经长江口南下之时,《作扬子江》一诗述志。扬子江是长江别称,江苏省扬州、镇江附近及以下江段,因古有扬子津渡口,得名扬子江。

【注释】

[1]北海：长江以北的海域，这里指北方。 [2]回从：回到。 [3]南方：指南宋王朝。

【选评】

在《指南录》《吟啸集》里，大多是直书胸臆，不讲究修辞，然而有极沉痛的好作品。（钱钟书《宋诗选注》）

文天祥曾自编诗集，以出使元营，被扣押北行，中途脱险，流离颠沛到福州南宋朝廷为顺序，取名《指南录》。本诗即为点题之作。其《指南录后序》曰："不得已，变姓名，诡踪迹，草行露宿，日与北骑相出没于长淮间。穷饿无聊，追购又急，天高地迥，号呼靡及。已而得舟，避渚洲，出北海，然后渡扬子江，入苏州洋，辗转四明、天台，以至于永嘉。"记载了艰苦的经历，而在这一过程中，他对祖国的爱正像指南针一样，从未改变。（徐兴无《宋诗精华》）

过零丁洋

辛苦遭逢起一经[1]，干戈落落四周星[2]。山河破碎风抛絮，身世飘摇雨打萍[3]。
皇恐滩[4]头说皇恐，零丁洋里叹零丁[5]。人生自古谁无死，留取丹心照汗青[6]。

（《全宋诗》第68册 卷三五九八 43025）

【解题】

此诗作于祥兴二年(1279)，时文天祥已兵败被俘。元军都元帅张弘范攻厓山(今广东新会南大海中，南宋最后据点)，文天祥被押解同行，写下这首诗，决心以死殉国。张弘范一再写文招降坚守厓山的张世杰，文天祥即以此诗示张弘范。张见文天祥辞义坚决，始不再逼。零丁洋，在今广东中山南。

【注释】

[1]遭逢：遭遇到朝廷选拔。起一经：由精通经书而起家。宝祐四年文天祥中明经第一，后官至丞相。 [2]"干戈"句：德祐元年，文天祥起兵抗元；祥兴元年，不幸被俘。这四年中，战斗频繁激烈，故说干戈落落。落落：一作"寥落"。多貌。四周星：四年。 [3]"山河"二句：言国家的局势已难以挽救，自己也历尽了艰难困苦。 [4]皇恐滩：在今江西万安，急流险恶，赣江十八滩中最险峻的一个。皇恐：一作"惶恐"。景炎二年(1277)，文天祥在江西空阬兵败，经皇恐滩退往福建。此句表示当时对艰难的时局感到惶惑忧惧。[5]零丁：孤独、孤苦。此句自叹身陷敌中，孤掌难鸣，漂浮在零丁洋时，不禁深感孤苦伶仃。 [6]汗青：史册。古代记事用竹简，制竹简时，须用火烤去竹汗(水分)，故称汗青。

【选评】

由于结尾高妙，致使全篇由悲而壮，由郁而扬，形成一曲千古不朽的壮歌。（苏者聪

《宋诗鉴赏辞典》)

五、六两句是惶恐滩、零丁洋本身是巧对，惶恐、零丁又语意双关，既表明当地形势之险恶，又说明作者境况之危苦……两句正好概括了他的起兵始末和忠愤之心，并不是因地名而随意敷衍的。最后两句，直抒胸臆，生无所愧，死无所恋，光明磊落，闪亮着忠贞为国的一片丹心。(吴熊和《唐宋诗词探胜》)

这首诗妙在用惶恐滩和零丁洋的地名来表明自己的心境。在这方面亦曾有典据。如苏轼有《八月七日初入赣，过惶恐滩》"山忆喜欢劳远梦，地名惶恐泣孤臣"之句。"喜欢"指蜀道的"错喜欢铺"，此地山道平坦，行者因产生错觉而喜，故名。这是巧用地名的例子。(前野直彬、石川中久《中国古诗名篇鉴赏辞典》)

金陵驿

草合离宫[1]转夕晖，孤云[2]漂泊复何依？山河风景元无异，城郭人民半已非[3]。
满地芦花和我老，旧家燕子傍谁飞[4]？从今别却江南日，化作啼鹃带血归[5]。

(《全宋诗》第68册 卷三五九八 43033)

【解题】

此诗是祥兴二年(1279)文天祥被押解北上途经金陵(今江苏南京)时所作，此时南宋已经灭亡。诗写国破家亡之痛，英雄末路，志在必死，情感沉挚，风格悲凉。

【注释】

[1]草合：长满了草。离宫：行宫，皇帝的临时住所。　[2]孤云：作者自比。　[3]"山河"二句："风景不殊，正自有山河之异"是东晋初周顗的话，"山河之异"是指沦陷了的北方与南方不同，诗人在此是说南北都已沦陷，再无任何区别了。元：同"原"。《搜神后记》载，汉曲阿太霄观道士丁令威学道于灵虚山，后化鹤归辽，从空中下望，说道："有鸟有鸟丁令威，去家千年今始归，城郭如故人民非。"这二句意指山河无异，而人民已成了元朝的臣民。　[4]"旧家"句：化用刘禹锡《乌衣巷》诗"旧时王谢堂前燕，飞入寻常百姓家"。　[5]带血归：古人有杜鹃啼血之说，故云。

【选评】

诗中将自己的切身体验以及前朝和本朝在这座名城中所发生的兴亡事件及前人的咏叹，交织在一起，写得极其沉挚。(程千帆《古诗今选》)

这首诗同《过零丁洋》一诗的结句都是写以死殉国的耿耿此心。前诗刚烈，气贯长虹；此诗柔婉，回肠千折，风格上有所不同。但同样是矢志不移，语气决绝，可谓柔中有刚，其沉挚感人之处并不弱于前诗。(吴熊和《唐宋诗词探胜》)

诗的首联，出句以赵构南渡之初在金陵草创的"草舍离宫"已转入夕阳残照之中，暗喻南宋小朝廷的沦亡。对句自比亡国孤臣，无所依傍。颔联以山河对照现实，慨叹眼前风景依旧，而江南残破，人事已非，加重国家败亡的凄凉景象。颈联用岁月易逝、壮志难酬，自比王谢旧燕，如今将傍谁而飞，发出浩叹。末联凛然自誓，决心与“东南四百八十州”的土地和人民诀别，此行必将以死报国，死后一定化作带血的杜鹃回到江南来。这一句惊天动地，何等有力。（孙多吉《中国诗歌史》）

宋代散文

王禹偁

待漏院记

天道不言，而品物亨[1]、岁功[2]成者，何谓也？四时之吏[3]，五行之佐[4]，宣其气[5]矣。圣人不言，而百姓亲、万邦宁者，何谓也？三公论道[6]，六卿[7]分职，张其教矣。是知君逸于上，臣劳于下，法乎天也。古之善相天下者[8]，自咎、夔至房、魏[9]，可数也。是不独有其德，亦皆务于勤[10]尔。况夙兴夜寐，以事一人[11]，卿大夫犹然，况宰相乎！

朝廷自国初因旧制，设宰臣待漏院于丹凤门之右[12]，示勤政也。至若北阙[13]向曙，东方未明，相君[14]启行，煌煌火城[15]。相君至止，哕哕[16]銮声。金门[17]未辟，玉漏犹滴[18]。彻盖[19]下车，于焉以息。

待漏之际，相君其有思乎？其或兆民未安，思所泰[20]之；四夷未附，思所来之；兵革未息，何以弭[21]之；田畴多芜，何以辟之；贤人在野，我将进之；佞臣立朝，我将斥之；六气不和[22]，灾眚荐至[23]，愿避位以禳[24]之；五刑未措[25]，欺诈日生，请修德以厘[26]之。忧心忡忡[27]，待旦而入。九门既启，四聪[28]甚迩。相君言焉，时君纳焉。皇风于是乎清夷[29]，苍生以之而富庶。若然，总百官[30]，食万钱[31]，非幸也，宜也。

其或私仇未复，思所逐之；旧恩未报，思所荣之；子女玉帛，何以致之；车马器玩，何以取之；奸人附势，我将陟[32]之；直士抗言，我将黜[33]之；三时[34]告灾，上有忧色，构巧词以悦之；群吏弄法，君闻怨言，进谄容以媚之。私心慆慆[35]，假寐而坐。九门既开，重瞳[36]屡回。相君言焉，时君惑焉。政柄于是乎隳[37]哉，帝位以之而危矣！若然，则死下狱，投远方，非不幸也，亦宜也。

是知一国之政，万人之命，悬[38]于宰相，可不慎欤！复有无毁无誉，旅进旅退[39]，窃位而苟禄[40]，备员[41]而全身者，亦无所取焉！

棘寺[42]小吏王某为文，请志院壁，用规[43]于执政者。

（《小畜集》，四部丛刊影印本）

【解题】

待漏院：古代百官早晨在殿廷外等待朝见皇帝时休息的地方。漏，古代的计时器。文章以宰相待漏之时的不同思想状态，采用正反对比手法，规谏"执政者"应当勤政安民，刚正不阿，胸怀"国之大者"，而不应因私废公，庸碌无为，甚至败乱朝纲。文章义正词严，文体骈、散相间，褒贬之意非常鲜明，反映了作者对现实政治的忧虑、批判与幻想。

【注释】

[1]品物：众物，万物。亨：通达，这里有顺利生长的意思。 [2]岁功：一年农事的收获。 [3]四时之吏：指司四时之神，即春神句芒，夏神祝融，秋神蓐收，冬神玄冥。因其助天为治，故曰吏。 [4]五行之佐：指掌管金、木、火、水、土五行之神。因其助天为治，故曰佐。 [5]宣其气：谓宣导阴阳四时之气，发挥其化育万物的作用。 [6]三公：指朝廷主持大计的最高长官。论道：论议治国的大道。 [7]六卿：指朝廷各部主管的长官。 [8]相(xiàng)天下者：辅佐皇帝治理天下的大臣。 [9]咎(皋)、夔：皋陶(yáo)、后夔，帝舜的贤臣。房、魏：指房玄龄、魏征，唐太宗时的贤臣。 [10]务于勤：指勤于职守。 [11]一人：指皇帝。 [12]"朝廷"二句：待漏院的设置始于唐朝。因旧制：谓遵循唐朝的旧制。宰臣：宰相，执政的大臣。丹凤门：汴京皇城的南门，原名明德，宋太宗太平兴国三年改名丹凤。 [13]北阙：古代宫殿北面的门楼。 [14]相君：对宰相的敬称。 [15]火城：朝会时的火炬仪仗。李肇《国史补下》："每元日、冬至立仗，大官皆备珂伞，列烛有至五六百炬者，谓之火城。" [16]哕哕(huì)：象声词，徐缓而有节奏的响声。 [17]金门：又称金马门，汉代官署门旁有铜马，故名。借指宋朝的宫门。 [18]玉漏犹滴：漏壶里的水还没有滴完，谓天还没有亮。 [19]彻：通"撤"，除去。盖：车盖。 [20]泰：安。 [21]弭：停止，消除。 [22]六气不和：犹言天时不正。六气：指阴、阳、风、雨、晦、明六种自然现象。 [23]灾眚(shěng)荐至：灾祸重叠而来。眚：灾祸。荐：副词，表示频度，相当于一再、频频。 [24]禳(ráng)：除邪消灾的祭祀。 [25]五刑未措：各种刑罚还不能废置不用。 [26]厘：治理。 [27]忡忡：忧虑不安的样子。 [28]四聪：《尚书·虞书·舜典》"明四目，达四聪"。孔颖达疏："达四方之聪，使为己远听四方也。明四方之目，使为己远视四方也。" [29]皇风：朝廷的政治风气。清夷：清平。 [30]总百官：宰相为百官之长，故云。 [31]食万钱：谓俸禄优厚。 [32]陟：进用，提升。 [33]黜：贬斥，降职。 [34]三时：春、夏、秋三个农忙季节。 [35]惛惛：纷乱的样子。 [36]重瞳：相传舜的眼睛有两个瞳子。后世就常以"重瞳"指天子。 [37]隳：毁坏，堕落。 [38]悬：系连，关联。 [39]旅进旅退：此处用作贬义，指随班进退，无所建议。 [40]苟禄：无功受禄。 [41]备员：凑数，充数。 [42]棘寺：大理寺(古代掌管刑狱的最高机关)的别称。 [43]规：劝诫。

【选评】

句句见待漏意。是时五代气习未除，未免稍俳，然词严气正，可以想见其人，亦自得体。（楼昉《崇古文诀》卷一六）

王元之《待漏院记》，文殊不典。人所以喜之者，特取其规讽之意耳。（王若虚《滹南遗老集》卷三七）

细玩词意，似过于平正无波。但名为记，却语语是箴，故自言规于执政，其体制不得不如此耳。（林云铭《古文析义》卷一四）

将千古贤相、奸相心事，曲曲描出。辞气严正，可法，可鉴。尤妙在先借"勤"字立说，后将"慎"字作收。盖为相者，一出于勤慎，则所思自有善而无恶。末又说出一种苟禄全身之庸相，其害正与奸相等，尤足以为后世戒。虽名为记，极似箴体。（吴楚材、吴调侯《古文观止》卷九）

通篇出力，只写一"勤"字。"勤"字下得好，正与"待漏""待"字恰恰相当。相君有思，亦是待漏时所必有之想。写得森严可畏，有体有裁，宜与温公《谏院题名记》并重。（过珙《详订古文评注全集》卷八）

黄州新建小竹楼记

黄冈之地多竹，大者如椽[1]，竹工破之，刳[2]去其节，用代陶瓦，比屋[3]皆然，以其价廉而工省也。

子城西北隅[4]，雉堞圮毁[5]，蓁莽[6]荒秽，因作小楼二间，与月波楼[7]通。远吞山光，平挹江濑[8]，幽阒辽敻[9]，不可具状。夏宜急雨，有瀑布声；冬宜密雪，有碎玉声；宜鼓琴，琴调和畅；宜咏诗，诗韵清绝；宜围棋，子声丁丁然；宜投壶[10]，矢声铮铮然。皆竹楼之所助也。

公退之暇[11]，被鹤氅[12]衣，戴华阳巾[13]，手执《周易》一卷，焚香默坐，消遣世虑。江山之外，第[14]见风帆沙鸟，烟云竹树而已。待其酒力醒，茶烟歇，送夕阳，迎素月，亦谪居之胜概[15]也。

彼齐云、落星[16]，高则高矣；井幹、丽谯[17]，华则华矣。止于贮妓女、藏歌舞，非骚人[18]之事，吾所不取。

吾闻竹工云："竹之为瓦，仅十稔[19]。若重覆之，得二十稔。"噫！吾以至道乙未岁[20]，自翰林出滁上[21]，丙申，移广陵[22]；丁酉，又入西掖[23]，戊戌岁除日，有齐安之命[24]，己亥[25]闰三月，到郡。四年之间，奔走不暇，未知明年又在何处，岂惧竹楼之易朽乎？后之人与我同志，嗣而葺之[26]，庶[27]斯楼之不朽也。

咸平二年八月十五日记。

（《小畜集》，四部丛刊影印本）

【解题】

《黄州新建小竹楼记》是王禹偁被贬为黄州刺史时所作的一篇散文。文章通过描绘竹楼的特点和作者寓居竹楼所领略到的独特风光和雅趣，通篇有“消遣世虑”之意，却又含蓄表达了作者在官场浮沉，对贬谪生涯怅惘落寞、茫然无奈而又不失本性的复杂感慨。文章骈散结合，文字清丽，寄慨深远。不仅结构严谨，构思巧妙，层次分明，多用排比，而且寓情于景，轻快自然。

【注释】

[1]椽：房椽，架在檩上承受屋瓦的条形木料。 [2]刳：削剔，挖空。 [3]比屋：挨着的屋子，即家家户户。比：紧挨，靠近。 [4]子城：附属于大城的小城。隅：角落。 [5]雉堞：指城墙。圮毁：倒塌毁坏。 [6]蓁莽：丛生的草木。 [7]月波楼：楼名，在黄冈城西北，也是王禹偁所修。 [8]挹：汲取。濑：从沙滩上流过的水。 [9]幽阒：寂静。辽敻：遥远。 [10]投壶：古代一种游戏，用箭状的筹棒去投长颈形的壶，按投中的次数来分胜负。 [11]公退：办完公务以后。暇：空闲，闲暇。 [12]鹤氅：用鸟羽制成的裘，用作外套，美称鹤氅。 [13]华阳巾：道士的一种帽子。 [14]第：但。 [15]胜概：佳境。 [16]齐云：楼名，据《南史·陈本纪》载，陈后主建齐云观。落星：楼名，三国时吴国孙权建造。 [17]井干：楼名，汉武帝时建。丽谯：楼名，魏武帝曹操所建。 [18]骚人：泛指诗人、文人。 [19]十稔：十年。 [20]至道乙未岁：宋太宗至道元年(995)。至道：宋太宗的年号。乙未：至道元年(995) [21]自翰林出滁上：由翰林学士被贬知滁州。出：贬谪。滁上：滁州，即今安徽省滁州。 [22]丙申：至道二年(公元996年)。广陵：扬州。 [23]丁酉：至道三年(公元997年)。西掖：中书省的别称。 [24]戊戌：宋真宗咸平元年(公元998年)。除日：除夕。齐安：黄州。 [25]己亥：咸平二年(公元999年) [26]嗣：继续。葺：修补。 [27]庶：表示希望的虚词。

【选评】

竹楼，韵事；竹楼记，韵文也，必极力摆脱俗想方佳。此作妙在用“消遣世虑”四字摆脱一切，纸上亦觉幽阒辽敻，不可具状也。确是楼，确是竹楼，确是默坐竹楼。令人读之如在画图。(清·王符曾《古文小品咀华》卷四)

以潇洒出尘之笔，写潇洒出尘之心胸，恰与斯题相称。(清·谢有煇《古文赏音》卷一一)

以竹瓦起，以竹瓦结，中间撰出六“宜”，俱在竹瓦声音上描写，皆非寻常意想所及。至叙登楼对景清致，飘飘出尘，可以上追柳州得意诸作。(清·林云铭《古文析义》卷一四)

此记作于咸平二年八月十五日，大抵是借竹楼以写其谪居之意也。通体俱切定竹楼，抒写胜概。玩“亦谪居”句，则竹楼之景尽属谪居之乐矣。“吾以至道”数语，分明有由乐转入悲意，却妙在笔能含蓄不露。末以“斯楼不朽”结，到底还他个记体。“远吞”二段景中有人，“公退”一段是人中有景。读者亦须辨之。(清·余诚《重订古文释义新编》卷八)

范仲淹

范仲淹(989—1052),字希文,苏州吴县(今江苏苏州市)人,北宋初期著名的政治家、文学家。幼年丧父,发奋读书。宋真宗大中祥符八年(1015)进士,官至枢密副使、参知政事。政治上他要求简省官员,改革任官制度,注意农桑,修整武备,减轻徭役等。曾与富弼、韩琦一道,共同推行一系列改革,史称“庆历新政”。因遭到守旧派的反对,没能实行。宋仁宗时守卫西北边疆,遏止了西夏军的侵扰,为官清正,关心国计民生。谥号“文正”,世称范文正公。著有《范文正公集》。

岳阳楼记

庆历四年[1]春,滕子京谪守巴陵郡[2]。越[3]明年,政通人和[4],百废具兴[5]。乃[6]重修岳阳楼,增其旧制[7],刻唐贤、今人[8]诗赋于其上。属[9]予作文以记之。

予观夫巴陵胜状[10],在洞庭一湖。衔[11]远山,吞[12]长江,浩浩汤汤[13],横无际涯[14];朝晖夕阴,气象万千[15]。此则岳阳楼之大观也,前人之述备矣。然则[16]北通巫峡,南极潇湘,迁客骚人[17],多会于此,览物之情,得无异乎?

若夫淫雨霏霏[18],连月不开[19],阴风怒号,浊浪排空[20];日星隐耀[21],山岳潜形[22];商旅不行,樯倾楫摧[23];薄暮冥冥[24],虎啸猿啼。登斯楼也,则有[25]去国怀乡,忧谗畏讥,满目萧然[26],感极而[27]悲者矣。

至若春和景明[28],波澜不惊[29],上下天光,一碧万顷;沙鸥翔集,锦鳞游泳;岸芷汀兰[30],郁郁[31]青青。而或长烟一空[32],皓月千里,浮光跃金[33],静影沉璧,渔歌互答,此乐何极!登斯楼也,则有心旷神怡,宠辱偕忘,把酒临风,其喜洋洋[34]者矣。

嗟夫!予尝求古仁人之心[35],或异二者之为[36]。何哉?不以物喜,不以己悲;居庙堂之高,则忧其民;处江湖之远,则忧其君。是进亦忧,退亦忧。然则何时而乐耶?其必曰:“先天下之忧而忧,后天下之乐而乐”欤!噫!微斯人,吾谁与归[37]!

时六年九月十五日。

(《范文正公集》,四部丛刊影印本)

【解题】

《岳阳楼记》是北宋文学家范仲淹于庆历六年(1046)九月十五日,应好友巴陵郡太守滕子京之请,为重修岳阳楼而创作的一篇散文。这篇文章通过写岳阳楼的景色,以及阴雨和晴朗时带给人的不同感受,揭示了“不以物喜,不以己悲”的古仁人之心,也表达了自己“先天下之忧而忧,后天下之乐而乐”的爱国爱民情怀。文章超越了单纯写山水楼观的狭境，将自然界的晦明变化、风雨阴晴和“迁客骚人”的“览物之情”结合起来，从而将全文的重心转移到了政治理想方面，提升了文章的高度。

【注释】

[1]庆历四年：公元1044年。庆历：宋仁宗赵祯的年号。文章末句中的“时六年”，指庆历六年(1046)，点明作文的时间。 [2]滕子京谪守巴陵郡：滕子京降职任岳州太守。滕子京：名宗谅，子京是他的字，范仲淹的朋友。谪守：把被革职的官吏或犯了罪的人充发到边远的地方。在这里作为动词被贬官，降职解释。谪：封建王朝官吏降职或远调。守：做郡的长官。汉朝“守某郡”，就是做某郡的太守；宋朝废郡称州，应说“知某州”。巴陵郡：即岳州，治所在今湖南岳阳，这里沿用古称。“守巴陵郡”就是“守岳州”。 [3]越：经过、经历。 [4]政通人和：政事顺利，百姓和乐。这是赞美滕子京的话。 [5]百废具兴：各种荒废的事业都兴办起来了。 [6]乃：于是。 [7]制：规模。 [8]唐贤、今人：唐代和当代名人。贤：形容词作名词用。 [9]属：通“嘱”，嘱托、嘱咐。 [10]夫：指示代词，那。胜状：胜景，好景色。 [11]衔：包含。 [12]吞：包含、包容。 [13]浩浩汤汤(shāng)：水波浩荡的样子。汤汤水势浩大的样子。 [14]横无际涯：宽阔无边。 [15]朝晖夕阴，气象万千：或早或晚(一天里)阴晴多变化。 [16]然则：虽然如此，那么。 [17]迁客：被贬谪在外的官吏。骚人：骚体诗人。指《离骚》的作者屈原等。泛指诗人、文人。 [18]若夫：用在一段话的开头以引起下文。下文的“至若”，同此。淫雨：连绵不断的雨。霏霏：雨或雪(繁密)的样子。 [19]开：(天气)放晴。 [20]排空：冲向天空。 [21]日星隐耀：太阳和星星隐藏起光辉。耀：光辉、日光。 [22]山岳潜形：山岳隐没了形体。岳：高大的山。潜：隐藏、隐蔽。 [23]樯倾楫摧：桅杆倒下，船桨折断。 [24]薄暮冥冥：傍晚天色昏暗。薄：迫近。冥冥：昏暗的样子。 [25]则：就。有：产生……的(情感)。 [26]萧然：凄凉冷落的样子。 [27]感极：感慨到了极点。而：连词，表顺接。 [28]至若春和景明：至于到了春天气候暖和，阳光普照。 [29]波澜不惊：湖面平静，没有惊涛骇浪。[30]岸芷汀兰：岸上的小草，小洲上的兰花。芷：一种香草。汀：水边平地，小洲。[31]郁郁：茂盛的样子。 [32]而或长烟一空：有时大片烟雾完全消散。 [33]浮光跃金：湖水波动时，浮在水面上的月光闪耀起金光。 [34]洋洋：高兴得意的样子。[35]尝：曾经。求：探求。古仁人：古时品德高尚的人。心：思想(感情心思)。 [36]或异二者之为：或许不同于(以上)两种心情。二者：这里指前两段的“悲”与“喜”。 [37]微斯人，吾谁与归：(如果)没有这种人，那我同谁一道呢？

【选评】

范文正公为《岳阳楼记》，用对语说时景，世以为奇。尹师鲁读之曰：“传奇体尔。”《传奇》，唐裴铏所著小说也。(陈师道《后山诗话》)

范文正公《岳阳楼记》，或谓其用赋体，殆未深考耳。此是学吕温《三堂记》，体制如出一轴。然《岳阳楼记》宏远超越，青出于蓝矣。夫以文正千载人物，而乃肯学吕温，亦见君子不以人废言之盛心也。(孙绪《无用闲谈》)

通体俱在“谪守”上着笔，确是子京重修岳阳楼记，一字不肯苟下。圣贤经济，才子文章，于此可兼得之矣。(余城《重订古文释义新编》卷八)

严先生祠堂记

先生，汉光武之故人也[1]。相尚以道[2]。及帝握《赤符》[3]，乘六龙[4]，得圣人之时，臣妾亿兆[5]，天下孰加[6]焉？惟先生以节高之。既而动星象[7]，归江湖[8]，得圣人之清，泥涂轩冕[9]，天下孰加焉？惟光武以礼下之[10]。

在《蛊》之上九[11]，众方有为，而独“不事王侯，高尚其事”，先生以[12]之。在《屯》之初九[13]，阳德方亨，而能“以贵下贱，大得民也”，光武以之。盖先生之心，出乎日月之上；光武之器，包乎天地之外。微[14]先生不能成光武之大，微光武岂能遂[15]先生之高哉？而使贪夫廉，懦夫立，是有大功于名教[16]也。

某来守是邦[17]，始构堂而奠[18]焉，乃复其为后者四家，以奉祠事[19]。又从而歌曰：云山苍苍，江水泱泱[20]，先生之风[21]，山高水长。

(《范文正公集》，四部丛刊影印本)

【解题】

《严先生祠堂记》是范仲淹名作之一。范仲淹于宋仁宗明道年间被贬谪至睦州(相当于今浙江桐庐、建德、淳安)，始建严先生祠，使其后人奉祀，并作此记。纪念严先生的高风千古的同时也寄托自己从政上的挫折和无奈。严先生：指东汉文士严光(字子陵)生卒年不详。会稽余姚人，少年时与汉光武帝刘秀是要好的同窗。刘秀起兵，严光积极帮助，及刘秀称帝，严光却隐姓埋名，垂钓于富春江畔，光武帝多次延聘，二人尝同床共卧，畅叙达旦，然而严光仍不为所动，宁愿退隐于富春山。后人皆称颂严光高风亮节，不为高官厚禄所动。

【注释】

[1]光武：刘秀。西汉末王莽篡汉，义军纷起。他起兵加入绿林起义军，逐渐扩大自己的势力，于公元 25 年即帝位，史称东汉。故人：老朋友。 [2]相尚：互相推崇。尚：尊重。道：道义。 [3]《赤符》：《赤伏符》。据载，刘秀军至鄗(hào)地(今河北柏乡县北)，儒生强华从关中来献《赤伏符》。《赤伏符》大意是，刘秀起兵伐王莽，正合恢复汉朝的日子。于是刘秀就自立为皇帝。赤符是用隐语来记录征兆的迷信文书。 [4]乘六龙：指刘秀称帝。六龙：指《易·乾》的六爻。《乾》卦由六阳爻组成，其《象传》：“时乘六龙以御天。” [5]臣妾：西周、春秋时，男奴隶叫臣，女奴隶叫妾，这里指皇帝的臣民。亿兆：古时十万为亿，万亿为兆。泛指多。 [6]孰：谁。加：超越。 [7]动星象：光武帝与严光共卧，严光的脚压在光武帝的肚子上。第二天观察天象的太史奏说：“客星犯帝座甚急。”光武帝笑曰：“朕与故人严子陵共卧耳。”见《后汉书·严光传》。 [8]归江湖：指严光不肯接受谏议

大夫官职，归隐富春山。 [9]泥涂轩冕：谓把官爵当泥土。轩冕：本指古时大官坐的车和戴的帽，此借指官爵或者显贵身份。 [10]下之：谦让他。 [11]《蛊》之上九："蛊"是《周易》的卦名。《上九》是该卦的第六爻中的阳爻。前五爻象辞显示整治其事的意思，只有第六爻象辞说"不事王侯，高尚其事"，表示独善其身。 [12]以：为，行。 [13]《屯》之初九：《屯》是《周易》的卦名，"初九"是该卦的第一爻中的阳爻。初九爻的象辞"以贵下贱，大得民也"，表示"能以贤下人，深得民心"。 [14]微：如果不是。 [15]遂：成就。 [16]名教：指以等级名分为核心的封建礼教。 [17]是邦：指睦州，治所在今浙江桐庐。 [18]构堂：指修建严光祠堂。奠：祭奠。 [19]"乃复"二句：谓免除四户严光后裔的徭役，让他们负责严祠的祭祀事。复：免除徭役。后：后代。 [20]泱泱：深广的样子。 [21]风：品德。

【选评】

字少词严，笔力老健。(楼昉《崇古文诀》卷一六)

题严先生，却将光武两两相形，竟作一篇对偶文字。至末乃归到先生，最有体格。且以歌作结，能使通篇生动，不失之板。妙甚。(吴楚材、吴调侯《古文观止》卷九)

【拓展与思考】

范仲淹在《严先生祠堂记》中，盛赞"光武之大""先生之高"，请从《严光传》中概括"大"与"高"分别表现在哪些方面，并结合文本简要分析。

欧阳修

丰乐亭记

修既治滁[1]之明年，夏，始饮滁水而甘。问诸滁人，得于州南百步之近。其上则丰山耸然而特立[2]，下则幽谷窈然[3]而深藏，中有清泉滃然[4]而仰出。俯仰左右，顾而乐之，于是疏泉凿石，辟地以为亭，而与滁人往游其间。

滁于五代[5]干戈之际，用武之地也。昔太祖皇帝[6]，尝以周师破李景兵十五万于清流山下，生擒其将皇甫晖、姚凤于滁东门之外[7]，遂以平滁。修尝考其山川，按其图记，升高以望清流之关，欲求晖、凤就擒之所，而故老皆无在者，盖天下之平久矣。自唐失其政，海内分裂，豪杰并起而争，所在为敌国者，何可胜[8]数？及宋受天命，圣人[9]出而四海一。向之凭恃险阻，刬削消磨，百年之间，漠然徒见山高而水清。欲问其事，而遗老[10]尽矣。今滁介江淮之间，舟车商贾[11]、四方宾客之所不至，民生不见外事而安于畎亩[12]衣食，以乐生送死，而孰知上之功德，休养生息，涵煦[13]于百年之深也。

修之来此，乐其地僻而事简，又爱其俗之安闲。既得斯泉于山谷之间，乃日与滁人仰而望山，俯而听泉，掇[14]幽芳而荫乔木，风霜冰雪，刻露清秀，四时之景无不可爱。又幸其民乐其岁物之丰成，而喜与予游也。因为本其山川，道其风俗之美，使民知所以安此丰年之乐者，幸生无事之时也。

夫宣上恩德，以与民共乐，刺史[15]之事也。遂书以名[16]其亭焉。

（《欧阳文忠公文集》，四部丛刊本）

【解题】

丰乐亭：在今安徽滁州城西奉山北，为欧阳修被贬滁州后建造。本篇是欧阳修任滁州刺史时所作。文中叙述修建丰乐亭的因由，通过今昔对比的手法，由滁州在五代时为用武之地追溯到宋王朝统一天下的功业，继而称扬有宋以来与民休养生息的政策，描写承平世道自己与民同游山水的快乐，言说为亭起名"丰乐"的初衷。

【注释】

[1]滁：州名，治所在今安徽滁州市。　[2]耸然：高高矗立的样子。特立：独立。　[3]幽谷：幽深的山谷，即紫薇谷。窈然：幽暗深远的样子。　[4]滃然：水势盛大的样子。　[5]五代：公元907年，唐朝灭亡，我国中原地区相继建立了梁、唐、晋、汉、周五个短期王朝（为了和以前的同名朝代相区别，历史上通称这几个朝代为后梁、后唐、后晋、后汉、后周）共历时五十三年，历史上称为"五代"。　[6]太祖皇帝：宋太祖赵匡胤，宋王朝的建立者，涿州（今河北省涿州市）人。后周时任殿前都点检，领宋州归德军节度使，掌握兵权。公元960年发动陈桥兵变，即帝位，国号宋。　[7]"尝以周师"二句：当时赵匡胤为周殿前都虞候，领严州刺史。周显德三年（956）春，周世宗征淮南，南唐将领皇甫晖、姚凤退保清流关（关在滁州西南）。周世宗命赵匡胤突阵而入，皇甫晖等逃入滁城，被赵匡胤活捉。周师：指周世宗柴荣的部队。李景（应为"璟"）：五代南唐中主。　[8]胜（shēng）：尽。　[9]圣人：对帝王的尊称。这里指宋太祖赵匡胤。　[10]遗老：指经历世变的老人。　[11]商贾：指商人。　[12]畎亩：田间，田地。畎：田间水沟。　[13]涵煦：滋润化育。这里颂扬宋王朝功德无量，养育万物。　[14]掇：拾取，采取。　[15]刺史：唐代称一州的最高行政长官为刺史，宋代则称为知州。所以刺史就是指知州。　[16]名：用作动词，命名。

【选评】

记一亭而由唐及宋，上下数百年之治乱，群雄真主之废兴，一一在目，何等识力！中间休养生息一段，见仁宗之滋培元气，养以风雨，子孙不容更张，隐然言外。（沈德潜《唐宋八大家文读本》卷一二）

【拓展与思考】

"明年""始"在文章中有什么样的作用？和我们学习过的《岳阳楼记》的开头有什么相

似之处？

五代史伶官传序

呜呼！盛衰之理，虽曰天命，岂非人事哉！原庄宗[1]之所以得天下，与其所以失之者，可以知之矣。

世言晋王之将终[2]也，以三矢赐庄宗，而告之曰："梁[3]，吾仇也；燕王[4]，吾所立；契丹[5]与吾约为兄弟，而皆背晋以归梁。此三者，吾遗恨也。与尔三矢，尔其无忘乃父之志！"庄宗受而藏之于庙。其后用兵，则遣从事以一少牢告庙[6]，请其矢，盛以锦囊，负而前驱，及凯旋而纳之。

方其系燕父子以组[7]，函梁君臣之首[8]，入于太庙，还矢先王，而告以成功，其意气之盛，可谓壮哉！及仇雠已灭，天下已定，一夫夜呼[9]，乱者四应，仓皇东出，未及见贼，而士卒离散，君臣相顾，不知所归；至于誓天断发[10]，泣下沾襟，何其衰也！岂得之难而失之易欤？抑本其成败之迹[11]而皆自于人欤？《书》曰："满招损，谦受益。"忧劳可以兴国，逸豫[12]可以亡身，自然之理也。故方其盛也，举天下之豪杰莫能与之争；及其衰也，数十伶人困之，而身死国灭，为天下笑。

夫祸患常积于忽微[13]，而智勇多困于所溺，岂独伶人也哉！

（欧阳修：《新五代史》，中华书局，2015 年版）

【解题】

《伶官传》主要记述了唐庄宗李存勖宠幸伶官，沉溺于酒色，最后死于兵变的史实。行文抑扬顿挫，慷慨激昂，他从李存勖的兴亡史中，得出了"忧劳可以兴国，逸豫可以亡身"这一深刻的论断。这一历史经验的总结，既是对当时朝廷的告诫，也对后世治国者有警示作用，所以说，此文极富现实意义。

【注释】

[1]庄宗：后唐庄宗李存勖，他宠用伶官（宫廷演员）任其横行不法，终成兵变。[2]晋王：庄宗之父李克用，西突厥沙陀族人，曾参与镇压黄巢起义，封晋王。将终：生命将要终止。[3]梁：指后梁太祖朱温，曾追随黄巢，降唐，成为军阀，与李克用长期对峙。[4]燕王：刘仁恭父子。刘因李克用之荐而为卢龙军节度使，据守幽州。后背晋，其子刘守光受梁封，为燕王。[5]契丹：辽国。辽太祖耶律阿保机曾与李克用结盟，不久又与朱温联合反晋。[6]少牢：古称祭祀用的猪和羊，称少牢。告庙：通常是指古代天子或诸侯出巡或遇兵戎等重大事件而祭告祖庙。[7]系燕父子以组：913 年，李存勖破幽州，擒刘仁恭。刘守光出走，不久也被擒。组：丝带。[8]函：木匣，这里指用木匣盛装。梁君臣之首：923 年，李存勖灭梁。梁末皇帝朱友贞及大臣皇甫麟自杀。[9]一夫夜呼：926 年，唐军哗变。李存勖出京避乱，所部二万五千人，不久就被打散，李被乱兵杀死。一夫，一人，指唐庄宗同光四年（926 年）发动贝州兵变的军士皇甫晖。[10]誓天断发：剪断头发放

在地上，并向天发誓。 [11]抑：表选择的连词，相当于“还是”“或者”。本：探求，考察。迹：事迹，道理。 [12]逸豫：安逸舒适。 [13]忽微：形容微小的事。忽：古代长度单位。尺的百万分之一。微：古代极小的量度单位。一两的百万分之一。

【选评】

只看盛衰两节，断尽庄宗始终，又须推原昔何为而盛，今何为而衰。其盛也，以其有志；其衰也，以其溺心。忧深思远，词严气劲，千万世之龟鉴，隐然言意之表。（楼昉《崇古文诀》卷一九）

庄宗以英明之主而溺于优俳之贱，其亡也忽焉。文极抑扬顿挫，慷慨激昂，末段收束，尤为名论不磨。（唐介轩《古文翼》卷七）

【拓展与思考】

清人王符曾、沈德潜评价《伶官传序》，都认为关键是“善用抑扬之法”，你能看出文中是怎样使用这种笔法的吗？

朋党论

臣闻朋党之说，自古有之，惟幸人君辨其君子小人而已。大凡君子与君子以同道为朋，小人与小人以同利为朋，此自然之理也。

然臣谓小人无朋，惟君子则有之。其故何哉？小人所好者利禄也，所贪者财货也。当其同利之时，暂相党引[1]以为朋者，伪也；及其见利而争先，或利尽而交疏，则反相贼害，虽其兄弟亲戚，不能相保。故臣谓小人无朋，其暂为朋者，伪也。君子则不然。所守者道义，所行者忠信，所惜者名节。以之修身，则同道而相益；以之事国，则同心而共济[2]；终始如一，此君子之朋也。故为人君者，但当退小人之伪朋，用君子之真朋，则天下治矣。

尧之时，小人共工、驩兜等四人[3]为一朋，君子八元、八恺十六人[4]为一朋。舜佐尧，退四凶小人之朋，而进元、恺君子之朋，尧之天下大治。及舜自为天子，而皋、夔、稷、契等二十二人[5]并列于朝，更相称美，更相推让，凡二十二人为一朋，而舜皆用之，天下亦大治。《书》曰：“纣有臣亿万，惟亿万心[6]；周[7]有臣三千，惟一心。”纣之时，亿万人各异心，可谓不为朋矣，然纣以亡国。周武王之臣，三千人为一大朋，而周用以兴。后汉献帝时，尽取天下名士囚禁之，目为党人[8]。及黄巾贼起[9]，汉室大乱，后方悔悟，尽解党人而释之，然已无救矣。唐之晚年，渐起朋党之论[10]。及昭宗时[11]，尽杀朝之名士，或投之黄河，曰：“此辈清流，可投浊流。[12]”而唐遂亡矣。

夫前世之主，能使人人异心不为朋，莫如纣；能禁绝善人为朋，莫如汉献帝；能诛戮清流之朋，莫如唐昭宗后世；然皆乱亡其国。更相称美推让而不自疑，莫如舜之二十二臣；舜亦不疑而皆用之；然而后世不诮[13]舜为二十二朋党所欺，而称舜为聪明之圣者，以能辨君子与小人也。周武之世，举其国之臣三千人共为一朋，自古为朋之多且大，莫如周；然周用此以兴者，善人虽多而不厌也。

夫兴亡治乱之迹[14],为人君者,可以鉴矣。

(《欧阳文忠公文集》,四部丛刊本)

【解题】

《朋党论》是欧阳修在庆历四年(1044)向宋仁宗上的一篇奏章,目的是驳斥保守派的攻击,辨朋党之诬。本文的主要论点是说明朋党有邪正之分:君子"以同道为朋",小人"以同利为朋",简言之便是"物以类聚,人以群分"。文中列举各个朝代兴亡的事例,以阐明治理国家必须"退小人之伪朋,用君子之真朋"。

【注释】

[1]党引:结为私党,相互援引。 [2]共济:谓共图事功,这里有同舟共济,患难相扶助的意思。 [3]共(gōng)工、驩兜等四人:指共工、驩兜、三苗、鲧,为尧时的四凶。 [4]八元:传说中上古高辛氏的八个才子。八恺:传说中上古高阳氏的八个才子。 [5]皋、夔、稷、契:传说他们都是舜时的贤臣,皋掌管刑法,夔掌管音乐,稷掌管农业,契掌管教育。《史记·五帝本纪》载"舜曰:'嗟!?(汝)二十有二人,敬哉,惟时相天事。'" [6]纣:指纣王,名受,商朝最后的君主,为周所灭。亿万:极言其多。惟:句中语气词,这里表判断语气。 [7]周:指周武王,周朝开国君主。 [8]后汉献帝:东汉最后一个皇帝刘协。逮捕,囚禁"党人"应是桓帝、灵帝时的宦官所为。尽取天下名士囚禁之:东汉桓帝时,宦官专权,一些名士如李膺等二百多人反对宦官被加上"诽讪朝廷"的罪名,逮捕囚禁。到灵帝时,李膺等一百多人被杀,六七百人受到株连,历史上称为"党锢之祸"。本文误作献帝时事。目:作动词用,看作。 [9]黄巾贼起:指后汉灵帝中平元年(184)以张角为首的农民大起义。起义军以黄巾裹头,故称"黄巾军"。文中称黄巾为贼,这是作者的阶级偏见。 [10]朋党之论:唐穆宗至宣宗年间(821—859),统治集团内形成的牛僧孺为首的牛党和以李德裕为首的李党,朋党之间互相倾轧的争斗,历时近四十年,史称"牛李党争"。 [11]昭宗:唐朝将要灭亡时的一个皇帝。杀名士投之黄河本发生于唐哀帝天佑二年,哀帝是唐代最后一个皇帝。本文误作昭宗。 [12]"此辈清流"两句:这是权臣朱温的谋士李振向朱温提出的建议。朱温在白马驿(今河南洛阳附近)杀大臣裴枢等七人,并将他们的尸体投入黄河。清流:指品行高洁的人。浊流:指品格卑污的人。 [13]诮(qiào):责备。 [14]迹:事迹。引申为道理。

【选评】

议论出人意表。大凡作文,妙处须出意外。(吕祖谦《古文关键》卷上)

破千古人君之疑。(茅坤《唐宋八大家文钞·欧阳文忠公文钞》卷一四)

最明畅之文,却甚幽细;最条直之文,却甚郁勃;最平夷之文,却甚跳跃鼓舞。(金圣叹《天下才子必读书》卷八)

"朋"字说得开天辟地,而小人曾不得一侧足其间,此正破汉、唐、宋党锢之祸,无足为君子病,而反足为君子重。立论极是有识,宜仁宗之终为感悟也。(过珙《详订古文评注全

集》卷八)

【拓展与思考】

欧阳修看待朋党的态度,你赞同吗?

梅圣俞诗集序

予闻世谓诗人少达而多穷[1],夫岂然哉[2]?盖世所传诗者,多出于古穷人之辞也。凡士之蕴其所有[3]而不得施于世者,多喜自放于山巅水涯之外[4],见虫鱼草木、风云鸟兽之状类,往往探其奇怪。内有忧思感愤之郁积,其兴于怨刺[5],以道羁臣[6]寡妇之所叹,而写人情之难言,盖愈穷则愈工。然则非诗之能穷人,殆穷者而后工也。

予友梅圣俞,少以荫补为吏[7],累举进士[8],辄抑于有司[9],困于州县[10]凡十余年,年今[11]五十,犹从辟书[12],为人之佐[13]。郁其所蓄不得奋见于事业。其家宛陵[14],幼习于诗。自为童子,出语已惊其长老[15];既长,学乎六经仁义之说。其为文章,简古纯粹,不求苟说于世[16]。世之人徒知其诗而已。然时无贤愚,语诗者必求之圣俞。圣俞亦自以其不得志者,乐于诗而发之。故其平生所作,于诗尤多。世既知之矣,而未有荐于上者。昔王文康公[17]尝见而叹曰:"二百年无此作矣!"虽知之深,亦不果荐也。若使其幸得用于朝廷,作为雅颂[18],以歌咏大宋之功德,荐之清庙[19],而追商、周、鲁《颂》[20]之作者,岂不伟欤!奈何使其老不得志而为穷者之诗,乃徒发于虫鱼物类、羁愁感叹之言?世徒喜其工,不知其穷之久而将老也,可不惜哉!

圣俞诗既多,不自收拾。其妻之兄子[21]谢景初,惧其多而易失也,取其自洛阳至于吴兴[22]以来所作,次[23]为十卷。予尝嗜[24]圣俞诗,而患不能尽得之,遽喜[25]谢氏之能类次[26]也,辄序而藏之。其后十五年,圣俞以疾卒于京师。余既哭而铭之,因索于其家,得其遗稿千余篇,并旧所藏,掇[27]其尤者六百七十七篇,为一十五卷。呜呼!吾于圣俞诗,论之详矣,故不复云。

(《欧阳文忠公文集》,四部丛刊本)

【解题】

这篇序文通过对梅尧臣坎坷仕途的叙写,提出了诗歌"殆穷者而后工"这一著名文学理论观点。作者认为诗人"内有忧思感愤之郁积,其兴于怨刺",才能写出好的诗歌来。也就是说,诗人必须有真情实感,才能把难以描摹的感情形之于诗篇。序文充溢着作者对这位杰出诗人的倾慕和惋惜之情。

【注释】

[1]少达而多穷:意思是说,作诗的人在功名富贵或事业上得意的少,穷困不得志的多。达:显达。穷:穷困不得志。 [2]夫岂然哉:难道真是这样吗? [3]蕴其所有:胸中怀藏他所有的才学、抱负。蕴:积聚,蓄藏。 [4]"多喜"句:大多喜欢在山水之间放浪。

[5]兴于怨刺：兴起怨愤、讥刺的念头。 [6]道：表达出。羁臣：羁旅之臣，即在外地宦游的官吏。 [7]荫补为吏：梅圣俞由于他叔父的官勋做了河南主簿。荫：指因前辈功勋而得官；补：指官吏有缺额，选人授职。 [8]累举进士：屡次参加进士考试。 [9]辄抑于有司：总是受到主考官的压抑。辄：总是。有司具体职务、做具体工作的官吏，这里指主考官。 [10]困于州县：只在州县做小官。 [11]今：通“近”。 [12]辟书：聘书。辟：召。 [13]为人之佐：做人家的幕宾。佐：辅佐，指郡县的副长官。 [14]宛陵：即今安徽省宣城市。 [15]长(zhǎng)老：年长之人的通称。 [16]“不求”句：不以苟且迎合来求得世人的欢心。说：后来写作“悦”，喜悦，此处当理解为欢心。 [17]王文康公：王曙，字晦叔，文康是他的谥号，宋仁宗(赵祯)时的丞相。宋代曾敏行《独醒杂志》卷一载，王曙曾对梅圣俞说：“子之诗有晋宋遗风，自杜子美殁后二百余年不见此作。” [18]雅颂：《诗经》分《风》《雅》《颂》三类。这里指歌咏国家大政的诗歌。 [19]荐：献。清庙：宗庙。 [20]追：赶上。商、周、鲁《颂》：指《诗经》中的《商颂》《周颂》《鲁颂》。 [21]妻之兄子：今称内侄。 [22]洛阳：今河南省洛阳市。吴兴：县名，在今浙江省湖州市境内。 [23]次：按次序编排。 [24]嗜：特别爱好。 [25]遽喜：突然欢喜，喜出望外。 [26]类次：分类编排。 [27]掇：选取。

【选评】

此篇妙处，前幅妙在一起写得兀突，又写得郁勃，如朝云出岫，浮浮而上，不知其几千万重也。中幅妙在写得低昂婉转，又写得淋漓满志，如曲终余韵，一唱三叹，不知其几回反复也。得此两处写得出色，便令通篇文字出色，后面只用直叙而已足。若“穷而后工”四字，是欧公独创之言，实为千古不易之言。(孙琮《山晓阁选宋大家欧阳庐陵全集》卷三)

此文以“穷”字为骨。首从诗为穷人之辞翻起；次言圣俞自少至将老，无往而不穷；次言圣俞为人不应穷；次言圣俞以穷而诗愈多；次惜无人怜圣俞之穷而荐之；末言作序之由，悲恻缠绵，低回欲绝。(蔡铸《蔡氏古文评注补正全集》卷八)

秋声赋

欧阳子[1]方夜读书，闻有声自西南来者，悚然[2]而听之，曰：“异哉！”初淅沥以萧飒[3]，忽奔腾而砰湃[4]，如波涛夜惊，风雨骤至。其触于物也，鏦鏦铮铮[5]，金铁皆鸣；又如赴敌之兵，衔枚疾走[6]，不闻号令，但闻人马之行声。予谓童子：“此何声也？汝出视之。”童子曰：“星月皎洁，明河[7]在天，四无人声，声在树间。”

余曰：“噫嘻悲哉！此秋声也，胡为而来哉？盖夫秋之为状[8]也：其色惨淡[9]，烟霏云敛[10]；其容清明，天高日晶[11]；其气栗洌[12]，砭[13]人肌骨；其意萧条，山川寂寥。故其为声也，凄凄切切，呼号愤发。丰草绿缛[14]而争茂，佳木葱茏而可悦；草拂之而色变，木遭之而叶脱；其所以摧败零落者，乃其一气之余烈[15]。夫秋，刑官也，于时为阴[16]；又兵象也，于行用金[17]，是谓天地之义气[18]，常以肃杀而为心。天之于物，春生秋实。故其在乐也，商声主西方[19]之音，夷则[20]为七月之律。商，伤也，物既老而悲伤；夷，戮也，物过盛而当杀[21]。嗟乎！草木无情，有时飘零。人为动物，惟物之灵。百忧感其心，万事劳其形。有动于中，必摇其精。而况思其力之所不及，忧其智之所不能，宜其渥然丹者为槁木[22]，黟然黑者为星星[23]。奈何以非金石之质，欲与草木而争荣？念谁为之戕贼[24]，亦何恨乎秋声！"

童子莫对，垂头而睡。但闻四壁虫声唧唧，如助予之叹息。

（《欧阳文忠公文集》，四部丛刊本）

【解题】

此赋作于宋仁宗嘉祐四年（1059）秋，欧阳修时年五十三岁，虽身居高位，然有感于宦海浮沉，政治改革艰难，故心有苦闷，乃以"悲秋"为主题，抒发人生的苦闷与感叹。全文以"秋声"为引子，抒发草木被风摧折的悲凉，延及更容易被忧愁困思所侵袭的人，感叹"百忧感其心，万事劳其形"，也是作者自己对人生不易的体悟。

【注释】

[1]欧阳子：此为作者自称。 [2]悚然：形容惊惧的样子。 [3]初淅沥以萧飒：起初是淅淅沥沥的细雨带着萧飒的风声。淅沥：形容轻微的风雨声和落叶声。以：表并列，而。萧飒：形容风雨吹打树木发出的声音。 [4]砰湃：象声词。同"澎湃"，波涛汹涌的声音。 [5]锹锹铮铮：形容金属相击的声音。 [6]衔枚：古时行军或袭击敌军时，让士兵口中衔枚以防出声。枚：形似竹筷，衔于口中，两端有带子，系在脖子上。疾走：快步行走。 [7]明河：天河。 [8]秋之为状：秋天所表现出来的意气容貌。状：情状，指下文所说的"其色""其容""其气""其意"。 [9]惨淡：黯然无色。 [10]烟霏云敛：轻烟飘散，云雾消失。 [11]日晶：日光明亮。晶：明亮。 [12]栗冽：即凛冽，寒冷。 [13]砭：古代用来治病的石针，这里引用为刺的意思。 [14]绿缛：形容草木碧绿繁茂。 [15]余烈：余威。 [16]刑官：掌管刑罚的官。周朝以天地春夏秋冬名命官，司寇主管刑法，为秋官。审决死罪人犯也在秋天。阴：古代以春夏为阳，秋冬为阴。《汉书·律历志上》："春为阳中，万物以生；秋为阴中，万物以成。"《春秋繁露·阴阳》："阴者，天之刑也。" [17]兵象：古代征伐，多在秋天。《礼记·月令》载孟秋之月，"天子乃命将帅，选士厉兵，简练桀俊，专任有功，以征不义。"《汉书·刑法志》："秋治兵以弥（你，秋天打猎以应杀气）。"行：五行的简称，即金木水火土。古人把五行分属四季，秋季属"金"，色白，主杀伐。《礼记·月令》："某日立秋，盛德在金。"《汉书·五行志》："金，西方，万物既成，杀气之始也。" [18]义气：肃杀之气。《礼记·乡饮酒义》："天地严凝之气，始于西南，而盛于西北，此天地之尊严气也，此天地之义气也。"孔颖达疏："西南，象秋始。" [19]商声：古人把五音宫商角徵羽分属四季，商声属秋季。西方：古人把东南西北四方分属四季，秋季属西方。 [20]夷则：古人把黄钟、太簇、姑洗、蕤宾、夷则、无射、大吕、夹钟、仲吕、林钟、南吕、应钟十二律应十二月，夷则应七月。《史记·律书》："七月也，律中夷则。夷则，言阴气之贼万物也。"《史记正义》引《白虎通》："夷，伤也；则，法也。言万物始伤被刑法也。" [21]物过盛而当杀：谓物超过了繁盛期就会衰败。杀：衰败。 [22]渥然丹者：指红润的容颜。槁木：形容人枯瘠憔悴。

[23]黟然黑者：指头发乌黑。星星：形容须发花白。 [24]戕贼：残害。

【选评】

形容物壮，模写变态，末归于人生忧感，与时俱变，使人读之，有悲秋之意。（明·归有光《欧阳文忠公文选》卷一〇）

赋每伤于俳俪。如此又简峭，又精练，又径直，又波折，真是后学作文之点金神术也。（清·金圣叹《天下才子必读书》卷一三）

【拓展与思考】

有人认为这是一篇典型的悲秋之作，抒发了作者在政治上不能有所作为的郁闷心情。也有人认为本文体现了作者豁达超然的情怀。你认为哪一种观点能够成立，为什么？

苏　洵

苏洵（1009—1066），字明允，四川眉山人。年二十七，始发愤为学。岁馀举进士，又举茂才异等，皆不中。乃悉焚所为文，闭户益读书，遂通六经、百家之说，下笔顷刻数千言。嘉祐初，他带领苏轼、苏辙到汴京，谒翰林学士欧阳修。欧阳修很赞赏他的《权书》《衡论》《几策》等文章，认为可与贾谊、刘向相媲美，于是向朝廷推荐。一时公卿士大夫争相传诵，文名因而大盛。嘉祐三年，仁宗召他到舍人院参加考试，他推托有病，不肯应诏。嘉祐五年，任为秘书省校书郎。后与陈州项城（今属河南）县令姚辟同修礼书《太常因革礼》。书成不久，即去世，追赠光禄寺丞。

六国论

六国破灭，非兵不利，战不善，弊在赂秦[1]；赂秦而力亏[2]，破灭之道也。或曰："六国互丧，率[3]赂秦耶？"曰："不赂者以赂者丧；盖[4]失强援，不能独完[5]。故曰，弊在赂秦也。"

秦以攻取之外，小[6]则获邑，大则得城，较秦之所得，与战胜而得者，其实[7]百倍；诸侯之所亡，与战败而亡者，其实亦百倍。则秦之所大欲，诸侯之所大患，固不在战矣。

思厥先祖父[8]，暴霜露，斩荆棘，以有尺寸之地[9]。子孙视之不甚惜，举以予人，如弃草芥[10]。今日割五城，明日割十城，然后得一夕安寝，起视四境，而秦兵又至矣。然则，诸侯之地有限，暴秦之欲无厌[11]，奉之弥繁，侵之愈急，故不战而强弱胜负已判矣。至于颠覆，理固宜然。古人云："以地事秦，犹抱薪救火，薪不尽，火不灭。[12]"此言得之。

齐人未尝赂秦，终继五国迁灭[13]，何哉？与嬴[14]而不助五国也。五国既丧，齐亦不免矣。燕、赵之君，始有远略，能守其土，义不赂秦。是故燕虽小国而后亡，斯用兵之效也。

至丹以荆卿为计，始速祸焉[15]。赵尝五战于秦，二败而三胜。后秦击赵者再，李牧连却之。洎牧以谗诛，邯郸为郡[16]，惜其用武而不终也。且燕、赵处秦革灭殆尽之际[17]，可谓智力孤危，战败而亡，诚不得已。向使三国[18]各爱其地，齐人勿附于秦，刺客不行[19]，良将犹在[20]，则胜负之数，存亡之理，当与秦相较，或未易量。

呜呼！以赂秦之地，封天下之谋臣；以事秦之心，礼天下之奇才；并力西向[21]，则吾恐秦人食之不得下咽[22]也。悲夫！有如此之势，而为秦人积威之所劫[23]，日削月割，以趋于亡，为国者，无使为积威之所劫哉[24]！

夫六国与秦皆诸侯，其势弱于秦，而犹有可以不赂而胜之之势；苟以天下之大，下而从六国破亡之故事，是又在六国下矣[25]。

《四部丛刊》影宋本《嘉祐集》卷三

【解题】

《六国论》是苏洵政论文的代表作品。本文提出并论证了六国灭亡“弊在赂秦”的精辟论点，采用“借古讽今”的手法，抨击宋王朝对辽和西夏的屈辱政策，告诫北宋统治者要吸取六国灭亡的教训，以免重蹈覆辙。文笔纵横恣肆，造语古劲简切，表现出作者政论文的特有风格。

【注释】

[1]弊在赂秦：谓六国破灭，弊端在于割地以事秦。 [2]亏：缺，损。 [3]率：大都，皆。 [4]盖：承接上文，表示原因，有“因为”的意思。 [5]完：保全。 [6]小：形容词作名词，小的地方。 [7]其实：它的实际数目。 [8]厥先祖父：泛指他们的先人祖辈，指列国的先公先王。厥：其。先：对去世的尊长的敬称。祖父：祖辈与父辈。 [9]“暴霜露”三句：暴露在霜露之中，砍伐荆棘，经历辛勤，以开辟土地。都是形容创业的艰苦。 [10]如弃草芥：谓轻弃不惜。 [11]厌：通“餍”，满足。 [12]事：侍奉。“以地事秦……火不灭”：语见《史记·魏世家》和《战国策·魏策》。 [13]迁灭：灭亡。古代灭人国家，同时迁其传国重器，故说“迁灭”。 [14]与嬴：亲附秦国。与：亲附。嬴：秦王族的姓，此借指秦国。 [15]“至丹”二句：谓至太子丹命荆轲施行刺之计，乃招亡国之祸。丹：燕太子丹。荆卿：即荆轲。 [16]“洎牧以谗诛”二句：谓及李牧受谗被杀，赵亦遂亡。邯郸为郡：秦灭赵之后，把赵国改为秦国的邯郸郡。邯郸：赵国的都城。 [17]且燕、赵处秦革灭殆尽之际：燕赵两国正处在秦国把其他国家快要消灭干净的时候。革：改变，除去。殆：几乎，将要。 [18]三国：指韩、魏、楚。 [19]刺客不行：指燕不遣荆轲行刺。 [20]良将犹在：谓李牧不被诛杀。 [21]并力西向：合六国之力而西向抗秦。 [22]食之不得下咽：犹言寝食不安，内心惶恐。 [23]为秦人积威之所劫：谓六国被秦国积渐之威所挟制。 [24]“为国者”二句：治理国家的人不要被积久的威势胁迫啊！ [25]“苟以天下之大”三句：意在讽今。

【选评】

一篇议论，由《战国策》纵人之说来，却能与《战国策》相伯仲，当与子由《六国论》并看。（茅坤《唐宋八大家文钞》卷一百一十三）

谓此悲六国乎？非也。刘六符来求地，岁币顿增，五城十城之割，如水就下，直易易耳。借古伤今，淋漓深痛，文钞谓忽人正论，犹花似雾中看也。此篇当与《几策·审敌》参看。（清储欣《评注苏老泉集》卷一）

以赂秦作主，而又补出不赂者以赂若丧，是非利害，了然如指诸掌。至其气雄笔健，段落紧密，尤自出人头地。篇末一结，若预烛南宋之主和，而深为寄慨，识更远到。（唐德宜《古文翼》卷七）

苏　轼

刑赏忠厚之至论

尧、舜、禹、汤、文、武、成、康之际，何其爱民之深，忧民之切，而待天下以君子长者之道也！有一善，从而赏之，又从而咏歌嗟叹之，所以乐其始而勉其终；有一不善，从而罚之，又从而哀矜惩创[1]之，所以弃其旧而开其新。故其吁俞[2]之声，欢休惨戚[3]，见于虞、夏、商、周之书[4]。

成、康既没，穆王立而周道始衰，然犹命其臣吕侯[5]，而告之以祥刑[6]。其言忧而不伤，威而不怒，慈爱而能断，恻然有哀怜无辜之心，故孔子犹有取焉。《传》曰："赏疑从与[7]，所以广恩也。罚疑从去[8]，所以慎刑也。"

当尧之时，皋陶为士[9]，将杀人，皋陶曰杀之三，尧曰宥[10]之三。故天下畏皋陶执法之坚，而乐尧用刑之宽。四岳曰"鲧可用"[11]，尧曰："不可，鲧方命圮族。[12]"既而曰："试之。"何尧之不听皋陶之杀人，而从四岳之用鲧也？然则圣人之意，盖亦可见矣。《书》[13]曰："罪疑惟轻，功疑惟重，与其杀不辜，宁失不经[14]。"呜呼！尽之矣。

可以赏，可以无赏，赏之过乎仁；可以罚，可以无罚，罚之过乎义。过乎仁，不失为君子；过乎义，则流而入于忍人[15]。故仁可过也，义不可过也。

古者赏不以爵禄，刑不以刀锯。赏之以爵禄，是赏之道行于爵禄之所加[16]，而不行于爵禄之所不加也；刑以刀锯，是刑之威施于刀锯之所及，而不施于刀锯之所不及也。先王知天下之善不胜赏，而爵禄不足以劝也；知天下之恶不胜刑，而刀锯不足以裁也。是故疑[17]则举而归之于仁，以君子长者之道待天下，使天下相率而归于君子长者之道，故曰忠厚之至也。

《诗》曰："君子如祉，乱庶遄已。君子如怒，乱庶遄沮。[18]"夫君子之已乱[19]，岂有异术哉？制其喜怒[20]，而无失乎仁而已矣。《春秋》之义，立法贵严而责人贵宽，因其褒贬之义[21]以制赏罚，亦忠厚之至也。

孔凡礼：《苏轼文集》，中华书局，1986 年版

【解题】

本文是苏轼在宋仁宗嘉祐二年(1057)应礼部试而写的文章。文章以忠厚立论，援引古仁者施行刑赏以忠厚为本的范例，阐发了儒家的仁政思想。文章自然圆畅，说理透彻，结构严谨，文辞简练而平易晓畅。欧阳修认为此文脱尽五代宋初以来的浮靡艰涩之风，十分赏识，曾说“读轼书不觉汗出，快哉！老夫当避此人，放出一头地”。

【注释】

[1]哀矜惩创：怜惜惩戒。 [2]吁俞：惊叹应答。俞：表示应允。 [3]欢休：和善也。惨戚：悲哀也。 [4]虞、夏、商、周之书：指《尚书》，分《虞书》《夏书》《商书》《周书》四部分。 [5]吕侯：人名，一作“甫侯”，周穆王之臣，为司寇。周穆王用其言论作刑法。 [6]祥刑：刑而谓之祥者，即刑期无刑之意，故其祥莫大焉。 [7]赏疑从与：言与赏而疑，则宁可与之。[8]罚疑从去：言当罚而疑，则宁可去之。 [9]皋陶：古代传说中的人物。传说他是中国上古黄帝的长子少昊的后裔。士：狱官也。 [10]宥：宽恕，饶恕。 [11]四岳：唐尧之臣，羲和之四子也，分掌四方之诸侯。一说为“一人名”。鲧：传说大禹之父。[12]方命圮族：违抗命令，毁害族类。方命：违命，抗命。圮：毁害。族：类。 [13]《书》：指《尚书》。 [14]宁失不经：宁可犯不守成法办事的错误。经：成法。 [15]忍人：残忍的人。 [16]是赏之道行于爵禄之所加：这样奖赏的作用只落到能得到爵位和俸禄的人身上。 [17]疑：指赏罚不能确定。[18]《诗》：指《诗经》。以下引文出自《诗经·小雅·巧言》。祉：福，此指任用贤人以致福。遄：快，迅速。沮：停止。 [19]已乱：制止祸乱。[20]怒：指听到谗言发怒。 [21]因其褒贬之义：指根据《春秋》褒善贬恶的原则。

【选评】

欧阳公作省试知举，得东坡之文惊喜，欲取为第一人。又疑其是门人曾子固之文，恐招物议，抑为第二。坡来谢，欧阳问坡所作《刑赏忠厚之至论》，有“皋陶曰杀之三，尧曰宥之三”，此见何书？坡曰：“事在《三国志·孔融传》注。”欧退而阅之，无有。他日再问坡，坡云：“曹操灭袁绍，以袁熙妻赐其子丕。孔融曰：‘昔武王伐纣，以妲己赐周公。’操惊问何经见，融曰：‘以今日之事观之，意其如此。’尧、皋陶之事，某亦意其如此。”欧退而大惊曰：“此人可谓善读书，善用书，他日文章，必独步天下。”然予尝思之，《礼记》云：“狱成，有司告于王。王曰：‘宥之。’有司曰：“在辟。’王又曰：‘宥之。’有司又曰：‘在辟。’三宥不对，走出，致刑于甸人。”坡虽用孔融意，然亦用《礼记》故事，其称王谓王三皆然，安知此典故不出尧？(杨万里《诚斋诗话》)

东坡自谓文如行云流水，即应试论可见，学者读之，用笔自然圆畅。中间“赏不以爵禄，刑不以刀锯”一段，议论极有至理。(张伯行《唐宋八大家文钞》卷八)

留侯论

古之所谓豪杰之士者，必有过人之节[1]，人情有所不能忍者。匹夫见辱[2]，拔剑而起，挺身而斗，此不足为勇也。天下有大勇者，卒然[3]临之而不惊，无故加之而不怒，此其所挟持者甚大[4]，而其志甚远也。

夫子房受书于圯上之老人[5]也，其事甚怪。然亦安知其非秦之世有隐君子[6]者出而试之。观其所以微见其意者，皆圣贤相与警戒之义。世人不察，以为鬼物[7]，亦已过矣。且其意不在书[8]。当韩之亡[9]，秦之方盛也，以刀锯鼎镬待天下之士[10]，其平居无罪夷灭者[11]，不可胜数。虽有贲、育[12]，无所复施[13]。夫持法太急者，其锋不可犯，而其势未可乘[14]。子房不忍忿忿之心，以匹夫之力，而逞于一击之间[15]。当此之时，子房之不死者，其间不能容发[16]，盖亦已危矣。千金之子[17]，不死于盗贼[18]，何者？其身之可爱，而盗贼之不足以死[19]也。子房以盖世之才，不为伊尹、太公之谋[20]，而特出于荆轲、聂政之计[21]，以侥幸于不死，此圯上老人之所为深惜者也。是故倨傲鲜腆[22]而深折之。彼其能有所忍也，然后可以就大事。故曰："孺子可教也。[23]"

楚庄王伐郑，郑伯肉袒牵羊以逆；庄王曰："其君能下人，必能信用其民矣。"遂舍之[24]。勾践之困于会稽，而归臣妾于吴者，三年而不倦[25]。且夫有报人[26]之志，而不能下人者，是匹夫之刚也。夫老人者，以为子房才有余，而忧其度量之不足，故深折其少年刚锐之气，使之忍小忿而就大谋。何则？非有平生之素[27]，卒然相遇于草野之间，而命以仆妾之役[28]，油然[29]而不怪者，此固秦皇之所不能惊，而项籍之所不能怒也。

观夫高祖之所以胜，而项籍之所以败者，在能忍与不能忍之间而已矣。项籍唯不能忍，是以百战百胜，而轻用其锋[30]；高祖忍之，养其全锋，以待其弊[31]，此子房教之也。当淮阴破齐而欲自王，高祖发怒，见于词色[32]。由此观之，犹有刚强不忍之气，非子房其谁全之[33]？

太史公疑子房以为魁梧奇伟，而其状貌乃如妇人女子[34]，不称[35]其志气。呜呼！此其所以为子房欤[36]！

孔凡礼：《苏轼文集》，中华书局，1986年版

【解题】

本文为宋仁宗嘉祐六年(1061)苏轼应制科考试时所上《进论》之一。作者根据《史记·留侯世家》所记张良圯下受书及辅佐刘邦统一天下的事例，论证了"忍小忿而就大谋""养其全锋而待其敝"的策略的重要性。文章风格汪洋恣肆，文笔纵横捭阖，极尽曲折变化之妙，行文雄辩而富有气势。

【注释】

[1]节：节操。 [2]匹夫见辱：一个普通的人受到侮辱。 [3]卒然：突然。卒：通"猝"。[4]挟持者甚大：谓胸怀广阔，志向高远。挟持：指抱负。 [5]子房：张良，字子房。

因佐刘邦建立汉朝有功，封留侯。受书：接受兵书。书：指《太公兵法》。圯上：桥上。老人：指黄石公。《史记·留侯世家》"良尝闲从容步游下邳圯上，有一老父，衣褐，至良所，直堕其履圯下。顾谓良曰：'孺子，下取履！'良愕然，欲殴之；为其老，强忍，下取履。父曰：'履我！'良业为取履，因长跪履之。父以足受，笑而去"。后老父约见张良于桥上，张良两次迟到，受到老父的责备。第三次张良"夜未半"即往，老父喜，送他一部书，说："读此则为王者师矣。后十年兴，十三年孺子见我济北谷城，山下黄石即我矣。"语毕，老父即离去。次日张良"视其书"，才知道是《太公兵法》。 [6]隐君子：隐居的高士。指圯上老人。[7]以为鬼物：因黄石公的事迹较为离奇，语或涉荒诞，故有人认为他是鬼神之类，王充《论衡·自然》："张良游泗水之上，遇黄石公，授太公书。盖天佐汉诛秦，故命令神石为鬼书授人。" [8]其意不在书：谓圯上老人主要的意思不在授张良以书。 [9]韩之亡：韩国亡。秦亡六国，首先灭韩。 [10]"以刀锯"句：谓秦王残杀成性，以刀锯杀人，以鼎镬烹人。[11]夷灭：灭族。 [12]贲、育：孟贲、夏育，古代著名的勇士。 [13]无所复施：无法施展本领。 [14]其势未可乘：谓形势有利于秦，还没有可乘之机。 [15]而逞于一击之间：《史记·留侯世家》载"秦灭韩"，张良"悉以家财求客刺秦王，为韩报仇。……得力士，为铁椎重百二十斤。秦皇帝东游，良与客狙击秦皇帝博浪沙中，误中副车。秦皇帝大怒，大索天下，求贼甚急，为张良故也"。 [16]其间不能容发：当中差不了一根毛发。比喻情势危急。 [17]千金之子：富贵人家的子弟。 [18]不死于盗贼：不会死在和贼的拼搏上。[19]不足以死：不值得因之而死。 [20]伊尹、太公之谋：谓安邦定国之谋。伊尹辅佐汤建立商朝。吕尚(即太公望)是周武王的开国大臣。 [21]荆轲、聂政之计：谓行刺之下策。荆轲刺秦王与燕政刺杀韩相侠累两事，俱见《史记·刺客列传》。 [22]鲜腆：没有礼貌。鲜：少，乏。腆：厚。 [23]孺子可教也：谓张良可以教诲。 [24]"楚庄王伐郑"六句：楚庄王攻克郑国后，郑伯肉袒牵羊以迎，表示屈服。楚庄王认为他能取信于民，便释放了他，并退兵，与郑议和。事见《左传》宣公十二年。肉袒：袒衣露体。 [25]"勾践之困于会稽"三句：《左传》哀公元年："吴王夫差败越于夫椒，报槜李(越军曾击败吴军于此)也。遂入越。越王(勾践)以甲楯五千，保于会稽(山)，使大夫种因吴大宰嚭以行成。……越及吴平。"《国语·越语下》载勾践："令大夫种守于国，与范蠡入宦于吴，三年而吴人遣之。"归臣妾于吴，谓投降吴国为其臣妾。 [26]报人：向人报仇。 [27]非有生平之素：犹言素昧平生(向来不熟悉)。 [28]仆妾之役：指"取履"事。 [29]油然：盛兴貌。此谓悦敬之心油然而生。 [30]轻用其锋：轻率地消耗自己的兵力。 [31]弊：疲困，衰败。[32]"当淮阴破齐"三句：《史记·淮阴侯列传》"汉四年，韩信破齐，向刘邦请封假王，当是时，楚方急围汉王于荥阳，韩信使者至，发书，汉王大怒，骂曰：'吾困于此，旦暮望若来佐我，乃欲自立为王！'"张良赶紧提醒他不能得罪韩信。刘邦醒悟，便封韩信为齐王以笼络他。韩信后降封为淮阴侯，故称为淮阴。 [33]非子房其谁全之：不是张良，谁又能来保全他呢？ [34]"太史公疑子房"二句：《史记·留侯世家》"太史公曰：'余以为其人计魁梧奇伟，至见其图，状貌如妇人好女。'"魁梧：体格高大。 [35]不称：不相称，不相当。[36]此其所以为子房：意谓张良志气闳伟而内涵不露，貌似柔弱，正是他独特过人之处。

【选评】

格制好。先说忍与不忍之规模，方说子房受书之事，其意在不忍，此老人所以深惜，命以仆妾之役，使之忍小耻，就大谋，故其后辅佐高祖，亦使忍之有成。一篇纲目在“忍”字。（吕祖谦《古文关键》卷下）

东坡文如长江大河，一泻千里，至其浑浩流转，曲折变化之妙，则无复可以名状，而尤长于陈述叙事。留侯一论，其立论超卓如此。（杨慎《三苏文范》卷七）

作文须寻大头脑，立得意定，然后遣词发挥，方是气象浑成。如韩退之《代张籍与李浙东书》以“盲”字贯说，苏子瞻《留侯论》以“忍”字贯说是也。（归有光《文章指南》信集）

此文只是一意反复，滚滚议论。然子瞻胸中见解，亦本黄老来也。（茅坤《唐宋八大家文钞·苏文忠公文钞》卷一四）

此篇善于用虚，都是将无作有，空中结撰，文情缥缈，千丈游丝。至其引合着实处，亦如雄搏鸷击。（吕葆中《唐宋八家古文精选·苏文精选》）

贾谊论

非才之难，所以自用者实难。惜乎！贾生[1]，王者之佐，而不能自用其才也。

夫君子之所取者[2]远，则必有所待；所就者[3]大，则必有所忍。古之贤人，皆负可致之才[4]，而卒不能行其万一者，未必皆其时君之罪，或者其自取也。

愚观贾生之论[5]，如其所言，虽三代何以远过？得君如汉文，犹且以不用死。然则是天下无尧、舜，终不可有所为耶？仲尼圣人，历试于天下，苟非大无道之国，皆欲勉强扶持，庶几一日得行其道。将之荆，先之以冉有，申之以子夏。君子之欲得其君，如此其勤也。孟子去齐，三宿而后出昼[6]，犹曰：“王其庶几召我。”君子之不忍弃其君，如此其厚也。公孙丑问曰：“夫子何为不豫？”孟子曰：“方今天下，舍我其谁哉？而吾何为不豫[7]？”君子之爱其身，如此其至也。夫如此而不用，然后知天下果不足与有为，而可以无憾矣。若贾生者，非汉文之不能用生，生之不能用汉文也。

夫绛侯亲握天子玺而授之文帝[8]，灌婴连兵数十万，以决刘、吕之雌雄，又皆高帝之旧将，此其君臣相得之分，岂特父子骨肉手足哉[9]？贾生，洛阳之少年，欲使其一朝之间，尽弃其旧而谋其新，亦已难矣。为贾生者，上得其君，下得其大臣，如绛、灌之属，优游浸渍[10]而深交之，使天子不疑，大臣不忌，然后举天下而唯吾之所欲为，不过十年，可以得志。安有立谈之间，而遽为人“痛哭”哉[11]！观其过湘为赋以吊屈原，萦纡郁闷，趯然有远举之志[12]。其后以自伤哭泣，至于夭绝[13]，是亦不善处穷者也。夫谋之一不见用，则安知终不复用也？不知默默以待其变，而自残至此。呜呼！贾生志大而量小，才有余而识不足也。

古之人，有高世之才，必有遗俗之累[14]。是故非聪明睿智不惑之主，则不能全其用。古今称苻坚得王猛于草茅之中，一朝尽斥去其旧臣，而与之谋[15]。彼其匹夫略有天下之半，其以此哉[16]！愚深悲生之志，故备论之。亦使人君得如贾生之臣，则知其有狷介[17]之操，一不见用，则忧伤病沮[18]，不能复振。而为贾生者，亦谨其所发[19]哉！

孔凡礼:《苏轼文集》，中华书局，1986 年版

【解题】

本文是一篇人物评论文，评论对象为西汉初年文帝时期的政治家贾谊。全文紧扣贾谊“怀才不遇”“失意而终”展开，对贾谊的人格特质进行了深入分析，同时剖析当时的历史背景，虚实结合、正反对比，用逐层推进的方式与坚定的语气来凸显贾谊的个性，认为贾谊悲剧的原因在于不能“自用其才”“不善处穷”“志大而量小”，并强调“有所待”“有所忍”的生命修养。末段总结文章目的：劝说人君遇到贾谊这样的人才，要大胆使用，不要错过时机；劝解贾生式的人，要自爱其身，要善于自用其才。论证有理有据、层次分明。

【注释】

[1]贾生：贾谊。汉代的儒者称为“生”，如贾生、董生（董仲舒）。贾谊（公元前201—公元前169），西汉洛阳（今河南洛阳东）人。十八岁时就很有才名。文帝时任博士，迁太中大夫，受大臣周勃、灌婴排挤，谪为长沙王太傅，故后世亦称贾长沙、贾太傅。四年后被召回长安，为梁怀王太傅。这期间，贾谊曾几次上疏陈述对政事的看法。但终未被重用，才能无从施展，因此郁郁不得志。后来梁怀王坠马而死，贾谊深自歉疚，抑郁而亡，时仅三十三岁。 [2]所取者：指功业、抱负。 [3]所就者：指功业。 [4]可致之才：能够实现功业、抱负的才能。 [5]贾生之论：指贾谊向汉文帝提出的《治安策》。 [6]昼：齐地名，在今山东临淄。孟子曾在齐国为卿，后来见齐王不能行王道，便辞官而去，但是在齐地昼停留了三天，想等齐王改过，重新召他入朝。事见《孟子·公孙丑下》。 [7]豫：喜悦。《孟子·公孙丑下》孟子去齐，充虞路问曰：“夫子若不豫色然，前日虞闻诸夫子曰：‘君子不怨天，不尤人。’”曰：“……夫天未欲平治天下也，如欲平治天下，当今之世，舍我其谁也？吾何为不豫哉？”充虞，孟子弟子，苏轼这里误为公孙丑。 [8]“夫绛侯”句：汉文帝刘恒是刘邦第四子，初封为代王。吕后死后，诸吕想篡夺刘家天下，于是以周勃、陈平、灌婴为首的刘邦旧臣共诛诸吕，迎立刘恒为皇帝。刘恒回京城路过渭桥时，周勃曾向他跪上天子玺。绛侯：周勃，汉初大臣。 [9]“此其君臣”二句：是说他们君臣之间，比父子兄弟还亲。 [10]优游浸渍：从容不迫，逐渐渗透。优游：从容不迫的样子。浸渍：渐渐渗透的样子。 [11]遽：副词，急速，骤然，迫不及待地。指贾谊在《治安策》的序中所说：“臣窃惟事势，可为痛哭者一，可为流涕者二，可为长太息者六。” [12]“观其”句：贾谊因被朝中大臣排挤，贬为长沙王太傅，路过湘水，作赋吊屈原。萦纡：迂回不通。这里比喻心绪不宁。趯（yuè）然：超然的样子。远举：原指高飞，这里比喻退隐。贾谊《吊屈原赋》：“见细德之险微兮，遥曾击而去之。”正是远举的意思。 [13]“其后”二句：贾谊在做梁怀王太傅时，梁怀王骑马摔死，他自伤未能尽职，时常哭泣，一年多后就死了。夭绝：指贾谊早死。 [14]累：忧虑。 [15]“古今”句。苻坚：晋时前秦的国君。王猛：字景略，初隐居华山，后受苻坚召，拜为中书侍郎。王猛被用后，受到苻坚的宠信，屡有升迁，权倾内外，遭到旧臣仇腾、席宝的反对。苻坚大怒，贬黜仇、席二人，于是上下皆服（见《晋书·载记·王猛传》）。 [16]匹夫：指苻坚。略：夺取。当时前秦削平群雄，占据着北中国，与东晋对抗，所以说“略有天下之半”。 [17]狷介：孤高，性情正直，不同流合污。 [18]病沮：困顿灰心。沮：颓丧。 [19]发：泛指立身处世，也就是上文所谓自用其才。

【选评】

谓贾生不能用汉文，直是说得贾生倒，而文字翻覆变幻，无限烟波。（明·王慎中引自《唐宋八大家文钞·苏文忠公文钞》卷一四）

贾生病源全在取忌绛、灌，汉文势难独任，正是不能用汉文处。篇中层层责备，却带悲惜意，笔力最高。（清·林云铭《古文析义》卷一五）

【拓展与思考】

作为当代大学生，面对人才济济、竞争激烈的社会现实，应该如何面对挫折和机遇？“有所待、有所忍”是最佳态度吗？

超然台记

凡物皆有可观。苟有可观，皆有可乐。非必怪奇伟丽者也，餔糟啜醨[1]，皆可以醉，果蔬草木，皆可以饱。推此类也，吾安往而不乐？

夫所为求福而辞祸者，以福可喜而祸可悲也。人之所欲无穷，而物之可以足吾欲者有尽。美恶之辨战于中，而去取之择交乎前，则可乐者常少，而可悲者常多，是谓求祸而辞福。夫求祸而辞福，岂人之情也哉？物有以盖[2]之矣。彼游于物之内，而不游于物之外。物非有大小也，自其内而观之，未有不高且大者也。彼挟其高大以临我，则我常眩乱反复[3]，如隙中之观斗，又乌知胜负之所在？是以美恶横生，而忧乐出焉，可不大哀乎！

予自钱塘移守胶西[4]，释[5]舟楫之安，而服[6]车马之劳；去[7]雕墙之美，而庇采椽[8]之居；背湖山之观[9]，而行桑麻之野。始至之日，岁比不登[10]，盗贼满野，狱讼充斥，而斋厨索然[11]，日食杞菊[12]，人固疑予之不乐也。处之期年[13]，而貌加丰，发之白者日以反黑。予既乐其风俗之淳，而其吏民亦安予之拙也[14]。于是治其园圃，洁其庭宇[15]，伐安丘、高密之木[16]，以修补破败，为苟完之计。而园之北，因城以为台者旧矣，稍葺而新之。时相与登览，放意肆志[17]焉。南望马耳、常山[18]，出没隐见，若近若远，庶几有隐君子乎？而其东则卢山[19]，秦人卢敖之所从遁也[20]。西望穆陵[21]，隐然如城郭，师尚父、齐威公之遗烈犹有存者。北俯潍水，慨然太息[22]，思淮阴之功，而吊其不终[23]。台高而安，深而明，夏凉而冬温。雨雪之朝，风月之夕，予未尝不在，客未尝不从。撷[24]园蔬，取池鱼，酿秫酒[25]，瀹脱粟而食之[26]。曰：“乐哉，游乎！”

方是时，予弟子由适在济南，闻而赋之，且名其台曰“超然”[27]。以见予之无所往而不乐者，盖游于物之外也。

孔凡礼：《苏轼文集》，中华书局，1986年版

【解题】

这篇文章用“乐”字贯穿全文，先写超然于物外，就无往而不乐，不能超然于物外，则必悲哀，正面写乐，反面写悲，悲是乐的反面，即是写乐的反面，终不离乐字。再写初到胶西之忧，再写初安之乐，治园修台，登览游乐。反映了作者知足常乐、超然达观的人生态度，

颇有“一蓑烟雨任平生”之意，却也隐含了少许内心苦闷、失意之情。

【注释】

[1]餔：吃。糟：酒糟。啜：饮。醨：薄酒。 [2]盖：掩盖、遮蔽。 [3]眩乱：迷乱。反复：指悲喜忧乐变化无常。 [4]钱塘：今浙江杭州。胶西：即胶州，治所在今山东莱州。 [5]释：放弃。 [6]服：驾。 [7]去：犹“弃”。 [8]庇：遮蔽。这里犹言居于。采椽：以柞木作椽，不加削斫。这里指简陋的房屋。 [9]背：离开。观：景象。此指美景。 [10]比：连续。登：丰收。 [11]斋厨：指厨房。索然：寂寞。这里指食物匮乏。 [12]杞菊：枸杞和菊花。这里指野菜。 [13]期(jī)年：一周年。 [14]安：习惯。拙：笨。此为自谦之词。 [15]园囿：养育花木、鸟兽的地方。这里泛指园林。庭宇：院落房舍。 [16]安丘、高密：相邻的两县名，当时均属密州，今属山东。 [17]放意肆志：纵情快意。 [18]马耳、常山：二山名，在密州城南。 [19]庐山：山名，在密州城东。 [20]卢敖：秦博士，燕人，秦始皇使其求神仙，不得，逃避庐山。 [21]穆陵：关名，在今山东临朐南大岘山上。 [22]“北俯”二句：潍水即今潍河。韩信伐齐，楚使龙且率兵二十万救齐，两军夹河列阵。韩信乃夜壅潍水，后使人决壅，大败楚军，杀龙且。见《史记·淮阴侯列传》。潍水：即今潍河，韩信曾在此击败龙且军二十万。太息：叹息。 [23]吊：伤悼。不终：不得善终。韩信被诬谋反被杀。 [24]撷：摘取。 [25]秫酒：黄米酒。 [26]瀹：煮。脱粟：只去皮的糙米。 [27]闻而赋之：苏辙有《超然台赋》。

【选评】

《超然台记》谓物皆可乐，人之所欲无穷，而物之可以足吾欲者有尽，无往而不乐者，盖游于物之外也。(黄震《黄氏日钞》卷六二)

台名超然，看他下笔便直取“凡物”二字。只是此二字已中题之要害，便以下横说竖说，说自说他，无不纵心如意也。须知此文手法超妙，全从《庄子·达生》《至乐》等篇取气来。(金圣叹《天下才子必读书》卷八)

游物之外则随寓皆安，世之胶胶扰扰、患得患失以终其身者，岂足以知公之胸次乎？(张伯行《唐宋八大家文钞》卷八)

是记先发超然之意，然后入事。其叙事处，忽及四方之形胜，忽入四时之佳景，俯仰情深，而总归之一乐。真能超然物外者矣。(吴楚材、吴调侯《古文观止》卷一一)

通篇含超然意，末路点题，亦是一法。(沈德潜《唐宋八大家文读本》卷二三)

庄子于子桑户之死，托孔子之言答子贡，有方外、方内之别。方，区域也。方外忘死生，方内循礼法。今东坡之文变其说曰“物内”、“物外”，其意正同。方外忘生死，物外忘忧乐也。“人之所欲无穷，而物之所以足吾欲者有尽”，此二语可谓达生之极。东坡之居滕、迈，居儋耳，皆万无不死之地，而东坡仍有山水之乐。读东坡之居儋录诗，皆冲淡拟陶，虽不似陶，鄙见以陶潜之颓放疏懒，与东坡易地以居，则东坡不死，而陶潜必死。盖陶潜虽有夷旷之思，而诗中多恋生恶死之意。东坡气壮，能忍贫而吃苦，所以置之烟瘴之地，而犹雍容。矧胶西居儋耳之北，尚在内地，有何不乐之有？惟东坡有《超然台》之作，则后此惠州、滕、迈、儋耳之行，皆无关紧要矣。通篇把定“游于物外”四字，则知天下足欲之难；知足之难，则随遇皆知足。然既能知足，不惟在胶西乐，即在儋耳亦乐。此所以名为超然。超然者，超乎物外也。文前半说理，后半叙事，初无妙巧，难在有达生之言可以味耳。（林纾《古文辞类纂选本》卷九）

方山子传

方山子[1]，光、黄[2]间隐人也。少时慕朱家、郭解[3]为人，闾里之侠皆宗[4]之。稍壮，折节[5]读书，欲以此驰骋[6]当世，然终不遇。晚乃遁于光、黄间，曰岐亭[7]。庵[8]居蔬食，不与世相闻；弃车马，毁冠服，徒步往来山中，人莫识也。见其所着帽，方屋[9]而高，曰：“此岂古方山冠[10]之遗像乎！”因谓之方山子。

余谪[11]居于黄，过岐亭，适[12]见焉。曰：“呜呼！此吾故人陈慥季常也，何为而在此？”方山子亦矍然[13]问余所以至此者。余告之故。俯而不答，仰而笑。呼余宿其家。环堵萧然[14]，而妻子奴婢皆有自得之意。余既耸然[15]异之。

独念方山子少时，使酒[16]好剑，用财如粪土。前十有九年，余在岐山[17]，见方山子从两骑，挟二矢，游西山。鹊起于前，使骑逐而射之，不获；方山子怒马[18]独出，一发得之。因与余马上论用兵及古今成败，自谓一时豪士。今几日耳，精悍之色，犹见于眉[19]间，而岂山中之人哉？

然方山子世有勋阀[20]，当得官，使从事于其间，今已显闻。而其家在洛阳，园宅壮丽与公侯等；河北有田，岁得帛千匹，亦足以富乐。皆弃不取，独来穷山中，此岂无得而然哉！

余闻光、黄间多异人[21]，往往佯狂垢污[22]，不可得而见，方山子傥[23]见之欤？

孔凡礼：《苏轼文集》，中华书局，1986年版

【解题】

文章通过对苏轼与方山子的相遇与相交，了解他的人生经历，通过对这些人生经历的描述，表达了作者对方山子特立独行性格和人生取向的赞赏。文体以传记的形式叙述，用字准确而含蓄，字里行间饱含感情，道出了作者想见方山子已久，而又不期而遇的喜悦之情。借此流露出同为“怀才不遇”的感慨，却又不失士子之志。

【注释】

[1]方山子：陈慥，字季常，北宋时眉州青神（今属四川）人。宋仁宗嘉祐七年（1062），其父陈希亮知凤翔府，苏轼任府判官，与陈季常结为好友。 [2]光、黄：光州和黄州。光州（治所在今河南潢川县）和黄州邻接，宋时同属淮南西路。 [3]朱家、郭解：都是西汉时的游侠。[4]闾里：乡里。宗：推崇，归附。 [5]折节：改变平日的志向、行为。 [6]驰骋：纵马奔跑。这里的意思是放开手脚干一番事业。 [7]岐亭：宋代镇名，在今湖北麻城市。 [8]庵：小草屋。 [9]方屋：方形突起。 [10]方山冠：古代祭宗庙时乐师所戴的帽子。 [11]谪：降职。宋神宗元丰三年（1080），苏轼因写诗被诬陷得祸，被捕入狱，不久

被贬为黄州团练副使。[12]适：副词，恰好。[13]矍然：惊惶急视的样子。[14]堵：墙。萧然：空寂的样子。[15]耸然：诧异的样子。[16]使酒：酗酒任性。[17]前十九年，余在岐山：指宋仁宗嘉祐七年时，苏轼在凤翔府任判官。岐山：在今陕西岐山县境，宋属凤翔府。[18]怒马：使马怒，即纵马向前。[19]眉：眉宇。指脸上。[20]勋阀：功勋，门第高贵。[21]异人：有特异才能的人。[22]佯狂：假装癫狂。垢污：污秽。[23]倘：倘或。

【选评】

效《伯夷》《屈原传》，亦叙事、亦描写、亦议论，若隐若现，若见其人于褚墨外。（郑之惠《苏长公合作》补卷下）

始侠而今隐，侠处写得豪迈，须眉生动，则隐处益复感慨淋漓，传神手也。（储欣《唐宋八大家类选》卷十三）

此为方山子生前作传也。若论传体，止前段叙事处是传，以下皆论赞矣。妙在步步俱用虚笔。始疑其何以在岐亭，继见其穷，又疑何以自得若此。因追念其平日慕侠读书，向非隐人本色。且历数其家世，富贵可就，必不至于以穷为隐者。总之，种种以不当隐而隐，方验其非无得而为之，所以为可传也。末以隐人不可得见为问，正见方山子不为人所识，是其为异人处。议论中带出叙事，笔致横溢，自成一格，不可以常传之格论也。（林云铭《古文析义》卷一五）

生前作传，故别于寻常传体。通篇只叙其游侠隐沦，而不及世系与生平行事，此传中变调也。写游侠须眉欲动，写隐沦姓字俱沉，自是传神能事。（沈德潜《唐宋八大家文读本》卷二四）

【拓展与思考】

苏轼为何要给方山子作传？

赤壁赋

壬戌[1]之秋，七月既望[2]，苏子与客泛舟，游于赤壁之下。清风徐来，水波不兴。举酒属[3]客，诵明月之诗[4]，歌窈窕之章[5]。少焉[6]，月出于东山之上，徘徊于斗牛[7]之间。白露横江，水光接天。纵一苇之所如，凌万顷之茫然[8]。浩浩乎如冯虚御风[9]，而不知其所止；飘飘乎如遗世[10]独立，羽化而登仙[11]。

于是饮酒乐甚，扣舷[12]而歌之。歌曰："桂棹兮兰桨[13]，击空明兮泝流光[14]。渺渺兮予怀[15]，望美人[16]兮天一方。"客有吹洞箫者，倚歌而和之[17]。其声呜呜然，如怨如慕，如泣如诉；余音嫋嫋[18]，不绝如缕[19]。舞幽壑之潜蛟[20]，泣孤舟之嫠妇[21]。

苏子愀然[22]，正襟危坐[23]，而问客曰："何为其然也？[24]"客曰："'月明星稀，乌鹊南飞。'此非曹孟德之诗乎？西望夏口[25]，东望武昌[26]，山川相缪[27]，郁乎苍苍，此非孟德之困于周郎者乎？[28]方其破荆州，下江陵，顺流而东也[29]，舳舻[30]千里，旌旗蔽空，酾酒[31]

临江，横槊[32]赋诗，固一世之雄也，而今安在哉！况吾与子渔樵于江渚[33]之上，侣鱼虾而友麋鹿[34]，驾一叶之扁舟[35]，举匏樽[36]以相属。寄蜉蝣[37]于天地，渺沧海之一粟[38]。哀吾生之须臾[39]，羡长江之无穷。挟飞仙以遨游，抱明月而长终[40]。知不可乎骤得，托遗响于悲风[41]。”

苏子曰：“客亦知夫水与月乎？逝者如斯[42]，而未尝往也；盈虚者如彼[43]，而卒莫消长[44]也。盖将自其变者而观之，则天地曾不能以一瞬；自其不变者而观之，则物与我皆无尽也，而又何羡乎？且夫天地之间，物各有主，苟非吾之所有，虽一毫而莫取。惟江上之清风，与山间之明月，耳得之而为声，目遇之而成色；取之无禁，用之不竭。是造物者之无尽藏也，而吾与子之所共适。”

客喜而笑，洗盏更酌。肴核[45]既尽，杯盘狼籍[46]。相与枕藉[47]乎舟中，不知东方之既白。

孔凡礼：《苏轼文集》，中华书局，1986 年版

【解题】

本文与《后赤壁赋》都是作于宋神宗元丰五年(1082)贬谪黄州(今湖北黄冈)时。此赋记叙了作者与朋友月夜泛舟游赤壁的所见所感，以作者的主观感受为线索，通过主客问答的形式，反映了作者由月夜泛舟的舒畅，到怀古伤今的悲咽，再到精神解脱的达观。全赋在布局与结构安排中展现了其独特的艺术构思，情韵深致、理意透辟，颇有“一洗万古”之势，在中国文学史上有着很高的文学地位。

【注释】

[1]壬戌：即元丰五年。古代以干支纪年，该年为壬戌年。 [2]既望：阴历十六日。阴历每月十五日为“望日”。 [3]属：劝请，邀请。 [4]明月之诗：一种说法是指《诗经·陈风·月出》这一篇。一种说法是指曹操的《短歌行》，诗里有“明明如月，何时可掇”和“月明星稀，乌鹊南飞”等句。 [5]窈窕之章：《陈风·月出》诗首章为“月出皎兮，佼人僚兮，舒窈纠兮，劳心悄兮”。窈窕：同“窈纠”。 [6]少焉：不多时，一会儿。 [7]斗牛：星辰名。即斗宿(南斗)和牛宿。 [8]纵一苇之所如，凌万顷之茫然：任凭小船在宽广的江面上飘荡。纵：任凭。一苇：比喻极小的船。《诗经·卫风·河广》：“谁谓河广，一苇杭(航)之。”如：前往，到……去。凌：越过。万顷：极为宽阔的江面。茫然：广远、辽阔的样子。 [9]浩浩：盛大的样子。冯(píng)：后来写作“凭”。冯虚：凌空。御风：乘风而行。 [10]遗世：离开尘世。 [11]羽化：传说成仙的人能像长了翅膀一样飞升。登仙：登上仙境。 [12]扣舷：敲打着船边，指打节拍。 [13]桂棹兮兰桨：桂树做的棹，兰木做的桨。 [14]空明：指水月交映的澄明之色。泝：逆水流而上。流光：在水波上闪动的月光。 [15]渺渺：辽远。予怀：我的思念。 [16]美人：比喻心中美好的理想或好的君王。 [17]倚歌：依照歌曲的声律节奏。和：同声相应，唱和。 [18]余音：尾声。嫋嫋：声音回旋不绝。 [19]缕：细丝。 [20]舞：使动用法，这里说使藏在深谷中的蛟龙起舞。幽壑：深谷，这里指深渊。 [21]泣：使动用法。嫠妇：寡妇。 [22]愀：容色变得忧惧或严肃。

[23]正襟危坐：整理衣襟，(严肃地)端坐着。 [24]何为其然也：箫声为什么会这么悲凉呢？ [25]夏口：城名，在今湖北武昌。 [26]武昌：在今湖北鄂州市。 [27]缪：通"缭"，缠绕。 [28]周郎：周瑜。孟德困于周郎：指汉献帝建安十三年(208)，周瑜在赤壁击溃曹操一事。 [29]"方其破荆州"三句：建安十三年，曹操南击荆州，荆州刺史刘表这时已死，他的儿子刘琮率众投降，曹操不战而取得荆州。接着又在当阳击败刘备，攻占江陵。荆州：指湖北襄阳市周围。江陵：在今湖北江陵。 [30]舳舻：船头和船尾，泛指船只。 [31]酾(shī)酒：滤酒，这里指斟酒。 [32]横槊：横执着长矛。槊：兵器。马上用的长矛。 [33]江渚：江上沙洲。 [34]侣：以……为伴侣，这里为意动用法。麋：鹿的一种。 [35]扁舟：小船。 [36]匏樽：一种用葫芦做的盛酒器。匏：葫芦的一种。 [37]寄：寓托。蜉蝣：一种生存期很短的昆虫。此句比喻生命之短促。 [38]渺：小。沧海：大海。此句比喻人类在天地之间极为渺小。 [39]须臾：片刻。形容生命之短。 [40]长终：直到永远。 [41]遗响：余音，指箫声。悲风：秋风。 [42]逝者如斯：流逝的像这江水。语出《论语·子罕》"子在川上曰：'逝者如斯夫，不舍昼夜。'"逝：往。斯：指水。 [43]盈虚者如彼：指月亮的圆缺。 [44]卒：到底，最终。消长：消减和增长。 [45]肴：菜肴。核：果品。 [46]狼籍：同"狼藉"。杂乱的样子。 [47]枕藉：相互靠着。

【选评】

子瞻诸文皆有奇气，至《赤壁赋》，仿佛屈原、宋玉之作，汉、唐诸公皆莫及也。(苏辙苏籀《栾城先生遗言》)

余作《南征赋》，或者称之，然仅与曹大家辈争衡耳。惟东坡《赤壁》二赋，一洗万古，欲仿佛其一语，毕世不可得也。(唐庚《唐子西文录》)

此赋学《庄》《骚》文法，无一句与《庄》《骚》相似。非超然之才、绝伦之识，不能为也。潇洒神奇，出尘绝俗，如乘云御风，而立乎九霄之上。俯观六合，何物茫茫，非惟不挂之齿牙，亦不足入其灵台丹府也。(谢枋得《文章轨范》卷七)

如陶渊明《归去来辞》，于举业虽不甚切，观其词义，潇洒夷旷，无一点风尘俗态，两晋文章，此其杰然者。苏子瞻《赤壁赋》之趣，脱自是篇。(归有光《文章指南》仁集)

后赤壁赋

是岁[1]十月之望，步自雪堂[2]，将归于临皋[3]。二客从予过黄泥之坂[4]。霜露既降，木叶尽脱，人影在地，仰见明月，顾[5]而乐之，行歌相答[6]。已而叹曰："有客无酒，有酒无肴，月白风清，如此良夜何[7]？"客曰："今者薄暮[8]，举网得鱼，巨口细鳞，状如松江之鲈[9]。顾安所[10]得酒乎？"归而谋诸妇[11]。妇曰："我有斗酒，藏之久矣，以待子不时之须。"

于是携酒与鱼，复游于赤壁之下。江流有声，断岸[12]千尺，山高月小，水落石出。曾日月之几何，而江山不可复识矣！

予乃摄衣而上，履巉岩[13]，披蒙茸[14]，踞虎豹[15]，登虬龙[16]；攀栖鹘之危巢[17]，俯冯夷之幽宫[18]。盖[19]二客不能从焉。划然[20]长啸，草木震动，山鸣谷应，风起水涌。予亦悄然[21]而悲，肃然而恐，凛乎[22]其不可留也。反而登舟，放乎中流，听其所止而休焉[23]。时夜将半，四顾寂寥。适有孤鹤，横江东来。翅如车轮，玄裳缟衣[24]，戛然[25]长鸣，掠予舟而西也。

须臾[26]客去，予亦就睡。梦一道士，羽衣蹁跹[27]，过临皋之下，揖予[28]而言曰："赤壁之游乐乎？"问其姓名，俛[29]而不答。"呜呼噫嘻[30]，我知之矣！畴昔之夜[31]，飞鸣而过我者，非子也耶？"道士顾[32]笑，予亦惊寤[33]。开户视之，不见其处。

孔凡礼：《苏轼文集》，中华书局，1986年版

【解题】

本文是《赤壁赋》的姊妹篇，同样作于宋神宗元丰五年（1082）贬谪黄州（今湖北黄冈）时。与前篇纯写江上泛舟不同，后篇记游，以登岸履险为主，也无谈玄说理的内容。文章前面记真景真情，通过毫不雕琢的天然佳句，给人一种壮阔的美感；中间对踞石攀木、俯江长啸的细致描写，真切地表达了作者月夜登临的情趣；最后写梦见道士化鹤，纯属幻境幻觉，空灵奇幻，迷离恍惚，从中表现了作者内心怅然若失的苦闷。

【注释】

[1]是岁：这一年。即壬戌年（宋神宗元丰五年）。 [2]雪堂：苏轼在黄州所建的新居，离他在临皋的住处不远，在黄冈东面。因在大雪时建成，画雪景于四壁，故名"雪堂"。[3]临皋：亭名，在黄冈南长江边上。苏轼初到黄州时住在定惠院，不久就迁至临皋亭。[4]黄泥之坂：黄冈东面东坡附近的山坡叫"黄泥坂"。坂：斜坡，山坡。 [5]顾：上下四周看。 [6]行歌相答：边行边吟诗，互相唱和；且走且唱，互相酬答。 [7]如此良夜何：怎样度过这个美好的夜晚呢？ [8]薄暮：傍晚。薄：迫近。 [9]松江之鲈：鲈鱼是松江（现在属上海）的名产，体扁，鳞细，味鲜美。 [10]顾：副词，表转折，相当于"不过"。安所：即何处。 [11]谋诸妇：回家去与妻子商量。诸"之于"的合音。 [12]断岸：陡峭的江岸。 [13]巉岩：险峻的山崖。 [14]披蒙茸：分开稠密的野草。 [15]踞：盘踞，指盘坐在那里的样式。虎豹：指形似虎豹的山石。 [16]登虬龙：登上状似虬龙的古树。[17]鹘：一种凶猛的鸟。危巢：高树上的鸟巢。 [18]冯夷：河伯，古代传说中的水神。幽：深。"攀栖鹘之危巢，俯冯夷之幽宫"这句是说，上登山的极高处，下临江的极深处。[19]盖：承接连词，于是、就。 [20]划然：形容长啸声。 [21]悄然：忧伤的样子。[22]凛乎：恐惧的样子。 [23]听其所止而休焉：任凭那船停止在什么地方，就在什么地方休息。 [24]玄裳缟衣：尾巴像黑裙子，羽毛像白衣。玄：黑；缟：白色丝织品。[25]戛然：形容鹤声的尖利。 [26]须臾：过了一会儿。指很短的时间。 [27]蹁跹：飘然轻快的样子。 [28]揖予：向我拱手施礼。 [29]俛：同"俯"，低头。 [30]呜呼噫嘻：这四个字都是叹词，相当于"哎呀"。 [31]畴昔之夜：昨天晚上。畴：语首助词，没有实在的意思。昔：昨天。 [32]顾：回头看。 [33]寤：睡醒。

【选评】

陆士衡云："赋体物而浏亮。"坡公《前赤壁赋》已曲尽其妙，《后赋》尤精于体物，如"山高月小，水落石出"，皆天然句法。末用道士化鹤之事，尤出人意表。（虞集《三苏文范》卷一六）

萧瑟。借鹤与道士之梦，以发胸中旷达今古之思。（茅坤《唐宋八大家文钞·苏文忠公文钞》卷二八）

《前赤壁赋》为禅法道理所障，如老学究着深衣，遍体是板；《后赋》平叙中有无限光景，至末一段，即子瞻亦不知其所以妙。（袁宏道《苏长公合作》卷一）

此赋与前赋有同处，有异处，有同而异处，有异而同处，尤不可不知。何谓同？两篇皆以客作波，风月生情，酒肴点缀，睡为归结，此同处也。……至前赋客用浑言，此明指二客；前赋风月首尾照应，此只一二处点染；前赋三及饮酒，此一入题便止；前赋与客枕藉舟中，此赋客去就睡屋内。笔法随处变换，故曰同而异也。究之两赋情景与两赋笔法，虽皆异，而着想之奇同，措词之工同，见地之高同，结构之妙同，语语之皆仙，笔笔之入化，亦无一不同。（余诚《重订古文释义新编》卷八）

【拓展与思考】

如何理解作者在梦鹤化为道士后又增添醒来寻找道士一笔？

记承天寺夜游

元丰六年十月十二日夜，解衣欲睡，月色入户，欣然起行[1]。念无与乐者，遂至承天寺寻张怀民[2]。怀民亦未寝，相与步于中庭。

庭下如积水空明，水中藻荇交横[3]，盖竹柏影也。何夜无月？何处无竹柏？但少闲人如吾两人耳。

孔凡礼：《苏轼文集》，中华书局，1986年版

【解题】

此文为元丰六年(1083)苏轼贬官黄州时作。承天寺：在今湖北省黄冈市南。以笔记体游记的方式叙述了夜游承天寺的情景。作者对月夜景色作的一番美妙的描绘，真实地记录了他被贬黄州的一个生活片段，也体现了他与张怀民的深厚友谊与对知音甚少的无限感慨，还表达了他壮志难酬的苦闷，同时表现了他旷达乐观的人生态度。

【注释】

[1]欣然：高兴、喜悦的样子。行：出行。　[2]张怀民：字梦得，清河(今河北清河)人。元丰六年贬谪到黄州，寄居承天寺。　[3]藻荇：泛指生长在水中的绿色植物。藻：藻类植物。荇：荇菜。这里借指月色下的竹柏影。交横：纵横交错。

【拓展与思考】

承天寺的庭院中除了竹子和柏树之外，应该还有别的事物吧，为何作者笔下只有竹子和柏树呢？

苏 辙

苏辙(1039—1112)，字子由，北宋时眉山(今四川省眉山市)人，晚年自号颍滨遗老。苏轼之弟，人称“小苏”。与其父苏洵、兄苏轼合称“三苏”，均在“唐宋八大家”之列。宋神宗年间曾任翰林学士、尚书右丞、门下侍郎等职。在政治上他反对王安石的新法。他在散文上的成就，如苏轼所说，达到了“汪洋淡泊，有一唱三叹之声，而其秀杰之气终不可没”。著有《栾城集》。

黄州快哉亭记

江出西陵[1]，始[2]得平地，其流奔放肆大[3]；南合沅、湘[4]，北合汉、沔[5]，其势益张；至于赤壁[6]之下，波流浸灌，与海相若。清河张君梦得[7]，谪居齐安[8]，即其庐之西南为亭，以览观江流之胜。而余兄子瞻名之曰“快哉”。

盖亭之所见，南北百里，东西一舍[9]。涛澜汹涌，风云开阖[10]。昼则舟楫出没于其前，夜则鱼龙悲啸于其下。变化倏忽[11]，动心骇目，不可久视。今乃得玩之几席之上[12]，举目而足[13]。西望武昌[14]诸山，冈陵起伏，草木行列，烟消日出，渔夫樵父之舍，皆可指数[15]，此其所以为快哉者也。至于长洲[16]之滨，故城之墟[17]，曹孟德、孙仲谋之所睥睨[18]，周瑜、陆逊之所骋骛[19]，其流风遗迹，亦足以称快世俗[20]。

昔楚襄王从宋玉、景差于兰台之宫[21]，有风飒然至者，王披襟当之[22]，曰：“快哉此风[23]！寡人所与庶人共者耶？”宋玉曰：“此独大王之雄风耳，庶人安得共之！”玉之言盖有讽焉[24]。夫风无雌雄之异，而人有遇不遇之变[25]。楚王之所以为乐，与庶人之所以为忧，此则人之变也，而风何与[26]焉！士生于世，使其中不自得[27]，将何往而非病；使其中坦然不以物伤性[28]，将何适[29]而非快！今张君不以谪为患[30]，窃会计之余功[31]，而自放[32]山水之间，此其中宜有以过人者。将蓬户瓮牖[33]，无所不快；而况乎濯[34]长江之清流，挹[35]西山之白云，穷耳目之胜以自适也哉！不然，连山绝壑，长林古木，振之以清风，照之以明月，此皆骚人思士之所以悲伤憔悴而不能胜[36]者。乌睹[37]其为快也哉！

元丰六年十一月朔[38]日，赵郡[39]苏辙记。

《栾城集》，四部丛刊本

【解题】

本文紧紧围绕"快哉"二字来作文章，也是就建亭者的用意，来加以发挥的。前二段重在描写亭上所见景物及由此生发的历史联想，说透"快哉"的涵义；第三段重在议论，是以推理笔法，印证"快哉"的确切无误；或含苏辙对张梦得豁达不羁的赞赏，同时也隐含作者对其兄苏轼的慰勉之情。此文能够将写景、叙事、抒情、议论融为一体，条理清晰，结构严谨，过渡自然，不露痕迹。

【注释】

[1]江：长江。西陵：巴峡，长江三峡之一，在湖北省巴东县与宜昌市之间。 [2]始：才。 [3]奔放：形容文章、河流等的气势雄伟，不受拘束。肆大：形容水流壮阔。[4]沅：沅水(也称沅江)。湘：湘江。湖南省的两条主要河流，北流入洞庭湖，注入长江。 [5]汉、沔：汉水上源为沔水，出陕西省西南部，至汉中，称汉水，流经湖北省西北部至武汉市入长江。 [6]赤壁：赤壁之说不一，实际上三国时周瑜击败曹操大军的赤壁是在湖北省蒲圻县西北、长江南岸。 [7]清河：今河北省县名。张君梦得：张梦得，字怀民，在黄州与苏轼有交游。 [8]齐安：古代郡名，即黄州，治所在今湖北省黄冈市。 [9]一舍(shè)：三十里。古时行军以三十里为一舍。 [10]风云开阖：风云变化。阖：同"合"。 [11]倏忽：顷刻之间，一瞬间，指时间短。 [12]今乃得玩之几席之上：可以在亭中的几席上赏玩这些景色。几：小桌，茶几。 [13]举目而足：抬起眼来就可以看个够。[14]武昌：今湖北省鄂州市。 [15]指数(shǔ)：一一指点出来。 [16]长洲：江中长条形的沙洲或江岸。 [17]故城：指孙权的故都。墟：旧有的建筑物已被毁平而尚留有遗迹的空地。 [18]曹孟德、孙仲谋之所睥睨：曹操(字孟德)、孙权(字仲谋)所傲视的地方。睥睨：侧目窥视。 [19]周瑜、陆逊之所骋骛：周瑜、陆逊均为三国时东吴的重要将领。周瑜曾破曹操于赤壁，陆逊曾袭关羽于荆州，败刘备于夷陵，破魏将曹休于皖城。骋骛：同"驰骛"，奔走，追逐。 [20]称快世俗：为世俗一般的人所快意。 [21]楚襄王从宋玉、景差于兰台之宫：宋玉有《风赋》，讽楚襄王之骄奢。楚襄王：即楚顷襄王，名横，楚怀王之子。从：使……从。宋玉、景差都是楚襄王之侍臣。兰台宫：遗址在湖北钟祥东。 [22]披：敞开。当：迎接。 [23]快哉此风："此风快哉"，解释为这风多么让人感到畅快啊！[24]盖有讽焉：大概有讽谏的意味在里头。讽：讽喻。宋玉作《风赋》，讽楚襄王之骄奢。焉：兼词于之，在那里。 [25]人有遇不遇之变：人有遇时和不遇时的不同时候。遇：指机遇好，被重用。 [26]与(yù)：参与，引申为有何关系。 [27]使：假使。中：内心，心中。自得：自己感到舒适、自在。 [28]不以物伤性：不因外物(环境遭遇)的影响而伤害自己的心性。 [29]适：往，去。 [30]患：忧愁。 [31]窃：偷得，这里即"利用"之意。会计：掌赋税钱谷等事务。余功：公事之余。 [32]自放：自适，放情。 [33]蓬户瓮牖：贫穷人的住所。蓬户：用蓬草编门。瓮牖：用破瓮做窗。 [34]濯：洗涤。 [35]揖：拱手行礼。这里的意思是面对(西山白云)。 [36]胜：承受。 [37]乌睹：哪里看得出。 [38]朔：夏历每月初一。 [39]赵郡：苏辙先世为赵郡栾城(今河北赵县)人。

【选评】

《上太尉书》高奇豪迈,《快哉亭记》汪汪若千顷波,皆次公集中第一乘文字。(储欣《唐宋八大家类选》卷一二)

全篇止拿定“快哉”二字细发,可与乃兄《超然台记》并传。按“超然”二字出《庄子》,“快哉”二字出《楚辞》,皆有自乐其乐之意。“超然”乃子由命名,而子瞻为文,言其无往而不乐;“快哉”乃子瞻命名,而子由为文,言其何适而非快。俱从居官不得意时看出,取义亦无不同也。文中一种雄伟之气,可以笼罩海内,与乃兄并峙千秋。子瞻尝云:“四海相知惟子由。”人伦之中,岂易得此?安得不令人羡杀!(林云铭《古文析义》卷一五)

王安石

读孟尝君传

世皆称孟尝君能得士[1],士以故归[2]之,而卒赖其力以脱于虎豹之秦[3]。

嗟乎!孟尝君特鸡鸣狗盗之雄[4]耳,岂足以言得士?不然,擅齐之强[5],得一士焉,宜可以南面而制秦[6],尚何取鸡鸣狗盗之力哉?鸡鸣狗盗之出其门,此士之所以不至也。

《临川先生文集》,四部丛刊本

【解题】

本文是中国历史上的一篇著名驳论文。该文是王安石读《史记·孟尝君列传》后所写。孟尝君姓田名文,战国时期齐国的公子,以好客养士著名。这篇文章则反驳了历来认为孟尝君能得士的传统说法。全文仅四句话,一句一层转折,逻辑严密,文笔紧健,被前人誉为“千秋绝调”。

【注释】

[1]孟尝君能得士:据《史记·孟尝君列传》说,孟尝君在他的封地薛招揽诸侯宾客以及有罪的亡命之徒,给予优厚的待遇,因此有几千名士人投奔他的门下。 [2]以故:因这缘故。归:投奔,归附。 [3]“而卒赖其力”句:秦昭王十年(公元前297年),孟尝君曾被秦王囚禁,当时孟尝君派人向秦王的宠妃求救,宠妃提出要用一件昂贵的狐裘作为交换条件,孟尝君有一个善学狗叫的门客夜入秦宫偷来宫中的狐裘献上,才得以获释。孟尝君率众连夜逃至秦国的边境函谷关,天尚未亮,大门还紧闭着。有一个善学鸡鸣的门客学鸡叫声,守关人以为天亮了,便开关放行,孟尝君便得以脱险回国。 [4]特:只是。雄:喻杰出强有力的人物。 [5]擅齐之强:当时齐国是东方的一个强国,其国力远在韩、赵、魏、燕各

国之上。擅：依靠，凭借。 [6]南面而制秦：坐北朝南，使秦王前来朝拜齐王。南面：古代国君或帝王的座位都是坐北朝南，故称居帝位为“南面”。

【选评】

凿凿只是四笔，笔笔如一寸之铁，不可得而屈也。读之可以想见先生生平执拗，乃是一段气力。（金圣叹《天下才子必读书》卷八）

语语转，笔笔紧，千秋绝调。（沈德潜《唐宋八大家文读本》卷三十）

文不满百字，而抑扬吞吐，曲尽其妙。（吴楚材、吴调侯《古文观止》卷一一）

通篇只八十八字，而有四层段落，起承转合，无不毕具，洵简劲之至。然非此等生龙活虎之笔，寥寥数语中，何能得此转折，何能得此波澜？文与可画竹，尺幅而具寻丈之观，此其似之。至议论之正大，尤堪千载不磨。（余诚《重订古文释义新编》卷八）

【拓展与思考】

结合所学历史知识，谈谈你对作者观点的看法？

答司马谏议书

某启：昨日蒙教[1]，窃以为与君实游处[2]相好之日久，而议事每不合，所操之术多异故也[3]。虽欲强聒[4]，终必不蒙见察，故略上报，不复一一自辨；重念蒙君实视遇厚[5]，于反复不宜卤莽[6]，故今具道所以[7]，冀君实或见恕也。

盖儒者所争，尤在于名实[8]。名实已明，而天下之理得矣。今君实所以见教者，以为侵官、生事、征利、拒谏，以致天下怨谤也[9]。某则以谓受命于人主[10]，议法度而修之于朝廷，以授之于有司[11]，不为[12]侵官；举先王之政，以兴利除弊，不为生事；为天下理财[13]，不为征利；辟邪说[14]，难壬人[15]，不为拒谏。至于怨谤之多，则固前知[16]其如此也。人习于苟且非一日[17]，士大夫多以不恤国事，同俗自媚于众为善。上乃欲变此，而某不量敌之众寡[18]，欲出力助上以抗之，则众何为而不汹汹[19]然。盘庚之迁[20]，胥怨者[21]民也，非特朝廷士大夫而已；盘庚不为怨者改其度[22]，度义而后动[23]，是而不见可悔[24]故也。如君实责我在位久，未能助上大有为，以膏泽[25]斯民，则某知罪矣；如曰今日当一切不事事[26]，守前所为而已，则非某之所敢知[27]。

无由会晤，不任区区向往之至[28]。

《临川先生文集》，四部丛刊本

【解题】

宋神宗熙宁二年（1069），王安石为宰相，实行新法，受到守旧派的强烈反对。当时的右谏议大夫司马光写了一封长达三千三百余言的信给王安石，抨击新政，不遗余力。此为作者的复信。文中对司马光加给作者的“侵官、生事、征利、拒谏、怨谤”五个罪名逐一作了反驳，并批评士大夫阶层的因循守旧，表明坚持变法的决心。行文简洁，结构严谨，展现了书信体独有的特点。

【注释】

[1]蒙教：谦辞，承蒙赐教。 [2]游处：交游共处，指交往。 [3]所操之术：所持的政治主张。操：持。术：方法，指治国之术。 [4]强聒：硬在耳边啰唆，指再三进行解说。聒：喧扰，声音嘈杂。 [5]重念：再三考虑到。视遇：看待、对待。厚：优厚。 [6]于反复：对于书信往来。宜：应该，应当。卤莽：粗俗草率。卤：同“鲁”。 [7]具道所以：详细说明理由。具：同“俱”，详尽。 [8]名实：指名称和实际是否相符。 [9]侵官：侵犯其他官员的职权。生事：惹起麻烦，制造事端。这里指推行新法，废旧立新，生事扰民。征利：指设法生财，与民争利。征：索取，求取。拒谏：指拒绝接受意见。致：招来。怨谤：怨恨诽谤。 [10]人主：君主，指宋神宗赵顼。 [11]以：把。授：交给。有司：主管官吏。 [12]不为：不能算是。 [13]为：替。理财：整理财政。 [14]辟：排除。邪说：错误言论。 [15]难：批驳。壬人：巧言谄媚的人。 [16]固：固然，本来。前知：指事先料到。 [17]习于：惯于。苟且：得过且过。非一日：不是一天的事。 [18]量：估计，考虑。敌：指反对的人。众寡：多少。 [19]汹汹：喧扰不安的样子。 [20]盘庚之迁：盘庚迁都。盘庚：商代国君，由商迁都于殷(今河南安阳市)。[21]胥怨者：相与怨恨的人。胥：相互。 [22]度：计划，名词。 [23]度：揣度，考虑，动词。义：合理。动：行动。 [24]不见可悔：不再改悔。 [25]膏泽：施以恩惠。 [26]一切不事事：一切事情都不做。前事是动词，后事是名词。 [27]所敢知：所敢领教的。 [28]不任区区向往之至：真情挚意地不胜敬仰。不任：不胜。区区：真情挚意。向往之至：仰慕到极点。

【选评】

半山(即王安石)文善用揭过法，只下一二语，便可扫却他人数大段，是何简贵！(刘熙载《艺概》)

【拓展与思考】

你觉得天下“怨谤”、众人“汹汹然”的根本原因是什么？

曾　巩

曾巩(1019—1083)，字子固，建昌南丰(今江西南丰县)人。宋仁宗嘉祐二年(1057)进士，历任太平州司法参军，馆阁校勘，集贤院校理，越州通判，济州、福州知州，史馆修撰等，最后官至中书舍人。北宋散文家，为唐宋八大家之一。他的文章注重儒家道统，典重平实，不甚讲求文采；但议论透辟，叙事条理清楚，俯仰如意，讲究行文的法度和布局，对后世有相当影响。著有《元丰类稿》。

墨池记

临川[1]之城东，有地隐然[2]而高，以临于溪，曰新城。新城之上，有池洼然[3]而方以长[4]，曰王羲之之墨池[5]者，荀伯子《临川记》[6]云也。羲之尝慕张芝[7]，临池学书，池水尽黑，此为其故迹，岂信[8]然邪？方羲之之不可强以仕[9]，而尝极东方[10]，出沧海[11]，以娱其意[12]于山水之间，岂其徜徉肆恣[13]，而又尝自休[14]于此邪？

羲之之书，晚乃善[15]；则其所能[16]，盖亦以精力自致[17]者，非天成[18]也。然后世未有能及者，岂其学[19]不如彼邪？则学固岂可以少哉！况欲深造道德[20]者邪？

墨池之上，今为州学舍[21]。教授王君盛恐其不章[22]也，书"晋王右军墨池"之六字于楹间以揭之[23]，又告于巩曰："愿有记。"惟王君之心，岂爱人之善，虽一能[24]不以废，而因以及乎其迹[25]邪？其亦欲推其事以勉[26]其学者邪？夫人之有一能，而使后人尚[27]之如此。况仁人庄士之遗风余思[28]，被于来世[29]者如何哉！

庆历八年九月十二日[30]曾巩记。

《元丰类稿》，四部丛刊本

【解题】

此文从传说中王羲之墨池遗迹入笔，巧妙机智地借题发挥，撇下"墨池"之真假不着一言，而是重点论及王羲之本人，说明王羲之的成功取决于其后天的不懈努力，顺理成章地强调了学习的重要性。全文借事立论，小题短篇，而开拓深宏，多作诘问唱叹，笔调委婉有致，可见出曾文特色。

【注释】

[1]临川：宋朝江南西路抚州治所，今江西临川区。 [2]隐然：突起的样子。 [3]洼然：凹下的样子。 [4]方以长：方而且长，即长方形。 [5]王羲之（约 321—379）：字逸少，琅琊临沂（今山东临沂）人，晋穆帝时为右军将军，会稽内史，故世称王右军。工书法，草书学张芝，正书学钟繇。后吸收民间用笔圆转之书风，独开书体，形成新格，为历代书家所尚，尊之为"书圣"。墨池：遗迹在今江西临川区，相传是王羲之写字洗笔的水池。 [6]荀伯子：南朝时刘宋颍阴（今河南省许昌市）人。曾任临川内史，著有《临川记》六卷。 [7]张芝：字伯英，东汉敦煌酒泉（今甘肃酒泉）。善章草，后脱旧习，创今草；三国魏书法家韦诞称他为"草圣"。 [8]信：真。 [9]方：当。强：勉强。据史载，王羲之与骠骑将军王述齐名，但王羲之瞧不起王述。王羲之任会稽内史时，王述为扬州刺史，王羲之耻之，便称病辞官，隐居会稽山阴（今浙江绍兴市）。 [10]极：穷尽。东方：这里指浙东、浙中诸郡。 [11]出沧海：出游东海。这里的沧海指东海。 [12]娱：舒展。意：心情。 [13]徜徉：徘徊。肆恣：任情放纵，不受拘束。 [14]休：止息，停留。 [15]晚：晚年。善：精妙。 [16]所能：拥有的才能。 [17]致：达到。 [18]天成：天才所致，天然所致。

[19]学:指学习的精神。 [20]深造道德:在道德方面达到很高的成就。 [21]州学舍:指抚州官学的校舍。 [22]教授:官名。宋朝路、府、州学中主管教育的官员。[23]楹:房屋前的柱子。揭:揭示,悬挂。 [24]一能:一技之长。 [25]迹:遗迹。[26]推:推崇。勉:勉励。 [27]尚:推重,尊崇。 [28]仁人庄士:品德高尚、学问渊深的人。遗风余思:流传下来的优良作风和思想精神。 [29]被于来世:对于后世的影响。被:影响。 [30]庆历:宋仁宗赵祯年号,公元 1041—1048 年。庆历八年,即公元 1048 年。

【选评】

用意或在题中,或出题外,令人徘徊赏之。(沈德潜《唐宋八大家文读本》卷二十八)

陆　游

书巢记

陆子既老且病,犹不置[1]读书,名其室曰书巢。客有问曰:"鹊巢于木,巢之远人者;燕巢于梁,巢之袭人者。凤之巢,人瑞之;枭之巢,人覆之。雀不能巢,或夺燕巢,巢之暴者也;鸠不能巢,伺鹊育雏而去,则居其巢,巢之拙者也。上古有有巢氏,是为未有宫室之巢。尧民之病水者,上而为巢,是为避害之巢。前世大山穷谷中,有学道之士,栖木若巢,是为隐居之巢。近时饮家者流,或登木杪[2],酣醉叫呼,则又为狂士之巢。今子幸有屋以居,牖户墙垣,犹之比屋也,而谓之巢,何耶?"

陆子曰:"子之辞辩矣,顾未入吾室。吾室之内,或栖于椟[3],或陈于前,或枕藉于床,俯仰四顾,无非书者。吾饮食起居,疾痛呻吟,悲忧愤叹,未尝不与书俱[4]。宾客不至,妻子不觌[5],而风雨雷雹之变,有不知也。间有意欲起,而乱书围之,如积槁枝,或至不得行,辄自笑曰:'此非吾所谓巢者邪。'"乃引客就观之。客始不能入,既入又不能出,乃亦大笑曰:"信乎其似巢也。"客去,陆子叹曰:"天下之事,闻者不如见者知之为详,见者不如居者知之为尽。吾侪未造夫道之堂奥[6],自藩篱之外而妄议之,可乎?"因书以自警[7]。

淳熙九年九月三日,甫里陆某务观记。

《渭南文集》,四部丛刊本

【解题】

《书巢记》是陆游创作的一篇记文,主要讲自己老了仍不忘读书的事,颇有"活到老,学到老"的志趣。

【注释】

[1]置：弃置，放弃。 [2]杪(miǎo)：树梢的细枝。 [3]椟：木柜、木匣，这里指书橱。 [4]俱：一起。 [5]妻子：妻子儿女。觌(dí)：相见。 [6]侪：同辈、同类人。堂奥：此指道的精微之处。 [7]自警：警示自己。

宋话本

碾玉观音

山色晴岚[1]影物佳，暖烘回雁起平沙。东郊渐觉花供眼，南陌依稀草吐芽。　堤上柳，未藏鸦，寻芳趁步到山家。陇头几树红梅落，红杏枝头未着花。

这首《鹧鸪天》说孟春影致，原来又不如“仲春词”做得好：

每日青楼醉梦中，不知城外又春浓。杏花初落疏疏雨，杨柳轻摇淡淡风。　浮画舫，跃青骢，小桥门外绿阴笼。行人不入神仙地，人在珠帘第几重？

这首词说仲春景致，原来又不如黄夫人做着“季春词”又好：

先自春光似酒浓，时听燕语透帘栊。小桥杨柳飘香絮，山寺绯桃散落红。　莺渐老，蝶西东，春归难觅恨无穷。侵阶草色迷朝雨，满地梨花逐晓风。

这三首词，都不如王荆公看见花瓣儿片片风吹下地来；原来这春归去，是东风断送的；有诗道：

春日春风有时好，春日春风有时恶。不得春风花不开，花开又被风吹落。

苏东坡道：“不是东风断送春归去，是春雨断送春归去。”有诗道：

雨前初见花间蕊，雨后全无叶底花。蜂蝶纷纷过墙去，却疑春色在邻家。

秦少游道：“也不干风事，也不干雨事，是柳絮飘将春色去。”有诗道：

三月柳花轻复散，飘扬澹荡送春归。此花本是无情物，一向东飞一向西。

邵尧夫道：“也不干柳絮事，是胡蝶采将春色去。”有诗道：

花正开时当三月，胡蝶飞来忙劫劫。采将春色向天涯，行人路上添凄切。

曾两府道：“也不干胡蝶事，是黄莺啼得春归去。”有诗道：

花正开时艳正浓，春宵何事老芳丛？黄鹂啼得春归去，无限园林转首空。

朱希真道：“也不干黄莺事，是杜鹃啼得春归去。”有诗道：

杜鹃叫得春归去，物边啼血尚犹存。庭院日长空悄悄，教人生怕到黄昏。

苏小妹道：“都不干这几件事，是燕子衔将春色去。”有《蝶恋花》词为证：

妾本钱塘江上住，花开花落，不管流年度。燕子衔将春色去，纱窗几阵黄梅雨。斜插犀梳云半吐[2]，檀板轻敲，唱彻《黄金缕》。歌罢彩云无觅处，梦回明月生南浦。

王岩叟道："也不干风事，也不干雨事，也不干柳絮事，也不干胡蝶事，也不干黄莺事，也不干杜鹃事，也不干燕子事，是九十日春光已过，春归去。"曾有诗道：

怨风怨雨两俱非，风雨不来春亦归。腮边红褪青梅小，口角黄消乳燕飞。蜀魄健啼花影去，吴蚕强食柘桑稀。直恼春归无觅处，江湖辜负一蓑衣。

说话的因甚说这春归词？绍兴[3]年间，行在[4]有个关西延州延安府人，本身是三镇节度使、咸安郡王。当时怕春归去，将带着许多钧眷[5]游春。至晚回家，来到钱塘门里，车桥前面。钧眷轿子过了，后面是郡王轿子到来。只听得桥下裱褙铺[6]里一个人叫道："我儿出来看郡王。"当时郡王在轿里看见，叫帮总虞候[7]道："我从前要寻这个人，今日却在这里。只在你身上，明日要这个人入府中来。"当时虞候声诺来寻。这个看郡王的人是甚色目人[8]？正是：

尘随车马何年尽？情系人心早晚休？

只见车桥下一个人家，门前出着一面招牌，写着"璩家装裱古今书画"铺里一个老儿，引着一个女儿，生得如何：

云鬓轻笼蝉翼，蛾眉淡拂春山。朱唇缀一颗樱桃，皓齿排两行碎玉。莲步半折小弓弓，莺啭一声娇滴滴。

便是出来看郡王轿子的人。虞候即时来他家对门一个茶坊里坐定，婆婆把茶点来，虞候道："启请婆婆，过对门裱褙铺里，请璩大夫[9]来说话。"婆婆便去请到来。两个相揖了就坐，璩待诏[10]问："府干[11]有何见谕？"虞候道："无甚事，闲问则个。适来叫出来看郡王轿子的人，是令爱么？"待诏道："正是拙女，止有三口。"虞候又问："小娘子贵庚？"待诏应道："一十八岁。"再问："小娘子如今要嫁人，却是趋奉官员？"待诏道："老拙家寒，那讨钱来嫁人，将来也只是献与官员府第。"虞候道："小娘子有甚本事？"待诏说出女孩儿一件本事来，有词寄《眼儿媚》为证：

深闺小院日初长，娇女绮罗裳。不做东君造化，金针刺绣群芳样。　斜枝嫩叶包开蕊，唯只欠馨香。曾向园林深处，引教蝶乱蜂狂。

原来这女儿会绣作。虞候道："适来郡王在轿里，看见令爱身上系着一条绣里肚。府中正要寻一个绣作的人，老丈何不献与郡王？"璩公归去与婆婆说了，到明日写一纸献状[12]，献来府中。郡王给与身价，因此取名秀秀养娘[13]。

不则一日[14]，朝廷赐下一领团花绣战袍，当时秀秀依样绣出一件来。郡王看了欢喜道："主上赐与我团花战袍，却寻甚么奇巧的物事献与官家？"去府库里寻出一块透明的羊脂美玉来，即时叫将门下碾玉待诏道："这块玉堪做甚么？"内中一个道："好做一副劝杯。"郡王道："可惜恁般一块玉，如何将来只做得一副劝杯。"又一个道："这块玉上尖下圆，好做一个摩侯罗儿。"郡王道："摩侯罗儿只是七月七日乞巧使得，寻常间又无用处。"数中一个后生，年纪二十五岁，姓崔名宁，趋事郡王数年，是升州建康府人；当时叉手向前，对着郡王道："告恩王，这块玉上尖下圆，甚是不好，只好碾一个南海观音。"郡王道："好！正合我意。"就叫崔宁下手，不过两个月，碾成了这个玉观音。郡王即时写表进上御前，龙颜大喜。

崔宁就本府增添请给，遭遇郡王。

不则一日，时遇春天，崔待诏游春回来，入得钱塘门，在一个酒肆与三四个相知方才吃得数杯，则听得街上闹炒炒，连忙推开楼窗看时，见乱哄哄道："井亭桥有遗漏[15]！"吃不得这酒成，慌忙下酒楼看时，只见：

初如萤火，次若灯火。千条蜡烛焰难当，万座糁盆敌不住；六丁神推倒宝天炉，八力士放起焚山火。骊山会上，料应褒姒逞娇容；赤壁矶头，想是周郎施妙策。五通神牵住火葫芦，宋无忌赶番赤骡子。又不曾泻烛浇油，直恁的烟飞火猛！

崔待诏望见了，急忙道："在我本府前不远！"奔到府中看时，已搬挈得罄尽，静悄悄地无一个人。崔待诏既不见人，且循着左手廊下入去。火光照得如同白日，去那左廊下，一个妇女摇摇摆摆从府堂里出来，自言自语，与崔宁打个胸厮撞[16]。崔宁认得是秀秀养娘，倒退两步，低声唱个喏。原来郡王当日曾对崔宁许道："待秀秀满日，把来嫁与你。"这些众人都撺掇道："好对夫妻。"崔宁拜谢了，不则一番。崔宁是个单身，却也痴心。秀秀见恁地个后生，却也指望。当日有这遗漏，秀秀手中提着一帕子金珠富贵，从左廊下出来，撞见崔宁，便道："崔大夫！我出来得迟了，府中养娘，各自四散，管顾不得。你如今没奈何，只得将我去躲避则个。"

当下崔宁和秀秀出府门，沿着河走到石灰桥。秀秀道："崔大夫，我脚疼了，走不得。"崔宁指着前面道："更行几步，那里便是崔宁住处。小娘子到家中歇脚，却也不妨。"到得家中坐定，秀秀道："我肚里饥，崔大夫与我买些点心来吃。我受了些惊，得杯酒吃更好。"当时崔宁买将酒来，三杯两盏，正是：

三杯竹叶穿心过，两朵桃花上脸来。

道不得个"春为花博士，酒是色媒人"。秀秀道："你记得当时在月台上赏月，把我许你，你兀自拜谢。你记得也不记得？"崔宁叉着手，只应得喏。秀秀道"当日众人都替你喝彩：'好对夫妻！'你怎地到忘了？"崔宁又则应得喏。秀秀道："比似只管等待，何不今夜我和你先做夫妻，不知你意下何如？"崔宁道："岂敢！"秀秀道："你知道不敢，我叫将起来，教坏了你。你却如何将我到家中？我明日府里去说！"崔宁道"告小娘子：要和崔宁做夫妻不妨，只一件，这里住不得了。要好趁这个遗漏，人乱时，今夜就走开去，方才使得"。秀秀道："我既和你做夫妻，凭你行。"当夜做了夫妻。

四更已后，各带着随身金银物件出门。离不得饥餐渴饮，夜住晓行，迤逦来到衢州。崔宁道："这里是五路总头，是打那条路去好？不若取信州路上去。我是碾玉作，信州有几个相识，怕那里安得身。"即时取路到信州。住了几日，崔宁道："信州常有客人到行在往来，若说道我等在此，郡王必然使人来追捉，不当稳便。不若离了信州，再往别处去。"两个又起身上路，径取潭州。

不则一日，到了潭州，却是走得远了。就潭州市里，讨间房屋，出面招牌，写着"行在崔待诏碾玉生活[17]。"崔宁便对秀秀道："这里离行在有二千余里了，料得无事。你我安心，好做长久夫妻。"潭州也有几个寄居官员，见崔宁是行在待诏，日逐[18]也有生活得做。崔宁密使人打探行在本府中事，有曾到都下的，得知府中当夜失火，不见了一个养娘，出赏钱寻了几日，不知下落。也不知道崔宁将他走了，见在潭州住。

时光似箭，日月如梭，也有一年之上。忽一日，方早开门，见两个着皂衫[19]的，一似虞候、府干打扮，入来铺里坐地[20]，问道："本官听得说有个行在崔待诏，教请过来做生活。"崔宁分付了家中，随这两个人到湘潭县路上来。便将崔宁到宅里，相见官人，承揽了玉作生活。回路归家，正行间，只见一个汉子，头上带个竹丝笠儿，穿着一领白缎子两上领布衫，青白行缠扎着裤子口，着一双多耳麻鞋，挑着一个高肩担儿；正面来，把崔宁看了一看。崔宁却不见这汉面貌，这个人却见崔宁，从后大踏步尾着崔宁来。正是：

谁家稚子鸣榔板，惊起鸳鸯两处飞。

竹引牵牛花满街，疏篱茅舍月光筛。琉璃盏内茅柴酒，白玉盘中簇豆梅。　休懊恼，且开怀，平生赢得笑颜开。三千里地无知己，十万军中挂印来。

这只《鹧鸪天》词是关西秦州雄武军刘两府所作。从顺昌入战之后，闲在家中，寄居湖南潭州湘潭县。他是个不爱财的名将，家道贫寒，时常到村店中吃酒。店中人不识刘两府，欢呼啰唣。刘两府道："百万番人[21]，只如等闲。如今却被他们诬罔！"作了这只《鹧鸪天》，流传直到都下。当时殿前太尉是阳和王，见了这词，好伤感："原来刘两府直恁孤寒！"教提辖官差人送一项钱与刘两府。今日崔宁的东人郡王，听得说刘两府恁地孤寒，也差人送一项钱与他。却经由潭州路过，见崔宁从湘潭路上来，一路尾着崔宁到家，正见秀秀坐在柜身子里。便撞破他们道："崔大夫，多时不见，你却在这里！秀秀养娘他如何也在这里？郡王教我下书来潭州，今遇着你们。原来秀秀养娘嫁了你，也好！"当时唬杀崔宁夫妻两个，被他看破。

那人是谁？却是郡王府中一个排军[22]，从小伏侍郡王，见他朴实，差他送钱与刘两府。这人姓郭名立，叫做郭排军。当下夫妻请住郭排军，安排酒来请他，分付道："你到府中，千万莫说与郡王知道。"郭排军道："郡王怎知得你两个在这里？我没事却说甚么？"当下酬谢了出门。回到府中，参见郡王，纳了回书，看看郡王道："郭立前日下书回，打潭州过，却见两个人在那里住。"郡王问："是谁？"郭立道："见秀秀养娘并崔待诏两个，请郭立吃了酒食，教休来府中说知。"郡王听说，便道："叵耐[23]这两个做出这事来！却如何直走到那里？"郭立道："也不知他仔细。只见他在那里住地，依旧挂招牌做生活。"郡王教干办[24]去分付临安府，即时差一个缉捕使臣，带着做公的，备了盘缠，径来湖南潭州府，下了公文，同来寻崔宁和秀秀。却似：

皂雕[25]追紫燕，猛虎啖羊羔。

不两月，捉将两个来，解到府中，报与郡王得知，即时升厅，原来郡王杀番人时，左手使一口刀，叫做"小青"；右手使一口刀，叫做"大青"。这两口刀不知剁了多少番人，那两口刀，鞘内藏着，挂在壁上。郡王升厅，众人声喏，即将这两个人押来跪下。郡王好生焦躁，左手去壁牙上取下小青，右手一掣，掣刀在手，睁起杀番人的眼儿，咬得牙齿剥剥地响。当时唬杀夫人，在屏风背后道："郡王！这里是帝辇之下，不比边庭上面。若有罪过，只消解去临安府施行，如何胡乱凯[26]得人？"郡王听说道："叵耐这两个畜生逃走，今日捉将来，我恼了，如何不凯？既然夫人来劝，且捉秀秀入府后花园去，把崔宁解去临安府断治。"

当下喝酒赐钱赏犒捉事人，解这崔宁到临安府，一一从头供说："自从当夜遗漏，来到府中，都搬尽了，只见秀秀养娘从廊下出来，揪住崔宁道：'你如何安手在我怀中？若不依我口，教坏了你！'要共逃走。崔宁不得已，与他同走。只此是实。"临安府把文案呈上郡王。郡王是个刚直的人，便道："既然恁地，宽了崔宁，且与从轻断治。"崔宁不合在逃，罪杖，发遣建康府居住，当下差人押送。

方出北关门，到鹅项头，见一顶轿儿，两个人抬着，从后面叫："崔待诏且不得去！"崔宁认得像是秀秀的声音，赶将来又不知恁地，心下好生疑惑。伤弓之鸟，不敢揽事，且低着头只顾走，只见后面赶将上来，歇了轿子，一个妇人走出来，不是别人，便是秀秀。道："崔待诏，你如今去建康府，我却如何？"崔宁道："却是怎地好？"秀秀道："自从解你去临安府断罪，把我捉入后花园，打了三十竹篦，遂便赶我出来？我知道你建康府去，赶将来同你去。"崔宁道："恁地却好。"讨了船，直到建康府。押发人自回，若是押发人是个学舌的，就有一场是非出来。因晓得郡王性如烈火，惹着他不是轻放手的；他又不是王府中人，去管这闲事怎地？况且崔宁一路买酒买食，奉承得他好，回去时，就隐恶而扬善了。

再说崔宁两口在建康居住，既是问断了，如今也不怕有人撞见，依旧开个碾玉作铺。浑家道："我两口却在这里住得好。只是我家爹妈，自从我和你逃去潭州，两个老的吃了些苦；当日捉我入府时，两个去寻死觅活。今日也好教人去行在取我爹妈来这里同住。"崔宁道："最好。"便教人来行在取他丈人丈母。写了他地理脚色与来人，到临安府寻见他住处，问他邻舍，指道："这一家便是。"来人去门首看时，只见两扇门关着，一把锁锁着，一条竹竿封着，问邻舍："他老夫妻那里去了。"邻舍道："莫说！他有个花枝也似女儿，献在一个奢遮去处，这个女儿不受福德，却跟一个碾玉的待诏逃走了。前日从湖南潭州捉将回来，送在临安府吃官司。那女儿吃郡王捉进后花园里去。老夫妻见女儿捉去，就当下寻死觅活，至今不知下落，只恁地关着门在这里。"来人见说，再回建康府来，兀自未到家。

且说崔宁正在家中坐，只见外面有人道："你寻崔待诏住处，这里便是。"崔宁叫出浑家来看时，不是别人，认得是璩公、璩婆。都相见了，喜欢的做一处。

那去取老儿的人，隔一日才到，说如此这般，寻不见，却空走了这遭。两个老的且自来到这里了。两个老人道："却生受你！我不知你们在建康住，教我寻来寻去，直到这里。"其时四口同住，不在话下。

且说朝廷宫里，一日到偏殿看玩宝器，拿起这玉观音来看。这个观音身上，当时有一个玉铃儿失手脱下。即时问近侍官员："却如何修理得。"官员将玉观音反覆看了，道："好个玉观音！怎地脱落了铃儿！"看到底下，下面碾着三字"崔宁造"。"恁地容易。既是有人造，只消得宣这个人来教他修整。"敕下郡王府，宣取碾玉匠崔宁。郡王回奏："崔宁有罪，在建康府居住。"

即时使人去建康取得崔宁到行在歇泊了。当时宣崔宁见驾，将这玉观音教他领去用心整理。崔宁谢了恩，寻一块一般的玉，碾一个铃儿接住了，御前交纳！破分请给养了崔宁，令只在行在居住。崔宁道："我今日遭际御前，争得气再来清湖河下，寻间屋儿开个碾玉铺，须不怕你们撞见。"可煞事有斗巧，方才开得铺三两日，一个汉子从外面过来，就是那郭排军，见了崔待诏便道："崔大夫恭喜了！你却在这里住。"抬起头来，看柜身里却立着崔待诏的浑家。郭排军吃了一惊，拽开脚步就走。浑家说与丈夫道："你与我叫住那排军，我相问则个。"正是：

平生不作皱眉事，世上应无切齿人。

崔待诏即时赶上扯住。只见郭排军把头只管侧来侧去，口里喃喃地道："作怪！作怪！"没奈何只得与崔宁回来，到家中坐地，浑家与他相见了。便问："郭排军！前者我好意留你吃酒。你却归来说与郡王。坏了我两个的好事，今日遭际御前。却不怕你去说。"郭排军吃他相问得无言可答。只道得一声，"得罪"，相别了，便来到府里，对着郡王道："有鬼！"郡王问道："这汉则甚？"郭立道："告恩王，有鬼！"郡王问道："有甚鬼。"郭立道："方才打清湖河下过。见崔宁开个碾玉铺。却见柜身里一个妇女，便是秀秀养娘。"郡王焦躁道："又来胡说！秀秀被我打杀了，埋在后花园，你须也看见，如何又在那里？却不是取笑我！"郭立道："告恩王，怎敢取笑！方才叫住郭立，相问了一回。怕恩王不信，勒下军令状了去。"郡王道："真个在时，你勒军令状来。"那汉也是合苦，真个写一纸军令状来。郡王收了，叫两个当直的轿番，抬一顶轿子，教："取这妮子来，若真个在。把来凯取一刀；若不在，郭立你须替他凯取一刀！"郭立同两个轿番，来取秀秀。正是：

麦穗两歧，农人难辨。

郭立是关西人，朴直，却不知军令状如何胡乱勒得。三个一径来到崔宁家里。那秀秀兀自在柜身里坐地。见那郭排军来得恁地慌忙，却不知他勒了军令状来取你。郭排军道："小娘子！郡王钧旨，教命取你则个。"秀秀道："既如此，你们少等，待我梳洗了同去。"即时入去梳洗，换了衣服，出来上了轿，分付了丈夫。两个轿番便抬着径到府前，郭立先入去。

郡王正在厅上等待。郭立唱了喏道："已取到秀秀养娘。"郡王道："着他入来。"郭立出来道："小娘子，郡王教你进来。"掀起帘子看一看，便是一桶水倾在身上，开着口，则合不得，就轿子里不见了秀秀养娘，问那两个轿番，道："我不知。则见他上轿，抬到这里，又不曾转动。"那汉叫将入来道："告恩王，恁地真个有鬼！"郡王道："却不叵耐！"教人："捉这汉，等我取过军令状来，如今凯了一刀！"先去取下小青来。那汉从来伏侍郡王，身上也有十数次官了，盖缘是粗人，只教他做排军。这汉慌了道："见有两个轿番见证，乞叫来问。"即时叫将轿番来，道："见他上轿，抬到这里，却不见了。"说得一般，想必真个有鬼，只消得叫将崔宁来问，便使人叫崔宁来到府中，崔宁从头至尾说了一遍。郡王道："恁地，又不干崔宁事，且放他去。"崔宁拜辞去了。郡王焦躁，把郭立打了五十背花棒。

崔宁听得说浑家是鬼，到家中问丈人丈母。两个面面厮觑，走出门，看着清湖河里扑通地都跳下水去了。当下叫"救人"，打捞，便不见了尸首。原来当时打杀秀秀时，两个老的听得说，便跳在河里，已自死了。这两个也是鬼。

崔宁到家中，没情没绪，走进房中，只见浑家坐在床上，崔宁道："告姐姐，饶我性命。"秀秀道："我因为你，吃郡王打死了，埋在后花园里。却恨郭排军多口，今日已报了冤仇，郡王已将他打了五十背花棒。如今都知道我是鬼，容身不得了。"道罢，起身双手揪住崔宁，叫得一声，四肢倒地。邻舍都来看时，只见：

两部脉尽总皆沉，一命已归黄壤下。

崔宁也被扯去和父母四个一块儿做鬼去了。后人评论得好：

咸安王捺不下烈火性，郭排军禁不住闲磕牙[27]，璩秀娘舍不得生眷属，崔待诏撇不脱鬼冤家。

《京本通俗小说》，民国九年刊本

【解题】

该篇话本选自《烟画东堂小品》里的《京本通俗小说》。作者不详。明晁瑮的《宝文堂书目》写作《玉观音》。明朝冯梦龙收入《警世通言》第八卷中，题名《崔待诏生死冤家》，题下仍注明“宋人小说，题作《碾玉观音》”，故被称为是“志怪传奇之祖”。作品以碾玉观音作为线索，叙述王府奴婢璩秀秀追求爱情和自由而不得的悲剧，揭露了封建统治者对市民阶层的压迫，也歌颂了秀秀为争取婚姻自由而斗争的精神。故事取材于当时社会的现实生活，情节曲折离奇，富有浪漫色彩。下篇写主角秀秀竟被王府打死，死后成为鬼魂，热情、勇敢的性格，仍顽强不变，充分反映了下层市民在官僚地主的高压下受到的迫害及其追求幸福生活的强烈愿望。

【注释】

[1]晴岚：晴日山中的雾气。 [2]犀梳：犀牛角制的梳子。云半吐：谓头发一半露在梳子外面。 [3]绍兴：宋高宗赵构年号(1131—1162)。 [4]行在：皇帝所在的地方。此指临安(南宋京城)。 [5]钧眷：对官员家属的尊称。 [6]裱褙铺：装裱字画的店铺。 [7]帮总虞候：古代军事长官亲随的差遣人员。谓靠近轿窗行走，即跟随的意思。 [8]甚色目人：哪一种人。 [9]大夫：官名，此为对手工艺人的敬称。 [10]待诏：宋、元时期尊称手艺工人为待诏。 [11]府干：宋时显贵邸宅中的侍从。 [12]献状：献奉女儿的笔据，即变相的卖身契。 [13]养娘：婢女。 [14]不则一日：不止一日。 [15]遗漏：犹言失慎，即失火。 [16]打个胸厮撞：撞个满怀。 [17]生活：生意。 [18]日逐：每天。 [19]皂衫：黑衫，官府差役穿的服装。 [20]坐地：坐着。 [21]番人：金兵。 [22]排军：即牌军，持盾牌的卫士。 [23]叵耐：不可耐，意即可恶。 [24]干办：办事员。 [25]皂雕：黑色的老鹰。 [26]凯：砍(谐音假借的词)。 [27]闲嗑牙：闲着无事搬弄是非。

错斩崔宁

聪明伶俐自天生，懵懂痴呆未必真。嫉妒每因眉睫浅，戈矛时起笑谈深。九曲黄河心较险，十重铁甲面堪憎。时因酒色亡家国，几见诗书误好人！

这首诗，单表为人难处。只因世路窄狭，人心叵测。大道既远，人情万端。熙熙攘攘，都为利来。蚩蚩蠢蠢，皆纳祸去。持身保家，万千反覆。所以古人云：颦有为颦，笑有为笑。颦笑之间，最宜谨慎。这回书，单说一个官人，只因酒后一时戏笑之言，遂至杀身破家，陷了几条性命。且先引下一个故事来，权做个德胜头回。

却说故宋朝中，有一个少年举子，姓魏名鹏举，字冲霄，年方一十八岁，娶得一个如花似玉的浑家。未及一月，只因春榜动，选场开，魏生别了妻子，收拾行囊，上京取应。临别时，浑家分付丈夫："得官不得官，早早回来，休抛闪了恩爱夫妻！"魏生答道："功名二字，是俺本领前程，不索贤卿忧虑。"别后登程到京，果然一举成名，除授一甲第二名榜眼及第。在京甚是华艳动人，少不得修了一封家书，差人接取家眷入京。书上先叙了寒温及得官的事，后却写下一行，道是："我在京中早晚无人照管，已讨了一个小老婆，专候夫人到京，同享荣华。"家人收拾书程，一径到家，见了夫人，称说贺喜，因取家书呈上。夫人拆开看了，见是如此如此，这般这般，便对家人道："官人直恁负恩！甫能得官，便娶了二夫人。"家人便道："小人在京，并没见有此事，想是官人戏谑之言。夫人到京，便知端的，休得忧虑。"夫人道："恁地说，我也罢了！"却因人舟未便，一面收拾起身，一面寻觅便人，先寄封平安家书到京中去。那寄书人到了京中，寻问新科魏榜眼寓所，下了家书，管待酒饭自回，不题。

却说魏生接书拆开来看了，并无一句闲言闲语，只说道："你在京中娶了一个小老婆，我在家中也嫁了一个小老公，早晚同赴京师也！"魏生见了，也只道是夫人取笑的说话，全不在意。未及收好，外面报说："有个同年[1]相访！"京邸寓中，不比在家宽转，那人又是相厚的同年，又晓得魏生并无家眷在内，直到里面坐下，叙了些寒温。魏生起身去解手，那同年偶翻桌上书帖，看见了这封家书，写得好笑，故意朗诵起来，魏生措手不及，通红了脸，说道："这是没理的话！因是小弟戏谑了他，他便取笑写来的。"那同年呵呵大笑道："这节事却是取笑不得的！"别了就去。那人也是一个少年，喜谈乐道，把这封家书一节，顷刻间遍传京邸。也有一班妒忌魏生少年登高科的，将这桩事只当做风闻言事的一个小小新闻，奏上一本，说这魏生年少不检，不宜居清要[2]之职，降处外任。魏生懊恨无及。后来毕竟做官蹭蹬[3]不起，把锦片也似一段美前程，等闲放过去了。这便是一句戏言，撒漫了一个美官。今日再说一个官人，也只为酒后一时戏言，断送了堂堂六尺之躯，连累两三个人，枉屈害了性命。却是为着甚的？有诗为证：

世路崎岖实可哀，傍人笑口等闲开。白云本是无心物，又被狂风引出来。

却说南宋时，建都临安，繁华富贵，不减那汴京故国。去那城中箭桥左侧，有个官人，姓刘名贵，字君荐，祖上原是有根基的人家。到得君荐手中，却是时乖运蹇。先前读书，后来看看不济，却去改业做生意，便是半路上出家的一般。买卖行中，一发不是本等伎俩，又把本钱消折去了。渐渐大房改换小房，赁得两三间房子，与同浑家王氏，年少齐眉。后因没有子嗣，娶下一个小娘子，姓陈，是陈卖糕的女儿，家中都呼为二姐。这也是先前不十分穷薄的时做下的勾当。至亲三口，并无闲杂人在家。那刘君荐，极是为人和气，乡里见爱，都称他刘官人。"你是一时运限不好，如此落莫，再过几时，定须有个亨通的日子！"说便是这般说，那得有些些好处？只是在家纳闷，无可奈何！

却说一日闲坐家中，只见丈人家里的老王，年近七旬，走来对刘官人说道："家间老员外生日，特令老汉接取官人娘子，去走一遭。"刘官人便道："便是我日逐愁闷过日子，连那泰山[4]的寿诞，也都忘了。"便同浑家王氏，收拾随身衣服，打叠个包儿，交与老王背了。分付二姐："看守家中，今日晚了，不能转回，明晚须索来家。"说了就去。离城二十余里，到了丈人王员外家，叙了寒温。当日坐间客众，丈人女婿，不好十分叙述许多穷相。到得客散，留在客房里宿歇。直到天明，丈人却来与女婿攀话，说道："姐夫，你须不是这等算计，坐吃山空，立吃地陷。咽喉深似海，日月快如梭。你须计较一个常便！我女儿嫁了你，一生也指望丰衣足食，不成只是这等就罢了！”刘官人叹了一口气道：“是。泰山在上，道不得个上山擒虎易，开口告人难。如今的时势，再有谁似泰山这般怜念我的。只索守困，若去求人，便是劳而无功。”丈人便道：“这也难怪你说。老汉却是看你们不过，今日赍助你些少本钱，胡乱去开个柴米店，撰得些利息来过日子，却不好么？”刘官人道：“感蒙泰山恩顾，可知是好。”当下吃了午饭，丈人取出十五贯钱来，付与刘官人道：“姐夫，且将这些钱去，收拾起店面，开张有日，我便再应付你十贯。你妻子且留在此过几日，待有了开店日子，老汉亲送女儿到你家，就来与你作贺，意下如何？”刘官人谢了又谢，驮了钱一径出门。到得城中，天色却早晚了，却撞着一个相识，顺路在他家门首经过。“那人也要做经纪的人，就与他商量一会，可知是好。”便去敲那人门时，里面有人应喏，出来相揖，便问：“老兄下顾，有何见教？”刘官人一一说知就里。那人便道：“小弟闲在家中，老兄用得着时，便来相帮。”刘官人道：“如此甚好！”当下说了些生意的勾当。那人便留刘官人在家，现成杯盘，吃了三杯两盏。刘官人酒量不济，便觉有些朦胧起来，抽身作别，便道：“今日相扰，明早就烦老兄过寒家，计议生理。”那人又送刘官人至路口，作别回家，不在话下。若是说话的同年生，并肩长，拦腰抱住，把臂拖回，也不见得受这般灾悔！却教刘官人死得不如：《五代史》李存孝，《汉书》中彭越。

却说刘官人驮了钱，一步一步捱到家中。敲门已是点灯时分，小娘子二姐独自在家，没一些事做，守得天黑，闭了门，在灯下打瞌睡，刘官人打门，他那里便听见。敲了半晌，方才知觉，答应一声：“来了！”起身开了门。刘官人进去，到了房中，二姐替刘官人接了钱，放在桌上，便问：“官人何处那移这项钱来，却是甚用？”那刘官人一来有了几分酒，二来怪他开得门迟了，且戏言吓他一吓，便道：“说出来，又恐你见怪；不说时，又须通你得知。只是我一时无奈，没计可施，只得把你典与一个客人，又因舍不得你，只典得十五贯钱。若是我有些好处，加利赎你回来。若是照前这般不顺溜，只索罢了！”那小娘子听了，欲待不信，又见十五贯钱堆在面前。欲待信来，他平白与我没半句言语，大娘子又过得好，怎么便下得这等狠心辣手！疑狐不决。只得再问道：“虽然如此，也须通知我爹娘一声。”刘官人道：“若是通知你爹娘，此事断然不成。你明日且到了人家，我慢慢央人与你爹娘说通，他也须怪我不得。”小娘子又问：“官人今日在何处吃酒来？”刘官人道：“便是把你典与人，写了文书，吃他的酒才来的。”小娘子又问：“大姐姐如何不来？”刘官人道：“他因不忍见你分离，待得你明日出了门才来，这也是我没计奈何，一言为定。”说罢，暗地忍不住笑。不脱衣裳，睡在床上，不觉睡去了。那小娘子好生摆脱不下：“不知他卖我与甚色样人家？我须先去爹娘家里说知。就是他明日有人来要我，寻到我家，也须有个下落。”沉吟了一会，却把这十五贯钱，一垛儿堆在刘官人脚后边。趁他酒醉，轻轻的收拾了随身衣服，款款的开了门出去，拽上了门。却去左边一个相熟的邻舍，叫做朱三老儿家里，与朱三妈宿了一夜，说道：“丈夫今日无端卖我，我须先去与爹娘说知。烦你明日对他说一声，既有了主顾，可同我丈夫到爹娘家中来，讨个分晓，也须有个下落。”那邻舍道：“小娘子说得有理，你只顾自去，我便与刘官人说知就理。”过了一宵，小娘子作别去了不题。正是：

鳌鱼脱却金钩去，摆尾摇头再不回。

放下一头。却说这里刘官人一觉直至三更方醒，见桌上灯犹未灭，小娘子不在身边。只道他还在厨下收拾家火，便唤二姐讨茶吃。叫了一回，没人答应，却待挣扎起来，酒尚未醒，不觉又睡了去。不想却有一个做不是的，日间赌输了钱，没处出豁，夜间出来掏摸些东西。却好到刘官人门首。因是小娘子出去了，门儿拽上不关，那贼略推一推，豁地开了。捏手捏脚，直到房中，并无一人知觉。到得床前，灯火尚明。周围看时，并无一物可取。摸到床上，见一人朝着里床睡去，脚后却有一堆青钱，便去取了几贯。不想惊觉了刘官人，起来喝道："你须不近道理！我从丈人家借办得几贯钱来，养身活命；不争你偷了我的去，却是怎的计结！"那人也不回话，照面一拳，刘官人侧身躲过，便起身与这人相持。那人见刘官人手脚活动，便拔步出房。刘官人不舍，抢出门来，一径赶到厨房里。恰待声张邻舍，起来捉贼；那人急了，正好没出豁，却见明晃晃一把劈柴斧头，正在手边，也是人急计生，被他绰起一斧，正中刘官人面门，扑地倒了，又复一斧，斫倒一边。眼见得刘官人不活了，呜呼哀哉，伏惟尚飨[5]。那人便道："一不做，二不休，却是你来赶我，不是我来寻你。"索性翻身入房，取了十五贯钱，扯条单被，包裹得停当，拽扎得爽俐，出门，拽上了门就走。不题。

次早邻舍起来，见刘官人家门也不开，并无人声息，叫道："刘官人，失晓了。"里面没人答应。捱将进去，只见门也不关。直到里面，见刘官人劈死在地。"他家大娘子，两日前已自往娘家去了，小娘子如何不见？"免不得声张起来。却有昨夜小娘子借宿的邻家朱三老儿说道："小娘子昨夜黄昏时，到我家宿歇，说道刘官人无端卖了他，他一径先到爹娘家里去了。教我对刘官人说，既有了主顾，可同到他爹娘家中，也讨得个分晓。今一面着人去追他转来，便有下落。一面着人去报他大娘子到来，再作区处。"众人都道："说得是。"先着人去到王老员外家报了凶信。老员外与女儿大哭起来，对那人道："昨日好端端出门，老汉赠他十五贯钱，教他将来作本，如何便恁的被人杀了？"那去的人道："好教老员外、大娘子得知，昨日刘官人归时，已自昏黑，吃得半酣，我们都不晓得他有钱没钱，归迟归早。只是今早刘官人家门儿半开，众人推将进去，只见刘官人杀死在地，十五贯钱一文也不见，小娘子也不见踪迹。声张起来，却有左邻朱三老儿出来，说道：'他家小娘子昨夜黄昏时分，借宿他家。小娘子说道：刘官人无端把他典与人了，小娘子要对爹娘说一声。住了一宵，今日径自去了。'如今众人计议，一面来报大娘子与老员外，一面着人去追小娘子。若是半路里追不着的时节，直到他爹娘家中，好歹追他转来，问个明白。老员外与大娘子，须索去走一遭，与刘官人执命[6]。"老员外与大娘子急急收拾起身，管待来人酒饭，三步做一步，赶入城中。不题。

却说那小娘子，清早出了邻舍人家，挨上路去，行不上一二里，早是脚疼走不动，坐在路旁。却见一个后生，头带万字头巾，身穿直缝宽衫，背上驮了一个搭膊，里面却是铜钱，脚下丝鞋净袜，一直走上前来。到了小娘子面前，看了一看：虽然没有十二分颜色，却也明眉皓齿，莲脸生春，秋波送媚，好生动人。正是：

野花偏艳目，村酒醉人多。

那后生放下搭膊，向前深深作揖。"小娘子独行无伴，却是往那里去的？"小娘子还了万福，道："是奴家要往爹娘家去，因走不上，权歇在此。"因问："哥哥是何处来？今要往何方去？"那后生叉手不离方寸："小人是村里人，因往城中卖了丝帐，讨得些钱，要往褚家堂那边去的。"小娘子道："告哥哥则个，奴家爹娘也在褚家堂左侧。若得哥哥带挈奴家，同走一程，可知是好。"那后生道："有何不可！既如此说，小人情愿伏侍小娘子前去。"两个厮赶着，一路正行，行不到二三里田地，只见后面两个人脚不点地赶上前来，赶得汗流气喘，衣襟敞开。连叫："前面小娘子慢走！我却有话说知。"小娘子与那后生看见赶得蹊跷，都立住了脚。后边两个赶到跟前，见了小娘子与那后生，不容分说，一家扯了一个，说道："你们干得好事！却走往那里去？"小娘子吃了一惊，举眼看时，却是两家邻舍，一个就是小娘子昨夜借宿的主人。小娘子便道："昨夜也须告过公公得知，丈夫无端卖我，我自去对爹娘说知。今日赶来，却有何说？"朱三老道："我不管闲帐，只是你家里有杀人公事，你须回去对理。"小娘子道："丈夫卖我，昨日钱已驮在家中，有甚杀人公事？我只是不去。"朱三老道："好自在性儿，你若真个不去，叫起地方有杀人贼在此，烦为一捉。不然，须要连累我们，你这里地方也不得清净。"那个后生见不是话头，便对小娘子道："既如此说，小娘子只索回去，小人自家去休！"那两个赶来的邻舍，齐叫起来说道："若是没有你在此便罢，既然你与小娘子同行同止，你须也去不得！"那后生道："却也作怪，我自半路遇见小娘子，偶然伴他行一程路儿，却有甚皂丝麻线，要勒措我回去？"朱三老道："他家现有杀人公事，不争放你去了，却打没对头官司！"当下不容小娘子和那后生做主。看的人渐渐立满，都道："后生你去不得！你日间不作亏心事，半夜敲门不吃惊。便去何妨！"那赶来的邻舍道："你若不去，便是心虚。我们却和你罢休不得！"四个人只得厮挽着一路转来。

到得刘官人门首，好一场热闹！小娘子入去看时，只见刘官人斧劈倒在地死了，床上十五贯钱分文也不见。开了口合不得，伸了舌缩不上去。那后生也慌了，便道："我恁的晦气！没来由和那小娘子同走一程，却做了干连人。"众人都和哄着。正在那里分豁不开，只见王老员外和女儿一步一攧走回家来，见了女婿身尸，哭了一声，便对小娘子道："你却如何杀了丈夫？劫了十五贯钱，逃走出去？今日天理昭然，有何理说！"小娘子道："十五贯钱，委是有的。只是丈夫昨晚回来，说是无计奈何，将奴家典与他人，典得十五贯身价在此，说过今日便要奴家到他家去。奴家因不知他典与甚色样人家，先去与爹娘说知，故此趁他睡了，将这十五贯钱一垛儿堆在他脚后边，拽上门，到朱三老家住了一宵，今早自去爹娘家里说知。临去之时，也曾央朱三老对我丈夫说，既然有了主顾，可同到我爹娘家里来交割。却不知因甚杀死在此？"那大娘子道："可又来！我的父亲昨日明明把十五贯钱与他驮来作本，养赡妻小，他岂有哄你说是典来身价之理？这是你两日因独自在家，勾搭上了人；又见家中好生不济，无心守耐；又见了十五贯钱，一时见财起意，杀死丈夫，劫了钱。又使见识，往邻舍家借宿一夜，却与汉子通同计较，一处逃走。现今你跟着一个男子同走，却有何理说，抵赖得过！"众人齐声道："大娘子之言，甚是有理。"又对那后生道："后生，你却如何与小娘子谋杀亲夫？却暗暗约定在僻静处等候一同去，逃奔他方，却是如何计结！"那人道："小人自姓崔名宁，与那小娘子无半面之识。小人昨晚入城，卖得几贯丝钱在这里，因路上遇见小娘子，小人偶然问起往哪里去的，却独自一个行走。小娘子说起是与小人同路，以此作伴同行，却不知前后因依。"众人那里肯听他分说，搜索他搭膊中，恰好是十五贯钱，一文也不多，一文也不少。众人齐发起喊来道："是天网恢恢，疏而不漏。你却与小娘子杀了人，拐了钱财，盗了妇女，同往他乡，却连累我地方邻里打没头官司！"

当下大娘子结扭了小娘子，王老员外结扭了崔宁，四邻舍都是证见，一哄都入临安府中来。那府尹听得有杀人公事，即便升堂。便叫一干人犯，逐一从头说来。先是王老员外上去,告说:"相公在上,小人是本府村庄人氏,年近六旬,只生一女,先年嫁与本府城中刘贵为妻。后因无子,取了陈氏为妾,呼为二姐。一向三口在家过活,并无片言。只因前日是老汉生日,差人接取女儿女婿在家,住了一夜。次日,因见女婿家中全无活计,养赡不起,把十五贯钱与女婿作本,开店养身。却有二姐在家看守。到得昨夜,女婿到家时分,不知因甚缘故,将女婿斧劈死了,二姐却与一个后生,名唤崔宁,一同逃走,被人追捉到来。望相公可怜见老汉的女婿,身死不明,奸夫淫妇,赃证现在,伏乞相公明断。"府尹听得如此如此,便叫陈氏上来:"你却如何通同奸夫,杀死了亲夫,劫了钱,与人一同逃走,是何理说?"二姐告道:"小妇人嫁与刘贵,虽是个小老婆,却也得他看承得好,大娘子又贤慧,却如何肯起这片歹心?只是昨晚丈夫回来,吃得半酣,驮了十五贯钱进门。小妇人问他来历,丈夫说道:为因养赡不周,将小妇人典与他人,典得十五贯身价在此,又不通我爹娘得知,明日就要小妇人到他家去。小妇人慌了,连夜出门,走到邻舍家里,借宿一宵。今早一径先往爹娘家去,教他对丈夫说,既然卖我有了主顾,可到我爹妈家里来交割。才走得到半路,却见昨夜借宿的邻家赶来,捉住小妇人回来,却不知丈夫杀死的根由。"那府尹喝道:"胡说!这十五贯钱分明是他丈人与女婿的,你却说是典你的身价,眼见的没巴臂的说话了。况且妇人家,如何黑夜行走?定是脱身之计。这桩事须不是你一个妇人家做的,一定有奸夫帮你谋财害命,你却从实说来。"那小娘子正待分说,只见几家邻舍一齐跪上去告道:"相公的言语,委是青天。他家小娘子昨夜果然借宿在左邻第二家的,今早他自去了。小的们见他丈夫杀死,一面着人去赶,赶到半路,却见小娘子和那一个后生同走,苦死不肯回来。小的们勉强捉他转来,却又一面着人去接他大娘子与他丈人,到时,说昨日有十五贯钱,付与女婿做生理的。今者女婿已死,这钱不知从何而去。再三问那小娘子时,说道:他出门时,将这钱一堆儿堆在床上。却去搜那后生身边,十五贯钱分文不少。却不是小娘子与那后生通同作奸?赃证分明,却如何赖得过?"府尹听他们言言有理,就唤那后生上来道:"帝辇之下,怎容你这等胡行?你却如何谋了他小老婆,劫了十五贯钱,杀死了亲夫?今日同往何处?从实招来!"那后生道:"小人姓崔名宁,是乡村人氏。昨日往城中卖了丝,卖得这十五贯钱。今早偶然路上撞着这小娘子,并不知他姓甚名谁,那里晓得他家杀人公事?"府尹大怒,喝道:"胡说!世间不信有这等巧事!他家失去了十五贯钱,你却卖的丝恰好也是十五贯钱,这分明是支吾的说话了。况且他妻莫爱,他马莫骑,你既与那妇人没甚首尾,却如何与他同行共宿?你这等顽皮赖骨,不打如何肯招?"当下众人将那崔宁与小娘子,死去活来拷打一顿。那边王老员外与女儿并一干邻佑人等,口口声声,咬他二人。府尹也巴不得结了这段公案。拷讯一回,可怜崔宁和小娘子,受刑不过,只得屈招了,说是一时见财起意,杀死亲夫,劫了十五贯钱,同奸夫逃走是实。左邻右舍都指画了十字,将两人大枷枷了,送入死囚牢里。将这十五贯钱,给还原主,也只好奉与衙门中人做使用,也还不勾哩。府尹叠成文案,奏过朝廷,部覆申详,倒下圣旨,说:"崔宁不合奸骗人妻,谋财害命,依律处斩。陈氏不合通同奸夫,杀死亲夫,大逆不道,凌迟示众。"当下读了招状,大牢内取出二人来,当厅判一个斩字,一个剮字,押赴市曹,行刑示众。两人浑身是口,也难分说。正是:

哑子谩尝黄檗味,难将苦口对人言。

看官听说,这段公事,果然是小娘子与那崔宁谋财害命的时节,他两人须连夜逃走他方，怎的又去邻舍人家借宿一宵？明早又走到爹娘家去，却被人捉住了？这段冤枉，仔细可以推详出来。谁想问官糊涂，只图了事，不想捶楚[7]之下，何求不得。冥冥之中，积了阴骘，远在儿孙近在身。他两个冤魂，也须放你不过。所以做官的，切不可率意断狱，任情用刑，也要求个公平明允。道不得个死者不可复生，断者不可复续，可胜叹哉！

闲话休题。却说那刘大娘子到得家中，设个灵位，守孝过日。父亲王老员外劝他转身，大娘子说道："不要说起三年之久，也须到小祥[8]之后。"父亲应允自去。光阴迅速，大娘子在家巴巴结结，将近一年。父亲见他守不过，便叫家里老王去接他来，说："叫大娘子收拾回家，与刘官人做了周年，转了身去罢。"大娘子没计奈何，细思："父言亦是有理。"收拾了包裹，与老王背了，与邻舍家作别，暂去再来。一路出城，正值秋天，一阵乌风猛雨，只得落路，往一所林子去躲，不想走错了路。正是：

猪羊走屠宰之家，一脚脚来寻死路。

走入林子里去，只听他林子背后，大喝一声："我乃静山大王在此！行人住脚，须把买路钱与我。"大娘子和那老王吃那一惊不小，只见跳出一个人来：头带乾红凹面巾，身穿一领旧战袍，腰间红绢搭膊裹肚，脚下蹬一双乌皮皂靴，手执一把朴刀，舞刀前来。那老王该死，便道："你这剪径的毛团！我须是认得你，做这老性命着与你兑了罢！"一头撞去，被他闪过空。老人家用力猛了，扑地便倒。那人大怒道："这牛子好生无礼！"连搠一两刀，血流在地，眼见得老王养不大了。那刘大娘子见他凶猛，料道脱身不得，心生一计，叫做脱空计。拍手叫道；"杀得好！"那人便住了手，睁员怪眼，喝道："这是你甚么人？"那大娘子虚心假气的答道："奴家不幸丧了丈夫，却被媒人哄诱，嫁了这个老儿，只会吃饭。今日却得大王杀了，也替奴家除了一害！"那人见大娘子如此小心，又生得有几分颜色，便问道："你肯跟我做个压寨夫人么？"大娘子寻思，无计可施，便道："情愿伏侍大王。"那人回嗔作喜，收拾了刀杖，将老王尸首撺入涧中。领了刘大娘子到一所庄院前来，甚是委曲。只见大王向那地上，拾些土块，抛向屋上去，里面便有人出来开门。到得草堂之上，分付杀羊备酒，与刘大娘子成亲。两口儿且是说得着。正是：

明知不是伴，事急且相随。

不想那大王自得了刘大娘子之后，不上半年，连起了几主大财，家间也丰富了。大娘子甚是有识见，早晚用好言语劝他"自古道：瓦罐不离井上破，将军难免阵中亡。你我两人，下半世也勾吃用了，只管做这没天理的勾当，终须不是个好结果！却不道是梁园虽好，不是久恋之家。不若改行从善，做个小小经纪，也得过养身活命。"那大王早晚被他劝转，果然回心转意，把这门道路撇了。却去城市间赁下一处房屋，开了一个杂货店。遇闲暇的日子，也时常去寺院中，念佛持斋。忽一日在家闲坐，对那大娘子道："我虽是个剪径的出身，却也晓得冤各有头，债各有主。每日间只是吓骗人东西，将来过日子。后来得有了你，一向买卖顺溜，今已改行从善。闲来追思既往，只曾枉杀了两个人，又冤陷了两个人，时常挂念，思欲做些功果，超度他们，一向未曾对你说知。"大娘子便道："如何是枉杀了两个人？"那大王道："一个是你的丈夫，前日在林子里的时节，他来撞我，我却杀了他。他须是个老人家，与我往日无仇，如今又谋了他老婆，他死也是不肯甘心的！"大娘子道："不恁地时，我却那得与你厮守？这也是往事，休题了！"又问："杀那一个，又是甚人？"那大王道：

"说起来这个人,一发天理上放不过去;且又带累了两个人,无辜偿命。是一年前,也是赌输了,身边并无一文,夜间便去掏摸些东西。不想到一家门首,见他门也不闩,推进去时,里面并无一人。摸到门里,只见一人醉倒在床,脚后却有一堆铜钱,便去摸他几贯。正待要走,却惊醒了。那人起来说道:这是我丈人家与我做本钱的,不争你偷去了,一家人口都是饿死。起身抢出房门,正待声张起来。是我一时见他不是话头,却好一把劈柴斧头在我脚边,这叫做人急计生,绰起斧来,喝一声道:不是我,便是你。两斧劈倒。却去房中将十五贯钱,尽数取了。后来打听得他,却连累了他家小老婆,与那一个后生,唤做崔宁,说他两人谋财害命,双双受了国家刑法。我虽是做了一世强人,只有这两桩人命,是天理人心打不过去的!早晚还要超度他,也是该的。"那大娘子听说,暗暗地叫苦:"原来我的丈夫也吃这厮杀了,又连累我家二姐与那个后生无辜被戮。思量起来,是我不合当初执证他两人偿命。料他两人阴司中,也须放我不过。"当下权且欢天喜地,并无他说。

明日捉个空,便一径到临安府前,叫起屈来。那时换了一个新任府尹,才得半月。正值升厅,左右捉将那叫屈的妇人进来。刘大娘子到于阶下,放声大哭。哭罢,将那大王前后所为:"怎的杀了我丈夫刘贵,问官不肯推详,含糊了事,却将二姐与那崔宁,朦胧偿命。后来又怎的杀了老王,奸骗了奴家。今日天理昭然,一一是他亲口招承。伏乞相公高抬明镜,昭雪前冤!"说罢又哭。府尹见他情词可悯,即着人去捉那静山大王到来,用刑拷讯,与大娘子口词一些不差。即时问成死罪,奏过官里。待六十日限满,倒下圣旨来,勘得:"静山大王,谋财害命,连累无辜。准律:杀一家非死罪三人者,斩加等,决不待时。原问官断狱失情,削职为民。崔宁与陈氏枉死可怜,有司访其家,谅行优恤。王氏既系强徒威逼成亲,又有伸雪夫冤,着将贼人家产,一半没入官,一半给与王氏养赡终身。"刘大娘子当日往法场上,看决了静山大王,又取其头去祭献亡夫,并小娘子及崔宁,大哭一场。将这一半家私,舍入尼姑庵中,自己朝夕看经念佛,追荐亡魂,尽老百年而终。有诗为证:

善恶无分总丧躯,只因戏语酿殃危。
劝君出话须诚信,口舌从来是祸基。

《京本通俗小说》,古本小说集成本,上海古籍出版社,1991 年版

【解题】

《错斩崔宁》是宋代话本小说,作者不详,最早收入《京本通俗小说》,后被明末冯梦龙选入了《醒世恒言》第三十三卷,稍加修改,改名为《十五贯戏言成巧祸》,又被清代剧作家朱素臣改编为传奇《双熊梦》,20 世纪 50 年代被当时的国风苏剧团(今浙江昆剧团)改编为昆剧《十五贯》,大受欢迎。

【注释】

[1]同年:科举时代同榜考中的人。 [2]清要:指地位清显、职司重要而政务不繁的官职。 [3]蹭蹬:比喻失意潦倒。 [4]泰山:旧时称妻之父为泰山。 [5]尚飨:旧时祭文常用的结语,意为希望死者来享用祭品。 [6]执命:追查凶手偿命。 [7]捶楚:同"棰楚"。古代的杖刑用具,因以称杖刑。 [8]小祥:用于称一般死者的周年祭。